POLYNESIA
LES MYSTÈRES DU TEMPS

JEAN PIERRE BONNEFOY

POLYNESIA

LES MYSTÈRES DU TEMPS

BUCHET ❁ CHASTEL

un département de Meta-Éditions, 2010
7, rue des Canettes, 75006 Paris
ISBN : 978-2-283-02438-6

Pour Alpha

« Le temps est la substance dont je suis fait. Le temps est un fleuve qui m'entraîne, mais je suis le temps. »

Jorge Luis Borges
Nouvelle réfutation du temps

« Ruahatu lui dit d'aller sur le *Toa Marama* qui d'après les uns est une pirogue, d'après les autres une île ou une montagne, mais que je nommerai Arche, remarquant seulement que *Toa Marama* signifie Guerrier de la Lune, ce qui me fait supposer que l'Arche quelconque et l'ensemble de l'événement du cataclysme ont quelque rapport avec la lune... Quand le pêcheur et sa famille se furent rendus à l'endroit indiqué, les eaux de la Mer commencèrent à monter et, couvrant jusqu'aux montagnes les plus élevées, firent périr tous les êtres, à l'exception de ceux qui étaient sur ou dans le *Toa Marama*, et qui, plus tard, repeuplèrent les îles ou la terre... »

Paul Gauguin
Noa Noa

1

La pêche au *varo*

« Essaie encore, tu n'es pas assez près du trou ! »

Tama plonge de nouveau avec sa baguette armée d'un hameçon en nacre garni d'un appât. Deux mètres d'eau, ce n'est rien pour ses quatorze ans, mais il n'a pas l'habileté de son père ou de Manu[1] et il remonte bredouille en ayant perdu l'appât.

« Par Ruahatu, je n'y arrive pas ! Il faut plusieurs hameçons, un seul ça ne marche pas ! » crie-t-il à sa sœur Hina qui est restée sur la pirogue.

« Manu, lui, il en pêche tous les jours des *varo* ! répond-elle.

– Manu ! Manu ! Tu n'as que ce nom à la bouche ! Il faut plusieurs hameçons et une baguette plus longue. La mienne est trop courte !

– Et moi je te dis que tu n'es pas assez près du trou ! Tu as peur qu'il te morde ou quoi ? » dit-elle, tout en lui tendant un autre appât avec un sourire moqueur.

Tama, piqué au vif, est remonté sur la pirogue bien plus vite que ne le pensait Hina. Il la pousse brutalement. Elle part en arrière, semble hésiter entre le bateau et le lagon, et finit par basculer dans l'eau en riant et en faisant des moulinets avec les bras. Malheureusement, dans cette chute, sa nuque vient heurter le bois de liaison rattachant le balancier à la coque. Tama regarde maintenant sa sœur flotter, immobile, entre deux eaux, escortée de poissons-papillons multicolores qui tourbillonnent autour d'elle. La couronne de fleurs qu'elle portait sur la tête

1. Dans les langues polynésiennes, le « u » se prononce toujours « ou ».

s'éloigne stupidement seule dans le courant. Elle se moque encore de moi, pense-t-il.

« Hina ! s'écrie-t-il, arrête de faire l'idiote, remonte tout de suite ! »

Il comprend soudain qu'elle est en difficulté. Il plonge immédiatement, au grand effroi des poissons. En une seconde, il passe ses bras sous les siens. Il sent le sable du fond sous ses pieds, replie ses jambes, donne une forte poussée qui les propulse tous les deux en surface. Il maintient comme il peut la tête de Hina hors de l'onde émeraude.

« Hina ! Hina ! Dis-moi quelque chose ! Hina ! »

Elle tousse, crache, s'accroche au frêle balancier, mais, pendant que son frère l'aide à monter dans la pirogue, « Manu, lui, il pêche deux *varo* tous les jours ! » s'entête-t-elle à répéter.

Tama l'ayant rejointe à bord, elle se jette encore boudeuse dans ses bras. Il lui caresse les cheveux doucement.

« Petite sœur, pardonne-moi, mais tu es insupportable. Je te ferai une autre couronne de fleurs, et j'essaierai plus près du trou la prochaine fois ! »

Ils reviennent vers la plage alors que le soleil, déjà bas, donne aux cocotiers des reflets métalliques argentés. Manu n'a rien perdu de la scène. Quand les deux jeunes pêcheurs poussent leur pirogue sur la plage, il s'approche.

« Alors, combien de *varo* ? » lance-t-il avec du défi dans la voix.

Ils ne répondent pas. Manu regarde dans la pirogue, il ne voit que la baguette et une rame. Intérieurement satisfait, il s'adresse à Tama sur un ton de mépris :

« Ce n'est pas avec cette ridicule brindille que tu sortiras un *varo* !

– Toi, je te déteste ! intervient Hina.

– Laisse, Hina ! Manu a raison, mais c'est un lâche ! » lui répond Tama sans regarder Manu qui fait un pas, l'air menaçant. Tama insiste :

« Manu est peut-être un bon pêcheur, mais ce n'est rien qu'un gros lâche ! »

Manu sait bien que Tama, même s'il est plus jeune que lui, est en avance pour son âge. Grand et costaud, il n'est pas loin de devenir un homme. Manu, plus petit, n'a que sa langue pour se défendre. S'ils en venaient à se battre, l'autre aurait vite l'avantage. Aussi préfère-t-il en rester là et laisser le frère et la sœur s'éloigner, complices, main dans la main.

Mais les mots de Hina continuent de le transpercer comme autant de flèches empoisonnées : « Je te déteste, je te déteste ! »

Il ramasse sur le sable une nasse tressée qui lui sert de sac. Il en sort un *varo* qui s'agite encore, et se précipite en courant derrière le frère et la sœur. Au moment même où il lance avec violence l'animal en direction du dos de Tama, celui-ci, l'ayant entendu s'approcher, se retourne et évite en se baissant le projectile qui finit sa course dans le lagon.

« Tu vois Hina, Manu n'est qu'un lâche. Il frappe parderrière, pas de face. »

Content de lui, Tama tire sa sœur par la main. Ils reprennent leur chemin, laissant Manu désespéré.

« Tama, approche ! »

Son père, c'est Ta'aroa, le pêcheur. Un vrai pêcheur, celui qui ose sortir du lagon avec sa pirogue pour aller chercher des thons, des bonites ou des *mahimahi*. Ce soir, la marée est favorable. Il va retrouver le grand Océan[1] à la tombée de la nuit en profitant du courant sortant de la passe. Ainsi, il ira pêcher dans l'un des multiples trous à thons qu'il connaît. Puis, dans la matinée, avec la marée montante, et donc le courant entrant, il pourra revenir facilement dans le lagon.

Ta'aroa est aussi charpentier et constructeur de pirogues. Il est *tahu'a va'a*. Il dirige activement la fabrication de plusieurs grands *va'a* de voyage. De belles, vastes et puissantes pirogues doubles.

Le long de la plage bordant le lagon, les habitants de l'île ont bâti plusieurs grands *fare*[2] ouverts. Ce sont des abris communautaires où Ta'aroa, en tant qu'expert et détenteur de la mémoire des *tahu'a va'a*, organise les différentes phases de réalisation. Les

1. « Le grand Océan » est le nom de l'océan Pacifique pour les anciens Polynésiens.

2. Dans les langues polynésiennes, le « e » se prononce toujours « é ».

pirogues ont une base très solide constituée de deux ou trois pièces massives. Les bordés sont faits de planches assemblées par des liens. L'étanchéité est obtenue par de la bourre de coco mélangée à de la pâte d'*uru* à laquelle on ajoute de la chaux. Ta'aroa travaille avec des plans très détaillés qui sont dans sa tête. Ils ont été élaborés petit à petit et transmis oralement de constructeurs de pirogues en constructeurs de pirogues. À d'autres moments, il utilise des tablettes d'où pendent des cordelettes colorées qui sont nouées d'une manière complexe. Il s'agit plutôt là d'une mémoire généalogique et d'une représentation de l'ouvrage de ses ancêtres *tahu'a va'a*. On travaille le bois avec des herminettes en pierre, des râpes en corail ou en peau de requin. Au nombre d'une douzaine, les grandes pirogues doubles sont destinées à emmener au large, vers le soleil levant, tout le petit peuple de l'île.

Pour le moment, c'est surtout la pêche qui intéresse Ta'aroa, et puis on n'a pas besoin de lui pour tailler les planches.

Tama se tient à côté de son père, Hina est restée à l'écart. La pêche, surtout au large, c'est une affaire d'hommes.

« Tama, tu sais que j'ai besoin d'un équipier pour ramer. Les courants sont parfois perfides et dangereux. Cette nuit, ils seront très forts. Te sens-tu capable de venir avec moi ? »

Tama n'en croit pas ses oreilles, c'est la première fois que son père lui fait une telle proposition. Manu pourrait en être malade de jalousie. Il sourit largement et déclare :

« Oui, père, je viendrai !

– Hina, préviens ta mère que nous partirons cette nuit pour les thons ! Tama, ce serait mieux si nous étions trois, choisis-toi un équipier, vois ça avec l'Ancien, ils sont tous dans le *fare pote'e*. »

Manu fait route vers le village en passant par la cocoteraie. Tout à l'heure, quand il a récupéré sa nasse sur la plage, le deuxième *varo* s'en est échappé. De rage, il l'a jetée au loin et, depuis, ramasse systématiquement une noix de coco tous les vingt mètres pour la projeter de toutes ses forces vers un ennemi invisible.

Arrivé aux environs du village, il vise les quelques chiens du pays. Mais ils le connaissent bien et s'enfuient rapidement avant qu'il ne puisse les atteindre.

« Manu, apporte donc les *varo*, qu'on les fasse griller sur le feu, dit sa mère.

– Je n'ai rien attrapé aujourd'hui.

– Rien ? C'est impossible ! Tu en pêches toujours ! Tu ne les as pas donnés à Hina quand même ?

– Ne me parle plus d'elle ! Elle est méchante et ne mérite pas de cadeaux !

– Tu n'as pas toujours dit ça. Qu'est-ce qui t'arrive ? Vous êtes fâchés ? »

Manu ne répond pas. Il s'éloigne, donnant au passage un violent coup de pied au cochon qui tourne placidement autour du *fare*.

La mère de Manu bougonne :

« Quel caractère, et moi qui comptais sur les *varo* ! »

La nuit est tombée très vite.

Près du centre du village, dans le *fare pote'e*, les anciens, les prêtres et le sorcier sont réunis. La plupart des hommes sont là, ainsi que quelques femmes et des jeunes, dont Tama et Ono. Ce dernier est au cœur de l'important sujet à l'ordre du jour. Toujours en train de parader avec sa lance, il a attaqué sans raison un requin du lagon, qui finalement s'est enfui. Au passage, l'animal affolé a détruit le filet de pêche d'une des plus anciennes familles de l'île.

Mata-Rau, le père, exige réparation pour la perte du filet et, surtout, pour l'offense.

Horo'u, le sorcier, suggère de mettre Ono en présence des images divines qu'il conserve dans son *fare* tabou, un *fare* sur pilotis où règne un ensemble d'objets sacrés très mystérieux que personne ne souhaite voir. Nul n'ignore que se trouver simplement en leur présence est généralement fatal. Si Ono n'est pas atteint de tous les maux redoutés, c'est que les dieux lui auront pardonné. Il est devenu blême, mais doit rester muet sous peine d'aggraver son cas.

Le grand prêtre Tumatarii, dont on connaît la sagesse, se tourne alors vers le groupe des anciens.

« Que pensent nos pères à tous de cette proposition ? »

L'un des anciens prend la parole. Comme il en est coutumier, il répond à côté. Il raconte qu'il y a très longtemps un dieu qui s'appelait Ta'aroa, comme le pêcheur de thons du village, avait un beau requin blanc qu'il adorait.

« À cette époque, les requins et les hommes vivaient en bonne compagnie, ainsi que nous ici. Et jamais un homme n'aurait attaqué un requin. De même, jamais un requin n'aurait mordu un homme ! »

Il attend un peu puis reprend :

« L'un des requins venait souvent près de la plage jouer dans l'eau peu profonde du lagon avec les enfants de Ta'aroa. »

L'Ancien s'est arrêté de nouveau pour préparer la suite. Il les regarde tous.

« Et ce requin, en ce moment même, vous pouvez le voir ! »

Tous ouvrent de grands yeux, pendant que l'Ancien se lève, sort du *fare pote'e* et pointe le doigt vers le ciel.

« Il est là ! »

Ils l'ont tous suivi et tous ont maintenant le nez en l'air.

Il ajoute :

« Le nuage d'étoiles qui barre tout le ciel et qui est toujours là, c'est lui ! Avant, le nuage, c'était *Eau vivante de Ta'aroa,* Vai-ora-a-Ta'aroa, et quand Ta'aroa y a monté son requin, le nuage qui le portait est devenu le requin *l'Ombre du ciel,* Fa'arava-i-te'ra'i !

– Mais pourquoi le dieu Ta'aroa a-t-il mis son requin dans le ciel ? » demande Ta'aroa.

L'Ancien est revenu s'asseoir dans le *fare*. Il prend son temps. Tous retournent à leur place.

« Parce que deux jeunes dieux impétueux ont voulu tuer le requin pour éviter qu'il ne mange les enfants. Alors ils lui tendirent un piège. Ils le firent venir près de la plage et l'attaquèrent avec leurs lances. Le requin, surpris, faillit succomber. Mais, tout à coup, il fut soulevé de la Terre et projeté par Ta'aroa dans les étoiles où il fut soigné. Il gagna ainsi le pouvoir d'être toujours admiré par les hommes ! »

Tous sont là, stupéfaits, quand une femme pose la question qu'il fallait bien poser :

« Mais que doit-on faire avec Ono ? Ne pourrait-on pas... »

Te'iri, un des prêtres, vient de se lever et, d'un geste large, interrompt cette intervention. C'est plutôt à lui de parler :

« Ono est prétentieux et excessif. Il est d'usage de mettre les impétueux comme lui en présence des *ti'i*. »

Les autres religieux demeurent impassibles.

« Certes, dit Mata-Rau, mais ne peut-on me laisser le choix de la réparation ? »

Un brouhaha prend naissance au sein du groupe des religieux qui, jusqu'à l'intervention de Te'iri, le plus jeune d'entre eux, assistaient aux débats d'un air détaché. Te'iri reprend :

« Nous devons confier Ono aux *ti'i* afin qu'il soit puni de son impudence. »

À ces mots, tous se sont tus et c'est maintenant vers Te'iri et non Ono que les regards se tournent. Le jeune prêtre ajoute :

« Confiez-moi Ono, je le conduirai aux *ti'i* qui décideront. »

Un frémissement parcourt l'assistance. Être trop près des *ti'i*, les regarder en face, c'est une faute mortelle. On ne revient jamais d'une entrevue de ce type.

« Est-ce que les *ti'i* vont raccommoder mon filet ? demande Mata-Rau. Je souhaite être dédommagé, mais pas au prix de la vie d'un jeune insolent ! »

Se tournant alors vers le grand prêtre, il s'agenouille et ajoute d'une manière solennelle :

« C'est à toi, représentant du divin parmi nous, de dire ce qui doit être. »

Teahoroa, le père d'Ono, ne désire pas entrer en conflit avec un prêtre fougueux comme Te'iri, mais, puisque le grand prêtre est sollicité et que Mata-Rau cherche à minimiser l'offense, il pense que l'instant est propice pour intervenir.

« Ô toi, grand prêtre de notre île, dont la sagesse est légendaire, pardonne à mon fils Ono son impudence juvénile et inflige-lui une peine juste, à la mesure de l'affront qu'il a commis. »

Silence.

Le grand prêtre s'est levé. Il attend un moment, puis, de son bâton, décrit un large geste destiné à envelopper le monde. Il dit :

« Ono doit apporter réparation à la famille qui a été outragée. Cette dernière demande une modeste compensation et cela l'honore. Les décisions les plus sages sont celles qui sont prises en commun. » Puis, en pointant du doigt l'assemblée ordinaire des hommes et des femmes du village, il ajoute :

« Lequel parmi vous serait capable de proposer une sage décision ? »

Tama en profite pour se manifester.

« Moi ! Je sais ce qu'il faut faire avec Ono ! »

Ils se sont tournés vers lui et le grand prêtre a levé les sourcils d'un air étonné. Tama est très jeune. Comment pourrait-il faire preuve de sagesse ?

Te'iri n'apprécie pas la fougue de ces jeunes du village qui prennent de plus en plus l'habitude déplorable de se mêler de tout. Tama est fier d'être regardé par tous, surtout par les anciens et par les prêtres eux-mêmes. Il savoure cet instant, la tête haute, tout en observant à la dérobée Vaiana Nui, une très belle jeune fille de quatorze ans comme lui dont il est amoureux. Le grand prêtre se dit que ce jeune ne manque pas de prestance et qu'il est bien le fils de son père. Alors il l'encourage :

« Parle, Tama ! Nous t'écoutons !

– Mon père porte aussi le nom de Ta'aroa qui a envoyé le requin dans les *ta'urua*. Laissons donc Ta'aroa, mon père, décider du sort d'Ono !

– Et que peut bien faire Ta'aroa qui permettrait à Ono de racheter sa faute ? s'exclame Te'iri. Moi, prêtre Te'iri, je déclare que Ta'aroa ne peut rien dans cette histoire qui concerne les *ti'i*. Eux savent.

– Un instant, Te'iri ! interrompt le grand prêtre. Il ne s'agit pas encore d'interpréter les conclusions des *ti'i*. C'est notre responsabilité à nous les prêtres de décider. En ce sens, tu as raison. Pour le moment, les *ti'i* ne peuvent se prononcer, puisque nous n'avons pas statué sur le sort d'Ono. D'autre part, il est exact que Ta'aroa porte le nom d'un dieu, nous devons donc écouter ce que propose son fils. »

Cette intervention ne plaît pas à Te'iri. Certes, le pouvoir des prêtres est lié à celui des *ti'i*, mais, d'après lui, Ta'aroa a trop d'importance dans le village et le grand prêtre semble faiblir avec les ans. Pourtant, Te'iri n'ajoute rien. Comme les autres, il se tourne vers Tama. Le grand prêtre lui fait un simple signe de la main et l'enfant reprend la parole.

« C'est simple, mon père et moi allons pêcher le thon cette nuit. » Là, il marque un temps d'arrêt et observe de nouveau Vaiana Nui. Il attend que les yeux de la jeune fille rencontrent les siens, puis continue :

« Mon père m'a dit : "Va voir les anciens et demande-leur de nous trouver un équipier pour la pêche de cette nuit." Alors, je demande qu'Ono vienne avec nous.

– Et en quoi cela dédommagera-t-il Mata-Rau et sa famille ? s'enquiert Te'iri.

– Ono rapportera deux gros poissons pour eux ! »

Le silence s'est fait et tous regardent le grand prêtre. Ce dernier interroge d'un simple haussement de sourcils Mata-Rau qui acquiesce aussitôt en faisant de même. Il se tourne ensuite vers Ta'aroa qui accepte lui aussi.

Le représentant des divins s'adresse au fils du pêcheur :

« Tama est jeune. Mais Tama est sage. »

Puis il ajoute à l'intention d'Ono :

« Tu iras pêcher le thon et la bonite cette nuit avec Ta'aroa et Tama, et tu rapporteras deux poissons de belle taille pour Mata-Rau et sa famille. »

Tous tapent dans leurs mains et les *to'ere* retentissent pour fêter la décision de l'assemblée.

Te'iri est dépité. Son pouvoir naissant ne sort pas renforcé de cet épisode. Ta'aroa prend trop d'importance à son goût dans la petite communauté de l'île. C'est un pêcheur reconnu. C'est également le *tahu'a va'a*, et maintenant il intervient, indirectement mais quand même, dans le jugement des prêtres !

Le jeune prêtre n'est pas le seul à être vexé. Manu se dit qu'Ono ne connaît rien à la pêche et que c'est lui qui devrait partir avec Tama. Oubliant qu'il s'est moqué de lui peu de temps auparavant, il aurait accepté sans réserve d'être son équipier s'il le lui avait proposé.

Tandis qu'Ono et Tama sont déjà en train de discuter, Vaiana Nui s'approche des deux garçons. Tama, pris de panique, ne sait que faire. Vaiana Nui se serre contre lui. Ses lèvres effleurent la joue puis l'oreille de Tama et, dans un souffle qui le fait frissonner, elle lui murmure tendrement :

« Si tu veux, demain soir après la pêche, on pourrait se voir… »

Puis elle s'éloigne sans se retourner. Tama reste pétrifié et Ono doit le secouer pour qu'il reprenne ses esprits.

« Tama ! Tama ! Hé, Tama ! La nuit est là ! Il faut rejoindre ton père. »

2

Des siècles pour une machine

C'est une masse gigantesque à la fois minérale et métallique, oblongue, sans forme bien définie. Sombre et sans couleur, elle semble rouler, tourbillonner et finalement tomber dans un abîme insondable. Elle est à la fois inerte et pourtant animée d'une vie intérieure qui n'a ni sens ni raison. La raison n'a pas cours ici. Et qu'est-ce que la raison ? Une faculté humaine ? Ou la manifestation d'une organisation infiniment élaborée ? Notre cerveau n'est-il qu'un ensemble de neurones bien ordonné ? Si un substrat complexe, un réseau organisé, quelque chose comme un esprit conscient, enfin un regard attentif, pouvait un instant s'arrêter au bord du chemin qu'elle trace, il la verrait plutôt participer au chaos de la Création. Et si cette conscience pouvait alors porter un jugement, aussitôt elle affirmerait que seul Dieu a dû, là encore plus qu'ailleurs, lever le petit doigt dans l'émergence de ce titanesque projet, et pourtant...

Mais il n'y a pas de témoin et personne ne verra jamais ce qu'elle est en fait : rien qu'un élément insignifiant, un atome, une molécule, une particule, rien que poussière parmi les poussières, pièce ridicule d'un puzzle autrement abstrait dont l'homme s'est volontairement écarté et a oublié les pourquoi.

Pourquoi une telle dépense d'énergie ? Pourquoi cette certitude effrayante et implacable dont toute essence vitale semble exclue ? Pourquoi dans ces lieux perdus ? Pourquoi là, où rien ne s'est jamais fait ? Pourquoi dans un silence dont même la mort aurait peur ? Mais pourquoi ? Sans raison ?

Il y a de la lumière. Elle n'est pas dans l'obscurité totale. Mais c'est une lumière crue, froide, sans nuance, violente et primaire. Comme celle d'un jour qui serait exactement celle du jour précédent, s'il y avait des jours. Il y a dans cette lumière une fixation, une affirmation ridicule de ne pas être concerné par l'écoulement du temps, car, un instant, lumière brute et masse obstinée sont en interaction, et c'est une éclipse. Il y a donc de l'obscurité. Mais une obscurité qui serait palpable, dense, matérielle, une obscurité tellement noire qu'il n'y a pas d'ombre. Avec l'ombre, la lumière n'est jamais loin, mais ici c'est lumière ou obscurité. Ce n'est pas non plus la nuit. Car la nuit pourrait faire penser au jour. Mais cette opacité est complète et intransigeante.

Peu lui importe à celle qui roule sans raison, obscurité ou lumière, rien ne change dans son mouvement, elle continue. Elle roule encore et encore. Elle n'en finit pas de rouler. Mais, dans cette énergie débordante, elle en découvre d'autres. D'autres comme elle. D'autres masses aussi énormes et insignifiantes, aussi poussière qu'elle, mais avec lesquelles elle ne peut que composer. Elle roule toujours mais les autres sont là et c'est un tremblement de terre effroyable et inévitable. Chocs titanesques et confrontations maléfiques. Il lui faut du temps pour s'arrêter, trouver son chemin, perdre de l'énergie, la répandre sous une forme plus dégradée, quelque part remettre son dû, payer sa dette. Elle prend son temps. Mais cela va arriver. Cela arrive. Elle s'arrête enfin. Mais c'est un arrêt qui dure, qui n'en finit pas de s'arrêter. Elle marque là ce qui la caractérise, sa masse, son inertie, son importance quand même. Dans une fureur inimaginable, elle en pénètre d'autres, toutes prodigieuses comme elle. Sans vraiment de raison, elle leur transmet une partie de son mouvement. Elle bouscule, elle dérange. Sa rencontre avec ses sœurs n'est que friction de matières en fusion, laves et scories. Éventrements, failles et fissures terrifiantes, projections liquides et gazeuses. Elle éructe et se répand dans de fantastiques débordements entropiques. Elle est arrêtée, hébétée, tout à coup absurde dans un immobilisme soudain. Par le magma en fusion qu'elle vomit, elle apporte un instant un embryon de nuances dans une lumière qui n'a rien compris. Mais, bientôt, les flots de lave se contractent, se figent, se cristallisent enfin dans des soubresauts obscènes et définitifs.

D'autres la suivent. Elles prennent le même chemin. La même histoire se répète inexorablement. Elles ne sont de nouveau que chocs et fureurs cataclysmiques exacerbés, dislocations silencieuses. Parfois, la lumière semble pâlir devant des rayons sombres qui accompagnent de fugitifs jaillissements rougeoyants de lave et de débordements visqueux. Et tout finit par se figer. Elles sont toutes soudainement agglomérées, reconfigurées, pétrifiées par des rencontres improbables, impossibles. Et du monstrueux chaos, de cet invraisemblable amoncellement, naît une stratégie, une idée essentielle, un plan, l'embryon d'une raison.

Un siècle passe.

L'entropie de l'univers se ralentit peu à peu en ces lieux. Elle s'inverse localement. Ici l'ordre prend le pas sur le désordre. Et même si la lumière ne connaît toujours pas la nuance et si l'obscurité s'entête à fuir l'ombre, il y a là l'expression d'un vaste projet. Quelque chose arrive. Quelque chose s'annonce. Une autre masse gigantesque est là. Elle est parfaitement cylindrique et d'un gris sombre homogène. Elle n'avance pas en roulant, ni en tourbillonnant. Elle est animée d'un mouvement rectiligne uniforme qui trahit en elle une réflexion manifeste, une procédure informationnelle, pour ne pas dire une pensée. Un examen plus attentif montre qu'elle est en train de s'arrêter. Bientôt, la voilà immobile à proximité des autres. Ces autres incohérentes, restées encastrées, soudées, agglomérées, dans un infernal enchevêtrement chaotique. La dernière venue tranche avec les premières. Elle est aussi énorme et imposante, mais sa surface lisse et courbe lui confère un statut autrement supérieur.

Une gigantesque traînée noire prend naissance le long du cylindre. Une génératrice qui peu à peu devient une faille, un gouffre affreux dans sa rectitude, une béance démente et démesurée de plusieurs centaines de kilomètres de long. Insensiblement, la nouvelle venue s'ouvre et présente bientôt comme les deux coques d'un coquillage planétaire. Ce pourrait être les mains de Dieu desquelles le monde serait né. De ces mains en offrande surgissent d'autres masses plus petites mais ô combien plus complexes et organisées. Soudain, d'une ruche prodigieuse émergent des milliers de systèmes qui prennent forme, qui s'activent, qui bourdonnent. Un fantastique va-et-vient s'organise. Les masses primordiales précédemment entassées sont palpées, analysées, classées, découpées, disloquées, transportées, malaxées, broyées telles de simples molécules qui sont enfin traitées, transformées, filtrées, transmutées, reconfigurées, reclassées, pour être finalement dirigées et stockées.

Puis les réplicateurs sont là et tout change. Sauf le plan qui depuis deux mille ans demeure à jamais le même.

Du chaos et de ce plan, *il* naîtra bientôt. Mais rien n'est encore fait et du temps est nécessaire encore. Il faudra bien des années, des dizaines d'années, mais personne n'est là pour apprécier cette durée qui, n'étant pas mesurée, n'a pas beaucoup de sens. Seuls les réplicateurs sont présents.

Un autre siècle passe.

S'*il* prend forme et se construit, *il* reste cependant bien fragile. Trop jeune et imparfait, *il* ne peut encore remplir sa mission. Mais nul doute qu'*il* trône tel un prince au milieu d'une cour attentive à ses moindres désirs. Est-ce une demande de sa part ? Un rêve à accomplir ? Une mission ? Un espoir ? Mais un cube noir, immense et massif, le pénètre tout à coup, s'intègre et s'encastre parfaitement dans un emplacement qui est aussitôt fermé, scellé, définitivement condamné et protégé. Une phase vient d'être franchie. De cette union monstrueuse entre *lui* et cette géométrie cubique naît une présence. Dans les profondeurs de ses entrailles, des systèmes complexes jusque-là endormis sont activés. Des vagues de fluides et de rayonnements divers prennent leur essor dans une ville en sommeil depuis la nuit des temps. Une étape essentielle se forge dans les méandres temporels. C'est une émergence, une manœuvre holistique. C'est un monstre impossible, animé d'une stratégie certaine, contenant un peu de raison sous bien des formes. Cependant, ce n'est pas encore son âge de raison !

Un paysage oublié. Une brise légère agite imperceptiblement les branches d'un chêne. Un merle passe dans sa livrée sombre et se pose en souplesse sur l'une d'elles. Il tourne la tête un bref moment, une lumière magique brille dans son œil espiègle.

Il sautille le long de la branche et disparaît brutalement dans un ciel pastel qui semble être anormalement proche.

Voici un champ de blé qui se pare des plus belles couleurs qui soient, comme des taches écarlates de trois coquelicots. Faut-il qu'une conscience, un instant perdue dans des rêves d'enfants, soit présente pour imaginer l'innocence d'un premier bouquet ?

C'est peut-être une soirée de printemps car les feuillages alentour n'ont pas encore les couleurs trop abouties de l'été. Ce sont plutôt des tons subtils, uniformes et doux qui prennent des nuances simplement vraies et naturelles. C'est un miracle ! La beauté à la fois flamboyante et reposée d'un jour d'avant.

Un siècle encore est passé.

Il est là, tel un Léviathan impossible. Unique dans l'immensité, seul et figé dans l'attente de son devenir, mais un avenir si commun pourtant. Comme les autres de son espèce, si éloignés aussi, *il* participe à l'expansion généralisée.

Il est là, plus grand que la plus grande des villes, non pas comme une ruche sans abeilles, ou une ville sans habitants, mais plutôt comme une arche de Noé sans Noé.

C'est l'instant où, maintenant, tout va réellement commencer. Son avenir ne dépend plus de *lui*. Le décompte du temps est entamé dans son intimité. Et se pourrait-il que de tout cela, de cette longue effervescence, de cette émergence qui n'en finit pas d'exister sans être, naisse enfin quelque chose comme une conscience ? Le mythe éternel qui veut que seul l'esprit humain pourrait se connaître a-t-il du sens ? Peu importe de savoir si l'univers n'est là que pour être observé, une chose demeure avec une certitude implacable, c'est que *lui*, désormais, est en mesure d'exister.

Le compte à rebours est terminé. *Il* met en marche ses fabuleux moteurs et des flots d'énergie lumineuse s'élancent dans les espaces infinis. L'événement marque la fin comme le commencement.

La fin de sa genèse. Le début d'une attente, une certaine probabilité qu'*il* puisse exister enfin si l'on observe un jour l'intense émission de lumière de ses propulseurs. Rien ne sera plus comme avant.

Maintenant qu'*il* est achevé, bien plus qu'une machine de taille planétaire, vu des confins des cieux, *il* deviendra d'abord un astre parmi les astres, comme une étoile qui vient de naître.

3

L'appel du large

Lundi, 11 h

Les conditions sont agréables. Mer belle à peu agitée. Houle faible de secteur sud. Pas de bulletin météo spécial annonçant une aggravation du temps, les vents restent faibles, de secteur est, comme souvent. Les alizés sont à peine là et nous devons nous résigner, le vent va nous manquer. Peu de vent, petite vitesse. La traversée sera plus longue que prévu. Bien sûr, il y a toujours le moteur, mais les plus jolis moments sont ceux où le *Toa Marama* glisse avec puissance, toutes voiles dehors, sur la grande houle du Pacifique.

12 h

J'aime ces instants où nous sommes sur le départ. Nous faisons subir à notre bateau une invasion de sacs divers, de bouteilles, de boîtes de conserve et de bien d'autres choses encore ! Même si je sais pouvoir compter sur Alpha qui, en parfaite intendante du bord, va réussir à tout faire disparaître dans les coffres, les équipets et les fonds, je passe toujours par une phase d'angoisse où je ne peux m'empêcher de dire :

« Comment va-t-on caser tout ça ? »

Pendant que le second du bord entreprend avec méthode cette mission impossible, je me plonge dans la préparation technique du bateau. Comme endormi, mais tirant sur ses amarres, en attente de croisière, il est sagement attaché à son ponton. Quelques rares rayons, se glissant à travers les rideaux bleu marine, tombent sur les chaudes couleurs du merisier et rappellent discrètement que le pont, lui, est inondé de soleil. Aucune lumière n'anime les tableaux électriques de la table à cartes, aucun instrument ne clignote. Ni bruit ni vibration. Rien ne bouge en lui.

Je soulève le panneau du coffre qui renferme les contacteurs électriques. Six claquements secs brisent définitivement le silence. À ce signal, prélude au départ et au gonflement de ses voiles, le *Toa Marama* semble s'ébrouer, il reprend vie. Les systèmes de navigation se mettent en route. Les circuits internes palpitent de nouveau, on sent qu'il va se passer quelque chose.

Impatience.

Je suis maintenant dans le cockpit. Préparer la grand-voile, ouvrir son taud, libérer sa drisse et la mettre à poste. Préparer aussi les écoutes du génois, le grand foc avant, et faire de même pour sa petite sœur, la trinquette.

En entrant de nouveau dans le bateau, je constate qu'Alpha a fait disparaître comme par magie toutes les provisions qui envahissaient le carré.

Maintenant que tous les circuits du *Toa Marama* revivent, que les instruments de navigation sont prêts, que drisses et écoutes sont claires, que les voiles peuvent être hissées ou déroulées, que toutes les réserves sont en place, on peut larguer les amarres.

Action !

14 h 30

Départ de la marina Taina.

Voilà, c'est l'instant où tout va changer. Nous quittons doucement notre ponton. Nous sommes à petite vitesse. Alpha hisse la grand-voile. La passe Taapuna se profile devant nous.

Le *Toa Marama*, grand-voile haute, s'élance entre les rouleaux de la barrière. Le Pacifique est là, relativement calme aujourd'hui, même s'il retient difficilement – on le sent bien – les ondulations d'une houle naissante de sud-ouest qui ne demande qu'à prendre de l'ampleur.

15 h

Dans le chenal de Tahiti à Moorea, la mer est belle. Le vent variable est très faible, presque nul. Évidemment, route au moteur, cap réel 294° pour passer l'île sœur. Cette dernière fait partie de l'horizon familier. Elle appartient à notre environnement et à notre vie de tous les jours. Souvent, en deux heures à peine, nous la rejoignons pour profiter de l'un de ses plus beaux mouillages. Aujourd'hui, nous ne ferons que la raser pour prendre la direction du grand large, vers les îles Sous-le-Vent.

17 h 30

Nous passons la pointe Aroa de Moorea et ses cocotiers. Il nous faudra des heures avant d'en apercevoir d'autres. Les poissons volants qui s'élancent hors de l'eau, sur plusieurs dizaines de mètres, nous servent d'escorte. Sur bâbord, le *Tahitian Princess*, un paquebot que l'on voit souvent dans les eaux polynésiennes, sort majestueusement de la baie de Cook. Sur tribord, un cargo rouge venant de Papeete, le *Taporo*, fait une route plus nord que nous et s'éloigne petit à petit.

18 h

Le ciel s'embrase de rouge, de rose et d'orange. J'allume les feux de navigation. Moorea et ses sommets provocants barrent l'horizon derrière nous. Les nuages prennent des teintes à couper le souffle. J'admire le mont Mouaroa de Moorea, qui, telle une gigantesque dent de requin enchâssée au fond de la baie d'Opunohu, se dresse dans un ciel d'un rouge vif arrogant.

La silhouette de ces îles est toujours surprenante. Images irréelles, dessin d'un enfant qui aurait exagéré la découpe acérée des sommets. Vues de loin, quand on ne distingue pas leur belle couverture végétale, leurs fleurs, leurs cocotiers et leurs rivages formés de lagons accueillants, ces îles peuvent paraître inhospitalières, voire agressives, particulièrement lorsque, comme en ce moment, silhouettes sombres et massives, elles se détachent brutalement sur un ciel de sang.

20 h

Le vent reste très faible, moins de dix nœuds. Une légère houle berce le bateau qui roule doucement. Alpha se repose dans la cabine arrière. J'assure le premier quart. La lune brille très haut, pratiquement au zénith. Au-dessus de nous, des myriades d'étoiles. Je me perds un instant dans le velouté obscur du ciel profond.

Nous avons un écho radar sur tribord avant à quatre milles, vitesse réelle de la cible qui s'écarte de nous, six nœuds, pas de problème.

Route ouest-nord-ouest sur un point situé entre Raiatea et Tahaa. Bora Bora est juste derrière. Tahaa dans une douzaine d'heures, peut-être ?

Je serais tenté de m'arrêter à Tahaa. C'est la Polynésie profonde, bien loin de la « civilisation » de Tahiti. Tahaa est chantée par les Polynésiens comme un berceau préservé, qui sent bon la vanille, une île restée à l'écart du développement touristique. Il y a bien dans le même lagon sa grande sœur Raiatea qui a des prétentions historiques et culturelles justifiées, mais c'est évidemment pour Bora Bora que l'on embarque, surtout à bord d'un avion, rarement à bord d'un bateau. Bora Bora est la référence mythique évidente. Mais j'irais bien mettre l'ancre du *Toa Marama* dans le lagon de Tahaa pour voir les *motu* de près, sous le soleil et les étoiles du Pacifique.

De temps en temps, je fais un tour d'horizon sous un firmament qui me surprendra toujours. Si les cieux fourmillent d'une présence évidente, l'environnement marin de notre bateau est totalement vide sur plusieurs milles. Pas de feux de navigation proches ou éloignés, pas d'écho sur l'écran du radar.

Nous sommes seuls au monde sur le plus grand océan de la Terre.

22 h 30

Je tombe de sommeil. Je veille depuis plus de quatre heures. Doucement, je réveille Alpha. Elle se lève de sa couchette. Je lui passe les consignes du bord. Toujours pas de vent. Route au moteur sous pilote automatique. Elle regarde l'écran du radar, pas d'écho. Elle observe l'écran de l'ordinateur. Sur la carte électronique, le *Toa Marama* suit imperturbablement une route parfaitement rectiligne. Je dois aller dormir. J'ai confiance en Alpha. D'année en année, elle a intégré le monde de la mer et l'univers du bateau, son bateau.

Je sais que je peux compter sur elle.
Je peux fermer les yeux.
Je peux rêver aux étoiles.

4
Le trou de Ruahatu

Ce n'est pas vraiment un atoll. Ce n'est pas vraiment une île haute. Cette incongruité minérale à la verticalité excessive plantée dans le lagon trahit une naissance brutale qui ne paraît pas avoir de rapport avec la douceur des *motu*. À part une bande de sable et une minuscule plaine où il ne semble pas réaliste d'établir un village, le pourtour du piton passe directement de hauteurs inaccessibles à des bleus indigo trahissant des profondeurs impressionnantes.

Ici, c'est le domaine des *ti'i*. L'accès à la montagne par la plage, à l'inextricable végétation proche des eaux du lagon, devient rapidement très difficile. Les lieux sont réservés aux prêtres de la petite communauté qui viennent là pour entrer en contact avec les *ti'i*, suivant un rituel ésotérique. Les *ti'i* jouent un rôle très important. C'est ainsi qu'ils sont présentés par la caste des religieux, et donc par un grand prêtre comme Tumatarii ou par un novice entreprenant comme Te'iri. Dans la pratique, il n'est pas dans l'habitude des dieux d'accorder une quelconque importance au commun des mortels. De plus, les décisions divines révélées par les *ti'i* sont souvent ambiguës et nécessitent l'interprétation indispensable d'un prêtre confirmé.

Le pourtour récifal de l'île est plus hospitalier. Il comprend une très grande variété de *motu*, et, par chance, les deux plus grands encadrent la seule passe des lieux qui permet la communication entre le lagon et le grand Océan.

Les ancêtres de Ta'aroa ont choisi de s'établir sur les deux *motu* principaux qui offrent suffisamment de place et en même temps tous les accès désirés. Mais le village s'est surtout développé sur celui du sud, plus grand et plus accueillant, où une petite anse dans la passe forme un port naturel.

Comme pour tous les *motu* bordant les atolls, on trouve d'un côté la façade océanique avec sa barrière soumise aux brisants provoqués par la grande houle et de l'autre la douceur de vivre du lagon. Entre les deux, la passe, lieu privilégié tant désiré quand on rejoint l'île et espoir de découvertes quand on subit l'appel du large.

Justement, c'est bien l'appel du large qui obsède en ce moment même Ta'aroa, Tama et Ono, alors que la pleine lune leur donne suffisamment de clarté pour les derniers préparatifs et qu'ils tirent sur la plage une pirogue à balancier sur laquelle il est possible de gréer une voile.

Les trois pêcheurs reviennent ensuite vers les *fare* pour chercher leur matériel. Le prêtre Te'iri est là. Ta'aroa se dit que sa présence à elle seule montre qu'il a accepté la sage décision du grand prêtre. Te'iri récite quelques litanies, la plupart du temps incompréhensibles pour Tama et Ono. Ta'aroa, lui, sait qu'il est question des zones de pêche en général et des trous à thons en particulier. Et, même s'il reste toujours à l'écart des discussions concernant les décisions prises par les *ti'i*, il n'ignore pas que Te'iri prend aussi parfois la mer. Un prêtre ne pêche pas, alors que fait-il au large ?

Te'iri a terminé et retourne à ses mystérieuses activités. Ta'aroa présente aux deux jeunes les hameçons de nacre qu'ils vont utiliser ainsi que de plus gros en bois et lestés de pierres noires. Il y a là toute une panoplie et Tama, qui a déjà emprunté le matériel de son père, mais seulement dans le lagon, est fier de faire état de ses quelques connaissances auprès d'Ono. Il lui montre les lignes de pêche faites de fibres végétales extrêmement résistantes, puis ils réunissent harpons, cordages et appâts divers.

Là-bas, la pirogue de pêche est seule sur la plage, à dix mètres des eaux du lagon. Près du quai de pierre du village, elle est là en attente, prête à pénétrer une onde souvent insondable. Pour le moment, sa carène impatiente pointe vers la passe, comme pour s'élancer sous la lune, vers ce frémissement de multiples reflets pâles qui s'agite devant elle et qui l'excite.

C'est une belle pirogue de pêche, légère et rapide. Ni trop petite ni trop grande, capable de contenir quatre pêcheurs et de rapporter une grande quantité de thons ou de *mahimahi*.

Ta'aroa, Tama et Ono s'activent pendant que Hina et sa mère Te Mata'ata préparent des provisions. Les *to'ere* se sont tus. Seul persiste dans le lointain le vrombissement sourd des rouleaux du grand Océan. Inlassablement, ils viennent se briser sur la barrière de corail à l'extérieur de l'île.

C'est une belle pirogue, mais ce n'est somme toute qu'une pirogue. Certains lui accorderaient volontiers une âme, une pensée. Mais ce n'est qu'une pirogue. Elle ne perçoit pas que l'on s'est approché sans bruit.

Il est là, tapi dans l'ombre de la carène, tenant dans l'une de ses mains une série de pointes de nacre effilées comme des aiguilles. Plusieurs fois, en silence, il en introduit une, à l'arrière du *va'a*, sur la longueur d'un avant-bras, dans les liens qui assemblent les planches de la carène, détruisant ainsi en partie le calfeutrage qui a été soigneusement réalisé. Parfois l'aiguille se brise, alors, à l'aide d'une autre, il pousse la partie cassée et coincée dans le bois puis reprend patiemment son acte criminel.

Ils sont revenus près de la pirogue à proximité de la passe, à égale distance de l'océan et du lagon, près de l'anse où le courant est toujours faible. À côté d'eux se tient Te Mata'ata, la femme de Ta'aroa. Elle porte dans deux paniers de la nourriture pour la nuit. Les hameçons de tout type et les lignes sont à bord, les rames également, quelques nasses pour mettre les prises fragiles, un harpon à pointe d'os et deux lances pour achever une bête de belle taille. Ils placent aussi au fond du *va'a* de petits poissons morts pêchés dans le lagon l'après-midi même et des appâts pour des bêtes qu'ils espèrent imposantes. Ta'aroa glisse dans sa ceinture une hache de pierre toujours utile. Il prend la conque marine que lui tend sa femme et qui peut servir pour appeler à l'aide. Il n'oublie pas les écopes, taillées dans des pièces de bois massif. Un peu d'eau suinte toujours entre les assemblages de la coque.

Le frère plus âgé du pêcheur, Temana, est là aussi avec sa femme Maeva et leurs enfants, et le prêtre Te'iri accompagné de cousins. Temana s'approche de son frère. Tous pensent qu'il l'embrasse, ce qui est exact, mais personne n'entend qu'il lui chuchote à l'oreille :

« Pense au trou de Ruahatu, les thons sont toujours là…, mais ne sois pas trop gourmand ! Pense bien au trou de Ruahatu ! »

Pour satisfaire au rite, Temana a allumé un feu de broussailles près de la pirogue. Il jette de l'eau sur les jeunes flammes. Puis Ta'aroa passe, suivi de Tama et d'Ono, dans la fumée naissante. Ainsi, ils sont purifiés. Ils ont éloigné d'eux les esprits terrestres malfaisants. La pêche de nuit n'est pas un exercice facile, et même si Ta'aroa est un expert, il doit avoir avec lui les forces obscures. La pirogue sera mise à l'eau avec discrétion. On ne dérange pas les choses de la mer. Coquillages et coraux sont respectés. Puis, alors que le pêcheur, son frère et les deux jeunes équipiers poussent l'embarcation dans l'eau calme, le père Mata-Rau apparaît et dit gravement :

« Ta'aroa, que Ruahatu t'aide dans ta quête sous les *ta'urua* ! »

À ces mots, ils montent tous les trois dans le *va'a* dont la voile est momentanément affalée. S'aidant de leurs rames, ils s'éloignent rapidement dans le courant sortant qui les porte en quelques instants hors de la vue du petit groupe au bord de l'anse.

Plus loin, Manu, qui observe toujours les faits et gestes de tout le monde, les regarde partir. Il a les yeux fixés sur eux. Il pense que c'est lui qui devrait se trouver à la place d'Ono. Celui-là est tout le temps en train de jouer au guerrier, mais le vrai pêcheur, c'est lui Manu, pas Ono. Il en veut encore plus à Tama. Mais au lieu de lancer avec vigueur, selon son habitude, des galets dans les flots de la passe comme pour supprimer les reflets de la lune montante qui aident Ta'aroa et ses équipiers, il reste là, seul et malheureux.

Dès que les trois pêcheurs s'éloignent, ils doivent pagayer avec vigueur pour contrecarrer une houle ample qui ne demande qu'à les rejeter sur les coraux de la barrière. Au large, c'est tout juste s'ils aperçoivent encore l'ombre sombre du sommet de l'île centrale. Sans cette cime, il serait extrêmement difficile de se repérer, quoique Ta'aroa sache par habitude de quel côté de l'île il se trouve en regardant attentivement les mouvements de la houle influencés par la présence du récif.

L'océan n'est pas très agité, mais cette nuit les lignes à thons ne donnent pas. Ono intervient :

« Le *täne* de ma cousine Rimateata m'a dit que dans le trou à thons de Ruahatu il y avait toujours de beaux poissons.

– Je connais l'endroit, répond Ta'aroa, mais ce n'est pas une bonne chose de pêcher dans la réserve de thons de Ruahatu, il pourrait en prendre ombrage. »

Soudain, il se souvient des paroles de son frère, sans pour autant comprendre pourquoi Temana l'a encouragé à briser un tabou.

« Il suffit d'être raisonnable et de n'en prendre que deux, ajoute Ono. Si je n'en rapporte pas, ça va aller mal.

– Tout ça à cause de moi, murmure Tama. C'est moi qui ai demandé que tu viennes avec nous, pour racheter ta faute. »

Tout en écoutant machinalement les jeunes, Ta'aroa écope l'eau qui stagne dans les fonds. Il y en a plus que d'habitude mais, avant de s'en inquiéter, il réfléchit à ce qu'il vient d'entendre. Il faut absolument respecter la décision des anciens. Ono doit rapporter deux poissons. Ils sont tous les trois liés par cet engagement, et ils auront tous les trois des ennuis s'ils reviennent bredouilles.

« Il suffirait de deux thons, seulement deux », insiste Tama à l'adresse de son père.

Le pêcheur ne dit rien, mais Tama comprend qu'il est d'accord, parce qu'il modifie subitement le cap de la pirogue.

« Bon, alors juste deux, n'est-ce pas ? Personne ne le saura. Ensuite, on rentre. De toute manière, le jour va bientôt se lever et le courant devrait nous permettre de rejoindre la passe. »

Pour ne pas alarmer son équipage, il n'ajoute pas que la pirogue prend plus d'eau que d'habitude.

Tama aide Ono pour envoyer la petite voile, pendant que Ta'aroa tient l'une des rames avec assurance, comme un gouvernail. À cette heure de la nuit, les *ta'urua* sont bien visibles et le pêcheur sait que trois petites étoiles alignées dans un grand rectangle lui indiquent la direction du trou à thons qu'il recherche.

C'est ainsi qu'en regardant les cieux et le sommet de l'île, Ta'aroa conduit le *va'a* au bon endroit.

Il faut beaucoup d'expérience pour percevoir que le trou est là. Ni Tama ni Ono ne saisissent tout de suite les explications de cet homme qui parle d'oiseaux, de couleur, d'ombre, de ressac, de vibrations marines, de houle, de profondeurs insondables et, pour finir, de *ta'urua* et de lumières célestes. Quand Ta'aroa complète sa démonstration par un discours concernant la hauteur du sommet de leur île par rapport à la paume d'une main, Tama comprend ce qu'il veut dire, mais il ne voit pas la relation avec la couleur de l'eau et ses frémissements.

Alors, patiemment, Ta'aroa reprend ses explications :

« Quand le jour est là, il faut chercher les oiseaux noirs qui volent au ras de l'eau et font des ronds. Ils sont à l'affût des frémissements produits par les petits poissons qui jaillissent de l'eau comme des flèches et qu'ils avalent au passage.

– Mais les bonites ?

– Justement, les petits poissons surgissent de l'eau parce que les bonites et les thons sont derrière.

– Oui, mais, la nuit, comment fais-tu ?

– La nuit, c'est plus compliqué. Les thons aiment bien certains endroits où ils chassent en groupe, alors ce sont les mouvements de la mer qu'il faut rechercher, et là, pour bien trouver les trous, il faut d'abord savoir très précisément où l'on est.

– Et où sommes-nous, père ?

– Tama, tu poses trop de questions. Nous sommes dans un trou à thons, voilà tout. Mais celui-là, je ne te dirai pas comment il s'appelle, ni comment je l'ai trouvé. »

Tama se tait et Ta'aroa essaie de ne pas trop penser au nom de ce trou.

La nuit va bientôt laisser place à l'aube. Il est temps de voir si les thons et les bonites sont bien là. À la voile, le pêcheur manœuvre l'embarcation d'une main experte. Tama est fier de son père. Ono aussi est admiratif.

Très vite, une des lignes est lancée dans les profondeurs. Aussitôt, la prise est correctement assurée et ils remontent une belle bonite toute rayée horizontalement de jaune pâle.

Mais Ta'aroa est de plus en plus inquiet ; il n'arrête pas d'écoper, la pirogue fait anormalement de l'eau. La mer commence à lever un clapot incohérent masquant les réflexions d'ondes qu'il sait venir de son île. Ensuite, le ciel se couvre sensiblement. S'il perdait de vue le sommet qui lui sert d'amer, il risquerait de ne pas pouvoir revenir pour le courant entrant. Il s'exposerait à être retardé dans la recherche du chemin et il leur faudrait tous les trois attendre au large. Or, le nuage qu'il aperçoit à l'horizon et qui prend devant la lune une fantastique expansion verticale n'est pas de bon augure. Il n'a jamais peur en mer, pourtant, si ce n'était pas l'engagement qu'ils ont pris de racheter la faute d'Ono, il déciderait de rentrer sur-le-champ.

Son fils le bouscule dans ses pensées.

« Père, vite, aide-nous, on ne peut plus tenir la ligne, Ono et moi ! »

Ta'aroa se précipite en criant :

« Lâchez, laissez filer ! »

Trop tard ! Tama lance un cri de douleur. La ligne vient de filer brutalement sur une dizaine de mètres et lui entaille les deux paumes avant qu'il ait le réflexe de lâcher momentanément le fin cordage. Ta'aroa est stupéfait par la ténacité des jeunes. Malgré ses mains en sang, Tama n'abandonne pas la prise, aidé par Ono en équilibre sur le bord de la pirogue.

« Par Ruahatu, lâchez donc cette ligne ! » ordonne le pêcheur tout en affalant la voile pour stopper l'embarcation. Mais il n'y a pas plus têtus que ces deux-là et Ta'aroa se joint à la manœuvre tout en maugréant.

Ils sont trois paquets de muscles arc-boutés sur leur petite embarcation, retenant comme des damnés le fil qui plonge maintenant à la verticale et qui fixe curieusement le *va'a* au milieu des flots. Ta'aroa n'a pas le temps de s'étonner de cette immobilité étrange. D'ordinaire, une grosse prise bien accrochée comme en ce moment tire à elle seule un *va'a* avec trois hommes sur de grandes distances.

Ils font des efforts désespérés. Tama, obstiné et les mains toujours en sang, grimace de douleur, mais pour rien au monde il n'abandonnerait. Il veut ce poisson et il l'aura.

Ono montre une puissance peu commune. Il est évident qu'il préférerait plonger avec le fil dans l'eau sombre plutôt que lâcher sa prise.

La ligne ne file plus. Ta'aroa est subjugué, jamais il n'a vu de sa vie un filin tendu à ce point. Ils commencent alors à le remonter doucement. Le pêcheur est fier de l'énergie déployée par Tama et apprécie la force surprenante d'Ono. À eux trois, ils forment une vaillante équipe soudée par l'effort. Ta'aroa évite de regarder le ciel car il sait maintenant que la lune est complètement masquée, sans parler des étoiles. Il est en train de perdre ses repères, mais ne veut pas troubler la concentration de son fils et de son ami. Ce serait trop vexant pour ces deux jeunes hommes qui ne rêvent actuellement que de l'exploit désiré par tous les pêcheurs : rapporter à terre une prise exceptionnelle qui fera d'eux les héros du jour. Dans les profondeurs, Tama ne voit pas le fil de ligne, il voit les yeux en amande de Vaiana Nui qui l'admirent. Il souhaite plus que tout un retour triomphal au village après avoir remonté des fonds marins un animal de taille rarissime.

Une heure passe encore et, alors que la lumière du jour rosit à l'horizon, un museau sombre et deux yeux gigantesques sortent des flots. L'animal épuisé a succombé.

« Je n'ai jamais vu un aussi gros poisson ! s'exclame Ono.

– Moi non plus, c'est extraordinaire. Il faudra vraiment tout donner à la famille de Mata-Rau, père ?

– Un *Mä'ohi* n'a qu'une parole mon fils ! » C'est vrai que c'est une belle bête, se dit Ta'aroa, évitant de songer qu'ils sont toujours dans la réserve de Ruahatu.

Ils se reposent un instant tous les trois en souriant. Ta'aroa déchire un morceau de son pagne pour faire un pansement de fortune à son fils. Puis, ayant repris des forces, ils tentent de ramener à leur bord ce thon de très grande taille. Un poisson comme jamais personne n'en a pêché.

Petit à petit, ils basculent la bête par-dessus bord et, au moment même où ils y parviennent, ils entendent distinctement un craquement dans la coque de la pirogue. Une faiblesse due à toute cette masse, se dit Ta'aroa. Ils ont bien des difficultés à coexister avec elle au sein du *va'a*, même si ce dernier possède un bord surélevé pour stocker la pêche. Ta'aroa s'est subitement allongé comme s'il voulait s'introduire sous le monstre. Tama et Ono, qui eux aussi assimilent le craquement de la coque à une fatigue naturelle liée à l'énorme bête, ne comprennent pas bien ce que fait Ta'aroa dans les fonds très étroits de l'arrière.

« Père, c'est une prise magnifique. »

Mais Ta'aroa ne s'intéresse plus au thon, il dit :

« La pirogue prend l'eau anormalement. Et surtout, depuis que notre pêche est à bord, les fonds ne désemplissent pas malgré mes efforts pour écoper ! »

Tama et Ono prennent conscience qu'ils ont les pieds dans l'eau. Il se peut que l'affaissement de leur bateau ne soit pas uniquement dû à la surcharge.

« Ono, tu vas plonger sur l'arrière… et puis non… »

Ta'aroa ne finit pas sa phrase et c'est lui qui plonge immédiatement dans les flots. Il disparaît un court instant. Il refait surface en soufflant et remonte aussitôt pour s'allonger encore une fois dans les fonds arrière tout en jurant. Tama et Ono le regardent faire, interdits. Il crie :

« L'une des planches de l'arrière est déplacée et l'eau entre par là. Si on ne trouve pas une solution rapidement, on va couler !

– Et si on déplaçait le thon sur l'avant, propose Tama.

– Tu as raison ! Ne tardons pas. »

Après bien des efforts, ils avancent l'énorme bête et placent son museau sur l'étrave. La modification de la répartition des poids dans la pirogue a sensiblement diminué l'influence de la voie d'eau, mais l'étrave ornée de la monstrueuse tête de thon s'est dangereusement abaissée, offrant aux éléments marins une emprise excessive.

« Cela ne suffit pas ! » dit Ta'aroa qui est de nouveau allongé à l'arrière. Tama intervient :

« Et si on coinçait la bonite dans les fonds ? »

Il n'a pas le temps de terminer sa phrase qu'Ono et lui font passer l'animal sur l'arrière. Ta'aroa le pousse autant qu'il peut avec ses pieds. Le museau tout rond et conique s'encastre tant bien que mal entre les planches des deux bords. La voie d'eau est réduite mais non enrayée.

« L'eau entre encore… il faut refaire les liens qui ont cédé… », décide Ta'aroa.

L'une des lignes de pêche est sacrifiée et avec l'aide d'Ono, qui cette fois a plongé avec lui, Ta'aroa tente une réparation de fortune. Ils mettront bien une heure avant d'estimer que le danger s'éloigne et qu'il est possible, en écopant régulièrement, d'empêcher le naufrage de l'embarcation.

Alors que Ta'aroa reprend sa respiration au bord de la pirogue, il s'aperçoit que l'animal, désormais figure de proue, est emmêlé dans une grande quantité d'algues qui traînent dans les flots. Une espèce inconnue, très allongée et filamenteuse. Il s'exclame :

« Dès que l'on aura terminé, mettez-moi toutes ces algues à l'eau. »

Il ne dit rien de plus, mais il n'aime pas cela. Tout ce qui est anormal est nécessairement d'origine divine. Il regrette après coup d'avoir conduit le *va'a* au-dessus de ce trou à thons tabou depuis toujours. Il ferme les yeux. Il prie en silence Ruahatu de rester calme. La pirogue est blessée, mal réparée, trop lourdement chargée. Ta'aroa espère un petit vent portant, mais surtout pas trop de vagues. Si la mer devait se former, avec la coque fragilisée, il faudrait rejeter à l'eau cette prise exceptionnelle et revenir bredouille vers l'île… et ça, un pêcheur ne peut l'admettre.

Si le jour naissant rassure toujours même le plus averti des marins, le sommet de l'île masqué par les nuages demeure invisible. Ta'aroa a perdu son principal amer.

Il leur reste à attendre le milieu de la journée pour bénéficier de courants portants. Mais, avec les nuages, le vent est venu et l'océan commence à lever dangereusement une houle inquiétante. Même revenir vers l'île avant le milieu du jour va devenir un exploit. D'un autre côté, tant qu'ils gardent les deux poissons à bord, ils ne mourront pas de faim. Ils ont des réserves pour quelques jours, il suffira d'attendre. Cependant, malgré leurs efforts continuels pour écoper, ils ont encore les pieds dans l'eau.

Tama, qui est encore sous le coup de l'émotion de la pêche exceptionnelle, commence seulement à prendre conscience de la situation. Quant à Ono, qui ne voit pas le danger, il entame une chanson dans laquelle il est question d'une pêche miraculeuse et de jolies filles.

Comme Ta'aroa reste songeur, Tama intervient :

« Que faisons-nous maintenant ?

– Nous rentrons, mon fils, nous rentrons. Nous allons remettre la voile. Je vous préviens, la route va être dure. En plus, il va falloir pagayer ferme pour éviter que ce vent soudain ne nous éloigne de chez nous. »

Il ajoute, en prenant soin de ne pas laisser transparaître son inquiétude :

« Ono, tu es un fier guerrier *mä'ohi*, alors tu vas nous montrer comment tu es capable de faire avancer notre *va'a.* »

Se tournant vers son fils, il précise :

« Tama, tu as deux missions : tu rames comme tu peux. Quand tes mains te feront trop mal, tu te reposeras en écopant et tu veilleras à ce que l'eau ne monte pas davantage dans les fonds. »

Les paroles fermes du pêcheur ont un effet salutaire. Tama se sent mieux, mais Ono se rend compte que la partie de plaisir est terminée. Cependant, les deux jeunes ont confiance dans le pêcheur et rien ne peut donc leur arriver.

Le temps passe. Ils ont pris un rythme de galériens. Père et fils découvrent un Ono plein de force et qui, malgré leurs difficultés, trouve encore le moyen de scander leurs efforts par des chansons. Ta'aroa se dit qu'Ono n'a toujours pas perçu le danger qu'ils courent. Aucune île connue n'est sous le vent. Ils risquent d'être déportés hors de vue de leur terre. Si l'eau n'envahit pas davantage la pirogue, ils restent à la merci d'une lame qui pourrait embarquer par l'avant. Mais peu importe. Pour le moment, ils forment un équipage étrange. L'énorme thon occupe à lui seul la plus grande partie de la pirogue. Ono devant, à califourchon sur la tête monstrueuse, continue de chanter. Tama au milieu tente de suivre le rythme infernal imposé par son ami et plonge dans les fonds pour écoper avec frénésie. Derrière, le père contrôle la voile, rame la plupart du temps et essaie tant bien que mal de conserver le bon cap. Il estime que, s'ils ne s'éloignent pas, ils ne se rapprochent pas non plus. Cependant, la fatigue va vite les gagner et le pêcheur ne souhaite pas montrer combien le doute commence à mettre sur lui une emprise tenace et amère.

La houle a pris une ampleur inhabituelle. Ils montent, ils descendent des montagnes marines de plus en plus agressives. Tama ne fait plus qu'écoper. Ono pagaye tel un automate et conserve un rythme surnaturel. Ta'aroa prie en silence pour que Ruahatu se calme et lui laisse encore une chance. Il implore ses ancêtres de lui donner l'énergie nécessaire. Mais il n'est pas écouté et se demande où le vent trouve encore de la force pour redoubler de violence. La voile a été descendue. Les vagues commencent à monter à bord et, sans qu'Ono relâche ses efforts, Ta'aroa écope maintenant à son tour. Les vagues projettent des lambeaux d'écume qui rayent l'environnement immédiat de flèches monstrueuses. Ils restent muets de stupeur devant la force de l'océan. L'horizon se barre d'une muraille nuageuse basse et obscure qu'ils voient se lever et envahir les cieux dans une lente et inexorable explosion. Ta'aroa est saisi d'horreur quand un déluge venu d'en haut s'abat sur eux. L'arrière de la pirogue émet alors un gémissement qui s'amplifie et se termine par un claquement brutal au moment même où une lame plus grosse que les autres les engloutit.

5

Les Huit Premiers

Dès le XXe siècle, et surtout au XXIe, d'innombrables signaux d'alarme se sont allumés sur la Terre. La planète bleue était en grand danger.

Chaque année en moyenne, des dizaines de millions d'hectares de forêts disparaissaient et la pollution de l'eau causait une trentaine de millions de morts dans les pays déshérités, sans que l'homme se rende compte que l'élément essentiel à son existence, fondateur de la vie, l'eau elle-même, devenait une denrée rare.

D'un côté, des illuminés cherchaient dans les limbes sidéraux une nouvelle Terre. De l'autre, des médias ne se gênaient pas pour faire de l'audience avec des projets scientifiques faisant rêver les foules : la recherche d'une planète extrasolaire, l'identification d'extraterrestres ou le contact avec une civilisation galactique. Personne, dans la vie courante, ne se souciait du gaspillage général, comme si la découverte, pourtant très hypothétique, d'un autre monde paraissait plus importante que la bonne gestion de celui sur lequel vivait l'humanité depuis des millénaires.

Plus grave encore, les gaz à effet de serre continuaient d'être produits par l'activité humaine, et la température moyenne du globe augmentait régulièrement de quelques dixièmes de degré par an. Les villes et les économies de nombreux pays se concentrant souvent près des côtes, une montée des eaux annonçait une catastrophe mondiale, mais personne ne s'en souciait vraiment, à part quelques politiques, écologistes, scientifiques ou philosophes, prêchant dans le désert.

À l'instar de ce paquebot en train de sombrer avec son orchestre redoublant d'énergie, la machine Terre était en pleine perdition. À la grande différence que les humains n'avaient pas encore perçu l'ampleur de la voie d'eau. Cependant, pour ce qu'il en était de chanter ou de danser, voire de s'entre-tuer, on pouvait leur faire confiance. Par une de ces bizarreries dont l'Histoire a le secret, le développement des actions terroristes, menées par des fanatiques ne méritant pas le qualificatif d'humains, détourna l'attention. Des dangers autrement plus pernicieux que la violence gratuite au nom d'un dieu sourd et aveugle étaient à l'œuvre.

Au XIXe siècle, l'électricité révolutionna le monde. Dès le XXe siècle, bien des pays eurent recours au nucléaire pour en produire de grandes quantités. Certains États, pour cause de surproduction, en faisaient commerce. D'autres vendaient carrément des réacteurs, clé en main, uniquement sur la base de marchés juteux. À cette époque s'est vraiment posée la question du devenir des déchets nucléaires à forte radioactivité. On savait déjà que certains resteraient actifs pendant des milliers d'années.

La mise au point de réacteurs utilisant la fusion contrôlée des isotopes de l'hydrogène tardant à se faire, alors que les ressources pétrolières s'épuisaient, on poursuivit le développement des centrales nucléaires classiques.

C'est au XXVe siècle que l'évidence se fit : ce n'étaient ni la disparition des forêts, ni la pollution de l'eau, ni la gangrène terroriste, ni l'effet de serre qui mettaient la Terre en grand danger.

Le 10 avril 2514, au large des côtes de Shanghai, les robots sous-marins d'un navire chinois enregistrèrent une activité radioactive incroyablement importante. On mesura avec effroi un taux de rayonnement mille fois supérieur à la normale. À cette époque, les réseaux numériques de la Confédération de la Grande Unification, la CGU, réunissant les États-Unis d'Europe, d'Amérique et de Chine, étaient suffisamment efficaces. L'alerte fit le tour de la Terre en quelques minutes.

Seulement, quand on envoya une flotte d'engins automatiques pour identifier l'origine de la pollution, on se rendit compte non seulement que les courants avaient déjà largement diffusé les nucléides radioactifs, mais surtout que les quantités rejetées étaient si énormes que mer et océan n'assuraient plus leur rôle régulateur. Tout le Sud-Est asiatique était pollué. Très vite, on sut que les émanations provenaient de la Corée du Nord, éloignée de mille kilomètres. Les spécialistes ne comprenaient pas comment cette contamination avait pu se propager sur une telle échelle tout en restant localisée dans les profondeurs marines. Les batailles d'experts firent rage. Les modèles jusqu'à présent développés s'avérèrent totalement impuissants à expliquer le phénomène.

La Corée s'excusa, cependant les faits étaient là. Les produits étaient restés pernicieusement confinés au fond de l'océan et s'étaient répandus sur des distances considérables. Puis ils étaient remontés vers la surface des centaines d'années après leur première diffusion. On constatait trop tard l'ampleur des dégâts. Les réseaux informatiques transmirent l'information à la vitesse de la lumière. L'alerte fit des milliards de fois le tour de la Terre. Mais la catastrophe était majeure et serait nécessairement planétaire.

La question de savoir pourquoi un petit pays irresponsable en était arrivé, cinq siècles plus tôt, à immerger au fond de la mer Jaune des déchets d'une durée de vie de dix mille ans, dans des containers ne permettant pas de les conserver plus de cinq cents ans, n'avait vraiment plus de sens.

L'étendue du désastre était telle qu'il était illusoire de vouloir stopper son extension, à moins de fermer hermétiquement le nord de la mer de Chine orientale et le détroit de Corée. Cette solution, bien que théoriquement possible, se révéla en revanche complètement irréalisable en peu de temps. Il fallait au minimum dix ans pour accomplir ces travaux titanesques, et toutes les prévisions montrèrent qu'en moins de cinq ans les nucléoéléments feraient le tour du globe.

L'année suivante, tous les coraux d'Australie moururent. La grande barrière de corail avait disparu. Le Pacifique fut le premier grand océan touché. Au début de l'année 2518, la Polynésie, déjà durement éprouvée par une montée des eaux de plus de un mètre, devint une zone pestiférée. Les madrépores disparurent, ainsi que toute activité de pêche et de tourisme. Tous les pays du grand Pacifique se vidèrent.

La CGU dut se rendre à l'évidence : les océans étaient en train de mourir et la planète avec eux.

C'est au XXVIIe siècle que la Lune fut totalement colonisée. La population sélène vivant dans le sous-sol du satellite dépassa bientôt celle de la Terre qui était en chute libre. Les humains prirent alors une habitude contraire à celle de leur origine : vivre définitivement enfermés, en vase clos, sans percevoir la lumière du soleil ni celle des étoiles. Ils évoluaient vers une autre forme de civilisation.

C'est à cette époque que la CGU mit en chantier le projet des Huit Premiers. Huit gigantesques vaisseaux-lumière, avec leur vaisseau-machine et leur vaisseau-monde, de plusieurs centaines de kilomètres de long, seraient construits en orbite lunaire à l'aide d'ascenseurs spatiaux magnétiques, réalisés en carbone moléculaire : les Huit Premiers.

Les matériaux nécessaires à leur construction achevèrent d'épuiser les ressources terrestres. Personne ne s'en étonna.

Ces vaisseaux, qui, chacun dans ses flancs, emportaient des centaines de milliers d'humains, devaient être des machines de Von Neumann autoreproductibles, puisant une partie de leur énergie dans le vide quantique. Ils se reconstitueraient régulièrement et essaimeraient dans la Galaxie. Les Huit Premiers devaient chacun donner naissance à un autre vaisseau-lumière. Ainsi, en supposant que les plus grandes machines jamais construites par l'homme trouveraient, environ tous les deux cents ans, suffisamment d'énergie et de matériaux pour se régénérer, on pouvait estimer que leur nombre dépasserait les dix mille unités vers le L^e siècle.

Les propulseurs photoniques donnèrent aux vaisseaux-lumière l'apparence de petites étoiles qui atteignirent des vitesses relativistes très proches de celle de la lumière.

Ils s'éloignèrent ainsi les uns des autres de plusieurs centaines d'années-lumière. Parallèlement, la mise en place du système de télétransportation instantanée, connu sous le nom de Réseau Hyper Espace-Temps ou RHET, brisa définitivement l'une des bases les plus solides de la physique. La notion de temps relatif avait vécu. Tous les vaisseaux utilisaient de nouveau la notion de temps absolu, si chère aux anciens Terriens vivant avant le XXe siècle.

C'est ainsi que les humains, enfermés dans leurs huit prodigieux cylindres, quittèrent définitivement le système solaire devenu inhospitalier. Les vaisseaux-lumière divergèrent dans le bras galactique. Grâce au progrès réalisé en parallèle sur l'exploitation des dimensions supérieures à quatre de l'espace-temps et aux nouveaux modèles de conscience artificielle, le RHET finit par être opérationnel à l'aube du XXXIe siècle. Les Huit Premiers furent équipés de centres de communication permettant le passage immédiat entre tous les vaisseaux. Les bases mêmes de la relativité volèrent en éclats. Les physiciens du XXe siècle se retournèrent dans leur tombe.

On oublia le système solaire et la Terre avec lui.

6

Une fois par siècle... peut-être

Pour la troisième fois, AngKor interrompt la communication avec l'observatoire central. Il lâche le casque intégral de vision 3D qui revient tout seul sur son support. Il retire les gants manipulateurs, ceux-ci s'estompent doucement. Il s'étire un moment sur le siège ergonomique occupant une partie de son bureau et reste là, en microgravité, les yeux dans le vague, un sourire naissant au coin des lèvres. Il se penche et présente sa main droite au distributeur automatique. Il dit :

« Transpsycho4, deux comprimés. »

Une voix de femme retentit dans la pièce :

« Ta dose quotidienne est déjà atteinte et il est seulement midi ! »

Passant outre à cette remarque, il prend le comprimé euphorisant qui vient d'apparaître au creux de sa main et le place lentement sous sa langue. Puis, comme s'il s'adressait à une amie invisible, il déclare :

« Charlotte, tu es fatigante ! Enregistre sous cryptoprotec niveau 5 ce que je vais te dire maintenant et sans discuter. Tu es prête ?

– Je suis prête.

– Aujourd'hui, 25 mai 5025, moi AngKor IV génération 1734, matricule AngKor..., vaisseau 4096/Nuages du Taureau, déclare avoir mis en évidence un signal photonique de classe II, caractéristique d'une émission stellaire non galactique à la position suivante... »

Il marque un temps d'arrêt, regarde le plafond, puis consulte son BioCom, le petit système bionumérique expert en communication qui entoure son poignet gauche. Celui-ci en profite pour déclarer :

« AngKor, c'est vraiment inhabituel pour moi ! Quel est mon rôle dans tout ça ?

– Rien, tu ne fais rien. Je règle tout avec Charlotte et tu te tais. »

AngKor reprend donc pour Charlotte, son iA personnelle, autrement dit son intelligence artificielle :

« Charlotte, je vais te donner une suite de coordonnées spatiales en manuel avec mon BioCom, ensuite tu reprends la dictée. »

Il se penche sur son bureau où un clavier virtuel épousant parfaitement la paume de ses mains vient d'apparaître. Tout en regardant le petit écran de son poignet, il pianote trois fois de suite des ensembles complexes de lettres et de chiffres, puis enchaîne :

« En tant qu'inventeur de la source identifiée ce jour, je déclare et confirme pouvoir jouir de tous les droits liés à toute utilisation ou diffusion de cette information conformément à l'article 84 du code de l'Expansion galactique. Stop et fin. »

Il est de nouveau immobile sur son siège. Charlotte lui pose une question :

« Suis-je autorisée à mettre le commandement central au courant de l'invention ?

– Certainement pas ! Charlotte, si tu fais la moindre bêtise, si tu prends la moindre initiative à ce sujet, je te retire du rack et t'envoie dans l'incinérateur !

– Pas de problème, je suis toujours fidèle et aux ordres, AngKor.

– Au lieu de faire des propositions fâcheuses, consulte donc les HB. Aurais-tu oublié leur existence ?

– Non, bien sûr ! Les HyperBases de données des vaisseaux, les HB, ont été créées il y a deux mille ans avec les Huit Premiers et elles sont si gigantesques que…

– Stop ! Au lieu de nous refaire l'histoire, vérifie donc à quand remonte le dernier cas.

– Voilà, d'après les HB de notre vaisseau, cela remonte à cent quatre-vingt-neuf ans, dans la constellation de la Carène.

– Tu es certaine ?

– Absolument certaine. »

Pour la quatrième fois, AngKor enfile les gants virtuels et replace le casque 3D sur son visage.

Maintenant, il est presque immobile. Allongé sur son siège qui a légèrement basculé en arrière, il manipule des objets invisibles. Parfois, il tourne un peu la tête, comme s'il suivait des yeux le mouvement de l'un d'eux. On le dirait dans un autre univers, ailleurs, très loin de cette pièce de taille moyenne qui ressemble par certains aspects à une cellule assez austère et par d'autres à un salon plutôt confortable.

Aujourd'hui, les murs sont très clairs, d'un blanc cassé un peu rose, mais les couleurs sont en réalité variables suivant l'humeur du propriétaire.

Dans l'environnement immédiat d'AngKor, il y a d'abord son bureau, un meuble classique que l'on croirait fait de verre bleuté. Sur le plateau quadrillé, de fines lignes rouges, des lumières se forment de temps en temps et il peut, sur cet espace de un mètre sur deux environ, faire apparaître une grande variété d'éléments virtuels qui lui servent dans son travail. En ce moment, un clavier d'ordinateur, qui n'est pas réel, est suspendu dans les airs à quelques centimètres au-dessus des lignes rouges.

Derrière le bureau, à hauteur du visage, trois grands écrans. Celui de gauche montre une femme et deux enfants souriant à la personne qui prend le cliché. C'est une image classiquement familiale. La femme est brune et très belle, elle doit avoir la quarantaine. Elle tient par la main un garçon d'une dizaine d'années. Une jeune fille de quinze ou seize ans est serrée contre elle, dans un abandon plein de tendresse. L'image est d'une réalité surprenante et possède une profondeur qui lui donne tous les aspects de la réalité.

L'écran du milieu est éteint. Sur celui de droite défilent en permanence des informations à caractère technique.

À droite du bureau, un Transmetteur HyperMédia, un THM, et puis un ensemble d'armoires que l'on verrait plutôt dans un laboratoire, comportant une multitude de petits écrans et des systèmes complexes de commandes. Cependant, à gauche d'AngKor, on aperçoit tout d'abord une fenêtre virtuelle de taille moyenne brisant l'austérité manifeste de la cloison technique et juste à côté, un peu derrière le fauteuil dans lequel il semble rêver, une belle bibliothèque très ancienne en bois, ce qui est tout à fait exceptionnel. Elle est remplie en grande partie d'objets étonnants et peu courants : des livres. Ce meuble apporte une touche chaleureuse, presque attendrissante. Sur un coffre bas impersonnel sont posés deux BioCom désactivés, un sac de travail, une tablette électronique qui pourrait être un nano-ordinateur portable ou un télétransmetteur miniature, diverses autres choses sans importance... Et puis, un vase avec quelques fleurs virtuelles hyperréalistes puisqu'un peu fanées. Aux murs, des tableaux donnent aux lieux une originalité certaine. Principalement une reproduction très ancienne d'un certain Paul Gauguin, dont les couleurs vives tranchent sur les teintes de la pièce. Les autres œuvres sont beaucoup plus modernes, même si l'une d'entre elles n'est pas forcément très récente. Il s'agit d'un magnifique hologramme qui montre avec une foule de détails une vue d'ensemble d'une gigantesque machine cylindrique suspendue dans l'espace et auprès de laquelle des hommes en scaphandre s'activent comme autant de fourmis.

Le sol du local, uniformément gris, est recouvert en grande partie d'un tapis sur lequel des dessins géométriques répétitifs aux coloris très pâles semblent se mouvoir. Les couleurs de ces formes, comme celles des murs, donnent l'impression à la fois d'une grande douceur et d'une présence étrange, due sans doute à une lente mais constante évolution des nuances, à peine perceptible et cependant bien changeante.

La fenêtre diffuse une lumière indéfinissable mais reposante, sans que l'on puisse dire avec certitude si l'on aperçoit un paysage dans la brume ou s'il s'agit d'une envolée de tonalités précédant un lever de soleil d'automne.

AngKor est un bel homme d'une cinquantaine d'années, dans la force de l'âge. Grand et énergique, il est Acom, Agent communicateur. Il possède des qualités remarquables : mémoire exceptionnelle, grande culture générale, excellente condition physique et, surtout, il est particulièrement entraîné à stocker très rapidement dans ses neurones de fabuleuses quantités d'informations de toute nature. Il utilise très souvent le RHET, par lequel tout le monde passe, comme on dit, d'un vaisseau à l'autre. Mais le commun des mortels n'est pas très performant dans le transfert de données mémorisées.

AngKor travaille en général pour l'administration de la Confédération de l'Expansion galactique, la CEG. Son métier le met aussi en rapport avec des particuliers qui souhaitent transférer de très grandes quantités d'informations sans risque d'altération.

Il gagne sa vie en remplissant la fonction de messager. Son rôle ressemble en partie à celui des facteurs des temps anciens. À la différence de ces derniers, il ne transporte ni feuille ni enveloppe, le papier d'origine végétale ne se trouvant plus que dans des pièces de collection ou des livres très anciens ; il connaît par ailleurs très souvent la signification exacte du message transporté. Cependant, il peut lui arriver de mémoriser des informations codées dont, par définition, la signification lui échappe. C'est une opération très complexe, d'abord parce que l'on se souvient mieux de ce que l'on comprend, ensuite parce que, à quantité d'informations égale, un message crypté est en général plus long qu'un message clair.

Messager est un métier passionnant, mais non sans dangers. Le transport d'informations diverses et parfois de très haute confidentialité peut en effet placer AngKor dans des situations délicates. Sans compter que le passage par le RHET met systématiquement en péril la mémoire cérébrale des Acom, en raison des énormes masses d'informations transportées. Dans le RHET, le temps n'existe plus. On utilise dans cette technologie vieille de près de deux millénaires le repliement spatio-temporel des dimensions cachées d'ordre élevé de l'espace-temps. Cette technique brise les vieux concepts relativistes et redonne au temps son caractère absolu et universel. Ainsi, toutes les horloges indiquent les mêmes jours et les mêmes heures pour tous les vaisseaux-lumière.

L'utilisation du RHET est soumise à peu de contraintes, mais seuls des spécialistes très entraînés et possédant des capacités de mémorisation remarquables peuvent faire du transfert de données entre vaisseaux un vrai métier recherché et bien payé.

Cette procédure courante permet une communication quasi instantanée. En revanche, les anciennes techniques de communication classique de nature électromagnétique par ondes radio, soumises au concept des temps relatifs propre aux vieilles notions relativistes, n'autorisent pas de réels échanges entre des correspondants séparés par des distances vertigineuses se chiffrant couramment en centaines d'années-lumière.

Il y a des dizaines de siècles, quand les Huit Premiers ont divergé, c'est-à-dire quand ils ont commencé, comme les raisins d'un gâteau qui gonfle dans un four, à s'éloigner rapidement les uns des autres à partir de la banlieue terrestre, ils ont fini par perdre toute possibilité de contact radio traditionnel. Certes, tous les vaisseaux émettent régulièrement des informations spéciales de ce type à destination d'autres vaisseaux, mais cela se fait dans le cadre d'informations générales techniques ne nécessitant pas de réponse immédiate, ou pas de réponse du tout. Sauf, à la grande rigueur, pour des vaisseaux distants de moins de dix années-lumière, pour lesquels les gouvernements locaux peuvent, sur plusieurs années, échanger certains types d'informations non stratégiques.

L'expansion galactique généralisée a donc été fondée sur le RHET, élément essentiel d'un nouveau type de communication.

Tous les vaisseaux sont équipés de ce dispositif qui, condition de leur survie à grande échelle, autorise le transport par télétransportation instantanée d'une personne quelconque. C'est une extraordinaire découverte qui s'est faite au XXXIIe siècle. Elle est, avec la genèse des vaisseaux, le second élément fondamental permettant l'essaimage de la race humaine dans l'espace galactique. Cependant, elle repose sur quelques particularités étonnantes dont les raisons profondes échappent encore aujourd'hui aux plus compétents des théoriciens. La plus connue de celles-ci, l'une des seules comprise par les néophytes, est la restriction fondamentale provoquée par le Principe Anthropique de Conscience Quantique, le PACQ. Ce principe stipule que la télétransportation est possible uniquement dans le cas de matière organique consciente.

La découverte du PACQ, à l'origine du RHET, il y a maintenant près de deux mille ans, a énormément perturbé les bases essentielles de la connaissance.

Pendant un siècle, les scientifiques ont tenté de télétransporter, sans résultat, de la matière ordinaire, simple et inorganique. On a découvert qu'en fait on pouvait parfois réaliser le processus avec un animal supérieur tels un chat ou un chien, en général avec les mammifères, mais dans un premier temps sans savoir pourquoi. Aucun résultat n'a jamais été obtenu avec les invertébrés et les reptiles, ni avec tout autre organisme simple tel que virus ou bactérie. Évidemment, on a fini par se rendre compte que cela fonctionnait avec un humain. Et surtout que cela fonctionnait beaucoup mieux. Cette découverte a complètement transformé la vision aussi bien des sciences dites dures que celle des sciences biologiques ou des sciences humaines. Il est apparu absolument incontournable de ne télétransporter qu'un organisme conscient de lui-même. Toutes les cultures en ont été affectées. Les notions de conscience, comme celle de libre arbitre, ont été littéralement bouleversées. Les théoriciens se sont mis à développer des liens fondamentaux entre la structure intime de l'univers, la gravitation quantique et les modèles de la conscience développés dans les sciences cognitives. Des idées très anciennes sur le rôle étrange que joue le temps dans les processus conscients ont refait surface.

L'épisode tragique de la mort d'un des plus grands compositeurs de musique de tous les temps illustre ce problème connu aujourd'hui sous le nom de *paradoxe JSB*. Alors qu'il composait la partie finale de *L'Art de la fugue,* Jean-Sébastien Bach est mort brutalement. Or, quand on écoute cette œuvre, il y a dans la partie effectivement écrite une présence extraordinaire qui se perpétue longuement lorsque le morceau inachevé s'arrête et qui démontre que le musicien savait ce qu'il allait écrire au moment même de sa disparition. Le paradoxe est que le compositeur a dû avoir une vision globale et instantanée de son œuvre, alors que celle-ci avait besoin pour exister totalement d'une évolution temporelle importante, techniquement inséparable de la production musicale.

D'autres pensent que l'homme s'est fourvoyé dans des concepts abstraits qui servent les modèles de la pensée mais qui n'ont pas de bases réelles. Le passé, le présent et le futur traitent des systèmes en évolution, la conscience de soi qui passe par le RHET n'a plus rien à voir avec eux, car le passage est une négation temporelle.

Il y a dans l'interprétation de la conscience et de l'évolution naturelle du temps une question fondamentale qui demeure encore sans réponse au LIe siècle[1].

Le fait est que le Réseau Hyper Espace-Temps existe, qu'il fonctionne très bien, et que sans lui la conquête des étoiles

1. Cinquante et unième siècle.

aurait été une impossibilité. À terme, l'absence de liens constants et d'échanges entre les vaisseaux aurait provoqué la mort tragique de microcivilisations repliées sur elles-mêmes, chacune engagée dans une disparition lente et inéluctable, due à une solitude extrême et combien morbide. Les extraterrestres n'appartiennent plus qu'à une époque oubliée qui projetait dans l'espace ses propres fantasmes. Ils n'existent pas. L'homme est le seul maître de cet univers.

En permettant l'échange continuel d'informations, le RHET est le moteur du développement économique et culturel de la Galaxie. L'information est une richesse inépuisable. C'est elle, uniquement, qui circule entre les vaisseaux. Le transport d'un humain ou celui de sa conscience est de fait rigoureusement la même chose : un simple transport d'informations. Cette technique repose sur l'existence d'un temps absolu, commun à l'ensemble de la Galaxie et qui brise le concept de temps relatif, toujours vérifié pour des objets relativistes évoluant hors du RHET.

N'importe qui peut utiliser le RHET. On classe généralement les utilisateurs, appelés aussi passeurs, en deux grandes catégories.

Il y a les Acom, comme AngKor, qui gagnent leur vie en transportant les données les plus diverses, et puis il y a tous les autres voyageurs, professionnels de toute nature, visiteurs et touristes, etc. Cependant, cette distinction n'est pas si facile pour une raison bien connue : rien ne différencie un Agent communicateur d'une quelconque personne visitant par exemple une famille éloignée. Car la caractéristique la plus étrange du RHET, à laquelle les humains du LIe siècle sont habitués depuis deux mille ans, est que l'on ne peut pas passer dans le réseau autrement que complètement nu.

C'est évidemment une des conséquences les plus étonnantes du PACQ qui interdit le passage de toute matière inconsciente et donc de tout vêtement ou accessoire.

Cette contrainte a entraîné un fort développement des infrastructures d'accueil autour des centraux, pour permettre aux partants, ainsi qu'aux arrivants, d'accéder à tous les services dont ils ont obligatoirement besoin.

En théorie, le passage ne demande pas de capacité particulière. Dans la pratique, il est bon de subir une petite formation ou d'utiliser des molécules spéciales qui, sans accroître nécessairement les performances de la mémoire, évitent bien des désagréments.

Les Acom sont soumis à des rythmes de mémorisation et de démémorisation intensifs. Ils ne peuvent pas exercer leur métier sans un entraînement constant, alternant avec des périodes de récupération indispensables. La procédure à laquelle ils sont astreints demande une très grande préparation mentale et physique. Aussi bien pour mémoriser le message à transporter que pour se mettre dans les conditions idéales pour le restituer sans erreur, minimisant ainsi les risques de perte de contrôle de la mémoire. Car il y a des risques pour ceux qui cherchent à accroître leurs performances intellectuelles sans entraînement adapté. La mémorisation excessive de souvenirs qui n'appartiennent pas en propre à l'individu peut briser la notion de conscience de soi. D'autre part, l'artifice qui consiste à remplir bien plus vite que la normale la mémoire d'une personne peut également affecter de manière irréversible les ponts synaptiques d'un cerveau humain, passage obligé des neurotransmetteurs, agents chimiques de l'influx nerveux.

En essayant sans contrôle de transporter des souvenirs que l'on n'a pas soi-même constitués, on s'expose à des accidents. Le plus grave est la perte pure et simple de la personne dans le RHET, parfois à cause d'un travail excessif sur la mémoire, d'une surcharge pour un Agent communicateur, etc.

Ces situations dramatiques sont rares, mais il ne faut pas les négliger et tous les futurs passeurs les connaissent, ou du moins en sont avertis.

Évidemment, le travail d'AngKor se fait dans le cadre de la Charte des Communications galactiques, la CCG, dans laquelle il est spécifié que tout Acom ne doit jamais divulguer à une personne non habilitée le contenu du message qu'il a mémorisé. De même, un Acom professionnel n'est jamais en contact direct avec la structure (organisme ou individu) qui demande le transfert, enfin en théorie. La CCG impose de passer par un intermédiaire, qui est toujours non humain, une iA. Ce peut être un simple réseau d'ordinateurs spécialisés qui joue ce rôle, d'où la difficulté de savoir, pour une personne qui serait mal intentionnée, quel type de message peut bien transporter un Acom.

Certaines entreprises pratiquent la technique dite des paquets. Plusieurs messagers détiennent les pièces différentes d'un puzzle. Le véritable message est reconfiguré automatiquement à l'arrivée. Un Acom peut aussi posséder une clé de chiffrement ou de déchiffrement destinée à un autre Acom. Parfois, ces messagers utilisent des portions différentes du RHET. Ils complexifient leur parcours en empruntant plusieurs vaisseaux de manière aléatoire, uniquement pour garantir une très haute confidentialité. Les particuliers n'usent jamais de telles procédures bien trop onéreuses.

N'importe qui peut passer des informations, mais elles n'ont ni la qualité ni la garantie apportées par la CCG. En général, ce sont des souvenirs de vacances ou de famille, parfois de simples données professionnelles. Cela ne coûte rien d'autre que le passage. Des données plus sensibles, plus volumineuses et dont on veut garantir la reconfiguration sont l'affaire des spécialistes, autrement dit des Acom.

Il existe des Acom spécialisés dans la mise à jour régulière des informations permettant le synchronisme économicotechnique des vaisseaux. Mais AngKor est un Acom indépendant. Il est connu pour ses performances et la qualité de ses prestations.

Il ne travaille pas aujourd'hui, c'est un jour de repos. Alors il s'adonne à une passion somme toute assez courante. Il observe les étoiles. Qui n'a pas un jour levé le nez vers la voûte céleste ? S'il y a les poètes, les rêveurs, les scientifiques, les amoureux, AngKor, lui, appartiendrait plutôt à la catégorie des entêtés. De ceux qui, autrefois, finissaient par s'acheter le dernier télescope à la mode pour tenter de débusquer la comète du siècle.

C'est exactement ce qu'il fait en ce moment, à la différence qu'il utilise un matériel informatique hautement spécialisé et que ce n'est pas par les comètes qu'il est obsédé.

Comme tous les passionnés de son style, il se branche régulièrement et virtuellement sur l'observatoire central du vaisseau et partage probablement au même moment avec bien d'autres utilisateurs, officiels ou non, un appareillage qui est au télescope le plus performant des derniers temps de la Terre ce qu'était celui-ci à la lunette de Galilée. Disons qu'AngKor est un amateur éclairé, capable de rivaliser avec les meilleurs spécialistes. Il est vraisemblable que ses exceptionnels dons de mémorisation, amplifiés par sa spécialité, le servent beaucoup dans l'observation du ciel profond et dans sa stratégie de recherche, qui est très intuitive et toute personnelle.

Une demi-heure passe. AngKor est toujours en partie allongé, son casque sur le visage. Il a gardé les mains gantées, mais vient de les poser à plat sur ses genoux. Il attend. Il est redevenu immobile. Impossible de savoir s'il est dans ses pensées, s'il dort, s'il rêve, ou s'il fait tout en même temps.

Soudain, il se redresse. Il lâche le casque et retire ses gants. Il déconnecte le BioCom. Puis il dit dans un souffle :

« Ce n'est pas possible ! »

Il semble très secoué et ajoute plus fort :

« Transpsycho4, deux comprimés !

– AngKor, tu exagères, tu sais que tu as déjà eu ton compte. Ta mémoire est ton bien le plus précieux et…

– Charlotte, n'en fais pas une affaire, je ne prendrai rien demain, promis, allez, donne ! »

Il avale de nouveau un comprimé euphorisant, puis se lève et se dirige vers la sortie. Il attrape au passage le sac qui est sur le meuble bas. L'un des BioCom en profite pour s'enrouler automatiquement autour de son poignet et déclare joyeusement :

« En route, je suis prêt ! »

Il place la paume de sa main droite sur la cloison et passe au travers.

7
La passe

Mardi, 1 h

Le noir est-il une couleur ? Le néant a-t-il une couleur ? Pourquoi faut-il donner au gouffre effrayant des abîmes la couleur du ciel profond ? Se pourrait-il que la lumière la plus intense cache en son sein un mystère vertigineux ô combien désespérant ? Rien n'est plus atroce que la perte de soi. Suis-je en train de me perdre dans la lumière du monde ? Le rideau se déchire et les phares des profondeurs n'ont plus le même éclat.

Alpha me réveille. Pourquoi chercher une explication aux images fugitives du sommeil paradoxal ?

Maintenant, c'est mon quart. Elle me passe les consignes du bord. Elle assurera la relève dans deux heures et demie.

Elle a posé son livre sur le meuble de la descente. L'histoire d'une famille européenne, au début du siècle, perdue sur une île perdue d'un archipel perdu au sein du Pacifique, l'archipel Dangereux, l'archipel des Tuamotu. Les Tuamotu… le plus grand des archipels polynésiens. Les Tuamotu, poussière d'îlots éparpillés sur des centaines de kilomètres d'océan. Qui n'a pas vu les Tuamotu n'a pas vraiment saisi la contradiction : la luminosité éternellement liée à la précarité de l'existence.

Ce livre, je ne sais pas encore par quel sortilège, va définitivement marquer notre croisière. Un livre dans lequel je me plonge, mais que je repose bien vite, effrayé par je ne sais quelle impression. Je suis toujours intrigué par le mystère des premières pages.

Ce moment où rien n'existe encore. Cet instant où le temps est replié sur lui-même, prêt à se détendre.

Je jette un œil dehors. Nous allons avoir droit à un splendide coucher de lune. À bâbord, l'océan offre au regard un large chemin argenté qui ondule avec la houle, l'astre de la nuit se prépare à disparaître sous l'horizon. Le bateau a pris le rythme classique des traversées océaniques. Il roule légèrement d'un bord sur l'autre.

Huahine, première des îles Sous-le-Vent, est à vingt-deux milles ; on note d'ailleurs sa présence sur le radar en haut à gauche de l'écran. Tahaa, notre objectif, est à cinquante milles et Bora Bora à douze milles après Tahaa.

1 h 30

Je sors de nouveau sous les étoiles, dans le cockpit, avec précaution. Surtout ne jamais se croire invincible. La nuit, si la mer se forme ou si le vent monte, on doit s'amarrer au bateau en portant un harnais de sécurité.

Mais la mer est calme, le vent est nul, et je ne m'aventure ni au bord des filières ni sur l'arrière du bateau. Je reste sagement à l'abri, sous la capote, entre la descente et la barre à roue. Je consulte les instruments de barre. Nous recevons le vent par l'arrière et sa vitesse réelle est sensiblement égale à celle de notre navire.

Je fais un tour d'horizon. D'un côté, la nuit est noire et parsemée d'une extraordinaire poussière d'étoiles, de l'autre la lune est bien présente et éclairerait facilement les contours d'un navire proche, mais le large reste totalement vide. Le Pacifique, vaste comme la moitié de la Terre, frémit d'une longue houle qui enfle et ondule, dans une respiration insondable.

2 h 30

La lune descend vers l'horizon. Elle se cache derrière des nuées qu'elle éclaire discrètement, on la voit à peine. Quelques nuages la recouvrent maintenant de draperies nuancées de gris et de noir, parcourues de pourpre et d'orange sombres.

Nous sommes seuls, dans l'hémisphère Sud, sous un ciel étoilé dont l'organisation diffère de celui stocké dans ma mémoire et celle de mes ancêtres. Pourquoi sommes-nous ici, Alpha et moi ? Là, le groupe des quatre Tau-Ha, la Croix du Sud, plus loin *ta'urua-o-mere-ma-rü-rahi*, la Ceinture d'Orion et toutes les *ta'urua*. De mois en mois, d'année en année, je reconstruis mes souvenirs stellaires. Il y a des siècles, des hommes, des femmes, des enfants, accompagnés de cochons, de poules, de coqs, entassés sur de fantastiques pirogues catamarans de trente mètres de long, ont sillonné cet océan sous un ciel qui, pour eux, était l'unique carte. Venant d'Asie du Sud-Est, petit à petit, île par île, ils ont créé l'immense triangle polynésien qui s'étend de la Nouvelle-Zélande à Hawaii et jusqu'à Rapa Nui, l'île de Pâques. Ils sont restés dans le Pacifique… Ils sont là, on les croise sans doute plus à Tahaa qu'à Tahiti.

C'étaient les plus grands navigateurs de tous les temps. Où sont-ils ?

3 h 20

Nous sommes partis depuis plus de douze heures.

Dans dix minutes, ce sera le quart d'Alpha. Huahine est à une dizaine de milles. La nuit est noire. Plus de lune. Dehors, devant le bateau, on ne voit plus que les reflets rouges et verts des feux de navigation. Au-delà, rien. À l'arrière, le feu blanc éclaire le pavillon national qui pend mollement, notre vitesse compensant le peu de vent qui arrive par là.

3 h 30

Alpha dort profondément. Pourtant, je dois la réveiller. Je la laisserais bien se reposer encore un peu, mais la sécurité du bord passe par une bonne récupération de l'un comme de l'autre, et donc par le respect de la durée des quarts. Alors, je la tire doucement de son sommeil en l'embrassant sur la joue.

Elle est vite debout, prête à prendre le contrôle du navire.

À mon tour d'aller dormir

5 h 30

Je me suis réveillé avant l'heure. Je rejoins Alpha qui m'annonce : « Le radar indique un bateau tout proche, il est à un mille seulement, il va bientôt pénétrer dans notre périmètre de sécurité et on ne le voit pas quand on regarde dehors. »

Effectivement, même avec les jumelles, on ne voit rien. Rien qu'un écho vert sur l'écran noir du radar. Il passe sur notre bâbord à un demi-mille et on ne le voit toujours pas. On surveille l'image radar. C'est soit un petit pêcheur parti de Huahine pour rapporter quelques thons et qui n'a même pas allumé sa lampe électrique, soit un plaisancier qui navigue à l'économie.

5 h 45

Alpha est retournée se reposer. C'est à mon tour de veiller, après avoir dormi deux heures dans le carré, poursuivi jusque dans mon sommeil par les phares du ciel profond.

Le jour se lève. Huahine se découpe sur notre arrière tribord. On distingue aussi la masse imposante de Raiatea, située dans le même lagon que Tahaa, dont la passe Toahotu est à dix-huit milles. Nous y serons normalement dans deux heures quarante-cinq.

Derrière Huahine, le ciel se colore de jaune et d'orange. Quelques petits nuages roses au-dessus de nous se dessinent sur un ciel bleu-vert. Ici, plus qu'ailleurs, les couchers et levers de soleil sont magiques.

6 h

J'éteins les feux de navigation. La traversée risque de se terminer comme elle a commencé, avec un vent des plus faibles.

Ce n'est pas la pétole. La pétole, c'est : « pas de vent, pas de houle, mer d'huile ».

Ici, c'est rare. Même quand le vent est très faible sinon nul, le Pacifique reste animé d'une houle, d'une vie intérieure, d'une respiration perpétuelle, qui agite toujours plus ou moins notre navire. Ici, plus qu'ailleurs, il faut être amariné pour affronter la haute mer entre les îles ou les archipels. C'est sans cesse le même constat : le calme et la tranquillité des lagons tranchent avec la puissance du grand Océan.

Perdu sur le Pacifique Sud au repos, je pense par contraste aux dures navigations que l'on peut rencontrer en Atlantique sous des latitudes où le froid et la pluie glacée aggravent si souvent les conditions. Je pense également à cette tendance des gens de mer : raconter plus volontiers les moments difficiles. Des moments qui parfois font regretter d'être sur le pont d'un bateau.

Les souvenirs des coups de tabac sont décrits avec emphase. On les distille auprès de ceux qui ne connaissent pas le large et dont on se dit qu'on va les impressionner.

Un été, nous faisions route vers le sud, cap sur les côtes du Portugal. En sortant du golfe de Gascogne, nous essuyons un coup de vent force huit, mer forte. Bien qu'il fasse très beau et que le ciel soit limpide, l'inquiétude nous gagne car le vent de nord-est n'arrête pas de monter. Faudra-t-il bientôt deux chiffres pour parler de l'échelle de Beaufort ? Nous sommes grand largue, qui est une allure plutôt sûre, où le vent vient presque de l'arrière. Notre vélocité est excessive, au-delà de la normale. Les panneaux de la descente sont verrouillés, la grand-voile est repliée sur la bôme ; seul, à l'avant, un tout petit foc est exposé à la furie des éléments. Nous portons bottes, cirés et harnais. Nous sommes bien amarrés. J'hésite à affaler ce foc si petit mais encore trop grand pour un vent qui maintenant bloque l'anémomètre au maximum de son échelle, à soixante-dix nœuds. Dans un bruit de locomotive, d'énormes rouleaux montent parfois à bord par l'arrière et envahissent le cockpit. Je préfère garder de la vitesse, constamment douze nœuds, dans une interminable glissade de planche à voile. Au largue, par très gros temps, la vitesse est un élément de sécurité, on échappe plus facilement aux lames. La mer est totalement blanche. Prise de folie, elle perd constamment des éléments de sa chevelure. Ces lambeaux d'écume, en nous dépassant comme des flèches tirées derrière nous à l'horizontale, rayent un ciel insolemment bleu. De temps en temps, notre navire plonge sous la lame qui le recouvre alors totalement. Devant nous, nous n'apercevons plus que le mât qui tient bon et semble curieusement sortir d'une monstrueuse effervescence marine. Nous sommes, sans nous en rendre compte, entrés en survie. Désormais, une seule priorité : que la machine tienne.

Je barre notre bateau comme on tente de maîtriser un cheval sauvage décidé à n'en faire qu'à sa tête. Une lame plus forte que les autres brise la trajectoire de notre navire qui amorce un virage sur l'aile et se retrouve presque face aux éléments déchaînés. Le foc se met à battre avec violence. Impossible de garder le contrôle. Une vague gigantesque arrive brutalement par l'avant tribord. Je crie à Alpha :

« On va se la prendre ! »

L'étrave plonge dans le creux verdâtre du monstre d'écume qui s'abat violemment sur nous. Notre navire se couche sur bâbord. La tête de mât est dans l'eau. Mon harnais m'empêche heureusement d'être projeté à la mer. La capote a disparu, mais le bateau se redresse. J'entends alors Alpha apostropher les cieux avec une énergie incroyable. Elle lance un juron à faire rougir un corps de garde, comme pour faire douter le large de l'emprise qu'il prend sur nous.

La mer est restée énorme. Le vent n'a pas faibli. Notre bolide est entré en catastrophe dans la baie de Camarinas abritée des coups de nordet. Nous avons passé la nuit au mouillage dans notre refuge, sains et saufs et ensemble, et c'était là l'essentiel. Le lendemain au petit matin, c'était la pétole.

Ils sont là, la haute mer, le large, ils nous attendent toujours au détour d'une croisière. Fréquenter le large, c'est aussi apprendre à être modestes mais tenaces, à savoir garder le moral.

Cette nuit, même si le Pacifique n'arrête pas de faire le gros dos, l'ambiance est des plus calmes et le moteur tourne comme une montre. Il y a de la houle certes, mais le vent est très faible et l'anémomètre se repose. Juste devant nous, le soleil levant colore Raiatea et Tahaa de merveilleux tons pastel. Il fait très beau. C'est un de ces matins fabuleux, sereins, lumineux, où l'on jurerait que le monde a été refait pendant la nuit. Le gros temps n'est présent que dans les histoires racontées le soir dans les ports.

6 h 30

Le vent me surprend alors que je suis toujours dans mes souvenirs.

Aussitôt, j'arrête le moteur et envoie le génois.

Le silence enfin.

Le *Toa Marama* gîte nettement. Il n'est plus une machine. Il s'exprime, sort de cette torpeur mécanique, s'ébroue un instant, puis prend le vent. Je choque la grand-voile. Je ne borde pas trop l'écoute du génois. Je choque aussi la drisse de grand-voile, cette dernière était trop plate. Le bateau respire, il est plus à l'aise, accélère légèrement et vient doucement se caler autour de cinq nœuds. Au moteur nous en faisions sept. Nous ne serons pas à Tahaa à huit heures du matin, mais on avance à la voile et c'est très bien.

7 h 20

Le vent tombe et notre vitesse aussi. Retour à la propulsion mécanique.

Déception.

Le *Toa Marama* se fige. Il ne réagit plus au vent, ne gîte plus, reste bien à plat. Il est redevenu machine, semble avoir perdu une partie de son âme. Il est devenu un peu bête ! Sous voiles, c'est autre chose : il a de la personnalité. Il est fier d'envoyer sa grand-voile toute lattée, son génois ou sa trinquette.

8 h 30

Le soleil est déjà haut, il fait très chaud.

La passe Toahotu dans trente minutes. Tout s'accélère. Être attentif.

En Polynésie, au large il n'y a pas de risques. Les fonds très importants se chiffrent en plusieurs milliers de mètres. Le danger est dans l'approche de l'île. Les précédents ne manquent pas de pauvres bateaux ratant la passe et percutant la barrière. Les navires métalliques ont plus de chance de s'en sortir.

Cependant, les passes sont toujours des chenaux étroits entre le corail, et aussi juste au-dessus de lui. Elles font parfois moins de cent mètres de large. Dans certaines, qui sont sûres, les fonds sont relativement importants, trente mètres ; dans d'autres, ils peuvent être de quelques mètres seulement. Une houle bien formée venant du large y est alors très dangereuse.

Dans tous les cas, il faut pénétrer entre des rouleaux, souvent impressionnants, mais qui heureusement restent bien localisés de chaque côté. Ces énormes vagues, qui déferlent sans cesse au même endroit, sont appréciées par les surfeurs.

La passe de Toahotu est bientôt là avec ses deux balises, rouge bâbord et verte tribord, et son alignement à rechercher dans le paysage.

Vingt minutes de la passe Toahotu

Le vent revient doucement. Arrêt du moteur. Se pourrait-il que le silence soudain réveille Alpha ? Non, elle dort toujours. De nouveau, je déroule le génois. L'approche d'une île dans la douceur des mouvements d'un bateau à voiles est une bénédiction.

Je laisse le *Toa Marama* en prendre à son aise avec la délicatesse des alizés.

On va mouiller dans moins de deux mètres d'eau, juste derrière l'un des deux *motu* encadrant la passe. On pourra prendre là le vrai rythme de la journée.

Maintenant, on distingue très bien les détails de l'île. Les *motu*, les flancs de montagne couverts d'une végétation luxuriante, prennent forme petit à petit. Alpha sera heureuse de constater qu'il fait chaud, et il me tarde d'aller rendre visite aux habitants sous-marins du lagon.

8 h 40

Arrivée dans quinze minutes.

Je viens de réveiller Alpha.

Elle prend les jumelles et déclare : « Je vois l'alignement, tout va bien. »

L'évolution des fonds donnée par le sondeur est conforme aux informations de la carte. Comme pour les avions, la troisième dimension est essentielle. Sur un bateau, c'est la profondeur qui change et non l'altitude, mais c'est toujours un atterrissage.

La passe est là.

Passage à la voile vers un autre monde.

Le *Toa Marama*, grand-voile haute et génois bien établi, glisse majestueusement entre les *motu*. Instant magique trop court où la houle du Pacifique se calme et disparaît, où les eaux prennent des couleurs qui étonnent. Où nos regards ne savent plus où se poser, où l'on comprend l'émerveillement des premiers Européens découvrant la nouvelle Cythère.

Je songe que cette pirogue à balancier qui est là, à petite distance de nous, aurait pu, deux ou trois siècles plus tôt, venir accoster notre navire en nous proposant un échantillonnage de fruits tropicaux. À son bord, un fier *täne* manie une belle rame sculptée. De manière typiquement asymétrique, l'une de ses jambes et l'un de ses bras montrent des tatouages à la géométrie étrange. Il porte une couronne de feuillage qui cache à peine la malice de ses yeux noirs, et la franchise de son sourire est un vrai cadeau. Sa *vahine* nous tend une vasque aux reflets nacrés qui se révèle être une demi-coque de bénitier. Elle y a disposé quelques mangues vertes, jaunes et orange. Les papillons rouge vif posés sur les fruits, et dont l'un s'est échappé pour venir parer l'une de ses oreilles, sont en fait des fleurs d'hibiscus qu'elle vient juste de cueillir. Avec un geste charmant de la main, elle décrit un baiser qui s'envole jusqu'à nous comme un oiseau et nous tend un bouquet parfumé fait de *tiare*. Ses longs cheveux noirs s'ornent d'une couronne de fleurs blanches et mauves, agrémentée de petites feuilles vernissées qui pointent tels des rayons verts, et son sourire est une invitation au bonheur. Elle porte un paréo bleu orné de grandes fleurs blanches, qui ne couvre que ses reins, et la courbe généreuse de sa poitrine si naturellement nue me trouble.

Alpha brise le charme.

« Que fait-on maintenant, demande-t-elle, on affale les voiles ? On mouille derrière le *motu* ?

– Pardon… Un instant j'ai cru que j'étais un marin de *La Boudeuse* arrivant avec Bougainville dans la baie de Matavai.

– Nous sommes à Tahaa, pas à Tahiti ! Les voiles ! J'affale la grand-voile ?

– Cette lumière… tu as vu cette lumière ! »

Elle me rappelle gentiment à l'ordre :

« Tu es encore dans la lune !

– Excuse-moi ! Oui, oui… ! On affale ! Et on mouille près du *motu* tribord. »

8

Ont-ils vraiment existé ?

AnZio demeure sceptique. Il essaie de comprendre pourquoi LinZ leur a demandé, à IwaKi et à lui, de venir le voir.

Comme d'habitude, IwaKi se montre très critique, ce qui a le don d'agacer LinZ. En même temps, elle l'oblige par là à développer son argumentation et à en dévoiler un peu plus. C'est ce qu'AnZio espère, mais il ne dit rien. Il sait attendre.

« LinZ ! Ce n'est pas possible, je ne te crois pas.

– Mais si, tu dois me croire ! Écoute, IwaKi, j'ai multiplié les recherches documentaires dans l'ensemble des HB du vaisseau. Depuis des mois, j'ai fait tous les tests connus de corrélation et il n'y a pas le moindre doute, les procédures multicritères sont formelles. Tout concorde. Je t'assure qu'ils ont bel et bien existé ! »

IwaKi est une jeune femme dynamique de quarante ans. Elle est Acoor, c'est-à-dire Agent coordinateur spécialiste des télétransportations et de la maintenance des systèmes d'information des centraux. Malgré son jeune âge, elle a sous ses ordres une brigade d'Acont, des Agents contrôleurs dont la plupart sont des iA qui vérifient le transfert de toutes les données. Les vérifications ne sont pas systématiques sauf dans certains cas, par exemple quand on veut garantir l'authentification des données transportées. Quand LinZ lui affirme qu'il dispose d'informations très anciennes concernant l'histoire de la vieille Terre, elle a quelques difficultés à croire que son ami, guère intéressé par les activités intellectuelles, est devenu historien. Elle ne le voit pas poursuivre, pendant des jours et des jours, la recherche d'informations inédites relevant d'une technique aussi délicate que l'archéocomputation. Cette approche nécessite aussi bien des connaissances approfondies en histoire ancienne qu'une excellente maîtrise des outils informatiques d'analyse, particulièrement ceux permettant une exploration fine des HB. IwaKi possède à la fois une grande vivacité d'esprit et un sens critique très développé qui peut exaspérer, comme c'est le cas en ce moment avec LinZ, mais l'administration reconnaît ses qualités exceptionnelles d'Acoor.

Au prix d'un effort pour garder son calme, LinZ reprend sa démonstration :

« Je résume. Quand nos ancêtres ont compilé toutes les connaissances de leur époque, il y a une vingtaine de siècles, à l'époque des Huit Premiers…

– Est-ce que tu te rends compte que cela fait deux mille ans ! Cela ne veut plus rien dire ! On a démontré que les données de cette époque peuvent être sujettes à caution, tu le sais aussi bien que moi ! »

AnZio intervient :

« IwaKi a raison, LinZ ! Essaie d'être plus clair ! »

Se tournant vers elle, il lui suggère :

« Laisse quand même LinZ nous en dire un peu plus, moi je trouve ça surprenant. Et puis ça nous change des bêtises habituelles de TV3D. »

IwaKi baisse les yeux, fait la moue. Elle se demande si AnZio fait allusion à sa DPH, sa Dépendance PsychoHistorique, mais elle se dit aussi qu'il ne peut pas savoir.

En soupirant, elle laisse LinZ reprendre la parole.

« Il y a un peu plus de deux mille ans, quand les systèmes d'information des vaisseaux ont été initialisés, à l'époque de la conception des Huit Premiers, les spécialistes de l'époque, que l'on appelait alors des historiens, des archéologues, des anthropologues, des noms comme ça, n'avaient pas encore trouvé toutes les réponses à leur sujet. La majorité des chercheurs était d'accord, mais bien des questions restaient encore posées.

– C'est bien ce que je disais, des informations peu fiables, comme toujours !

– Bon sang, IwaKi, qu'est-ce que tu peux être pénible ! explose LinZ.

– C'est vrai, tais-toi un peu, tu nous fatigues ! ajoute AnZio.

– On n'y arrivera pas, j'y renonce », déclare LinZ qui fait mine de partir.

AnZio le retient.

« LinZ, ne pars pas ! Es-tu prêt à vendre ? »

IwaKi a levé les sourcils d'un air surpris. LinZ s'est arrêté mais ne dit rien. Il cherche quelque chose dans une des poches de sa combinaison. Puis dans une autre… AnZio lui tend un distributeur. Il prend un comprimé euphorisant. Il ferme les yeux.

IwaKi et AnZio attendent. LinZ se redresse et lance brutalement :

« Vingt mille infos !

– Tu es complètement fou ! s'exclame IwaKi.

– Attends ! » dit AnZio. Il sait que LinZ est régulier ; s'il propose une somme si exorbitante, c'est qu'il détient une information de la première importance, elle mérite donc un peu d'attention.

« Pour une somme pareille il faut que tu me donnes quelque chose de consistant, tu ne crois pas ?

– Ils ont vraiment existé et je peux le prouver ! Mais ce n'est pas ça qui est important. Pas plus que de savoir d'où ils sont partis, ni comment ils ont fait, d'ailleurs, le problème n'est pas là. »

IwaKi ne prononce plus un mot, elle écoute maintenant, elle est intriguée, comme AnZio. Lui aussi espère que LinZ va finir par en dire davantage.

LinZ constate que son auditoire est attentif. Du coup, il prend un peu plus son temps et IwaKi, qui est redevenue impatiente, en profite :

« Alors, qu'est-ce qui est important ?

– Pour comprendre ce qui est important, il faut d'abord bien saisir qu'il y a deux époques. L'époque sur laquelle je travaille actuellement, celle où les premiers vaisseaux comme les nôtres sont apparus et ont divergé, je dirais celle de nos origines, celle des Huit Premiers. Ensuite, une époque beaucoup plus reculée, encore bien plus éloignée de nous, celle où nos ancêtres recherchaient leur propre origine. »

AnZio résume :

« Si je comprends bien, vers le XXe siècle ils étudiaient déjà les temps anciens, comme toi en ce moment tu étudies nos origines ?

– C'est exactement ça ! précise LinZ.

– Et pourquoi est-ce important ? insiste IwaKi.

– Parce qu'il y a trois mille ans, certains de nos ancêtres ont pensé que tout ça, c'était comme une quête sous les étoiles dans un passé très éloigné.

– Sous les étoiles ? interrompt AnZio.

– Mais oui ! Et puis ils avaient des vaisseaux.

– Impossible ! conteste IwaKi. Les vaisseaux n'existaient pas à cette époque. »

LinZ reprend avec passion :

« Mais il ne s'agit pas de vaisseaux comme les nôtres. Là, je te parle de bateaux et de bateaux bien particuliers. Ils employaient un autre terme, celui de pirogue.

– Un bateau, on sait ce que c'est, une pirogue, je ne sais pas…

– En fait, tu as quoi exactement comme document ? demande AnZio à LinZ.

– Nous y voilà ! Tu me fais quel contrat ?

– Pour cela il me faut un échantillon. Montre-m'en un et je te donne une réponse dans les quarante-huit heures, mais vingt mille infos, tu es bien trop gourmand à mon avis !

– Regardez ! » dit LinZ.

Ils sont assis confortablement autour d'une petite table basse en verre. LinZ manipule son BioCom qu'il transforme momentanément en THM en réduction. Il en sort un faisceau lumineux bleu intense qui se concentre au milieu du plateau transparent de la table. Ils se sont rapprochés, ils observent.

Le petit meuble se dissout dans une effervescence marine. Des tons bleu indigo et violets palpitent et trahissent brutalement des profondeurs insoupçonnées et irréelles. Comme une vibration qui oscille, s'amplifie, ondule et circule lentement sans s'arrêter. Des trains de houle marbrés par une écume fugitive courant sur leurs crêtes impatientes. La certitude et l'obstination d'une caresse marine. C'est un océan miniature. Et puis, la lumière incroyable de la naissance du monde et, par-dessus, des jaunes à la fois pâles et étincelants, rehaussés par des mauves et des ocres rougeoyants. D'un frémissement dans cet azur naît une mélodie imperceptible et lancinante, celle d'un ressac, d'un chuintement d'onde sur une carène improbable et, pourtant, elle est soudainement là. Portée par deux coques effilées comme des lames dont les proues élancées fendent les flots avec puissance et détermination. Deux voiles identiques haubanées par de multiples cordages. Et, surtout, eux. Ils sont quelques dizaines, des femmes, des enfants, des hommes. À peine vêtus. Le souffle d'un passé oublié s'étire comme un chant décroissant et ils passent trop vite. Le temps qui manque brutalement et c'est une déchirure. Une plainte. On voudrait les retenir, mais une houle ample et obsédante prend leur place et, dans un éclat incroyablement rapide, une flèche, un oiseau dans un virage étrangement courbe, fend du bout de son aile une crête qui s'estompe sur un sillage solitaire. Rien. Il ne reste rien que la table de verre.

AnZio et IwaKi demeurent immobiles, les yeux dans le vague, submergés par une vision onirique surprenante.

IwaKi a le regard ailleurs, perdu vers un infini virtuel qui persiste dans ses pensées et dans lequel elle sait qu'elle peut sombrer par DPH.

LinZ sait qu'il a gagné. Il attend. Il peaufine la suite, mais doit-il aller plus loin ?

Lentement, AnZio s'est retourné vers lui.

« LinZ, tu en as d'autres comme ça ? »

Pour toute réponse, ce dernier se contente de sourire. IwaKi lui dit :

« C'est très beau. Je voudrais bien revoir ces images. S'il te plaît, encore une fois, s'il te plaît… S'il te plaît…

– IwaKi, arrête ça.

– Excuse-moi. Tu es certain que ce n'est pas du virtuel ? insiste-t-elle pour se rattraper.

– Absolument certain.

– Je voudrais revoir les images… s'il te plaît… », murmure IwaKi.

Mais les deux hommes l'ignorent. AnZio reprend :

« Tu as laissé entendre qu'il y avait autre chose.

– Oui, mais je ne te dirai rien de plus, vingt mille infos pour la suite ! »

LinZ n'ose pas tout leur révéler. Pas tout, pas tout de suite. Et puis, il n'y a pas que les séquences 3D, il y a autre chose. Dans un premier temps, il pense vendre la totalité de la séquence dont il vient de projeter seulement une partie. Pour le reste, il ne sait pas comment faire pour en parler. Alors il répète :

« Vingt mille, ou rien. »

AnZio est désarçonné. Il pensait que LinZ allait lui montrer des images classiques reconfigurées, issues en général des systèmes primaires de TV planes 2D, qui étaient couramment utilisés il y a trois mille ans. Mais pas du tout. LinZ semble disposer d'informations historiques très intéressantes, inédites, qui pourraient rapporter peut-être encore plus que ce que LinZ croit luimême.

IwaKi utilise une autre stratégie.

« C'est donc ça un vaisseau pirogue ? Mais comment ça fonctionne ? D'où vient l'énergie pour la propulsion ? Étaient-ils seuls ? Tu me les montres encore ?

– IwaKi, comment veux-tu que LinZ…, dit AnZio.

– Laisse, AnZio ! Ce sont quand même de bonnes questions. Je n'ai pas toutes les réponses, mais c'est effectivement un type de bateau très ancien que l'on appelait pirogue. Alors AnZio, qu'en penses-tu ?

– Dans deux jours je te donne une réponse, ça te va ? »

AnZio les regarde un instant sans rien dire. Puis il se lève, met la paume de sa main sur la cloison et passe à travers.

« Qu'est-ce que je t'avais dit ! s'exclame LinZ en regardant IwaKi.

– C'est vraiment très beau, mais je ne comprends pas bien comment leur truc fonctionne, comment ça avance sur de l'eau. Et toute cette eau… C'est vraiment de l'eau ?

– Je ne peux pas répondre à toutes ces questions, je n'ai pas le temps. IwaKi, il y a un vrai problème !

– Je me disais aussi !

– Et tu peux m'aider.

– Nous y voilà ! Et moi qui pensais que tu m'avais demandé de venir uniquement pour mes beaux yeux.

– Écoute IwaKi, je ne te demande qu'un petit coup de pouce…

– C'est-à-dire ?

– Il me manque des données.

– Et alors ?

– Je pense qu'elles peuvent être délocalisées sur un ou plusieurs vaisseaux. Je suis certain qu'on peut les retrouver par archéocomputation.

– C'est parfait. Tu n'as qu'à passer par le RHET.

– Je ne peux pas faire ça.

– Je ne te suis pas vraiment… Tu vas les chercher toi-même, comme un simple touriste. Où est le problème ? Tout le monde le fait. »

Ainsi que le dit IwaKi avec juste raison, le transfert d'informations de base s'effectue en effet naturellement quand on passe par le RHET. On échange des souvenirs, on transporte des cadeaux émotionnels. Tous les touristes ou les voyageurs ordinaires, comme tous les humains de toutes les époques, racontent leurs petites histoires de famille, les rencontres qu'ils ont pu faire ou encore les différentes expériences personnelles ou autres visites guidées de sites historiques que chaque vaisseau cherche à reconstituer pour affirmer son identité.

Évidemment, LinZ sait tout cela.

« Réfléchis ! Si le transfert de souvenirs ordinaires entre vaisseaux est à la portée de tout le monde, ce n'est pas le cas de données complexes qui ne doivent surtout pas être altérées. Je ne suis pas capable de faire une reconfiguration sans aucune erreur.

– Alors utilise les services d'un Acom, ils sont là pour ça, et en plus ils garantissent la confidentialité !

– Tu n'as pas compris ! Le problème, ce n'est pas d'utiliser un Acom. Le problème, c'est que, pour être vendables, les informations doivent être reconnues comme d'authentiques originaux archéocomputationnels et donc faire l'objet d'un transfert officiel… »

IwaKi commence à comprendre où LinZ veut en venir. Ce dernier poursuit :

« … Tu comprends maintenant ? Si je passe moi-même par le RHET pour rechercher ces informations, elles resteront confidentielles, c'est certain ! Seulement, je vais évidemment les altérer, et ensuite il n'y aura pas de garantie d'authentification. Alors AnZio cassera les prix ; ou bien il ne voudra plus faire affaire, tout simplement ! En revanche, si on utilise les services d'un Acom, on pourra demander l'authentification, mais pour ça il faudra passer par les filtres des Acont, et il n'y aura plus de confidentialité, sauf si…

– Sauf si quoi ? avance prudemment IwaKi, craignant d'imaginer la suite.

– Sauf si on connaît bien l'Acont qui fera l'authentification. »

IwaKi découvre brutalement que LinZ parle des Agents qu'elle a sous ses ordres.

« Pas ElGin… LinZ ! Tu es fou, tu ne me demandes quand même pas d'utiliser ElGin ?

– Mais enfin, c'est un contrôleur performant, il n'est pas iA, c'est un humain comme toi et moi avec une intelligence humaine… Un iH et un bon ! Enfin, je sais qu'il t'est dévoué. Il ne s'apercevra de rien. Tu t'arranges pour que ce soit lui qui fasse l'authentification. Il te transmet le tout et…

– Ça, ce n'est pas possible ! Tu le sais bien !

– Écoute, IwaKi, en tant qu'Acoor tu as accès à toutes les données qui sont préparées pour le RHET et qui passent par les contrôleurs. Tu pourrais profiter d'un télétransport d'ElGin pour qu'il me rapporte quelques informations. Elles me permettraient de compléter la séquence que je viens de visionner. Tu laisses passer ElGin qui identifie les données et tu oublies de les enregistrer.

– Tu es complètement fou ! Tu as laissé entendre à AnZio que tu disposais vraiment des données, mais en fait tu ne les as pas complètement ! Tu sais ce que cela veut dire avec AnZio, s'il apprend que tu t'es moqué de lui.

– Si AnZio est d'accord, il verse vingt mille infos sur mon compte. Tu veux combien ? »

IwaKi est sidérée. Elle ne peut croire que LinZ lui propose de participer à un transfert irrégulier d'informations. Elle ne sait plus quoi penser. Elle est terrifiée par ce qu'elle va dire, mais elle a besoin d'infos, sa DPH lui coûte cher.

« La moitié. Je veux la moitié, déclare-t-elle en se mordant la lèvre inférieure.

– C'est beaucoup trop.

– C'est à prendre ou à laisser. »

Soudain, elle se rend compte qu'elle est en train d'accepter de prendre part à un délit dans lequel elle va impliquer ElGin.

« LinZ, c'est dingue ce que tu me demandes. Et puis, qu'est-ce qui te fait croire qu'ElGin va accepter ? »

Elle est stupéfiée par ses propres paroles. Pourquoi n'a-t-elle pas répliqué : « Je ne peux pas accepter parce que ElGin refusera », ou encore : « Je suis Acoor, j'ai des responsabilités importantes. J'ai prêté serment. » Mais son ami est un démon, et les images sont si belles !

« Tu sais parfaitement que tu n'es pas obligée de dire quoi que ce soit à ElGin. »

LinZ a raison. En tant que coordinateur des télétransportations, elle peut théoriquement contrôler les informations confidentielles qui passent, souvent par paquets, par le RHET sans que les Acom qui les transportent puissent le remarquer. Mais ce que LinZ lui demande, c'est aussi de trahir son ami ElGin. De lui faire effectuer à ses dépens un acte hautement illégal. Elle est tiraillée et prend conscience qu'elle sait pourquoi, mais ne veut pas l'admettre : sa DPH, le besoin compulsif de revoir ces images, évidemment.

« LinZ, on va se faire prendre ! Et puis, ça ne peut pas fonctionner. L'Agent coordinateur du vaisseau émetteur peut à la rigueur ne pas tout vérifier, c'est classique. Mais l'Acom qui va retourner la réponse, lui, pourrait s'en apercevoir.

– Le coordinateur du départ, c'est possible, encore que ce soit peu probable, mais pas les Acom. Ils transportent des informations, c'est tout. Ils ne sont pas censés en comprendre le sens. En plus, les données peuvent être morcelées, divisées en de multiples paquets, et pourquoi y verraient-ils quelque chose d'anormal ? »

Là encore, LinZ a raison. Tout d'un coup, elle comprend sa stratégie, il va de nouveau utiliser sa dépendance, cette force qui la pousse à toujours se plonger pendant des heures dans son THM, ses chères images.

« LinZ, je t'en prie, montre-moi encore une fois la séquence, je t'en prie, je veux de nouveau voir la pirogue, s'il te plaît, montre-moi les images. Il faut que je les voie !

– Tu acceptes de m'aider ?

– Montre-moi la pirogue. »

LinZ manipule de nouveau son BioCom et une vision colorée de bleu profond semble prendre naissance au centre de la table en verre. C'est pour IwaKi une évocation à caractère hypnotique réveillant au fond d'elle-même quelque chose qui s'y tenait enfoui, caché, oublié.

Chaos fractal ou structure complexe. Un réseau infini de mailles et de cellules élémentaires. Incroyable creuset d'une immensité liquide. D'un horizon noyé dans une luminescence ocre et mauve, deux puis trois flèches de métal argenté fendent des flots houleux. Dans une vélocité rasante, elles rayent provisoirement une ample onde naissante de trajectoires incertaines, puis disparaissent comme elles étaient venues. Une mélopée ondulante dévoile un instant un rythme lent et fluctuant. L'attente est là.

Brutalement, au moment même où la pirogue allait apparaître, LinZ coupe la reconstitution 3D. IwaKi a l'impression de recevoir un coup de poing dans l'estomac. Elle écarquille les yeux. Plus rien n'existe devant eux qu'une petite table en verre très ordinaire. Elle se lève et s'exclame avec une violence qui la surprend :

« Pourquoi as-tu coupé ? Montre-moi la pirogue ! »

LinZ la regarde. Il ne bouge pas. Puis, avec un sourire narquois, il dit :

« Tu aimerais bien revoir la suite, hein ?

– C'est moche de faire ça avec moi, LinZ !

– Alors tu acceptes de m'aider ?

– Bon sang, LinZ, je ne peux pas refuser, et c'est pour ça que c'est vraiment moche ! »

9

Qu'un vent favorable tire ma pirogue vers lui

Un jour maussade aux couleurs anormalement pâles prend possession d'une île où l'inquiétude est grandissante. Les pêcheurs ne sont toujours pas revenus. Te Mata'ata vient toutes les heures près de la passe pour tenter d'apercevoir le *va'a* de son *täne*. Elle croise Temana, le frère de Ta'aroa, quelques parents, des amis et la famille d'Ono. Tous sont inquiets, non seulement du retard anormal des trois hommes, mais aussi d'une incroyable montée des eaux. Cette dernière, jointe à l'ampleur de la houle, a déjà provoqué des dégâts importants aux abords du village.

Le vent siffle continuellement dans les palmes d'une manière aiguë insupportable. Les cocotiers commencent à souffrir et deux d'entre eux sont déjà tombés. Dans la matinée, l'un des *fare* du village s'envole pendant que trois autres, proches de l'anse, sont envahis par les eaux venant de la passe qui a doublé de largeur. Quelques *va'a* trop près de ce qui fut le rivage partent à la dérive dans un lagon plus agité que l'océan en temps normal. Puis, il se met à pleuvoir bruyamment, ce qui est plutôt une chance, mais personne n'ose sortir pour recueillir l'eau de pluie de peur d'être emporté soit par les eaux, soit par les vents. Te Mata'ata est prostrée dans un coin de son *fare*. Elle a pris avec elle ses deux jeunes enfants et pleure en pensant à son homme et à son fils qui, en mer, doivent être en très grande difficulté.

Un peu avant midi, un phénomène surprenant se produit. Au plus fort de la tempête, alors qu'on jurerait qu'elle va redoubler de vigueur, le vent tombe brutalement, le sifflement strident venant des palmes s'estompe, la pluie cesse, les flots reviennent à leur place et les nuages se dispersent. En un temps trop court pour être perçu comme normal, l'île retrouve son calme. C'est lui qui maintenant étonne. Cependant, les eaux du lagon demeurent toujours sombres, chargées de terre arrachée à l'îlot central, de sable en suspension et de débris végétaux. Aucun habitant ne s'aventure hors de ce qui reste des *fare* qui ont tous subi des dégâts. Ce sont les enfants qui, les premiers, montrent leur intrépidité en se risquant dehors. Avec le calme qui persiste et surtout la chaleureuse lumière des tropiques qui revient, ils sont bientôt suivis par toute la population du village reprenant vie aussi rapidement que les éléments se sont déchaînés.

En mer, dans des creux perdant de l'amplitude, les trois pêcheurs miraculeusement rescapés de la lame assassine ne cessent de lutter. Tandis qu'Ono continue de propulser la pirogue sans jamais ralentir son rythme de titan ni perdre courage, Tama, lui, rejette à la mer une eau qui revient inexorablement dans l'embarcation.

Plongé à l'arrière, Ta'aroa s'est lancé dans une entreprise délirante. Avec les algues étranges, filamenteuses, longues et gluantes recueillies sur l'énorme thon, il enserre la carène. Leur souplesse, jointe à leur exceptionnelle résistance, apporte un sursis à la pirogue.

Il n'ose croire à l'accalmie. Pourtant, un rideau gigantesque se retire, la muraille de nuages s'estompe. Incrédule, il voit dans une déchirure apparaître le piton basaltique de son île. Ono et Tama n'ont pas la force de faire autre chose que l'un ramer et l'autre écoper. Seul Ta'aroa sait qu'ils ont de nouveau une chance. Il se lève, écarte les bras et implore :

« Ô Ruahatu, divine félicité marine, tire mon *va'a* vers l'île, laisse passer les ondes profondes sous sa coque meurtrie à cause de mon orgueil, tire-nous vers notre terre ! Tire-nous vers notre salut ! Tire-nous vers notre *fenua* ! »

Ono et Tama n'ont pas faibli une seconde. Ta'aroa renvoie la voile, reprend sa rame et, avec Ono, dirige l'embarcation entre les rouleaux de la passe, qui enflent, prennent de la hauteur et explosent dans une éclatante blancheur, révélant dans leur ampleur des couleurs qui rappellent celles du lagon. La passe est là. Tous les trois, ils la voient enfin. Ta'aroa s'exclame :

« Maintenant, après cette lame, nous commençons l'approche, allons-y les garçons ! Poussez sur les rames. Poussez encore plus fort. Tirons notre pirogue avec l'aide de Ruahatu que nous supplions ! Tirons ! Tirons notre *va'a* ! »

Une clameur retentit soudainement et Te Mata'ata sursaute. Elle pose ses deux bambins sur le sol de son *fare* et se précipite dehors. Elle voit un attroupement à côté de la passe. Elle court en redoutant ce qu'elle pourrait découvrir. L'océan dans sa fureur rejette parfois sur les rivages d'autres choses que des troncs d'arbres. Elle fait tout pour chasser de ses pensées des images insoutenables. Elle arrive, essoufflée. Ils sont tous là, la tête droite. Ils ne regardent pas le sol où des corps gisent peut-être. On ne dévisage pas les morts, cela porte malheur. Ils tendent les bras au loin et fixent les franges d'écume qui marquent la passe. Et là, elle voit, comme eux, au milieu des flots encore tout agités, une petite voile perdue dans l'océan, qui monte et qui descend dans la houle et se rapproche de l'entrée du passage. Bientôt, on distingue trois hommes qui se battent, avec leurs rames et l'aide d'un vent maintenant favorable, contre un courant qui vient de changer de sens. Rimateata se tourne vers elle, place l'un de ses bras sur ses épaules et lui dit dans un sourire :

« Ton *täne* et ton fils sont vivants ! Regarde-les, ils luttent comme des dieux. Je ne sais pas s'ils vont y arriver, mais ne t'inquiète pas, ils reviendront plus tard ! Tu dois avoir de l'espoir, ils vont s'en sortir, ils ne sont plus loin.

– Je suis sûre qu'ils vont passer maintenant ! affirme Te Mata'ata qui ne peut retenir ses larmes. Je suis sûre qu'ils vont y arriver ! Ta'aroa est le meilleur marin du monde ! »

Sur le *va'a,* Ta'aroa n'en revient pas. Pas un instant l'énergie d'Ono n'a faibli. Il rame depuis des heures, alors que Tama souffrant de ses blessures a abandonné. Les mains en sang, il ne peut plus rivaliser avec Ono. Mais le pêcheur est fier de son fils qui ne se plaint pas. À sa manière, il continue le combat contre les éléments et écope à tour de bras. Tous les trois sont fortement soudés dans l'épreuve. Ces jeunes *Mä'ohi*, pense Ta'aroa, sont de vrais hommes, de la race de ceux qui prendront un jour la relève. Alors il se redresse et donne à son allure toute la majesté qu'elle se doit d'avoir. L'inconscience forcenée d'Ono, la volonté de fer de Tama, toutes les deux liées à la compétence de Ta'aroa font que les courants sont impuissants à les repousser au large.

Au bord de la passe, la petite troupe a pris du corps. Elle réunit maintenant la quasi-totalité du village, quatre cents *Mä'ohi.* Ils ont entamé un chant traditionnel. Ils vantent l'épopée de leur peuple, quand, il y a bien longtemps, ils sont arrivés sur de grandes pirogues doubles construites pour braver les tempêtes et traverser le grand Océan. Alors que tous chantent, alors que tous encouragent les trois pêcheurs, une nostalgie les envahit. Les femmes pleurent. Les hommes songent aux temps anciens et certains commencent à douter que la vraie vie soit celle qu'ils ont développée sur cette île perdue au milieu de *moana,* le grand Océan. Ils pensent tous aux pirogues qui sont en construction. Aux grandes pirogues doubles qu'il faudra absolument terminer un jour prochain.

Tandis que les trois héros progressent, il se crée une symbiose entre eux et tous ceux qui attendent près de la passe. On ne sait plus qui rame. On ne sait plus qui chante. Sur leur *va'a,* Ono, Tama et Ta'aroa participent pleinement à la mélodie ancestrale qu'ils perçoivent. Elle les encourage, les porte, les propulse. Elle affirme leur identité et consolide la cohésion de tout un peuple. Maintenant, le pêcheur sait qu'ils ont réussi. Maintenant, ils sont bien engagés dans la passe. Maintenant, Ta'aroa trouve en se rapprochant du bord les contre-courants favorables qui les aident dans la phase finale. Alors que leur *va'a* prend une bonne vitesse, le pêcheur lâche sa rame et envoie d'un seul coup toute la toile qui avait été réduite dans la tempête. Puis il saisit la conque marine qui gît dans les fonds et souffle fièrement à pleins poumons dans le coquillage. Tous entendent distinctement le *pü* s'accordant avec leur chant. Et ce *pü* résonne dans leur cœur, tel l'appel d'une quête ancestrale sous les étoiles, vers le soleil levant, vers Te Hitia-o-te-Rä.

Je choisis la lumière du levant,
Qu'un vent favorable tire ma pirogue vers lui,

Qu'elle coure sur le grand moana,
Qu'un vent favorable tire ma pirogue vers lui,
Qu'elle fende les flots profonds,
Qu'un vent favorable tire ma pirogue vers lui,
Qu'elle emporte mon peuple vers l'île de la félicité,
Là où naîtront les enfants de nos enfants,
Qu'un vent favorable tire ma pirogue vers lui,
Je choisis la lumière du levant,
Qu'un vent favorable tire ma pirogue vers lui.

Plus tard, dans la légende, on racontera que Ta'aroa est revenu de la pêche avec deux de ses hommes, tous les trois chevauchant un gigantesque thon plus grand que le plus grand des espadons, donné par Ruahatu pour le récompenser de son courage dans l'épreuve. Pour le moment, sans que les chants faiblissent, c'est une foule médusée qui voit se ranger le long du quai de pierres noires un *va'a* agonisant. L'embarcation meurt. On ne sait pas vraiment si c'est en raison de son arrière disloqué, ou du poids d'un thon gros comme une petite baleine. Sur ce monstre, un jeune guerrier *mä'ohi* brandit une lance au bout de laquelle il vient de planter une belle bonite. Tama, rayonnant de joie, tombe dans les yeux d'une Vaiana Nui en extase. Ta'aroa, le pêcheur, lui aussi perché sur la bête, affale la voile de sa pirogue d'un geste sûr, comme s'il revenait de pêcher dans le lagon.

Hina saute de joie à côté de Te Mata'ata. Manu s'est rapproché d'elle qui n'a d'yeux que pour son héros de frère. Le spécialiste de la pêche aux *varo* est amer. Il voudrait dire à la sœur de Tama :

« Hina, je suis le plus grand pêcheur de *varo* de toute la terre, et ton frère vient de pêcher ce qui n'est somme toute que son premier thon, et pas tout seul en plus, alors… »

Mais il reste muet. Après avoir jeté un regard dépité sur ce *va'a* qui perd sa poupe, il s'écarte tristement, avec l'air sombre des mauvais jours, dans l'indifférence générale.

Avec l'aide de nombreux bras, le débarquement de l'énorme thon est facile. La plupart des personnes présentes n'accordent aucune importance aux algues surprenantes qui restent encore collées sur l'animal ou tissées à l'arrière du *va'a* dans un étrange entortillement, sauf Temana, qui se montre intrigué. Il remarque que Te'iri ramasse l'un des longs filaments gluants qui vient de glisser sur le sol. Temana sait très bien où il en a déjà vu. Il note que le prêtre s'éloigne discrètement de l'attroupement tout en cachant un lambeau d'algue dans son vêtement.

Le pêcheur est maintenant à terre près de la prise magnifique. Il étend la main en faisant un grand cercle et tout le monde se tait. Il dit :

« Moi, Ta'aroa, je remercie Ruahatu de nous avoir aidé à rejoindre notre village malgré l'effervescence qu'il a provoquée dans les flots de *moana*... »

Il hésite un instant, il pense au trou à thons. Sa femme Te Mata'ata, discrètement, glisse à Temana qui est à côté d'elle :

« Mon *täne* sait bien parler au peuple car il sait aussi user du silence quand il faut. »

Le pêcheur reprend :

« Je suis fier de mon fils et de son ami Ono. Grâce à eux, nous avons pêché deux poissons... »

Il marque de nouveau un temps d'arrêt. Son frère et Te Mata'ata se regardent d'un air entendu. Mais, cette fois, Ta'aroa souhaite donner de la force à ce qu'il va dire, il prépare son effet. D'un geste ample, il montre les deux prises. Il ajoute :

« ... qui sont pour la famille de Mata-Rau, comme il en a été décidé ! »

Une clameur accueille ses paroles.

De la foule se détache alors Mata-Rau. Il attend que le silence se fasse puis déclare :

« Ta'aroa est un grand marin *mä'ohi*. Le plus grand des pêcheurs de notre village. Il est sage et droit. Il a du *mana*. Je le remercie et j'accepte la bonite. Je propose que le thon-baleine soit cuit pour la grande fête que nous allons faire tous ensemble en l'honneur du retour des temps cléments. »

Les *to'ere* et les chants retentissent. Tout le monde s'active. La tempête est déjà loin. Les méfaits du vent sont provisoirement mis de côté et la gaieté a envahi le village.

Tama a enfin retrouvé Vaiana Nui. Cette dernière découvre les mains ensanglantées de son amoureux, maladroitement protégées par un simple morceau de pagne. Elle les prend dans les siennes en fronçant les sourcils.

« Il ne faut pas laisser ça comme ça. Viens avec moi », dit-elle.

Elle l'entraîne vers le *fare* de sa famille. Tama se laisse faire. Il ne pense plus à ses blessures. Il a oublié la sortie en mer et la pêche au large. Oublié le *va'a* perdu sur les flots. Il ne sait même plus à quoi ressemble un thon, ordinaire ou gigantesque. Plus rien n'existe que les yeux langoureux de Vaiana Nui, que son parfum de *tiare*, sa silhouette élancée, sa merveilleuse chevelure qui descend jusqu'à ses reins. Ses seins semblent avoir pris davantage de rondeur. Il ose prononcer un mot, un seul :

« Vaiana.

– Oui ? » répond-elle simplement en le regardant. Puis, comme il reste paralysé, elle s'approche tout près de lui pour lui souffler :

« D'abord il faut soigner tes mains... »

Elle le tire doucement sans la moindre peine. Ils font quelques pas, sans rien dire, puis ils disparaissent dans le *fare*.

Vaiana Nui a pansé les deux mains de Tama avec amour. Ce dernier ne sent plus la douleur. Seule compte la présence de la jeune fille. Enfin, ils sont ensemble.

Il est allongé sur le dos, les yeux fermés, les bras le long du corps, immobile. Même s'ils sont du même âge et même s'il paraît être un homme, par ailleurs c'est encore un enfant. Alors elle s'agenouille et prend l'initiative. Les yeux toujours clos, il ne perçoit pas tout de suite qu'elle se penche et approche sa poitrine nue de sa bouche entrouverte. Il finit par comprendre ce qu'elle lui offre et c'est en tremblant qu'il ose en goûter la saveur. Vaiana Nui continue son audacieuse progression. Ses mains de femme passent et repassent sur son visage d'homme, descendent jusqu'à son ventre où, frémissantes, elles s'attardent. Tama imagine deux papillons qui volent, viennent, reculent, reviennent, virevoltent encore et encore. Les voilà qui s'enhardissent et de nouveau ce sont des mains de femme qui le caressent encore plus bas, avec douceur, avec application, puis avec détermination, toute cette plénitude où d'ordinaire il est seul. Il gémit faiblement et, quand enfin elle est sur lui, elle le guide pour qu'il vienne en elle, profondément.

Le buste incliné, tel un homme en prière, Te'iri respire des cendres fumantes. Il les effleure comme s'il voulait en écarter un insecte importun. Il se penche encore davantage sur un microscopique désert sans relief ni couleur. De ses mains rapprochées et de son souffle naissent des ondulations multiples, d'imperceptibles interférences incantatoires. Avec l'index droit, il trace à la surface de cette houle grise l'ébauche d'une pirogue de pêcheur. Maintenant, il est debout. La tête en arrière, les bras tendus vers l'ombre qui barre le ciel, Fa'arava-i-te'ra'i, il implore Ruahatu de lui dire la vérité. Alors il saisit le morceau d'algue qui pendait à sa ceinture et le jette violemment sur cette pauvre réplique de *va'a*. Il reste immobile, les yeux révulsés.

Il se prend pour Ruahatu. Il est Ruahatu.

Il se penche de nouveau. Mais, cette fois, il regarde toute l'étendue du monde. Il voit une onde indigo agitée de vibrations et parcourue d'une lente respiration. Sur le grand *moana*, un frêle esquif. Trois hommes impudents en train de pêcher, exactement où lui se repose habituellement, là, dans son trou !

Il les voit mettre une ligne à l'eau. Une ligne pour ramener un thon ou une belle bonite. Une ligne avec un hameçon en bois, lesté par quelques pierres noires. Elle descend, descend toujours plus profondément. Encore et toujours. Elle s'enfonce dans sa chevelure, elle s'y fixe ! Et ils tirent. Ils tirent comme des bêtes et l'hameçon cède, lui arrachant une partie de ses divins cheveux. Au passage, ils accrochent l'un de ses thons ! L'un de ses thons à lui, et dans son trou à lui ! Son trou tabou, tabou depuis la naissance du monde !

Et ensuite ils reviennent au village et ils s'en vantent… ils en sont fiers !

Te'iri est accroupi. Il reprend le morceau d'algue. Il le met sur sa tête. Il reste immobile un long moment, hors du temps, plongé dans ses pensées avec cette ridicule parure qui lui masque la plus grande partie du front. Personne ne voit alors la lumière sourde qui donne à ses globes oculaires figés une apparence lunaire des plus étranges.

10

Espérance

Je place le bateau face au vent. La grand-voile complètement choquée s'affale dans son taud. Alpha va à l'avant préparer l'ancre. La dérive est remontée et nous avançons doucement sur le banc de sable qui entoure le *motu*. Pas de patate de corail à proximité, on peut mouiller.

Pendant que le *Toa Marama* recule, Alpha laisse filer la chaîne. Le mouillage se tend et plus rien ne bouge.

Nous voilà dans un mètre cinquante d'eau, à proximité du *motu* Mahaea, lagon bleu-vert pâle, émeraude et turquoise, cocotiers penchés sur une petite plage de sable blanc. Dans un silence éclatant de lumière, une pirogue à balancier, avec son *täne* et sa *vahine*, s'éloigne comme dans un rêve…

Alpha me parle du livre qu'elle dévore. Le fameux récit sur les Tuamotu qu'elle a commencé la nuit dernière pendant ses quarts. Elle m'en conte le début avec l'espoir, la passion habituelle de me faire partager une belle découverte. Avec le rythme qu'elle a pris j'aurai mon tour bientôt. Je suis déjà dans l'histoire.

Je n'ai lu que quelques pages la nuit dernière, quelques pages significatives. Je sais déjà que ce texte va me marquer.

Non loin de nous, un voilier est mouillé dans des fonds plus profonds. C'est un quillard. Il est immobile, à distance respectueuse du banc de sable, sur les eaux d'un lagon reposé, d'un calme irréel. Pour nous, les cocotiers tout proches invitent à débarquer sur la plage, mais nous sommes si bien à bord. Alpha, tout à sa lecture, ne manifeste pas vraiment l'envie de quitter le *Toa Marama*, même pour un court instant.

Dans l'eau, avec palmes, masque et tuba, je fais d'abord le tour du bateau. La carène du *Toa Marama* me fait penser au ventre d'une belle baleine dormant dans une eau cristalline. Le calme du lagon est toujours une récompense quand on songe combien le Pacifique usurpe si souvent son nom.

M'éloignant du bateau, je longe la chaîne et vérifie que notre ancre est correctement positionnée. Elle s'est enfouie dans le sable quand nous avons reculé, on ne la voit plus, pas de problème. Le *Toa Marama* est en sécurité. Alors, pendant qu'Alpha lit toujours dans le cockpit, je nage tranquillement vers le *motu*.

L'eau est merveilleusement transparente et le soleil miroite en myriades de reflets chatoyants sur un fond immaculé.

Le sable blanc entoure le bateau. Il s'étend jusqu'au *motu*. En approchant, je découvre une configuration de fonds que je n'avais jamais vue dans les lagons. La profondeur est parfois si faible que tout en nageant en surface je peux effleurer le sable du bout des doigts. Cependant, certaines patates de corail, aussi imposantes qu'une maison, ont leur base au creux de grands écrins de sable, à plusieurs mètres de profondeur. Ces écrins, contenant leur propre univers corallien, sont disposés de manière aléatoire. Entre eux, les fonds de sable remontent toujours et forment des lignes de crêtes, vaguement circulaires, qui tentent de crever la surface. C'est une succession de bassins et de vallonnements de sable à n'en plus finir. Un prodigieux village d'habitats coralliens.

On sent bien ici l'œuvre des courants, leur marque et leur puissance. Parfois, il y a si peu d'eau que je ne peux pas passer. Même bien allongé en surface, je dois faire un détour. Ou bien le passage est juste suffisant, mais le flot intense m'oblige à produire un effort important avec mes palmes. Ou bien encore, il y a assez d'espace pour faire de l'apnée et plonger alors très facilement vers la base des patates. Celles-ci sont formées à partir d'une grande variété de constructions coralliennes. Des champignons de toute taille, qui présentent des surplombs sous lesquels s'agite une foule de poissons. Des tunnels ou des arches, des ombrelles ou des choux-fleurs, des colonnades ou des chapiteaux, tous ces éléments agencés dans un environnement mouvementé de dunes.

Je dois tenir compte de la puissance des courants en me promenant dans ces vallées de sable blanc pour ne pas me blesser en longeant les coraux multicolores. Bleus électriques, roses insolents ou mauves violets.

Les poissons foisonnent : poissons-papillons évoluant souvent en couple, turbulents poissons-perroquets, poissons-picassos en forme de losange dont le museau prend la moitié du corps, singuliers poissons-chirurgiens aux nageoires bordées d'or ou d'argent. Ici, la vie est riche.

Je retourne au bateau en longeant le bord du *motu*. À mesure que j'en approche, le corail se raréfie jusqu'à disparaître. L'îlot se pare d'une frange de sable d'une grande beauté. Je nage dans moins de un mètre d'eau, presque sous les palmes des cocotiers, dont certaines, penchées au-dessus du lagon, semblent vouloir me caresser au passage. Le contact de l'eau tiède est un vrai bonheur. Pourquoi suis-je maintenant immobile dans une eau cristalline à dix mètres de la plage ? Plus rien ne bouge. Le silence est total mais il n'est pas pesant. Il est une évidence dans ce lieu préservé où il est si facile de se laisser prendre au charme de l'utopie insulaire.

Innocence.

C'est un *motu* perdu d'un atoll perdu d'un archipel perdu. Loin de tout. À y regarder de plus près, ce sont trois *motu*. Trois pièces d'un puzzle à peine séparées par un *hoa* en forme d'Y et qui, justement par ces petits chenaux venant de l'océan, affirment à la fois leur cohésion et leur identité de petites îles.

Ce sont trois *motu*. L'un plutôt petit tourné vers le lagon, encadré par deux autres plus importants qui fréquentent les abords de la barrière corallienne. Ceux-là font face au puissant océan et protègent le plus faible d'une houle implacable. C'est sur ce dernier que la famille Hervé, au centre du livre qu'Alpha ne lâche plus, a élu domicile. Pas pour une simple partie de pêche. Pas pour des vacances. Pour la vie, tout simplement. Toute une vie sur un *motu* des Tuamotu.

Pourquoi songer aux Tuamotu alors que je nage dans le rêve, le long d'un simple îlot comme il y en a tant ici à Tahaa ?

La porte du rêve s'ouvre-t-elle à Tahaa ? Tahaa la secrète, l'innocente, la pure, qui, je le sais bien maintenant, ne se dévoile que si on l'a méritée, par la mer évidemment, c'est un signe qui ne trompe pas.

Espérance.

11

Contact avec les mantas

La nuit est là. Nous dînons dans le cockpit. Nous sommes tout près d'un *motu* dont la plage est déserte. Aucune lumière ne filtre entre les cocotiers. Dans notre univers marin, nous sommes seuls, seuls et heureux à bord du *Toa Marama*. De l'autre côté du lagon, la masse imposante de Tahaa masque une partie d'un ciel étoilé. Bien plus loin vers le sud, on devine, par quelques lumières qui scintillent, la présence de la grande sœur Raiatea.

Je prends les jumelles et vais m'allonger sur le dos à l'avant du bateau. Je reste ainsi un grand moment à contempler le ciel profond, constellé de tant d'autres soleils.

L'amas des Pléiades *Mata ri'i, les petits yeux*, scintille de ses feux stellaires bleutés, la Croix du Sud me montre l'un des chemins... *'apa'apa rua manu, deux côtés d'oiseaux.*

Sommes-nous seuls dans l'univers ?

Je pense au paradoxe d'Enrico Fermi : « S'ils existent partout, alors où sont-ils ? » et aux nombreuses hypothèses sur cette existence de civilisations galactiques qui en découlent et agitent si souvent les chercheurs et les autres. Mon regard bascule de l'infini des cieux vers le mystère d'un environnement immédiat. Ici même, sur le platier corallien de la barrière, rien ne semble bouger..., et pourtant...

Sur ce mur de sable recouvert d'un mètre cinquante d'eau où le *Toa Marama* se repose passent parfois des êtres étranges, mi-poissons, mi-oiseaux, qui remontent des fonds tout proches et volent dans les flots. L'homme, dans son incommensurable vanité, oublie souvent que des extraterrestres, on en trouve aussi dans les profondeurs marines.

Et si elles étaient venues pour tenter un contact qui depuis la nuit des temps ne se concrétise jamais !

Nageant dans l'eau sous la lune, je les vois évoluant tels de gigantesques oiseaux nocturnes. Trois mantas belles et gracieuses malgré leur masse impressionnante. Je suis à trois ou quatre mètres d'elles. Elles passent et repassent à la frontière de ce mur de sable qui s'interrompt brutalement et plonge vertigineusement à quarante mètres de fond juste derrière nous. Leur vrai domaine est là. Les mystères des profondeurs du lagon de Tahaa leur vont bien. Sous moi, dans la lumière de l'astre de la nuit, le sable prend des colorations gris perle. Derrière elles, c'est la nuit noire des gouffres marins et je ne les perçois alors que par cette discontinuité qui les caractérise, un dos d'un noir de velours, un ventre et des dessous d'immenses nageoires d'un blanc laiteux, légèrement parsemé de quelques taches sombres.

Les humains ne conçoivent pas d'autres consciences que celles d'hypothétiques extraterrestres plus ou moins anthropomorphes. Pour tenter de les découvrir, ils sondent avec leurs radiotélescopes les mystères du vide intersidéral, sans penser un instant que ceux dont ils espèrent un signe pourraient être déjà parmi nous depuis des siècles. Personne n'a jamais décodé le langage des mantas. Elles s'évertuent pourtant, depuis des lustres, à nous conter leur inconcevable passage. Elles ont quitté les abysses originels d'une lointaine planète océane et maintenant, après un voyage incompréhensible pour nous, tentent avec une patience infinie d'établir le contact. De leurs deux nageoires étonnantes, encadrant leur gueule monstrueuse, émanent des flots d'informations énigmatiques, toute une histoire trop différente de la nôtre, une épopée inhumaine et hermétique à la totalité de nos sens. Aucun de nous ne daigne leur accorder une écoute attentive.

Qui sont-elles ? Quel est donc le message ? Que puis-je répondre ?

Mais où sont-ils ?

12

Ils naviguent dans les étoiles

Le vaisseau dans lequel vit AngKor est un vaisseau classique de type vaisseau-univers. On dit plus familièrement vaisseau-lumière en raison de l'émission photonique de gigantesques propulseurs, qui lui donne une apparence stellaire. Il existe plusieurs milliers de vaisseaux-lumière connus dans la Galaxie au LIe siècle. Long de cinq cents kilomètres et d'un diamètre de cent cinquante, le modèle standard est constitué de deux cylindres accolés de deux cent cinquante kilomètres de long chacun, le vaisseau-machine et le vaisseau-monde, tournant en sens inverse autour du même axe pour créer une gravité égale à celle de la pesanteur de l'ancienne Terre.

Le vaisseau-machine comporte les systèmes propulseurs émetteurs de lumière et les immenses réservoirs dans lesquels on stocke l'énergie du vide quantique. Il comprend aussi tous les systèmes autoréplicateurs : ceux capables de répliquer la totalité du vaisseau, comme ceux générant tous les objets, quels qu'ils soient, nécessaires à la gestion du vaisseau-monde. Le vaisseau-machine est entièrement contrôlé par des escadres de systèmes intelligents autonomes, des iA.

Le vaisseau-monde est lui-même divisé en deux parties longitudinales. Une demi-coque dont l'intérieur représente une surface habitable légèrement incurvée supérieure à quarante mille kilomètres carrés et une autre demi-coque qui lui fait face, celle-ci épousant parfaitement la surface intérieure du vaisseau et reconstituant un ciel virtuel avec nuages et soleil, imposant un rythme journalier de trente-six heures. Cette partie comporte également un ensemble de systèmes permettant le fonctionnement automatique de l'atmosphère du vaisseau-monde, mais l'essentiel de la gestion est fait par le vaisseau-machine.

La première demi-coque du vaisseau-monde s'approche de la moitié longitudinale et concave d'un cylindre parfait. C'est la partie habitée, sensiblement adaptée à l'intérieur du cylindre, équivalant pour le vaisseau d'AngKor à une campagne terrestre partiellement urbanisée, avec ses villes, ses villages, ses réseaux de communication et de vastes espaces sauvages où faune et flore sont simulées.

Quelques rivières traversent ce pays en réduction pour se rejoindre dans un fleuve qui s'écoule le long d'une génératrice du cylindre. Le fleuve se jette dans une petite mer à la jonction du vaisseau-machine et du vaisseau-monde.

Les industries au sens terrien du terme n'existent plus. Tout objet, machine, système, les produits les plus divers, comme la nourriture ou les objets de consommation classique, sont élaborés au sein du vaisseau-machine par les iA, en fonction des besoins du vaisseau-monde. Les humains du LIe siècle ne manipulent que de l'information. L'économie est fondée sur des échanges continuels intra et intervaisseaux.

Parce que le RHET ne transmet que de la conscience et donc que des informations, celles-ci sont partout. Les Acom les passent par le RHET. Les iA les utilisent en permanence. Les HyperBases les structurent et les stockent. Les BioCom les véhiculent et permettent d'y accéder constamment. Les THM en font des images virtuelles en trois dimensions. Les transmetteurs les transmettent vers les réplicateurs. À partir d'elles, les réplicateurs fabriquent tout objet inerte ou animé, simple ou complexe, minéral ou organique. Les ordinateurs les traitent, les broient, les codent, les translatent, les compriment, les analysent, les organisent, et de ce fait toute information manipulée a une valeur monétaire estimée en infos.

Depuis la demi-coque habitable de la partie vaisseau-monde, si on ne regarde pas trop loin, on se croirait à la surface de l'ancienne Terre. Cependant, la perception de la courbure du cylindre est sensible au-delà de quelques kilomètres. Et dans les cas extrêmes, si l'on est proche d'une des deux zones terminales, là où la terre rejoint réellement le ciel, d'un côté on peut presque toucher ce dernier, et de l'autre on perçoit le pays dans son ensemble avec une courbure maximale. Si le temps est vraiment très clair et si on lève la tête pour regarder à la verticale de ce lieu, on voit, suspendue dans les airs, à plus de cent kilomètres, l'autre partie du pays.

Cette perception, extrêmement différente de celle que l'on avait sur l'ancienne Terre, n'est plus considérée comme anormale par les habitants du vaisseau-monde, bien au contraire. Ils vivent ici comme leurs ancêtres y vivaient déjà il y a plus de deux mille ans. Ce qui pourrait paraître étrange serait plutôt de vivre à l'extérieur du vaisseau, et encore plus étrange s'il s'agissait d'une sphère. Comment pouvait-on vivre à la surface de la Terre ?

Le RHET est depuis des siècles la clé de la survie de l'espèce humaine. Grâce à lui, et avec l'aide des Acom, les milliards d'intelligences humaines de la Confédération, les iH, sont à l'origine de grands mouvements de populations et échangent ainsi toutes sortes d'informations. Des données alimentant le moteur économique de la Confédération, mais également leur propre patrimoine génétique. Ils sont devenus les habitants d'une immense flottille de vaisseaux essaimant dans la Galaxie.

L'habitude de reproduire dans ces vaisseaux des habitats qui rappellent les anciennes contrées terriennes est devenue une mode. Certaines reconstitutions, volontairement très anciennes, mélangent la nostalgie évidente de temps très reculés avec les hypertechnologies du LIe siècle.

On peut dire en ce sens qu'AngKor et sa famille vivent dans un vaisseau très classique.

Après avoir passé un grand moment connecté à l'observatoire central pour contempler les étoiles, AngKor vient de quitter son bureau. Il est maintenant dans le large séjour de la cellule familiale. Il y retrouve sa femme ValdiVia et ses enfants, LunDy sa fille et LeeR son fils.

ValdiVia est Agent psychoécobiologiste, une Apsy. Elle fait partie de l'équipe qui contrôle, adapte et prévoit les paramètres de l'atmosphère du vaisseau-monde. Elle se déplace constamment sur le territoire pour analyser le comportement des habitants, les besoins des entreprises et les effets de mode.

Les conclusions de ses enquêtes alimentent les systèmes d'information qui simulent avec modération les saisons classiques des zones tempérées terriennes – enfin des anciennes – tout en tenant compte dans une certaine mesure des souhaits de la population.

« LeeR, qu'as-tu fait ce matin ? » demande AngKor.

LeeR, quoiqu'il n'ait que dix ans, comprend beaucoup de choses. Cependant, il n'a pas encore saisi ce qu'était la Terre, dont ses parents parlent de temps en temps.

Sans répondre à son père, LeeR s'est approché de lui et dit :

« Tu cherchais encore un nouveau truc comme une planète dans les étoiles ?

– On ne trouve pas facilement de nouveaux astres, tu sais, et puis je ne suis qu'un amateur, cependant... »

Il se mord la lèvre inférieure. Il se retient. Sans doute un peu trop longtemps. Brusquement, il sourit, ce qui provoque de l'étonnement dans le regard de sa femme. Il pourrait dire à son fils : « Je viens de découvrir bien plus qu'un nouvel astre et c'est extraordinaire... », mais ce n'est pas si simple.

LeeR le relance :

« Parle-moi encore de la Terre ! Je ne comprends pas pourquoi une planète est une grosse boule. La Terre n'est pas un vaisseau en forme de cylindre ?

– La Terre... Elle est tellement loin de nous... Et qu'est-ce qu'il en reste... »

ValdiVia perçoit dans le ton inhabituel d'AngKor, dans son sourire forcé, dans ses silences aussi, qu'il vient de se passer quelque chose. Elle se retourne vers son fils et l'interroge :

« LeeR, tu ne devais pas voir ton copain TabuK, ce matin, pour une partie de ball-4D ?

– Oui, c'est vrai ! Je peux y aller maintenant ?

– Sois prudent et ne reviens pas trop tard, d'accord ?

– Merci maman, à ce soir papa ! On parlera encore de la Terre ?

– Oui, bien sûr. Salut, garçon ! »

Alors LunDy se rapproche de son père.

« Moi, je sais !

– Qu'est-ce que tu sais ? répond AngKor.

– Je sais que tu as découvert une nouvelle planète !

– Ce n'est pas ça.

– Ah ! Tu vois ! Tu n'as pas dit non ! Tu as dit “ce n'est pas ça...”, donc tu as bien découvert quelque chose ! » s'exclame LunDy, toute fière de sa démonstration. Puis elle ajoute :

« Une nouvelle planète, c'est tellement mieux que tous les projets actuels de développement dans les vaisseaux !

– Pourquoi dis-tu cela ? demande son père, mais il n'attend pas sa réponse et très vite, trop vite pense-t-il, continue :

– LunDy, ma chérie, laisse-moi avec ta mère maintenant, tu veux bien ?

– Papa, tu ne m'écoutes pas ! Je ne suis pas LeeR ! Je suis LunDy ! J'ai seize ans ! Je suis grande ! Alors tu peux me parler de tes découvertes. Et d'ailleurs, moi, je sais ce qu'était la Terre !

– LunDy, je te promets de t'écouter, mais, pour le moment, laisse-moi avec ta mère. »

Elle fait la moue, pose un baiser sur la joue de son père et s'éloigne en adressant un sourire à sa mère.

Ils se retrouvent seuls dans le salon dont les murs prennent des couleurs irisées qu'AngKor ne connaissait pas. Il se dit que ValdiVia a dû télécharger un nouveau programme et qu'elle est en train de modifier l'allure générale du salon, sans en avoir l'air, pour le mettre en condition.

« AngKor, tu as passé des heures dans ton bureau... Je suppose que tu étais connecté avec l'observatoire central du vaisseau ? Tu daignes enfin t'intéresser à nous et tu surgis de ta boîte sans prévenir. LeeR te pose des questions et, au lieu de te lancer dans ton cours habituel, tu restes évasif, tu ne dis rien, ou plutôt tu laisses entendre je ne sais quoi. Ne parlons pas de ta fille que tu éloignes un peu vite, je trouve...

– Il n'y a rien d'important. J'essaie toujours de localiser l'ancienne Terre, mais je n'ai pas encore réussi à en prendre une image correcte, elle est vraiment trop petite.

– J'ai quand même l'impression que tu me caches quelque chose. Qu'est-ce qu'il y a ?

– C'est bien toi, ça ! Il faut toujours que tu essaies de comprendre pourquoi je souris, pourquoi je ne dis rien... Je vis, simplement ! Ce n'est pas parce que tu occupes la moitié de ton temps à dialoguer avec des supercalculateurs iA, qui ne sont que des ordinateurs, qu'il faut que tu me prennes pour l'un d'eux ! Je suis un humain, un iH, pas une iA. Et un iH un peu préoccupé. Je passe dans le RHET demain.

– Tu ne m'as rien dit !

– Je viens juste d'être prévenu et il faut que je me mette en condition. D'ailleurs, je vais y aller.

– Tu reviens quand ?

– Dans une semaine, je pense, le temps de mémoriser les paquets de messages ici, de les reconfigurer dans deux ou trois autres vaisseaux, et de préparer le cycle pour le retour. Ensuite, j'ai un mois de congé comme d'habitude.

– AngKor, jure-moi que tout va bien, je n'aime pas te voir passer dans le RHET quand tu n'es pas toi-même.

– Mais je suis moi-même ! Tout va bien. »

Il l'a prise dans ses bras. Elle est blottie contre lui. Il pense qu'elle en rajoute en ce moment même, avec les tons pastel qui tourbillonnent et qui les enveloppent comme dans un nid douillet. Quand il sent la pointe de ses seins contre sa poitrine, il oublie que ValdiVia contrôle les couleurs et les images de la pièce par la pensée. Le tapis virtuel prend soudainement l'apparence d'un champ de blé.

Dans la cabine du Mag, le métro magnétique qui l'emmène en ville, il réfléchit à ce qu'il va faire. Mais il ne voit pas de solution dans l'immédiat.

Il arrive au terminal et descend avec tous les passagers. La place centrale de Z, la ville principale du vaisseau, grouille de monde. C'est une place magnifique, rectangulaire, avec des bâtiments aux formes étonnantes et répétitives bordés par une immense pièce d'eau. Une étendue vaguement marine dont l'horizon proche se décline en une multitude de canaux. Sur une eau calme et reposée, des bateaux étranges, aux formes élancées, circulent autour des bâtiments. À bord de chacun d'eux, une iA curieusement habillée pousse l'embarcation avec une longue perche. Il est de bon ton de faire des promenades sur ces drôles d'engins sans moteur. D'autres iA tout à fait spéciales occupent le centre de la place. Ce sont des reproductions d'oiseaux qui volent sans arrêt, seuls ou en groupe et auxquels les touristes donnent de petites billes que l'on appelle graines. AngKor se souvient d'avoir lu quelque part qu'une place du même genre a réellement existé sur la Terre. Son nom, Saint-M, l'étonne toujours, parce qu'il a découvert dans des documents anciens, des livres, que le premier mot est bien correctement orthographié. Évidemment, il songe à un mot homophone, mais qu'est-ce qu'un saint ? Il pense à un concept oublié, lié à des aspects religieux, mais voilà bien un domaine qui ne signifie plus grand-chose. Il faut être cultivé, ou habitué comme AngKor à découvrir des données historiques, pour avoir une idée de ce que pouvait être une religion, une croyance, un dieu.

Chaque vaisseau met son point d'honneur à offrir à ses habitants, comme aux voyageurs en provenance des autres vaisseaux, des lieux variés où l'on reconfigure des concepts très anciens. L'énorme majorité des occupants des vaisseaux ne fait pas toujours la différence entre des créations purement originales et des reconstitutions historiques. AngKor sait que cette place est une réplique, qu'elle a quelque chose de mythique et appartenait à l'une des plus célèbres villes de l'ancienne Terre, mais il a oublié le nom de cette antique cité.

Il pense à ses enfants. Il regrette de ne pas avoir pu leur confier pourquoi il est tant préoccupé en ce moment.

LeeR est un garçon intelligent. Il est normal qu'il se pose des questions quant à ce que représente la Terre. Il y a tellement de personnes qui ignorent tout de cette vieille planète. Qui ne savent pas du tout où elle était située. Certains esprits simples vont même jusqu'à douter qu'elle ait jamais existé et la perçoivent comme une sorte de légende. Quand AngKor songe aux questions pertinentes de son fils, il n'est pas complètement persuadé d'avoir été à la hauteur. Mais que pouvait-il dire ? La vérité ? Ce n'est pas le genre d'information à traiter à la légère.

Bien qu'il ait dit à ValdiVia qu'il était pressé, il n'en donne pas l'impression. Il doit passer dans le RHET demain, et pourtant il paraît désœuvré, un passant sans but, un touriste qui viendrait d'un vaisseau lointain et n'aurait pas encore établi de parcours précis. Il ne peut s'empêcher de penser à ce qu'il a vu avec son casque de vision intégrale. Des images uniques ont marqué ses rétines. Elles laissent une empreinte indélébile dans ses aires corticales. C'est sans doute pour cela qu'il flâne anormalement le long des bâtiments de la place, pour prendre un peu de recul, pour se décontracter avant le passage. Ce n'est jamais bon de passer avec des soucis, les performances de la mémoire s'en trouvent affectées.

Alors que tout le monde peut faire ses courses virtuellement avec tout ce que les réplicateurs du vaisseau fabriquent et qu'ils vous livrent à domicile, on a recréé au pourtour de la place des boutiques anciennes. Genre de pièces où l'on peut entrer par des portes et faire du commerce comme au XXe siècle, en achetant de vrais objets que l'on transporte soi-même. La place Saint-M est réputée pour ce type d'attractions. Il s'arrête un instant devant l'une d'entre elles dont l'enseigne affiche *Antiquités*. Il regarde des statuettes représentant des personnages et des animaux divers dont il ne connaît pas tous les noms. ValdiVia, elle, doit les connaître, pense-t-il. Un tableau coloré attire son attention parce qu'il n'est pas en 3D. Certainement la copie d'une œuvre très ancienne. Plus loin, dans une armoire hermétique en verre, des livres ! Il adore les ouvrages très anciens. Il en possède d'ailleurs quelques-uns, mais son regard tombe sur un objet datant d'un siècle oublié, un globe terrestre d'environ quarante centimètres de diamètre, traversé obliquement par un axe que l'on croirait en bois. L'ancienne Terre ! Il entre. Un homme âgé s'approche de lui.

« Bonjour, monsieur, vous aimez les livres, n'est-ce pas ? J'ai vu votre regard s'allumer devant la bibliothèque en verre. D'ailleurs, je crois vous avoir vendu il n'y a pas si longtemps un ouvrage en vrai papier.

– C'est exact, mais je voudrais voir la Terre.

– Ah ! Le globe terrestre ! Vous savez, ce n'est pas un original ! Ce n'est qu'une reconstitution, fidèle, mais une reconstitution.

– Elle a été faite avec l'aide d'un Acom ?

– C'est tout à fait vrai. J'ai un petit réplicateur couplé à un transmetteur dans mon arrière-boutique et je les fabrique à la demande avec un Acom de mes relations. Si vous êtes équipé, je l'envoie chez vous quand vous voulez. Je vous dis ça parce que ce n'est qu'une copie. En plus, la mémoire humaine étant ce qu'elle est, je me demande parfois comment font les Acom pour mémoriser un objet aussi complexe, avec tous ces dessins, ces lignes, ces couleurs. Avec tout ce qui est écrit dessus en plus… Évidemment, l'original n'est pas sur notre vaisseau, alors une copie reste une copie, vous comprenez ? »

Ils sont tous les deux penchés sur la Terre miniature. AngKor la fait doucement tourner sur son axe, et son index parcourt une moitié du globe coloré d'un bleu lumineux. Il dit :

« Ces lignes, elles délimitent des continents et là, vous voyez toute cette eau ? C'est… le Pacifique.

– Je vois que vous êtes un connaisseur !

– Combien d'infos ?

– Vous avez noté la complexité des lignes, des courbes, des couleurs ? J'ignore si vous savez ce qu'un Acom doit être obligé d'enregistrer pour que l'on puisse reconfigurer une telle œuvre. Deux cents infos.

– Je comprends. C'est cher, mais je la prends. C'est un cadeau pour mon fils. Pouvez-vous y ajouter un message, comme dans les temps anciens ?

– Bien sûr, allez-y ! » AngKor prend une voix paternelle comme s'il s'adressait à LeeR :

« Mon fils, voici la Terre. C'est une planète avec ses continents et ses océans. Tu remarques évidemment que c'est une boule et non un cylindre ! Et les océans sont bien à l'extérieur et non à l'intérieur… Je t'expliquerai… C'est aussi un grand vaisseau-univers, beaucoup plus grand que le nôtre. »

Pour régler son achat, AngKor précise au BioCom de son poignet de se connecter à celui de l'antiquaire. Le petit système demande :

« Je transmets le message immédiatement à LeeR, ou bien nous faisons comme dans l'ancien temps ?

– Comme dans l'ancien temps… avec une feuille de papier pour le message, précise AngKor.

– Chouette ! Mais…, c'est quoi une feuille de papier ?

– Laisse-nous, veux-tu, paye et tais-toi », réplique AngKor.

L'antiquaire reprend :

« Vous semblez connaître le nom des anciens océans de la Terre, je vais vous montrer quelque chose. Attendez-moi un instant, vous voulez bien ? »

Il se dirige vers une porte à l'ancienne, à l'arrière de la boutique, mais c'est un trompe-l'œil, car il disparaît normalement à travers la cloison.

Quand il réapparaît, il tient à la main un objet étrange. C'est un cylindre de bois de couleur sombre, d'une cinquantaine de centimètres de long et d'une vingtaine de diamètre, fendu longitudinalement sur un seul côté.

« Qu'est-ce que c'est ? dit AngKor.

– Aucune idée. Mais je sais que ça a un rapport avec le nom que vous avez prononcé tout à l'heure, Pacifique ; oui, ça a un rapport avec ce nom.

– Et comment le savez-vous ?

– L'un de mes grands-parents a eu l'occasion de passer par le RHET, il y a bien longtemps. Il m'a parlé d'objets étranges qu'il a fait reconfigurer à son retour avec son réplicateur personnel. Cet objet faisait partie du lot obtenu, c'est le seul qui me reste. Je me souviens qu'il me disait toujours : “Si tu mets l'oreille sur la fente, tu entends le Pacifique.” Mais on n'entend rien. Si vous voulez, je vous le donne. »

L'antiquaire a placé le cylindre dans les mains d'AngKor. En retournant l'objet avec curiosité, celui-ci remercie :

« C'est très gentil à vous… » Puis il ajoute, comme pour ne pas rompre trop brutalement cette rencontre :

« … Je reviendrai vous voir pour les livres. »

Il quitte ensuite la boutique avec le cadeau de l'antiquaire. C'est quand même curieux, pense-t-il, cette ancienne coutume de transporter des objets comme ça sous le bras.

Quant à la Terre en forme de boule qui est destinée à LeeR, elle sera livrée directement chez lui par le transmetteur du commerçant, avec le message écrit sur du vrai papier.

AngKor ne doit plus perdre de temps maintenant. Il doit penser à se préparer. Cependant, il ne se dirige pas vers le central. Il flâne encore un peu, longe la terrasse d'un café, s'arrête de temps en temps, tel le touriste qu'il semble être devenu dans cette ville de quatre cent mille habitants, réputée pour ses copies de vieux quartiers à la mode de l'ancien monde. Il est préoccupé par les images virtuelles qu'il a observées il y a quelques heures. Il doit se détendre pour passer.

Finalement, il entre dans l'un des nombreux bars de la place où il est de bon ton de s'asseoir pour déguster une boisson.

13

Les *to'ere*

Ils sont tous en rond, assis, debout ou encore accroupis. Seuls quelques enfants courent çà et là, tout excités par l'exaltation commune et par l'attente.

Les *to'ere* et les tambours ont été sortis des *fare*. Et personne ne manque. Tous réunis au centre de la place, ils entament aussitôt, comme d'habitude, une série de rythmes, plus percutants les uns que les autres. De cette dynamique sonore naît un précieux équilibre entre harmonie et lutte musicale. Ils rivalisent de virtuosité et s'affrontent dans une joute d'où paradoxalement l'entente n'est pas absente. Mais à l'évidence, c'est un prélude, un appel profond. Une prière voluptueuse implorant autre chose.

Alors que la cadence des *to'ere* s'accélère, une partie du cercle s'ouvre momentanément et elles sont enfin là ! Elles arrivent pieds nus, en dansant, l'une derrière l'autre. De courts pagnes de feuillage, retenus très bas sur les hanches, laissent à découvert leur ventre de jeunes filles et le haut de leurs cuisses. Leur mouvement est lent, bien plus lent que la mesure des *to'ere*. Elles ondulent toutes les quatre avec grâce comme bercées par une houle ample qui accentue les courbes de leur corps. Leurs seins haut portés, aux pointes dressées si peu masquées par leurs colliers de fleurs, affichent dans leur rondeur une charmante langueur constamment décalée, un léger retard sensuel par rapport au balancement de leur corps. Sous les couronnes de fleurs posées sur leurs cheveux noirs, leur sourire est une pure merveille. De leurs cheveux où elles sont plantées, des baguettes végétales très claires s'élancent, comme autant de longs rayons d'une extrême finesse.

Elles tiennent dans chaque main une demi-noix de coco où luit l'espérance vacillante d'une petite flamme orange. Les mouvements de leurs bras dessinent sur le fond de la nuit polynésienne des arabesques de lumière. Insensiblement, elles se sont placées les unes à côté des autres. L'une, mince, montre un visage pétillant de malice. Les prunelles d'une autre, plus ronde, étincellent de toute l'insouciance de la jeunesse. La troisième est très belle, sa chevelure aux reflets sombres joue à cache-cache avec la naissance de sa gorge. La dernière, dans un regard noir velouté, glorifie l'éternelle beauté de la *vahine* dont on ne sait si le sourire est une invitation à l'amour ou l'expression d'un simple bonheur de vivre. Toutes sont radieuses. Elles ne cessent de donner à leur corps un rythme lent et mesuré, à la fois en accord avec celui des *to'ere* et pourtant désynchronisé. On ne pourrait dire, tellement elles se fondent avec les instruments, si ces derniers guident leurs pas, ou si les joueurs de *to'ere* suivent leurs gestes.

Comme elles tournent doucement, elles entonnent une mélodie que toute l'assemblée reprend en chœur. Le chant participe à l'ancrage oral des traditions de la communauté, comme les tatouages qu'elles portent affirment leur propre identité. Une tortue stylisée en bas du dos, une fleur formant un motif triangulaire ou encore un coquillage à moitié ouvert. L'une arbore un bracelet de motifs géométriques complexes juste au-dessus de la cheville.

Tout à coup, dans un ensemble parfait, le son des percussions devient étourdissant et les hanches des danseuses sont prises d'une folie harmonieuse. Variations lentes, langoureuses comme des caresses, alternent avec des envolées hallucinantes. Elles tournent de nouveau sur place, le haut de leur corps restant totalement insensible aux ondulations du bas. C'est à peine si la rondeur de leur jeune poitrine trahit la frénésie de leurs hanches. Les épaules sont immobiles alors que les pieds frappent le sol. Soudain, le tempo devient saccadé, se désaccordant brutalement de la mélodie originelle. Les *to'ere* évoquent un instant, par leurs tonalités légèrement dissonantes, les lointains pays du couchant d'où ils sont venus il y a bien longtemps. Les danseuses, elles aussi, brisent la cadence. Leurs coups de reins, un instant syncopés, à droite, à gauche, à droite, à gauche, rappellent le charme d'un prélude amoureux. Et pourtant seules demeurent, sans ambiguïté, la grâce et l'harmonie du geste. La danse est bien fille de l'amour.

Soudain, sans prévenir, ils sont là. Quatre jeunes danseurs musclés, dont deux arborent de magnifiques tatouages asymétriques. Toute une cuisse tatouée mais rien sur l'autre. Un motif rayonnant en étoile sur une épaule, alors que l'autre reste vierge. L'un a les cheveux courts. Les trois autres les portent longs. Deux les ont ramenés en arrière en une queue de cheval sauvage. Nus jusqu'à la ceinture, ils ont les reins ceints également d'un pagne végétal. Autour du cou, ils portent un collier de nacre et un grand coquillage en forme de croissant de lune presque refermé sur lui-même. Leur bras droit est armé d'une lance avec laquelle ils miment un combat contre un ennemi invisible. Même si leur danse est parfois guerrière, elle sait également se faire gaie et joyeuse. Mais les hommes ne dansent pas comme les femmes. Légèrement accroupis, ils écartent et referment les genoux d'une manière aussi vive que possible. Ils sautent, ils virevoltent. Des mimiques de leur visage, des cris graves et gutturaux qu'ils émettent, naît un combat à peine imaginaire dont ils sortiront à coup sûr vainqueurs, laissant leurs ennemis pétrifiés. Mais le rythme des *to'ere* se fait plus lent. Les danseurs tentent alors une imitation impossible des langoureux mouvements de leurs compagnes. De leurs bras, de leurs mains, surgissent des scènes plus lyriques et presque émouvantes. Hommes et femmes content, par leurs gestes complexes, une histoire, une épopée ancestrale où l'on retrouve une symbolique simple, celle de la conquête d'une Terre promise que l'on espère voir un jour émerger devant les deux étraves effilées d'une grande pirogue océanienne.

Les quatre jeunes filles s'accroupissent et, dans un mouvement charmant, elles écartent leurs bras, présentant, comme si elles allaient les offrir, les petites flammes qu'elles portent toujours au creux de leurs mains. Les voilà comme assises sur leurs talons et pourtant, à aucun moment, elles n'arrêtent de danser.

Les hommes s'éloignent et la fin de la danse semble proche, mais les danseuses demeurent et chantent encore. Tous alors les accompagnent. Tous savent par cœur le refrain d'espérance qui les a guidés vers cette île. Tous savent qu'un jour ils seront de nouveau appelés par le large, par le soleil levant, par Te Hitia-o-te-Rä. Quelques-uns ajoutent de nouveaux couplets où il est question de la pirogue de Ta'aroa, de la pêche d'un thon-baleine, d'un *va'a* qui n'est rien d'autre que le dos d'un monstre marin, d'un dieu complaisant... Alors on développe à l'infini de multiples variations, et de nouveaux couplets éclosent spontanément comme autant de fleurs musicales. Les enfants aussi, même ceux qui n'ont pas arrêté de jouer, les fredonnent avec exactitude et les reprennent en chœur. De là naît une symbiose qui trouble les trois maîtres du temps. Le passé de la découverte et de la conquête de l'île, le présent d'une pêche miraculeuse, le futur qui les attire vers une espérance océane, tous les trois réunis dans le creuset de la tradition orale, éternel liant d'un peuple pour qui le chant est un don des dieux et le moteur d'une culture naissante.

Un instant, il semble que les palmes des cocotiers caressées par un vent complice scandent, dans une lente oscillation, l'immense complainte mélancolique dans laquelle toute l'île est immergée. La fureur des éléments est oubliée. Nuages et vents redevenus cléments participent à l'événement. Un instant, les dieux doutent qu'ils puissent longtemps dédaigner la ferveur d'un peuple si profondément uni vers un destin qui s'affirme.

Mais dans l'attente d'un projet fabuleux restant à venir, insensiblement, langoureusement, à la fin d'un obsédant refrain, elles se regroupent les unes derrière les autres. Elles ne sont plus que quatre à danser et à chanter. Les *to'ere* se font plus calmes et prennent une cadence d'adieu. Elles recomposent le lent mouvement ample, sensuel et symétrique de leur arrivée. Elles évoquent de nouveau la grande houle du large. Elles bercent leurs lumières, qu'elles tiennent serrées contre leur charmante poitrine, comme elles berceraient un enfant au bord du sommeil. Elles se retournent avec grâce, montrant alors leurs reins généreusement dénudés qui ondulent doucement. Dans une hésitation qui n'en finit pas, elles semblent regretter de quitter le centre des regards, mais s'éloignent cependant, laissant seul dans la nuit un ruisseau de lumière, un chemin d'étoiles en souvenir d'elles, toute une espérance.

Spontanément, une procession s'est formée. À la lueur des torches, les trois héros du jour sont entraînés vers le lagon. Face à son miroir argenté, tous sans exception chantent maintenant l'épopée des pêcheurs de thons tout en lançant sur l'onde insouciante des fleurs fraîchement coupées pour attirer la bienveillance des divinités et apaiser leur ardeur.

La fête est finie. Elle a laissé place à une nuit obscure qui ne parvient pas à masquer une lueur diffuse émanant d'un grand *fare* largement ouvert sur la plage, celle d'un feu de bois près duquel un Ta'aroa affairé a repris son occupation de *tahu'a va'a*.

Avec une herminette de pierre, il finit de tailler une belle planche pour refaire l'arrière de sa pirogue endommagée. La pêche n'attend pas. Ta'aroa aime le bois, sa texture et son odeur lui mettent toujours du bonheur au cœur. Il aime passer et repasser sa main sur les fibres qu'il vient de travailler. Il abandonne l'herminette et entreprend la finition avec une râpe en peau de requin. Tout à sa tâche, il fredonne un refrain qui refuse de le quitter. Celui qui rappelle leur arrivée épique sur le dos d'un thon gros comme une baleine. Il sourit, se disant qu'ils sont passés tous les trois très près du naufrage et que l'événement au premier abord dramatique s'est transformé en une épopée marine glorieuse. Il reprend l'outil de pierre pour effectuer quelques encoches. Est-il conscient que ses gestes de l'instant présent sont éternels ? Il pense à ses enfants. Comme son père le lui a appris, il doit veiller à ce que son fils aîné perpétue la tradition familiale. Mais Tama ne semble pas être attiré comme lui par le travail du bois. Il est tout le temps en train de bouger et des choses s'agitent continuellement dans sa tête, des choses qui lui échappent à lui, son père. Que deviendra ce fils ? Ta'aroa est étonné que le doute ne le rende pas plus triste. Et puis, il a d'autres enfants et Te Mata'ata lui en donnera bien d'autres encore. Tout à ses pensées, alors que machinalement il va ajuster la planche sur l'embarcation blessée, son regard est attiré par un minuscule éclat de lumière.

Sur le sol gît un morceau de la pièce qui a cédé lors de la partie de pêche et qu'il a fait tomber à terre. Cet éclat furtif vient de l'une des nombreuses perforations qui permettent de faire passer le lien d'assemblage des différents éléments de la pirogue. Pourquoi l'une d'elles est-elle lumineuse ? Il se baisse.

Dans ce mouvement, la petite lumière disparaît. D'étonnement, il lâche son herminette, puis se redresse lentement pour retrouver la position précédente. La petite lumière réapparaît sur le morceau de bois à ses pieds, légèrement incliné vers le feu. Le bord de cette pièce révèle toute une série de trous. Il compte soigneusement le nombre de ceux que l'on distingue juste avant celui qui émet de la lumière. Il se baisse de nouveau et ramasse la planche. Il ne voit plus l'éclat lumineux, mais jurerait qu'il provenait du neuvième trou. Il reprend son herminette et place le segment de bois sur une large écorce propre. Avec son outil, il ouvre précautionneusement le minuscule orifice ; de la sciure se répand sur le morceau d'écorce. En passant ses doigts dans cette poudre, il sent un objet de taille insignifiante et très dur : un fragment de nacre de quelques millimètres de long. Tout en le retournant entre ses doigts, il le regarde attentivement. C'est un petit cylindre à la rondeur sans faille. L'une de ses extrémités est cassée net et forme un disque d'une surface parfaitement lisse, microscopique miroir caché au fond de son trou dans lequel se reflétaient par hasard les flammes du foyer tout proche. Comment cet objet est-il arrivé là ? À l'évidence, cette partie d'aiguille de nacre n'a pu être introduite qu'avec une intention malfaisante. Une aiguille cassée par une main criminelle voulant affaiblir les liens des planches. Mais pourquoi ? Immobile, il ferme les yeux, respire profondément et ses doigts enserrent alors le manche de son outil avec une telle violence qu'une douleur irradie brutalement dans son poignet. L'herminette tombe à terre une deuxième fois.

Furieusement, il ramasse tous les débris de la planche blessée qui jonchent le sol. Il examine une à une toutes les perforations. Il constate alors que certaines sont anormalement grandes comme si on les avait élargies. Soudain, il se rappelle qu'en plongeant sous la pirogue, alors qu'ils allaient couler, il a trouvé étrange qu'il soit si facile de passer la ligne de pêche dans les trous pour faire une réparation de fortune… Minuscules à l'origine et bourrés de fibre végétale, ils ont tous été largement agrandis avec une aiguille de nacre.

Mais qui a saboté sa pirogue ? Et pourquoi ?

Extrêmement troublé, il n'a plus la tête à continuer la tâche entreprise. Il s'assied un instant sur un tronc d'arbre, le visage entre les mains, puis sort du *fare* et reste dehors un long moment debout, sans bouger, plongé dans ses pensées, sans prêter la moindre attention ni au ciel ponctué d'étoiles ni aux sortilèges de la nuit.

Finalement, il décide d'en parler à Temana, son frère.

14

Quatre questions

Z est la plus grande ville du vaisseau des Nuages du Taureau. Toutes les communications vers les autres vaisseaux-lumière partent de là avec le RHET. AngKor quitte à regret la place Saint-M et se dirige vers le centre de communication situé à quelques centaines de mètres. Le central se présente sous la forme d'un immense bloc massif trônant au milieu d'un large espace circulaire.

En s'approchant de l'imposant bâtiment, AngKor remarque qu'un groupe de jeunes a pris position à proximité. Calmement, ils distribuent des pastilles info.

Ce sont des sympathisants RAVA. Leur mouvement, qui prône le Retour Aux Valeurs Anciennes, est généralisé dans l'ensemble des vaisseaux et encourage tous les projets mettant en avant les antiques cultures terriennes. Quand une attraction touristique typique, comme la réplique d'une célèbre place d'une ville de la Terre, est créée, quand il s'agit de la naissance d'un musée virtuel exploitant des ressources perdues dans les bases de données des vaisseaux, quand c'est un fantastique parc de loisirs qui est construit, comportant généralement d'étonnantes activités sportives, les RAVA sont là. AngKor se demande pourquoi leurs actions sont encouragées par une frange importante de la population des vaisseaux. Pourquoi ce besoin de recréer des concepts complètement dépassés ?

La nostalgie a de l'avenir, se dit-il, si l'on songe à toutes les informations perdues, inexploitées, enfouies dans les fabuleuses mémoires que sont devenues les HyperBases des vaisseaux. Les RAVA peuvent y trouver d'inépuisables idées de projets intéressants. Bien sûr, ils ont des actions très positives, mais bien des dirigeants RAVA mélangent le développement du tourisme galactique avec des intérêts politiques personnels.

Le mouvement est un bon tremplin pour intégrer les gouvernements des vaisseaux, voire pour être élu dans les conseils de la Confédération.

« Enfin, murmure AngKor, si seulement les RAVA n'étaient pas indirectement à l'origine des excès des MOR ! »

Le Mouvement pour l'Ordre Régulier et les RAVA conduisent à une bilatéralisation de la politique galactique. Les RAVA souhaitent des créations originales, systématiquement contrées par les MOR, adeptes convaincus, et trop souvent fanatiques, de la stabilité, du non-changement.

Les MOR ont une attitude radicale, pense AngKor. Certains jeunes y trouvent une raison d'être, un idéal décalé. Il se demande si LunDy, sa fille, n'a pas été contactée par les RAVA. Mais que ferait-elle avec les RAVA ? Elle est trop jeune. Or, certains de ceux qu'il observe en ce moment même et qui distribuent des pastilles info pour les RAVA ont justement l'âge de sa fille.

Conscient qu'il doit mettre un terme à des réflexions trop envahissantes, il entreprend une légère pause psychodécontractive. Il refoule les questions trop personnelles et chasse de ses pensées les idées trop complexes. Il vaut mieux prendre le RHET détendu et l'esprit clair. Pour cela, il favorise en lui l'émergence d'un parfum subtil, une fragrance étonnante typique de souvenirs anciens. Des souvenirs reconstruits, recréées par ValdiVia, des senteurs d'une autre époque, et des mouvements aussi. Des vagues virtuelles, celles d'un champ de blé irréel. Il repasse la séquence. Un instant, il ferme les yeux. Une brise légère court sur des épis dorés. Il retrouve le sourire de ValdiVia.

Le voilà proche de l'imposante entrée, vers laquelle converge lentement une foule tranquille de personnes très diverses. Elles finissent par s'assembler dans un vaste hall mettant en valeur un cratère d'une trentaine de mètres de diamètre. Une myriade de points lumineux y sont suspendus, immobiles, dans le vide, suivant une géométrie vaguement sphérique. AngKor ne peut s'empêcher, comme quelques touristes présents, d'observer un moment cette carte 3D représentant les positions des milliers de vaisseaux-lumière répartis dans un des bras de la Galaxie. Au centre, une boule bleutée, un noyau atomique entouré d'une multitude d'électrons : la Terre. C'est de ce point singulier, chargé de symboles, que les Huit Premiers ont divergé il y a deux mille ans. Mais le regard d'AngKor se perd ailleurs pour se fixer, non pas sur les Nuages du Taureau, mais sur un endroit précis, quelque part dans le Rift de l'Aigle. Il reste un instant songeur, puis se détourne et se dirige vers l'entrée spéciale destinée aux Acom. Le central est à lui seul une ville dans Z. On y trouve des hôtels où l'on peut se reposer, suivre des ministages de passage où l'on peut mesurer ses performances mnémoniques ou les améliorer. On y trouve surtout toutes les installations permettant de prendre le RHET.

Passer par le RHET est très simple.

Après s'être isolé dans une cellule, le passeur laisse ses objets personnels et son BioCom dans une consigne automatique, puis se rend complètement nu et à pied vers les puits gravifiques. Dans un immense hall en forme de cylindre très aplati, il trouve des portillons virtuels qui ne laissent passer qu'une personne à la fois. Immédiatement, il entre en communication avec un contrôleur iA qui vérifie si sa destination est accessible et si son compte est suffisamment crédité en infos. Ensuite, il lui suffit de préciser le nom du vaisseau cible à la console iA et de sauter dans le puits gravifique où il tombe avec une douce lenteur, dans une lumière aveuglante. Quand il touche le sol circulaire, dix mètres plus bas, il est arrivé à destination. Il ne s'aperçoit pas du passage par le RHET, qui se produit très précisément au moment de la chute et en un temps infiniment court.

Là, un autre contrôleur iA le prend en charge. Nouveau portillon. Différents services lui sont proposés pour se vêtir, se loger s'il le faut, et retrouver un BioCom qui accapare aussitôt son poignet gauche. Les BioCom sont parfois surprenants parce qu'il existe différents types de programmation. Certains ne sont que des systèmes de communication sophistiqués. D'autres jouent à l'animal familier. Parfois, ils parlent tout le temps pour vous tenir compagnie. Tous ont une certaine tendance à s'approprier votre poignet comme s'ils ne voulaient pas vous perdre.

Les BioCom font invariablement penser à de petits animaux en mal d'affection tellement ils peuvent faire preuve de tendresse. On leur parle généralement comme à des enfants. C'est une habitude curieuse, mais les humains du LIe siècle ont créé avec ce type d'objet des rapports spéciaux. Mélange biologique et numérique, les BioCom sont des experts en communications hypermédias à la fois techniques et affectives. Ils autorisent tous les contacts et échanges possibles au sein d'un vaisseau. Il est paradoxal de penser que l'on s'attache à son BioCom et qu'on puisse par ailleurs en changer sans difficulté. De fait, tous les BioCom se comportent exactement comme s'ils aimaient converser avec les humains.

AngKor, parce qu'il est Acom, est traité différemment. Il s'écarte petit à petit du flot des passeurs ordinaires, professionnels et particuliers divers. Il se dirige vers la zone réservée aux Agents communicateurs où des contrôleurs iH et iA se tiennent en permanence. Là, l'entrée est modeste, mais comporte des systèmes de biométrie automatiques. AngKor est connu des Agents de la sécurité intérieure. Il échange avec eux un petit signe et, avant qu'ils n'interviennent, interroge :

« Bonjour, vous pouvez envoyer ça chez moi ? C'est un cadeau pour mon fils.

– Ah, AngKor ! Tu ne résistes pas à la mode des cadeaux sans transmetteur, lui dit l'un d'eux. Tu es passé par Saint-M, n'est-ce pas ? Pas de problème. Je m'en occupe. »

AngKor pose la paume de sa main gauche sur la cloison, fixe attentivement la croix lumineuse qui vient d'apparaître à sa surface. Il oublie qu'une iA identifie en une fraction de seconde les caractéristiques essentielles de son ADN et il se retrouve de l'autre côté du mur.

C'est une vaste pièce circulaire, avec des cellules où l'on peut s'asseoir. Il se dirige sans hésitation vers celle où une jolie iA brune virtuelle vient d'apparaître. Il dit :

« Bonjour KiTa, je passe où cette fois ?

– AngKor ! Comment vas-tu ? Tu passes dans quatre vaisseaux et tu reviens dans quinze jours.

– Quinze ! Mais ton message annonçait deux ou trois vaisseaux et dix jours pas plus !

– Oui, c'était encore vrai ce matin. Mais on vient de t'ajouter une autre mission, parce qu'en ce moment tu es le seul à pouvoir faire le boulot demandé. Entre nous, tu vas te faire un beau paquet d'infos ! C'est un problème ?

– Non. Mais j'avais dit à ValdiVia que je serais de retour dans environ dix jours. Tu la préviens, bien sûr ?

– C'est déjà fait !

– Bon… bien… Merci à toi. C'est quoi, ce boulot si important dont tu parles ?

– Une recherche spéciale archéocomputationnelle, tu sais ce que c'est ?

– Oui. C'est une recherche de type historique dans des documents très anciens, dans les HB originelles et même parfois dans des livres, des vrais, dont les contenus sont analysés par ordinateur.

– Voilà, c'est ça ! Une recherche de je ne sais quoi dans je ne sais quoi… "des livres" comme tu dis, c'est facile effectivement !

– Si j'avais su que j'allais passer dans quatre vaisseaux, je serais venu plus tôt. Excuse-moi, mais, si c'est pour demain, il est temps que je me prépare.

– Tu as raison, allez, cellule B34 et c'est parti ! »

AngKor se demande parfois pourquoi il faut que les iA affichent ouvertement une familiarité que l'on accepterait à peine d'un humain.

Cellule B34 – 26 mai 5025 – Centre de communication du RHET

AngKor IV génération 4096

Vaisseau origine : Nuages du Taureau

Quatre vaisseaux cibles :

1 Ceinture d'Orion

2 Nuages du Cygne

3 Centaure Croix

4 Nébuleuse de Gum

Coordonnées galactiques corrigées…

AngKor écoute distraitement les informations habituelles que lui débite le contrôleur iA. Puis, ce dernier provoque une discussion de routine, préambule à la séance d'hypermémorisation.

« Bonjour AngKor, comment vas-tu ? Tu ne sembles pas très attentif aujourd'hui. Tout va bien ?

– Tout va bien, merci. Je ne pensais pas passer pour quinze jours. La famille… Sais-tu ce que c'est, hein, une famille ?

– Bien sûr que je sais ce qu'est une famille ! AngKor, si tu ne veux pas trop souffrir, détends-toi. Veux-tu une aide psychotropique ou bien te sens-tu capable d'inverser par toi-même cette tendance légèrement neurodépressive ? Regarde bien les images que je t'envoie, elles vont réduire ton anxiété. »

Le contrôleur iA crée directement des séquences hypnotiques dans le subconscient d'AngKor. Le rythme cardiaque de ce dernier ralentit. Il se détend.

« Ça va mieux ? Tu veux attendre encore ?

– Non ! Tout va bien. Vas-y.

– Bien. Je commence. Aujourd'hui, c'est un peu compliqué, mais tu as déjà fait plus difficile. Tout d'abord, tu dois transmettre des données spécifiques pour trois vaisseaux. Ensuite, tu devras enregistrer une séquence de retour pour le quatrième. Donc, dans un premier temps, tu transmets purement et simplement. C'est la partie facile. On s'occupera du reste plus tard.

« Premier vaisseau :

« Pour Orion, tu commences par du classique, diverses données de coordination et de synchronisation concernant le RHET lui-même et les futurs passages d'Acom. C'est de la routine.

« Ensuite viennent de vrais messages pour les autres vaisseaux.

« Deuxième vaisseau :

« Le message le plus simple, c'est celui destiné au vaisseau 528 des Nuages du Cygne. Ce sont des données techniques concernant une étude faite par les Nuages du Taureau sur un nouveau système de contrôle climatique des biocylindres régulant l'atmosphère des vaisseaux-monde. Tu as déjà transmis ce genre de document.

« Troisième vaisseau :

« Pour le vaisseau 16 de Centaure Croix… Tu en as de la chance ! Le numéro 16 ! Un vaisseau de la deuxième génération, il a presque deux mille ans, veinard ! Qu'est-ce que cela te fait ?

– Ils sont tous pareils, cela ne me fait rien de spécial.

– Et alors, tu peux jouer les touristes et ne va pas me dire que tu le connais, j'ai bien regardé ton parcours, tu ne l'as jamais visité, celui-là !

– Je ne souhaitais pas m'absenter plus de dix jours.

– Allez ! Un peu d'entrain ! Pour le vaisseau dont tu te moques, c'est du classique. Tu vas mémoriser le dernier rapport des experts du gouvernement sur les activités culturelles des deux dernières années. Il y a un passage qui va t'intéresser, ça parle des nouvelles tendances rétroactives des recherches qui se font dans les livres anciens, liées au développement des sites touristiques de l'ancienne Terre… AngKor, attention ! Tu dérives ! Tu vas décrocher ! Détends-toi ! Fais un effort, tu vas y arriver. Concentre-toi, voilà, c'est mieux. Tu peux répéter mes cinquante derniers mots à partir de maintenant ? »

AngKor débite automatiquement :

« … qui se font dans les livres anciens, liées au développement des sites touristiques de l'ancienne Terre… AngKor, attention ! Tu dérives ! Tu vas décrocher ! Détends-toi ! Fais un effort, tu vas y arriver. Concentre-toi, voilà, c'est mieux. Tu peux répéter mes cinquante derniers mots à partir de maintenant ?

– Tu me surprendras toujours ! Je ne sais pas comment un iH peut faire ça, mais peu importe, tu le fais !

– iA, tu sais ce que cela veut dire ?

– Elle est bonne ! Tu es fier de me rabaisser à mon état de machine ? Tu as de la chance, j'ai un bon caractère !

– Pardonne-moi.

– Tu es tout pardonné. Veux-tu que je prenne une voix de femme pour la suite ? Est-ce que celle-là te plaît ? Je peux aussi directement diffuser dans les zones judicieuses de ton cortex des séquences tout à fait intéressantes qui te donneront un vrai plaisir.

– Arrête tes blagues. Nous sommes là pour travailler. Reprends ta voix habituelle, s'il te plaît.

– D'accord, nous travaillons ! Donc, pour le troisième, c'est dans Centaure Croix, vaisseau 16. Ce sont des données techniques astronomiques. Ce n'est pas mon rayon, ce sont des plans 3D concernant la dernière répartition connue de l'essaimage des vaisseaux-lumière au sein de la Galaxie… Ah ! je sens que ton intérêt revient !

– Dis-moi, y a-t-il eu récemment de nouvelles découvertes ?

– Non, pas à ma connaissance, c'est simplement une prospective sur l'expansion. Plus particulièrement dirigée vers le noyau central, mais, quand tu auras tout ça dans la tête, tu pourras trier. Voilà, pas de question ?

– Si ! C'est quoi le régime spécial ? Étonne-moi un peu, maintenant.

– Toujours impatient, hein ? Je continue donc. Deuxième, troisième et quatrième, c'est vraiment très spécial. Pratiquement rien à emporter au départ. En revanche, tu feras un transport de deux et trois vers quatre, puis retour ici ! Tu as bien enregistré ? Répète pour voir.

– Donc, transport simple vers les trois premiers : Orion, Cygne et Centaure. Ensuite, des données demandées des deuxième et troisième, Cygne et Centaure, pour être confrontées sur le quatrième, Gum, et retour des conclusions sur le vaisseau origine, les Taureaux.

– Parfait. Tu as tout compris.

– Jusque-là ce n'est pas extraordinaire. Mais, c'est quoi au juste ce retour ?

– De l'archéocomputation. Tu sais de quoi il s'agit ?

– Recherche historique très ancienne dans les premières HyperBases des vaisseaux, et alors ?

– Il y a aussi des livres en question.

– Des livres ? De vrais livres ? Des livres faits avec du papier ancien que je pourrai consulter ?

– Exact. Tu vas donc être en contact avec mes homologues des vaisseaux deux et trois pour quelque chose de très spécial. C'est une demande qui est arrivée par un Acom venant de la Nébuleuse de Gum, en réponse à une demande originelle faite ici même, dans les Taureaux. Tous ces détours, c'est pour accroître la confidentialité, bien entendu. Bref, il s'agit de compléter des images réelles d'une période beaucoup plus ancienne que tu ne l'imagines. C'est une recherche de données historiques datant non pas du début des vaisseaux-lumière, du temps des Huit Premiers, mais de trois à quatre mille ans avant l'essaimage des Huit Premiers.

– Mais, c'est impossible à faire ! C'est trop loin de nous ! Tout le monde sait que le RHET n'existait pas à cette époque antique !

– Justement, c'est une nouveauté ! C'est pour cela que l'on parle de livres. Le demandeur est un particulier, mais il a des idées très précises sur ce qu'il cherche et particulièrement sur le lieu : un océan.

– Il est donc question d'une recherche dans des livres concernant les océans. Ça devient très intéressant. Continue !

– Voici l'énoncé du problème : c'est une suite de questions. Mais avant, tu dois accepter de te mettre dans un contexte de confidentialité de niveau cinq. Entre parenthèses, tu vas avoir une belle prime d'infos, si ça marche ! Es-tu d'accord pour accepter les clauses inhérentes à ce niveau de confidentialité ?

– Eh bien, cela a dû coûter très cher au demandeur ! J'accepte officiellement les clauses de confidentialité de niveau cinq.

– C'est une demande morcelée en paquets ; évidemment tu n'auras jamais accès à l'ensemble du dossier, voici ton paquet :

« Début de la demande :

« Trois à quatre mille ans avant l'ère des vaisseaux-lumière, pour évoluer sur l'eau, des hommes de l'ancienne Terre ont construit des machines. Celles-ci étaient en bois véritable. Elles ne comportaient ni métal, ni système de propulsion connu, ni technologie. Pourtant, les hommes qui les utilisaient se sont déplacés avec elles, sur des espaces d'eau d'une étendue considérable, les océans.

« Il y a quatre questions :

« 1) Comment ces machines étaient-elles construites ?

« 2) Comment se déplaçaient-elles sur de si grandes étendues d'eau ?

« 3) Comment communiquait-on de l'une à l'autre ?

« 4) Quel était l'objectif de ces déplacements ?

« Le but est de retrouver tout document permettant une reconstruction virtuelle, mais authentique, de ces machines, et de comprendre quel était l'objectif visé.

« Fin de la demande.

« Voilà ! Est-ce clair pour toi ? Répète pour vérifier que l'ancrage est correct. »

Tout en répétant la demande mot par mot, AngKor est sidéré. Il se dit que même si cette demande est très spéciale, même si elle implique des actions de recherche difficiles, l'étude concerne des aspects très originaux liés aux anciens océans terrestres. Ça, c'est un domaine passionnant. Quant aux livres, il s'interroge… Il pose une question au contrôleur iA :

« Je pense que tu ne vas pas me répondre, mais pourquoi on me demande, à moi justement, de faire cette recherche d'archéocomputation ?

– Sans doute parce que tu es le meilleur pour ce genre de travail, non ?

– Oui… peut-être. Mais pourquoi moi, pour les livres ?

– AngKor, je te rappelle que tu viens de prendre l'engagement de respecter une clause de confidentialité de niveau cinq. Je ne te dirai rien de plus.

– Évidemment. Excuse-moi.

– Bon, écoute, je suis content que tu me poses toutes ces questions, mais, puisque tu as maintenant la première empreinte, tu ne dois plus tarder pour le passage, si tu veux être dans les meilleures conditions. Tu sais que je veille sur toi. Je reste à l'écoute tant que tu es encore sur notre vaisseau. Bonne chance ! »

Les simples passeurs n'ont aucune obligation particulière pour passer par le RHET. Les données naturelles qu'ils transportent n'ont généralement qu'un statut de souvenir ordinaire.

En revanche, les Acom, qui doivent mémoriser de fabuleuses quantités d'informations, sont soumis à des traitements très contraignants. Immobile et totalement nu, AngKor est suspendu dans une zone de gravité zéro au centre d'une sphère d'une dizaine de mètres de diamètre. Sous lui s'ouvre un puits gravifique inondé de lumière. Il va tomber dans ce gouffre dès qu'il aura retenu les messages qu'il doit transporter. Au milieu de l'œuf immense où il se trouve, on pourrait le croire dans une couveuse, tel un nouveau-né. Cependant, son cerveau est en éveil maximal. C'est bien une phase d'apprentissage. AngKor pense-t-il à la naissance ? Quatre électrodes issues des sommets d'un tétraèdre imaginaire convergent, sans le toucher, vers son cortex. Il est conscient. Il attend.

Les mécanismes de la mémoire, sans être complètement compris, ne sont plus aussi mystérieux qu'il y a trois mille ans. À cette époque où l'on mélangeait un peu tout, l'intelligence, la conscience, la mémoire, est apparu un paradigme qui a fait recette et dont on est sorti péniblement. Certains osèrent déclarer que la pensée était au cerveau ce que le programme informatique était à l'ordinateur. D'autres imaginèrent qu'une stratégie intelligente pouvait naître spontanément de la complexité croissante d'un réseau de processeurs élémentaires. Quelques-uns, pris dans des tourbillons holistiques, modélisèrent ces réseaux manipulateurs de symboles non nécessairement construits à partir de substrats biologiques. La science est coutumière d'approches réductionnistes pas toujours heureuses. On mélangeait la recherche des mécanismes intimes de la mémoire avec le concept de stockage de l'information. Comme si la mémoire d'un être humain n'était rien d'autre qu'un disque dur d'ordinateur.

On confondait, non pas la carte, mais une carte parmi tant d'autres, avec le terrain. Évidemment, en progressant ainsi on tomba très vite sur des questions absurdes du genre : quelle capacité doit-on atteindre pour faire entrer toute une vie d'homme sur une piste optomagnétique ? Puis arrivèrent d'autres concepts. Le jour où certains chercheurs firent remarquer que l'on devait obligatoirement appréhender les mécanismes intimes du fonctionnement du cerveau à l'aide des concepts quantiques émergentistes, une étape décisive fut franchie. Alors on commença à se rendre compte que l'on ne pouvait pas parler de nanophénomènes liés aux neurotransmetteurs et aux ponts synaptiques en écartant les concepts fondamentaux de la physique ultramoderne, et en particulier ceux de la théorie superM de grande unification. En termes d'états, la mémoire humaine devenait insaturable ! Il n'y avait plus de limite à la quantité d'informations stockables. Mauvais coup pour l'approche computationnelle de la conscience ! On allait un peu trop vite en besogne et tout cela paraissait très paradoxal. Ce n'était pas parce que le cerveau humain donnait l'impression de traiter de l'information qu'il devait absolument travailler comme un ordinateur. Envolé le trop beau et trop simple modèle de la mémoire disque dur. Oui, mais alors, où donc étaient stockés les souvenirs ?

Voilà bien une question qui demeure. Tout ce que l'on va mettre dans la tête d'AngKor, ce sont des souvenirs artificiels. Ils ne lui appartiennent pas vraiment. Il les emprunte. Cette notion a mis du temps pour s'imposer. D'ailleurs, est-ce que ce sont des souvenirs, toutes ces informations implantées au mépris de l'impact du temps, si nécessaire au bon fonctionnement de la mémoire ? Certes, AngKor sera capable de les ressortir tels quels, sans altération aucune, à condition de ne pas dépasser les limites raisonnables de la durée de rétention. Deux à trois semaines, pas plus. Ainsi, il sera essentiel qu'il s'en sépare. La démémorisation est vitale si l'on veut respecter l'intégrité moléculaire du cerveau. Il devra oublier définitivement toutes les données. Un vrai souvenir, celui qui est patiemment bâti, celui qui surgit consécutivement à une réelle relation perceptive ou relationnelle, s'élabore dans le temps et laisse une empreinte indélébile.

Avec le temps, on construit, on forge son souvenir, on le peaufine, il est choyé, préservé, jamais tout à fait le même, mais gardant toujours une odeur liée à l'essence temporelle de sa création, un parfum de jeunesse que l'on n'oublie jamais. En revanche, sans le temps, comme en ce moment, les quanta d'informations engrangés, accumulés, forcés trop rapidement au tréfonds de la mémoire, ne sont pas encore un vrai souvenir. Certes, ils pourraient le devenir. Ils pourraient changer de statut, mais ils risqueraient alors de provoquer de graves dérèglements, entraînant une irrémédiable perte de conscience de soi. Pour comprendre les mécanismes intimes de la mémorisation et de la démémorisation, il fallait donc en savoir un peu plus sur les trois maîtres du temps, le passé, le présent et l'avenir, et sur les liens qu'ils entretiennent avec les repliements de l'espace-temps.

Un torrent d'informations se déverse dans la mémoire d'AngKor. Sans entraînement, cette agression lui serait fatale. Mais c'est un Agent communicateur bien entraîné. Il contrôle parfaitement le débit terrible qui l'envahit avec la régularité et la détermination d'une marée montante. Il se détend, pratique régulièrement de courtes apnées qui adoucissent l'agression d'hypermémorisation dont il est l'objet. Il voit, ressent et construit des souvenirs temporaires qui ne sont pas à lui. Il les superpose aux siens. C'est ça, la mémoire. Jamais l'information propre à l'identité d'AngKor n'est effacée, tout simplement parce que la vraie mémoire n'est pas une boîte dans laquelle on met quelque chose, pas plus qu'elle ne serait l'état magnétique, optique, ou autre, de quelques molécules sur un support synthétique, ou encore l'état électrique d'une assemblée de neurones ! Non, mémoire et temps ne sont en fait que des états de quelque chose d'autre que l'homme n'a pas su concevoir avant le XXXe siècle. Cependant, c'est avec ces nouveaux métaconcepts qu'AngKor préserve en ce moment même sa propre identité. C'est grâce à de nouvelles approches qu'il est capable d'emmagasiner… – le terme est impropre –, disons plutôt qu'il est capable, tout en étant lui-même, d'être momentanément un autre.

Il est momentanément spécialiste des systèmes de contrôle climatique gérant l'atmosphère artificielle et les biocylindres des vaisseaux-monde.

Il devient, en partie, expert en nouvelles tendances rétrohistoriques concernant les recherches sur les livres antiques, particulièrement dans le cadre du développement de sites touristiques à la mode de l'ancienne Terre.

Il est capable d'expliquer pourquoi, en termes relativistes, l'essaimage des vaisseaux-lumière au sein de la Galaxie s'effectue, plus particulièrement, vers le noyau galactique. L'essaimage…

Pendant que son esprit est grand ouvert, pendant qu'un flot le submerge, il se détend et, parallèlement, pense à une naissance. Aurait-il oublié sa récente découverte ? Il se demande tout à coup s'il est bien d'agir de la sorte avec ce qui fait partie intégrante de ses vrais souvenirs immédiats.

Quant à sa mission d'Acom, ce projet de recherche sur des machines d'un autre âge, sur leur capacité à évoluer sur l'eau… AngKor demeure perplexe. Où tout cela peut-il le mener ? À la découverte des océans de l'ancienne Terre ? Mythes ou réalité ?… Le Pacifique… les océans… étendues infinies, comparables dans leur immensité à l'espace cosmique, ou subterfuge historique ? Dans quelle quête absurde et irréelle est-il entré ? Il croit entrevoir la réponse à cette question, mais pendant un instant trop fugitif pour que cette conclusion s'ancre définitivement dans ses pensées. Pourquoi songe-t-il de nouveau au Rift de l'Aigle ? Tout à coup, il sait que la révélation va se faire, mais pourtant elle s'écarte. Elle se refuse, lui échappe. Le flot de données qui pénètre sa conscience s'interrompt. La marée s'inverse, elle se retire. Elle laisse une étendue plate, morne et sans aucune discontinuité. Le vide. Il sait que c'est fini.

Les quatre électrodes qui l'entouraient ont disparu. Nu, il tombe doucement dans le puits gravifique. Une lumière éblouissante l'enveloppe. Avant même d'arriver sur le sol circulaire, il sait déjà qu'il est passé dans la Ceinture d'Orion.

« Bonjour, AngKor. Bon passage ? lui demande le contrôleur iA qui vient de l'identifier par un test ADN.

– Pas de problème, un peu étourdi mais tout va bien. Je peux me débarrasser du message ?

– Je suis prêt. »

AngKor décharge aussitôt les données techniques concernant le RHET. Puis, sans même sortir du central d'Orion, il fait de nouveau un fabuleux bond intersidéral. Il passe aussitôt sur le deuxième vaisseau des Nuages du Cygne, où de nouveau il délivre sa mémoire d'une partie des données accumulées.

Au bout d'une heure, AngKor a transmis son deuxième message.

« Étude et amélioration du contrôle climatique des biocylindres par AlWar NiCe du vaisseau 1734, Nuages du Taureau. L'étude propose la mise en place de récupérateurs d'énergie, basée sur la technique des réseaux de spins… »

Ici, dans le vaisseau-lumière des Nuages du Cygne, il doit commencer ses recherches.

Il s'est procuré un BioCom de dernière génération qui s'ajuste tout seul à son poignet. Il s'adresse au système :

« Tout va bien ?

– Bonjour, AngKor. Je suis tout à ton service. As-tu besoin d'aide ?

– Non, je te remercie.

– Je reste à l'écoute, AngKor. Tu es vraiment très sympathique et cette combinaison te va très bien ! Je ne te quitte plus. »

AngKor souhaite profiter de son jour de repos. Une visite touristique dans un vaisseau de la deuxième génération, fils des Huit Premiers, est un événement.

Il interroge donc son BioCom pour avoir une idée des attractions locales :

« Que me conseilles-tu de voir dans ce vaisseau ?

– Je suis le plus grand des BioCom. J'entends tout. Je sais tout. Je vois tout. Et tu vas être étonné.

– Arrête, tu es fatigant ! Parle-moi normalement ! Dis-moi simplement ce que je dois voir.

– AngKor, tu dois absolument assister à une rencontre F3 !

– Une rencontre F3 ? Ce sont de simples rencontres sportives, non ? Il y en a aussi dans mon vaisseau. Je n'y suis jamais allé. C'est si intéressant ?

– C'est extraordinaire !

– Dis-moi, les RAVA sont-ils pour quelque chose dans cette attraction ?

– Ce n'est pas une “attraction” ! C'est bien autre chose ! Il n'y a pas que des touristes qui assistent aux F3, au contraire ! D'ailleurs tu le constateras par toi-même, c'est génial !

– Oui, mais les RAVA ?

– Bien sûr, ce sont eux les initiateurs et ils contrôlent toute l'organisation.

– Alors, ils ont dû ainsi pénétrer le gouvernement local… et il doit y avoir beaucoup d'infos en jeu, non ?

– Là, tu poses une question trop compliquée pour le petit BioCom que je suis.

– C'est vrai, excuse-moi. Donc, d'après toi, je dois voir une rencontre F3 ?

– Évidemment ! »

Il pense de nouveau à sa mission. En bon professionnel, il envisage de faire le point des différents endroits où il est susceptible de trouver ce qu'il cherche dans le cadre du problème d'archéocomputation qui lui est posé. Il s'assied à la terrasse d'un café.

Dans la belle lumière du soir de ce vaisseau à la fois identique et différent du sien, il commence à mettre au point sa stratégie de recherche en entrant en communication avec différents contrôleurs iA. Il pense constamment à ce nom oublié dont il ne peut se détacher, Pacifique… un océan… il a existé, il en est sûr. Quelque chose d'immense, de gigantesque. Mais qui peut se poser des questions concernant le Pacifique, au point d'enclencher une recherche approfondie et complexe ? Qui, à cette époque, où l'idée même de vivre sur une planète est devenue incohérente, peut s'intéresser à des voyages sur l'eau ? Une fantaisie, une obsession, celle d'un particulier qui a des infos à perdre pour retrouver des informations déconnectées de la réalité du moment… j'ai dit « du moment », comme c'est étrange. Quel rapport avec le Rift de l'Aigle ? Une naissance ? Pourquoi méditer sur un concept de naissance ?

Il pense à ValdiVia et à ses enfants. Il songe qu'en un temps infiniment bref il s'est considérablement éloigné d'eux. Cependant, cette distance, qui se compte réellement en dizaines d'années-lumière, ne lui fait pas oublier les questions de son fils et la perspicacité de sa fille.

« Un jour, murmure-t-il, il faudra que j'explique très clairement à LeeR ce qu'était l'ancienne Terre. Bien avant les Huit Premiers… Une planète, la planète de nos origines. La planète bleue, ronde et non cylindrique, bien entendu… »

Perdu dans ses pensées, AngKor donne l'impression d'un touriste fraîchement débarqué qui mettrait naturellement de l'ordre dans un programme de visite étalé sur quelques jours. Rien *a priori* ne le distingue des autres personnes qui discutent, se détendent, prennent un verre, pour faire comme si. Au sein des vaisseaux-lumière, la nostalgie de l'ancienne Terre fait partie intégrante de la culture actuelle.

Une serveuse iA, à la poitrine généreuse et bien mise en évidence, s'approche avec langueur et lui propose d'une voix suave différents types de boissons. Il choisit un cocktail de fruits euphorisant et goûte cet instant de détente. Deux couples assis près de lui évoquent les résultats des paris de la dernière rencontre F3. Il pourrait tenter de parier lui aussi, pour voir. Mais, faute d'information et sans stratégie particulière, il tend l'oreille plus par curiosité que par intérêt. Les deux femmes sont très belles. Elles portent toutes les deux de courtes combinaisons dont les couleurs irisées changent constamment de nuances.

AngKor apprécie surtout le haut des vêtements dont les ouvertures circulaires laissent apparaître de magnifiques rondeurs. L'une des femmes a bien vu qu'elle attirait son regard. Ses seins sont d'une beauté à damner le plus sérieux des Acom. Elle lui fait ouvertement un petit signe en clignant des yeux de manière effrontée. Son compagnon se retourne et dit :

« Vous venez d'arriver, n'est-ce pas ? Moi, c'est InuK, voici TuliTa, NijLen et EeKlo. D'où venez-vous ?

– Je viens des Nuages du Taureau.

– Vous êtes en vacances ? demande EeKlo.

– Oui. Je suis ici pour quelques jours.

– Alors ne ratez pas la prochaine rencontre F3. Les Aigles vont écraser les Taureaux ! Ça va faire mal… Pardon, excusez-moi !

– Ce n'est rien.

– Venez donc avec nous, si vous voulez ! Peut-être aimeriez-vous parier ?

– Oh oui ! On fera ainsi plus ample connaissance ! s'exclame NijLen en riant aux éclats.

– Merci. Je dois encore organiser mon séjour. Merci, vraiment. »

Il ne s'agit peut-être là que de personnes désœuvrées très ordinaires. AngKor est cependant sur ses gardes. Il connaît les méthodes qui consistent à délester les Agents communicateurs des informations qu'ils transportent en leur faisant absorber à leur insu des doses excessives d'euphorisant. Par précaution, il laisse tomber très discrètement dans son verre une minuscule capsule inhibitrice de la dernière génération. Certain maintenant que toute substance néfaste sera neutralisée, il trinque comme si de rien n'était.

« DES DONNÉES INTÉRESSANTES DES NUAGES DU CYGNE VIENNENT DE NOUS PARVENIR.

– QUEL GENRE DE DONNÉES ?

– IL VIENT D'ÊTRE APPROCHÉ PAR DES DÉLESTEURS DE SOUVENIRS.

– DANS QUEL CONTEXTE ?

– LUI JOUE AU TOURISTE ORDINAIRE. EUX NE SONT QUE QUATRE IH DES PLUS QUELCONQUES. ILS ONT CHERCHÉ À LE

DROGUER POUR RÉCUPÉRER LES INFORMATIONS QU'IL TRANSPORTE.

– AH ! IL VA DONC FALLOIR PRENDRE DES DISPOSITIONS.

– CERTES, MAIS ILS NE SAVENT PAS À QUI ILS ONT AFFAIRE. »

15

Maître de l'univers

Rêver éveillé, c'est impossible. Pourtant, j'étais bien conscient d'être allongé en train de dormir à côté d'Alpha sur la couchette confortable de notre cabine, à bord du *Toa Marama*. Mais, en même temps, je projetais des images sur mes paupières baissées, comme si je contrôlais le film. J'adore faire ça. Surfer à la frontière du rêve et de la réalité. Mes paupières baissées deviennent les écrans d'une pensée granulaire, d'une conscience zoetropique. Des plans discontinus se succèdent. Les images se suivent dans une séquence cinématographique. Une cadence perceptuelle fragmentée, une vision cinématique, des traînées visuelles, que je jurerais psychédéliques mais que pourtant j'ajuste, oriente. Une pensée un peu folle, un navire qui subit les forces de la mer et du vent, mais que l'on maîtrise cependant.

Je reste obsédé par une scène. Voilà bien un double paradoxe : rêver éveillé et prétendre contrôler un rêve qui vous hante.

C'est une route, ou un tunnel, enfin il y a des lignes qui convergent à l'infini et tout au bout se trouve une chimère colorée qui se cherche et tente de s'affirmer. Une spirale ? Un coquillage ? Une main qui se pose ? Je passe dans le tube. Pourquoi le tube ? Ce n'est pas un tube d'ailleurs, ni un chemin, c'est une route. Je vois très clairement que je peux agir à ma guise sur le paysage, mais pas sur la route. C'est comme si je voyageais. Je suis porté par le vent, ce n'est pas un navire, ni le *Toa Marama*. Je dors en imaginant un rêve que je crée en ce moment même.

Je rêve de coucher sur un beau papier d'aquarelle quelques judicieux mélanges de couleurs, montrant l'instant magique où un Polynésien aux bras tatoués plonge sa rame dans l'écume du Pacifique. Ses deux bras sont projetés devant lui. L'un à l'horizontale, en haut de sa rame, l'autre légèrement replié un peu plus bas. Son torse est puissamment penché en avant, et tous ses muscles sont crispés par l'effort. On peut voir l'étrave de son *va'a* qui s'élance au-dessus de la houle avec une aisance qui tient du miracle et l'on pourrait croire un instant que sa superbe machine va bondir vers les étoiles.

Six rameurs passent près de nous. Ils penchent tous en même temps leur corps en avant, comme s'ils l'envoyaient vers l'étrave, leurs rames plongent dans l'eau turquoise du lagon avec un ensemble parfait, trois à bâbord, trois à tribord, trois à bâbord, trois à tribord…

Si le premier rameur rythme la cadence, c'est au « é ! » du dernier que les rames alternées changent toutes de bord avec une rapidité surprenante. Dans une logique de centaure marin polycéphale, ils font corps avec leur engin. Je ne me lasse jamais de les regarder, en pensant avec amertume qu'une partie de moi reste avec eux. Ils m'arrachent le cœur. Ils s'éloignent en se dirigeant vers le nord, dans un paysage vierge où rien n'indique, à part un imperceptible voilier au mouillage, à quelle époque appartiennent ces forçats volontaires. Ils s'éloignent avec, sur tribord, la frange blanche toujours frémissante d'écume du récif barrière et, sur bâbord, Tahaa, secrète et sauvage. Pas de maison, aucun signe de présence humaine. Une débauche végétale. Des verts foncés, des verts clairs, les lignes jaunes qui bordent les palmes des cocotiers. Le vert pâle de bananiers sauvages. Les touffes étranges, vertes et brunes, des pandanus. Des éclats de mauves, de jaunes et de roses des tipaniers en fleur. Il suffirait d'un rien pour que l'on sente la douce odeur de la vanille qui court le long des sentiers. Et puis des collines aux pentes affirmées qui laissent imaginer une extrême jeunesse géologique. De toutes petites vallées, de tout petits pitons, des promontoires miniatures, enfin tout un ensemble de vallonnements et d'accidents de terrain que la végétation luxuriante n'arrive pas vraiment à masquer. Et dans des élancements, que des nuages de beau temps veulent bien dévoiler, des sommets aux pentes impressionnantes.

Ils sont loin maintenant. Ils n'ont pas cessé leur cadence de galériens.

Je les vois encore. Bientôt, je les chercherai désespérément sur la lumière argentée du lagon dans laquelle ils finiront par se fondre.

Tout à l'avant, là où le temps fait son œuvre, là où l'étrave pénètre le bleu profond de l'océan dans un perpétuel jaillissement d'écume, je prends conscience d'une autre existence, plus réelle et plus précieuse à la fois. C'est là que je vis, que j'entends, que je suis. Ailleurs. Au bord de cette frontière où l'inconnu toujours recule, où j'existe enfin. Tout mon être perçoit les légères vibrations, les frémissements de la carène. Je me penche au-dessus du bordé, mon regard reste un instant posé sur un endroit précis, quelques centimètres seulement devant l'étrave, là où une eau inconsciente est encore vierge d'une dynamique implacable. Il y a, dans cette action incessante de la proue sur les flots, le reflet d'un archétype, d'une image ancestrale qui remonte à la nuit des temps, celle d'un marin penché au-dessus de l'onde et qui croit être le maître de l'univers.

Inutile de me retourner. Je sais qu'ils sont tous là. Dans un effort prodigieux, nous fendons les flots indigo et elle se révèle enfin, provocante, devant nous, sous les étoiles : la passe. Ultime épreuve souvent perfide, sans cesse renouvelée, comme un matin qui tarde à renaître des sortilèges nocturnes. Les rouleaux se lèvent puissamment, prennent leur essor, puis enflent démesurément avant d'éclater dans de monstrueux débordements d'écume. À peine calmés, ils reprennent un rythme lancinant comme s'ils devaient encore fois remettre en cause un travail inachevé, pénétrer encore plus loin une eau féminine et mystérieusement calme, celle d'un lagon insatisfait. Et je la sens avant de bien la percevoir. Dans les effluves marins, elle s'affirme et prend du corps, une odeur toujours espérée. Elle est enfin là, l'île. On la respire. On peut bientôt la toucher. On la distingue, forme plus sombre, contour obscur d'où les *ta'urua* sont absentes. Rien ne peut ralentir notre avancée vers cette ultime grève qui soudain emplit l'horizon. Alors, à l'instant précis où la carène glisse, monte et crisse sur le sable de la plage, je propulse avec force la lance à dents de requin que je tenais fièrement dans ma main droite. Elle se fiche dans le sol avec une vibration sourde qui cristallise l'instant. Elle est nous. Elle est moi. Elle est mon pays, mon *fenua*.

Mon bras demeure tendu comme pour indiquer un cap à venir, mais rien ne passe plus. Les maîtres du temps s'évaporent. Arrêt sur image. Chronos aurait-il disparu ? Sur mon avant-bras, dans la lumière pâle de la lune, il y a un dessin étrange, à la fois nouveau et pourtant si familier. Une géométrie complexe telle une histoire qui tarde à se réveiller. Un obscur message dont je n'ose comprendre la signification, mais qui peu à peu se révèle enfin. Ni étoile, ni oiseau, ni tortue, ni méduse, et pourtant tous à la fois sont bien présents dans d'habiles motifs géométriques sombres. Pas seulement des frises, des lignes et des cercles, mais aussi une histoire qui devient la mienne.

« Réveille-toi ! Il est déjà tard. Le soleil inonde le pont.

– On était sur une île… »

Je me lève et rejoins Alpha dans le cockpit où elle a préparé avec amour une table sympathique pour notre petit déjeuner. Alors que je m'assieds, encore embrumé de sommeil, elle me demande :

« Qu'est-ce que tu as sur le bras ? »

Je ne sais pas ce qu'elle veut dire. Je pose les yeux sur mon bras.

« Ça ? Sans doute une empreinte de la nuit… »

À l'instant précis où je prononce cette courte phrase, et tout particulièrement le mot empreinte, je prends conscience que je pourrais lui cacher quelque chose, mais quoi ? Je me reprends aussitôt :

« Ce n'est rien, juste la marque du drap froissé, un souvenir de la nuit.

– C'est étrange… En regardant bien, on dirait une étoile, ou une tortue, avec des triangles, tu ne trouves pas ? »

Pourquoi dit-elle cela ? D'ailleurs, l'image s'efface déjà…, j'aurais envie d'ajouter : « comme les rêves… », mais la lumière prodigieuse d'une matinée polynésienne ordinaire balaye définitivement les sortilèges nocturnes les plus tenaces. Alors, pour parler d'autre chose, enfin c'est ce que je crois, je lui demande :

« Tu as fini ton livre ?
– Terminé ! lance-t-elle d'un air triomphant.
– À ce rythme, tu vas épuiser très vite la réserve du bord !
– Lis-le. Tu vas faire comme moi. Tu ne vas plus le lâcher ! »

16

Exilé

« Ta'aroa a brisé le tabou de Ruahatu ! Pour cette offense aux dieux il doit être abandonné sur le *marae* royal et les *ti'i* décideront de la suite de son existence », déclare Te'iri avec emphase.

Malgré sa jeunesse, il a revêtu tous les insignes de son rang. Il émane de lui une volonté manifeste d'en faire plus qu'il n'est permis.

Le grand prêtre n'est pas dupe. Mais il ne relève pas cette exagération à la limite de l'impertinence. Il n'aurait jamais imaginé, pense-t-il plutôt, qu'on devrait un jour condamner le pêcheur qui est aussi un *tahu'a va'a*, un charpentier constructeur de pirogues estimé. Prendrait-il de l'âge pour ne pas avoir pressenti l'éventuelle faute de Ta'aroa ? Ou Te'iri règle-t-il des comptes ?

Pourtant, comme tout le monde, il est sensible à l'argumentation du jeune prêtre. Celui-ci brandit maintenant quelques algues filamenteuses apparemment bien inoffensives. Le grand prêtre lui adresse la parole :

« Ces accusations sont d'une extrême gravité. Peux-tu nous dire pourquoi tu es si certain que Ta'aroa a brisé le tabou du trou à thons de Ruahatu ?

– Parce que ce ne sont pas des algues ordinaires.

– Que sont-elles alors ?

– Un morceau de la chevelure de Ruahatu ! Le thon-baleine était emmêlé dans ces algues divines quand il a été sorti de la pirogue. Il a donc été pêché par Ta'aroa, Tama et Ono dans le trou à thons de Ruahatu ! »

Toute l'assemblée est interloquée et les trois pêcheurs sont devenus blêmes. Ta'aroa sait bien qu'il est en faute. En fait, il regrette surtout de ne pas avoir fait disparaître la totalité des algues. Il voudrait dire quelque chose, mais Te'iri occupe la scène.

« Ils ont pêché un thon tabou et vous en avez tous mangé, sauf moi ! »

À peine a-t-il fini sa phrase qu'une clameur désespérée monte de l'assemblée. La plupart se sont agenouillés. Certains restent prostrés, d'autres se serrent les uns contre les autres comme pour se protéger d'un esprit invisible.

Le grand prêtre est atterré. Par ces mots, il comprend que non seulement Te'iri est en train de condamner le pêcheur mais qu'en plus il pourrait obtenir sa destitution de grand prêtre. Te'iri apparaît maintenant comme le seul religieux qui n'a pas enfreint l'interdit. Mais il ne semble pas vouloir utiliser cet argument ultime. Il reprend avec une assurance exagérée :

« Ta'aroa a brisé le tabou de Ruahatu ! C'est lui seul qui est responsable. Lui seul doit être mis à l'épreuve divine pour que, vous tous, vous soyez sauvés ! »

Le grand prêtre ne peut s'empêcher de penser que Te'iri est un manipulateur, mais des remarques sans appel fusent déjà :

« Te'iri a raison.

– Ta'aroa doit être exilé sur l'île centrale.

– Avec Tama et Ono, ajoute Manu tout fier de cette idée intéressante.

– Un instant, intervient le grand prêtre en décrivant un large geste sur l'assemblée. Te'iri a raison, mais, avant que nous infligions une peine méritée au pêcheur, il doit s'expliquer. »

Tous maintenant regardent Ta'aroa. Te'iri rayonne. Manu prend de plus en plus d'intérêt à cette affaire.

« Ce n'était pas volontaire », précise le pêcheur. Temana sait qu'il ment, car il lui a bien rappelé, avant son départ, le lieu de pêche tabou. Ta'aroa continue : « Nous nous sommes perdus dans la tempête et, pour qu'Ono puisse s'amender de l'offense faite à la famille de Mata-Rau, nous avons uniquement pêché les deux poissons promis, pas plus !

– Tu as brisé le tabou de Ruahatu ! s'exclame Te'iri.

– Nous ne savions pas que c'était une chevelure divine. D'un autre côté, c'est grâce à elle que nous avons pu réparer notre pirogue sabotée. Nous avons été aidés par les dieux », plaide Ta'aroa.

Le grand prêtre intervient de nouveau :

« Tu viens de dire que ta pirogue a été sabotée ?

– Oui, on a détruit une partie des liens autour des planches arrière. En réparant mon *va'a*, j'ai retrouvé un morceau de pointe de nacre dans ce qui restait de la partie détériorée. On a voulu nous noyer et Ruahatu nous a sauvés !

– Cela ne change rien au viol du tabou ! s'exclame Te'iri. Ta'aroa a brisé un grand tabou divin, il doit être mis en présence des *ti'i* ! »

Le grand prêtre réfléchit un instant, puis déclare :

« N'oublions pas que Ta'aroa, c'est d'abord un *tahu'a tautai*, un créateur de pêche, mais c'est surtout un *tahu'a va'a*, un créateur de pirogues. Nous avons tous besoin de son art pour finir celles qui attendent sur la plage. Temana, toi qui es son frère, qu'en penses-tu ? »

Curieusement celui-ci ne répond pas. Le silence s'est fait.

C'est alors que Manu n'hésite pas à lancer perfidement :

« Ta'aroa savait qu'il pêchait dans le trou à thons de Ruahatu, c'est Vaiana Nui qui me l'a dit !

– Menteur, c'est un menteur ! s'écrie Vaiana Nui.

– C'est une grave accusation que tu portes là, dit le grand prêtre. Comment peux-tu le prouver ?

– Après la fête, j'ai entendu Tama le dire à Vaiana.

– Manu, je vais te tuer ! » rugit Tama qui, retenu à temps par Ono et le père Mata-Rau, a failli se jeter sur Manu.

Une grande confusion naît de ces différentes interventions. Tout le monde parle en même temps.

« J'irai voir les *ti'i*… », déclare Ta'aroa.

Dans le brouhaha général, on n'a pas bien perçu ce que le pêcheur vient de dire, la plupart sont intrigués et le silence revient petit à petit. Mais Tama et Ono, qui ont entendu, sont stupéfaits. Quant à Te Mata'ata, elle se cache le visage dans les mains en sanglotant. Ta'aroa répète avec fermeté et en toisant Te'iri d'un air provocateur :

« J'irai voir les *ti'i*. Je n'ai rien fait de mal. Je voulais seulement aider Ono et, si j'ai offensé Ruahatu, je lui demande humblement pardon. Je le remercie encore de nous avoir sauvés tous les trois pendant la tempête. J'irai voir les *ti'i* ! »

Ironie du sort, c'est dans une pirogue construite par lui que Ta'aroa est emmené sur l'îlot central à la base de l'immense piton basaltique. Il a été conduit par les prêtres et le sorcier jusqu'aux frontières du *marae* royal. Seuls Tumatarii, Te'iri et Horo'u resteront avec lui pour les dernières centaines de mètres menant aux pierres sacrées situées dans les contreforts pentus précédant le centre de l'île.

À la tombée de la nuit, Ta'aroa est abandonné, sans vivres ni eau. On a disposé autour de lui de nombreuses images en bois réalisées par le sorcier et représentant les veilleurs : de terribles *ti'i* aux pouvoirs surnaturels, chargés d'empêcher tout déplacement de sa part sous peine qu'il soit immédiatement terrassé par d'affreuses souffrances.

Le village est sous le choc. À part Te'iri qui savoure une victoire personnelle, Manu qui jubile et quelques irréductibles de l'ordre à tout prix, l'immense majorité des habitants de l'île garde un goût amer de cette journée détestable.

Le grand prêtre est entré en méditation. Tama est effondré. Quant à Te Mata'ata, elle est retournée, hébétée, à ses tâches quotidiennes. Ono a disparu, personne ne sait où il est.

17
Nostalgie

« PENSEZ-VOUS QU'ANGKOR AIT FAIT LE RAPPROCHEMENT ?

– LUI, NON ! EN TOUT CAS PAS ENCORE. MAIS LES AUTRES, CE N'EST PAS EXCLU. CEPENDANT, LA PROBABILITÉ EST EXTRÊMEMENT FAIBLE, QUASIMENT NULLE. IL SEMBLE QU'UNE INFORMATION NOUS MANQUE.

– POURQUOI DITES-VOUS "PAS ENCORE" ?

– TOUTES LES ANALYSES MONTRENT QU'IL FERA LE RAPPROCHEMENT. MAIS ON NE SAIT PAS QUAND. IL Y A TROP DE PARAMÈTRES EN JEU ET LES MODÉLISATIONS DE SA CONSCIENCE ENTRENT MAINTENANT DANS UNE PHASE TEMPORELLE OÙ LES SOLUTIONS POSSIBLES SONT CHAOTIQUES.

– LES AUTRES SONT-ILS DANGEREUX ?

– SUPPOSONS MÊME QU'ILS AIENT FAIT LE RAPPROCHEMENT, ILS DEMEURENT NÉANMOINS DES AMATEURS QUI SE PRENNENT POUR DES PROFESSIONNELS DE LA MÉMOIRE. AVEC LUI, ILS VONT AVOIR DES SURPRISES.

– VOUS NE PENSEZ PAS QU'ILS PUISSENT ÊTRE LIÉS AUX MOR ?

– QU'EST-CE QUI VOUS FAIT DIRE CELA ?

– RIEN QU'UNE INTUITION.

– UNE INTUITION ? QUELLE DRÔLE D'IDÉE ! VOUS POUVEZ CHIFFRER LA PROBABILITÉ DE CETTE "INTUITION", COMME VOUS DITES ?

– NON, SIMPLEMENT ILS ONT DES TECHNIQUES QUI ME RAPPELLENT CELLES DES MOR, PAS VOUS ?

– ET POURQUOI PAS LES RAVA ?

– JE NE SAIS PAS. POURQUOI PAS LES RAVA ?

– ENFIN, LES MOR OU LES RAVA ? DÉCIDEZ-VOUS ! CE N'EST QUAND MÊME PAS LA MÊME CHOSE !

– J'AI PENSÉ AUX MOR, C'EST TOUT ! CELA N'A PAS L'AIR DE VOUS INQUIÉTER !

– NON, JE N'AI PAS D'INQUIÉTUDE À CE SUJET ! ILS N'ONT PAS DE TECHNIQUE, CE SONT DES AMATEURS, ILS FONCTIONNENT À L'INSTINCT, SANS PLAN NI MÉTHODE. J'ÉVITE LES INTUITIONS. SEULS LES FAITS ET LES PROBABILITÉS COMPTENT, LE RESTE EST SANS IMPORTANCE.

– ALORS, NOUS LE LAISSONS FAIRE ?

– C'EST LA SEULE SOLUTION. NOUS N'AVONS PAS TROUVÉ D'AUTRE MOYEN. LES HB FORMENT ACTUELLEMENT UN RÉSEAU D'UNE TROP GRANDE COMPLEXITÉ. IL FAUT LE LAISSER AGIR, IL EST TRÈS INTUITIF, C'EST UN AGENT COMMUNICATEUR EXCEPTIONNEL. IL VA PROBABLEMENT DÉVELOPPER UNE STRATÉGIE INDUCTIVE. IL SAIT INCONSCIEMMENT CE QU'IL CHERCHE, ET C'EST DANS UN PAYSAGE D'AGENTS RÉCURRENTS QU'IL TROUVERA LA CONFIRMATION DE SES HYPOTHÈSES. MAIS ÇA, IL NE LE SAIT PAS ENCORE.

– VOUS AVEZ PARLÉ D'UNE INFORMATION QUI NOUS MANQUERAIT.

– ANGKOR SAIT QUELQUE CHOSE QUE NOUS IGNORONS. SON MODÈLE DE CONSCIENCE COMPORTEMENTALE NE PEUT SE RÉSOUDRE QU'AVEC CETTE HYPOTHÈSE. NOUS EN DÉDUISONS DONC QU'IL MANQUE UNE INFORMATION. IL LA DÉTIENT, PAS NOUS.

– VOUS NE CONNAISSEZ PAS LA NATURE, LE TYPE DE DOMAINE DANS LEQUEL ON POURRAIT LA RECHERCHER ?

– MALHEUREUSEMENT NON.

– MAIS NOUS POURRIONS LUI FAIRE PASSER UNE ANALYSE DE DÉSTOCKAGE INCONSCIENT. IL N'EN SAURAIT RIEN ET NOUS AURIONS LE CODE D'ACCÈS.

– C'EST EXACT. MAIS CELA NE SE FERA PAS SANS DOMMAGE POUR LA SUITE. DANS CES CONDITIONS, JE NE GARANTIS PLUS QU'IL PUISSE TROUVER LA SOLUTION DANS LES TEMPS.

– BIEN, JE VOUS REMERCIE. SURVEILLEZ-LE ATTENTIVEMENT.

– CELA VA DE SOI ! »

Au niveau de l'axe virtuel d'un vaisseau-lumière, la gravité est nulle. Tous les vaisseaux utilisent cette zone pour y placer généralement des unités de production dans lesquelles la gravité doit être contrôlée. On y trouve aussi des laboratoires et bien évidemment des espaces de loisirs.

Comme sur la plupart des vaisseaux, tous les jeux sont gratuits. Sauf les fameux matchs de foot en 3D et en gravité zéro. Les F3 attirent tant de spectateurs que l'on exige au moins cinquante infos pour une bonne place. De plus, les accès sont très contrôlés et il est impossible d'y parvenir si on n'a pas réservé. AngKor a donc entré sa demande depuis son BioCom et la confirmation a été immédiate. Son compte d'infos est plutôt à la hausse en ce moment et son niveau de priorité est élevé. Il a une bonne place pour le début de l'après-midi.

En attendant, il prend un verre à la terrasse d'un café non loin du stade. Un jeune homme s'approche de lui.

« Bonjour, je m'appelle HarBin. Je suis à votre disposition pour tout ce que vous souhaitez.

– Vraiment tout ?

– Tout, vraiment ! » dit-il avec un sourire. Il entrouvre alors sa combinaison et laisse entrevoir toute une batterie de fioles colorées.

Des euphorisants psychotropes, pense AngKor qui demande :

« C'est autorisé ici, ces trucs-là ?

– Vous ne risquez rien. Vous pouvez en prendre. Tout le monde le fait.

– Pas moi ! Je ne tiens pas à perdre une partie de mes souvenirs.

– Pas grave ! Vous vous en ferez d'autres à la place. Pour dix infos seulement, vous ne le regretterez pas, je vous assure. Les touristes adorent ça.

– Regarde derrière toi.

– Huit infos et c'est bon.

– Tu écoutes quand on te parle ? Regarde derrière toi ! »

Le jeune vendeur se retourne. Environ à trente mètres d'eux se tiennent deux hommes. L'un dialogue discrètement par le biais d'un BioCom probablement intégré dans sa gorge. On voit bien qu'il marmonne quelque chose alors que son compagnon ne l'écoute pas et regarde ailleurs.

« Et alors ? réplique HarBin.

– Ce sont des Agents de la sécurité intérieure, des Asi quoi ! Ils vont te repérer, c'est sûr. S'ils mettent en route un sensibilisateur de molécules de synthèse, ils vont détecter tes cochonneries et tu es cuit ! Regarde, ils viennent vers nous.

– Mince, je fais quoi ?

– Tu t'assieds gentiment à côté de moi. Parle-moi de tes parents, tiens !

– Mais…

– Fais donc ce que je te dis !

– Mon père travaille… aux systèmes réplicateurs…, ma mère… »

Les deux hommes en combinaison grise se sont approchés. L'un d'eux fait un salut discret puis s'adresse à AngKor :

« Bonjour, monsieur. Tout va bien ? Vous êtes en voyage ?

– Oui, je suis Acom. Je transporte des informations pour votre vaisseau et d'autres aussi.

– Je vois. Votre BioCom, s'il vous plaît. »

AngKor montre son poignet. L'homme pose le sien dessus, puis ajoute :

« Très bien, c'est parfait. Vous connaissez ce jeune homme ?

– Nous venons de faire connaissance. Je me propose de l'inviter à voir la rencontre de cet après-midi. »

AngKor se dit qu'il y a quelque chose qui cloche, mais quoi ?

« Très bien, bon après-midi à tous les deux ! »

Ils s'éloignent comme si de rien n'était.

Trop rapide, pense AngKor. Ils sont allés trop vite, mais pourquoi ?

« Dis donc, toi le rigolo, demande-t-il à HarBin, tu sais ce que tu risques avec tes fioles ?

– Vous allez voir la rencontre Aigles-Taureaux de cet après-midi ?

– Oui, et je t'emmène, à une condition !

– D'accord.

– Eh, attends, il y a une condition !

– Que dois-je faire ?

– D'abord, tu te débarrasses de tout ce matériel. Et tu viens avec moi.

– Mais…

– Tu ne discutes pas. Tu te lèves. Tu vas tout jeter dans le désintégrateur du bar. Ensuite, tu reviens t'asseoir. Tu veux cinquante infos sur ton compte ?

– Cinquante infos ! D'accord ! »

AngKor pose son BioCom sur celui de HarBin en indiquant :

« Tu peux lui donner cinquante infos de ma part.

– Cinquante infos ! C'est une somme ! AngKor, tu es vraiment d'accord ? s'inquiète le BioCom.

– Je confirme. Cinquante infos », dit AngKor qui ajoute à l'adresse du jeune vendeur :

« Vas-y maintenant et fais ça discrètement. »

AngKor est sur ses gardes. Pas à cause du jeune, il voit clair dans son jeu. En revanche, il pense toujours aux deux couples rencontrés au café au moment de son arrivée sur les Nuages du Cygne. Eux sont plus inquiétants et son intuition lui dit qu'il va les revoir. HarBin pourrait lui être utile. Il se demande aussi pourquoi il a été contrôlé. Ce genre de situation est rare. La présence du jeune vendeur uniquement ? Celui-ci revient s'asseoir.

« Vous m'emmenez vraiment voir la rencontre ?

– Sans problème. Je viens de réserver pour toi. Tu as de la chance que je puisse accéder au niveau de priorité rouge.

– Le niveau rouge ! Vous n'êtes pas un simple Agent alors !

– Tu te tais maintenant. Tu écoutes attentivement ce que je vais te dire. »

Puisque c'est une zone en apesanteur, l'entrée dans le stade F3 ne peut se faire qu'après avoir chaussé des semelles magnétiques. Les accès sont fortement sécurisés. Chaque spectateur regarde son BioCom qui lui précise constamment quelle ligne colorée il doit suivre sur le sol. L'ensemble des quinze mille spectateurs est ainsi guidé en temps réel de manière optimale. Cela n'empêche pas les supporters de crier à pleins poumons des slogans classiques vantant les qualités et les nombreux mérites de leur équipe.

« Vous êtes pour qui ? demande HarBin.

– Je viens des Nuages du Taureau, alors, j'ai une préférence, mais les Aigles ne sont pas mal non plus !

– Ce sont les meilleurs ! Ils n'ont pas été battus depuis longtemps. Vous allez voir ce que les Taureaux vont prendre. Désolé pour vous !

– Tu sais, moi, les matchs de foot… C'est surtout l'ambiance que je trouve… disons… incroyable ! »

AngKor et HarBin ont suivi les indications au sol et sont maintenant fixés sur leurs attaches. Il n'y a aucun siège, ils sont inutiles, la gravité est nulle dans tout le stade et on y goûte le bien-être de l'apesanteur.

« Tu connais les couleurs ? demande AngKor.

– Oui ! Les Aigles ont les faisceaux bleus et les Taureaux les rouges.

– Tu fais comme on a dit, OK ?

– Ne vous inquiétez pas. »

Retentit alors l'hymne des Aigles, chanté par une grande partie des supporters, dont HarBin. Puis, c'est le tour des Taureaux, mais AngKor est bien incapable de participer activement à cette manifestation d'encouragement que partagent ses voisins.

Pendant que tous les noms des joueurs sont diffusés par la sonorisation, des chiffres gigantesques s'illuminent au-dessus de chacune des quatre faces cardinales de la zone de jeu. Le score zéro-zéro s'inscrit, ainsi qu'un écran décomptant des secondes : cent, quatre-vingt-dix-neuf, quatre-vingt-dix-huit…

Surgissant de nulle part, le ballon de titane apparaît soudainement au milieu du cube. Minuscule étoile aux reflets métalliques, immobile, qui trône au centre de gravité de quinze mille regards qui lui confèrent en cet instant où elle reste suspendue un statut quasi céleste.

Un certain silence se fait, aussitôt suivi par une explosion d'ovations tonitruantes. Comme deux escadrilles en mission d'approche, les deux équipes pénètrent dans la zone, prennent position devant leur but respectif et s'observent. Pendant que le centre de chacune des quatre faces cardinales affiche score et compteur, une voix féminine égrène les secondes… Trois, deux, un, zéro !

AngKor est subjugué. De nombreux faisceaux laser rayent le terrain 3D de lueurs électriques. Le sifflement feutré de multiples propulseurs crée une symphonie surréaliste. Déjà, le ballon s'est déplacé vers le but des Taureaux. De la foule monte une clameur qui résonne dans toutes les poitrines. Les joueurs se mettent en formation et exécutent des figures toutes plus acrobatiques les unes que les autres. Ils virevoltent, glissent, effectuent des virages époustouflants. Le ballon sollicité par divers impacts photoniques se dirige toujours sans hésiter vers le but des Taureaux. Pourtant, l'un des joueurs de cette équipe dévie sa trajectoire, à l'ancienne, avec le pied ! Aussitôt, des cris assourdissants l'encouragent. Les Taureaux développent un barrage de feu rouge devant le ballon. Ils forment des groupes qui sont autant de sources de lumière pourpre concentrant leurs forces. Mais quelques Aigles coupent les faisceaux rouges avec leur corps et reprennent le contrôle du ballon. L'un d'eux plonge carrément sur la sphère de titane. Il la heurte violemment avec son casque. Elle est projetée dans la bonne direction. La foule exulte. Les supporters des Aigles délirent. Les Taureaux n'arrivent pas à prendre le contrôle du jeu. Le ballon entre dans la zone des vingt mètres. Une fantastique concentration de lumière bleue lui donne une impulsion supplémentaire et il tombe, sans hésiter, dans le puits gravifique du but des Taureaux. La boule de titane émet des flashes de lumière blanche.

« Qu'est-ce que j'avais dit ! s'exclame HarBin, en donnant un coup de coude dans les côtes d'AngKor.

– Hé ! Doucement ! Tu as raison, ils sont très bons. »

Une bonne moitié du stade danse dans un état euphorique. De petits drapeaux bleus ou rouges s'agitent partout. Une fusée de signalisation spatiale est tirée par un supporter des Aigles. Sa lumière bleutée aveuglante reste un instant suspendue dans l'espace au-dessus de la face nord. Le spectateur excité est immédiatement repéré puis expulsé.

« Un à zéro pour les Aigles ! » annonce la voix féminine.

Les deux équipes se regroupent chacune devant son but. Le ballon de titane vient de réapparaître au centre. Les secondes s'égrènent de nouveau.

AngKor adore ce genre de manifestation. Mais ce qu'il aime surtout, c'est l'observation des comportements individuels. Atomes élémentaires *a priori* tous décorrélés mais, curieusement, produisant un mouvement d'ensemble cohérent. Il se demande si, de ce réseau global, peuvent émerger des nœuds comportementaux. Sans pour autant perdre la suite du match, il regarde justement ce que personne ne regarde, le public. C'est à cet instant précis qu'il aperçoit le groupe des quatre, là, à quelques mètres de lui seulement.

Tout ça est louche, se dit-il. Je ne crois pas aux coïncidences de ce type. Quinze mille spectateurs et eux, ils sont là, à moins de dix mètres. Il faut sortir d'ici au plus vite. Mon transport d'informations est trop important, je ne dois prendre aucun risque.

Du coin de l'œil, il observe HarBin. Comme s'il avait absorbé tout son stock d'euphorisants, celui-ci ne tient pas en place, crie et n'arrête pas d'agiter son petit drapeau bleu en levant les bras en cadence avec les voisins. Est-il seulement conscient de la présence d'AngKor ? Ce dernier s'approche insensiblement. Il se penche et murmure dans l'oreille de HarBin, selon la technique de prépsyconscience, tout en suivant un rythme exagérément saccadé et bien synchronisé avec les secondes affichées sur les panneaux géants :

« Dix, neuf, huit, respire à fond, sept, tu fermes les yeux, six, respire à fond, cinq, tu baisses la tête, trois, respire à fond, deux, à un tu dors. Un ! Maintenant, dors ! »

À l'instant précis où de la foule naît de nouveau une monstrueuse effervescence, AngKor tape d'un coup sec dans le dos de HarBin qui bascule sur le flanc. Son voisin s'écarte légèrement, mais, trop préoccupé par l'évolution du match, il reprend à tue-tête l'hymne des Aigles sans même se rendre compte de la position de l'homme à côté de lui.

AngKor regarde son BioCom. Il enfonce la touche *Help* et le BioCom lui dit :

« AngKor, j'ai peur !

– Bon sang ! Mais qu'est-ce que c'est que ce BioCom… Tais-toi et appelle un Asi ! »

AngKor est sur-le-champ localisé par son numéro de place. En quelques secondes, un Asi iA s'approche de lui.

« Bonjour, monsieur. Vous avez un problème ?

– Mon ami vient de s'évanouir.

– Nous allons l'évacuer tout de suite. »

L'Agent iA se penche sur HarBin, accroche à sa main droite un bracelet d'examen qui affiche aussitôt « sommeil profond », puis déconnecte les semelles magnétiques et soulève sans aucune difficulté le corps du jeune homme qui flotte en gravité zéro. Il le pousse devant lui tout en le tenant fermement. HarBin est immédiatement conduit vers l'infirmerie. Au moment où il se lève pour suivre l'Asi iA, AngKor jette un œil distrait sur sa gauche. Il voit bien que EeKlo vient de faire un signe à InuK. D'ailleurs, ce dernier quitte sa place discrètement. AngKor se rapproche de l'Agent et lui chuchote avec un air soucieux :

« J'espère que ce n'est rien.

– Ne vous inquiétez pas, monsieur, l'infirmerie est déjà prévenue, on nous attend. C'est curieux, mais votre ami semble dormir, tout simplement ! »

Alors qu'il entre dans le local de soins, la gravité redevient sensible. L'Asi iA met HarBin sur un lit et se retourne pour prendre un chariot. Pendant ce court instant, AngKor se penche vers HarBin et lui chuchote très rapidement dans l'oreille, sans que l'Agent puisse l'entendre :

« Un, tu dors, deux, tu te réveilles, trois, tu ouvres les yeux. Trois ! Maintenant, tu es bien réveillé ! » Au même moment, il tire les cheveux de HarBin d'un coup sec en arrière. Ce dernier sursaute.

« Qu'est-ce qui m'arrive ? Je suis tout drôle… »

L'Asi iA se retourne avec son chariot.

« Ça va mieux, monsieur ?

– Mais qu'est-ce que je fais là ?

– Vous dormiez, monsieur. C'est tout, rien de grave. Vous deviez être simplement très fatigué.

– Tu es tombé dans les pommes ! Tu n'as pas dû supporter de voir les Taureaux gagner, insiste AngKor avec des coups d'œil entendus.

– Les Taureaux ont gagné ? s'inquiète HarBin.

– Excusez-moi, monsieur, mais le match n'est pas terminé et ce sont les Aigles qui mènent. Avez-vous besoin d'aide ? Voulez-vous vous reposer ?

– Ne vous inquiétez pas, je l'emmène avec moi », dit AngKor en tirant HarBin par la manche. Celui-ci se lève sans grande conviction. AngKor s'adresse à l'Agent :

« On peut sortir d'ici sans repasser par les gradins ?

– Absolument, vous suivez la signalisation bleue au sol, c'est direct et bien plus court. Mais le match n'est pas fini… »

Dehors, AngKor déclare à HarBin avec un certain sourire :

« Tu vois ce qui arrive quand on prend trop d'euphorisants, on perd ses souvenirs !

– Je ne me souviens plus de rien.

– C'est bien ce que je dis !

– Qui a gagné alors ?

– Les Taureaux, évidemment.

– C'est pas possible ! »

18

Sauvetage

Le bateau à voiles, qu'il s'agisse d'une grande pirogue double océanienne ou d'un voilier de notre époque, a toujours été et est encore synonyme de liberté. À partir du moment où il devient un espace de vie, une cellule élémentaire, un morceau d'univers à lui tout seul, coupé du reste du monde, le temps y prend une dimension autre. Lorsque les quarts s'organisent, on découvre un rythme ancien, celui d'un vaisseau composant avec les éléments pour courir l'océan sous les étoiles. Alors, le temps prend son temps et plus rien ne presse. Les vrais bateaux, ceux qui justement comptent sur les éléments, savent quand ils partent, jamais quand ils arriveront.

Je suis plongé dans le livre sur les Tuamotu. Je ne sais pas pourquoi, la passion de cette découverte se superpose à une impression étrange de déjà-vu.

Dans ce livre, *Une vie d'exception aux Tuamotu*, d'Aiu Boullaire-Deschamps, je rencontre, comme Alpha, un univers fragile et attachant. Sur un atoll des Tuamotu, on est loin de tout et donc très près des choses essentielles. C'est bien ce que l'on découvre au fil de la lecture de l'épopée de cette famille unie, un couple et deux enfants, les Hervé, partis vivre sur Apataki au début du XXe siècle.

Les îles Sous-le-Vent représentent l'un des archipels les plus connus de la Polynésie française. On y vient pour le tourisme. Pour faire de la voile dans des conditions idylliques. Pour admirer la beauté de ses îles entourées de merveilleux lagons. On y vient, comme partout ailleurs en Polynésie, pour la gentillesse de ses habitants. On y vient aussi plus ou moins inconsciemment pour autre chose, pour cette utopie insulaire des îles des mers du Sud dans laquelle on tombe si facilement, et qui perdure.

Tandis que nous sommes arrêtés à Tahaa dans la douceur tranquille de l'île Vanille en attente de la perle du Pacifique, Bora Bora, qui n'est qu'à une vingtaine de milles, une idée surprenante s'empare de nous.

Jusqu'à présent, des alizés soutenus nous garantissaient une route courte et directe à la voile, mais le *mara'amu* fait son apparition et, quoiqu'il ne nous empêche pas de rejoindre facilement Bora Bora, il nous offre soudainement une autre possibilité : celle de rallier d'un seul bord l'archipel des Tuamotu !

L'un des avantages de la navigation à voile est justement de pouvoir transformer une contrainte, la direction que prennent les vents, en d'autres perspectives, d'autres découvertes.

Nous ne connaissons pas les Tuamotu. L'archipel Dangereux, nommé ainsi aux siècles passés en raison des forts courants qui règnent autour d'une multitude d'atolls, pas moins de quatre-vingts, que l'on n'aperçoit qu'au dernier moment, n'est finalement qu'à deux ou trois jours de mer et l'équipage du *Toa Marama* prend la décision qui s'impose.

Puisque nous sommes sous le charme du livre, pourquoi ne pas faire un détour par Apataki pour rejoindre Bora Bora plus tard ! En regardant une carte, quand on est à Tahaa, passer par Apataki pour rejoindre Bora Bora peut paraître complètement loufoque, sauf à ceux qui adorent la vie à bord d'un bateau, surtout quand on va là où le vent nous permet d'aller.

C'est ainsi qu'insensiblement les aspects rationnels du monde réel commencent à s'effacer sans que nous en soyons vraiment conscients.

« C'est mon tour. C'est mon quart et tu ne m'as rien dit ! s'exclame Alpha.

– C'est vrai ! Les vents sont stables. Douze à quinze nœuds réels. On file bon plein avec tout dessus, génois, trinquette et grand-voile. Si par hasard le vent monte au-delà de vingt nœuds, tu n'as qu'à rentrer le génois et on continuera avec la trinquette.

– Des bateaux ?

– Rien au radar dans un rayon de huit nautiques, pas de problème, la nuit est belle. La lune est magnifique. Elle nous montre le chemin. »

Alpha me laisse une couchette de quart douillette à souhait. J'aime retrouver son odeur. Bercé par une légère houle de nord, je sens que je plonge dans le flot des rêves de la nuit.

Je sais qu'il m'a fait voir une chose merveilleuse, mais c'était quoi en fait ? Il l'a posée entre mes mains. Je sais qu'il m'a dit quelques mots comme :

« Il suffit de suivre le chemin… »

C'est lumineux, mais ça n'émet pas de lumière, donc ça la réfléchit, tout simplement ! C'est une merveilleuse image, mais je ne perçois pas encore les détails. Serait-elle trop loin ? Oui, c'est ça ! C'est l'éloignement qui m'empêche de voir les détails, mais je sais que c'est elle ! Voilà, cela me revient, c'est une pirogue ! Une pirogue océanienne. Enfin pas exactement. Une turbulence. Une effervescence jamais reposée. C'est un mouvement perpétuel. Quelque chose qui est fait pour la conquête. Une étrave ! Voilà, c'est l'étrave d'une pirogue. Il faut bien qu'ils remontent dans le vent, au près serré peut-être pas, mais au bon plein nécessairement… C'est la lune… Non, pas exactement. C'est autre chose. Comme le reflet des choses sur l'infini du monde… C'est la lumière de la lune ! La lumière de la lune qui se réfléchit. Elle se réfléchit sur quoi ? Sur l'océan bien sûr, sur l'immensité de l'océan, c'est ça ! C'est une pirogue au près dans la lumière de la lune ! Mon Dieu, qu'elle est belle !

D'heure en heure, la découverte des Tuamotu avec leurs anneaux coralliens, et particulièrement d'Apataki, devient pressante. L'empreinte du livre est trop forte en nous. Il est indispensable que quelque chose s'affirme. Une lumière ? Une forme ? À la cohérence de l'histoire se mêle étrangement l'espoir d'une ouverture vers autre chose, mais quoi ?

Apataki est enfin là. Notre étrave et bien d'autres avant la nôtre sont déjà passées en ces lieux marins sur le chemin de la lune.

La première chose qui frappe, quand on est à proximité d'un atoll, c'est l'influence de la houle. Le Pacifique fait toujours le gros dos. On a beau n'être qu'à un ou deux milles de l'île, la bande de cocotiers le plus souvent présente sur les *motu* qui la composent apparaît ou disparaît au rythme de l'ample respiration océanique. Autrement dit, aucune comparaison avec la silhouette haute des îles du Vent et des îles Sous-le-Vent, dont on aperçoit facilement, depuis une dizaine de milles, les sommets se découpant parfaitement sur l'horizon.

Chaque atoll se résume à une couronne récifale à fleur d'océan, entourant un lagon souvent gigantesque, une vraie mer intérieure. Celle-ci contient une telle quantité d'eau que, au rythme des marées, l'atoll n'arrête pas de se remplir et de se vider par les quelques passes qu'il possède, toujours très étroites. Dans ces passages naissent des courants auxquels il n'est pas raisonnable de s'opposer. Les bateaux à voiles, qui en général ne dépassent pas facilement les huit nœuds à la voile comme au moteur, peuvent y être en réelle difficulté s'ils se présentent au mauvais moment.

Pour nous, ce n'est pas encore le bon moment. Mieux vaut attendre l'étale de basse mer, où les courants sont nuls, puis où ils commencent à pénétrer dans l'atoll. Puisque nous avons du temps devant nous et que nous brûlons d'envie de découvrir à quoi ressemble le *motu* Nuutina de la famille Hervé, nous décidons d'aller sans plus tarder à sa rencontre.

Il est neuf heures. Dans la lumière déjà flamboyante de la matinée, nous longeons la côte ouest d'Apataki du nord vers le sud. Voilà, nous y sommes ! 15° 27,85' de latitude sud et 146° 27,46' de longitude ouest, très précisément. Le *motu* est là, à un demi-mille à l'est de notre position.

Et que voit-on ? Trois îlots qui, d'après la carte, peuvent s'inscrire dans un cercle de seulement un demi-mille de diamètre, pas plus. Un groupe de trois petites terres, posé sur la barrière de corail d'Apataki dont le diamètre est, lui, proche d'une vingtaine de milles quand même. Nuutina, c'est une poussière de *motu* au bord d'un atoll quarante fois plus grand que lui ! Une pauvre frange de cocotiers, insignifiante, perdue au milieu de nulle part. On reste ainsi, l'un contre l'autre et vaguement déçus, à se demander ce qu'ils étaient venus chercher dans un endroit aussi retiré du monde. Il n'y a absolument rien à voir !

Nous reprenons notre route et descendons lentement le long de la barrière avec un petit vent matinal favorable, en direction de la passe Haniuru qui est à un peu moins de sept milles dans le sud. Dans une heure et demie, nous serons en approche et les courants seront alors très faibles.

Les navigateurs modernes, qui, comme nous, possèdent des instruments capables de les localiser à quelques mètres près tout autour du monde, sur des cartes parfaitement connues, du moins dans leur globalité, ont du mal à imaginer qu'il y a seulement deux cent cinquante ans les Européens naviguaient ici à la voile sur des bateaux peu manœuvrants, avec des rudiments de cartes et au sextant en prenant des risques extrêmes.

Pour repérer l'alignement de l'entrée, nous nous éloignons légèrement de la côte. Comme la passe n'est pas tellement large, pas plus de cent mètres, il est préférable d'en avoir une vue d'ensemble pour bien en prendre la mesure et pour s'assurer aussi qu'elle est praticable.

La voie est calme et libre. Nous enroulons alors le génois et gardons la grand-voile pour faire route au moteur.

Alpha a pris les jumelles et me dit :

« Il y a quelqu'un sur une planche, à tribord, juste devant les rouleaux. Il nous fait des signes. Le vois-tu ? »

Je ralentis, lui passe la barre et à mon tour prends les jumelles.

« On dirait un surfeur en difficulté. Il a l'air d'avoir du mal à rentrer, pourtant les courants doivent être faibles à cette heure. »

Nous nous approchons en douceur. Il est assis sur sa planche et tient, avec le bras droit, son autre bras qui fait un angle curieux avec son corps. Il saigne. Il est évident qu'il s'est fait rouler par une vague et a heurté brutalement le corail.

« Aidez-moi ! J'ai le bras cassé ! nous crie-t-il.

– Qu'est-ce qu'on fait ? demande Alpha.

– On ne peut pas approcher davantage. C'est très dangereux d'être si près de la barrière. On pourrait se faire jeter nous aussi sur le corail avec le bateau.

– S'il vous plaît, aidez-moi ! Aidez-moi !

– Là ! s'exclame Alpha. Un requin !

– C'est le sang… Ils ne sont pas dangereux, mais avec le sang… Choque la grand-voile. Attrape une amarre dans le coffre arrière, vite ! »

Les rouleaux arrivent avec majesté sur la barrière, puis se brisent dans une explosion d'écume juste devant nous. Le bateau oscille au rythme de la houle. Entre deux amplitudes, on peut se rapprocher encore pendant quelques secondes.

Pas le temps de tout expliquer. Je crie à Alpha :

« Dès que l'on sera tout près, passe-lui l'amarre par l'arrière. Quand je te le dis, OK ?

– Tu ne vas pas faire ça !

– Tiens-toi prête ! »

Elle affale immédiatement la grand-voile. De mon côté, je remonte la dérive et pousse le diesel à quatre mille tours. Le *Toa Marama* s'élance juste après le passage d'un monstre d'écume naissant qui ne déferle pas encore. Arrivé à dix mètres du blessé, je réduis brutalement le régime moteur à huit cents tours. En priant le ciel pour ne pas casser l'inverseur, je passe rapidement la marche arrière et accélère en tournant violemment la barre. Le *Toa Marama* fait une embardée et présente son arrière.

« Vas-y ! Maintenant ! »

Alpha lance l'amarre. Le surfeur l'attrape avec son bras valide. Je mets les gaz à fond au moment où le deuxième rouleau enfle et prend de la hauteur. On se retrouve face au deuxième monstre qui menace. On escalade brutalement une muraille d'eau qui, finalement, passe comme une énorme baleine sous le bateau et explose derrière nous. J'ai l'impression que nous sommes devenus un bouchon jeté dans une marmite d'eau bouillonnante. Alpha est tétanisée et s'accroche comme elle peut.

Je jette un œil derrière moi. Il est toujours là, cramponné à son câble, serrant sa planche entre ses jambes. Il ne veut pas la perdre. Je lui crie :

« Lâche-la, et monte à bord ! »

Mais rien n'y fait.

Puis, très vite, tout redevient tranquille. En quelques secondes, on est sortis de l'enfer.

Alpha est blême, elle me jette avec fureur :

« Tu es complètement dingue, ou quoi ? Ne nous refais plus jamais un coup pareil !

– J'ai eu la trouille, moi aussi. Je te jure que je ne suis pas près de recommencer !

– Et qu'est-ce qu'il fait, lui, là derrière ! Il ne serait pas mieux à bord, non ?

– Laisse tomber ! Il ne veut pas lâcher sa planche. Regarde, il a même réussi à grimper dessus. De toute façon, il ne risque plus rien maintenant ! »

Nous voilà entrant à Apataki avec, en remorque, à quinze mètres derrière nous, un jeune *Paumotu* allongé sur sa planche de surf, un bras en très mauvais état.

Dans la passe sur tribord se trouve une petite anse. Le village de Niutahi est juste là. Nous nous approchons de l'entrée minuscule. Elle est à peine plus large que le *Toa Marama* ! Je stoppe le bateau. Notre rescapé lâche notre amarre et, sans rien dire, mais avec tout de même un geste amical de sa main valide, s'éloigne de nous. Et c'est couché sur son frêle esquif qu'il rejoint, en battant des pieds dans l'eau, le port naturel.

« C'est pas croyable ! dit Alpha. On vient de prendre des risques énormes pour lui sauver la vie et, lui, il nous plante là, comme ça ! »

Une rapide exploration à l'intérieur du lagon nous laisse perplexes sur les possibilités de mouillage. Les fonds sont importants même très près du village et il y a des patates de corail partout. Le danger existe, dans ces conditions, de coincer une ancre dans les profondeurs. Nous revenons dans la passe pour examiner le port. La couleur de l'eau nous signale que l'on doit pouvoir y mouiller. Quelques bateaux de pêche, des *poti-marara*, sont amarrés le long d'un quai, espace vaguement triangulaire de cinquante mètres de côté, pas plus.

On décide d'avancer avec précaution pour passer le seuil corallien qui permet d'entrer dans un havre en miniature. Le sonar à l'avant du bateau indique à peine cinquante centimètres sous la carène ! Et, dans ce passage-là, le *Toa Marama* n'a pas deux mètres de chaque côté pour manœuvrer. Évidemment, on prend toute la place sur l'unique corps-mort qui trône au milieu du plan d'eau. Aucun des Polynésiens présents sur le quai où commence le village ne semble inquiété par le monstre que nous sommes. Les dix-huit tonnes et les quinze mètres du *Toa Marama* nous paraissent à nous un peu incongrus dans ce lieu plutôt fait pour des bateaux de quatre ou cinq mètres.

Une visite au maire du village s'impose, ne serait-ce que pour lui demander si nous ne dérangeons pas et pour avoir éventuellement des nouvelles de notre rescapé. Il nous reçoit avec une gentillesse extrême. Nous pouvons rester dans le port d'Apataki le temps que nous voulons. Nous le remercions pour son hospitalité, puis nous lui parlons du surfeur blessé, mais il ne semble pas être au courant. Ou il ne veut rien dire. Cependant, c'est lui, cette fois, qui n'arrête pas de nous remercier.

« Les jeunes sont prêts à tout, nous confie-t-il, pour épater les copains et les copines, et faire comme à la télé sur les rouleaux qui encadrent la passe, et il se produit régulièrement des accidents. »

Nous le quittons sur un dernier échange de politesses, puis nous profitons d'être à terre pour visiter le *motu*.

19
Échange

La vie sur l'île s'est écartée du rythme traditionnel. L'ambiance sereine et harmonieuse des jours d'avant s'est estompée. Les derniers événements ont troublé l'équilibre habituel. L'exil de Ta'aroa sur le *marae* royal, destiné à apaiser les ardeurs de Ruahatu, laisse un sentiment d'étrange malaise au sein du petit peuple. Le pêcheur a toujours été une figure emblématique et il est impossible d'effacer des mémoires son triomphal retour de pêche. De plus, avec sa disparition se pose maintenant la question de la direction de la construction des grandes pirogues.

Certains pensent que Temana pourrait remplacer Ta'aroa simplement parce qu'il est son frère, d'autres estiment qu'il n'a pas assez d'expérience. Lui se verrait bien prendre la tête des opérations.

Ta'aroa est vraisemblablement sous l'emprise maléfique des terribles images de démons et de mauvais esprits disposées autour du *marae* royal. La mer, le vent, le ciel, les nuages, tous les éléments sont accablés et partagent la morosité ambiante. Seuls les cocotiers, bien que ployant constamment sous des rafales persistantes, résistent avec obstination. L'océan a revêtu la couleur sombre de ses mauvais jours. La houle a pris une ampleur inquiétante et les eaux du lagon montent dangereusement. Le vent ne se calme pas et propulse avec frénésie dans des cieux mouvementés des trains de nuages noirs de très mauvais augure.

Au milieu du village, les anciens, les prêtres et le sorcier sont réunis dans le *fare pote'e*. Le grand prêtre, debout au centre de l'assemblée, expose une idée surprenante qui ne semble pas comprise par tout le monde :

« Certes, il était nécessaire que Ta'aroa soit sanctionné pour avoir commis l'énorme faute d'offenser Ruahatu, mais les dieux n'ont pas été calmés pour autant par notre décision. Était-elle bonne ? Depuis que le pêcheur est sous l'influence des mauvais esprits, les dieux sont en colère et la passe est devenue si difficile que la pêche au large est impossible. »

Te'iri rétorque :

« Moi, Te'iri, je dis ceci : la décision que nous avons prise était la seule possible ! Je mets en garde notre communauté si nous devions reprendre aux *ti'i* une vie que l'on vient de leur donner avec raison. »

Le plus ancien des anciens intervient :

« Les signes sont là. *Moana* est en colère. Depuis trois jours, l'eau du lagon monte régulièrement et les vents la poussent toujours plus haut sur nos terres. Vous devez penser à quitter l'île pour reprendre la quête de nos ancêtres.

– Pourquoi "vous devez" ? demande le père Mata-Rau.

– Parce que je resterai ici. Mon père est arrivé sur cette île il y a bien plus longtemps qu'une vie. Je suis né ici, je mourrai ici. Je suis trop vieux pour reprendre le large vers des cieux inconnus. Je suis trop vieux, mais je peux encore montrer la route !

– Mais aucune pirogue n'est prête, et Ta'aroa va nous manquer. Lui seul avait la véritable connaissance d'un grand constructeur de *va'a*, fait remarquer Mata-Rau.

– C'est vrai, ajoute l'Ancien, et c'est pourquoi je resterai sur cette île. Je vais aller implorer les dieux au *marae* royal.

– C'est impossible, l'interrompt le prêtre Te'iri. Le *marae* est tabou depuis que notre sorcier y a disposé des images accrocheuses de démons pour punir Ta'aroa de son impudence !

– Justement. En tant que le plus ancien des anciens, c'est à moi de conduire la destinée de mon peuple et je peux encore le faire en restant sur mon île.

– Je ne comprends pas ! » s'exclame Te'iri.

D'un mouvement vif, le grand prêtre écarte le jeune Te'iri qui reste la bouche ouverte.

« Moi, je comprends ce que veut dire l'Ancien », affirme-t-il.

Puis il se tourne vers le vieil homme.

« Ce que tu proposes est tout à ton honneur, mais es-tu bien décidé ?

– C'est ainsi que j'aiderai mon peuple. La fin de ma vie est proche. Je n'ai plus assez de force pour conduire pendant des nuits et des nuits un *va'a* sous les étoiles. Notre île va souffrir et mourir avec moi. Pour racheter les fautes de Ta'aroa, je prendrai donc sa place sur le *marae* royal, ainsi les démons auront-ils la vie qu'ils exigent pour l'offense faite à Ruahatu. »

L'Ancien s'est volontairement arrêté pour ne pas déplaire aux prêtres. Il attend que l'un d'eux prenne la suite pour respecter la tradition.

Le grand prêtre a tout compris, mais Te'iri demeure interdit, désarçonné par cette situation qu'il réprouvait au départ et qui maintenant lui échappe. Il se rend compte trop tard qu'il vient de perdre l'avantage et, avant que les mots ne sortent de sa bouche, le grand prêtre qui vient de se lever a déjà repris la parole :

« Moi, Tumatarii, grand prêtre de la communauté, déclare que l'Ancien rachètera les fautes de Ta'aroa en prenant sa place sur le *marae* royal. Ainsi, grâce à lui, le pêcheur pourra reprendre le chemin de sa vie. Il reviendra parmi nous, pour nous aider à terminer les grandes pirogues. L'Ancien est un sage parmi les sages. Il sera celui qui a ouvert la voie vers un autre *fenua*. Ainsi, il sera élevé dans le ciel à la prochaine lune. Et ainsi seront les choses à venir. »

Tous les prêtres ont baissé la tête et reprennent en chœur :

« Il en sera ainsi. »

Te'iri est amer. Alors que l'épisode de la sanction de Ta'aroa lui avait soudainement donné de l'importance, le grand prêtre a repris l'avantage en comprenant avant lui où menait la proposition du plus ancien des anciens. Te'iri redevient apparemment un prêtre comme les autres, mais personne ne remarque combien ses prunelles peuvent prendre des reflets étranges.

L'Ancien est debout. Il est déjà un dieu parmi les dieux. Seul, digne au milieu de la plateforme reliant les deux coques d'une grande pirogue double, il se tient immobile. Son paréo immaculé rayonne d'une lumière surnaturelle. Ses cheveux blancs ramenés en un chignon au sommet de son crâne affirment sa prestance divine. Il porte fièrement ses armes, une lance ornée de dents de requin et une courte hache de pierre. Une magnifique conque marine, un *pü*, orne sa ceinture. À son cou miroite une nacre de belle taille qui masque en partie un tatouage de motifs géométriques précisant son rang.

À l'avant de la pirogue, le sorcier maître des images maléfiques et le grand prêtre en tenue d'apparat montrent la voie. Tumatarii porte une haute coiffe blanche et noire qui accroît sa taille déjà imposante. Il lève les deux bras avec majesté et les tambours retentissent. Au rythme lent qu'ils imposent, on devine que le cours du temps leur appartient dorénavant. Alors cinq rameurs, de chaque côté de la pirogue, entrent en action. Dans un ensemble solennel et parfait, ils propulsent l'embarcation et ses trois passagers sur l'eau émeraude du lagon en direction du piton central de l'île.

Sur la plage que la pirogue cérémonielle vient de quitter, une petite troupe a assisté avec recueillement au départ de l'Ancien. Te Mata'ata espère que son homme est encore en vie. La femme de l'Ancien tente de contenir un désespoir sans fin, à peine compensé par l'acte exceptionnel qui fait de son vieux compagnon l'égal des dieux.

Ils sont là. Tama et Vaiana Nui serrés l'un contre l'autre. Le frère de Ta'aroa au regard toujours énigmatique. Le père d'Ono. Te'iri est intégré dans le groupe des religieux demeurant à l'écart. Manu tente de s'approcher de Hina, mais elle l'ignore avec un air méprisant qui l'accable. Ono manque à l'appel et personne ne sait où il se cache. Pour faire honneur à l'Ancien, le père Mata-Rau arbore lui aussi ses armes et tous les ancêtres sont là également. Ces derniers sont impressionnés par la prestance de leur maître à tous, qui les quitte volontairement et définitivement. Ils sont aussi perplexes quant au problème que posera sa succession, et qu'il faudra pourtant bien régler.

Les dix rameurs restent sur la pirogue et ne mettent pas le pied sur la plage sacrée. Seuls le sorcier, l'Ancien et le grand prêtre débarquent au bas de la montagne. Ils s'engagent silencieusement dans le sentier escarpé qui conduit au *marae* royal.

Le sentier n'en finit pas de s'envoler dans les hauteurs et c'est une épreuve pour les trois hommes. Plusieurs fois, ils doivent s'arrêter. L'Ancien a de plus en plus de difficulté à gravir une côte dont le sommet lui apparaît inaccessible. Plusieurs fois, le vieil homme doit être aidé, à moitié porté, toujours soutenu. Au bout d'une heure et de bien des efforts, ils atteignent les abords du *marae*. L'Ancien complètement épuisé et le grand prêtre restent en arrière pendant que le sorcier se rend seul sur les lieux, portant avec lui la ceinture en *tapa* du vieil homme.

Le sorcier possède un certain pouvoir sur les puissances obscures, et les démons lui sont familiers. Il s'approche avec respect et sans bruit du plus grand des *ti'i* de pierre. Il évite le regard hypnotique du dieu et s'incline plusieurs fois très respectueusement. Puis, après de longues minutes d'attente où il ne se passe rien, ce qui est bon signe, il se rapproche des toutes premières dalles du *marae*. Là sont disposées les nombreuses images sinistres et maléfiques. Elles forment une barrière emprisonnant le condamné. Certaines sont minérales, d'autres coralliennes, ou encore en bois sculpté, toutes comportent des morceaux de *tapa* grossièrement fixés avec des cordelettes magiques. Le sorcier constate que le pêcheur n'est plus là. Nul doute que les *ti'i* l'ont déjà attiré au sein des profondeurs ténébreuses. Cependant, il doit calmer les esprits malins. Tout en entamant une mélopée à peine audible, il entreprend de remettre dans le *fare* qui jouxte le *marae* la totalité des images accrocheuses qui encerclaient Ta'aroa.

Aucune autre personne que le sorcier ne pénètre dans le *fare* sacré. Lui-même s'y rend avec mille précautions pour ne pas offenser les dieux au caractère irritable qui siègent toujours en ces lieux. Une fois que le sorcier aura achevé cette besogne, Ta'aroa devrait être autorisé à retrouver peu à peu le chemin de la lumière.

Puis le sorcier découpe la ceinture de l'Ancien et chaque morceau obtenu est lié par des cordelettes sur des images malfaisantes. Ainsi les puissances divines, concentrées sur cette nouvelle offrande de vie, seront-elles apaisées. Ainsi accepteront-elles, peut-être, de relâcher leur emprise sur le pêcheur.

À l'instant précis où le sorcier lie avec la dernière corde le dernier morceau de ceinture, l'Ancien, qui est toujours avec le grand prêtre, perd connaissance.

Ni Tumatarii ni le sorcier ne peuvent le ranimer. Ils sont très inquiets et, pour éviter d'offrir un mort aux *ti'i*, ce qui serait très inconvenant, ils se précipitent pour porter le vieil homme, qui respire à peine, au centre du *marae*.

Le grand prêtre Tumatarii doit faire une prière en hommage à l'Ancien. Il est partagé entre le sacré de l'instant, qui ne peut être précipité, et la nécessité impérieuse de ne pas trop tarder. Alors, pendant que le sorcier se recule, le prêtre commence son invocation :

« Voici l'Ancien, qui fut *tahu'a fare*, créateur de *fare*,
Voici celui qui donne sa vie pour que Ta'aroa nous revienne,
Voici celui qui nous montre la voie vers le grand *moana*,
Toi l'Ancien, tourne ton visage vers les ténèbres,
Ne fais pas revenir tes yeux vers le lagon,
Ne fais pas revenir tes oreilles vers les chants des femmes,
Ne fais pas revenir tes mains vers tes outils,
Voici ta lance, ta hache et ton *pü*,
Qu'ils te guident dans les ténèbres insondables,
Que les douleurs du monde de ceux qui vivent avec
ton souvenir éternel s'apaisent, grâce à toi, ô *tahu'a fare*,
l'Ancien. »

Puis, tandis que Tumatarii s'éloigne dignement, c'est au sorcier de remettre en place, autour d'un corps qui semble déjà dans l'au-delà, les images et les *tapa* accrocheurs de démons.

Quand les deux étraves de la pirogue cérémonielle reprennent contact avec le sable du *motu*, ils retrouvent le village tel qu'ils l'ont quitté. Tous gardent le silence. Tous prennent conscience que l'Ancien n'est plus là.

Ta'aroa non plus.

Une lumière brille au fond des yeux de Te'iri, mais il reste muet.

Tous attendent que le grand prêtre parle.

« L'Ancien nous a quittés dignement. Le souvenir du don de sa vie sera à jamais chanté par notre peuple, dit-il en marquant une pause pour bien préparer la suite. Les desseins des *ti'i* sont pleins de mystère et ne doivent pas être interprétés. Le pêcheur nous reviendra. Il faut laisser aux dieux le temps d'accepter le don de vie de l'Ancien. »

Cette fois, ce n'est pas Te'iri qui intervient mais Temana, le frère du pêcheur :

« Les flots montent dangereusement. Nous devons partir sur l'océan dès que possible. Il ne faudrait pas que mon frère tarde maintenant à revenir, sinon il va falloir que nous embarquions sans lui. »

Cette éventualité choque Tumatarii, qui insiste :

« Il reviendra ! Son absence du *marae* est déjà le prélude de son retour ! Gardez l'espoir en vous ! »

20
Contrat

L'objectif d'AngKor est inscrit de manière indélébile dans sa zone mémoire de travail. Il se souvient. Pas seulement des mots, mais aussi des concepts, des réflexions, des stratégies. Il sait parfaitement ce qu'il a provisoirement mis dans sa tête et peut consulter à tout moment. Il observe de nouveau son espace souvenirs temporaires comme s'il lisait un livre grand ouvert :

« Trois à quatre mille ans avant l'ère des vaisseaux-lumière, pour évoluer sur l'eau, des hommes de l'ancienne Terre ont construit des machines. Celles-ci étaient en bois véritable. Elles ne comportaient ni métal, ni système de propulsion connu, ni technologie. Pourtant, les hommes qui les utilisaient se sont déplacés avec elles, sur des espaces d'eau d'une étendue considérable, les océans.

« Il y a quatre questions :

« 1) Comment ces machines étaient-elles construites ?

« 2) Comment se déplaçaient-elles sur de si grandes étendues d'eau ?

« 3) Comment communiquait-on de l'une à l'autre ?

« 4) Quel était l'objectif de ces déplacements ?

« Le but est de retrouver tout document permettant une reconstruction virtuelle, mais authentique, de ces machines, et de comprendre quel était l'objectif visé. »

Il se détend et pense à sa famille, de l'autre côté de l'univers. Pourquoi pense-t-il justement à sa famille ? LeeR, son fils, lui a posé des questions sur les océans. Les océans de la Terre. Le Pacifique, c'est le plus grand, il aura certainement le rôle principal. Il pense aussi au Rift de l'Aigle. Il se dit qu'il aurait peut-être dû prendre plus de précautions avec la récente découverte qu'il a provisoirement mise de côté. Mais non, sa femme ValdiVia ne connaît pas le code d'accès de son iA personnelle. Charlotte restera muette. Cependant, c'est plutôt de son fils LeeR qu'il pourrait se méfier. C'est un jeune garçon curieux et très intelligent. Pourrait-il tromper Charlotte ?

Quant à LunDy, peut-elle imaginer ce qu'il a découvert ? Elle a fait de simples allusions, rien de plus, et pourtant…

Renseignements pris, AngKor a identifié différentes sources possibles pour commencer ses recherches.

Il y a d'abord les HB du vaisseau. Il peut y accéder en tant qu'Agent communicateur agréé. C'est facile, mais terriblement fastidieux. Le problème n'est pas l'accès, mais la complexité. Depuis des siècles, ces bases de données ont atteint de telles dimensions qu'il est impossible à un être humain, même avec l'aide des BioCom et des iA, même en utilisant les moteurs de recherche experts les plus pointus, de faire le tour de la question avec certitude. Il doit trouver là un moyen de restreindre l'espace de recherche. Il faudra bien passer directement par cette source, mais dans un deuxième temps probablement.

Ensuite, il compte sur une approche intuitive, visiter les musées par exemple. Il y en a quelques-uns dans le vaisseau. Mais un seul aurait conservé des livres anciens. Quelques ouvrages seraient même en vrai papier, la grande majorité étant en papier électronique standard. Dans les livres anciens, on pourra certainement trouver quelque chose.

Il y a aussi, comme dans son vaisseau, ces Agents étonnants, répliques de ce qu'on appelait *commerçants* et plus spécialement *antiquaires*. Il en connaît un sur les Nuages du Taureau. Mais rien n'indique qu'il puisse y avoir ici une telle activité, très souvent de nature touristique, et donc sujette à caution.

Il existe enfin une autre voie, plus délicate. Il sait pourtant que c'est par là qu'il va commencer. Le vaisseau des Nuages du Cygne renferme une université célèbre et certains universitaires sont spécialistes des histoires anciennes de la vieille Terre. Avec un peu de chance, il doit pouvoir mettre en évidence des pistes intéressantes.

Les universités demeurent parmi les institutions les plus anciennes que l'on connaisse. Les étudiants délocalisés dans un vaisseau et connectés à des systèmes d'apprentissage à distance s'instruisent à leur rythme, loin des professeurs virtuels. Il est courant d'être étudiant toute sa vie, souvent dans des domaines extrêmement divers.

Les universités ont conservé leur spécificité : mêler des actions d'enseignement et des actions de recherche, ainsi les cellules universitaires ne fédèrent-elles que des laboratoires.

Pour identifier ceux qui pourraient l'intéresser au sein de l'université locale, AngKor utilise deux mots clés : océan et Terre. Il découvre ainsi trois équipes auprès desquelles il pense trouver rapidement des sources de données permettant d'amorcer sa recherche :

Le Laboratoire d'Investigations Archéocomputationnelles (LIA), qui s'intéresse à des aspects fondamentaux, aux outils et aux stratégies d'exploration des HB.

L'Institut de Modélisation Comportementale de l'Homme Ancien (IMCHA), qui développe surtout des modèles prospectifs simulant les interactions 3H, humain/histoire/humanité.

Mais c'est le LEAPT, le Laboratoire d'Étude des Anciennes Populations Terriennes, qui lui paraît le plus proche de ses préoccupations.

« Voilà, je vous ai dit tout ce que je savais. »

L'homme à qui s'adresse AngKor est le professeur PlovDiv, du LEAPT.

« Ce sont essentiellement les océans de la Terre qui m'attirent, et surtout les plus grands », continue AngKor.

Il n'a pas mentionné les vraies questions. Il pense qu'en restant assez vague il ne risque pas de violer la confidentialité de sa mission. Un spécialiste comme PlovDiv devrait lui apprendre des choses intéressantes, voire lui révéler, sans le vouloir, d'autres sources. Il le laisse parler.

« Il y a du travail à faire pour remonter jusqu'à cette période très ancienne. Mais votre question est très générale. D'un autre côté, je ne suis qu'anthropologue.

– Excusez-moi, mais dans quels domaines travaillez-vous plus particulièrement ?

– Ceux qui concernent le comportement de l'homme, ou encore les représentations les plus diverses qu'il utilise, dans telle ou telle culture, telle ou telle activité : la vie en société, le travail, les relations avec ce que les anciens appelaient "la nature", etc. Vous voyez, on s'éloigne un peu de vos recherches qui me semblent axées davantage sur de la géographie physique ou humaine.

– Cela ne fait rien. Ce sont aussi des domaines qui m'intéressent.

– Ah oui ? Vous savez, l'anthropologie, ce n'est pas si facile, surtout quand il s'agit de civilisations disparues il y a, disons, six mille ans !

– Comment les océans de la Terre ont-ils pu héberger des civilisations ? Je pensais que c'étaient plutôt les continents.

– Les continents, bien sûr, ont constitué les principaux creusets. Mais les océans également. Par exemple, le Pacifique était, parmi les océans, celui qui comportait la plus grande quantité d'îles, plusieurs milliers ! »

Nous y voilà, pense AngKor qui répond :

« Plusieurs milliers d'îles !

– Absolument ! Cela vous donne une idée de l'étendue du domaine. Certains chercheurs anciens ont même parlé de continent océanien. Mais vous ne pouvez pas resserrer un peu votre demande ?

– Pourquoi pas. Que proposez-vous ?

– On peut faire une approche de caractère ethnique, ou encore sociopolitique. Je sais que je dois avoir une étude, quelque chose de vraiment très ancien, quelque chose sur les migrations de populations. Et puis, il y a le développement des religions. Vous savez ce qu'était une religion ?

– Attendez, vous avez parlé de migrations, je ne vous suis plus, cela me fait penser aux animaux, pas aux civilisations. Est-ce que je me trompe ?

– Quand on parle de migrations, il peut y avoir plusieurs sens. Mais ce sont toujours des déplacements, d'animaux, de personnes ou d'autres choses encore comme l'évolution de technologies. En ce moment, je pense à des mouvements de populations dans un océan. Par exemple dans le cadre du continent océanien.

– C'est passionnant ! »

AngKor est satisfait. L'air de rien, et sans l'avoir explicitement mentionné, il en est venu à faire parler le professeur du domaine précisé dans les quatre questions.

Celui-ci reprend la parole :

« Vous savez que vous pouvez vous inscrire à l'université ? Je donne un cours sur les anciennes populations de la Terre, il est disponible à tout moment sur notre réseau avec l'assistance interactive d'une iA.

– Oui, bien sûr. Je vais y réfléchir très sérieusement, mais pour revenir à la question des migrations dans le Pacifique, et plus précisément à une investigation sur ce sujet, comment pourrions-nous procéder ?

– À partir de recherches documentaires dans des HB très spéciales, je peux vous proposer un document de synthèse inédit. Est-ce que cela vous conviendrait ?

– Oui, oui, je suis preneur. Un rapport dans les cinq jours, c'est possible ?

– Tout est possible. Cependant, je ne suis pas certain de pouvoir faire le tour de la question en cinq jours.

– Alors on pourrait, comment dire..., se restreindre à un domaine encore plus petit ?

– Ce serait mieux », dit le professeur.

AngKor pense qu'il peut lâcher certains mots clés, pour voir. Les noyer dans des généralités. Il répond :

« Vous pourriez développer plus particulièrement des aspects liés à la nourriture, aux types de sociétés, aux technologies, à la construction des bateaux, à la culture des plantes.

– Les bateaux ! Vous connaissez ce nom ?

– Des bateaux, dit AngKor soulagé d'aborder enfin le sujet, nous en avons sur notre vaisseau. Nous avons même une étendue d'eau avec un système générateur de vagues. On simule une petite mer.

– Pas possible !

– Si, si ! On fait même des concours de bateaux à rames !

– D'où êtes-vous déjà ?

– Des Nuages du Taureau.

– Je le note. C'est une bonne idée de voyage.

– Pour les bateaux et le Pacifique, que proposez-vous ?

– Ça vous intéresse vraiment ?

– C'est une idée comme une autre. Pouvez-vous me faire une étude originale en cinq jours sur ce que les populations du Pacifique faisaient avec les bateaux ?

– Oui, c'est possible. Mais il va falloir définir un contrat de recherche. À moins que vous ne préfériez travailler par vous-même à partir de quelques données que je vous procurerai gracieusement. Envisageriez-vous de signer un contrat pour une étude beaucoup plus sérieuse et surtout originale ?

– Je ne suis de passage que pour quelques jours. Si c'est un contrat, combien cela va-t-il me coûter ?

– Il y a des règles. Dans le cas présent, ce n'est pas une étude qui me semble conduire à un transfert technologique quelconque. C'est une simple recherche de nature uniquement fondamentale, c'est évident. D'autre part, j'ai déjà des éléments. Vous voulez aussi une étude bibliographique complète ?

– Pourquoi pas.

– Bon, disons mille infos. Ça vous convient ?

– Je signe tout de suite pour deux mille, en revanche vous me faites ça en trois jours.

– Deux mille infos, c'est intéressant, mais trois jours, c'est court ! Très très court ! Très difficile ! Mais je relève le défi. C'est d'accord. Quel objectif officiel mettons-nous sur le document ?

– Voyons… “Étude des migrations des populations de l'ancienne Terre sur des bateaux naviguant sur l'océan Pacifique”. Est-ce que cela résume ce que l'on vient de dire ?

– Oui, c'est bien. C'est très bien.

– J'attends les résultats avec impatience. Voici mes coordonnées BioCom, et de toute manière je reviens vous voir dans trois jours. »

21
Souviens-toi de la lune

La vie aux Tuamotu, pour nous Occidentaux, est difficilement imaginable. Cela n'a rien à voir avec la vie à Tahiti, ou même dans les îles Sous-le-Vent.

Le village de Niutahi à Apataki, sur son *motu* de un kilomètre de long, pas plus, c'est la ville locale si l'on peut dire. Trois cents habitants environ. Quelques chemins de terre ou de sable. Quelques très rares voitures roulant au pas. Des 4 × 4 surtout, permettant de transporter les marchandises qui arrivent par la mer. Dans la passe, devant l'entrée du port naturel, un quai pour un seul bateau. Un caboteur de Papeete y vient de temps en temps, le *Cobia*. Alors, c'est l'événement. Quand le bateau est annoncé par radio, une grande partie du village est là à l'attendre. La vie nonchalante de l'atoll est complètement modifiée. La silhouette du bateau apparaît dans la passe et, sur le quai, des enfants n'arrêtent pas de sauter de joie. Le navire accoste. Tous sont agglutinés comme s'ils voulaient le prendre à l'abordage. Voilà, il est amarré. On décharge des bouteilles d'eau et de gaz, une bicyclette ou une machine à coudre, du tissu, des boîtes de conserve, un réfrigérateur, toute une suite de commandes des plus diverses. Et puis le bateau repart avec des œufs, du poisson, de la vanille, un ou deux passagers peut-être. Le *Cobia*, même s'il s'agit d'un navire à moteur sans voiles, c'est « la goélette ». Le nom de ce type de bateau à voiles portant au moins deux mâts, misaine à l'avant et grand mât à l'arrière, a été conservé en souvenir des véritables goélettes en bois qui faisaient le trafic à la voile entre les îles, au début du siècle dernier.

Et justement François Hervé, l'un des personnages du livre d'Aiu, barrait régulièrement l'un de ces bateaux, *La Mouette*, quand toute sa famille habitait le *motu* Nuutina à Apataki.

De temps en temps, nous allons à terre et nous rencontrons des Polynésiens toujours aussi charmants. Le long de la plage, à proximité du quai, Alpha s'extasie devant la pêche d'un jeune *Paumotu*. Plusieurs dizaines de poissons-perroquets sont étalées sur le sable. Leurs couleurs, bleu, vert, mauve, marbrées de jaune, de rouge et d'orange, les reflets métalliques, forment un tableau d'une grande beauté. Alpha s'arrête, elle dit :

« Tu me vends du poisson ?

– Si tu veux ! » Et voilà qu'il glisse rapidement une quinzaine de poissons dans un panier tressé. Mais Alpha intervient :

« C'est beaucoup trop ! Un ou deux seulement... »

Il sourit, lui tend deux beaux perroquets. Elle demande :

« C'est combien ?

– Rien, je te les donne ! »

Le lendemain, au moment de l'étale, je traverse la passe avec notre annexe pour aller voir le *motu* d'en face qui semble peu habité.

À l'approche de l'îlot, j'arrête le moteur. J'éprouve l'envie de continuer à la rame, comme si c'était un sacrilège d'arriver trop vite et avec bruit sur cette plage innocente. Ici, ne pas déranger le silence qui se repose. Le sable est d'une finesse rare. Je me rends compte que, juste là, derrière les cocotiers, se cachent deux *fare*. J'entends des enfants jouer. Je laisse le pneumatique sagement posé sur le rivage. Je marche le long de cette frontière incertaine entre sable et eau. C'est alors qu'elle sort de derrière les arbres, un seau à la main. Elle vient près du bord pour en vider l'eau. Je m'approche doucement.

« *Ia ora na.* »

Elle me répond avec un charmant accent polynésien :

« *Ia ora na.* »

À quelle époque sommes-nous ? Elle porte un paréo bleu profond sur lequel de grandes fleurs blanches sont imprimées. Moi, si peu vêtu, les pieds nus, comme un Robinson de temps imprécis. Je n'ai pas de montre, ni aucun objet qui pourrait dater cette banale rencontre. Les gestes qu'elle fait là, devant moi, sont sans âge.

Je me penche au-dessus du récipient.

« Ce sont des bénitiers ?

– Oui, tu veux en goûter un ? »

Je prends conscience que je viens de lui répondre « oui » à la polynésienne. Je n'ai prononcé aucun mot. J'ai simplement haussé les sourcils. Elle sort de son seau un coquillage d'un blanc nacré, grand comme une belle huître et qui est déjà ouvert. Avec son couteau, elle détache délicatement le pied de l'animal. Puis, avec un sourire, elle me l'offre. Que les Polynésiennes peuvent être belles !

« *Mauruuru.* »

Je ne sais pas ce que je goûte le plus, le coquillage ou l'instant qui passe.

« C'est très bon ! » lui dis-je, même si je trouve ça très élastique.

Elle prélève alors une partie de sa récolte et me la tend.

« C'est pour toi ! »

Je reste interdit.

« C'est pour toi, je te les donne, insiste-t-elle.

– C'est très gentil, mais moi je n'ai rien à te donner.

– *Aita e pe'ape'a.* Ce n'est rien, il y en a partout ! » dit-elle avec un rire simple et naturel.

J'accepte le présent, je ne peux pas dire non, et puis je n'ai pas envie de refuser.

« *Mauruuru roa !* »

J'ai droit à un autre sourire. Elle reprend son récipient avec le reste de bénitiers et repart vers les *fare*. Elle disparaît sous les cocotiers comme elle était venue.

Je ne bouge pas. Était-ce un rêve ? Je regarde mes mains pleines de petits bénitiers dont les coquilles commencent à marquer l'extrémité de mes doigts.

Lentement, pour ne pas faire disparaître trop vite ce moment magique, je reviens à l'annexe avec mon trésor. Pas seulement les bénitiers, mais un trésor de rencontre. Ce vrai petit bonheur me laisse ému.

« *Ia ora na.* »

Je me retourne.

« *Ia ora na* », dis-je, surpris par l'apparition subite d'un vieux *Paumotu* que je n'ai pas entendu arriver.

Il est là, immobile. Il porte un paréo sommaire aussi blanc que ses cheveux ramenés en arrière dans un simple chignon. Je pense qu'il n'a plus d'âge. Je ne sais quoi dire.

« *Nä Färani mai 'oe ?* Tu viens de France ? demande-t-il.

– Non, j'habite Tahiti.

– *Tera pahï 'ie, i 'ö... no 'oe ?* Le bateau à voiles, là-bas..., poursuit-il en le montrant du doigt.

– Oui, c'est mon bateau.

– Le chemin de la lune... un guerrier... »

Je suis étonné qu'il sache non seulement le nom de notre bateau mais aussi cette signification qui n'est pas si connue. Je tarde un peu à répondre. Il lève les sourcils. Je demande enfin :

« Que veux-tu dire ?

– *A fano ä e te va'a tau'ati nä ni'a i te ara i niuhia e 'oe... A tämau i te 'avei'a i ni'a i te Matau a Maui.*

– Excuse-moi, je ne comprends pas.

– Il faut continuer la route... *Ua matara noa te 'uputa o te ara marama,* le chemin de la lune ouvre bien des portes... Souviens-toi de la lune... *maramarama...* la lumière. »

Je le regarde, un peu déconcerté. Avant que je puisse dire autre chose, il s'éloigne et s'estompe dans les reflets dansants du bord de l'eau.

Et puis, un soir, il se produit un phénomène étrange.

Nous sommes sur notre *Toa Marama*, dans le petit port d'Apataki, depuis plusieurs jours, apparemment sans déranger le village d'aucune manière. Je dis à Alpha :

« C'est bizarre, on dirait qu'ils ne nous voient plus. »

J'ai l'impression curieuse que nous nous fondons peu à peu dans le paysage. Est-il possible que nous disparaissions à leurs yeux ? Sommes-nous devenus transparents ?

Nous décidons de quitter le village d'Apataki pour découvrir son lagon. Nous remontons vers le nord dans la mer intérieure en prenant de grandes précautions. La carte précise à plusieurs endroits « zone incomplètement hydrographiée ». Route à petite vitesse au moteur, car à la voile nous ne pourrions pas, en cas d'urgence, modifier notre cap rapidement. Alpha est à l'avant avec la corne de brume, miraculeusement retrouvée dans un équipet et plutôt faite pour les latitudes septentrionales. Elle souffle dedans pour m'avertir de la présence de hauts-fonds coralliens. Je tente aussi de les détecter avec le sondeur et le sonar du bord. Les fonds sont généralement de plus de vingt mètres. Cependant, de temps en temps, j'entends la corne d'Alpha et vois surgir soudain une aiguille de corail qui vient flirter à moins de un mètre de la surface. Impressionnant ! Impossible de naviguer sans la belle lumière du jour.

Nous arrivons à Nuutina devant les trois *motu* de la famille Hervé, dont celui qu'ils avaient baptisé *les Amériques* en raison de sa forme. Et là, nous restons perplexes. Au premier plan, une frange de sable et du corail mort poussé sur la plage au cours des âges par les obstinations de quelques coups de vent. Derrière, une continuité incohérente d'arbustes et de broussailles écrasée par une immensité de cocotiers formant un véritable mur végétal. Avec le temps, la végétation semble avoir gommé toute présence humaine.

Soudain, des nuages nous masquent le soleil et nous n'osons pas trop nous approcher du rivage, étant donné la difficulté à apercevoir maintenant d'éventuelles patates de corail. Il ne nous paraît pas très prudent non plus de mouiller sans connaître la nature des fonds. Aussi Nuutina gardera-t-il tout son mystère.

L'extrême isolement de ces trois terres minuscules est tel que l'on en viendrait à douter qu'ici, pendant vingt ans, une famille européenne, un couple et deux enfants, François, Thaïs, Anne et Jean, ont survécu si loin de tout.

Un temps tyrannique a définitivement effacé ce qui a dû être, il y a bientôt près d'un siècle, une sorte de paradis. Il faut se rendre à l'évidence. Les Hervé n'existent plus que dans le livre d'Aiu. C'est un petit désespoir. Une tristesse, une déception certaine.

Si les ombres des souvenirs perdus, comme celles des nuages, persistent au-dessus des *Amériques*, le soleil revient en force vers l'est et le centre du lagon. Laissant à regret l'étonnante aventure des Hervé à l'histoire d'Apataki, nous changeons de cap pour tirer un bord vers un autre monde. Route vers le levant, vers Te Hitia-o-te-Rä, comme l'ont fait, sans carte ni instruments, aussi bien les anciens Polynésiens il y a si longtemps que la famille Hervé il y a près d'un siècle.

Nous quittons une zone incomplètement hydrographiée pour entrer dans une zone non hydrographiée. Les choses sont simples : il n'y a plus de repères. Même si les navigateurs par satellite du bord fonctionnent parfaitement, ils ne servent plus à rien. Connaître sa position avec précision ne se conçoit que dans le cadre d'une carte bien définie. Or, il n'y en a plus. Nous savons que nous sommes dans le lagon d'Apataki, c'est tout. Nous naviguons à vue, avec une prudence extrême, entre les patates et les aiguilles coralliennes. Des reflets étranges, les bleus profonds, nous indiquent des fonds supérieurs à vingt mètres, les jaunes pâles ne signalent que un mètre d'eau, et encore.

C'est ainsi que nous découvrons la beauté simple et magnifique du *motu* Tamaro.

22

Le don des dieux

« Manu, au lieu de rester immobile comme ça, les pieds dans l'eau, viens donc m'aider un peu ! » lui crie sa mère.

Pourquoi Manu demeure-t-il muet, le regard rivé en direction du piton central de l'île ? Sa mère insiste :

« Mais enfin qu'est-ce que tu fais ? » Elle s'est approchée de lui et se met à fixer elle aussi le piton, la main au-dessus des yeux, en se demandant ce qui intrigue son fils à ce point. Elle s'exclame :

« Mais, c'est Ono et Ta'aroa ! »

Elle se retourne et se précipite vers le village. Elle n'entend pas son fils murmurer : « Encore eux ! »

« Te Mata'ata ! Te Mata'ata ! Ta'aroa est revenu ! Tama ! Tama ! Où êtes-vous ? »

La mère de Manu court de *fare* en *fare* en criant :

« Regardez dans le lagon ! Regardez dans le lagon ! Ta'aroa revient avec Ono ! »

Très vite, c'est une petite foule qui s'est formée au bord de la plage. La femme de Ta'aroa est déjà dans l'eau jusqu'à la poitrine. Tama n'est pas loin derrière.

Ce deuxième retour du pêcheur les surprend tous. Si la plupart sont incrédules ou frappés d'admiration, l'un d'entre eux, plongé dans de perfides réflexions, ne partage pas l'engouement général. Il se demande comment Ta'aroa a pu échapper aux images accrocheuses de démons. Et que fait Ono avec lui ? Ono, ce jeune excité particulièrement agaçant ! Néanmoins, avec un certain sourire de circonstance que l'on pourrait croire simplement réservé, il se mêle à l'attroupement. Rien dans son attitude ne doit trahir ses pensées. Il est là avec les autres, comme les autres, et fait donc comme eux, prêtant sa voix à la formidable ovation qui enfle soudainement.

Pour la deuxième fois, le pêcheur est acclamé. Le grand prêtre Tumatarii prend toute la mesure de la situation.

« Merci aux dieux d'avoir laissé revenir vers nous celui qui nous permettra de terminer rapidement les grands vaisseaux ! »

Il ajoute :

« Remercions l'Ancien qui dans son immense sagesse a permis ce miracle ! Remercions-le de nous ouvrir la voie vers Te Hitia-o-te-Rä, le soleil levant ! Remercions les *ti'i* ! Ta'aroa a du *mana.* »

À ces paroles, tous entonnent un chant d'allégresse.

Dans une petite embarcation à balancier, Ta'aroa et Ono s'approchent. C'est ce dernier qui rame, comme à l'ordinaire, et tous se demandent très vite ce que le pêcheur tient dans ses bras.

Arrivé à quelques mètres de Te Mata'ata, Ta'aroa se met à l'eau tout en brandissant un objet mystérieux qui jette mille feux. Le tenant à bout de bras, il se précipite vers sa femme et son fils pendant qu'Ono amène l'embarcation sur le sable, sous le regard émerveillé de Hina.

On reste interdit devant cet événement surprenant et les questions fusent sans laisser aux deux arrivants le temps de répondre :

« Qu'est-ce que c'est ?

– Où étais-tu ?

– Pourquoi ça brille comme mille soleils ?

– Ono, tu étais aussi sur l'île ?

– Ta'aroa, les esprits maléfiques t'ont épargné ?

– Ta'aroa, ma pirogue est loin d'être terminée, viendras-tu m'aider ?

– Ta'aroa, Ono, les *ti'i* ont donc été cléments ? »

Mille questions éclatent ainsi. C'est un jour tout neuf, une embellie qui soudain balaye la morosité des journées précédentes. C'est une envolée d'espoir, la marque d'un renouveau heureux. Le temps a pris son temps avec bonheur et c'est un prochain départ qui s'annonce enfin.

Maintenant, c'est Ono, avec Hina accrochée à lui, qui porte l'étrange chose : *E hoho'a pöreho, e tao'a maere o tei 'anapa mai te 'anapara'a o nä mano rä*, un tableau de coquillages, un objet mystérieux qui brille comme mille soleils, suscitant la fierté de son père Teahoroa. Ta'aroa le suit, tenant enlacés sa femme et son fils. Le grand prêtre Tumatarii, accompagné par le père Mata-Rau, s'avance au devant du groupe. Ta'aroa se détache alors des siens. Il reprend à Ono le précieux bien qu'il confie délicatement aux mains du grand prêtre. Sans rien dire, Tumatarii l'observe un long moment sous tous les angles, faisant resplendir des reflets somptueux dans un jour qui semble pâlir devant tant d'éclat.

Une mer de coquillages, de minuscules miroitements aux dessins sibyllins, des myriades de lumières scintillantes, incertaines et fragiles. Des éclats bleutés et trois reflets orangés d'une pureté sans pareille. Un réseau de lignes complexes et énigmatiques. Un ruisseau d'étoiles ? Un oiseau mythique ? Une tortue magique ? Un requin mystérieux ? À moins que ce ne soit un espadon ou un vaisseau.

Peu à peu, le grand prêtre prend conscience qu'il s'agit d'un magnifique assemblage d'une infinité de coquillages travaillés avec une grande finesse. Il y découvre tout un monde. Des centaines de pièces plus parfaites les unes que les autres, provenant des plus belles richesses de la mer. Des nacres aux reflets verts, bleus, mauves. Des porcelaines de toute taille présentant de fantastiques marbrures ou d'incomparables nuages de points colorés. Des troques aux spirales régulières, des strombes nacrés, des doliums ou autres scalaires aux stries harmonieuses et transparentes, des colombelles constellées de couleurs flamboyantes, des harpes surprenantes et des térèbres effilées comme des aiguilles d'une vulnérable beauté, et des mitres à côtes. Et encore bien d'autres, des arches ou des nautiles, tous ciselés, et surtout tous merveilleusement joints avec un soin extrême, miraculeusement assemblés par morceaux reconstitués, intégrés dans un tableau carré, dans un cadre de bois, plus large que le bras étendu d'un homme, au centre duquel rayonnent trois extraordinaires porcelaines aux reflets orange parsemées de petites lunes brillantes.

Son minutieux examen terminé, le grand prêtre redonne son trésor au pêcheur. Puis il déclare avec solennité :

« Ta'aroa, cet objet est d'origine surnaturelle. C'est un don des dieux et cela est la preuve que les *ti'i* ont donc accepté ton retour parmi nous. Nous serons toujours reconnaissants envers l'Ancien de notre communauté d'avoir su donner un sens divin à la fin de sa vie. Cette vie qu'il a offerte pour toi et surtout pour nous, car tu es et resteras dorénavant notre grand constructeur de pirogues. »

Sur ces mots, Tumatarii pose sa main sur le tableau de coquillages. Il reprend :

« Les *ti'i* t'ont fait un cadeau exceptionnel, mais sais-tu, Ta'aroa, à quoi il est destiné ?

– Les *ti'i* ne m'ont pas dit à quoi cela pouvait servir, mais ils m'ont dit quelque chose que je ne peux oublier.

– Et que t'ont dit les *ti'i* ?

– Quelque chose de mystérieux.

– Quoi donc ?

– Que je ne devais pas tarder à me rendre sur le *Toa Marama* !

– Le *Toa Marama* ? répète le grand prêtre.

– Oui, je dois me rendre sur le *Toa Marama*.

– Ils n'ont rien dit d'autre ?

– C'est seulement ce qui m'a été dit et puis ils m'ont donné l'image de lumière, avec tous les signes dessus, et c'est tout. »

Te'iri s'est approché discrètement. Il ne peut s'empêcher de demander perfidement :

« Peux-tu nous raconter comment sont les *ti'i* puisqu'ils t'ont parlé ? Tu les as donc vus ! Tu as osé porter le regard sur eux !

– Non, je ne les ai pas vus. On ne regarde pas les *ti'i* en face ! Ils m'ont seulement parlé et donné l'image que voici.

– Et pourquoi devrait-on te croire ? » insiste Te'iri.

Le grand prêtre décide d'intervenir. Il est temps d'affirmer une fois pour toutes la destinée du peuple de l'île. Il se lève. Il étend les bras pour que le silence se fasse. Puis il pose une main sur l'épaule du pêcheur et décrète :

« Nous devons croire Ta'aroa, tout simplement parce que aucun condamné mis en présence des images accrocheuses de démons n'est jamais revenu du *marae* royal ! Nous devons croire Ta'aroa parce qu'un présent d'une telle beauté est un signe du divin ! Nous devons croire Ta'aroa parce que les *ti'i* ont laissé revenir parmi nous notre *tahu'a va'a*, notre grand constructeur de pirogues, pour que nous les terminions au plus vite. Nous devons poursuivre la route sur le grand *moana* avec Ta'aroa, le Porteur de l'Image Sacrée ! Voilà le message des dieux. »

À ces mots par lesquels le grand prêtre confirme la fonction définitive de guide de Ta'aroa, tous se sont agenouillés autour du pêcheur et du fond des mémoires resurgissent les chants anciens rythmant la quête sous les étoiles.

Lui est resté impassible. Il ne montre pas la colère sourde qui monte dans ses entrailles et, même s'il voit à ses côtés ses frères sagement agenouillés, il sait que dorénavant il devra être d'une extrême méfiance.

Alors que la petite foule se disperse dans une ambiance heureuse, une question cependant demeure sans réponse, et c'est le grand prêtre qui se la pose. Pourquoi Ono était-il avec le pêcheur ? Question délicate à soulever sans mettre en cause le retour du pêcheur lui-même. Le grand prêtre est partagé. Les éléments, les vents, l'océan surtout, ne se sont pas calmés. Il devient urgent de préparer le départ de cette île, et l'aide de Ta'aroa est indispensable. L'émerveillement produit par l'Image Sacrée semble avoir occulté ce qui aurait dû paraître étonnant. Étrange que Te'iri n'ait rien dit. Il se souvient, quelqu'un a demandé :

« Ono, tu étais aussi sur l'île ? » et ce n'est pas Te'iri qui a posé cette question. Le père d'Ono sans doute.

Ono aurait-il eu l'impudence de débarquer sur la plage sacrée ?

Tumatarii se dit qu'il faudra en avoir le cœur net. Ils sont bien arrivés tous les deux comme s'ils venaient du centre de l'île. Alors qu'il s'éloigne lentement, il remarque que Temana et Ono échangent discrètement quelques mots. Insensiblement, il se rapproche d'eux. Il entend distinctement Ono dire :

« J'ai vu un extraordinaire éclat de lumière et je me suis approché… »

Mais, quand il arrive à proximité d'eux, Ono semble changer de sujet.

« … et donc Ta'aroa se demande toujours qui a pu saboter sa pirogue.

– Et pourquoi la pirogue du pêcheur aurait-elle été sabotée ? » questionne le grand prêtre, s'introduisant de fait dans la conversation. À cet instant, Temana, qui ne l'a pas vu arriver, se retourne et le grand prêtre est persuadé, à l'expression de son regard, que sa présence soudaine le dérange.

« Mais…, hésite Temana, on a bien vu que les planches de la coque étaient endommagées. Ta'aroa a dit qu'il avait trouvé un morceau d'aiguille de nacre dans les débris.

– Ta'aroa ne s'en est pas mal sorti de cette pêche dans le trou à thons de Ruahatu, non ? » affirme Tumatarii.

Puis, comme Temana et Ono semblent être devenus muets, il reprend son chemin vers son *fare*.

Il ne peut s'empêcher de penser que l'important est bien de quitter cette île au plus vite et donc que les pirogues soient prêtes. Cependant, si celle de Ta'aroa a vraiment été sabotée avant qu'il parte pour cette fameuse sortie en mer, qui a commis cet acte criminel et pourquoi ?

Une douzaine de grands vaisseaux sont en train de naître, avec leur proue et leur poupe en bois de fer, le *aito*, et leurs quilles taillées en V dans du *tamanu*, du *mara* ou du *tou*, des bois encore verts, pour faciliter le travail des outils de pierre.

Pendant que la plupart sont encore en cours de construction dans de grands *fare* ouverts au bord de la plage, trois sont déjà dans l'eau du lagon. Celui de Ta'aroa, le *tahu'a va'a* désormais Porteur de l'Image Sacrée, est le plus beau. C'est un très grand navire. Jamais Ta'aroa n'en a construit d'aussi important. On pourrait mettre le long de ses deux carènes effilées plus d'une vingtaine de grands guerriers *mä'ohi* allongés l'un derrière l'autre ! Chaque étrave s'élance très haut dans une courbe gracieuse terminée par une sorte de plateforme où se tient un *ti'i* résolu à conquérir le monde. À l'arrière, les poupes comportent chacune une immense rame sculptée servant de gouvernail. Les coques y sont très étroites et se dressent au-dessus des flots bien plus haut que les proues.

Le long des deux bordés extérieurs, là où Temana a commencé de graver la mémoire, le présent et l'espoir de tout un peuple, une géométrie étrange court et se déploie dans une récurrente répétition de symboles ancestraux.

Entre les deux carènes, un gigantesque pont de bois, large comme dix guerriers allongés, a été construit.

Sur celui-ci, Ta'aroa a fait ériger trois *fare*.

À l'avant, le *fare* pour les animaux.

Au milieu, le plus grand, pour abriter ceux que, désormais, il appellera son peuple. Juste derrière, deux grands bacs en pierres plates contiennent du sable dans lequel le feu sera conservé.

À l'arrière, enfin, un vaste *fare* divisé en trois zones : un magasin, un atelier et, tout au fond, un espace tabou destiné à l'Image Sacrée, où seul Ta'aroa aura le droit de pénétrer.

Entre les *fare* s'élancent, haubanés par de multiples cordages, deux grands mâts en *aito* dont chaque pied repose sur une énorme poutre traversant tout le vaisseau. Avec chacun de ces espars, on peut envoyer une grand-voile tressée avec des feuilles de pandanus.

« ***Ruahatu lui dit d'aller sur le* Toa Marama.** »

Ta'aroa comprend que, par décision des *ti'i*, c'est ainsi qu'il doit nommer son *pahi tirapiti*, son grand navire à deux mâts.

Après réflexion, tous se demandent quel rapport il peut y avoir avec la lune, *Marama*, mais, comme on ne discute jamais les décisions des *ti'i*, ils se réunissent tous près de la plage, là où les trois premiers vaisseaux, et donc le grand à deux mâts et deux voiles, sont en attente. Ils les couvrent tous les trois des plus belles fleurs de l'île. Pendant plusieurs jours, ils font la fête, chantent, dansent, mangent et boivent en leur honneur. Quand le dernier quartier de lune apparaît et que les flots se font de plus en plus menaçants, ils décident qu'il est temps de donner un nom à la grande pirogue de Ta'aroa.

Longtemps ils discutent sur la signification de ce nom, *Toa Marama*, donné par les dieux à Ta'aroa pour son vaisseau, « ***qui d'après les uns est une pirogue, d'après les autres une île ou une montagne*** ». Enfin, tous, ils reconnaissent que ce navire est d'une telle dimension qu'on pourrait le confondre avec une petite île ! Mais Ta'aroa fait remarquer qu'il ne s'agit pas d'une grande pirogue océanienne ordinaire, elle a été construite pour résister à toutes les tempêtes connues et emporte avec elle l'image de lumière, l'Image Sacrée, elle va montrer la route !

Alors, il sent l'exaltation monter en lui et leur dit à tous :

« C'est la plus grande que nous ayons jamais construite, immense, aussi grande qu'une île ***"mais que je nommerai***

Arche". Elle montrera la route, elle sera pour vous tous sur toutes les autres pirogues celle qui ouvrira la voie vers Te Hitia-o-te-Rä, le soleil levant ! La grande pirogue sacrée ! »

Tous reconnaissent alors dans ces étraves effilées, dans ce navire imposant, l'Arche dont les dieux chantent les conquêtes sous les *ta'urua*.

Cependant, « ***remarquant seulement que*** Toa Marama ***signifie Guerrier de la Lune*** », Tumatarii leur confirme :

« "***Ce qui me fait supposer que l'Arche quelconque***" a un rapport avec la lune, c'est que, si leurs desseins paraissent incompréhensibles, les *ti'i* ne font jamais rien sans raison ! S'ils ont dit au pêcheur d'aller sur le *Toa Marama*, ce n'est pas seulement parce que Ta'aroa est le plus grand des guerriers qui soit jamais revenu du royaume des démons, c'est que l'astre de la nuit doit également apporter quelque chose, mais je ne sais pas quoi. »

Aussi, pendant des nuits et des nuits encore, attendent-ils que la lune et les astres surgissent enfin des cieux tourmentés. C'est ainsi qu'ils constatent la présence d'une nouvelle et étrange étoile. Elle possède une longue chevelure blanche immaculée. Jamais ils n'ont vu une chose pareille. Ils comprennent qu'il s'agit d'un signe divin. Très vite, elle prend dans le ciel une considérable importance et l'océan change de rythme. Il semble encore plus agité, plus nerveux et, pendant les jours qui suivent, les eaux montent sur le rivage bien au-delà des souvenirs des plus vieux d'entre eux.

Le plus âgé de tous depuis le départ de l'Ancien a de nouveau pris la parole :

« J'ai rêvé cette nuit qu'une vague plus haute que les cocotiers arrivait sur les terres, qu'il y a des malheurs à venir et que le nom du vaisseau sacré "***et l'ensemble de l'événement du cataclysme ont quelque rapport avec la lune***" et cette nouvelle étoile. »

Tous ces phénomènes les rendent très perplexes et très inquiets.

Alors Ta'aroa prend une décision.

« Toutes les pirogues ne sont pas prêtes, mais nous devons nous préparer à quitter l'île à tout moment avec le *Toa Marama* ! »

Il ne sait toujours pas ce qu'il doit faire avec le cadeau des *ti'i*, aussi pose-t-il de nouveau la question au grand prêtre, qui déclare :

« Je ne sais pas à quoi l'Image Sacrée peut servir. Peut-être est-ce simplement un très beau cadeau ? Comme le don des *ti'i* est un bien très précieux, alors, sur chacun des douze navires, l'un d'entre vous devra conserver dans son esprit tous les dessins que l'on peut y voir. L'oiseau, le requin, la tortue, tout. Ainsi, sur chaque vaisseau le souvenir en sera préservé et transmis aux enfants qui naîtront sur le grand *moana*. »

Tous les rites, tous les savoirs, construire un *fare*, établir les plans d'un *marae*, créer une grande pirogue, développer des techniques de pêche, font l'objet d'un travail de la mémoire. Ainsi la transmission de la connaissance passe-t-elle par le culte du souvenir, par la tradition orale, par la répétition et la description des choses et des faits, et surtout par le chant. Pour garder trace de l'Image, une chanson devra être créée.

Alors, le frère et le fils de Ta'aroa et bien d'autres encore viennent regarder longuement et attentivement le cadeau des dieux pour en graver pieusement en eux tous les signes.

Viennent aussi les joueurs de tambours, de *to'ere* et de flûtes nasales. Ils se mettent à célébrer, avec force effets de rythmes, non seulement le retour prodigieux du *tahu'a va'a*, mais, surtout, les signes lumineux que l'on peut admirer sur le cadeau des dieux. Tout ce que l'on peut y distinguer grâce à une observation scrupuleuse est chanté et définitivement ancré dans la mémoire collective.

Puis, sans attendre, car on ne plaisante pas avec les *ti'i*, grâce à l'aide inestimable et à la connaissance de Ta'aroa, on redouble d'efforts pour terminer au plus vite tous les vaisseaux et pour préparer le plus grand, le sacré, à un départ imminent.

Les anciens fabriquent des cordages avec de la fibre de noix de coco, et les femmes des voiles avec des feuilles de pandanus. Les hommes abattent quelques arbres supplémentaires pour en tirer des pièces indispensables.

Ta'aroa est partout. Il est ici pour surveiller l'assemblage de grandes planches. Il est là pour calfater avec de la bourre de coco mélangée à de la sève d'*uru*. Et là encore quand il s'agit de tailler avec l'herminette de pierre ou de poncer avec la peau de requin. Partout où *tahu'a va'a* passe, il donne un avis. Partout où son père va, Tama le suit et enregistre ses gestes habiles, ses conseils et ses directives. Peut-être, un jour, quand Ta'aroa rendra son dernier souffle, son savoir-faire passera dans l'esprit de Tama et ce sera à lui d'être un grand constructeur de pirogues.

Le *Toa Marama* est maintenant terminé et prêt à prendre le large avec tout le nécessaire.

Dans le *fare* avant et dans des cages de bois, on a embarqué tous les animaux : des cochons, des chiens, de nombreuses poules et des coqs.

Dans le *fare* arrière, dans la partie qui sert de magasin, on a stocké des aliments frais, bananes, *taro*, fruits d'*uru*, l'arbre à pain, mais surtout des vivres traités pour être conservés plusieurs mois. C'est ainsi qu'on a fait sécher au soleil du poisson, des bénitiers et des poulpes, mais aussi des galettes, mélange de pulpe de fruits de pandanus et d'amande râpée de noix de coco, qui de cette façon attendront sans se gâter d'être cuites au moment voulu, ou encore des bananes découpées en lanières puis enveloppées après séchage dans des feuilles de bananier bien ficelées. Les ignames, elles, sont déjà cuites et protégées dans des feuilles de pandanus. Dans des tronçons de bambou, dont on a scellé les extrémités avec de la gomme d'*uru*, on a mis des morceaux de canne à sucre. On en a rempli d'autres avec de l'eau douce, comptant sur les pluies pour se réapprovisionner en cours de route.

C'est là également que l'on a engrangé les graines et les plantes pour la terre future, mais aussi pour nourrir les animaux pendant le voyage.

Et dans la partie servant d'atelier, les outils, dont des herminettes de pierre, tout le matériel de pêche, des réserves de feuilles de pandanus séchées destinées à confectionner de nouvelles voiles en remplacement de celles qui seront usées, une provision de bois, une autre de nacre, et des cordes à profusion.

On a également embarqué de grandes quantités de noix de coco avec lesquelles on pourra se nourrir, boire et dont on pourra récupérer la fibre, soit pour faire des cordes, soit pour alimenter le feu. Et quelques dizaines de rames de belle taille pour faire avancer la pirogue les jours de calme.

Enfin, à l'arrière, on a amarré sur le pont une pirogue individuelle à balancier qui pourra peut-être un jour servir à la reconnaissance d'une passe nouvelle.

Certains commencent à avitailler sans tarder les deux autres grands navires mouillés comme le *Toa Marama* dans le lagon, tandis que d'autres sont occupés auprès des grandes pirogues encore à terre et toujours en cours de finition.

Les prêtres, eux, cherchent à apaiser les dieux, plaçant les nouvelles embarcations, décorées de fanions et de guirlandes, sous leur protection et celle des ancêtres. Horo'u le sorcier éloigne les mauvais esprits et les démons. On chante le retour du pêcheur et la magie lumineuse du cadeau des dieux.

Tout le peuple de l'île ne tend plus que vers un seul but. Femmes et enfants, jeunes et vieux, guerriers et cultivateurs, prêtres et pêcheurs, tous s'activent en souhaitant que l'océan, dans son aveugle impétuosité, leur laisse encore un peu de temps.

23
Je t'attendais

« Bonjour ElGin, comment vas-tu ?

– Ah ! IwaKi ! Toujours aussi charmante ! Qu'est-ce que je peux faire pour toi ?

– J'ai commencé une étude statistique sur l'efficacité des contrôles d'informations que nous faisons dans le service pour tout ce qui passe par le RHET.

– C'est un gros travail ! Tu fais ça aussi avec l'université ?

– Oui, avec le labo où je suis inscrite. Pour le moment, je me focalise surtout sur les informations filtrées par les Acont.

– Tu as raison. Là au moins on sait ce qui passe, parce que, avec les particuliers, les informations sont trop délocalisées, c'est devenu fou, il y a beaucoup trop de passeurs privés pour s'y retrouver ! Quand même, tu n'es pas sortie d'affaire, tu es bien placée pour savoir que les Acom transportent des masses d'informations considérables !

– Oui, c'est bien là le problème. J'ai pensé que tu pourrais sans doute trier un peu dans tout ce que tu reçois, avant de me transmettre certaines informations, ça me permettrait de me constituer une base d'étude plus maniable, sinon je ne vais pas m'en sortir !

– Pourquoi pas ? Mais en tant qu'Acoor tu as accès aux informations directement, alors c'est gentil de me prévenir. Si je te suis bien, tu voudrais que j'utilise quelques critères réducteurs pour te préparer le travail ?

– Exactement. Et pour t'éviter trop de boulot, je ferai ensuite moi-même les authentifications, comme ça, ce sera plus simple, tu ne trouves pas ?

– Pourquoi pas ? Tu as une idée du critère de choix ?

– Je sais qu'à l'université tout ce qui concerne l'ancienne Terre est très à la mode. C'est pas mal comme critère réducteur, qu'en penses-tu ?

– C'est même peut-être un peu trop réducteur, mais on peut essayer pour voir. Je modifie les paramètres pour combien de temps ?

– Oh !... Je ne sais pas, un mois, deux peut-être...

– Entendu, ça marche.

– Bon, donc tu me transfères tout sur mon compte pour les deux mois à venir et, en contrepartie, je ferai les authentifications attachées.

– Je te remercie pour les authentifications.

– Non, non, c'est moi.

– À part cela, tu es libre ce soir ?

– Je te vois venir.

– Tu es toujours aussi belle ! Vingt heures, au bar des Voyageurs de la place Saint-M, tu es d'accord ?

– C'est d'accord. Mais c'est moi qui organise la soirée ensuite !

– Pas de problème. »

Après le départ d'IwaKi, il revient à son ordinateur. Il lance alors les protocoles d'authentifications. Dans la fenêtre *paramètres*, il définit un critère de tri spécial et précise ensuite l'adresse d'IwaKi comme destinataire authentifiant. Puis il prend dans le distributeur un comprimé euphorisant de Transpsycho4.

IwaKi a appelé LinZ pour le prévenir qu'ElGin était sous contrôle. Au début, elle pensait que cela serait facile. Maintenant, elle se juge machiavélique d'avoir abusé ainsi de la crédulité d'un ami.

« Un ami ! dit-elle tout haut. Je suis en train de jouer un jeu dangereux avec l'un de mes meilleurs amis. »

Si elle a appelé LinZ, c'est aussi pour autre chose, mais elle n'ose se l'avouer. Elle regarde un instant l'émission 3D qui passe sur son moniteur. Elle retourne à son bureau. Elle s'assied et finit par le rappeler. LinZ répond avec une touche d'humour ambigu qui n'échappe pas à IwaKi :

« Je me doutais que tu rappellerais. »

Elle demeure silencieuse.

« Tu ne dis rien ? Je vais parler à ta place. Maintenant que tu as fait comme on a décidé, tu aimerais bien voir la séquence, hein ?

– … Je peux venir ? s'entend-elle murmurer. Elle est morte de honte mais répète pourtant :

« Je peux venir la voir ? »

Il aurait préféré qu'elle dise « te voir » !

« D'accord. Je te montre toute la séquence, mais avant…

– … Avant, quoi ?

– Avant, tu passes toute la nuit dans mon lit ! »

Silence.

« IwaKi, tu es toujours là ?

– … Ce soir, je suis avec ElGin.

– Bon, je vois que les affaires avancent ! Alors, demain soir ?

– … Demain soir, d'accord. »

Elle s'assied au bord de son lit. Elle s'allonge sur le côté, replie les jambes jusqu'à avoir les genoux contre sa poitrine. Seule dans une cellule impersonnelle, elle éclate en sanglots.

Le lendemain soir, elle arrive chez LinZ dans un état dépressif. Il est en train de suivre la retransmission d'une rencontre F3. Il se fait aimable :

« Tu as l'air fatiguée. Prends donc deux comprimés de Transpsycho5, après tu iras mieux. Tu peux aussi te reposer sur mon lit en attendant. Fais comme tu veux, tu es chez toi.

– D'accord pour les comprimés, accepte IwaKi.

– Alors, la soirée avec ElGin, c'était comment ?

– Je n'ai pas envie d'en parler.

– Dommage, c'est sans doute intéressant.

– Arrête, tu veux !

– Donc, quand l'Agent communicateur rapportera les données, on ne sera pas embêtés par le problème de l'authentification ?

– On ne sera pas embêtés.

– Hé, tu n'as pas l'air de te rendre compte que tu vas gagner dix mille infos, quand même !

– J'ai trahi ElGin.

– En couchant avec lui ? Il en a bien profité.
– Mais non ! Je l'ai trahi dans son travail !
– Tu te casses la tête pour pas grand-chose.
– Tu crois ça ? As-tu des nouvelles d'AnZio ?
– Rien de spécial, je lui ai dit qu'il fallait que je mette de l'ordre dans toutes les données que j'avais et je dois le rappeler dans quelques jours.
– Tu devrais te méfier. Il me fait peur.
– Tu te fais des idées, comme d'habitude.
– Excuse-moi, j'ai la tête qui tourne.
– Ce sont les comprimés, ça va se calmer. Mets-toi à l'aise, je regarde la fin du match et j'arrive. »

IwaKi ne tient pas en place, elle se sent en manque d'images.

« LinZ… LinZ… tu m'écoutes ?
– Oui, quoi encore ?
– Avant, montre-moi la séquence, s'il te plaît.
– Et pourquoi avant ?
– Je serai mieux ensuite pour passer la nuit avec toi. Ce sera mieux pour toi aussi, tu peux comprendre ça ?
– Tu me promets de rester avec moi après la transmission ?
– C'est promis.
– Attends juste deux minutes, la fin de l'émission est proche, j'arrive. »

À l'idée que LinZ va enfin lui montrer la suite des images tant désirées, elle se sent toute ragaillardie.

Lorsqu'il met en route la séquence, elle sait qu'elle va revivre. Elle oublie tout. Elle attend. Plus rien n'existe que le centre hypnotique du THM. Elle est déjà ailleurs et c'est bon.

Un réseau coloré de fines structures élémentaires, chaotiques et naissantes dans un bouillonnement houleux. Des trains de lames mauves bordées de lumières ocre et marbrées d'indigo prennent leur envol avec une lenteur mesurée pour éclater avec la puissance d'une certitude inébranlable en de multiples reflets métalliques. Des cieux chargés d'un peuple monstrueux qui viendrait tout juste d'être soulevé de la mer par une force maléfique. Ils gonflent, se déchirent, se fracturent, s'ouvrent enfin et déversent sur un horizon figé d'immenses flèches d'une lumière radiale éblouissante. Un bruissement infime venant de nulle part, mais qui monte et se répand en une vibration obsédante. Mélodie répétitive et ondulante d'une approche évidente et sereine. Inlassablement, elles plongent et resurgissent aussitôt d'une respiration profonde dans laquelle elles se noient et renaissent sans cesse. On les sent. On les espère. Elles sont bientôt là. Mais on les attend encore. Comme des morceaux d'un présent qui mourrait d'avoir si peu existé, elles rabaissent définitivement, au rang de mornes et tristes tonalités sans passé ni avenir, les éclats somptueux qui les précédaient.

Elles sont le temps. Elles sont le présent. Elles n'existent que par lui. Elles ont sa force et sa futilité. Dans une surprenante éclosion effaçant à jamais la mémoire d'une onde qu'elles violent impudemment, elles sont là. D'abord, deux visages énigmatiques suspendus dans les hauteurs proches. Deux archétypes d'ancêtres statufiés au regard aveugle. Éternels divins bien au-dessus du monde des hommes. Deux démons aux puissances insoupçonnables. Deux visages aux âmes multiples émergeant des souffrances éternelles et dominant l'océan. Puis ce sont elles, enfin. Dans une flamboyante présence où elles incarnent toutes les espérances des hommes qui les poussent et les portent constamment, comme s'ils voulaient les remettre dans les mains des dieux. Deux fantastiques carènes effilées comme des haches de guerre enrubannées de faveurs colorées. Elles chuintent. Elles sifflent. Elles éructent. Elles crachent constamment des morceaux d'écume qu'elles éjectent après avoir extrait de leur existence l'espace qu'elles dévorent inexorablement.

Mémoires ancestrales profondément gravées dans les bordés frappant les consciences en éveil. Symboles, signes et formes stylisées rivalisent de virtuosités courbes. Protections sacrées, elles s'étendent ainsi sur les deux listons en une prophétie variant à l'infini des motifs récurrents où requins, tortues et *ti'i* se fondent dans une géométrie complexe et initiatique.

Dans leur verticalité, ils étonnent. Haubanés comme des cathédrales, ils en imposent par une rectitude qui surprend. Rigides et souples à la fois. Puissants mais sachant s'effacer s'il le faut, ils découvrent peu à peu une vertigineuse envolée d'ailes toutes déployées dans un équilibre aérien. Elles sont deux. Deux sœurs s'épaulant dans l'effort constant d'une éolienne motricité. Fragiles, exposées, elles sont force et puissance face aux éléments. Belles, lisses, courbes parfaites et rarement faseyantes, elles sont le lien manifeste entre les profondeurs insondables et la main de Dieu qui les tire vers l'horizon.

Par-delà la ligne lointaine où les divins caressent *moana*, il projette, lui, l'homme, un regard illuminé par la grâce. Par-delà le ciel profond, il montre la voie, il précise le cap. D'une main qui se lève sans appel, là où les choses se doivent d'être, il trace dans des cieux vierges de tout passage le chemin absolu de la route qu'ils doivent suivre.

IwaKi n'est plus dans le vaisseau-lumière. Elle y a laissé une pauvre enveloppe mortelle, une coquille vidée d'une conscience étendue au-delà de simples images. Elle est passée de l'autre côté et, quand elle aperçoit le visage de la femme qui se tient fièrement à côté de Ta'aroa, elle sait que c'est elle. Alors elle s'approche de sa silhouette, l'effleure, se superpose, se dissout en elle ! Et elle est là, enfin ! Et elle n'a aucune surprise car elle sait au fond d'elle-même qu'elle attendait depuis toujours cet instant précieux.

Elle lève sa main gauche. Elle y voit un dessin énigmatique. Un entrelacement de lignes et de courbes noires. Comme un animal symbolique figé dans une obsessionnelle destinée. Le symbole d'une tortue, un requin stylisé, des triangles noirs. Elle continue son mouvement. Elle pose sa paume sur l'épaule du pêcheur. Celui-ci se retourne lentement, se penche, lui donne un baiser et dit :

« Ah ! Tu es enfin réveillée. Tu dors depuis une éternité et je t'attendais. Regarde devant, tu comprendras pourquoi tu as fait tout ce voyage. »

C'est un nuage ordinaire. Mais il semble anormalement rose et bleuté. Un gigantesque miroir posé à l'envers sur une immensité océane incrédule de tant de beauté et d'espérance.

Soudain, deux flèches argentées nées de l'effervescence marine montent devant eux pour bien affirmer que la route est bonne. Dans une glissade acrobatique, sur des ailes fines comme des rasoirs, elles disparaissent à l'horizon, juste là où Ta'aroa vient de montrer à sa compagne l'espoir d'une autre existence.

IwaKi sait en cet instant précis qu'elle sort d'un rêve pour entrer dans la véritable vie. Celle qu'elle a toujours espérée.

Celle qu'elle a su conserver au plus profond de son être et qui vient enfin d'être révélée dans une lumineuse évidence.

LinZ voit bien qu'elle perd conscience. Tel un oiseau qui chavirerait d'épuisement, elle s'affaisse doucement juste à côté de lui.

« IwaKi ! Qu'est-ce qui t'arrive ? »

IwaKi ne répond pas. Elle est endormie. LinZ arrête le transmetteur THM.

Il l'allonge sur le lit. Il appuie sur la touche *Help* du BioCom d'IwaKi. Il fait de même sur le sien. Les deux systèmes échangent des informations et, immédiatement, l'Agent iA de LinZ intervient par la voix de son BioCom :

« OK, LinZ, message compris. Ton amie IwaKi vient de s'évanouir. D'après son BioCom, elle dort à poings fermés. Je la mets en contact avec le service des urgences. Je te tiens au courant. »

Deux minutes plus tard, l'Agent iA reprend :

« Je viens d'avoir la conclusion de l'analyse primaire. C'est un simple sommeil de type paradoxal de niveau quatre. Nous savons qu'elle est DPH, mais rien de grave. Elle rêve profondément, c'est tout. Il n'y a pas de quoi s'inquiéter. Je la surveille. »

LinZ s'est assis sur le lit à côté d'IwaKi toujours endormie. Il a pour son amie suffisamment de respect pour ne pas profiter de la situation. C'est une très jolie femme, pense-t-il. Un peu hystérique et complètement DPH, mais très belle. Il caresse toujours ses cheveux. Il la sent frémir.

Il dit :

« IwaKi, tout va bien, je suis là.

– … L'eau…

– Oui ? Quoi, l'eau ?

– … L'eau… j'ai vu toute l'eau !… Et devant, devant…

– Et devant quoi ? Que veux-tu dire ? »

Puis soudain réveillée :

« C'est absolument extraordinaire ! Ils sont sur un vaisseau, eux aussi, comme nous…

– Qu'est-ce que tu racontes ?

– Mais si ! Tu n'as rien compris ? Ça fait des semaines que tu bricoles avec tes images.

– Je n'ai pas compris quoi ?

– Leur bateau, la pirogue…, c'est un vaisseau ! Un vaisseau, comme nous ! LinZ, ce que tu es en train de découvrir est extraordinaire ! Absolument extraordinaire ! Ils sont sur l'eau !

– Je sais qu'ils sont sur l'eau. Mais qu'est-ce qu'ils font ? Que veux-tu dire ? »

IwaKi semble être repartie dans ses pensées. Elle passe sa main sur son front et parle lentement :

« LinZ, il va falloir être très prudents. Je n'ai pas confiance en AnZio. Tu ne sembles pas te rendre compte que ce que tu viens de découvrir… va bouleverser… Ce n'est pas possible.

– Mais enfin ! Arrête de t'exprimer de manière énigmatique ! Bouleverser quoi ?

– … S'il te plaît, rallume le THM… s'il te plaît ! Je voudrais retourner là-bas !

– C'est dingue, ton truc ! Je ne suis pas certain que ce soit prudent, tu es quand même très dépendante, tu devrais te reposer. »

Au lieu de l'écouter, IwaKi se redresse et entreprend d'ouvrir la fermeture magnétique de la combinaison de son ami. Il a compris. Il se laisse faire. Et quand elle libère complètement son sexe déjà raide, il ne peut retenir un faible gémissement de plaisir. Il a basculé en arrière, il est maintenant allongé sur le dos, le phallus bien dégagé de la combinaison dans une érection superbe. Alors, elle le prend dans sa bouche et sait parfaitement comment elle doit faire. Bientôt il se crispe, elle ne lâche rien, bien au contraire, et ses mains et sa langue font des merveilles. Au moment où LinZ voit les étoiles, elle accélère encore le mouvement avec une force qui l'achève. Alors il s'abandonne et elle le garde en elle encore et encore…

LinZ n'est plus en état de discuter. Vaincu, il a remis le THM en route, satisfaisant ainsi les obsessions d'IwaKi, qui n'attendait que cela et passe instantanément de l'autre côté du miroir.

24
La vengeance de Ruahatu

L'infini n'est pas un concept naturel. L'espace, le cosmos dans son ensemble, au sens d'un gaz dont les molécules seraient des amas de galaxies, est-il fini ou infini ? Quelle importance de savoir que la frontière extrême de notre univers se limiterait à une quinzaine de milliards d'années-lumière, ou les dépasserait jusqu'à l'infini ?

L'infini des cieux serait-il plus perceptible dans le pouvoir énigmatique, impénétrable, des desseins du divin ? La stratégie des dieux n'est pas connaissable. L'effroyable question sans réponse de leurs actions à venir est à la mesure du ciel profond qui nous apparaît toujours sans fin.

Dans cette évidence où l'océan n'est que poussière devant la grandeur des cieux, se pourrait-il qu'il apparaisse borné ? Se pourrait-il qu'il semble accessible au commun des mortels ? L'immensité marine, son calme ou sa hargne, son imprévisibilité légendaire, participe également au mystère de l'univers dans son ensemble. Elle est aussi la demeure de divinités bienveillantes ou malfaisantes. Les pauvres humains, qui les adorent ou qui les craignent, perçoivent, dans leurs incompréhensibles manifestations, toute la puissance des espaces infinis. Ils sont donc là, perdus sur une galaxie océane en réduction, leur île corallienne, leur *fenua*. Et pour eux le grand Océan est nécessairement sans limites.

Au-delà des frontières de l'horizon comme au plus profond des abîmes, ils ont placé des forces surnaturelles, des esprits, des démons, des dieux.

Est-ce la colère d'un Ruahatu outragé par l'impudence de trois pêcheurs ?

Est-ce la présence inhabituelle d'un astre vagabond ?

Est-ce la rupture sismique soudaine d'un mécanisme tectonique ?

Elle a pris naissance dans les profondeurs sans que personne, en ce terrible instant, pressente que le compte à rebours a commencé. Rien ne bouge encore vraiment. Pourtant, en secret, elle se propage, une pulsation subtile, une onde d'une célérité effarante. Si le fou brun lorsqu'il vient effleurer l'onde marine, si la sterne blanche lorsqu'elle plonge, perçoivent l'étrange comportement des *mahimahi* qui ne s'attardent plus en surface, aucun pêcheur n'est là pour lire dans l'attitude pourtant révélatrice de la faune les signes avant-coureurs d'une catastrophe imminente.

C'est une vibration pour le moment invisible. Aucun humain n'en prend conscience lorsqu'elle chemine ainsi, plus rapide que la foudre sur des étendues insouciantes de son passage. Pourtant, elle est bien là, antithèse de la lumière, incroyable complémentarité orthogonale au feu du ciel. Elle n'est pas comme lui, fulgurante et fugitive. Mais, comme lui, elle ne se maîtrise pas. Elle est une force brutale et aveugle. Évidente dans sa démesure, mais dissimulée dans les profondeurs, elle est tragiquement belle dans sa nature émergente.

Sa puissance vient aussi de son étrange éloignement depuis lequel, obstinée, elle fond vers toute terre située dans sa zone d'influence. Dans son ampleur insoupçonnée, paradoxalement elle naît et prend toute sa vigueur grâce aux hauts-fonds de celle-là même qu'elle s'apprête à dévaster, leur île.

Ce matin, Temauri est sorti pêcher. Il est seul avec sa pirogue sur le grand Océan. Il a pris la passe de bonne heure. *Mahana* n'était même pas visible à Te Hitia-o-te-Rä. Maintenant, il s'est rapproché de la barrière extérieure. Un peu avant les rouleaux, à bonne distance quand même, penché par-dessus bord, il dispose quelques lignes. Puis il prépare une nouvelle cordelette. Il la fixe sur le bordé. Il se baisse pour attraper une suite d'appâts qu'il dispose sur ses genoux. Il devine un grondement lointain et, dans un mouvement de surprise, tourne la tête vers le large. Incrédule, il voit la mer qui enfle comme si elle était soulevée par une gigantesque baleine. Il a un coup au cœur. Comment est-il possible qu'à cette distance de l'île un rouleau se forme entre le large et le récif corallien ? Il n'a pas le temps de réfléchir. Devinant la naissance du monstre, il se jette immédiatement à l'eau et, à l'instant précis où la vague déferle et culbute sa pauvre pirogue, il plonge sous la lame qui passe dans un reflet verdâtre à quelques mètres au-dessus de sa tête. Dans sa précipitation, il a emporté avec lui, entre ses jambes, une ligne avec son cortège d'hameçons de nacre. Il est encore sous l'eau, quand il pressent avec effroi ce qui va se passer. Il n'a pas le temps de se dégager que déjà la ligne, toujours amarrée à la pirogue, file brutalement, et c'est une multitude de crocs scintillants qui glissent dans l'eau et qui, tels des rasoirs, lui entaillent profondément le creux de la cuisse droite. Il ne ressent aucune douleur. Il se précipite en surface. La pirogue a disparu. Il est terrifié. Il perd abondamment son sang non loin de la barrière, là où le tombant plonge dans les abysses. Trois requins-tigres en montent rapidement, attirés par le sang qui s'échappe de ses blessures. Il n'a pas le temps de rejoindre la barrière à la nage. L'un des *mao taita* fonce sur lui et lui sectionne la jambe droite. Un autre lui avale un bras. Un troisième lui arrache la moitié de la poitrine, achevant ainsi de le déchiqueter vivant.

La première vague n'était qu'une vague de belle taille. Celle qui vient ensuite n'est pas de la même espèce. Ce n'est pas une vague, ni un rouleau de la barrière, c'est autre chose. Cela n'a pas de nom. Personne d'ailleurs ne peut la décrire. Ceux qui l'ont vue un jour ont immédiatement compris qu'ils ne pourraient jamais en parler.

Ils y pensaient. Ils ne l'ont pas vue venir. Avec une vélocité féroce, elle est soudainement là. Elle enfle en montant sur les hauts-fonds de la barrière corallienne. Elle prend sur quelques centaines de mètres une ampleur titanesque. Elle se soulève jusqu'à rivaliser avec les cieux. Perfide, elle laisse une onde sonore la précéder, juste pour qu'ils entendent son grondement terrifiant. Juste pour qu'ils mesurent le prix de la vie qu'ils vont perdre. Juste pour les pétrifier. Ils n'ont que leurs yeux pour pleurer, mais les larmes n'ont pas le temps de couler. Ils n'ont que leur bouche pour crier, mais les sons n'ont pas le temps de sortir de leur gorge. Le monstre d'écume apparaît bien au-dessus de la cime des cocotiers et s'abat avec une force cataclysmique.

Devant leur *fare*, Ritia et Miri Nui ont perçu une agitation anormale venant de la cocoteraie. Elles reçoivent en plein visage, l'espace d'une seconde, un souffle violent, une gifle démoniaque. À leur grande stupeur, elles voient que ce vent furieux charrie devant lui un impossible amoncellement de débris végétaux. Elles prennent leur élan pour s'enfuir, mais une vague de troncs de cocotiers enchevêtrés les uns dans les autres les rattrape, les capture, les aspire, les roule et les disloque comme des marionnettes.

Le *motu* du village est laminé. L'onde de choc, en se précipitant sur la barrière, a entraîné avec elle de terribles morceaux de corail et de minéraux qui achèvent son horrible entreprise de destruction. Ceux qui, par une chance inouïe, ont échappé au monstre liquide et tentent dans un dernier sursaut de faire surface sont déchiquetés, broyés par une effervescence minérale implacable. Les corps, comme les *fare*, sont démembrés et plongés dans un magma morbide et dantesque. Abomination de restes humains et d'animaux désagrégés, intimement mêlés dans une improbable et gigantesque entropie.

Le village, les *fare*, les habitants sont rayés de leur univers, oubliés, balayés, volatilisés. Un temps sans mémoire, dans un projet récurrent, absurde, retourne sa flèche et recrée ce qu'il semblait avoir totalement oublié : l'origine du monde.

Le piton central demeure tel qu'il a toujours été, envolée basaltique incongrue et insouciante des éléments inférieurs, pointant sa dent de géant vers les étoiles et flirtant avec des nuages bas écorchés vifs. La végétation des *motu* a été anéantie. A-t-elle seulement existé ? Est-ce le silence de la fin du monde ou celui des commencements encore vierges ? C'est l'agonie atroce d'une île qui fut pourtant leur *fenua* tant aimé. Le joli *motu* du village n'existe plus. La cocoteraie a disparu. La petite île accueillante au bord de la passe n'est plus qu'une langue de sable à fleur d'eau qui semble n'avoir jamais eu le moindre passé. Dans un lagon encombré de débris de toute sorte, on cherche désespérément le signe d'une vie, d'une activité quelconque.

Et, cependant, elles sont là !

Trois pirogues blessées. Trois pirogues ayant prématurément subi l'outrage d'un temps accéléré. Trois vaisseaux de haute mer flottant tant bien que mal sur une eau macabre et glauque chargée de sable, de feuilles, de branchages, de multiples troncs d'arbres et d'autres choses encore. Autour des embarcations, des corps sans vie et si peu qui ne l'ont pas encore perdue. Certains sans espoir, mais quelques-uns qui l'ont encore, hébétés, silencieux comme sortant d'un tombeau, comme si la plus faible des paroles pouvait signaler leur présence au monstre marin sans pitié dont on craint qu'il ne soit encore à l'affût et de nouveau disposé à déclencher son extrême fureur.

Trois pirogues blessées, qui étaient à l'abri dans le lagon, éloignées de la barrière et du *motu* du village, ce qui les a sauvées. Même si elles ont subi une épreuve cyclonique, elles n'ont pas pris de plein fouet la violence du choc. En revanche, celles en cours d'achèvement sur la grève ont été désintégrées.

Sur la douzaine de vaisseaux, il n'en reste donc que trois. Sur les trois, le *Toa Marama* a bien résisté. Il était prêt à appareiller. Tout le nécessaire pour affronter le grand large était déjà embarqué. La majeure partie de l'équipage était à bord et Ta'aroa également. Quelques secondes avant le cataclysme, les eaux sont descendues légèrement pour remonter si vite que le *Toa Marama* a courbé l'échine en dérapant judicieusement sur son mouillage. Il s'est éloigné rapidement de la zone mortelle. Il a été rudement secoué et malmené. Il a failli se retourner, mais si l'un de ses mâts est couché sur le pont, il demeure en état de prendre la mer.

Tama fait partie des survivants qui ont été projetés dans le lagon. Malgré quelques blessures superficielles, il est indemne et son premier réflexe, une fois le choc passé, est d'aider ceux qui sont en difficulté à se hisser le long des deux coques. Il remonte Hina, puis Temana. Il cherche désespérément ses parents sans les apercevoir. Il manque de défaillir quand il reconnaît le dos et la belle chevelure de Vaiana Nui. Inerte, elle flotte à une dizaine de mètres contre un tronc de cocotier qui roule doucement et donne l'impression affreuse d'avoir plus de vie qu'elle. Il plonge aussitôt et en trois brasses est près d'elle. Il la retourne vivement. Elle a le regard fixe d'une morte.

Mata-Rau est blessé, l'un de ses bras fait avec son corps un angle impossible et c'est Ta'aroa, miraculeusement rescapé lui aussi, qui doit s'y prendre à deux fois pour le ramener sur le pont. En même temps, il hurle quelque chose à l'adresse de son fils : un requin excité par le sang qui est partout longe l'une des coques dans sa direction. Mais Tama ne perçoit pas cet appel. Hina, qui a compris le danger, dans un geste incroyablement vif et efficace, cloue le prédateur sur place avec l'un des harpons de son père.

Vaiana Nui a été remontée sur le *Toa Marama*, parmi d'autres morts. Tama, agenouillé, l'a prise dans ses bras et n'en finit pas de manifester son désespoir. Il lui caresse éperdument le front, les joues, les cheveux, cherche ses doigts pour les étreindre. Il sait qu'elle est morte, pourtant il lui parle tout en la berçant, il la presse contre lui. Hina verse des larmes à son côté. Et, quand il relève enfin la tête, elle voit qu'il a vieilli de dix ans.

« Tama, tu dois être fort comme un homme. Ta mère aussi nous a quittés. »

C'est Ta'aroa qui vient de parler. Doucement, Tama repose le corps de Vaiana Nui, se relève avec lenteur et tombe en sanglotant dans les bras de son père.

Ta'aroa le serre contre lui. Il dit :

« La vie sur cette île est terminée. Nous allons devoir abandonner ce qu'il en reste, et il en reste si peu. J'ai besoin de toi à mon côté pour la route. Tama, tu es un homme, souviens-toi de la pêche au thon-baleine !

– Mon petit frère et ma petite sœur sont-ils… là ?

– Mon fils, nous ne sommes plus que trois, toi, ta sœur Hina et moi. Les deux petits ont disparu. Ils ne sont pas non plus sur ce qui reste des deux autres pirogues. Je les ai cherchés en vain. »

Tama voit alors que même le plus grand des pêcheurs, le seigneur de la mer, même le constructeur de pirogues, même le Porteur de l'Image Sacrée, peut avoir des larmes qui coulent sur son visage.

Hina, éperdue, n'arrête pas de prononcer le nom d'Ono qui, lui aussi, manque à l'appel. Manu est tenté de la consoler. Il hésite. Il fait quelques pas vers elle. Finalement, il se retourne et c'est la main de Tama qu'il prend. Un instant, le drame affreux qu'ils viennent de vivre les rapproche tous les deux.

Temana et sa femme Maeva se tiennent à côté de Ta'aroa et de Tama. Temana demande :

« Ta'aroa, où est l'Image Sacrée ?

– Dans le *fare* de l'arrière.

– Le *fare* a perdu un de ses côtés. J'ai peur qu'elle ne s'y trouve plus.

– C'est impossible ! » s'exclame Ta'aroa. Les deux frères se précipitent vers l'arrière de la pirogue. Ils doivent enjamber divers objets et des débris végétaux qui encombrent le pont. Près d'un cousin agonisant, le prêtre Te'iri est en prière. Il a donc échappé au désastre… Ils croisent Hiro'a complètement hébété. Et puis ils entrent dans le *fare*. Ta'aroa a vite fait de constater que l'une des parois du petit abri est complètement détruite. C'est là qu'il avait rangé le cadeau des *ti'i*. Il a disparu. Il passe la tête par l'ouverture. Il n'aperçoit sur le pont que deux rames gisant au milieu d'outils.

« Par Ruahatu, rugit-il, l'Image s'est envolée dans le lagon ! Vite, nous devons la retrouver ! Il faut la retrouver ! »

Alors que certains sont en train de mourir et que d'autres sont déjà morts, alors qu'un petit groupe a entrepris de récupérer, aussi bien sur le large pont qu'autour de l'embarcation, tout ce qui peut être sauvé, tandis que Hiro'a et Manu regroupent les cordages du mât abattu, Ta'aroa et son frère plongent dans le lagon.

L'eau est inhabituellement sombre, trouble, chargée de toutes sortes de choses qu'ils regrettent d'avoir regardées. Ta'aroa se dit tout de suite que cette recherche est vouée à l'échec. De plus, ils se rendent compte que la grande pirogue a considérablement reculé vers l'intérieur du lagon. L'Image Sacrée a pu tomber n'importe quand et n'importe où sur plusieurs centaines de mètres. Elle peut, malheureusement, se trouver déjà dans des profondeurs où aucun humain ne peut aller, là où les divins comme Ruahatu règnent en maîtres.

Il faut se rendre à l'évidence : retrouver le présent des dieux relèverait du miracle.

Lorsqu'ils remontent à bord, le pêcheur est désespéré. Sa famille, ses proches, lui-même, tous sont durement touchés. La flotte de pirogues a été détruite avant de prendre le large. De plus, Ta'aroa, promu Porteur de l'Image Sacrée, ne la possède plus. C'est une catastrophe qui semble l'achever. À la tête du

Toa Marama, guidant fièrement les rescapés de l'île vers une nouvelle terre, avec le don sacré des dieux, il avait un projet. Il était l'espoir et la fierté du petit peuple. Maintenant, qu'est-il devenu ? Les dieux ont repris ce qu'ils avaient donné : Te Mata'ata son épouse, ses petits, sa terre, sa raison d'être, l'image emblématique d'un pouvoir non encore exercé. Si Ruahatu le met à l'épreuve, alors il doute en ce moment même d'être à la hauteur. Il est comme un roi sans pays ayant égaré sa couronne. Il est comme un chef de guerre déchu dont l'armée a été décimée. La disparition soudaine de l'objet sacré lui apparaît beaucoup plus inquiétante que l'annihilation d'une terre qu'il avait déjà quittée dans ses rêves.

C'est à cet instant qu'il remarque que le grand prêtre Tumatarii n'est pas sur le *Toa Marama*.

« Par Ruahatu ! s'exclame-t-il en se tournant brutalement vers son frère, où est le grand prêtre ? »

Ta'aroa reste un long moment hors du temps. Mais il finit par réagir et entreprend d'organiser l'aide aux blessés, de mettre de l'ordre dans un vaisseau bouleversé, mais qui, tout compte fait, est resté en bon état. Le mât tombé n'est pas un problème. Les haubans qui reçoivent le vent ont simplement lâché. Il sera facile de remâter. Petit à petit, en voyant son *Toa Marama* toujours sûr, comme contenant sa fougue, il se prend à espérer un départ proche. Malgré la peine extrême, malgré la douleur sans nom d'avoir perdu une partie de sa famille et sa chère Te Mata'ata, il sent au fond de lui monter une flamme, une lumière, un espoir, et, contre toute attente, il se met à remercier les dieux d'avoir épargné une partie de son peuple. Alors, il voit une porte qui s'entrouvre. La route sous les étoiles l'attend.

Il pose sa main sur le bras de son frère et le tire doucement à l'écart des autres. Il lui dit discrètement :

« Le peuple sera anéanti s'il découvre la perte du cadeau des *ti'i*. Car je ne serai plus le Porteur de l'Image Sacrée. De plus, maintenant que Tumatarii n'est plus avec nous, on ne peut prévoir la réaction de Te'iri s'il apprend que je l'ai perdue. Toi, mon frère, tu as une excellente mémoire, tu as tout mis dans ta tête. Toutes les merveilleuses lumières, les dessins, le ruisseau, l'oiseau, le poisson, le requin, la tortue, et peut-être même l'île et la pirogue… As-tu bien vu l'île ? Tu te souviens de cette Image, n'est-ce pas ?

– Le grand prêtre nous a demandé de nous en souvenir, elle est là toute lumineuse dans mon esprit et je peux la chanter dans tous ses détails !

– Même avec les dessins, le ruisseau de lumière, la tortue, le requin ? Tous les signes sont bien là dans ta tête ?

– Oui, oui, ils sont tous là ! Je les vois comme je te vois !

– Sans rien dire à personne, grâce à ta grande mémoire, tu vas refaire l'Image.

– Mais tu n'y songes pas ! Ce serait un sacrilège.

– Nous ne dirons rien. Nous ferons comme si elle n'avait jamais disparu. Comme si c'était la vraie. Je ne la montrerai que de loin. Simplement elle sera là et je serai toujours le Porteur de l'Image Sacrée, et ainsi nous prendrons la route !

– Non, non, je ne suis pas sûr.

– Temana, où vais-je trouver des forces pour guider notre peuple si toi, mon propre frère, tu ne m'aides pas ?

– C'est un cadeau des dieux ! Nous n'avons pas le droit.

– Justement, c'est pour les honorer qu'il faut la refaire. Elle ne sera peut-être pas aussi belle qu'avant, mais avec tous les coquillages que l'on peut encore ramasser, avec un peu de bois et beaucoup d'espoir, nous allons la faire revivre et nous la replacerons là où elle doit être, sur le *Toa Marama* ! C'est ainsi. »

Pendant les quelques jours qui suivent, tous sont occupés à remettre en état le *Toa Marama*. On doit se rendre à l'évidence : tous ceux qui étaient à terre au moment du cataclysme ont péri. Ont seulement survécu ceux qui étaient sur la grande pirogue. Il n'y avait personne sur les deux autres. Comme elles étaient plus proches de la plage, elles ont pris l'arrière de l'onde de choc, ce qui les a endommagées gravement. Elles sont donc très mal en point. Sur elles, on récupère tout ce qui peut l'être. Ainsi, on répare rapidement les dégâts dont souffre le *Toa Marama* et on y met en réserve des cordages, des voiles, des espars et d'autres choses encore. D'une certaine manière, les deux pirogues blessées apportent leur contribution, leur aide et donnent au *Toa Marama* l'espoir de pouvoir s'en sortir en cas d'avarie en haute mer.

Pendant les jours fébriles où seule compte la préparation du *Toa Marama*, il n'y a que Te'iri pour remarquer les agissements étranges du frère de Ta'aroa. Temana se met à faire une incroyable collection de coquillages de toute nature. Pourquoi est-il toujours à la recherche des plus belles porcelaines ? Cela a-t-il un rapport avec celles de l'Image Sacrée ? Te'iri se les rappelle assez nettement. Cependant, il a un doute sur leurs couleurs. Sont-elles bleues, blanches, ou encore orange ? Il y a bien trois porcelaines sœurs, mais, avec le temps, leurs tons exacts lui échappent. Temana veut peut-être conserver quelques reliques personnelles en souvenir de leur pays dévasté... Il est vrai que les nacres, les bénitiers et autres sont partout. Le sable du *motu* où le village existait précédemment a été tellement retourné par les eaux que l'on y trouve une extraordinaire représentation de la vie marine. Partout des coquillages, entiers ou broyés. Certains toujours magnifiques et d'autres très endommagés par la fureur des éléments. Il est tout de même bizarre, se dit Te'iri, que le frère de Ta'aroa ramasse aussi de vulgaires morceaux de coquilles cassées...

Un soir, alors que les éléments toujours déchaînés semblent pourtant marquer une pause dans la tourmente, Ta'aroa réunit tous les rescapés sur la plateforme du *Toa Marama*.

Il y a là Tama et sa sœur Hina, Temana et sa femme Maeva et l'une de leurs filles Te'ura, et puis Rimateata, la cousine d'Ono qui, lui, n'est plus, Mata-Rau, Te'iri et Horo'u le sorcier, Hiro'a et puis Manu toujours à l'écart et tous les autres cousins et cousines et quelques anciens, si peu. Un tout petit peuple, réduit à une quarantaine d'hommes, de femmes et d'enfants, tous meurtris et fatigués, avec peu d'espoir et tant de peine, tant de chagrin. Ils ont tous perdu des proches, un père, une mère, une femme, un mari, et des enfants. La communauté qui envisageait de conduire naguère une douzaine de grandes pirogues devra se contenter désormais du seul *Toa Marama*.

Les morts qu'on a remontés à bord ont été lavés et huilés comme on a pu. Ils ont ensuite été recouverts d'un morceau de *tapa*. Ils sont restés ainsi durant trois jours.

La disparition du grand prêtre a donné à Te'iri un statut inespéré qu'il se doit d'assumer. Il le fait avec application. Les deux jeunes novices qui l'assistent ont confectionné une multitude de petites statuettes en bois. Comme les morts, toutes ont été ointes d'huile puis enroulées dans un morceau de *tapa*. Morts et statuettes sont alignés là, sur l'immense pont du *Toa Marama*. Pauvres dépouilles sans vie d'une part et minuscules représentations désespérées d'autre part. Malgré cela, la majorité des disparus ne reçoit qu'un hommage très symbolique, celui que l'on accorde au souvenir fragile d'existences qui s'estompent déjà et que seule la mémoire collective sauvera, peut-être, des irrémédiables atteintes du temps. Les femmes sont là, dignes et recueillies. Elles pleurent le décès de leurs proches. Elles pleurent aussi pour tous ceux et toutes celles qui sont morts, et qui n'ont plus d'yeux pour pleurer. Et tous chantent, tous font renaître l'histoire du village. Les pêches dans le lagon bleu. La cueillette des noix de coco et des *uru*. La culture du *taro*. Ils chantent la construction des *fare* et celle des *va'a*. Ils rendent honneur à tous leurs défunts.

Quand toutes ces dépouilles sont, avec respect, basculées dans un lagon qui leur tiendra lieu désormais de sépulture, le peuple survivant demande aux dieux d'aider ces pauvres âmes dans leur quête de l'au-delà. Les chants se font plus discrets. Une onde sombre et mal apaisée se referme silencieusement sur des lambeaux de souvenirs.

« Ô dieux des cieux ! s'exclame Te'iri. Accueillez dans vos *fare* sacrés tous ces esprits qui nous ont quittés si brutalement. Qu'ils parcourent le chemin vers vous et qu'ils ne subissent pas les éternels tourments des esprits maléfiques. »

Ta'aroa ne peut s'empêcher de penser que Te'iri a vraiment pris son nouveau rôle à cœur. Tandis que les pleurs s'atténuent, et après un long silence pendant lequel on ne perçoit plus qu'un clapotis le long des deux immenses carènes, Ta'aroa reprend la parole :

« Maintenant que les esprits de nos morts se sont reposés trois jours dans leur corps pour un long voyage vers les dieux, maintenant que ces dieux ont été prévenus de leur arrivée prochaine au royaume des trépassés, c'est à notre tour de penser à la route sur le grand *moana*. C'est ainsi. »

Après un temps où plus rien ne bouge, il ajoute :

« Notre village a disparu, les cocotiers aussi, et dans le lagon repose la plus grande partie de notre peuple qui mérite d'y trouver la paix. Demain, nous quitterons cette île meurtrie qui ne peut plus rien nous apporter. »

Comme Ta'aroa marque une pause, Te'iri en profite pour lui demander :

« Toi qui vas conduire ce qui reste de notre peuple sur le vaste *moana*, toi le Porteur de l'Image Sacrée, montre-la-nous pour nous donner confiance avant de partir, je t'en prie, au nom de tous les nôtres. »

En une fraction de seconde, Ta'aroa comprend qu'il va devoir s'exécuter. Il s'interroge sur la raison qui pousse Te'iri à faire cette demande. Est-ce un défi ? Ou bien Te'iri fait-il du zèle, comme d'habitude ?... Ta'aroa a jeté un regard furtif vers son frère en quête d'un avis. Mais Temana demeure impassible. Espérant que dans la lumière du soir personne ne verra le subterfuge, Ta'aroa déclare :

« Te'iri a raison. Je vais vous montrer l'Image Sacrée. Mais vous comprendrez qu'elle doit, pour garder son pouvoir, rester sous ma protection. Dorénavant, je serai le seul à pouvoir la toucher, afin de conserver précieusement son caractère divin. »

Il s'éloigne quelques instants vers le dernier des *fare*. Puis il revient au centre du vaisseau et, là, il a une inspiration soudaine. Le tableau sous le bras, il grimpe lestement sur les poutres longitudinales du *fare* central. De cette façon, il est assez éloigné des regards et, dans un geste majestueux, du haut de son piédestal, lève lentement l'Image au-dessus de sa tête. Il la tourne doucement. Tous les coquillages miroitent alors dans la belle lumière orange du soir. Il s'exclame :

« À chaque soleil couchant, avant que toutes les *ta'urua* ne renaissent dans les cieux pour nous guider vers Te Hitia-o-te-Rä, je vous montrerai l'Image Sacrée. Ainsi, vous en garderez le constant souvenir pour la route. »

Une formidable ovation monte autour de Ta'aroa. Ce dernier remercie les dieux de l'avoir guidé dans une décision difficile mais vitale pour son peuple. Personne ne remarque que son frère, immobile, pousse un soupir de soulagement.

Te'iri n'est jamais à l'aise dans les situations imprévues. Après l'intervention de Ta'aroa, il reste de marbre. Le menton dans une main, il s'éloigne lentement vers l'arrière du vaisseau. Il reste un long moment le regard perdu vers l'énigmatique piton basaltique. Le *marae* est certainement toujours là, mais les abords de la plage ne sont plus qu'un amoncellement chaotique de troncs d'arbres et de végétaux enchevêtrés. Inaccessible.

Une aube calme et reposée enveloppe le *Toa Marama* d'une douce lumière rose. Pendant la nuit, le vent est tombé. Les nuages se sont envolés. Ta'aroa regarde l'horizon. Derrière le *motu* où se trouvait le village, maintenant que tous les cocotiers sans exception ont été rasés, il aperçoit la frange argentée de la barrière de corail. En tournant légèrement la tête, il examine la seule passe de l'île. Elle est devenue plus large. Elle est praticable.

Son regard se dirige ensuite vers les guirlandes de plumes fixées en haut des deux mâts. Les flammes colorées indiquent une brise faible. Il faudra conduire la pirogue en ramant jusqu'à la passe pour avoir un courant favorable. Ensuite, les deux grandes voiles pourront être établies. Alors qu'il est perdu dans ses pensées, son fils est venu près de lui.

« Père, quand partons-nous ?

– Bientôt, mon fils, bientôt. Nous allons demander aux dieux de protéger notre départ et ensuite nous prendrons la route.

– Et où irons-nous ?

– Vers Te Hitia-o-te-Rä, le soleil levant.

– Et la nuit, comment ferons-nous, père ?

– En regardant les chemins d'étoiles, les *ta'urua* qui se lèvent là où le soleil se lève !

– Et là, il y a une terre ?

– Je l'espère, mon fils. »

25

De « vrais » livres

Après la visite au professeur PlovDiv et la signature du contrat, AngKor pense qu'il serait bon d'aller voir le musée du Vaisseau. Il n'est peut-être pas judicieux de contacter un autre universitaire. Dans ce domaine, tout le monde se connaît et l'on pourrait trouver étrange son insistance à rechercher des données très anciennes concernant le Pacifique.

Le musée du Vaisseau-lumière des Nuages du Cygne est plutôt généraliste, mais il recèle toute une collection d'ouvrages très anciens. La plupart sont des livres électroniques, réalisés avec ce papier synthétique inventé au début du IIIe millénaire. Les pages ne sont que de vulgaires écrans plats à mémoire permanente.

Quelques exemplaires, ouverts au hasard des pages, sont exposés dans des vitrines sécurisées. Tous ont été compilés et on y accède avec un BioCom, toujours prêt à faire toutes les recherches possibles. Comme AngKor tient à en voir un véritable de ses yeux, le mieux est d'avoir l'air d'un collectionneur. D'où la question qu'il pose au contrôleur iA à l'entrée :

« Le musée possède-t-il de vrais livres ?

– Bien sûr, monsieur, nous avons des exemplaires, là dans les vitrines, qui ont plus de trois mille ans !

– Oui, mais ce sont des livres électroniques, je voulais parler des livres en papier.

– Ceux-là ne sont consultables que par les chercheurs.

– Je suis Acom agréé, je crois que je peux avoir accès aux textes, même si je ne peux pas voir les originaux.

– Un instant, je vais me renseigner. »

AngKor laisse l'iA faire sa recherche qui, curieusement, prend beaucoup plus de temps qu'il ne le pensait. Il s'éloigne un peu pour examiner la zone 3D de l'accueil qui montre au visiteur un résumé de l'ensemble des collections du vaisseau. Il voit qu'il y a bien, comme il l'espérait, une section Ancienne Terre, mais il ne sait pas encore s'il va trouver ce qu'il cherche. Il se sent momentanément un peu désœuvré, comme un touriste ordinaire parcourant le circuit touristique standard. Il zoome sur la section géopolitique et voit alors qu'il y a toute une sous-section concernant ce fameux découpage historique de la Terre en zones d'influence que l'on appelait *pays*.

Distraitement, il regarde de nouveau le contrôleur iA. Ce dernier est en grande conversation avec un groupe de visiteurs. Ceux-là, pense AngKor, ce sont des vrais.

« IL EST AU MUSÉE. IL A DEMANDÉ À VOIR LES TRÈS ANCIENNES COLLECTIONS DE LIVRES. VOUS SAVEZ, CES RARES EXEMPLAIRES AVEC DES PAGES D'ORIGINE VÉGÉTALE, DU PAPIER. QU'EST-CE QU'ON FAIT ?

– QUEL EST LE RISQUE ?

– ON ESTIME QU'IL VA FAIRE LE RAPPROCHEMENT AVEC UNE PROBABILITÉ DE 10 % S'IL NE FAIT QUE DEMANDER À ACCÉDER AU TEXTE DE L'OUVRAGE EN QUESTION.

– VOUS PENSEZ QU'IL VOUDRA VOIR L'ORIGINAL ?

– C'EST CERTAIN, ET LÀ LE RISQUE AUGMENTE À 30 %. IL FAUT PRENDRE UNE DÉCISION RAPIDEMENT PARCE QUE LA MODÉLISATION COMPORTEMENTALE INDIQUE UNE RÉACTION AFFECTIVE DANS CINQ MINUTES EXACTEMENT.

– DE QUEL TYPE ?

– CHAOTIQUE DE NIVEAU CINQ, ON NE PEUT RIEN DIRE DE PLUS.

– SI ON ACCÈDE À SA DEMANDE, PENSEZ-VOUS QU'IL PUISSE ENCORE TROUVER UNE CORRÉLATION QUE NOUS N'AVONS PAS SU FAIRE ?

– CE SERAIT LE SEUL INTÉRÊT ! MAIS ON NE SAIT PAS RÉPONDRE À CETTE QUESTION, LE PROGRAMME NOTE UNE COMPLEXITÉ TROP GRANDE. IL PRÉVOIT BIEN UNE IDÉE DU NIVEAU DE PROBABILITÉ, MAIS DANS DIX MINUTES !

– QUE FAIT-IL EN CE MOMENT MÊME ?

– IL JOUE AU TOURISTE, TOUT SIMPLEMENT, ET IL OBSERVE LE GROUPE DE VISITEURS QUI VIENT D'ARRIVER.

– VOUS AVEZ UN AGENT À NOUS DANS CE GROUPE ?

– BIEN SÛR !

– ON PEUT LE CONTACTER ?

– PAR SON BIOCOM, EN MESSAGE CRYPTÉ, À TOUT MOMENT.

– BON, VOILÀ CE QUE NOUS ALLONS FAIRE. »

AngKor s'est rapproché du groupe. Quatre personnes âgées, dans les cent cinquante à deux cents ans, avec deux jeunes filles portant des combinaisons modernes aux couleurs changeantes. Il pense à ValdiVia. Justement, il y a aussi deux jeunes femmes dont une vraiment très belle. Cette dernière ne doit pas être d'ici, car elle ne montre pas ses seins. Les courbes de sa silhouette sont soulignées par sa combinaison dont on ne sait si elle émet une couleur rose ou bleutée. Il est sous le charme. Mais il se ressaisit rapidement et demande au contrôleur iA :

« Alors, je peux consulter les livres dont je vous ai parlé ?

– Certainement, monsieur. Toutefois, il vous faudra patienter au moins une heure.

– Pour quelle raison ?

– Parce que madame, dit le contrôleur iA en se tournant vers la femme en combinaison bleu-rose, souhaite la même chose.

– Mais elle vient juste d'arriver !

– C'est exact, monsieur, mais elle a un programme d'accès prioritaire, je suis désolé. »

La jeune femme, qui semble avoir compris la situation, se tourne vers AngKor avec un gracieux sourire et un air entendu, puis dit au contrôleur :

« Si je comprends bien, ce monsieur était là avant moi ! Je ne veux pas abuser. J'attendrai avec le reste du groupe, cela n'a pas d'importance, vraiment ! »

De nouveau, AngKor est sous le charme.

« Je vous remercie, c'est très aimable. Vous vous intéressez aux livres anciens ?

– Oui, ils me fascinent !

– Moi aussi. Je possède quelques exemplaires qui ont trois mille ans, précise-t-il.

– Quelle coïncidence ! J'ai, moi aussi, trois ouvrages qui datent de cette période.

– C'est la première fois que je rencontre un collectionneur passionné comme moi par cette époque. Et si nous consultions les textes ensemble, qu'en pensez-vous ? »

Sans attendre la réponse de la jeune femme, AngKor s'adresse au contrôleur iA :

« Est-il possible que nous consultions ensemble, madame et moi, au même moment, des sources différentes d'ouvrages anciens ?

– Si vous êtes d'accord entre vous, il n'y a pas de problème.

– Comment doit-on procéder ?

– Placez vos BioCom à l'entrée de la cabine jaune et vous pourrez passer. Ensuite, vous serez pris en charge par un de mes collègues. Bonne consultation. »

AngKor et la jeune femme se sont rapprochés de la zone de consultation spécialisée, seul moyen pour accéder à des données protégées qui ne circulent pas sur les BioCom. AngKor se tourne vers sa compagne.

« Je me présente : AngKor. Je viens des Nuages du Taureau. Je suis Agent communicateur. Je fais de la recherche… bibliographique, et vous ?

– DjidJa. Je suis en vacances. Je viens de Centaure Croix où je travaille au développement des systèmes urbains, et je suis aussi journaliste.

– Centaure Croix ! C'est ma prochaine destination. »

AngKor se tait. Lui dire qu'il est Acom est normal. Préciser quel type de données il transporte, déontologiquement c'est impossible. Il pense évidemment au sujet du troisième transfert de données prévu : le développement des sites touristiques de l'ancienne Terre. Il s'est interrompu trop longtemps, il se reprend.

« Centaure Croix. Un des tout premiers vaisseaux-lumière.

– Oui, la deuxième génération, juste après les Huit Premiers, le numéro 16. Il a deux mille ans.

– Extraordinaire ! Alors, on y trouve certainement des documents très anciens, n'est-ce pas ?

– Bien sûr, et de vrais livres aussi.

– Madame, monsieur, excusez-moi ! Vous pouvez passer dans la cabine jaune, s'il vous plaît !

– Oh, pardon, dit AngKor, nous y allons ! »

Ils s'approchent de la cabine. L'un après l'autre, ils posent la paume de leur main sur la zone sensible et passent tous les deux à l'intérieur.

C'est un petit salon très simple, mais agréable, avec de douces lumières reposantes diffusées par les murs, quelques fauteuils confortables et des casques de vision virtuelle. Ils prennent place. Aussitôt un Acont iA s'adresse à eux :

« Bonjour, madame, bonjour, monsieur. Bienvenue dans l'HyperBasemédia du musée des Nuages du Cygne. Votre requête pour consulter des ouvrages du IIIe millénaire, des livres en papier, a été acceptée. Voulez-vous faire une consultation commune ou séparée ?

– Excusez-moi, DjidJa, mais mon travail m'oblige à une certaine confidentialité, alors je dois faire une consultation séparée.

– Pas de problème.

– Bien. Madame, monsieur, nous allons donc faire une consultation séparée. À partir de maintenant, je m'adresserai individuellement à chacun de vous. »

Il interroge AngKor :

« Monsieur, quel type d'ouvrage souhaitez-vous examiner ?

– Avez-vous quelque chose concernant l'océan Pacifique ?

– Nous disposons de quelques dizaines d'ouvrages de ce type, précisez votre question ! »

AngKor ne sait pas jusqu'où il peut aller par rapport à la confidentialité de sa mission. Il hésite à préciser ce qu'il cherche.

« Que me proposez-vous dans ce domaine ?

– Il y a plusieurs approches : anthropologique, archéologique, économique, géographique, géopolitique, historique, sociologique, zoologique,...

– Dans les domaines anthropologique et archéologique, que peut-on voir ?

– Je peux vous montrer différentes études. Certaines, assez complètes, ont été réalisées il y a trois mille ans par une petite université appelée université de la Polynésie française. Cela vous convient-il ?

– Oui, c'est parfait. »

AngKor reste ainsi pendant plus d'une heure à parcourir des textes très anciens, particulièrement intéressé par plusieurs passages évoquant des mouvements de populations qui semblent avoir eu lieu six mille ans auparavant. Peu à peu, il voit apparaître des embryons de réponses pour les quatre questions qui tournent toujours dans sa mémoire.

Sans prendre le temps de faire un tri, il engrange tout ce qui lui paraît intéressant, puisant sans relâche dans une masse de données considérable.

Au bout d'un long moment, il interroge l'Acont iA :

« Est-ce qu'il est possible de voir certains originaux de ces ouvrages ?

– Personne ne peut les voir au sens habituel du terme. Cependant, quelques-uns des ouvrages que vous venez de consulter comportent des documents anciens de type 2D, nommés *photographies*. Certains de ces documents sont numérisés et accessibles. Ne soyez pas étonné, ce sont des plans fixes, sans mouvement. De plus, un certain nombre ne sont représentés qu'avec des niveaux de gris, sans aucune couleur. Quel ouvrage vous intéresse plus particulièrement ?

– Celui dont le titre est *Te tere o te tupuna*. Savez-vous de quelle ancienne langue il s'agit ?

– Oui, monsieur, c'est du *reo mä'ohi*. Une langue appelée aussi *polynésienne*. Elle est connue de mes systèmes traducteurs. Vous pouvez accéder aux images maintenant. »

Tout de suite, AngKor sait qu'il a gagné. Il se cale sur son siège ergonomique pour savourer les images. Il voit effectivement des plans 2D fixes. Mais les vues sont si anciennes et si émouvantes qu'un moment il oublie qu'il est en train de travailler à la mémorisation de documents. Des flots d'images particulières résonnent curieusement au fond de sa conscience. Un bouillonnement incohérent mais d'où émerge un projet, un plan, une réflexion profonde où lui aussi est impliqué. Il pense à quelque chose de déjà vu, mais ne comprend pas du tout comment une telle idée peut naître dans son esprit. Il n'y a pas de rapport... pas de rapport avec quoi ? Elle s'éloigne, il la perd. Une idée. Le voile s'est passagèrement levé sur une vision incroyable. La lumière, bien sûr ! La naissance de la lumière...

Mais c'est une vision trop fugitive, fugace, elle glisse sans s'accrocher et il la perd, elle s'éloigne inexorablement, se dilue, se fond dans un magma inconscient dont il ne ressort que des pensées oniriques sans suite. Il n'arrive pas à mettre de l'ordre dans ce conglomérat sans queue ni tête. Il pense à la découverte qu'il a faite récemment, mais aussitôt refoule cette idée. Pourquoi ? Non, ce n'est pas ça. Pas seulement ça. C'est évidemment autre chose. Une naissance… mais quoi ?

Il revient insensiblement à une observation plus cohérente. Il se concentre alors sur une vue qui le bouleverse.

C'est un bateau en bois à deux coques. Il possède deux étranges et gigantesques ailes. On dirait des ailes d'oiseaux, se dit AngKor, mais ça ne vit pas, ça ne bouge pas. À quoi cela peut-il bien servir ? Deux grandes ailes maintenues immobiles dans les airs par des filins tout autour. Et puis il voit trois petites habitations, très rudimentaires, autour desquelles il y a un groupe d'hommes, de femmes et d'enfants. Ils sont presque nus et les combinaisons qu'ils portent sont très réduites, autour de leurs reins uniquement. Elles ont des couleurs uniformes et ternes, et sont déchirées. Le bateau avance sur de l'eau assez calme. Mais comment cette machine avance-t-elle ? Ce n'est pas en regardant ce type d'image qu'il trouvera la solution de ce mystère. Il doit y avoir une explication rationnelle et il vaudrait mieux chercher ailleurs. Dans l'image, il y a autre chose et, là, il ne comprend pas bien ce qu'il voit. Les hommes et les femmes, comme les enfants d'ailleurs, regardent tous dans la même direction. À droite du bateau, quelque chose sort de l'eau avec beaucoup de remous. Une espèce de monstrueuse forme courbe de couleur grise ou bleue. Elle paraît se tordre dans un effort vain pour émerger d'une eau qui la retient pourtant. Vers le haut, de chaque côté, elle montre curieusement, comme le bateau, des espèces d'ailes effilées. AngKor pense à deux bras qui se tendraient vers l'espoir. Sur le bateau, ils sont groupés pour regarder ce qui pourrait être un animal. AngKor sait parfaitement que, il y a plusieurs milliers d'années, la Terre n'abritait pas seulement des humains. Des animaux y vivaient et même en liberté, croit-il. Mais, dans les eaux des océans, d'aussi monstrueuses créatures étaient-elles également présentes ? Il faut qu'il poursuive cette piste.

Il mémorise l'ensemble de l'image avec tous les détails possibles et passe à d'autres vues.

Un homme qui semble assez vieux tient par la main un tout jeune garçon. Tous les deux ont eux aussi des combinaisons, très courtes, autour de leurs reins. Ils marchent au bord de l'eau. Ça, se dit AngKor, c'est une plage. Ils sont très près du bord de l'eau. C'est un peu comme avec LeeR, quand nous marchons près de notre petite mer, dans notre vaisseau-monde. Sur le corps de l'homme, on voit des dessins. Sa poitrine, ses bras et ses jambes sont ornés de curieuses lignes géométriques. Répétitives et symétriques, elles font penser à des colliers ou à des bracelets directement peints sur la peau. C'est très étrange. Et c'est assez joli. L'homme porte une barbe et ses cheveux sont remontés sur sa tête en une boule bizarre. L'enfant montre avec l'un de ses bras l'étendue d'eau à droite de l'image, vers un bateau identique à celui de la vue précédente. Mais celui-là est immobile, et il n'y a personne dessus. Il est en retrait, comme en attente de quelque chose.

Un départ probablement. Curieusement, ce bateau n'a pas d'ailes. Il n'a que deux pylônes, probablement en bois, montant haut dans les airs et toujours soutenus par de multiples filins. AngKor note le regard interrogateur de l'enfant. L'homme doit lui expliquer quelque chose. À quoi sert la machine, ou comment elle avance sur l'eau, quelque chose de ce genre. Il aimerait bien, lui aussi, entendre la réponse du vieil homme.

Il ne voit pas le temps passer et, au bout de trois heures, pense qu'il doit arrêter ce travail épuisant. Soudain, il se souvient de DjidJa. Il enlève le casque de vision virtuelle. Le fauteuil qu'elle occupait est vide. Elle est partie. Il est déçu, mais se raisonne : on ne se connaît pas, elle est en vacances et j'ai un travail important à terminer et ça avance, alors stop !

L'Agent iA l'interpelle : « Souhaitez-vous examiner d'autres vues ou bien avez-vous terminé, monsieur ?

– J'ai terminé pour aujourd'hui, je pense revenir dans les prochains jours.

– Quand vous voulez, monsieur. »

AngKor se retrouve dans la section générale du musée. Il regarde autour de lui. Quelques touristes sont penchés sur des vitrines contenant des reproductions d'objets anciens de l'époque terrienne. Son BioCom lui annonce :

« Tu reçois un appel. L'Acont iA du musée souhaite te voir.

– Et que veut-il ? demande AngKor.

– Écoute : “Monsieur, la dame qui était avec vous m'a remis un message à votre intention. Je le tiens à votre disposition.”

– Réponds-lui que j'arrive », dit-il avec un léger sourire.

Tout en revenant vers la sortie du musée, AngKor songe à ValdiVia. Il n'est pas du genre à courir les femmes, même s'il sait que ValdiVia ne lui en voudrait pas. Mais il n'aime pas mélanger les aventures avec le travail. Cependant, cette jeune femme a quelque chose… rien à voir avec cette NijLen ! « Et puis, se surprend-il à murmurer, elle collectionne de vrais livres ! » Il pense que c'est un argument un peu fallacieux, mais prend évidemment le message que lui tend l'Acont iA.

Surprenant ! DjidJa lui a écrit un véritable texte sur du papier, du vrai papier. Il lit : « Si vous êtes d'accord, j'aimerais que nous reparlions des vrais livres. »

Elle a laissé ses coordonnées BioCom. Il ordonne à son propre BioCom :

« Contacte DjidJa.

– Je savais que tu allais le faire. Elle est absente, mais elle a dicté quelques mots… Peut-être pour toi ? Les voici : “Je suis occupée pour le moment. Communiquez votre message, merci. DjidJa.” »

Il revoit en un flash la silhouette de la jeune femme, puis murmure pour son BioCom :

« Je suis sorti très tard du musée à cause de mon travail, désolé, je vous rappellerai plus tard. AngKor. »

« AH ! VOUS AVEZ ENTENDU ! IL N'A PAS LAISSÉ SES COORDONNÉES, IL RESTE PRUDENT.

– CERTES ! MAIS IL A APPELÉ !

– AVEC L'APPÂT QU'ON LUI TEND, QUI RÉSISTERAIT ?

– VOUS CROYEZ QU'IL A TROUVÉ QUELQUE CHOSE ?

– CE N'EST PAS CERTAIN ! MAIS JE CROIS QU'IL AVANCE.

– EST-CE QU'IL VA RAPPELER DJIDJA ?

– CERTAINEMENT ! LA MODÉLISATION EN COURS DONNE 98 % DE PROBABILITÉ. »

26

La petite pirogue

Nous voici donc au *motu* Tamaro, dans le grand atoll d'Apataki où le livre d'Aiu nous a attirés. Il est seize heures lorsque nous mouillons dans cinq mètres d'eau, sur fond de sable blanc, entre des patates de corail autour desquelles le risque existe toujours d'enrouler la chaîne de notre mouillage. Mais, s'il le faut, le lagon calme et les fonds peu importants permettent d'intervenir sur l'ancre sans problème.

Un mouillage dans un lagon des Tuamotu, c'est une bénédiction. Du côté est, s'étendant du nord au sud, une plage de sable blanc à l'infini. Tout de suite, la frange des cocotiers. Certains penchés au-dessus de l'onde émeraude comme pour regarder de plus près les multiples poissons-papillons qui voltigent et se font des agaceries. Puis, à peine audible, derrière le dense rideau végétal, l'impact continuel des rouleaux qui se brisent sur la barrière invisible bien qu'elle soit toute proche. Vers l'ouest, vers Te To'o'a-o-te-Rä, dans un festival de jaune d'or, de mauve et d'orange, *mahana* se fond silencieusement dans le lagon. Les couleurs s'estompent et la lumière s'apaise. À l'opposé, ronde et sereine, la lune monte majestueusement au-dessus des palmes. Par sa présence silencieuse, elle affirme la marque du temps.

La porte est entrouverte. Mais nous ne le savons pas encore.

Un chuintement familier ; je sais que le *Toa Marama* se repose sur son mouillage. Alors pourquoi cette mélodie récurrente bien connue, pourquoi la plainte d'une carène pénétrant une onde accueillante frémit-elle dans le flot incertain de mes souvenirs ?

Ils sont de nouveau là. Je sais que ce sont eux. Ils regardent droit devant, la cherchent, l'espèrent. Et soudain ils la voient, nous la voyons ! Alors ils chantent sous les étoiles et je sais que des mots que je n'ai pourtant pas appris viennent du plus profond de mon être mourir au bord de mes lèvres. Des mots d'une autre langue, d'une autre culture. Ils dansent dans mon âme, volent d'une idée à l'autre, je tente de les attraper, mais ils s'échappent continuellement et, quand ils éclosent, je ne garde d'eux qu'une musique qui me retourne le cœur. Ils parlent d'émotion et de lumière. Ils parlent de l'espoir, de la découverte. Ils parlent du pays retrouvé. Je les attrape au vol et cherche à les retenir, mais ils s'envolent de nouveau, ils ne m'appartiennent pas. Que suis-je donc devenu ?

Le lendemain, nous débarquons sur le *motu* Tamaro. Les Tuamotu, une impression étrange, un monde à part. Nous sommes bien dans un lagon, mais l'autre bord en face est loin au-delà de l'horizon. Quelle étonnante chose ! À la fois mer intérieure refermée sur elle-même, à la fois immensité liquide fabuleuse qui rivalise avec l'infini de l'océan. La sphéricité de la planète Terre échappe au Terrien qui marche dessus. L'aspect linéaire que peut avoir un grand *motu* des Tuamotu ne montre en rien qu'il participe cependant à la circularité générale de l'atoll. Nous sommes sur une bande de sable et de corail égarée sur l'océan et parfaitement rectiligne.

Quelques *fare* sont disposés çà et là, mais il n'y a personne en vue. Cependant, de nombreux détails trahissent une présence humaine. Une pelle posée le long d'un tronc d'arbre. Une brouette à moitié remplie de noix de coco. Trois verres et une bouteille vide sur une table très rustique. Une poule qui passe et, plus loin, un enclos où l'on cultive de la vanille.

Ici, on ne semble pas craindre les voleurs. Tout est ouvert en grand. L'un des *fare* est une chambre décorée de paréos aux teintes vives. Un poste de radio d'un autre âge. Des photos aux murs. Quelques colliers de coquillages et de fleurs séchées.

Un autre *fare* plus vaste est à l'évidence une salle à manger rudimentaire.

Et, soudain, nous nous trouvons face à face avec un sexagénaire qui nous accueille à bras ouverts.

« Les amis, pourquoi n'êtes-vous pas venus dîner hier soir ? Nous vous attendions ! » s'exclame-t-il.

Nous aurions pu, effectivement, débarquer dès notre arrivée la veille au soir. Mais nous sommes restés à bord, par habitude. Parce que notre vie de croisière, c'est avant tout le bateau. Que dire ? On ne dit rien. Nous sourions. Il décide :

« Venez, c'est l'heure du déjeuner. »

Il nous entraîne amicalement vers le *fare* salle à manger comme si nous nous connaissions depuis des années. Une longue table en bois. Deux grands bancs. Quelques assiettes. Sur un réchaud, une marmite imposante. Sa femme arrive, respirant la bonté, suivie par deux hommes aux cheveux hirsutes, mais aux tatouages d'une grande beauté. Ils se révéleront être les ouvriers ou les aides. Chacun prend une assiette et se sert dans la marmite. Du poulet, du riz, des petits pois, du poisson. Plat unique. Nous voilà tous attablés. Les hommes ont rempli leur assiette de telle manière qu'il serait impossible d'y ajouter un grain de riz. Sur la table, ni vin ni bière, mais de l'eau et du thé. Avant que nous ne commencions à manger, le propriétaire des lieux, celui qui nous a accueillis, se lève et dit la prière. Bien que ce ne soit pas dans nos pratiques, nous nous recueillons à l'unisson.

Au cours de ce repas, émouvant dans sa fraternelle simplicité, quelques questions fusent, bienveillantes et banales :

« D'où venez-vous ? » « Qui êtes-vous ? » « Où allez-vous ? »

Gauguin a dû passer par là…

Et la vie suit son cours habituel.

Même si notre présence marque ce jour d'une circonstance particulière, les palmes des cocotiers oscillent toujours dans le vent qui les berce, le lagon nous fait des clins d'œil turquoise, et le grondement continu des rouleaux de la barrière se dilue nonchalamment dans le grésillement d'un vieux transistor qui s'épuise à émettre tant bien que mal une mélodie polynésienne à la mode.

Le temps nous joue encore un tour à sa façon. Je ne porte plus de montre.

On se lève avec le jour. On se couche avec les poules. On déjeune et on dîne avec les amis dont on agrémente l'ordinaire avec des provisions du bord : saucisses, fromage, salade, fruits…

Les fruits, surtout, c'est une aubaine pour eux. Le *Toa Marama* joue à la goélette, au *Cobia*, dans le lagon d'Apataki. Sur le *motu* on peut croire au paradis. Mais c'est un paradis où il n'y a que des noix de coco. Et, pour avoir des fruits, il faut prendre la pirogue, aller au village à dix kilomètres voir si le *Cobia*, le vrai, a apporté des ananas, quelques pommes ou quelques oranges.

On se balade aussi. À travers une végétation luxuriante, au cœur de la cocoteraie, on emprunte le chemin qui mène de l'autre côté, là où l'atoll s'unit à l'océan. L'océan, *moana* ! Bien avant de le voir, on respire ses effluves, on entend ses rugissements de fauve. Et, tout à coup, le voilà ! Montant inlassablement à l'assaut du corail qu'il percute et mine, il projette à faire peur, vers un ciel immaculé, des gerbes d'écume qui éclatent comme une colère.

Dans cette lisière entre mer et sable, où des plaques coralliennes vieilles comme le monde attendent leur fin, où sables et débris de corail alternent, Alpha ramasse de multiples coquillages, quelques magnifiques porcelaines et un oursin crayon rayonnant ses étranges piquants que l'on prendrait facilement pour des cartouches d'encre violette ! L'horizon est d'une pureté incroyable. Limpide et dégagé, il est vierge de toute voile. Ici, le monde est simplifié, beau, fier, cristallisé dans une réduction minérale, végétale et lumineuse qui se moque du temps qui passe. Mais passe-t-il ?

Le temps passe-t-il à Apataki ?

Avec lenteur et obstination, la lune monte au-dessus des cocotiers, mais personne ne la remarque. Émergeant de cette forêt de palmes, elle répand sur le lagon une douce clarté qui se perd à l'infini.

Au dîner, il y a une surprise. Un couple avec un jeune garçon. Et le jeune…, c'est le surfeur que nous avons ramené jusqu'au petit port de Niutahi ! Il a le bras dans le plâtre. Quand il nous aperçoit, il se tourne vers son père et se lance en *paumotu* dans une explication dont on devine le sens général mais dont on ne comprend pas le détail. Au bout d'un instant, le père s'approche de nous. Il nous prend les mains à tous les deux et les serre avec émotion dans les siennes. Il nous regarde avec une extrême douceur, puis nous dit :

« Dieu vous a placés là où il fallait, juste sur le chemin de Tama'i, alors qu'il était blessé et allait se noyer. Pour vous remercier, j'ai apporté ce cadeau. »

Il se tourne vers sa femme qui tient un paquet dans ses bras. L'homme s'en empare, l'ouvre et c'est un objet extraordinaire qui nous apparaît. Et qu'il nous offre. La reproduction en bois d'une grande pirogue double océanienne. Nous sommes sidérés par la quantité et la finesse de ses détails. Et ce qui est très étrange, c'est qu'elle est habitée par une foule de petits personnages. Les rameurs, les barreurs des imposants gouvernails de l'arrière, un fier et grand guerrier à l'avant, des femmes et des enfants partout, de minuscules noix de coco, des poissons qui viennent d'être pêchés, des animaux, des poules, des cochons… Il y a là bien plus qu'une simple maquette. Il en émane une force et une réalité soudaines qui me rappellent quelque chose…, mais j'entends Alpha s'écrier :

« Cette pirogue est merveilleuse. C'est certainement un objet de très grande valeur. Nous ne pouvons pas accepter un tel présent.

– Mais si, mais si ! C'est pour vous ! Rien n'est plus cher pour moi que la vie de mon fils. »

Je prends la pirogue dans mes mains sans pouvoir dire quoi que ce soit. Que m'évoque-t-elle ?

C'est une pirogue à deux coques. Elle possède deux grands mâts avec des voiles comme des ailes d'oiseaux. Aucun cordage ne manque. Trois *fare* ont été disposés sur la plateforme qui relie les deux carènes. Celles-ci s'élancent vers l'avant dans deux courbes harmonieuses supportant chacune un tout petit *ti'i*.

La lune est là. Sa lumière jaillit et se répand. Tel un métal en fusion froide, elle finit par couler sur la petite pirogue. Ébloui, je ne vois plus que ses voiles lumineuses portées par ses deux mâts miniatures. Je ne vois plus que ses multiples cordages et la beauté de ses carènes élancées.

Je me surprends à demander un peu brusquement :

« D'où vient cet objet ?

– Nous l'avons toujours eu dans la famille. Plusieurs fois on a voulu nous l'acheter. Mais il n'a jamais été à vendre. Il est à toi maintenant.

– Non ! Tu dois le garder, il vous appartient, à toi et aux tiens.

– Il était à moi. Mais, pour la vie de Tama'i, maintenant il est à toi ! »

Soudain, je comprends pourquoi cet objet me paraît si étrange.

La tête me tourne d'un seul coup. J'entends Alpha supplier :

« Vite, retenez-le, je ne peux pas... »

Puis je tombe dans un puits sans fond inondé d'une lumière glacée.

Alors je les aperçois tous autour de moi. Je suis allongé par terre et Alpha me tient la tête en criant quelque chose, mais je ne distingue rien. Je me vois, là, reposant sur le sol en soupe de corail du *fare* salle à manger, mais je suis aussi au-dessus. Conscience délocalisée, séparée de mon corps. Suis-je mort ? Alpha, ne t'affole pas, je vais bien ! Ils sont tous désemparés et l'un d'entre eux parle dans une radio portative. Je n'entends toujours rien mais je vois tout. Je me vois là comme à la convergence de leur angoisse. Mais je suis également comme eux, spectateur de ma propre absence. Ils m'ont posé un linge humide sur le front, mais la lumière est trop forte. Je crois que je cligne des yeux... la lumière... Je m'éloigne dans un long tunnel. Je sais que j'ouvre la bouche pour leur dire que je suis toujours là, avec eux, mais nulle parole ne sort d'entre mes lèvres et, d'ailleurs, comment leur expliquer que rien n'est grave, que c'est juste la lumière et qu'il ne s'agit que d'un passage ? Je les ai perdus.

Mon Dieu ! Alpha, où es-tu ?

Un projet fou à la hauteur d'une espérance merveilleuse. Une éternelle renaissance, celle d'une quête sous les étoiles. L'espoir d'une terre plus belle encore que la précédente, brutalement annihilée avant même d'être parvenue à maturité.

Deux fantastiques carènes, effilées comme des couteaux, fendent une eau ébahie devant tant de puissance. Deux fois douze rameurs dans un effort surnaturel se penchent, projettent tout le poids de leur corps en avant et, plongeant dans une eau vierge, deux fois douze pagaies propulsent sans faiblir le *Toa*

Marama. Au rythme d'un chant qu'ils n'ont pas oublié, dans une dynamique implacable, ils ouvrent les flots et surprennent une passe encore endormie. Ta'aroa est à l'avant. Debout devant le premier mât, il scrute l'horizon. Ils n'ont pas encore laissé de chaque côté les monstres d'écume toujours présents qui viennent percuter la barrière avant de se répandre dans le lagon que déjà il est ailleurs. Il est la pirogue. Il est l'océan. Il tient dans sa main la destinée de son peuple. Il sait que les trains de houle sont là, qu'il vaut mieux aller avec eux que contre eux. Déjà, il pense au choix de la meilleure route sur le grand *moana*.

« Ô Ruahatu, nous implorons ta clémence ! Que les vents nous soient favorables et, même si tu dois nous mettre à l'épreuve, nous te remercions de nous épargner. Tire notre pirogue sous le soleil. Tire notre pirogue sous les étoiles. Tire notre pirogue vers Te Hitia-o-te-Rä. Guide-nous vers notre *fenua*. »

Ils viennent juste de sortir de la passe. Ils commencent à subir l'ample respiration océane. Ils n'ont pas encore envoyé les deux voiles quand on entend Tama crier :

« Là, droit devant, une pirogue !

– N'arrêtez pas l'effort ! ordonne Ta'aroa. Surtout, n'arrêtez pas ! Tirez la pirogue ! Tirez-la ! Éloignons-nous de la barrière ! Éloignons-nous de la barrière ! »

Un attroupement se forme à l'avant autour de Ta'aroa. Il dit, en se tournant vers son frère :

« Je n'ai pas les yeux de mon fils. Qu'est-ce que tu aperçois ?

– Cela pourrait être une pirogue de pêche… ou un arbre à la dérive.

– Je pense que c'est une pirogue, indique Hina. C'est une petite pirogue comme celle avec laquelle nous allions pêcher, Tama et moi.

– Moi, je pense que c'est un arbre mort, observe Manu qui a rejoint Hina.

– Arrête, Manu ! lui lance-t-elle. Je t'affirme que c'est une pirogue !

– Silence, les enfants ! Temana, commande aux barreurs de modifier le cap pour aller voir. »

Les voiles restent sur le pont. La mer est bien formée mais moins agressive qu'ils ne le pensaient. Insensiblement, ils se rapprochent et tout le monde peut se rendre compte qu'il s'agit bien d'une petite pirogue de pêche.

Tama intervient :

« Il y a un homme à bord ! »

Ceux dont la vue est bonne commencent à percevoir des détails. Hiro'a ajoute :

« Oui, mais il ne bouge pas.

– Je me demande comment il est arrivé là ! s'exclame Ta'aroa.

– Quand j'étais jeune, raconte le père Mata-Rau, je suis resté perdu en mer pendant plus de temps que la lune ne met à revenir… »

Le vaisseau s'est encore rapproché de la pirogue. Son occupant semble dormir, assis à l'arrière. Ensuite, les choses se passent très vite.

C'est Hina qui, la première, s'écrie :

« C'est Ono ! C'est Ono ! C'est Ono !

– On dirait bien que c'est mon fils ! dit Teahoroa qui n'ose y croire et s'est précipité tout à l'avant de l'une des coques, suivi par Hina, très excitée.

– Oui, oui, c'est Ono ! C'est bien lui !

– Merci, ô dieux ! de me le ramener… Mais, si vous me le ramenez, ramenez-le en vie, s'il vous plaît ! » implore son père.

Maintenant, le *Toa Marama* est tout près et Tama, qui est monté dans le premier mât, hurle de toutes ses forces :

« Il y a un autre homme étendu dans la pirogue… je crois que c'est le grand prêtre ! »

À ces mots, Te'iri sent son cœur qui s'affole. Il lui faut réfléchir plus vite que d'ordinaire, il s'entend dire :

« Il est mort, donc je… » Mais il se reprend aussitôt et s'exclame de manière un peu trop forcée : « C'est un très grand miracle. Un très grand miracle ! Les dieux ont encore réalisé un très grand miracle ! »

Au regard que lui jette Ta'aroa, Te'iri comprend qu'il en fait trop. Heureusement pour lui, il est interrompu par Tama, toujours en observation dans les hauteurs :

« Il y a un enfant à côté du grand prêtre ! »

Ces mots déclenchent un véritable séisme. Beaucoup de petits ont disparu. Toutes les mères, tous les pères sentent brutalement monter en eux une bouffée d'espoir et interpellent en même temps Tama pour qu'il en dise davantage. Toutes et tous implorent les divinités pour que le petit corps, là, si près d'eux maintenant, soit en vie et que ce soit leur chair, leur sang ! Mais ils sont une quarantaine et il n'y a qu'un enfant dans les bras du grand prêtre.

« C'est Moearii ! » s'écrie Maeva. Ils sont tous déçus et en même temps très émus.

« Toute sa famille a disparu. Ses parents sont morts, ses frères et sœurs aussi », ajoute-t-elle.

Alors, Ta'aroa décrète :

« Moearii sera maintenant notre enfant à toutes et à tous. »

Hiro'a, Faarii et Tepoe attrapent le bord de l'embarcation et la maintiennent contre le *Toa Marama.*

Les trois naufragés sont inconscients. Ono semble incrusté dans sa pirogue. Il est très affaibli mais bouge légèrement quand on le hisse sur le pont du *Toa Marama*. Tumatarii est comme mort, les yeux clos, et on craint le pire. La petite fille n'arrête pas de gémir.

Maeva et Tepoe se chargent tout de suite d'elle, sous le regard attentif de toutes les mères prêtes à aider.

Ono est étendu sur le dos et Hina tente de verser de l'eau entre ses lèvres gonflées. Manu se sentant inutile décide, de dépit, d'aller mettre une ligne à l'eau.

Ta'aroa s'est approché du grand prêtre. Il lui prend la main, pendant que le sorcier se penche sur sa poitrine pour écouter.

« Le grand prêtre vit, déclare-t-il, mais son cœur est très faible. Il faut le mettre à l'abri du soleil, il faut le faire boire très doucement. »

Ono est pris de frissons, il n'arrête pas d'être agité de mouvements incontrôlés. Mais il n'ouvre toujours pas les yeux.

Après quelques instants d'hésitation, on place les deux rescapés à l'ombre sous un *tapa* entre l'arrière du deuxième *fare* et le deuxième mât.

Ta'aroa intervient alors, car le *Toa Marama* dérive et s'est de nouveau rapproché de l'île :

« Remercions les dieux de nous avoir ramené Tumatarii, Ono et Moearii. Le retour de Tumatarii est un signe divin. En attendant qu'ils reprennent vie tous les trois, nous devons envoyer les voiles et faire la route. Il est temps. C'est ainsi. »

À ces mots et pendant que l'on soigne du mieux possible les survivants, les deux grandes voiles sont enfin hissées. Le *Toa Marama* frémit, s'éloigne un peu du vent et prend un peu de vitesse. Les deux barreurs à l'arrière poussent sur les immenses rames gouvernails et, avec lenteur mais certitude, le grand vaisseau trouve le vent, augmente son allure et affirme sa puissance.

Trois jours plus tard, Ono commence à parler. Hina ne l'a pas quitté et continue de le soigner.

Son père, Teahoroa, Te'iri et Ta'aroa sont à côté de lui.

« Mon fils, les dieux t'ont sauvé et t'ont conduit jusqu'à nous !

– Ono, comment te sens-tu ? dit Ta'aroa.

– Je voudrais boire encore…

– Non, pas trop à la fois. Attends un peu de reprendre des forces. Que s'est-il passé ? Que faisiez-vous dans cette pirogue ?

– Je ne sais plus…

– Pourquoi Tumatarii était-il avec toi ? interroge Te'iri.

– Je suis fatigué… J'étais sur ma pirogue quand *moana* est tombé du ciel.

– Tumatarii n'était pas avec toi ?

– J'étais dans ma pirogue… J'étais en train de me noyer et je me suis retrouvé sur la plage sacrée…

– On ne doit pas aller sur la plage.

– Te'iri, tais-toi ! Laisse-le parler ! ordonne Ta'aroa.

– Les dieux m'ont jeté sur la plage où j'ai pu me reposer. Mon bras droit me faisait très mal. Il y avait une pirogue à côté de moi. Mais ce n'était pas la mienne. Elle était coincée sous des troncs d'arbres. J'ai pensé qu'elle avait dérivé du village. Je ne pouvais pas la dégager.

– Et ensuite ? Qu'as-tu fait ?

– Je voulais revenir à la nage. Il y avait des morts dans l'eau et les requins étaient là ! Les requins… ils dévoraient… c'était horrible ! »

Il ne peut se retenir de pleurer et son père lui serre doucement les mains. Il reprend :

« Il y avait des troncs d'arbres partout qui coinçaient la pirogue… J'ai mis plusieurs heures à la sortir de là.

– Et Tumatarii, pourquoi était-il avec toi ?

– Quand j'ai mis la pirogue à l'eau, j'ai commencé à ramer avec un seul bras. Je m'éloignais du piton mais j'ai entendu une plainte. Comme si on m'appelait de la plage. J'ai pensé que c'était un démon qui voulait me jouer un sale tour et j'ai fait comme si je n'entendais rien. Mais la voix a dit : "C'est moi, Tumatarii ! Je suis coincé sous un arbre ! Qui que tu sois, ne me laisse pas mourir ici !"

– Tu es donc revenu le chercher !

– Oui, et cela n'a pas été facile. Il avait un tronc de cocotier qui lui écrasait la poitrine.

– Et pourquoi êtes-vous partis en mer ? reproche Te'iri.

– Ils ne sont pas partis en mer, ce sont les courants de la passe qui à certains moments sont tellement forts. En plus, toute l'eau qui est arrivée dans le lagon, il a bien fallu qu'elle sorte ! explique Ta'aroa. Vous avez essayé de revenir vers le *motu* du village au mauvais moment, vous avez repêché la petite Moearii et les courants vous ont sortis du lagon !

– Oui, c'est exactement ça. Comme ça risquait d'être dur, j'ai embarqué toutes les noix de coco que j'ai pu avant de quitter la plage.

– Mon garçon, sans elles vous seriez morts ! assure Teahoroa.

– Mais que faisait Tumatarii sur la plage ? demande Te'iri.

– Je ne sais pas… Il ne m'a rien dit. »

À ce moment-là, Ono perd connaissance.

« Il faut qu'il se repose, il est trop faible, tranche Teahoroa. Il doit récupérer. » Puis il écarte sans les brusquer Ta'aroa et Te'iri.

Le lendemain, Ono va déjà mieux. Grâce aux soins répétés de Hina, il sera bientôt sur pied. La petite Moearii reprend vie peu à peu. Le grand prêtre est toujours très faible. Te'iri a tenté de l'approcher, mais Ta'aroa a demandé à Hiro'a et à Temana de veiller à ce que personne ne le dérange.

L'attitude du jeune prêtre est étrange, et l'insistance qu'il met à vouloir parler au grand prêtre finit par agacer.

Le *Toa Marama*, avec des vents soutenus mais plutôt favorables, adopte de jour en jour le rythme des grandes traversées océaniques.

Les femmes ont encore de bonnes réserves d'aliments frais, et l'on pêche des *mahimahi* et des thons dont on fait de fines lamelles qui sont mises à sécher.

On soigne les bêtes et l'on entretient le feu dans le grand bac à sable central. On répare quelques cordages avec de la bourre de coco. On écope régulièrement, car les deux coques prennent l'eau comme toujours. Tous les soirs, juste avant le coucher du soleil, Ta'aroa sort l'Image Sacrée et tous jureraient que c'est bien là l'authentique cadeau des dieux.

Tama s'est lié d'amitié avec une jeune fille de son âge. Il semble oublier Vaiana Nui. Ono est rétabli et Hina se demande s'il est sensible à ses charmes naissants. Un matin, Manu remarque Hina seule, les yeux perdus vers l'horizon. Elle semble mélancolique. Il s'approche.

« Bonjour, Hina. »

Elle le regarde sans rien dire et Manu devine à son sourire triste qu'elle doit songer à Ono, de nouveau occupé à de multiples tâches. La santé revenue, le jeune homme n'est plus continuellement présent à son côté.

« Hina, tu aimes Ono, n'est-ce pas ? »

Elle ne répond pas tout de suite. Manu pense qu'il a vu juste. Elle finit par avouer :

« Quand il ne règle pas les voiles, il aide Hiro'a aux rames ; quand il n'est pas avec Hiro'a, il montre aux enfants comment écoper dans les fonds ; quand il n'est pas avec les enfants, il passe des heures à s'amuser avec des outils de pêche ! En ce moment, je crois qu'il refait des cordages avec Tai. Il n'est jamais avec moi. »

Manu tend alors une main vers la jeune fille et lui dit :

« Regarde ! »

Hina découvre dans la paume de Manu de merveilleux coquillages lançant d'innombrables éclats. Elle ouvre des yeux tout ronds.

« C'est un collier, précise-t-il. Je l'ai fait pour toi. Rien que pour toi. »

Hina prend délicatement le cadeau entre ses doigts. Elle fait un instant miroiter dans la lumière trois magnifiques porcelaines aux reflets orangés et à la surface lisse parsemée de petites lunes lumineuses. Elles sont accompagnées d'une suite de coquillages plus modestes aux irisations bleutées. L'ensemble est très réussi. Hina lève les bras pour passer le collier à son cou.

Ainsi parée, elle reste immobile, les mains derrière la nuque, comme si elle se regardait dans le miroir des yeux de Manu. Puis, sans un mot, elle se détourne et le laisse là, sa main encore tendue mais vide.

Manu se révèle un pêcheur de *mahimahi* exceptionnel et cette promotion, du *varo* à la grande dorade, lui donne l'assurance qui lui manquait. De temps en temps, il adresse un mot à Hina, mais généralement elle ne répond pas. Cependant, elle porte toujours le collier aux trois belles porcelaines.

Le grand prêtre n'est pas mort. Mais peut-on dire qu'il est en vie ? Il ne parle pas, respire avec difficulté et ses forces déclinent.

Pendant des jours et des jours, des nuits et des nuits, Ruahatu tire le *Toa Marama* vers Te Hitia-o-te-Rä, le soleil levant.

Parfois, spontanément, tous se mettent à chanter, et ainsi forgent-ils dans leur mémoire toute leur histoire.

Quand le pêcheur et sa famille se furent rendus à l'endroit indiqué,
Les eaux de la Mer commencèrent à monter,
Et, couvrant jusqu'aux montagnes les plus élevées,
Firent périr tous les êtres,
À l'exception de ceux qui étaient sur ou dans le Toa Marama.

Sous la protection de l'Image Sacrée, dans l'attente d'un nouveau *fenua*, le petit peuple meurtri, tous ces hommes, toutes ces femmes, tous ces enfants dont Ta'aroa a la responsabilité, font route sur le *Toa Marama*. Le peuple du grand Océan n'a qu'un but : découvrir une terre accueillante. Et survivre jusque-là.

Un soir qu'ils naviguent sous le firmament et que l'étoile chevelue a pris possession des cieux à côté de la lune et des autres *ta'urua*, Ta'aroa, qui a l'habitude d'interroger les phares stellaires, fait une surprenante découverte. L'Image Sacrée, qu'il tient entre ses mains, est un morceau du ciel sous lequel ils voguent. Toutes les étoiles qu'ils voient au-dessus d'eux sont là, représentées dans le cadeau des dieux par de petits coquillages.

Jamais ils n'ont vu une chose pareille. Le don des *ti'i* est fabuleux. Ils veulent tous voir de leurs yeux ce morceau de ciel. Et tous l'admirent avec étonnement. Tous décident de nommer la myriade des merveilleuses lumières du cadeau. Voici le Vai-ora-a-Täne, l'eau vivante de la Voie lactée. Et là, le superbe requin Fa'arava-i-te'ra'i couleur du ciel, dans son bassin. Près de lui se trouve Pira'e-tea-a-Täne, l'hirondelle de mer blanche de Täne. Et Anä-muri, l'astre de derrière, qui pleure Rio, le dieu des pêcheurs de thons et de bonites. Ils nomment aussi tous les enfants de Ta'urua. Ta'urua-i-te-i'a-o-te-no'o, la festivité du poisson au gouvernail, la grande festivité en désir des parents, la festivité qui conduit les étoiles, la festivité d'où vient le flux de la mer. À toutes les lumières, ils donnent un nom. À toutes sans exception. À l'oiseau, à la tortue, au poisson…

Alors, ils se réjouissent, chantent et font la fête.

Les réjouissances achevées, Tama a une inspiration soudaine et, devant le peuple rassemblé, déclare solennellement à son père :

« Les *ti'i* nous ont demandé de construire le *Toa Marama*. Tu as fabriqué la plus grande des pirogues. Puis ils nous ont demandé de monter dessus. Nous avons pris la route. Maintenant, père, ils nous demandent de suivre le chemin d'étoiles qui est sur l'Image Sacrée ! »

Et, pour bien affirmer sa démonstration, il pointe son doigt en direction de la rivière de corail et de nacre incrustée dans les coquillages, et finalement désigne avec son index le *ti'i* que l'on peut voir, en y croyant très fort, dans l'un des coins.

Ta'aroa est fier de Tama et tous se disent avec soulagement que la relève est assurée. Tama est bien le digne fils de son père. C'est ainsi que le chemin dans le ciel est révélé au peuple du grand *moana*.

Alors, ils comprennent que la route sera longue et éprouvante, car, s'ils voient bien les *ta'urua* de leur ciel dans une partie des coquillages, toutes ces merveilles de la mer montrent aussi d'autres cieux. Des cieux inconnus, peut-être cachés au-delà de l'horizon, vers Te Hitia-o-te-Rä ou vers Apato'erau…

Ta'aroa et son fils Tama savent désormais qu'ils ont une mission qui sera l'œuvre de toute leur vie. Tous les êtres vivant sur leur terre maintenant submergée sont morts, à l'exception de ces hommes, de ces femmes et de ces enfants, dont ils ont la responsabilité *« … et qui, plus tard, repeuplèrent les îles ou la terre… »*.

27

Promotion

Ta'aroa est tout à l'avant de la grande pirogue, appuyé sur sa lance à dents de requin, immobile et droit sous les étoiles, quand il prend conscience d'un remue-ménage à l'arrière. Il entend son fils lui crier :

« Père, père ! Viens vite ! Viens vite !

– Que se passe-t-il ? dit Ta'aroa, abandonnant son poste d'observation.

– Vite, le grand prêtre vient de se réveiller ! »

Lorsque Ta'aroa s'approche de Tumatarii, un petit groupe s'est déjà formé autour de lui : Tama, Te'iri et Horo'u le sorcier, Hina, Teahoroa, Ono, Temana, Maeva, Manu, Hiro'a, et le père Mata-Rau. On s'écarte. Il s'agenouille. Le grand prêtre a les yeux ouverts. Il est toujours immobile, allongé sur le dos. Il lève péniblement la main droite et Ta'aroa s'en empare avec douceur. Tumatarii entrouvre les lèvres pour prononcer quelques mots, mais d'une voix tellement faible que Ta'aroa doit se pencher pour comprendre.

« Seul… toi seulement… tout seul… tout seul…

– Tu veux qu'il n'y ait que moi avec toi ? » reprend Ta'aroa à voix haute afin que tous l'entendent.

Le grand prêtre hausse distinctement les sourcils deux fois de suite en signe d'acquiescement. Tous s'éloignent immédiatement, sauf Te'iri qui proteste :

« Mais je suis prêtre moi aussi, mon rôle…

– Plus tard, plus tard », interrompt le père Mata-Rau qui, fermement, l'écarte.

Ta'aroa continue de tenir les mains de Tumatarii. Celui-ci murmure :

« Je vais mourir… Approche-toi… Une bonne raison de parler… importante. Très importante. Écoute-moi bien… »

Le grand prêtre est très essoufflé, sa poitrine se soulève difficilement.

« Avant la tempête… l'Image Sacrée, je l'ai vue…

– Tu as vu l'Image Sacrée !

– Oui… j'ai désobéi. Je suis allé dans le *fare*, le *fare* tabou. J'ai osé la prendre dans mes mains, pardonne-moi…

– Tu es le grand prêtre, ne t'inquiète pas !

– Je l'ai remise à sa place… On m'a frappé… On m'a frappé par-derrière…

– On t'a frappé ! Qui a fait ça ? Qui ?

– Je n'ai rien vu… On m'a poussé, je suis passé à travers la paroi… Je suis tombé dans l'eau et la grande vague est arrivée… Je n'ai pas pu remonter sur le *Toa Marama*…

– Et le cadeau des dieux, il est tombé dans l'eau avec toi ?

– Non. Il est resté à bord… Pourquoi me demandes-tu cela ?

– Tu es certain ? Il n'est pas tombé dans le lagon ? Tu es sûr qu'il était encore sur le *Toa Marama* quand on t'a poussé ?

– Oui… oui… »

Ta'aroa est atterré. Il murmure :

« Par Ruahatu, il y a un meurtrier à bord.

– Tu es le Porteur de l'Image Sacrée, c'est toi qui guides notre peuple…, insiste Tumatarii.

– Oui ! Et Tama a vu le chemin des *ta'urua* dans l'Image… dans l'Image…, hésite Ta'aroa qui ne sait pas comment expliquer tout cela au vieil homme. Mais qui t'a frappé ? Qui a osé ? Qui ?

– Je ne peux plus… Je n'ai rien vu… Méfie-toi… Tu es en danger… On a voulu voler l'Image Sacrée… Serre bien ma main… Ta'aroa, fais attention à…

– À qui ? À qui dois-je faire attention ?

– … Fais… Fais attention à Te… »

Les yeux du grand prêtre se sont tournés vers le groupe qui reste au loin. Il hausse les sourcils mais ne dit plus rien. Sans lâcher les mains du mourant, Ta'aroa regarde en direction de ses compagnons. Ils sont tous là, Te'iri, Horo'u le sorcier, Teahoroa, Ono, Temana… Il pense aussi aux autres : Tehei, Tea’ii, Teivana… Se peut-il ?… Puis il lève son regard vers les *ta’urua* et implore les puissances divines :

« Ô dieux, laissez-le encore parmi nous ! »

Mais Tumatarii est mort. Ta’aroa se met à pleurer comme s’il venait de perdre un père. Il revit l’épisode dramatique et le grave dans sa mémoire. Il l’enfouit précieusement tel un terrible secret. Un mystère. Il récite sans fin les derniers mots qu’il a entendus : « Fais attention à Te… » Il les imprime en lui de manière indélébile, conscient de l’énigme qu’ils posent. Il ne peut retenir une foule d’interrogations.

Il lâche enfin les mains de Tumatarii et se lève avec lenteur. Il se tourne vers le velouté du ciel profond. Brandissant sa lance vers l’infini des cieux, il crie sa fureur avec une telle hargne que tous à bord du *Toa Marama* sentent leur sang se glacer d’une terreur originelle.

Le puissant vaisseau océanien, ses voiles bien établies, oscille et glisse doucement sur une ample houle, sans le moindre doute sur la route à suivre. Confiant et serein, il est le seul à ignorer le courroux du maître du bord.

Le lourd silence qui s’installe est atténué par un chuintement continu, par la pénétration constante dans l’eau des deux immenses carènes. Elles se soulèvent, s’abattent, se soulèvent encore et gardent sur les flots une emprise perpétuelle. Une dynamique redoutable affirme toute la puissance du vaisseau. Cette énergie alimente les terribles images de la conscience de Ta’aroa, des images qui hésitent, se cherchent, puis se cristallisent enfin dans une effrayante conclusion.

Ta’aroa se retourne vers le petit groupe. C’est un fauve à l’affût prêt à bondir. Mais l’odeur de la proie lui échappe encore. De ses yeux fixes, à moitié fermés, filtre une lumière inquisitrice. Tous baissent les paupières par peur d’être anéantis par cette flamme. Mais il n’a pas de certitude. Il n’a que doute et colère. Rien pour l’instant ne peut guider son bras vengeur. De rage, il projette sa lance avec une violence aveugle, à cinq mètres devant lui. Elle se fiche avec un bruit sourd dans le pont du vaisseau. Elle vibre un instant, puis c’est un silence de mort qui se répand sous la lune. Au moment de l’impact, soudés, ils ont tous ensemble reculé de quelques mètres. Aucun traître ne s'est dévoilé.

Après des heures interminables pendant lesquelles le temps s'est figé, alors qu'une aube diffuse couvre l'océan d'une indicible vapeur, Ta'aroa entend son fils murmurer de loin avec respect :

« Ô père ! Pardonne mon impudence, peut-on venir maintenant ? »

Ta'aroa se retourne. Son fils Tama a fait quelques pas vers lui. Il s'est arrêté un peu avant la lance, qui marque une limite symbolique infranchissable. Ta'aroa vient à lui. D'un geste assuré, il retire son arme et la plaque contre lui. Il décrète :

« Fils, nous allons rendre hommage au grand prêtre Tumatarii. » Puis, à l'adresse de tous qui l'observent à distance, il répète, avec la force d'un chef dont l'autorité ne peut être contestée :

« Dans les jours à venir, nous rendrons hommage au grand prêtre Tumatarii. Pendant les cérémonies, c'est mon fils, Tama, qui veillera à la bonne marche du *Toa Marama*. Avant toute chose, que Te'iri vienne me voir immédiatement. C'est ainsi ! »

Le prêtre Te'iri s'est avancé. Il se tient droit et fier devant Ta'aroa. Mais ce dernier le regarde avec une telle intensité qu'il finit par s'agenouiller. Ta'aroa lance :

« Te'iri, suis-moi ! » Il se retourne, aussitôt suivi par le prêtre.

Arrivé à l'avant, là où il est facile de s'isoler, Ta'aroa lui déclare :

« Maintenant que Tumatarii est mort, c'est à toi de devenir le grand prêtre de notre peuple. »

À ces mots, Te'iri respire plus fort. Il gonfle sa poitrine. Il ose :

« Je saurai me montrer digne…

– Tais-toi ! Laisse-moi parler ! »

Te'iri est sidéré que l'on puisse s'adresser à lui sur ce ton, mais il obtempère en baissant les yeux.

« C'est très simple. Les temps ont changé. Rien ne sera plus comme avant. J'ai besoin de toi, comme toi tu as besoin de moi. Je demanderai aux anciens d'approuver la décision faisant de toi le principal prêtre de notre vaisseau, mais… »

Te'iri ne peut s'empêcher de frémir sous le regard terrible qui le traverse.

« … mais, au moindre écart, à la moindre traîtrise de ta part, je te jette aux requins après t'avoir arraché le cœur ! Retourne à tes occupations et prépare la plus grande des cérémonies que tu puisses faire pour un prêtre qu'il te sera difficile d'égaler. Va, et n'oublie pas une seconde ce que je viens de dire. C'est ainsi ! »

28

Seul au monde

C'est dans une solitude infinie que je me retrouve sans que je puisse comprendre pourquoi cette épreuve m'est infligée. J'ai un vague souvenir d'Apataki. J'ai un vague souvenir de l'accueil chaleureux de Polynésiens que nous ne connaissions pas… Nous ? Alpha, où es-tu ? Dans quelle détresse te trouves-tu ? Tu t'éloignes de moi bizarrement, comme si tu faisais partie d'un rêve, alors que je suis, moi, seul au monde, plongé dans une contrée désertique, un abîme de perplexité.

Un instant, je crois la voir, tenant dans ses mains une étrange pirogue minuscule. Elle semble dire quelque chose, penchée sur cet objet mythique. Mes souvenirs ne savent plus distinguer le vrai du faux, le réel de l'archétype symbolique, la lumière de l'obscurité. Une pensée me déchire le cœur : je deviens fou. C'est ça, la folie ordinaire. Il n'y a plus de frontière entre le rêve et la réalité des choses de la vie !

Abandonné ! Je suis abandonné par eux et de la plus cruelle manière, dans la plénitude lumineuse d'une mer du Sud sans frontières que j'ai tant désirée.

Quand le soleil tombe derrière l'horizon, j'ai l'impression que je vais mourir. J'ai toujours cru que je maîtrisais les mystères de l'océan. Que je pouvais voir dans les vibrations océanes la présence d'une île familière, ou que les cieux me montreraient le chemin de la délivrance. Mais perdu, complètement nu, sur cette malheureuse pirogue à balancier de quelques mètres de long, sans eau, sans nourriture et sans mon matériel de pêche, je suis bien trop durement mis à l'épreuve. Je cherche dans les mouvements de la houle l'écho d'une terre prochaine, mais aucune ne s'offre à moi. J'ai pensé trouver dans un improbable froissement d'ailes l'espoir, même incertain, d'une ombre plus sombre, en équilibre entre ciel et mer ; or mes yeux se perdent aux limites du monde. Aucun nuage, dans un signal apaisant, ne reflète avec grâce l'image de sommets tant désirés. Je m'adresse au divin :

« *E te Fatu e, 'aore ä vau e ta'a nei i te aura'a o tä 'oe nei poro'i. A horo'a mai i te hö'ë tapa'o.* Seigneur, ton message reste pour moi incompréhensible. Je te supplie de me faire un signe. »

Ces paroles m'affectent profondément parce qu'elles ne semblent pas provenir de ma propre personne : je ne suis pas capable de m'exprimer en *reo mä'ohi* et je ne suis pas croyant. Il est certes facile de nier l'existence de Dieu quand on n'en a pas vraiment besoin. Mais, quand la dernière heure s'égrène, quel athée peut prétendre ne pas souhaiter, même un fugitif instant, le réconfort d'une présence divine ?

Non, je ne suis plus moi-même. Alpha s'efface maintenant dans une brume envahissante et pernicieuse. Habituellement, je n'imagine pas vivre sans sa présence, alors qu'en cet instant irréel je me soucie de moins en moins de son devenir. Je n'ose regarder mon avant-bras sachant qu'il porte la marque. Celle que j'ai entrevue en rêve quelques jours plus tôt. Mais est-ce seulement une vision onirique ? Une tortue stylisée en forme d'étoile noyée dans une répétition dentelée de triangles noirs.

D'une luminescence blafarde, d'une pâle effervescence, naît sous les étoiles une route étincelante et rectiligne. Mille éclats scintillant d'espérances soudaines sur le chemin initiatique de la mort. Et je le vois enfin, le fier vaisseau, tel que dans mon rêve.

Pleurant de joie, je tombe à genoux en remerciant les cieux d'avoir répondu à ma prière.

« Ô merci ! Merci, Seigneur, de m'apporter l'espoir et fais que ce grand *va'a* croise la route incertaine du mien ! »

Que suis-je devenu pour implorer avec cette conviction aveugle les puissances du ciel ?

« Ô Tumatarii, grand prêtre entre les grands ! Toi qui fus le guide infaillible de notre peuple, chemine sans soucis vers les *ta'urua*, vers l'hirondelle de la mer blanche, vers le *marae* enchanté dans les ténèbres, vers le miracle du flux de la mer. Toi qui connaissais le juste dessein des dieux, trouve dans cette prière de l'esprit reposant la voie de la félicité éternelle. »

Te'iri a terminé l'hommage.

Un silence profond règne sur le grand vaisseau qui vogue seul sous la protection de l'astre de la nuit. La dépouille de Tumatarii est le centre de tous les regards. Enroulée dans le plus beau *tapa* blanc du bord, elle est là, posée sur une mince latte de bois, retenue par un cordage qui ne demande qu'à être coupé, et prête à se rendre dans les sphères mystérieuses de l'au-delà marin, en attente du signe absolu, le geste formel, l'ordre de Ta'aroa.

Tumatarii doit faire un long voyage, implorer la protection de Ruahatu, puis souhaiter être élevé dans les cieux au côté du grand requin gris, eau vivante de la Voie lactée.

Ils sont tous là, sans exception, recueillis autour de celui qui fut leur prêtre aimé. Te'iri prend conscience de toutes les difficultés qu'il devra surmonter. Certes, Tumatarii n'est plus qu'une forme qui se perd, mais il devient une légende qui sera chantée éternellement dans la mémoire collective du petit peuple de l'océan.

Soudain, si seul sur ma pirogue, je les entends ! Les *to'ere* ! Ils emplissent mon espace marin jusque-là silencieux d'une présence sonore qui me submerge de bonheur.

Merci, Seigneur, pour ce signe et merci pour cet accueil que je ne mérite pas !

Une rythmique obsédante précède le vaisseau qui plonge dans la houle avec puissance. La lune l'éclaire d'une lumière où je crois voir l'image des dieux. Maintenant qu'il se rapproche à vive allure, nul doute qu'ils vont me voir ! Je suis sauvé !

Mais personne ne semble m'apercevoir, ridicule poussière, infime molécule malmenée par des ondes pernicieuses. Je me suis levé. Je veux crier. Je veux hurler mon désespoir pour qu'ils me remarquent enfin. Mais ce ne sont que de pauvres pleurs qui quittent difficilement mon corps éprouvé. Ma gorge serait-elle devenue de bois ? Les *to'ere* sont pris d'une frénésie explosive. Ils me narguent. Je perçois maintenant distinctement les deux carènes effilées comme des couteaux menaçants. Elles montent, descendent, se rapprochent pour me dépecer. Cette grande pirogue double n'est-elle conduite que par des *tüpäpa'u* ? Est-ce un vaisseau fantôme ? Est-ce une vision ? Une épreuve supplémentaire dans laquelle des dieux sans âme s'amusent à me plonger ?

Seigneur, qu'ai-je donc fait pour mériter cet oubli de ta part ?

Sur le *Toa Marama*, Ta'aroa est debout à l'arrière, près du corps sans vie de Tumatarii. Il lève avec gravité une hache de pierre cérémonielle. Dans un mouvement qui semble dilater un temps qui se fige, elle arrive enfin juste au-dessus de sa tête. Il se cambre et d'un geste sûr abat violemment son arme, tranchant d'un coup sec la corde qui retenait la latte mortuaire. Tandis que les *to'ere* se taisent soudainement, le grand prêtre glisse dans un envol silencieux vers une obscurité marine dans laquelle il se fond.

Je me suis levé pour implorer de l'aide. Mais l'une des étraves éventre ma pirogue dans un effroyable crissement. Le frêle esquif agonise, poussé par un monstre insensible à ma détresse ainsi qu'aux débris dérisoires qu'il avale. Alors que je suis perdu, au moment où je vais couler dans des flots aveugles, je vois nettement au-dessus de moi, grimaçant dans un rictus démesuré, deux masques de bois qui ne daignent même pas m'accorder un regard. Ma tête explose contre une masse obscure et je suis englouti dans une onde ténébreuse.

29

Le passage

Ta'aroa et tous ceux qui en cet instant de recueillement ont le regard porté vers la dépouille de Tumatarii sont stupéfaits. Tous, penchés au-dessus des flots où le grand prêtre a disparu, voient, exactement au même endroit, dans la lueur lunaire, un homme nu, à moitié inconscient, émerger de l'onde.

À peine Ta'aroa a-t-il fait signe à Ono que celui-ci est déjà dans l'eau. La corde qui a servi à larguer le cadavre de Tumatarii sert cette fois à ramener sur le pont un homme dans la force de l'âge, évanoui, portant sur son avant-bras le signe des religieux de haute lignée, identique à celui qu'arborait Tumatarii : une tortue stylisée en forme d'étoile noyée dans une répétition dentelée de triangles noirs.

Personne ne dit mot. Ta'aroa s'agenouille près de l'homme. Il passe une main interrogative sur le tatouage. Il regarde le sorcier et demande :

« Est-ce un démon ? Un dieu ? Un homme ? »

Horo'u n'hésite pas. Il déclare :

« Aucun homme ne peut vivre dans les flots comme un requin, un thon ou une baleine. Et aucun dieu ne peut montrer la faiblesse qui l'accable en ce moment. Vois, il est en train de mourir.

– Alors, c'est un démon ?

– Aucun démon ne peut porter le signe des religieux de haute lignée. Ce ne peut être un esprit maléfique. Aucune des puissances des ténèbres ne peut survivre en présence de la marque. »

Ta'aroa interroge :

« Se pourrait-il que ce soit Tumatarii ? Serait-ce le grand prêtre réincarné dans une écorce humaine bien plus jeune que celle qu'il vient de quitter à l'instant même ?

– Ce n'est pas impossible, dit le sorcier, au grand désespoir de Te'iri. Voyez tous ! Vous avez vu Tumatarii mort, dans son *tapa* blanc, disparaître dans le domaine de Ruahatu, puis vous avez vu, immédiatement après, un homme beaucoup plus jeune ressortir de *moana*. Ruahatu nous redonne Tumatarii comme il était il y a de nombreuses lunes, pour une seconde existence ! »

Il se tourne alors vers Ta'aroa et continue avec emphase :

« C'est un signe divin. Tumatarii ne peut pas mourir, il a le *mana* ! Ruahatu l'a recraché pour le remettre là où il doit encore être, sur le *Toa Marama*, car il y a encore tant de choses à accomplir ! »

Aussitôt, Ta'aroa décide :

« Conduisez la réincarnation du grand prêtre au centre du *Toa Marama*. »

Tama, Ono et Temana portent le corps du ressuscité.

Te'iri, craignant la colère de Ta'aroa, n'ose rien dire de ce qu'il pense vraiment. Il est tétanisé par ce qu'il vient de voir, par ce cataclysme. Tous s'éloignent et le laissent ainsi, doutant de son destin, à l'arrière du vaisseau.

Apataki

C'est une petite révolution à Apataki, où je suis aussi. Le médecin du village de Niutahi est arrivé dans son bateau à moteur, un *poti marara*. Immédiatement, il a été conduit auprès d'Alpha et je les vois qui s'agitent autour de moi. Je descends légèrement en une voltige aérienne que je commence à maîtriser. Conscient que je vais créer la surprise, je réintègre mon corps avec douceur. Je frémis un instant, juste pour montrer que je suis là.

« Docteur, il vient de bouger », signale Alpha.

Que dois-je faire pour ne pas l'affoler ? Que dois-je faire pour la rassurer sur mon sort ? Le médecin, lui, ne peut que se sentir à l'aise dans cette situation où, dès son arrivée, le patient reprend vie. Je le laisse donc s'approcher. Il prend mon pouls et pose son stéthoscope sur ma poitrine. Au bout d'un long moment, je l'entends dire :

« Madame, votre mari semble très bien se porter. Il dort, tout simplement ! »

Un soupir général parcourt l'assistance. Ce n'est pas désagréable d'être ainsi le centre du monde, mais il est temps de revenir. Je bouge un bras. Les yeux fermés, je cherche la main d'Alpha. Je la trouve. C'est le moment. Je ne peux ni brusquer ce retour ni tarder à revenir vers elle. Le présent prend une force surnaturelle. Avant, je suis comme mort. Après, je suis comme ressuscité. L'écoulement du temps n'est pas si linéaire qu'on le dit. Je dois me décider. Avant même de le décrire, l'instant singulier du retour appartient déjà au passé. J'ouvre les yeux. Je me soulève légèrement et elle me prend dans ses bras.

« Tu nous as fait une sacrée peur ! » dit-elle tout en riant et pleurant.

Et là, je ne sais pas pourquoi, j'explique :

« Je viens du *Toa Marama*... », mais personne ne se préoccupe des paroles d'un homme qui se réveille après une longue perte de connaissance.

Nos amis sont toujours là. L'homme à la pirogue miniature également. Alors je me lève, il me tend la merveilleuse maquette que j'avais hésité à accepter et, cette fois, je la prends en prononçant avec force :

« *Mauruuru roa.* »

Je suis étonné de ne plus voir le fier guerrier placé à l'avant comme j'en avais gardé le souvenir. Je le découvre agenouillé, au milieu de la pirogue, sur l'arrière du *fare* central, entouré d'un groupe de figurines que je n'avais pas remarqué la première fois. Tous, sauf l'un d'entre eux qui se tient tout à l'arrière, immobile et droit, regardent un homme nu, allongé sur le dos, qui semble endormi.

30

Retour aux valeurs anciennes

LIe siècle

« LinZ, je vais bientôt avoir besoin des informations que tu m'as promises, il ne faut plus tarder maintenant ! »

AnZio est impatient et LinZ attend toujours le retour de l'Agent communicateur qui doit lui rapporter des Nuages du Cygne, de Centaure Croix et de la Nébuleuse de Gum les compléments manquants. Mais cela, mieux vaut qu'AnZio ne le sache pas.

« Je ne suis pas prêt, donne-moi encore quelques jours.

– Dis-moi, LinZ, tu n'es pas en train de me raconter des blagues au moins ? Parce que, avec la somme que tu demandes, tu n'as pas intérêt ! Tu vois ce que je veux dire ?

– Je te promets que tu en auras pour tes infos, mais laisse-moi encore le temps de tout mettre en ordre. Ce sont d'énormes quantités d'informations et il faut que je structure tout ça.

– Bon, une semaine, pas plus ! Tu as bien compris ?

– Oui, oui, j'ai bien compris », marmonne LinZ qui espère que les données ne tarderont pas. AnZio est un bon payeur, certes, mais il est dangereux.

Il demande à son BioCom d'appeler IwaKi. Mais elle ne répond pas. À force de passer tout son temps libre sur son THM, droguée par les images des fameuses séquences sur les pirogues, elle est très fatiguée. Son travail doit s'en ressentir et cela pose un vrai problème. De plus, elle a depuis quelque temps des idées farfelues qui inquiètent LinZ.

« Elle devient encore plus dépendante. Ça lui monte à la tête, dit LinZ à haute voix. Il ne faudrait pas qu'elle sabote le retour de l'Acom, ou qu'elle se fasse remplacer à la dernière minute. »

LinZ est très préoccupé. Il a besoin d'IwaKi. Sans elle, l'authentification des données sera publiée et AnZio n'en voudra plus. Mais, s'il lui serre la vis, comment va-t-elle réagir ?

Il dit à son BioCom :

« Appelle IwaKi et laisse-lui le message suivant : "Bonjour, IwaKi, c'est LinZ. AnZio vient de m'appeler. Il s'impatiente. Rappelle-moi, c'est urgent. Merci."

– Voilà, LinZ, c'est fait. C'est bien mystérieux tout ça ! »

Ignorant la remarque de son BioCom, LinZ prend un comprimé euphorisant et, pour tuer le temps, regarde sur TV3D les nouvelles concernant le vaisseau. Dans le flot d'images 3D reconfigurées au milieu de sa cellule, il voit soudain quelque chose qui l'intrigue. Il se penche pour l'examiner, comme s'il allait toucher les personnages en réduction qui s'agitent au milieu de la pièce.

« ... chers amis de *Réel3D*, nous sommes en direct de la place Saint-M où une manifestation vient de se former. Vous voyez en ce moment même une centaine de personnes revendiquant le développement des actions Retour Aux Valeurs Anciennes, les RAVA. Il s'agit d'une manifestation non violente pour le moment et les Asi n'ont pas à intervenir. Mais tout peut changer d'une minute à l'autre car un groupe d'opposants du Mouvement pour l'Ordre Régulier, le MOR, est en train de se constituer de l'autre côté de la place et... »

LinZ jurerait qu'il a vu IwaKi dans la foule des RAVA. Il arrête la transmission, fait un retour arrière en utilisant l'enregistrement automatique des séquences. Devant lui, des pantins miniatures remontent le temps. Il retrouve le passage, puis stoppe la transmission. Il prend la commande tactile et, avec la boule de localisation spatiale, place la zone de grossissement autour d'un visage complètement immobilisé. Il zoome autant qu'il peut. Le visage d'IwaKi apparaît sous son nez, la bouche grande ouverte, comme si elle criait quelque chose.

« Quelle idiote ! Ce n'est pas le moment de se faire remarquer. »

Il se précipite dans le couloir et entend une information générale provenant d'un Acont iA :

« À la suite de mouvements de foule incontrôlés, la place Saint-M et ses abords sont momentanément interdits à toute circulation. À la suite de mouvements de foule incontrôlés... »

Il croise un voisin qui lui dit :

« Ça chauffe sur la place, reste donc chez toi ! »

Sans tenir compte du conseil, il est dans la rue. Les passants accélèrent le pas pour rentrer chez eux. LinZ habite juste à côté de la place. Il aperçoit des attroupements et des Asi en combinaison orange qui se déplacent en formation. Ils portent des casques et des matraques répulsives, certains lancent déjà des grenades paralysantes. Il se faufile à contre-courant d'une cohue indescriptible. Soudain, il la voit, elle est avec un groupe d'excités qui n'arrêtent pas de chanter, pendant que des MOR tentent de les atteindre en leur jetant des chaises qu'ils ont subtilisées aux terrasses des cafés. Entre les deux groupes, une rangée d'Asi essaie tant bien que mal de calmer la situation. Des touristes prennent des vues 3D, d'autres tentent un repli stratégique. LinZ est passé derrière le groupe des RAVA dans lequel IwaKi se trouve. Pour pouvoir l'approcher, il se met à chanter les slogans pour le Retour Aux Valeurs Anciennes. Un manifestant lui fait un clin d'œil de connivence. Il est derrière elle. Il lève la main pour l'attraper par l'épaule, mais elle se baisse brusquement et il reçoit un projectile en pleine face. Il tombe. Il a un goût de sang dans la bouche. Un Asi le relève et le tire sans ménagement vers l'arrière pendant que d'autres Agents tentent de disperser les manifestants. IwaKi s'est retournée. Elle voit LinZ à moitié inconscient qui est entraîné dans une ambulance avec d'autres RAVA paralysés par les gaz. Se protégeant le nez de la main pour éviter elle-même l'asphyxie, elle s'éloigne en courant dans une pagaille ahurissante.

Une fois chez elle, IwaKi prend connaissance du message de LinZ. Elle essaie de l'appeler, mais il n'a évidemment pas regagné son domicile et son BioCom ne répond pas. Décontenancée et ne sachant que faire, elle regarde *Réel3D*.

« Nous avons en direct un des leaders du mouvement RAVA. Vous êtes VanadZo, n'est-ce pas ?

– C'est exact.

– Vous êtes l'un des organisateurs de la manifestation RAVA qui a eu lieu cet après-midi place Saint-M. Pouvez-vous nous dire quelle en était la raison ?

– Tout d'abord, je tiens à préciser qu'il s'agissait d'une manifestation autorisée, les Asi n'avaient pas à intervenir !

– Mais elle n'était plus pacifique.

– Non, parce que, comme d'habitude, les réactionnaires du MOR ont fait de la provocation, pas nous !

– Revenons à votre objectif.

– Notre objectif est de faire prendre conscience aux dirigeants des vaisseaux-lumière que nous devons reconsidérer les projets d'aménagement des vaisseaux. Nous sommes trop dépendants d'une hypertechnologie dans laquelle l'homme est oublié. Nous préconisons le développement des EVA, les zones spéciales d'Espaces de Vie Ancienne.

– Mais, vous-mêmes, vous avez des représentants dans le gouvernement actuel. Ne défendent-ils pas vos intérêts ?

– Nous n'avons pas d'intérêts. Nous défendons des idées humanistes pour le bien de tous, sans aucun parti pris politique !

– Oui, mais pour mettre en place les EVA, des programmes ont déjà été définis dans tous les vaisseaux.

– Certes, mais aucun n'a réellement abouti. La technologie reprend toujours le dessus.

– Merci, VanadZo, pour ces informations. Voici la suite de notre émission. Demain aura lieu au stade de Z la rencontre F3 entre deux équipes étrangères au vaisseau : les Dzeta-Orion et les Aigles Noirs… »

IwaKi est inquiète. AnZio doit s'impatienter et LinZ n'est toujours pas rentré. De plus, elle n'a pas visualisé sa dose d'images quotidiennes et la journée a été éprouvante. Elle déprime. Faute de pouvoir faire autrement, elle prend une quantité très excessive d'euphorisants puis s'allonge sur le lit. Elle tente de toutes ses forces de réveiller les souvenirs des séquences de la merveilleuse et très ancienne pirogue. Dans une demi-inconscience, elle répète : « ancienne pirogue »… Elle se voit à bord, avec un homme étrange, un guerrier des temps anciens qui lui montre quelque chose. Elle est bouleversée. Elle comprend ce qu'il montre. Il montre une lumière… mais sa pensée bascule et diverge. Elle se revoit maintenant dans la manifestation de cet après-midi. Elle passait là par hasard, pour aller chez LinZ, et les chants des RAVA l'ont attirée. Elle pense à AnZio. Il était là avec eux, dans la manifestation, elle s'en rend compte maintenant, il était là avec un homme qu'elle connaît, mais qu'elle n'a jamais rencontré. Cet homme, elle vient de le voir sur TV3D. C'est VanadZo, le leader des RAVA ! Elle se secoue pour remettre de l'ordre dans ses pensées. Une chose lui paraît maintenant évidente. Elle commence à comprendre ce qu'elle a vu sur la pirogue. Le guerrier lui montrait ce qu'il prenait pour... Ce n'est pas possible ! Les images de LinZ ne sont pas destinées à AnZio, mais à VanadZo, évidemment ! C'est un complot politique. AnZio a parlé d'un collectionneur, c'est faux ! LinZ et elle se font manipuler. Elle se rend dans la salle de bains. Elle est malade. Elle a dépassé la dose d'euphorisants. Elle se penche au-dessus du lavabo et vomit bruyamment sans pouvoir retenir de douloureux spasmes. Au bout d'un temps qui lui paraît affreusement long, elle se calme. Elle se traîne de nouveau sur son lit et, très éprouvée, s'endort profondément.

31
Des signes

Apataki

Nous avons réintégré le bord confortable du *Toa Marama*. Alpha a exigé que je me repose. Elle a raison. Elle a souvent raison. J'aurais donc besoin de repos, mais n'ai pas envie de me relaxer. Je suis très excité par les événements que je viens de vivre. Même si je les range dans les souvenirs des rêves, je leur trouve une densité, une présence exceptionnelles. Ils méritent d'être gardés dans le tiroir secret du merveilleux et de l'imaginaire, celui que l'on aime ouvrir de temps en temps, où l'on retourne avec plaisir, où l'on place la mémoire étrange de ce qui ne peut être… ou qui n'est pas encore… ou que l'on aimerait qui soit. Des rêves ? Des souvenirs ? Je ne les vois pas exactement comme des fictions incohérentes ou incompréhensibles, mais comme une autre réalité… parallèle, plus éclatante et non dénuée de logique. Une réalité flamboyante. Quoique celle que l'on rencontre aux Tuamotu ne soit ni plate ni morne, bien au contraire. La pirogue, par exemple. Quel objet mystérieux et bien réel ! Quel lien étonnant entretient-il avec moi ? Avec Alpha ?

Alpha est une compagne idéale et je la laisse décider. Elle insiste pour que je décompresse. Alors, je m'abandonne à cette douceur si particulière d'une bonne couchette de bateau à voiles. Me voilà bien tranquille dans notre cabine et les soins attentionnés d'Alpha m'entraînent bientôt à vagabonder de nouveau dans les mystères des rêves. J'ouvre mon tiroir secret.

Je passe une nuit d'une extrême tranquillité. Je suis peu à peu réveillé par un magnifique soleil qui filtre entre les rideaux de la cabine. Le *Toa Marama* est immobile. Il se prélasse lui aussi, sans tirer sur sa chaîne. Il goûte certainement l'indicible bonheur d'un lagon polynésien en imaginant avec amusement les conditions autrement plus difficiles de ses frères des latitudes septentrionales. Aucun bruit, aucun mouvement, aucune houle ne vient troubler la quiétude du petit matin. Alpha est déjà levée. Je m'assieds sur la couchette. J'ouvre en grand le capot de pont qui est juste au-dessus de moi. Je mets la tête dehors. Mon regard longe toute la hauteur du mât pour s'arrêter à une vingtaine de mètres sur le tourniquet d'un anémomètre qui virevolte au ralenti. Une insignifiante brise, chaude et parfumée, me révèle un paysage typique des Tuamotu. C'est bien Apataki. D'un côté, l'immensité quasi océane d'un lagon bleu, vierge de toute île haute, de l'autre la plage de sable blanc, les cocotiers. J'aperçois notre ami *paumotu* au bord de l'eau. Il se baisse régulièrement. Je sais ce qu'il est en train de faire. Il donne des débris de poisson au requin apprivoisé des lieux. Un gros requin dormeur de trois mètres de long qui tous les matins vient docilement réclamer sa pitance. Notre ami se baisse. Là, je sais qu'il lui gratte la tête, comme il le ferait avec un chien. La première fois que j'ai vu le requin venir, l'air de rien, dans quarante centimètres d'eau, comme s'il allait monter sur la plage, j'ai songé à un chien ; ensuite, son comportement m'a fait penser à celui d'un fauve. Notre ami tenait fermement par la queue un beau poisson-perroquet de trente centimètres, un poisson mort de quatre jours, tout juste bon à appâter pour pêcher. Il l'a mis dans l'eau sous le nez de la bête, mais sans le lâcher. Le requin est resté immobile un court instant, et puis, en un éclair, il a englouti l'appât. Même notre *Paumotu* a été surpris. Le requin avait avalé la proie si vite que tout le bras généreux avait failli y passer.

Ce matin, notre homme est plus prudent, il jette les poissons dans l'eau, il ne les met pas sous le nez du fauve.

« Tu es réveillé ?
– Oui, j'arrive ! »

Quand je me lève, j'ai un coup au cœur. Sur ma peau, juste au-dessus de mon poignet gauche, je vois une empreinte sombre, une tortue stylisée, sorte d'étoile entourée d'une suite dentelée de triangles noirs. Dubitatif, je caresse l'endroit, il semble entrer en résonance avec un souvenir incertain. Je suis plus intrigué que surpris. Je prends alors dans l'un des équipets de la cabine un pull à manches longues, que l'on garde là dans le cas peu probable d'une navigation nocturne plus fraîche que prévu, et je l'enfile. Une fois couvert, j'essaye de penser à autre chose et rejoins Alpha qui est en train de lire dans le cockpit.

Un petit déjeuner appétissant m'attend. La pirogue polynésienne en miniature est là. Je sais que, si Alpha l'a mise à côté de nous, ce n'est pas seulement pour faire joli. Elle trône sur la table bien en évidence comme un trophée. Elle demeure d'une beauté envoûtante. Ils sont tous là, ceux du petit peuple. Tous là avec nous et je ne sais plus quoi penser. Ils nous regardent ? Ils attendent quelque chose ? Qu'est-ce qu'ils attendent donc sur le vaisseau ? Je m'assieds sans rien dire.

« Qu'est-ce qui t'arrive ? Tu as mis un pull, il fait plus de trente degrés, tu ne te sens pas bien ?

– Ce n'est rien. Un peu de fatigue sans doute, j'avais des frissons en me levant, c'est tout.

– Il faut que l'on parle.

– Oui, je sais ce que tu vas dire.

– Cet objet… il est magnifique. Il y a une foule de détails d'une grande finesse, c'est certainement un objet de valeur, un objet unique, exceptionnel… Mais il y a autre chose. Tu n'as rien constaté ? »

Je ne réponds rien. Je regarde la pirogue avec un air inquiet. Alpha continue :

« Je ne sais par où commencer, c'est très surprenant… J'imagine que ce que je vais dire est complètement absurde et tu ne vas pas me croire, mais… les personnages dessus, tous les petits personnages qui sont dessus, j'en ai compté une quarantaine…

– … ils changent de place ! dis-je rapidement dans un murmure.

– Ah ! Tu as remarqué ! C'est impossible, nous perdons la raison ! Je ne peux pas croire une chose pareille. Tu t'en es aperçu comment ?

– Il n'y a pas que ça !…

– Que veux-tu dire ?

– Je n'ai pas fait une crise de narcolepsie, comme tout le monde l'a cru.

– Qu'est-ce que tu racontes ?

– Je ne sais pas comment je peux formuler ça. »

Aussitôt, je descends chercher la grosse loupe qui est en permanence sur la table à cartes. Je la lui tends en remontant et, en lui désignant la pirogue miniature, j'ajoute :

« Au milieu, derrière le *fare* central, tu vois tous les personnages, particulièrement celui qui est étendu sur le dos, comme s'il dormait ?

– Oui, je le vois.

– Observe attentivement son avant-bras gauche, regarde bien avec la loupe. Qu'est-ce que tu devines ?

– C'est tout petit… c'est un tatouage… une étoile, entourée de triangles…

– Regarde mieux. À l'intérieur de l'étoile, il y a autre chose…

– Oui, c'est vrai, mais c'est minuscule, la finesse des détails est vraiment surprenante ! C'est un oiseau, ou un poisson, une espèce d'animal… Je ne sais pas.

– C'est une tortue ! » dis-je un peu vivement. Et pour bien affirmer ce fait incontestable, je remonte ma manche gauche et, en lui présentant l'empreinte, je répète :

« C'est une tortue ! »

Je n'aurais pas dû procéder ainsi. Je suis parfois un peu brusque avec elle. Je crois que les yeux vont lui sortir de la tête. C'est alors qu'elle s'évanouit.

Je l'allonge sur une des banquettes du cockpit et je vais chercher une serviette humide. Au passage, je retire mon pull. La marque est toujours là.

Quand je reviens, Alpha a les yeux ouverts. Elle me souffle :

« Mais qu'est-ce qui nous arrive ? Ce n'est pas possible une chose pareille ! Tu es en train de me faire une blague. »

Elle a pris mon bras. Elle passe ses doigts sur la tortue.

« Tu te souviens, il y a quelques jours, à Tahaa, sur toi, au même endroit, ce dessin, ce signe que nous avions remarqué ?…

– Oui, et nous n'avions pas encore la pirogue.

– Tu ne crois pas que nous devrions quitter cet endroit, jeter cet objet dans le lagon, le rendre aux Polynésiens ? Enfin, je ne sais pas…

– Il ne faut surtout pas le jeter.

– Pourquoi ?…

– *A fano ä e te va'a tau'ati nä ni'a i te ara i niuhia e 'oe… A tämau i te 'avei'a i ni'a í te Matau a Maui !*

– … »

Alpha me regarde, interdite, et finit par s'esclaffer :

« Alors là, il faut l'entendre pour le croire ! Tu parles tahitien, maintenant ?

– Non, je viens juste de te dire qu'elle doit continuer la route qu'elle a commencée.

– Eh ! Ce n'est pas du tout ce que tu as dit ! Tu viens de me parler en tahitien ! En *reo mä'ohi* ! C'est complètement dingue ! Tu viens de me parler en *reo mä'ohi* ! répète-t-elle en se levant.

– Mais non ! Tu sais très bien que je ne connais que quelques mots, comme toi, pas plus.

– Je t'assure que tu viens de dire : *A fan… o… a… e…*, je ne sais pas quoi… C'est fou, ça !

– Attends, il faut que je te raconte quelque chose.

– Si c'est une plaisanterie, arrête tout de suite !

– Assieds-toi, je t'en prie. Il se passe simplement des choses étranges.

– Des choses étranges ! Ce sont simplement des choses étranges ? Tu n'es pas bien ou quoi ? Tout ça me fait peur. »

J'attends qu'Alpha se calme, puis je m'installe auprès d'elle. Je lui prends la main et lui relate mon dernier rêve.

Cette solitude en mer sur une frêle embarcation. Ce terrible abandon loin de toute chose. Le doute qui me submerge. La foi qui se révèle. Et puis cet espoir enfin dans le chemin lumineux de la lune. L'image d'une grande pirogue double précédée par le chant des *to'ere*. Et, de nouveau, le doute de ne pas être sauvé. Ma détresse de voir ces monstrueuses étraves qui foncent vers moi et dont l'une fracasse mon *va'a* comme un fétu de paille.

« C'est affreux ce que tu me racontes là, c'est affreux !

– Oui, mais c'est de cette pirogue qu'il s'agit. »

J'ose alors lui dire la prodigieuse évidence :

« Ils m'ont sauvé, tu comprends ! L'homme dont tu as observé le bras il y a un instant, regarde-le mieux… C'est moi ! »

Elle s'est redressée, a repris la loupe. Elle est penchée sur la pirogue, comme si elle voulait y pénétrer. Elle ne prononce pas un mot. Elle se redresse avec lenteur et murmure enfin :

« Mais c'est absolument impossible ! On ne peut pas croire ça ! Non, non vraiment ! On ne peut pas croire une chose pareille. »

Je lui raconte alors tous ces rêves que je fais régulièrement, cette lumière toujours présente et aussi cette rencontre sur le *motu* en face de Niutahi, avec la jeune femme polynésienne et, surtout, le vieux *Paumotu*.

Alpha me regarde avec surprise. Elle me lance :

« Qu'est-ce que c'est que tout ça ? Qu'est-ce que ça signifie ? »

C'est alors qu'il me semble comprendre.

Je lui réponds lentement, en appuyant bien sur chaque syllabe :

« Je crois que je sais comment retourner sur la pirogue. »

Elle blêmit et dit :

« Tu ne vas pas recommencer ça ! Jure-moi…

– Attends… D'abord, ce ne sont que des rêves, parfois un peu difficiles, mais ce ne sont que des rêves ! Tu comprends, des rêves. Je crois que je sais comment les provoquer !

– Tu deviens fou !

– Non, mais non ! Je sais comment provoquer mes rêves ! Je crois que je sais comment retourner en rêve sur la pirogue !

– Et comment tu reviens, hein ? Tu sais comment partir, et moi je reste seule, comme… comme une femme de marin qui ne sait pas si son homme va revenir. Tu penses à moi ? Tu es fou !

– Mais ce ne sont que des rêves ! Mon corps reste là, chaque fois, je dors simplement à côté de toi.

– Que des rêves ? Et la tortue sur ton bras ? C'est un rêve aussi ? »

Il a été difficile de se séparer des amis du *motu*. Mais Alpha a souhaité que l'on quitte les lieux. Après des adieux chaleureux, nous avons repris la route. Cependant, nous avons gardé la pirogue avec nous.

Alpha voulait s'éloigner au plus vite des maléfices, dont elle pensait avoir identifié la source : le *motu* Tamaro. Nous n'avions pas encore compris qu'en nous éloignant nous allions nous perdre davantage dans le labyrinthe de songes singuliers.

Cette fois, la porte était grande ouverte.

Cap au nord à l'intérieur du lagon d'Apataki.

Comment dire que maintenant nous laissons complètement le monde des humains ? Nous ne naviguons plus qu'à vue. Les instruments du bord ne servent plus à rien. Les navigateurs par satellites deviennent inutiles, comme les cartes, vierges de toute marque.

La carte de détails d'Apataki ne montre aucune indication. Seule apparaît une mention laconique : « zone non hydrographiée ».

Nous quittons le mouillage du *motu* Tamaro. Nous continuons vers le nord où seule la vue permet de trouver le bon chemin. Une douzaine de milles d'inconnu. Nous progressons avec le soleil qui doit être assez haut dans le ciel, les reflets sur l'eau pouvant nous masquer de pernicieuses aiguilles de corail que l'on aperçoit toujours au dernier moment. Alpha est de nouveau à l'avant. Elle me montre, à tribord ou à bâbord, les dangers à éviter qui affleurent dans des tons verts ou jaune pâle révélateurs de madrépores proches de la surface. Parfois, elle me crie :

« Attention ! La barre à tribord toute ! Patate de corail droit devant ! Route sur tribord ! Route sur tribord ! »

Nous ne nous rendons pas compte tout de suite de ce qui se produit. Insensiblement, nous passons d'un monde des plus tranquilles à un monde complètement abandonné. Petit à petit, plus aucune pirogue à l'horizon ni aucun avion dans le ciel. Aucun *fare* sur les *motu*. Aucun pêcheur, aucun humain. Aucun signe de vie. Rien que le lagon, la plage et les cocotiers dans une lumière absolue. Rien d'autre.

Perdus dans une zone inhabitée, nous arrivons dans l'après-midi dans le coin nord-est de l'atoll présentant ici un angle droit parfait. Nous mouillons derrière le *motu* en équerre, dans le creux de l'angle, à deux cents mètres de la plage. La bande végétale qui épouse la barrière de corail fait à cet endroit près de un kilomètre de large. Elle est recouverte d'une telle densité de cocotiers étroitement imbriqués dans la végétation que le grondement sourd du choc frontal des rouleaux du grand Océan se brisant sur la barrière ne nous atteint pas. Silence total. Je mets en marche les récepteurs du bord. Pas d'émission VHF. Pas d'émission radio locale, encore moins de télévision.

Pendant qu'Alpha s'occupe du bord, je vais faire un tour à terre avec l'annexe.

Aucune trace sur la plage, hormis celles laissées par des oiseaux de mer. Aucun détritus. Il est impossible de traverser le *motu*. Je suppose que depuis des dizaines d'années, je n'ose dire des siècles, ici la végétation pousse et meurt sans contrôle. Entre les cocotiers, c'est un tel enchevêtrement de bois mort, d'arbustes de toute sorte, de broussailles et aussi de jeunes pousses, qu'il reste illusoire de passer de l'autre côté pour admirer l'océan dans sa plénitude originelle. Je marche le long d'une plage vierge, les pieds dans l'eau, et m'arrête un instant les yeux perdus dans une merveille d'aquarium. Des poissons-papillons s'ébattent dans une eau cristalline. Deux *paraharaha* virevoltent et se poursuivent sans cesse. Rose pâle et le corps aplati strié de fines bandes jaunes et noires inclinées, ils m'offrent le tableau vivant d'un petit couple en vadrouille pour la journée. Ils broutent un morceau de corail mauve, traversent un banc de demoiselles aux reflets bleu électrique. Même s'ils ne cessent pas de se provoquer, ils ne s'éloignent jamais l'un de l'autre. On les dirait unis pour la vie. Je lève les yeux. J'aperçois le *Toa Marama* égaré au bout du monde dans un espace vierge où le temps n'a pas cours. Le temps, ici, n'a rien à dire. Figé, il demeure ainsi qu'il était il y a dix, cent ou mille ans.

Lorsque le soir tombe, pas la moindre lumière n'attire le regard sur le *motu* ou sur le lagon. Très vite, les étoiles s'allument une à une et nous prenons conscience que la richesse de ce monde à part est dans sa plénitude nocturne. Loin de tout, loin de la pollution des hommes, une arche étoilée traverse la voûte céleste d'un horizon à l'autre. Le bateau est totalement immobile, comme s'il était posé sur le sable. Les perspectives célestes se révèlent avec une finesse époustouflante. Les étoiles nous projettent dans les détails du ciel profond comme si nous étions dans un vaisseau spatial… ou sur une ancienne pirogue océane il y a des siècles… Je sens monter dans le parfum de la nuit un imperceptible murmure. Un silence eurythmique à peine masqué par le voile d'une mélodie cristalline, une complainte qui m'appelle.

Ronde et secrète, la lune fait une entrée majestueuse en nous montrant des reflets mystérieusement orangés jouant avec les palmes. Puis, en prenant son temps, elle monte vers le zénith et se pare de reflets bleutés. Maintenant allongés sur notre couchette, dans notre cabine, nous avons placé l'insolite pirogue entre nous. Au-dessus de nos têtes, le capot de pont est grand ouvert. C'est une porte sur les étoiles. La lune jette sur le *Toa Marama* des rayons feutrés pâles et déterminés. Ils tombent sur le mât, les haubans, les drisses et les écoutes, caressent une carène surprise par les reflets gris argent qu'elle réfléchit. Ils montent à l'assaut du pont et s'en emparent. Ils l'inondent, le recouvrent. Ils pénètrent par le capot et finissent par englober totalement les deux coques de la pirogue. Nous avons le regard fixé sur la plateforme qui les relie l'une à l'autre, là où ils sont tous immobiles, là où ils demeurent dans l'attente.

Soudain, un rayon lunaire blafard vient heurter les deux petites voiles. Nous restons interdits. La lumière de la lune court sur ces deux ailes. Elle se répand tel un fluide métallique, épouse la totalité des plus infimes détails. La pirogue n'est plus qu'une lumière qui aspire, absorbe, recueille le rayonnement lunaire et le renvoie comme si elle devenait elle-même un astre parmi les astres. Elle prend de la couleur, elle prend vie.

« C'est merveilleux ! » dit Alpha.

Autour de la pirogue, les draps s'estompent dans une couleur sombre et palpitante. Ils disparaissent localement pour laisser place à un être liquide, vivant, doué d'une respiration insondable. Une lumière mauve envahit la totalité de la scène. Je suis certain en cet instant d'entendre une musique que je connais bien. Un chuintement. Une résonance. Des notes qui s'égrènent dans une continuité sidérale. Une évidence, bien sûr, l'appel du large. Les deux coques de la pirogue chantent dans un océan miniature qui se forme sous nos yeux. Et puis les voiles frémissent, prennent le vent, et je tombe dans un puits sans fond alors que j'entends Alpha me supplier, dans un souffle qui m'accompagne :

« Non ! Je t'en prie, reste avec moi, ne pars pas. »

32

Le souvenir du *Toa Marama*

La grande pirogue

Le grand guerrier est debout près de moi. Il s'adresse au sorcier qui se tient à son côté.

« Vois, il va se réveiller. Tu sais quelles paroles tu dois dire ?

– Oui, Ta'aroa, constructeur du *Toa Marama* ; quand la lumière brillera de nouveau dans les yeux de cet homme, je lui demanderai d'où il vient. »

Je reprends conscience. Je suis allongé. Je suis sur la pirogue. Je suis sauvé ! Merci, mon Dieu, d'avoir entendu ma prière.

L'homme des esprits malins me regarde, il s'incline vers moi et interroge soudainement :

« D'où viens-tu ? »

Ma réponse est simple :

« Je viens du *Toa Marama.* »

Le sorcier se redresse, tourne les yeux vers Ta'aroa et déclare :

« Ô Ta'aroa, constructeur du *Toa Marama* et Porteur de l'Image Sacrée, seul un des nôtres peut connaître le nom que tu as donné à notre grand vaisseau. Tumatarii est bien de retour parmi nous. Mais il est beaucoup plus jeune que lorsqu'il nous a quittés.

– Que veux-tu dire ? Continue !

– Qu'il était un grand prêtre d'âge vénérable. L'homme que tu vois ici est Tumatarii, mais il est trop jeune pour être un grand prêtre ! » Puis il se met en retrait à côté de Te'iri qui s'est approché silencieusement.

Le grand guerrier se penche vers moi et annonce :

« Tu es bien Tumatarii. Que les dieux soient remerciés pour ton retour parmi nous. Repose-toi. Ono veillera sur toi. »

Il se relève et questionne le sorcier :

« Horo'u, s'il est plus jeune que lorsqu'il nous a quittés, crois-tu qu'il se souvienne des derniers jours ? Se souvient-il de la tempête ? Des jours autour de la tempête ?

– Les esprits malfaisants des profondeurs marines n'ont pas eu le temps de le prendre dans leurs nasses, mais les tourmenteurs du sommeil éternel l'ont gardé dans les ténèbres pendant tant de lunes et de lunes… »

Ta'aroa s'est retiré à l'avant de la grande pirogue. Il fixe un point au-delà de l'horizon. Combien de fois est-il venu là en espérant déceler un signe ? Une vibration de la longue houle du Pacifique ? Une belle frégate solitaire ou trois ou quatre fous en formation revenant d'une île tant cherchée ? L'attente de cette île réveille en lui une blessure profonde et indélébile : la disparition de Te Mata'ata et des deux petits dans l'effroyable colère de Ruahatu. Est-il responsable de cette monstruosité ? Son fils lui-même le croit-il comptable de la mort de sa mère ? L'absence de sa compagne l'obsède et pèse lourdement sur son cœur. Mais il lui revient en mémoire cette vision saisissante d'une femme à l'avant de son vaisseau. Une femme qu'il a souhaitée dans ses rêves, qui n'est pas arrivée comme une ombre dans les mystères nocturnes, mais en pleine lumière, juste là ! Elle a mis une main douce et tendre sur son épaule. Elle avait un tatouage très ancien sur l'avant-bras. Et un merveilleux visage. Il se souvient très bien de ce qu'il a dit dans ce moment offert par les dieux. Il répète les mots avec une infinie nostalgie, le regard tourné vers l'horizon : « Ah ! Tu es enfin réveillée. Tu dors depuis une éternité et je t'attendais. Regarde devant. »

Mais sur la route du *Toa Marama*, le nuage rose et bleuté, à l'envers sur le miroir de l'immensité océane, n'est qu'une fugitive espérance aussitôt déçue. Quand il se retourne, la femme mystérieuse s'est évanouie dans la lumière du soleil, et l'image de l'île n'est qu'une mystification divine.

Il interroge le père Mata-Rau, la mémoire de leur peuple, qui lui dit :

« Tu es un homme fort et vigoureux. Ta femme te manque et les souvenirs de sa présence aimée se confondent avec tes espoirs en une terre vierge et tant désirée. Peut-être devras-tu songer à choisir une nouvelle compagne ? »

Voilà bien longtemps maintenant que le *Toa Marama* vogue vers Te Hitia-o-te-Rä, mais aucune terre n'apparaît à l'horizon et Ta'aroa n'a toujours pas de nouvelle femme. Son esprit oscille entre ses responsabilités de chef absolu, son statut de Porteur de l'Image Sacrée et sa quête dans les étoiles d'une route ouverte par les dieux. Il pense aussi qu'il n'a pas avancé dans la résolution de l'énigme de la disparition du véritable don des dieux. Pas plus d'ailleurs que dans la recherche de l'ignoble scélérat qui est peut-être toujours à bord.

Le retour de Tumatarii est un signe divin, se dit-il. Il m'a défendu quand on m'a accusé d'avoir provoqué la colère de Ruahatu. Il est la dernière personne à avoir vu l'Image Sacrée. Il a, par ma faute, failli être tué par celui que je cherche. Et il ne faudrait pas… il ne faudrait pas… « Par Ruahatu ! » s'écrie-t-il avec rage.

Il se précipite auprès de Tumatarii et interroge Ono, toujours de garde à son côté :

« Il dort de nouveau ?

– Profondément. Il ne bouge pas. Il se repose.

– Pendant mon absence, qui est venu le voir ?

– Hina lui a apporté de l'eau… et puis Te'iri…

– Te'iri est venu ! Qu'a-t-il fait ?

– Rien, il lui a tenu la main et a regardé le tatouage de son bras.

– Il n'a rien fait d'autre ?

– Si, je pense qu'il a prié pour lui. »

Ta'aroa devient pensif. Après quelques instants où ils demeurent ainsi tous les deux, il dit à Ono :

« Je reste auprès de lui, va chercher mon fils. »

Ils sont tous les trois assis autour de Tumatarii.

Ta'aroa ordonne tout bas :

« Vous allez surveiller Tumatarii jour et nuit. À aucun moment vous ne devez le laisser seul. Vous me direz régulièrement qui vient le voir. Vous ferez très attention quand une femme viendra lui donner à boire ou à manger. D'ailleurs... »

À l'adresse de son fils, il ajoute plus précisément :

« Dis à Hina de s'occuper de lui et que personne d'autre ne lui apporte quoi que ce soit. C'est ainsi. »

Puis il se dirige à l'arrière de la pirogue pour voir si la pêche du jour a été bonne. Une dizaine de *mahimahi* sont sur le pont. Hiro'a et Manu sont en train d'en vider deux pendant que Te'ura et Tehei en découpent d'autres en fines lamelles pour les faire sécher au soleil. Les enfants ont été chargés de la corvée d'écopage. Il y a toujours de l'eau dans les coques et ils mettent toute leur énergie à tenter de l'évacuer, fiers de participer à la bonne marche du vaisseau.

Ta'aroa se sent soudain très seul. L'exercice du pouvoir génère dans son cœur une solitude qui le dévore. Il pense à son fils. Son rôle de chef pourrait l'éloigner de Tama. Il songe avec amertume que la vie et la conduite du navire ne sont pas aussi simples qu'il le croyait. Tama lui succédera-t-il sur le *Toa Marama* ou dans leur futur *fenua* ?

Par Ruahatu ! se dit-il, comment puis-je envisager que Tama prenne ma suite sur le *Toa Marama* ! Ne vais-je donc rien trouver pendant toute ma pauvre vie pour penser que celle de mon fils sera nécessaire, après la mienne, pour découvrir enfin une terre nouvelle, notre *fenua* ? Ruahatu, je t'en conjure, maintenant que tant de lunes sont passées dans les cieux, mon peuple ne mérite-t-il pas une terre ? Mon fils est bien jeune encore, doit-on attendre qu'il soit un homme et conduise le *Toa Marama* pour que tu nous accordes ta confiance ?

Plongé dans ses réflexions, il imagine son fils dirigeant leur grand vaisseau et montrant lui aussi, des années plus tard, à ses enfants et à un peuple faisant preuve d'une infinie patience, le morceau de ciel et les coquillages qui forment le grand requin argenté.

Pour la première fois depuis des lunes et des lunes, il doute de revoir un jour les étraves du *Toa Marama* effleurer le sable blanc d'une île qui lui paraît de plus en plus irréelle.

Apataki

Ce matin, je me réveille avec le sentiment de revenir d'ailleurs. Alpha dort profondément. Je repousse tout au fond de notre couchette la petite pirogue, le *Toa Marama Iti*, que je décide d'appeler ainsi désormais. Puis je me lève sans faire de bruit. Six heures. Le jour point. Je fais un tour sur le pont dans un calme qui me semble un rien oppressant. Je pense aux naufragés sur les îles désertes. Il y a dans la solitude de l'atoll comme un sentiment irréversible de total abandon qui laisserait croire à une fortune de mer.

Je sens le *Toa Marama* en attente, peut-être de cette grande houle qu'il pénètre toujours avec plaisir et qui doit lui manquer. Pourquoi ne rêverait-il pas lui aussi ?

Je retourne à l'intérieur. Alpha m'entend marcher dans le carré, car elle me crie depuis notre cabine :

« Tu es là ? Tu es revenu, tout va bien ?

– Oui, tout va bien…

– Tu as bien dormi ? As-tu regardé la pirogue ?

– Non. »

Quand je me suis levé tout à l'heure, j'ai déplacé le petit vaisseau dans notre couchette sans y jeter un œil. J'en prends conscience maintenant.

Alors, je reviens près d'Alpha, je saisis le *Toa Marama Iti* et le pose entre nous. Ensemble, nous l'examinons comme si nous y cherchions les nouvelles du jour.

Alpha s'exclame :

« Regarde ! Ils sont trois maintenant autour de toi ! »

Je ne sais pas pourquoi je lui dis sans réfléchir et sans regarder la petite pirogue :

« Oui, je sais. Maintenant, ils veillent sur Tumatarii. »

Étions-nous donc passés de l'autre côté du miroir ?

33

Réalité du rêve

Apataki

J'ai pris l'habitude d'aller régulièrement sur le *Toa Marama Iti*. Alpha me protège et veille sur moi. Incrédule au début, elle note maintenant l'évolution des personnages sur la pirogue miniature. Peu à peu, elle s'est inscrite elle aussi dans cette dynamique d'histoire onirique sans que jamais la question de la réalité des choses soit évoquée. L'atmosphère déplacée, à côté des choses, hors du temps, de l'atoll d'Apataki nous entraîne paradoxalement dans un décalage temporel à la fois étrange et familier. Parfois, je passe de longs moments à observer l'horizon du lagon, comme si je tentais de percevoir l'autre frange des cocotiers qui se cache au loin, derrière notre monde en réduction, symétrique à celle de la plage. Qui n'a pas rêvé d'un tel lieu ? Dans le sommeil, on le cherche parfois comme un absolu. On croit le trouver au détour d'un songe de la nuit. Mais dans la réalité, qui l'a vraiment rencontré ? Pourtant, ici, le ciel est d'une pureté telle que le zénith rivalise avec les profondeurs marines. La plage de sable blanc est une invitation vierge de toute trace humaine. Les palmes des cocotiers bougent-elles dans un alizé naissant ou est-ce une illusion ? Silence total. Sur son mouillage, le *Toa Marama* est parfaitement immobile et rien ne semble pouvoir le déranger dans sa béatitude. Insensiblement, le parfait équilibre de ces lieux d'une beauté de cristal figée nous propulse dans l'univers mystérieux d'une double pirogue, longue de deux pieds.

La grande pirogue

Lorsque j'ouvre les yeux, Ono, mon jeune garde du corps, m'offre immédiatement à boire. Je sais combien les réserves du *Toa Marama* doivent être utilisées avec parcimonie, je bois donc juste ce qu'il faut, pour faire honneur au geste. Puis, comme je me sens capable de me lever, Ono s'écarte et Ta'aroa lui-même m'aide à me mettre debout. Tama est là, un peu en arrière avec le père Mata-Rau, et Hina qui porte un collier de coquillages d'une extrême beauté, Te'iri, Temana et sa femme Maeva avec leur fille Te'ura, Tehei, la cousine Rimateata et d'autres encore. Tous me regardent de loin en silence.

Ta'aroa dit :

« Tu es resté très faible pendant bien des lunes. Tama et Ono ont veillé sur toi.

– Je les remercie. »

Ta'aroa s'entretient longuement avec moi.

« Tumatarii, tu ne sembles plus être celui que tu as été. Et pourtant nous savons que tu es bien le grand prêtre. Ce sont Ruahatu et les *ti'i* qui m'ont donné le nom de notre vaisseau, seul l'un des nôtres pouvait le connaître. »

J'ouvre la bouche et des mots profondément ancrés dans ma mémoire sortent de ma gorge comme s'ils voulaient soudainement me rappeler une autre existence.

« Ruahatu t'a imposé d'aller sur le *Toa Marama* qui est une grande pirogue. Même si certains ont cru que c'était une île ou une montagne, le *Toa Marama*, le Guerrier de la Lune, est aussi une Arche, et c'est pourquoi elle a été conçue, pour fuir le cataclysme en rapport avec la lune. Quand toi, le pêcheur, fus à l'abri sur l'Arche avec tous les tiens, alors les eaux de la Mer purent monter. Elles purent couvrir les montagnes les plus élevées et firent périr tous les êtres, à l'exception de ceux qui étaient sur le *Toa Marama*. Plus tard, toi et tout ton peuple recevrez des dieux le plus précieux des dons, une île à repeupler, une nouvelle terre, votre *fenua*. »

Ta'aroa se recule d'un pas, puis il reste immobile, frappé de stupeur. Ensuite il s'agenouille, et tous les autres aussi se recueillent autour de moi.

Je suis éberlué et effrayé en même temps. Je ne voulais pas apparaître ainsi, mais ces mots font tellement partie de mes souvenirs qu'ils me sont venus spontanément. Qu'ai-je fait ?

Eux, dans leur épreuve divine, dans leur épopée, et moi, humain égaré dans un monde auquel je n'appartiens pas. Je pense que je perds la tête, mais je me reprends.

« Ta'aroa, relève-toi ! Je ne suis qu'un homme perdu en mer que toi et ton peuple avez sauvé. Je ne mérite aucun hommage. »

Je le vois encore baisser le front en signe de respect. Que puis-je ajouter ? Ta'aroa s'approche et me dit :

« Tu es Tumatarii, le plus grand des prêtres de notre communauté !

– Alors, c'est qu'une grande partie de ma mémoire est morte, mais je n'aspire qu'à une chose : être modestement celui que je dois être.

– Nous avons besoin de tes conseils.

– Mais je ne suis rien d'autre qu'un pauvre naufragé.

– Tu es envoyé par les dieux et la marque sur ton bras, là…, »

Il attire mon regard sur le tatouage.

« … cette marque-là est un signe qui ne trompe pas ! »

Je ne peux m'empêcher d'insister :

« Ta'aroa, tu es le plus grand des guerriers et ton vaisseau, le *Toa Marama*, le plus grand des vaisseaux. Quand tu arriveras sur l'île, ton peuple sera le plus grand des peuples.

– Sur quelle île ? Que veux-tu dire ? Depuis des lunes et des lunes, il n'y a rien sur *moana.* Ruahatu nous inflige une terrible épreuve.

– Il y a des îles. Elles sont là. Je le sais. »

Le regard de Ta'aroa s'allume d'un espoir qui me trouble. Comment puis-je l'aider ? Il s'exclame :

« Où sont-elles ? Vers quelle *ta'urua* doit-on tirer notre pirogue ?

– Regarde Te Hitia-o-te-Rä, le soleil levant ! »

Ta'aroa met ses deux mains sur mes épaules et m'adjure, en me regardant gravement :

« Tumatarii, pourquoi ne redeviendrais-tu pas notre grand prêtre ? »

Je réponds avec conviction :

« Te'iri est maintenant le grand prêtre et il a ta confiance. Il n'y a pas de raison pour que je prenne sa place. Et puis, il y a autre chose…

– Que veux-tu dire ?

– Tu sais très bien que je ne suis pas complètement remis de l'épreuve douloureuse que les dieux m'ont infligée. Ta'aroa, tu dois comprendre qu'il m'arrivera encore de rester allongé pendant des jours pour me reposer d'un mal inexplicable. Je peux dormir pendant des lunes et des lunes à tout moment. Il faut que tu acceptes cela. Je suis désolé. Je ne serai pas toujours avec toi. »

Il m'entraîne à l'avant de la pirogue. Nous restons ainsi un long moment à regarder si, dans la lumière somptueuse de cette fin d'après-midi, l'île promise ne ferait pas son apparition.

Puis il pose sa main sur mon bras et déclare :

« Tumatarii, je dois te révéler quelque chose de très important, mais cela doit rester entre nous. »

Il me raconte ce que le grand prêtre, quelques instants avant de mourir, lui a confié. À la fin de son récit, il me regarde droit dans les yeux et me demande si véritablement je ne me souviens de rien et si le nom de celui qui m'a poussé à l'eau ne me revient pas. Je joue le jeu de l'amnésique, il n'insiste pas. Il me fait seulement part de ses craintes que le criminel soit encore sur le *Toa Marama*.

Ainsi, Ta'aroa prend-il l'habitude de s'entretenir avec moi. Je ne sais plus si je ne suis qu'un rescapé miraculé, si je suis Tumatarii sauvé des eaux, ou encore si ma vie est ailleurs. Cet ailleurs a l'air trouble et voilé, mais ne s'efface jamais complètement. Même si Alpha me paraît alors comme faisant partie de mes rêves, elle demeure proche de moi et je sais que je suis moi aussi sur le *Toa Marama* d'Apataki.

La grande pirogue vogue toujours sous le soleil et sous les étoiles. La vie à bord se déroule à un rythme que rien ne semble pouvoir modifier. Les coups de vent qui parfois arrivent violemment n'entament pas la détermination de Ta'aroa et de l'équipage. Cependant, les réserves de fruits et de légumes commencent à s'épuiser. On vit de plus en plus sur les noix de coco et les filets de poissons séchés. On peut nourrir encore quelques poules et quelques cochons. Mais une question cruciale se pose : pourra-t-on garder en vie tous les animaux jusqu'à l'arrivée sur la nouvelle terre ?

Tous les soirs, Ta'aroa sort l'extraordinaire Image du *fare* arrière. Je trouve ce rituel surprenant, sans m'apercevoir de la tournure que les événements vont prendre. Un jour, il commence à me parler de l'Image Sacrée. Il en parle avec beaucoup de précision et de passion, et je me rends compte que je n'ai jamais vu cet objet de près. Quand les feux du soleil sont bas sur l'horizon, quand Ta'aroa le montre du haut du *fare* central, on ne peut pas en voir vraiment tous les détails. Je lui dis :

« Pourquoi agites-tu toujours cette Image merveilleuse là-haut sur le *fare* ?

– Pour que les rayons du soleil miroitent sur tous les coquillages. C'est très beau comme ça !

– Certes, mais on ne la voit pas très bien ! »

Ta'aroa paraît un instant gêné et je pense qu'il cache quelque chose. Très vite, nous abordons d'autres sujets.

Si l'Image m'intrigue, elle n'est cependant pas le seul mystère du bord. Il m'arrive régulièrement de contempler l'horizon tout à l'arrière de la pirogue, sans but précis, près de Hiro'a et de Mata'iti qui tiennent chacun une des grandes pagaies gouvernails. Alors qu'un soir j'admire la lumière du ciel, mon regard se tourne vers l'avant, et je vois Ta'aroa fièrement debout, comme à l'accoutumée, sur la partie de la plateforme située entre les deux puissantes étraves.

La mer est belle et les rayons argentés de la lune éclairent notre route.

Il est en compagnie d'une jeune femme. Mais, en me rendant à l'avant de la pirogue, je suis extrêmement surpris de le trouver seul, écoutant l'onde chanter sous le navire.

« Ta'aroa, je... »

Mais avant que je puisse lui faire part de mon étonnement, l'éclat de l'astre de la nuit se met à vibrer au fond de mes yeux. Je ne pense pas que l'on puisse être ébloui par des rayons lunaires. Pourtant, je tombe lentement au travers de la plateforme du vaisseau. La lumière que je connais si bien maintenant m'emporte vers Apataki.

Apataki

« Je suis là, tout va bien », dit Alpha.

Je suis de retour, confortablement allongé dans notre cabine. Elle me tient la main en souriant.

« J'ai dormi ?

– Oui, profondément. Il est six heures du matin. Je viens juste de me réveiller et j'ai entendu que tu prononçais un nom dans ton sommeil.

– Quel nom ?

– Taroa… Oui, un nom comme ça… Taroa…

– Ta'aroa. C'est son nom.

– Le nom de qui ?

– Du grand guerrier, là, sur le *Toa Marama Iti*. Ta'aroa, c'est son nom.

– Ah ! Tu y es retourné.

– Maintenant, regarde bien la pirogue, lui dis-je sans porter les yeux dessus. Ta'aroa est tout à l'avant, presque entre les deux étraves. Il est devant, on dirait qu'il vient de se retourner. Tu le vois ?

– C'est vrai, il est bien là !

– Je lui parlais, à l'instant. »

Alpha me fait part, elle aussi, de cette impression qu'elle n'a jamais ressentie ailleurs. Notre monde à nous, celui du XXIe siècle, ne semble pas exister hors du *Toa Marama*. Au-delà, toute chose est immobile. L'absence de vent, courante en Polynésie, dure depuis des jours. Nous ne cherchons pas à recevoir la météo, nous ne tentons plus de trouver dans le grésillement des ondes courtes un quelconque message. Nous n'avons pas l'intention de changer de lieu. Cette question, d'ailleurs, ne se pose tout simplement pas. Nous n'avons pas envie de relever l'ancre pour le moment. Aucun nuage ne voyage dans le ciel dont la pureté accentue encore cette sensation de présent qui refuse de passer. Je sens une déchirure, un rideau qui se froisse, et je jurerais avoir entendu une mélodie qui me rappelle toujours la même chose.

J'ai une vision qui me paraît folle et que j'essaie de conserver dans mes pensées : celle d'une pirogue identique au *Toa Marama Iti*, mais de taille réelle, posant doucement ses deux étraves effilées sur le sable de la plage, là, à deux cents mètres à peine.

34

Ils ne sont pas seuls

La grande pirogue

Ce jour est marqué par un événement tout à fait exceptionnel. Alors que le *Toa Marama* file dans la brise avec vélocité, alors que les deux étraves chantent la conquête perpétuelle d'une houle majestueuse, Ono, qui est perché sur le premier mât, s'écrie tout à coup :

« Vers Apato'erau ! Regardez Apato'erau ! »

Tout le monde lève les yeux et regarde dans la direction indiquée par Ono.

« Une terre ! C'est une terre !

– Que vois-tu ?

– Qu'est-ce qui se passe ? »

Tout le monde parle en même temps. Finalement, Ta'aroa décide de rejoindre Ono car, au niveau du pont, l'ample houle ne permet pas vraiment de voir ce qu'il montre du haut de son poste d'observation. Tout en grimpant, Ta'aroa, impatient, insiste :

« Mais enfin, dis-nous donc ce que tu vois... »

Il ne finit pas sa phrase. Arrivé juste en dessous d'Ono, il se rend compte qu'il ne s'agit ni d'une île ni d'une terre.

« Tu vois ce que c'est ? demande-t-il à Ono.

– Non, c'est trop loin et *moana* n'arrête pas de faire le gros dos. Parfois, je ne vois plus rien du tout !

– Tama ! Tama ! Monte dans l'autre mât ! » dit Ta'aroa.

Quelques instants plus tard, tout le monde l'entend s'exclamer :

« C'est une voile ! C'est une voile ! Une toute petite voile ! »

À ces mots, il y a beaucoup d'agitation sur la pirogue. Certains sont juchés sur les *fare*, d'autres tendent le cou, mais seuls ceux qui ont grimpé dans les mâts aperçoivent réellement quelque chose. Dire précisément qu'il s'agit d'une voile n'est pas chose facile.

Te'iri entreprend une explication :

« Si ce n'est ni une terre ni un oiseau, ce ne peut être qu'un signe divin. »

Ta'aroa cligne des yeux, met une main en visière sur son front, mais à vrai dire ne voit réellement qu'une petite éraflure ridiculement perdue sur le bleu délavé de l'horizon. Il n'a plus la vue perçante de son fils, ni celle d'Ono. Il redescend et retrouve le sorcier, le père Mata-Rau, son frère et Te'iri. Pendant ce temps, Manu et d'autres jeunes hommes s'agglutinent en hauteur dans les cordages. Tous les autres sont sur le pont et attendent les paroles de Ta'aroa.

Celui-ci, avant toute chose, dit aux garçons toujours dans les mâts :

« Gardez bien en vue ce que vous regardez ! »

Puis il déclare :

« Ce n'est pas un oiseau, parce qu'un oiseau visible à cette distance serait plus gros qu'une baleine. Et puis les oiseaux ne sont pas immobiles, ou alors ils dorment sur les flots et on ne les voit qu'au dernier moment. Ce n'est pas une baleine, parce que les baleines non plus ne restent pas immobiles. Ce n'est pas une île. Une île est plus ronde, plus allongée sur l'eau et attire les nuages. Alors, se pourrait-il que ce soit une voile, sinon un signe divin ? »

Il reste silencieux un court instant, puis demande :

« Dites-moi ce que vous en pensez. »

Temana est le premier à prendre la parole :

« Je pense comme mon frère. Je ne sais pas ce que cela peut être...

– Cela ne peut pas être autre chose qu'un signe divin », insiste Te'iri.

Horo'u le sorcier prend la parole :

« Il n'y a rien dans les cieux que les *ta'urua* la nuit, et les nuages le jour. Il n'y a rien sur les flots que le *Toa Marama*, et notre terre tarde bien à venir.

« Et si ce n'est pas une île, ne serait-ce pas une ombre, un *varua* ou un esprit malin venant des profondeurs insondables ?

– Non ! dit Tama. C'est une voile ! » Et il ajoute : « Je ne la vois presque plus. »

Ta'aroa prend la décision suivante :

« Le soir sera bientôt là et la nuit aussi. Nous allons modifier notre route pour nous rapprocher de ce signe. Cette nuit, nous devrons tous être très attentifs, bien regarder l'océan, guetter les formes sur la mer et les couleurs dans les cieux. Rester en quête de tout ce qui pourrait annoncer la venue d'une terre. »

Puis il va voir Hiro'a et Mata'iti, et leur donne l'ordre de modifier le cap du *Toa Marama*. Il leur dit ensuite de revoir le réglage des voiles pour que le vaisseau s'éloigne légèrement du lit du vent. La grande pirogue prend la brise de travers. Sa vélocité augmente encore. Les deux étraves changent de registre. Elles se mettent à siffler avec vigueur et, de chaque côté des bordés, des éclats d'écume montent dans les cieux.

Ta'aroa vient vers Tumatarii plongé dans un profond sommeil qui n'en finit pas. Ni Ono ni Tama ne surveillent le grand prêtre. Il a ordonné à son fils de monter dans le deuxième mât, alors qu'Ono était déjà dans le premier ! Il murmure :

« Cette surveillance est-elle bien nécessaire ? »

Je sens qu'il prend ma main comme un ami bienveillant, j'ouvre les yeux et le vois penché sur moi. Il me regarde avec compassion.

« Ah ! Tumatarii, je suis content que tu sois réveillé ! J'ai besoin de toi.

– Je suis sur le *Toa Marama* avec Ta'aroa, c'est bien.

– Je voudrais un conseil. »

Je tente encore de dire à Ta'aroa que je ne suis qu'un pauvre naufragé. Plus j'essaie d'être moi-même, plus il me semble que Ta'aroa interprète encore mes paroles comme un signe de modestie, marque de ceux qui savent vraiment. Pour lui, je suis bien la véritable réincarnation du grand prêtre. Je ne peux lui faire admettre autre chose. Je deviens le conseiller dont il a besoin dans sa position de chef que le pouvoir isole. Je ne suis pas un danger pour lui. Je suis une oreille attentive, peut-être un peu plus.

Ta'aroa me met au courant de l'événement et je décide donc de jouer le rôle qu'il souhaite que j'assume.

« Ta'aroa, je ne peux deviner s'il s'agit d'une voile ou de quelques cocotiers. Si ce sont des cocotiers, nous courons en ce moment même de très grands risques. Car il existe des îles qui n'ont comme seule terre que des *motu* très bas sur l'eau, avec peu de cocotiers. Et qui parfois même n'en ont pas du tout.

– Ce n'est pas possible ! Une île est une île et on la voit toujours de loin.

– Oui, c'est vrai pour certaines d'entre elles. Mais pas pour toutes. Il y a dans l'océan des îles plus nombreuses que tu ne le crois. De simples anneaux de corail posés sur l'eau, d'insignifiantes terres vierges et discrètes, sans sommet pour accrocher les nuages. Ces îles, on ne les voit qu'au dernier moment. Tu dois tenir compte de cette situation. Dis à tes hommes de descendre les voiles pour la nuit, c'est plus prudent, je t'assure ! »

C'est ainsi que le grand vaisseau perd la belle vitesse acquise. De dépit, il se met à rouler d'un bord sur l'autre dans une houle bien formée, seul sous la voûte étoilée. Quand, vers Te Hitia-o-te-Rä, le mauve, le rose puis le jaune pâle du matin commencent à investir les cieux, Ono et Tama s'endorment, épuisés par une nuit de veille. Ceux qui cherchent le signe ne voient qu'un horizon vide. Une certaine lassitude envahit le bord. La disparition du signe accable le peuple de la pirogue. Pour retrouver l'espoir, Ta'aroa donne l'ordre de reprendre la route vers l'astre du jour qui émerge des profondeurs océanes. Il murmure :

« Cela fait combien de lunes et de lunes ? »

Le jour suivant, Ta'aroa revient me voir. J'essaie de lui ouvrir les yeux.

« Ta'aroa, tu es le chef valeureux de ton peuple. Le guide du *Toa Marama*. Je ne sais pas si c'était une voile, mais ce que je sais, c'est… »

J'hésite.

« Qu'est-ce que tu sais ?

– Que tu n'es pas seul sur *moana*. D'autres pirogues naviguent elles aussi, certainement en ce moment même, sur toute son immensité !

– Toutes les autres pirogues ont été détruites par la volonté mystérieuse de Ruahatu. Toi-même, tu as failli perdre la vie dans les flots déchaînés. Souviens-toi !

– Je ne parle pas du peuple de ton île. Je parle d'autres peuples venant d'autres îles ! »

Il me regarde, incrédule. Je reprends :

« Ta'aroa, vous n'êtes pas seuls sur *moana*. Vous appartenez à un peuple beaucoup plus grand que vous ne le croyez. Il y a en ce moment même bien d'autres vaisseaux comme celui-ci qui parcourent l'univers du grand Océan. Bien d'autres pirogues, et c'est peut-être l'une d'entre elles que vous avez aperçue. Oui, c'est certainement l'une d'entre elles. »

Comme Ta'aroa ne dit rien et me regarde, immobile et perplexe, j'ajoute :

« Te'iri ne s'est pas trompé. C'est un signe divin. Les dieux viennent de nous rappeler que, toi et les tiens, vous avez des frères et des sœurs. Vous avez des parents très anciens, très éloignés dans le temps et perdus dans votre mémoire. Mais, comme vous, ils existent, et ce que vous faites maintenant, c'est une des plus belles choses que les hommes puissent faire.

– Mais quelle est cette belle chose ?

– Conquérir l'univers !

– Que veux-tu dire ?

– Conquérir la totalité des mers et des terres ! »

Ta'aroa s'agenouille. Il me prend les mains et me déclare gravement :

« Tumatarii, merci de me redonner l'espoir. Je sais maintenant que le grand prêtre est réveillé en toi, car tu parles aujourd'hui comme tu parlais hier ! »

Je sens désespérément au fond de moi que plus je tente d'être simplement ce que je suis, plus je m'identifie à Tumatarii.

Ta'aroa vient souvent me voir pour me faire parler de ces autres pirogues.

Un soir, il me prend la main et me dit avec sa détermination habituelle :

« Viens avec moi ! »

Il m'emmène ainsi dans son domaine, le dernier des *fare*, à l'arrière de la pirogue, où il est le seul à avoir le droit d'entrer. Nous y pénétrons jusqu'au fond, là où, dans un espace de trois mètres sur trois, il entrepose différents objets : des armes sacrées, des reliques, une conque marine de taille exceptionnelle…

« Tout ce que tu racontes est très étrange », reconnaît-il tout en se baissant vers un grand morceau de *tapa* blanc qui semble contenir quelque chose. Il le soulève et me présente l'Image Sacrée en m'interdisant toutefois d'y toucher.

« Tu voulais la voir de près. Alors, regarde-la bien ! »

C'est la première fois en effet que je la vois ainsi. Je ne sais si je dois admirer la beauté du cadre, le merveilleux agencement de coquillages, de porcelaines, de nacres et de corail, ou les extraordinaires symboles que l'on devine au sein de cette mer de lumière et de reflets hors du commun.

« J'ai une question à te poser, me dit-il.

– Je t'écoute.

– Les autres pirogues dont tu parles, ont-elles aussi un chef qui décide de la route à suivre ?

– Certainement !

– Alors, tous ces chefs, ils ont reçu un cadeau des dieux comme celui-là ? »

Je reste sans voix. Jamais Tumatarii ne serait demeuré comme moi en ce moment, muet, sans pouvoir répondre. Je dois rapidement me reprendre. Je lui confie :

« Ta'aroa, cette Image me fait penser à quelque chose que je connais.

– Bien sûr ! Avant que le traître te pousse dans les flots, tu étais en train de l'examiner. Mais tu n'as plus de mémoire, c'est ça ? »

J'élude la remarque d'un geste de la main et poursuis :

« Cette Image, sais-tu ce qu'elle représente ?

– C'est un morceau du ciel. Regarde ici le poisson, la pirogue, la tortue et le grand requin étincelant. Les vois-tu ? »

Comme je reste émerveillé, il ajoute :

« Voici le Vai-ora-a-Täne, l'eau vivante de la Voie lactée. Et là, le superbe requin brillant Fa'arava-i-te'ra'i couleur du ciel, dans son bassin. Ici, tu vois Pira'e-tea-a-Täne, l'hirondelle de mer blanche de Täne. Et Anä-muri, l'astre de derrière, qui pleure Rio, le dieu des pêcheurs de thons et de bonites. Et là, regarde,

Ta'urua-i-te-i'a-o-te-no'o, la festivité du poisson au gouvernail. Et puis la grande festivité en désir des parents, la festivité qui conduit les étoiles, la festivité d'où vient le flux de la mer. Vois comme elles brillent et comme elles sont belles. »

Tenace, il me repose la fameuse question :

« Toutes les pirogues dont tu parles, celui qui fait la route, à bord, le chef, il a également une image aussi belle que celle-là ?

– Bien sûr que non ! Ta'aroa, tu es le Porteur de l'Image Sacrée. C'est un don des dieux et tu es le seul à la détenir, mais...

– Mais quoi ? interroge-t-il un peu sèchement.

– Mais cela ne veut pas dire qu'il n'y a pas d'autres pirogues sur le grand Océan. »

Il me jette un regard dur et fier. Brusquement, il remet l'Image dans son *tapa* et nous sortons en silence. C'est un choc. Je regrette terriblement ce que je viens de faire. De quel droit suis-je en train de lui expliquer, à lui le maître du bord, comment il doit voir le monde ? Sa vision de l'univers ne peut pas se superposer à la mienne. Ai-je raison de lui dire qu'il n'est, somme toute, qu'un Guerrier de la Lune parmi d'autres sur d'autres vaisseaux ? J'ai honte de moi.

J'appelle de mes vœux un retour rapide vers Apataki.

Apataki

Lorsque je reprends mes esprits, je suis allongé comme d'habitude sur la grande couchette double de la cabine avant du *Toa Marama*.

Alpha n'est pas là. Le *Toa Marama Iti* non plus. Le soleil doit être déjà haut dans le ciel d'après la force des rayons tombant par les capots de la cabine. Il inonde, presque verticalement, le pont du bateau. En sortant dans le cockpit, je m'aperçois que l'annexe n'est pas là non plus. Je prends les jumelles. Je ne suis pas long à la voir, posée sur le sable de la plage et amarrée à un cocotier. Un peu plus loin, Alpha est agenouillée dans une eau immobile. Cette scène me rappelle un souvenir d'enfance, quand ma mère m'emmenait au jardin des Tuileries à Paris. Il y avait de grands bassins circulaires où l'on pouvait faire évoluer de petits voiliers. On venait avec sa propre maquette. On pouvait aussi en trouver sur place. Juste à côté des bassins existait à l'époque une cabane où un vieil homme louait, pour une heure ou deux, de jolis bateaux d'à peine soixante centimètres de long, avec voiles et lest. Je me revois, penché sur le bord de pierre du bassin, poussant avec ma baguette un fier vaisseau prêt à conquérir le monde, c'est-à-dire prêt à atteindre le bord de pierre d'en face, en évitant le piège des vertigineuses cataractes représentées par la fontaine et son jet d'eau central.

Alpha, là-bas au bord de l'eau, a exactement cette attitude, sauf que ce n'est pas un des bassins des Tuileries, mais le lagon d'Apataki, et que ce n'est pas une maquette de voilier ordinaire, mais le *Toa Marama Iti* ! Elle a mis la petite pirogue dans l'eau.

Je reste un instant à me dire : mais qu'est-ce qu'elle fait ?

Et puis je décide de la rejoindre à la nage, tout en profitant au passage d'une balade sous-marine et d'une visite aux seuls habitants qui s'agitent dans ces lieux.

Une promenade de ce genre en Polynésie est toujours un émerveillement. Aujourd'hui, ce ne sont ni les poissons-papillons ni les poissons-clowns ou autres picassos qui me surprennent.

La première chose dont je prends conscience au moment même où je quitte l'arrière du bateau, c'est qu'une vibration inhabituelle trouble la sérénité marine. Une présence, une ombre fugitive passe rapidement dans mon champ de vision. Un instant très court, que les mots ont du mal à décrire tant il est bref et inhabituel. En une fraction de seconde, j'ai la certitude que je ne vois pas un animal comme les autres. J'ai un frisson, pas vraiment de peur, je n'en ai pas le temps, mais un frisson quand même. Mon cerveau reptilien garderait-il l'empreinte d'un danger datant de l'époque où l'homme n'était pas le plus grand prédateur de la planète ? Maintenant il me fuit comme si c'était moi l'ennemi des lieux. Il disparaît un instant, mais j'insiste. Je plonge en apnée et me précipite à sa poursuite. Je le rattrape. Il est à trois ou quatre mètres de moi. Même s'il ne m'évite que mollement dans un premier temps, il ne me laisse pas vraiment approcher. Il ondule entre les patates de corail. Je le suis en palmant autant que je peux, en survolant comme lui le fond de sable à quelques dizaines de centimètres. Je ne pense qu'à une seule chose : le voir de plus près !

Il est d'une extrême agilité un peu nerveuse, un peu trop appuyée, saccadée. Comme si les mouvements mêmes de son corps fuselé participaient à une parade un rien agressive. Je sens instinctivement que cette énergie qui l'anime transporte autre chose. Comme si on pouvait lire dans l'ondulation frénétique une information qui date de la nuit des temps. Celle d'un signal manifeste, la présence d'un fauve. Celui-là n'est pas comme les autres habitants des lieux. Il sait qu'il est un prédateur craint pour sa redoutable mâchoire armée d'une multitude de crocs acérés. Je sens qu'il va m'échapper. Pourtant, j'ai le temps de le détailler. Je crois que sa nageoire dorsale est endommagée, qu'il lui manque un morceau. Mais non, son extrémité est simplement bien noire et tranche sur le gris acier du reste du corps, dont le ventre est plus clair. Sa gueule est légèrement entrouverte. Son œil est étrange et curieusement fixe. C'est un *ma'o mauri*, un requin aileron noir. Soudain il disparaît, je l'ai perdu. Peut-être que Fa'arava-i-te'ra'i est retourné dans Vai-ora-a-Täne, l'eau vivante de la Voie lactée, pour jouer au superbe requin couleur du ciel, étincelant dans son bassin.

Avec cette rencontre, je ne me suis pas du coup rapproché de la plage. Cependant, j'aperçois Alpha. Elle est toujours avec la pirogue miniature. Je prends mon temps dans une eau caressante.

Elle me voit enfin et me fait signe. J'arrive auprès d'elle.

« Tu as dormi très longtemps. J'ai remarqué une chose étonnante, dit-elle.

– Laquelle ?

– Tu as bien vu comme moi que les petits personnages changent de place régulièrement, mais ce qui est encore plus insolite, c'est qu'on ne les voit jamais bouger !

– Ce qui signifie ?

– Ils changent de place quand on ne les regarde pas ! Jamais quand on observe la pirogue. Ils font ça discrètement. C'est ahurissant !

– Tu es certaine de ça ?

– Oui ! Comme tu dormais profondément, j'ai examiné les personnages et c'est là que j'ai vu qu'ils avaient changé de place. Enfin, justement, chaque fois que je revenais les voir, tu n'étais plus, toi, au même endroit.

– Et qu'est-ce que tu fais là, dans l'eau, avec elle ?

– Tu le vois bien, je la mets en condition. Comme tous les bateaux, elle a besoin d'aller sur l'eau.

– Oui, mais pourquoi au bord de la plage ?

– Il s'est passé quelque chose qui m'a beaucoup émue. J'ai constaté que certains des habitants de la pirogue étaient montés dans les mâts.

– C'est vrai. Ils ont vu quelque chose à l'horizon, mais ils ne savent pas quoi.

– J'ai pensé qu'ils cherchaient une terre. Je suis venue les mettre près de la plage pour leur donner de l'espoir. »

Comme je la regarde pensif, elle ajoute doucement :

« Je ne t'ai pas tout dit. Je crois que quelqu'un me parle.

– Quand tu dors ?

– Non, non, quand tu es, toi, plongé dans ton sommeil, une voix résonne dans ma tête. Tu me crois ? On devient fous, ici, tu ne trouves pas ? On devient fous parce que tout ça finit par nous paraître normal.

– Une chose est certaine, parfois je sens bien que nous mélangeons le rêve et la réalité. Peut-être est-ce l'endroit qui veut ça ? Et que dit la voix qui te parle ?

– Qu'elle ne sait pas quoi faire de la naissance dans la lumière… »

35

D'autres vaisseaux

La grande pirogue

Il est inquiet. Inquiet de voir Ta'aroa toujours avec Tumatarii incroyablement rajeuni. Inquiet que cette connivence qui a toujours existé entre le pêcheur et le grand prêtre se poursuive encore après cette bizarre résurrection.

C'est un sortilège des démons ! se dit-il. Comment le grand prêtre a-t-il pu revenir sur le *Toa Marama* ? Je l'ai poussé dans les flots déchaînés que levait Ruahatu et, une fois mort, il revient encore ! Heureusement, il ne semble pas se souvenir de moi. Heureusement, il ne garde pas dans sa mémoire la vision de l'Image pourtant bien présente dans mes bras.

L'Image Sacrée est une obsession. Avant la destruction de l'île, il pensait pouvoir partir avec elle à la tête d'une des douze pirogues doubles en construction. En faire l'emblème de son vaisseau à lui. Il se voyait guidant son grand navire sous la lumière étoilée de la voûte céleste avec le vrai don des *ti'i*. Il ne pensait pas se retrouver sur le *Toa Marama* !

Ta'aroa ne connaît pas la route, se dit-il encore. Il improvise. Les divins ne peuvent encourager un imposteur qui a eu l'indécence de vouloir faire une imitation de l'Image Sacrée et qui tous les soirs la montre à tous.

Il sait, lui, où se trouve la vraie. Quand il songe à l'endroit où il la cache, il en rirait presque. Encore heureux que personne n'ait compris le subterfuge. Même Ta'aroa n'a rien deviné, et pour cause.

Il sait, lui, où se trouve la vraie, l'unique, mais il ne peut rien en faire. Le temps passe et il se demande comment sortir de cette situation.

Hina s'est approchée de Manu. Ce dernier ne l'a pas sentie arriver derrière lui. Il est occupé à dépecer un magnifique *mahi-mahi* qu'il vient juste de harponner.

« Quel beau poisson ! »

Sans interrompre son travail, Manu a légèrement tourné la tête. Par-dessus son épaule, il découvre Hina qui se tient droite près de lui. Mais il fait semblant, par orgueil, de ne pas la voir ni l'entendre et reprend son travail. Cependant, au fond de lui, il souhaite ardemment qu'elle reste là.

« Quel beau poisson ! » répète-t-elle.

Manu, bien que troublé par cette présence féminine, continue de faire la sourde oreille. Il sait que Hina est constamment avec Ono, dont il est terriblement jaloux. Elle insiste :

« Il faut être un grand pêcheur pour attraper un si gros *mahi-mahi* ! »

À ces mots, Manu sent son cœur se gonfler de fierté. Il se tourne, pour de bon cette fois. Il remarque, tout ému, qu'elle porte le collier de coquillages qu'il lui a offert il y a bien longtemps. Elle l'a donc gardé. Les trois belles porcelaines aux reflets orange y font toujours leur effet. Comme il reste muet, elle insiste encore :

« C'est vraiment un très gros *mahimahi* ! »

Il répond enfin avec un sourire :

« Oui, c'est le plus gros jamais pêché sur le *Toa Marama* ! C'est moi qui viens de le sortir.

– Tu es un grand pêcheur ! »

Mais que veut-elle ? se demande-t-il.

Il comprend vite cependant, car elle ajoute en minaudant :

« Tu peux m'en donner un morceau ? »

Manu est de nouveau silencieux. Évidemment, se dit-il, si elle est là si près, ce n'est pas pour moi. C'est à cause de ma pêche !

Comme s'il lui faisait la leçon, il déclare d'un ton chargé d'un reproche à peine dissimulé :

« Tu sais que c'est le père Mata-Rau qui fait les partages. Maintenant, il faut respecter les règles. »

Elle pince ses lèvres. Elle veut un morceau de ce poisson tout frais et elle l'aura.

Elle se dévoile quand même car elle ne peut s'empêcher de dire :

« Oui, mais le *mahimahi* séché, ce n'est pas aussi bon que le cru ! »

Puis, pour se rattraper, parce qu'elle s'en veut d'avoir avoué qu'elle a faim, elle fait un pas en avant et pose une main délicate sur l'épaule de Manu. Ce dernier tente l'impossible pour ne pas montrer son émoi. Une partie de lui essaie désespérément d'ignorer ce qui ne peut être qu'un leurre, une tromperie. Il comprend, il sait qu'il va capituler. Ce contact qui dure l'achève et, contre sa volonté, il se voit découper avec son couteau de nacre un filet qu'il offre discrètement à Hina. Elle le prend sans rien dire, mais se penche et frôle de ses lèvres la joue de Manu. Puis elle s'éloigne aussitôt en cachant soigneusement le cadeau qu'il vient de lui faire.

Manu reste stupéfait. Le temps s'est arrêté. Il voit les étoiles en plein jour. Il demeure un long moment aussi immobile que le dernier des *ti'i* oublié à la lisière d'un *marae* perdu. C'est son couteau qui, en lui tombant de la main, le sort plus ou moins de sa stupeur. Hina a disparu. Les yeux dans le vague, il porte ses doigts là où ses lèvres se sont posées. C'est à peine s'il ose effleurer sa joue de peur d'effaroucher le souvenir de ce baiser.

Les vivres frais sont épuisés. Il reste encore des noix de coco. Ta'aroa a interdit que l'on touche aux animaux. Car il faut bien admettre une chose : la mort de poules, coqs ou cochons serait plus terrible que celle d'un membre du petit peuple. Ta'aroa espère encore reconquérir une terre où ils pourront s'établir et où les animaux pourront se reproduire.

Il a réuni autour de lui le conseil, c'est-à-dire tous ceux avec lesquels il prend les décisions les plus graves.

Te'iri est là et Ta'aroa reconnaît qu'il se conduit honorablement depuis le jour où, avec lui, il a mis les choses au point. Horo'u le sorcier est toujours aussi énigmatique. Mata-Rau se comporte en sage parmi les sages. Temana reste souvent silencieux. Sa femme Maeva et leur fille aînée Te'ura sont là également. Les femmes, essentiellement les premières-nées d'une famille, ont une grande influence. Ta'aroa estime qu'un vrai chef ne doit pas ignorer leur avis. Il convie bien sûr Tama et Ono, ses lieutenants dévoués. Il ne faut pas, non plus, oublier Hiro'a qui a la charge de la conduite du navire et du réglage des voiles. Celui qui fut le grand prêtre du *Toa Marama* est là aussi, Tumatarii…

Ta'aroa se concentre avant de parler. Comme s'il avait compris que l'une des marques du réel pouvoir n'est pas la précipitation. Son regard se pose un instant sur moi. Que suis-je pour lui ? Il me sollicite souvent et je sens que je m'attache vraiment à lui. Que peut-il espérer de moi ? Je ne peux pas lui révéler d'où je viens. Et je ne peux pas l'abandonner.

Il prend enfin la parole :

« Les temps de plénitude sont passés. Il faut maintenant économiser les vivres restants. Mata-Rau continuera de décider pour tout le monde, y compris pour moi-même, de ce que doivent être les rations de nourriture quotidiennes. Nous ne consommerons jamais complètement les poissons pêchés, seule une partie raisonnable sera mangée crue, le reste devra être séché. Nous ne toucherons pas aux animaux qui seront nourris comme nous. Ils seront très importants quand nous arriverons sur notre *fenua*. Il faut tout faire pour recueillir l'eau de pluie. Une voile tendue entre les deux mâts devrait permettre de remplir les bambous. Les noix de coco ne seront consommées qu'exceptionnellement avec mon accord. C'est ainsi. »

Le silence se fait. Puis Ta'aroa reprend :

« Un membre du conseil veut-il parler ?

– Moi, Mata-Rau. Je partage complètement les décisions sages de Ta'aroa. Il peut compter sur moi.

– Sur moi aussi », répète Temana et tous les autres après lui.

Ta'aroa se tourne alors vers l'ensemble du petit peuple et réitère la question :

« Qui veut parler ?

– Moi, père ! dit Hina.

– Toi, ma fille ? Eh bien, parle !

– Des enfants sont déjà nés depuis que le *Toa Marama* vogue sur *moana*. À quel âge verront-ils leur *fenua* ? »

Un frémissement parcourt le bord. Cette question mettrait-elle en doute le choix de la route ? Choix toujours fait par Ta'aroa.

Il reste un instant impassible puis déclare :

« Ruahatu nous a épargnés dans sa puissante colère. Il nous guide maintenant avec assurance. Avant que les plus jeunes enfants courent sur le pont, les dieux nous mettront sur la voie de notre *fenua* ! C'est ainsi. »

Ta'aroa brandit sa lance à dents de requin et, dans un rythme rapide et frénétique, les *to'ere* explosent. En cadence, ils oscillent entre curieuses dissonances et tempos harmonieux. Ils emplissent l'univers du vaisseau d'une certitude lointaine où se mêlent histoire et traditions ancestrales. Cette énergie soudaine vibre comme un défi. Elle se répand sur l'océan telle une vague sonore. Puis, dans un ensemble parfait, ils chantent tous. Les graves et les aigus s'élancent dans une complainte qui submerge l'écume et stupéfie les esprits. Les cieux jusque-là aveugles à cette détresse humaine vont-ils enfin entendre la prière ?

Moi aussi je chante, confondu par la beauté de la mélodie qui me bouleverse. Je suis en communion avec leur espoir. J'ai des larmes dans les yeux. Je suis en admiration devant leur détermination. Je suis plein d'espérance pour eux. Qu'ils la découvrent enfin, plus belle encore que dans leurs rêves ! Qu'elle se pare de couleurs et de parfums envoûtants comme une femme amoureuse prête à s'abandonner ! Qu'elle pose ici et là les fleurs de sa parure et leur offre un passage dans le corail, une passe aux eaux accueillantes et qu'enfin le *Toa Marama* la franchisse avec fierté ! Qu'il glisse un jour prochain sur l'eau hospitalière d'un lagon bleu avant de poser ses deux étraves sur l'île tant désirée !

J'ai de nouveau aperçu cette femme étrange près de Ta'aroa. Je ne connais pas son visage. Je ne l'ai jamais entrevue que de dos. Je n'ai pas cherché à m'approcher d'eux comme la première fois, de peur de briser l'harmonie. Je ne saurais dire s'ils se parlent. Ils donnent tous les deux l'impression de former un couple très uni. Est-ce une déesse ? Ta'aroa continue-t-il d'avoir des liens surnaturels avec les divins ?

LIe siècle

IwaKi passe ses jours et ses nuits plongée dans les séquences réunies par LinZ. Elle semble avoir oublié jusqu'à son existence sur le vaisseau des Nuages du Taureau. Se souvient-elle du projet de LinZ et des données manquantes ? Et du marché conclu avec AnZio ? Elle laisse de plus en plus souvent chez elle un corps que l'on dirait profondément endormi et dont l'âme est absente. Elle vogue dans les brumes insondables d'un espace-temps déchiré dans ses ultimes dimensions. Elle joue avec le rêve et s'identifie à ses fantasmes. Elle demeure sans doute IwaKi pour LinZ, mais, pour elle, elle est la compagne de Ta'aroa. Sur le vaisseau-lumière, elle était en attente de lui. Sur le *Toa Marama*, elle se révèle enfin.

LinZ se fait du souci pour elle. Quand il est rentré chez lui après la manifestation de la place Saint-M où il avait été légèrement blessé, il a eu beaucoup de mal à la joindre alors qu'il y avait urgence. Et c'est ainsi depuis. Difficile d'entrer en contact avec elle. Anesthésiée par une consommation excessive d'images hypnotiques, elle passe le reste du temps qu'elle ne consacre pas à visionner les fameuses séquences à dormir systématiquement. Il n'arrive pas à maîtriser son comportement, pas plus qu'il ne maîtrise celui de l'Agent communicateur chargé de trouver des réponses aux quatre fameuses questions. Pourquoi n'est-il toujours pas de retour ? A-t-il effectivement trouvé les informations recherchées, ou bien les techniques d'archéocomputation n'ont-elles rien donné ? Est-ce un échec ? LinZ subit de la part d'AnZio une pression inquiétante et le soupçonne des pires excès. Il se sent menacé. De plus, les troubles liés à l'agitation et aux débordements des groupes RAVA ne sont pas faits pour détendre l'atmosphère. Parfois, il se demande si AnZio n'est pas lié aux RAVA et, dans cette hypothèse, quel serait son rôle exact ? IwaKi a toujours eu de bonnes idées pour sortir des situations délicates, mais elle ne semble plus appartenir au monde des vaisseaux-lumière.

La grande pirogue

Elle se hisse sur la pointe des pieds et pose un baiser chaste et amoureux dans le cou de Ta'aroa. Il se retourne vers elle.

« Je t'ai toujours connue, où étais-tu ? demande-t-il.

– Sur un autre vaisseau. J'étais sur un autre vaisseau.

– Ah ! Sous les étoiles ?

– Oui, sur un autre vaisseau, sous les étoiles. »

Ta'aroa ne dit plus rien. Il regarde au-delà de l'horizon. Il reste ainsi un long moment avec la main de sa déesse sur son épaule. Il se plaît à penser que, maintenant, le temps pourrait s'arrêter. Aurait-il trouvé son île ? Était-elle là où il ne la cherchait pas ?

J'ai demandé à Tama et à Ono qui était cette belle femme qui se tenait parfois au côté de Ta'aroa. Ils m'ont regardé curieusement et Tama m'a répondu gravement :

« Depuis la disparition de ma mère, mon père n'a plus touché de femme.

– Je comprends. Mais ton père est un homme vaillant et ardent. N'est-il pas quelquefois en compagnie d'une femme qui pose sa main sur son épaule et qui parle avec lui ?

– On ne sait pas ce que tu veux dire ! »

Ta'aroa me fait part de ses inquiétudes. Les esprits malins envahissent le bord. Des signes trahissent leur présence. En ouvrant des noix de coco restées à fond de cale depuis le départ, on en voit sortir de la vermine. Des ombres inhabituelles et perfides apparaissent dans le gréement. Les cieux se couvrent trop souvent de nuées qui roulent des monstruosités. Peu à peu, la gaieté naturelle du petit peuple s'estompe. Les femmes sont déréglées et perdent leur sang sans raison. Les anciens sont les premiers touchés. Trois sont morts. Après les cérémonies en leur honneur, l'espoir de voir un jour une terre nouvelle a encore diminué. L'un des petits garçons nés sur le *Toa Marama* est très malade. Les images accrocheuses de démons utilisées par le sorcier ne donnent pas les résultats habituels. Te'iri implore les dieux, les parents pleurent, et un matin je comprends que le pauvre petit n'est plus. Un peuple qui perd ses anciens les regrette et honore leur mémoire. Un peuple qui perd ses enfants plonge dans une ultime détresse. L'espérance fait-elle partie de ce monde ?

Je suis touché par ce drame. Je ne suis pas médecin et ne dispose d'aucun médicament. Je me sens très impuissant, inutile et décalé. Ta'aroa commence à avoir des doutes sur la route suivie par le vaisseau. Cela se sent. Cela se voit. Il représente l'unité et je ne pensais pas qu'elle pût être remise en cause.

Ta'aroa ne semble pas remarquer à quel point le moral du bord s'est dégradé. Il est souvent à l'avant, seul ou en compagnie de la femme mystérieuse. Je me demande si quelqu'un d'autre que moi la voit. Alors que ma lucidité me semble intacte, je m'éloigne pourtant d'un monde qui me paraît d'une grande futilité. Où est donc Apataki ? Je me surprends à murmurer :

« Alpha, qu'es-tu en train de faire avec la petite pirogue ? Es-tu, toi aussi, venue auprès d'eux sans que je m'en rende compte ? Viens-tu aussi les voir ? »

Je tente de refouler une impression lancinante. J'en viens de nouveau à douter de ma raison.

Ils sont de nouveau seuls au monde et trouvent spontanément l'harmonie dans la solitude. Il dit :

« Il y a d'autres vaisseaux que le *Toa Marama* sous les étoiles ?

– Oui, des milliers. Il y a autant de vaisseaux qu'il y a d'étoiles dans les cieux.

– Alors je ne suis pas le seul élu des dieux.

– Pour moi, si. Pour moi, tu es le seul, le grand constructeur de pirogues, le *tahu'a va'a* et le pêcheur. Pour moi, tu es celui qui est venu sur le *Toa Marama*, le Porteur de l'Image Sacrée. Pour moi, tu es un dieu. Tu es mon dieu.

– Mais un dieu sans *fenua* ! Quand pourrai-je enfin offrir à mon peuple aimé l'île qu'il attend ?

– Une île ? Qu'est-ce que c'est ? Ne suis-je pas celle que tu attendais ? »

Il ne répond pas. Elle poursuit :

« Qu'est-ce qu'une île ?

– Une île ? Tous les matins, je me lève pour elle, dans la journée, elle est mon espérance et, quand vient le soir, je la vois en rêve.

– C'est exactement moi. Je suis ton île.

– Je la cherche et elle se laisse désirer. Mais un jour, parce que la lumière la précédera, parce que l'onde m'apportera une vibration d'elle, parce que l'oiseau espéré sera là, parce que son parfum enivrant viendra enfin jusqu'à moi, alors je saurai qu'elle m'invite à sa découverte.

– Mais je suis là à ton côté, ne me vois-tu pas ?

– Je te vois et je ne la vois pas. Toi, tu es celle que j'attendais dans mon cœur. Elle sait, elle, que je l'attends pour mon peuple. Et elle tarde à se montrer. À cause de cela, je la désire encore plus.

– Cette île, est-elle plus belle que la plus belle des femmes, plus belle que moi, pour que tu en parles ainsi ?

– C'est une île. C'est ainsi. »

Apataki

Alpha et moi vivons hors du temps. Au bout du monde. Comme il est difficile de l'imaginer, dans un paysage si simple et si limpide qu'il semble irréel, sans aucun contact ni communication avec l'extérieur. Le *Toa Marama* demeure cristallisé. Nous ne savons plus depuis combien de jours nous sommes ici, et cela est le moindre de nos soucis. Les jours, les nuits, se succèdent identiques à eux-mêmes dans une déconcertante régularité. Rien ne change. La pure beauté de cet atoll oublié ne fait pas que nous inviter aux rêves. Il est le rêve. Apataki nous enferme dans ses sortilèges.

Je me retrouve ainsi sans effort la moitié de mon temps avec les habitants de la pirogue miniature. Je partage avec eux la quête de l'île. Ma vie leur appartient de plus en plus.

Si Alpha subit également, bien qu'à sa manière, les enchantements du *Toa Marama Iti*, elle succombe en plus aux charmes du *motu* et c'est sur la plage que je la retrouve en général.

Aujourd'hui, je suis allé une fois de plus la rejoindre à la nage. Les requins sont là eux aussi. Ils naviguent dans leur monde, nous dans le nôtre.

Je la trouve assise au bord de l'eau. Elle ne porte qu'un paréo autour des reins, et sur la tête une couronne de feuillage, mélange de petites feuilles vernissées et de frêles herbes séchées, légères et effilées comme des rayons de soleil. Les fleurs manquent ici.

Accroupie, elle nettoie quelques coquillages avec une dextérité inhabituelle.

« Ta couronne est magnifique, tu n'en as jamais fait d'aussi réussie. »

En prononçant ces mots, je sens qu'il y a quelque chose d'insolite et de décalé dans ce que je viens de dire, mais je ne sais pas quoi.

« Merci. Et toi, tu vas avoir un beau collier », me répond-elle.

Elle me montre alors une cordelette tissée avec maîtrise dans une fibre végétale, destinée aux coquillages de nacre qu'elle vient de nettoyer. Elle est très belle, là, en train d'effectuer des gestes simples, révélateurs d'une époque où le temps ne comptait pas.

Une question me traverse l'esprit :

« Où est le *Toa Marama Iti* ?

– Il est là », dit-elle en me montrant un point dans le lagon.

À une dizaine de mètres, la petite pirogue semble naviguer, perdue dans un léger clapotis équivalant certainement pour elle à une ample houle océanique bien formée.

« Dis-moi, tu surveilles toujours les habitants de la pirogue ?

– Bien sûr ! Je suis souvent avec eux. Je suis toujours avec eux, précise-t-elle.

– Que veux-tu dire ?

– Rien. Je suis toujours avec eux. En ce moment même je suis avec eux, c'est tout.

– Mais, Alpha, tu es avec moi en ce moment !

– Tu n'étais pas avec eux ? Tu les quittes si facilement ? »

Je reste sans voix. Je lui demande :

« Tu vois toujours le grand guerrier qui est si souvent à l'avant de son vaisseau ?

– Oui, je le connais bien maintenant. Il paraît inquiet, il la cherche.

– Que cherche-t-il ?

– Mais l'île, évidemment, comme nous, nous l'avons tant cherchée.

– Que veux-tu dire ?

– Moi, je l'ai trouvée. Ici, avec toi, au bout du monde, ma vie prend tout son sens.

– Dis-moi, as-tu remarqué que ce grand guerrier regarde souvent l'horizon avec une femme qui se tient à son côté ?

– Tu as rêvé ! Il est toujours seul, sauf quand... »

Alpha se tait. Un instant, j'aurais juré qu'une lumière irréelle émanait de son regard.

« Pourquoi ne dis-tu plus rien ?

– Je ne dis plus rien ?

– Non, tu ne dis plus rien. Tu as dit "sauf quand" et puis plus rien. Tu es ailleurs, n'est-ce pas ? Tu es avec eux ?

– Mais pourquoi le passage serait-il, pour moi, le même que pour toi ? »

Maintenant, c'est moi qui me tais. Je n'ose continuer dans ce registre, mais les mots devancent ma pensée.

« Tu connais donc Ta'aroa ? Toi aussi, tu connais sa solitude ?

– Il est seul comme doivent toujours l'être ceux qui portent la destinée des autres. Il est seul, sauf quand il rêve à elle.

– À qui crois-tu qu'il rêve ?

– Mais à elle, son île ! C'est ainsi.

– Pourquoi as-tu dit "c'est ainsi" comme ça, sur ce ton ? »

Alpha me sourit silencieusement. Je répète :

« C'est vrai ! Pourquoi dis-tu "c'est ainsi" ? Ces mots ne semblent pas être de toi. De qui sont-ils, alors ? »

Elle a posé sur moi un regard qui me trouble. Là, dans cette attitude sereine et accomplie, accroupie sur le sable blanc avec sa couronne de feuilles, ses cheveux noirs et ses paupières légèrement en amande, elle semble porter au fond de ses yeux un peu de l'histoire de ce merveilleux pays. Elle fait lever en moi un doute terrible.

Se pourrait-il qu'Alpha soit aussi une autre ?

36
L'Image Sacrée

La grande pirogue

Ce matin, Ta'aroa est venu me voir. Il me parle de la destinée de son peuple. Du souci qu'il a d'ouvrir la voie sous les étoiles, vers le soleil levant, vers Te Hitia-o-te-Rä. Du souci d'aller vers une nouvelle terre, leur *fenua*. Je l'écoute. Et puis il s'arrête et me demande brutalement :

« Dis-moi, Tumatarii, suis-je l'élu des dieux ?

– Tu es le grand constructeur de pirogues, tu es le Porteur de l'Image Sacrée. Oui, tu es bien l'élu des dieux !

– Alors pourquoi notre terre tarde-t-elle tant à se découvrir ?

– Parce que *moana* est immense. L'épreuve que les dieux nous imposent est à la hauteur du don que ton peuple recevra quand, devant les étraves du *Toa Marama*, grandira une terre vierge et accueillante. »

Je le sens à l'écoute. C'est le moment attendu. Je continue :

« Ta'aroa. Il faut que tu me montres de nouveau l'Image Sacrée. »

Je frémis d'avoir prononcé : « Il faut. » Ta'aroa est un chef à qui personne ne dit : « Il faut. » Il n'a pas relevé l'offense et déclare avec fermeté :

« Viens avec moi ! »

Sur le pont noyé de soleil, une partie de la pêche est en train de sécher.

Manu, Tehei et Faarii mettent des lignes à l'eau. Nous longeons le grand bac central rempli de sable dans lequel on entretient le feu.

Au passage, Ta'aroa se tourne vers Faarii et l'interpelle :

« Le feu dans le sable est bien pâle.

– Oui, Ta'aroa, que veux-tu que je fasse ? »

Ta'aroa appelle Ono qui est à proximité :

« Ono, tu sors dix cocos de la réserve. Tu les ouvres. Tu les donnes à Mata-Rau pour les enfants d'abord. Tu apporteras les bourres à Faarii pour le feu. C'est ainsi. »

Il m'entraîne tout à l'arrière du vaisseau, vers le *fare* tabou et m'invite à y entrer. Comme la première fois, il me conduit tout au fond, jusqu'à l'espace étroit où il range son trésor.

Il sort l'Image de son enveloppe de *tapa* et me la tend.

« Si tu veux, cette fois tu peux la toucher. »

En la prenant, je m'étonne de son poids. La densité des multiples coquillages incrustés dans ce petit océan de corail est grande. J'admire l'énergie de Ta'aroa quand il brandit tous les soirs cet objet emblématique.

Je suis de nouveau happé par la beauté du tableau. Je l'examine encore plus attentivement que la première fois et comprends mieux comment, dans ce dédale de nacres flamboyantes, de coquillages et de corail s'inscrit le chemin d'étoiles qui nous ouvre la voie. Parfois, le temps est nécessaire pour saisir la signification d'une courbe à la simplicité trompeuse, la force d'un infime détail, la périodicité symptomatique d'une texture pourtant chaotique. Quand on a perçu cette signification savamment dissimulée, on ne peut plus l'oublier. Elle devient évidente et même obsédante. Mais, si une pensée secrète est là, quelle est-elle ? Si les dieux ont placé dans cet espace minéral marin un message d'espoir vers Te Hitia-o-te-Rä le soleil levant, il me semble qu'il y a aussi autre chose, un appel, un mystère. C'est une intuition, un pressentiment, l'impression plus ou moins nette d'une symbolique masquée, recouverte d'un voile que je ne peux lever. Une pensée ésotérique, profondément gravée dans le corail. Un souvenir, mais pourquoi refoulé ? Qui attend d'être révélé comme un mot que l'on cherche, qui n'espère qu'une étincelle pour enfin apparaître en pleine lumière.

L'Image est décidément très lourde. Je la pose sur le plancher. Je tourne autour. Ta'aroa m'observe et ne dit rien. Il s'est assis par terre. Il patiente. Mais rien ne vient. Je demeure perplexe et impuissant à lui révéler ce que je ressens vraiment. Je suis sûr qu'il y a dans la disposition des coquillages, dans l'assemblage de ces morceaux de corail, quelque chose que je dois déceler.

Je reste à regarder attentivement trois porcelaines formant un beau triangle presque parfait. Elles ont des reflets blanc bleuté et de petits disques lumineux courent sur leurs courbes harmonieuses.

Au bout d'un long moment, Ta'aroa prend la parole :

« Il y a quelques lunes déjà, nous avons vu un signe à l'horizon.

– Oui, c'est vrai. Ono et Tama étaient montés dans les mâts.

– Tu m'as dit que c'était un autre vaisseau. Tu te souviens ?

– Oui, je me souviens.

– Tu m'as dit que nous n'étions pas les seuls élus des dieux. Il y a donc tant de vaisseaux sur *moana* ?

– Oui. Il y en a beaucoup.

– Autant que de *ta'urua* dans les cieux ? »

La remarque de Ta'aroa me semble étrange. Je le questionne :

« Mais pourquoi me parles-tu de ça alors que nous regardons l'Image Sacrée ? »

Ta'aroa se lève. Il montre de ses deux bras ouverts l'Image qui brille de mille feux devant nous sur le plancher et déclare :

« Parce que je vois l'oiseau, la tortue, le poisson et le requin. Je vois Vai-ora-a-Täne, l'eau vivante de la Voie lactée. Je vois Pira'e-tea-a-Täne l'hirondelle de mer blanche et aussi toutes les festivités, la grande festivité en désir des parents, et puis la festivité qui conduit les étoiles, et aussi la festivité d'où vient le flux de la mer. Mais je ne vois pas toutes ces pirogues dont tu me parles ! »

Je reste silencieux. Comment lui dire que ce n'est pas la même chose. Et pourtant ! Je sens une déchirure qui se forme dans ma mémoire. Une faille qui s'entrouvre sans que je perçoive ce qui reste enfoui. Une vision trop fugitive passe sans que je puisse l'ancrer en moi, sans que je puisse la décrypter. Il faudrait l'attraper. Je tendrais bien les mains si elles pouvaient m'aider à la capturer, mais cela n'a aucun sens. Tendre les mains ? Personne n'a jamais retenu une pensée sauvage, indomptée, avec ses mains. Alors, pourquoi mon bras se lève-t-il ainsi comme pour retenir un imperceptible souvenir ? Celui-ci s'estompe déjà, mais je sais maintenant qu'il existe vraiment, j'en cherche en vain la trace. Seul reste un appel silencieux, une empreinte sur le sable qui demeure indéchiffrable et sera bientôt définitivement effacée par la marée montante. Je songe à la réflexion de Ta'aroa. Elle n'est pas étrangère à ce parfum perdu dans ma mémoire défaillante. La clé serait-elle là sous nos yeux ?

Ta'aroa voit bien que je reste sans voix. Il range l'Image à sa place puis se retourne et pose ses deux mains sur mes épaules. Avec gravité, il me dit :

« Tumatarii, l'important, c'est que mon peuple trouve son *fenua*. Si tu crois que tu peux m'aider à y accéder en regardant l'Image et les *ta'urua*, alors nous reviendrons régulièrement pour voir si les dieux nous parlent à travers l'oiseau, la tortue, le poisson et le requin. »

Il a vu Ta'aroa et Tumatarii disparaître un grand moment dans le *fare* arrière. Tout le monde sait que cet endroit est tabou. Que là, en ce lieu, l'élu des dieux met l'Image Sacrée à l'abri et qu'il ne la sort que le soir, quand les rayons de *mahana* plongent dans les profondeurs océanes. Et lui sait parfaitement pourquoi Ta'aroa ne montre l'Image que lorsque la lumière du jour a totalement perdu la plénitude de son rayonnement. Personne à bord du navire ne se préoccupe des agissements du chef et de celui qui fut le grand prêtre. Pourquoi Ta'aroa vient-il pour la deuxième fois de faire entrer Tumatarii dans le *fare* ? Est-ce pour lui montrer l'Image ? Ta'aroa aurait-il des soupçons ? Il frémit à la pensée de ce qui pourrait lui arriver si la vérité était découverte. Cependant, il n'est pas le seul à se poser des questions. Deux fois de suite, un autre regard s'est arrêté sur sa nuque sans qu'il s'en aperçoive. Quand ils sont entrés, puis quand ils sont sortis, des yeux étonnés ont surpris son manège. Alors qu'il est toujours plongé dans ses pensées et s'éloigne pour reprendre son occupation habituelle, il ne se doute pas qu'il est lui-même observé.

37

Problème de données

LIe siècle

« Il ne va pas tarder à quitter le vaisseau des Nuages du Cygne pour rejoindre Centaure Croix. Il faudrait prévenir notre agent.

– Ne vous inquiétez pas. Par son propre comportement, AngKor lui signalera lui-même son départ !

– Vous croyez donc qu'il va tromper sa femme ?

– Je n'ai pas dit ça. Cependant, il va avoir quelques difficultés à régler cet aspect des choses.

– Vous pensez que ce jeune qui est avec lui va lui servir pour découvrir la solution ?

– Probablement. Mais autre chose me préoccupe. Les RAVA et les MOR.

– Les informations qui passent entre les vaisseaux montrent que les troubles actuels se développent alors que les modèles indiquent plutôt le contraire !

– Si cela persistait, vous savez ce que cela voudrait dire !

– Oui, et c'est extrêmement ennuyeux. »

AngKor a proposé à HarBin de le rejoindre dans sa cellule pour la soirée. Il est soucieux. Il a mémorisé une telle quantité d'informations au musée des Nuages du Cygne qu'il a besoin de se reposer. D'un autre côté, les jours passent et demain il rencontre le professeur PlovDiv qui doit lui remettre le rapport promis. Est-ce qu'il y trouvera au moins une partie des réponses à ses questions ? Pour le moment, il n'est pas certain d'avoir beaucoup avancé. Il est vrai aussi qu'il a tant de données dans la tête que certaines réponses peuvent s'y trouver sans qu'il le sache. Ce phénomène est courant chez les Acom. La plupart du temps, les Acom engrangent, stockent, entreposent de fantastiques quantités de données sans faire la moindre corrélation entre elles. Il faudra peut-être qu'il réfléchisse à tout ça. Seulement voilà, le temps lui manque, sans compter qu'il souhaite retourner au musée. Cela lui fait penser qu'il n'a toujours pas revu DjidJa !

Il dit à l'adresse de son BioCom :

« Essaie donc d'avoir des nouvelles de DjidJa.

– Bien, maître.

– Pourquoi me parles-tu ainsi ?

– Mais tu es mon maître !

– Tu es agaçant, montre-moi ton écran de communication et tais-toi ! »

Il n'y a pas d'appel, mais sur l'écran passent sans suite des images miniatures d'une rediffusion de TV3D. Il lui revient en mémoire cette émission d'hier soir : des passeurs en provenance de différents vaisseaux, dont celui des Nuages du Taureau, le sien, ont rapporté des nouvelles inquiétantes : des troubles à l'ordre public provoqués par des mouvements politiques qui jusque-là étaient restés pacifiques, les RAVA ! Il pose son verre sur la petite table et s'adresse à HarBin qui a les yeux dans le vague, comme s'il avait ingurgité une bonne dose d'euphorisants.

« Dis-moi, HarBin, tu as entendu parler des RAVA ? »

L'œil de HarBin s'allume.

« Évidemment ! Tout le monde les connaît ici.

– Tu veux dire sur le vaisseau, ici même ?

– Ils sont présents dans le gouvernement, et aussi dans le commandement central du vaisseau.

– Comment sais-tu ça ?

– C'est mon père qui me l'a dit. Ce sont des excités !

– Mais ils ont des projets intéressants. Par exemple, le développement des espaces touristiques où l'on a reconstruit des quartiers entiers, copies conformes d'anciennes villes de la Terre, c'est eux.

– Ah oui ? Je ne savais pas ça.

– Tu étais trop jeune.

– Les RAVA sont des utopistes. Les idées qu'ils défendent ne tiennent pas la route.

– En es-tu si sûr ? Après tout, que seraient les vaisseaux s'ils n'étaient pas la reproduction en vase clos d'une certaine vie ancienne de la Terre ? Toute la partie vaisseau-monde, celle où nous vivons, avec son paysage reconstruit, pas seulement ses villes, ses cités, avec ses urbanisations excessives certes, mais tous ces espaces reconfigurés aussi, avec de la végétation, et même parfois quelques animaux, dis-moi ce que c'est, si ce ne sont pas déjà des Espaces de Vie Ancienne ! Des EVA dont parlent toujours les RAVA. N'as-tu jamais pensé à ça ? Ce n'est pas si absurde, et puis qu'est-ce que tu défends comme idée, toi qui vis comme ces marginaux qui critiquent tout mais qui profitent bien du système ? Dis-moi, HarBin, pourquoi n'as-tu pas un travail régulier ?

– J'ai un travail régulier.

– Arnaquer les touristes de passage, ce n'est pas un travail.

– Je ne les arnaque pas. Je vends différentes choses.

– Y compris toi-même. Tu te vends aussi.

– Attends, ça, ça me regarde.

– Mais tu as bien fait des études ?

– Oui, à l'université. Sciences et psychohistoire. Pour quoi faire, je me le demande !

– Mais tout le monde a du travail dans un vaisseau. Les jeunes sont engagés dans certaines études pour les besoins futurs. Il y en a même qui s'occupent des espaces de vie qui sont les nôtres, des espaces de loisirs aussi. Les systèmes prospectifs d'identification permettent de connaître les besoins en emplois. Obligatoirement, tu avais un emploi en sortant de l'université !

– Mais j'ai un emploi.

– Comment ça, tu as un emploi ? Tu passes une partie de ton temps dans des activités illégales.

– Arrête de parler comme mon père ! D'abord, je ne suis pas toujours avec toi ! Et, comme tu le dis, je passe une partie de mon temps à… bricoler, d'accord ! Mais je travaille au musée régulièrement.

– Tu travailles au musée du Vaisseau ?

– Absolument ! Je suis chargé de la structuration des HB d'épistémologie. C'est très casse-pieds ! Le seul intérêt, c'est que j'y vais quand je veux. Je peux aussi faire ça de chez moi, alors je fais mon petit boulot, et le reste du temps… »

Bien que très étonné, AngKor voit immédiatement venir une possibilité d'avancer ses pions. Mais comment faire sans trop en dire ?

« Si tu as un travail, pourquoi prends-tu des risques en te faisant passer pour un marginal ? »

HarBin reste silencieux. Quel curieux garçon, se dit AngKor. Il ajoute :

« Et comment fais-tu pour te procurer des produits illicites ?

– J'ai un copain à l'hôpital.

– Lui aussi, il risque gros !

– J'ai toujours besoin d'infos, lui aussi », avoue HarBin, penaud.

Nous y voilà, se dit AngKor. Il saisit l'occasion.

« Je te propose un travail sans risque pour deux cents infos.

– Deux cents infos ! Tu plaisantes ?

– Pas du tout.

– Qu'est-ce que je dois faire pour deux cents infos ?

– Écoute-moi attentivement. »

AngKor a passé toute la matinée au musée. Il en ressort en pensant qu'il va être obligé à un moment ou à un autre de se reposer. Il travaille trop et sait qu'il ne laisse pas assez d'intervalle entre les intenses séances de mémorisation auxquelles il soumet une mémoire, entraînée certes, mais qui aurait bien besoin de souffler un peu !

Il demande à son BioCom :

« Appelle-moi donc le laboratoire de l'université.

– Tout de suite, maître.

– Si tu m'appelles encore une fois comme ça, je te jette dans l'incinérateur !

– Tu es en contact avec le laboratoire, AngKor !

– Bonjour, mademoiselle, je n'arrive pas à avoir le professeur PlovDiv, savez-vous s'il est arrivé ?… Il n'est pas là ?… Est-ce qu'il a laissé un rapport pour moi ?… Oui, je suis l'Agent communicateur AngKor… Oui, c'est ça… Le contrat pour une étude sur l'ancienne Terre… le Pacifique, c'est ça… Il n'y a rien pour moi !... Vous pensez qu'il doit y travailler encore ?... Ah, depuis chez lui !... Bien, je rappellerai, merci. »

Il pense aussi à DjidJa.

« Appelle-moi DjidJa et merci de te taire ! » enjoint-il à son BioCom.

La communication est immédiate.

« AngKor, c'est sympathique de m'appeler.

– Vous savez, DjidJa, j'ai un travail fou en ce moment et je dois passer sur Centaure Croix dès que possible. J'aimerais bien reparler des livres anciens avec vous, quand vous voudrez.

– Je termine mon circuit touristique ici même, dans deux jours. Ensuite je prends le RHET pour retourner chez moi. Venez me voir dès votre arrivée. D'ailleurs, avez-vous un point de chute, un endroit où aller ?

– Non, mais il y a toujours une cellule de libre au central pour les Acom de passage.

– Venez donc chez moi, je vous invite !

– C'est très aimable à vous, c'est d'accord. »

Il se dit qu'il a répondu un peu vite, mais elle aussi se montre simple et directe.

« Très bien, alors bon courage pour votre travail, et à bientôt sur Centaure Croix. Vous verrez, là-bas, on a une spécialité très intéressante.

– Ah oui ? Et c'est quoi ?

– Une pouponnière d'étoiles à proximité du vaisseau. C'est un site magnifique !

– Merci encore, DjidJa. À bientôt sur Centaure Croix. »

AngKor est pensif, les étoiles... Si loin de lui, dans l'espace, existe un endroit exceptionnellement neuf. Une idée lui effleure l'esprit, sans vraiment éclore. Il la laisse s'évanouir, mais demeure perplexe en pensant de nouveau aux EVA... et à la naissance...

« ÇA Y EST, IL A PRIS CONTACT AVEC DJIDJA.

– OUI, MAIS IL N'EST PAS SI PRESSÉ QUE ÇA.

– C'EST NORMAL. C'EST UN PROFESSIONNEL. SON TRAVAIL D'ABORD. D'AILLEURS, IL EST TRÈS PRÈS DU BUT MAINTENANT. JE CROIS QU'IL EST EN TRAIN DE FAIRE LE RAPPROCHEMENT.

– ET L'INFORMATION QUI NOUS MANQUE, AVEZ-VOUS DU NOUVEAU ?

– RIEN POUR LE MOMENT. MAIS LA QUANTITÉ DE DONNÉES QU'IL DÉTIENT EST PUREMENT PHÉNOMÉNALE ! ON ESPÈRE QU'IL VA METTRE DE L'ORDRE LÀ-DEDANS. UN INDIVIDU NORMAL NE POURRAIT PAS RÉSISTER À UNE TELLE INVASION. IL EST VRAIMENT EXTRAORDINAIRE, IL EST EXCEPTIONNEL ! IL SEMBLE GÉRER TOUT ÇA SANS TROP DE SOUCIS, CE N'EST PAS CROYABLE !

– QUELLES SONT LES PRÉVISIONS ?

– IL A VU HARBIN. CE GARÇON A DES QUALITÉS LUI AUSSI, ET ANGKOR A COMPRIS COMMENT LES UTILISER, C'EST ÉVIDENT. LES MODÈLES EN COURS PRÉDISENT UNE RÉVOLUTION PROCHAINE DANS LES PROCÉDURES PÉRIPHÉRIQUES. C'EST UN ÉVÉNEMENT, OU UNE SUITE D'ÉVÉNEMENTS EN ÉMERGENCE QUI ARRIVE. IL Y A 60 % DE CHANCES QU'IL EXPRIME ENFIN CLAIREMENT CE QUE L'ON CHERCHE DANS LES VINGT-QUATRE HEURES À VENIR. »

AngKor ne centre pas ses pensées sur ses problèmes professionnels. Il les laisse au contraire vagabonder à leur guise autour de DjidJa. Puis il repense à sa découverte et voit bien qu'au fond de lui cette naissance, cette extraordinaire lumière l'obsède. Il est inquiet. Il semble ne pas admettre une évidence. Tout cela est flou et le trouble. Il se dit : c'est limite ce que je fais en ce moment ! J'ai trop d'informations accumulées. Je n'ai toujours pas reconfiguré tout ce que j'ai pu extraire du musée. Je prends des risques. Je devrais baisser le rythme des mémorisations.

Il se rend compte qu'il a autre chose dans la tête. Ce ne sont pas les livres anciens, c'est une autre idée, mais il n'arrive pas à la formuler explicitement. Elle lui échappe encore.

« C'est agaçant ! » dit-il tout haut. Puis il reprend dans un murmure : « Quand même, ces EVA que les RAVA ont mis en place, c'est la base essentielle de la vie dans les vaisseaux-lumière. »

AngKor voudrait en finir avec cette demande faite à l'université. Une étude réalisée par un spécialiste devrait donner un coup d'accélérateur à la structuration de ses informations. Il appelle de nouveau le professeur, mais il n'est toujours pas arrivé à son travail. Il décide de le joindre directement chez lui, sur son BioCom personnel.

« Ici le joli BioCom du professeur PlovDiv. Que puis-je faire pour vous, aimable correspondant ? »

AngKor se demande d'où vient cette mode farfelue de la programmation des BioCom des Nuages du Cygne pour qu'ils s'expriment tous ainsi. Puis il s'informe :

« Le professeur PlovDiv est-il là ?

– Je vous le passe, cher aimable monsieur. »

AngKor dit aussitôt :

« Bonjour, professeur, je suis l'Acom AngKor. Je suis désolé de vous déranger chez vous, mais je voulais savoir si vous aviez terminé le travail que je vous ai commandé ?

– Je viens juste d'en faire une copie de masse, elle est bientôt prête pour vous. Mais pas de problème, je serai à l'université dans dix minutes.

– C'est parfait, j'arrive. À tout de suite. »

AngKor prend le Mag et arrive à l'université un quart d'heure après avoir parlé avec le professeur par BioCom. Ce dernier n'est toujours pas là. Son Agent iA le fait patienter. C'est une très jolie jeune femme. Dommage que ce ne soit qu'une machine ! se dit AngKor.

« En attendant, voulez-vous voir la dernière retransmission de la rencontre F3 ? Les Aigles ont écrasé les Taureaux.

– Non, merci.

– Je peux vous faire un massage décontractant, je crois que cela vous détendrait.

– Certainement, mais le professeur va bientôt arriver et... Il m'a affirmé qu'il avait presque terminé mon étude. »

AngKor commence à se poser des questions. Il a parlé au professeur il y a une demi-heure et celui-ci devrait être là depuis vingt minutes.

Il décide de le contacter de nouveau chez lui, mais cette fois n'obtient aucune réponse.

Il interroge l'Agent iA au sujet du domicile du professeur. Elle répond :

« Il habite près du complexe hospitalier. Attendez ! Je consulte mon répertoire. » Penchée sur un écran, elle précise : « Voilà, c'est l'artère B33, bâtiment 57, cellule 296128. Mais vous ne pourrez pas entrer sans code d'accès. Demandez le professeur par le biais de l'Acont iA qui surveille le bloc.

– Le professeur doit être très occupé, vous pouvez me donner le code ?

– Je n'y suis pas autorisée. Je suis désolée. »

À cet instant précis, le bip d'un autre BioCom retentit juste derrière l'Agent iA.

« Excusez-moi, on m'appelle en priorité. »

Au moment où elle se retourne, AngKor se penche sur son écran de travail. En une fraction de seconde, il procède à une mémorisation flash de type III. Quand l'Agent iA s'adresse de nouveau à lui, elle ne peut avoir perçu la manœuvre extrêmement rapide au cours de laquelle AngKor a photographié dans sa mémoire le répertoire avec l'adresse du professeur, et probablement le code d'accès s'il est compilé à côté de ses coordonnées.

Ça, il ne le saura que plus tard, après avoir fait un travail de reconfiguration mnésique de une ou deux minutes.

L'Agent iA le regarde sans rien dire, comme si elle ne trouvait pas ses mots.

« Que se passe-t-il ? interroge AngKor.

– Je suis désolée. Je suis désolée, monsieur, mais le professeur PlovDiv est mort !

– Comment ça, il est mort ? Que s'est-il passé ?

– C'est le service iA de détection des urgences de l'hôpital qui vient de m'appeler. Alors que le professeur sortait du Mag et se dirigeait vers l'université, son BioCom a enregistré, il y a quelques minutes seulement, un arrêt cardiaque incompréhensible pour les Acont des urgences. Je suis désolée pour vous. Pauvre professeur ! Je suis profondément désolée !

– Mais, mon rapport… »

AngKor est abasourdi. Il sort de l'université en se demandant comment il pourrait récupérer le document. Il trouve cet accident surprenant. Depuis des siècles, on maîtrise parfaitement les risques de cette nature. Les personnes qui ont de graves soucis cardiaques sont transplantées avec cent pour cent de taux de réussite. Celles dont le cœur est fragile sont suivies vingt-quatre heures sur vingt-quatre par le biais d'un BioCom spécialement implanté. « On ne meurt plus d'un problème de cœur à notre époque ! » dit-il tout haut.

Il pense que ce n'est pas un accident. En ce moment, des Asi doivent être auprès du professeur, mais ne sont peut-être pas encore arrivés chez lui. Il possède son adresse et, si le code d'accès était sur l'écran, il doit être maintenant gravé dans sa mémoire profonde. Or, PlovDiv lui a bien dit qu'il faisait une copie de masse, et avec un peu de chance…

Il se jette dans le premier puits de Mag et, cinq minutes plus tard, il est sur l'artère B33.

Tout en courant le long des blocs, il revisualise très précisément dans son esprit l'image de l'écran. Il se dit qu'il court le risque de tout perdre car ce genre d'exercice n'est pas conseillé en phase d'effort physique. Maintenant, il voit l'écran. Il arrive devant l'entrée du bâtiment 57. Il entre. Il tombe, tout essoufflé, nez à nez avec un Acont iA qui le regarde d'un air surpris.

« Bonjour, monsieur, vous êtes attendu ?

– Je suis un ami du professeur PlovDiv.

– Il vient de sortir.

– Oui, je sais, je travaille avec lui à l'université et il m'a demandé de venir chercher des documents chez lui. Il les a oubliés.

– Vous connaissez donc son code d'accès pour aujourd'hui ? »

AngKor pense qu'il va s'étonner lui-même s'il arrive à prononcer le code alors que sa conscience n'a jamais été sollicitée ni par la prise de vue ni par la reconfiguration qu'il n'a pas consciemment terminée.

« Vous avez le code, monsieur ?

– Oui, le voici : *Te tere o te tupuna* !

– C'est parfait, vous pouvez entrer. »

AngKor s'est élancé dans le tube d'accès qui se referme derrière lui. Une fois à l'intérieur, il prononce : « 296128 ! » Dix secondes plus tard il est dans la cellule du professeur.

Il prend vingt secondes pour développer une procédure de décontraction psychoneuronale volontaire. Puis, détendu, il réfléchit. L'Agent iA du professeur a bien précisé qu'il était mort en sortant du Mag. Si le professeur a besoin de dix minutes pour aller à l'université, étant donné qu'il demeure près de l'hôpital, il estime qu'il peut, lui, compter sur cinq minutes, pas plus, pour trouver le document avant que les Asi surviennent. Il observe attentivement les lieux. Trois pièces assez joliment meublées avec des cloisons mobiles émettrices de lumière. Il se focalise sur le bureau. Un système de visualisation virtuel 3D, un THM, des écrans, deux BioCom en veille, un transmetteur. Il s'assied dans le fauteuil. Encore quatre minutes. Il repasse dans sa mémoire la conversation très courte qu'il a eue, il y a à peine une heure, avec le professeur :

« ... désolé de vous déranger chez vous, mais je voulais savoir si vous aviez terminé le travail que j'ai commandé ?

– Je viens juste d'en faire une copie de masse, elle est bientôt prête pour vous. Mais pas de problème, je serai à l'université dans dix minutes. »

Il a dit exactement : « ... une copie de masse, elle est bientôt prête pour vous. Mais pas de problème... ». Pourquoi a-t-il dit : « Mais pas de problème... » ?

Pourquoi a-t-il dit : « Mais ! » Cette copie n'est pas sur l'ordinateur. Est-ce une copie ultra-optique, un disque de petite dimension ? Où les range-t-il, d'ailleurs ? Il ne me reste que trois minutes.

« Vous avez été témoin de l'accident ? demande l'Asi à la personne penchée sur le corps du professeur.

– Pas exactement, je suis médecin. J'étais à proximité de cette personne quand elle est sortie du Mag, mais je n'ai pas vu réellement ce qui s'est passé. Il y avait beaucoup de monde autour de nous. J'ai entendu crier. Je me suis retourné. Cette personne était par terre. »

Un autre Asi s'est approché, il dit à son collègue :

« On ne touche à rien pour le moment. Ce n'est pas clair, cette histoire. » Puis à l'adresse du docteur :

« Apparemment, le service des urgences confirme par analyse des dernières données du BioCom de la personne qu'il s'agit d'un arrêt cardiaque brutal. Qu'en pensez-vous ?

– Cet homme, *a priori*, ne présente rien de spécial. Je ne peux que conclure au décès. Vous devriez réclamer des examens.

– C'est bien ce qui va se passer », dit l'Asi. Il se tourne vers son collègue et ajoute discrètement :

« J'ai envoyé deux hommes chez lui, pour voir. C'est juste à dix minutes d'après son BioCom. »

AngKor n'a encore rien trouvé quand il sursaute brutalement. L'un des deux BioCom vient de parler :

« Qui est là ? C'est vous, aimable professeur ? J'ai un message pour vous. »

Un message, réfléchit AngKor, c'est une liaison ordinaire... surtout ne pas intervenir. Puis il regarde le deuxième BioCom et murmure : « Avec un peu de chance, l'autre BioCom sert à la transmission de grandes quantités d'informations. Donc... »

Le système est à l'arrêt. Il le met en lecture et consulte la dernière conversation enregistrée tout en se disant : il a ajouté « mais pas de problème... » car il avait prévu autre chose, mais quoi ? Il regarde de nouveau le deuxième BioCom et s'exclame : « La copie de masse était prête à m'être envoyée ! C'est pour ça qu'il a dit : “Mais” ! Elle est probablement dans le BioCom ! »

Il se lève du fauteuil et repasse la conversation que le professeur a eue avec lui. Il voit que son propre BioCom lui précise alors : « Ancienne connexion. » Il arrête la retransmission en plein milieu. Les deux BioCom, le sien et celui du bureau du professeur, restent connectés. Il ne dispose plus que de une minute. Alors, sans vérifier, il appuie sur la touche *Envoyer* du BioCom du bureau. Son BioCom précise :

« Que de données, que de données ! Transfert de données en cours, dix teraoctets. Ouf ! »

Il attend que l'énorme flot d'informations se retrouve sur son poignet. Immédiatement après, il passe dans le tube lui permettant de ressortir de la cellule. Dix secondes plus tard, il est dans le hall. Il croise l'Acont iA qui lui dit :

« Au revoir, monsieur. »

Il est devant le bâtiment. Il s'éloigne sans se presser tout en pensant que sa sortie a nécessairement été enregistrée. Il croise quatre Asi en combinaison orange qui entrent sans hésiter dans le bâtiment 57 qu'il vient de quitter.

Il prend le Mag. Il a besoin de réfléchir. Il se demande alors s'il est vraiment sérieux de rentrer dans la cellule qu'il a louée pour son séjour. L'Acont iA du bâtiment 57 doit être en train de recracher une visualisation précise de son visage, trait pour trait. Le localiser n'importe où dans le vaisseau va être facile. S'il avait simplement demandé à voir le professeur sans entrer chez lui, les choses seraient plus simples. Ils ont des relations professionnelles officielles, un contrat classique a été signé. Le problème, c'est que l'Acont iA sait qu'il est entré avec le code d'accès du jour. Donc le professeur a dû le lui transmettre. Oui, mais quand ?

Ce matin quand je l'ai appelé, il m'a donné son code d'accès ! Non, non, il ne me l'a pas donné par BioCom, c'est vérifiable. Nous avons pris un verre ensemble et il m'a donné le code du jour pour que je récupère le dossier, vu sa journée chargée, pour que j'aille le chercher chez lui. Ça, c'est invérifiable ! Il ne me reste qu'une chose à faire : aller directement à la sécurité intérieure pour demander comment je peux récupérer un travail par contrat officiel pour lequel j'ai versé deux mille infos. Leur dire que je suis passé chez le professeur avec le code. Une déposition spontanée désamorcera la suspicion maladive des Asi.

Là, il a une idée pour brouiller les pistes. Et puis, il lui faut un peu de temps pour passer par le RHET. Il faut qu'il visualise le rapport de PlovDiv qui est dans son BioCom. Il ne peut évidemment transmettre les données contenues dans le rapport que s'il prend le temps de les configurer correctement dans sa mémoire de masse cérébrale. De plus, il se demande si HarBin a été à la hauteur pour la mission qu'il lui a confiée. Là aussi, si HarBin a réussi, il aura encore des données à mémoriser. Il a bien fait d'appeler DjidJa.

J'aurai tout mon temps pour me reposer sur Centaure Croix, ce qui améliorera mes performances, se dit-il. Il prend donc la décision de se rendre immédiatement au central de la sécurité intérieure.

« Bonjour monsieur, je suis l'Agent communicateur agréé AngKor venant des Nuages du Taureau en passant par Orion.

– Bonjour. Quelle est votre demande ? »

AngKor est assis en face du bureau d'un Agent de la sécurité intérieure du vaisseau. Il filtre et oriente les différentes demandes des particuliers qui viennent directement au central.

« Dans le cadre de mon activité, j'ai demandé au professeur PlovDiv, qui travaille à l'université, au Laboratoire d'Étude des Anciennes Populations Terriennes, de faire pour moi une recherche. J'ai signé avec lui un contrat officiel de deux mille infos. L'information aurait dû m'être livrée aujourd'hui.

– Vous savez ce qui est arrivé au professeur PlovDiv ?

– Oui, je sais qu'il est mort, je l'ai appris en me rendant à l'université pour récupérer ce que j'avais demandé, et justement…

– Attendez un instant. »

Deux minutes plus tard, l'Agent iA revient avec un commandant Asi, un iH. Attention ! se dit AngKor. Il s'agit de jouer serré.

« Vous êtes donc l'Acom AngKor des Nuages du Taureau, c'est ça ?

– C'est exact.

– Voulez-vous venir dans mon bureau, s'il vous plaît ? »

AngKor le suit jusqu'à une vaste cellule où il s'assied en face de lui.

« Vous connaissiez bien le professeur, monsieur AngKor ?

– Pas spécialement. J'ai fait sa connaissance il y a trois jours seulement. Mais comme c'est un spécialiste d'un domaine qui est lié à un travail important que j'effectue pour un passage de données officielles entre vaisseaux, nous avons eu de nombreux contacts tous ces jours. » Là, il en rajoute, se dit que c'est invérifiable et qu'il faut bien préparer la question du code d'accès.

« Et quel est ce domaine ?

– Des aspects historiques et anthropologiques, sur des populations de l'ancienne Terre.

– C'est de la recherche ?

– Oui, uniquement, avec des outils de type archéocomputationnel.

– De la recherche dans des livres ?

– Aussi, oui ! Pas seulement, dans les HB des vaisseaux mais également par le biais des musées et dans des livres, oui. »

Il faut absolument qu'il déclare s'être rendu chez le professeur. Il ajoute aussitôt :

« Tout cela coûte très cher. Quand j'ai appris que le professeur avait eu un accident, je suis allé chez lui pour voir s'il avait laissé un dossier pour moi.

– Vous êtes allé chez lui ! Quand ?

– Il y a moins de une heure ; en fait j'en viens.

– Mais vous vous rendez compte ! Et d'abord comment êtes-vous entré ?

– Avec son code d'accès, bien sûr !

– Il vous a donné son code d'accès ?

– Oui, nous étions très pris par ce travail, lui et moi. Nous avons bu un verre ensemble ce matin. Il m'a donné le code du jour pour que je récupère le dossier chez lui, étant donné que sa journée était très chargée. C'est justement parce que je n'ai rien trouvé chez lui que je suis ici. Vous savez que cela m'a coûté deux mille infos ! Je déplore évidemment la mort de ce professeur, c'est dramatique. Mais qu'est-ce que je fais, moi, maintenant ?

– C'est pas très normal, tout ça ! J'ai bien peur que vos deux mille infos ne soient perdus. Quant à votre dossier, il faut régler ça avec l'université, ils ont une assurance. Si nous le trouvons chez lui, nous vous en ferons parvenir le contenu.

– Oui, peut-être, mais quand ?

– Je ne peux rien vous dire.

– L'Agent iA de l'université a dit "arrêt cardiaque". Quelle chose étonnante à notre époque, non ?

– C'est ce qu'a conclu le service des urgences avant les analyses.

– Il n'est pas mort d'un arrêt cardiaque ?

– Si, mais provoqué par une injection massive d'hypereuphorisant dans la région lombaire.

– Il a été assassiné…, murmure AngKor.

– Exactement, et c'est pourquoi vous devenez un suspect.

– Le professeur PlovDiv a été assassiné, cela me fait penser… »

À cet instant précis, AngKor se dit : n'en fais pas trop, juste ce qu'il faut, pas plus.

« Que voulez-vous dire ? demande le commandant Asi.

– Je ne sais pas si c'est intéressant, mais, depuis mon arrivée, j'ai été en contact par hasard avec quatre personnes qui m'ont paru avoir un comportement étrange.

– Vous connaissez leur nom ?

– Oui, deux hommes qui se font appeler InuK et EeKlo, accompagnés de deux femmes très belles, TuliTa et NijLen.

– C'est une information intéressante. Où et comment les avez-vous rencontrés ?

– Je les ai vus trois fois. C'est surprenant, non ? Le jour de mon arrivée, ils m'ont abordé alors que je prenais un verre. Les femmes, surtout NijLen, étaient prêtes à tout, si vous voyez ce que je veux dire. Ils m'ont un peu inquiété. Ensuite, je suis allé voir la rencontre F3 Aigles et Taureaux, ils étaient là aussi, curieusement très près de moi. Et puis… » Là, AngKor se dit que les meilleurs mensonges sont ceux qui s'insèrent dans les faits réels. « Sur le campus de l'université, quand je suis sorti de chez le professeur, je suis sûr que c'étaient eux qui entraient dans le bâtiment. Ils ne m'ont pas vu, j'étais assez loin, mais je suis certain que c'étaient eux. Je n'ai pas cherché à les rencontrer. »

Le commandant de la sécurité reste silencieux, puis il demande :

« Quand comptez-vous partir pour Centaure Croix ?

– Dès que possible. Dans les jours qui viennent.

– Monsieur AngKor, vous me prévenez quand vous passez par le RHET, n'est-ce pas ? On vous autorisera à quitter le vaisseau en fonction de l'état d'avancement de l'enquête. De toute façon, mes collègues de Centaure Croix prendront la suite.

– Oui, oui, bien sûr. Mais si vous retrouvez mon dossier…

– Faites une demande officielle à l'université, de toute manière. Quant à nous, si nous trouvons quelque chose et si vous êtes autorisé à quitter le vaisseau, nous vous préviendrons en vous envoyant un message par Agent communicateur par le RHET. Mais, encore une fois, prévenez-nous de votre passage. »

« VOUS SAVEZ QUE LE PROFESSEUR PLOVDIV, DU LEAP, À L'UNIVERSITÉ, A ÉTÉ ASSASSINÉ AUJOURD'HUI. C'EST LUI QUI A ÉTÉ CONTACTÉ PAR ANGKOR POUR UNE PARTIE DE SA RECHERCHE ARCHÉOCOMPUTATIONNELLE.

– ON A TROUVÉ LES COUPABLES ?

– POSSIBLE. MAIS ANGKOR A RÉCUPÉRÉ TOUTES LES DONNÉES CHEZ PLOVDIV QUELQUES MINUTES SEULEMENT APRÈS SA MORT.

– Comment a-t-il procédé ?

– On ne sait pas. Il connaissait apparemment le code d'accès.

– Et il y est pour quelque chose ?

– Évidemment non ! Nous sommes intervenus auprès du Central pour le laisser libre de ses mouvements. Mais il y a autre chose.

– Quoi ?

– Les coupables présumés. Il a donné au commandant qui s'occupe de l'affaire les noms des quatre personnes qui gravitent depuis quelque temps autour de lui.

– Ils sont dans le coup ?

– Figurez-vous qu'ils appartiennent aux MOR !

– Et vous pensez que les MOR ont de bonnes raisons de saboter les recherches entreprises par AngKor ?

– Probablement. Maintenant, on avance. Posez-vous la question : Qu'est-ce qui gêne, à votre avis, les MOR dans ce que cherche AngKor ? »

38

Des bateaux, des voiles et une baleine

AngKor retrouve HarBin chez lui.

« Alors, as-tu gagné tes deux cents infos ?

– Je pense que oui.

– Il faut voir. »

AngKor transfère les données compressées de son BioCom vers l'ordinateur de HarBin. Au bout de cinq minutes, le cœur battant, il visualise quelques pages et s'exclame :

« C'est ça ! C'est bien ça !

– Qu'est-ce qui se passe ? demande HarBin.

– Rien, ou plutôt si, tout va bien, mon travail avance ! »

Puis, il dit :

« Bon, alors commençons par les bateaux. Qu'est-ce que tu peux me raconter à ce sujet ? »

HarBin se lance dans une explication qui laisse AngKor absolument sidéré. Ce dernier apprend qu'il y a eu sur la Terre, sur tous les océans et sur toutes les mers, une période de quelques millénaires pendant laquelle des bateaux se sont déplacés sur l'eau sans moteur.

Il a du mal à croire une chose pareille.

« Tu as trouvé ça facilement ?

– Assez, oui, mais il est évident que ce domaine n'intéresse plus personne. La dernière consultation des données que j'ai utilisées a eu lieu il y a quatre cent cinquante ans ! C'est dingue de garder des trucs pareils qui ne servent à rien.

– Arrête de dire des bêtises et répète-moi plutôt comment marchaient ce que l'on appelait des bateaux à voiles, des voiliers. »

HarBin débite ce qu'il a découvert :

« Un bateau à voiles n'était pas propulsé par un moteur. Il avançait grâce à une force fournie par le vent. Les vents, c'étaient des mouvements d'air qui se produisaient dans l'atmosphère de la Terre et qui justement servaient aux bateaux à voiles. À cette époque, aucune modélisation de l'atmosphère terrestre n'était connue. Les phénomènes climatiques globaux apparaissaient donc comme complètement aléatoires et chaotiques. Au début de cette période historique, le contexte était encore plus archaïque, dans la mesure où les Terriens utilisaient uniquement des interprétations de nature divine pour tenter d'appréhender les phénomènes. Autrement dit, croyances irrationnelles et religieuses étaient les seuls outils permettant de comprendre la machine Terre. Cette notion même de "machine" ne s'est développée qu'au XXe siècle sur la base de modèles scientifiques et politiques.

« Les techniques de navigation à voile ont été empiriques pendant des millénaires. Il y avait d'une part différents types de bateaux et d'autre part différentes procédures permettant de créer une force vélique suivant l'angle que faisait le vent avec la direction où le bateau voulait aller.

« S'il voulait aller dans la direction du vent, c'était facile. On envoyait les voiles en essayant de les rendre bien creuses. Le vent les gonflait et cela poussait le bateau. J'ai trouvé comment s'appelait cette technique, on disait : "faire du vent arrière".

« Les choses se compliquaient si on voulait aller contre le vent. D'ailleurs, cette situation était impossible. On pouvait aller un peu à côté d'où venait le vent, mais pas davantage.

« Il fallait alors que le bateau avance et traîne une sorte de couteau ou d'aile dans l'eau, une dérive. Quand le bateau était poussé par le vent se créait sur cette dérive une force due à l'écoulement de l'eau. Cette force, appelée portance, permettait au bateau de s'appuyer dessus. Ainsi pouvait-il, en gardant la vitesse génératrice de cette force et avec sa dérive traînant dans l'eau, virer pour se rapprocher du vent. On disait alors que l'on remontait contre le vent. Ou que l'on "faisait du près". Les voiles devaient être très plates dans ce cas.

– Il pouvait y avoir beaucoup de personnes sur ces bateaux à voiles ?

– Ils ont servi autant pour une seule personne que pour des centaines. À partir de là, la variété des formes et des techniques a été quasiment infinie. Et puis les bateaux à voiles ont coexisté avec des bateaux à moteur. Ces derniers pouvaient être vraiment très grands, mais là c'est une autre histoire. Il y a eu différentes époques aussi. À l'une d'entre elles, la plus ancienne, seuls les bateaux à voiles existaient. »

HarBin donne alors à AngKor quelques exemples :

« Le bateau dont tu m'as parlé, c'est une pirogue double. C'est très très ancien. C'étaient de grands bateaux en bois qui naviguaient dans l'océan Pacifique. Mais plus généralement, il y avait toutes sortes de bateaux. Des grands, des petits, pour transporter des marchandises, des passagers, pêcher des poissons, ou pour faire la guerre. Pendant la dernière époque, il y a trois mille ans, les bateaux à voiles n'étaient plus utilisés que comme des machines de loisir. »

AngKor est très surpris.

« Tu es en train de me dire que des gens montaient, pour le plaisir, sur des bateaux qui n'avaient pas de moteur !

– Mais oui, et même parfois ils faisaient des matchs. On appelait ça des régates. J'ai trouvé toute une banque d'images ! Seulement, ce sont de très vieilles images fixes de type 2D. Tu veux les voir ?

– Évidemment », répond AngKor qui se tourne vers l'ordinateur.

HarBin s'adresse à son BioCom :

« C'est le moment de se réveiller, allez au boulot ! Envoie-nous les images du musée. »

Si les jeunes d'ici parlent comme ça aux BioCom, se dit AngKor, il ne faut pas s'étonner que ces petits systèmes copient ces habitudes de langage familier.

Les images récoltées apparaissent sur l'écran et AngKor est très surpris de constater que la plupart des voiles des bateaux sont blanches. Elles ne sont pas marron, comme celles qu'il a pu voir sur la pirogue double.

Il est particulièrement attiré par une vue qu'il trouve vraiment très belle. Une vingtaine de bateaux, tous n'ayant qu'un mât. Tous portant deux voiles triangulaires effilées qui pointent vers un ciel d'un bleu intense.

L'une toute à l'avant, l'autre un peu vers l'arrière. Ce qui est magnifique, c'est l'ensemble coordonné de ces voiliers qui ont tous la même allure, exactement penchés de la même manière sur une mer qui scintille.

Une autre photo est saisissante. C'est l'avant d'un voilier pénétrant la mer. AngKor ne sait pas ce qu'il doit admirer le plus. L'extraordinaire impression de puissance qui semble émaner de ce navire qui fend les flots avec tant de facilité, ou la beauté de l'eau qui, d'un bleu profond, se transforme soudain en une effervescence immaculée éclaboussant de reflets lumineux tout l'avant du voilier.

La collection d'images de HarBin est d'une grande variété. Des petits, des grands, de très anciens voiliers et d'autres plus évolués.

AngKor pense aux promenades en barque, avec son fils LeeR qui adore ramer. Il se dit que lui aussi prend du plaisir à être sur l'eau avec lui. Parfois, sa femme ValdiVia vient avec eux. Il commence à comprendre combien cela doit être excitant d'avancer à la voile rien qu'avec le vent, sans les rames ! Et qu'est-ce que cela doit être de parcourir, à la voile, toute une étendue d'eau de la taille d'un océan de l'ancienne Terre ! Il songe à la toute petite mer artificielle du vaisseau des Nuages du Taureau et cela le rend triste.

Pendant un court instant, trop court pour que cette idée prenne de l'ampleur, il se dit que, dans un vaisseau-lumière, on pourrait développer un petit océan. Mais il ne faudrait créer que ça et rien d'autre. C'est impossible.

AngKor se retourne vers HarBin, il reprend :

« Et pour les animaux qui vont dans l'eau, tu as autre chose ?

– Pas de problème ! Et là, j'ai une surprise, regarde ! »

HarBin met en route le THM.

« C'est toujours du 2D, mais cette fois, ce sont des séquences animées. Sans les dénaturer, on peut leur donner une apparence 3D pour les passer dans le transmetteur. »

C'est une étendue bleue et calme. On dirait que l'on est dans l'eau, sous l'eau. Et puis apparaît un poisson qui nage avec grâce, avec une extrême lenteur, dans un mouvement qui semble ralenti. Sa queue monte puis descend.

« C'est curieux, constate AngKor. Je pensais que la queue des poissons était verticale. »

HarBin l'interrompt :

« Regarde bien à gauche de l'écran. »

Une forme se dessine, comme un tout petit poisson qui frétille devant la tête de l'animal.

« Mais, dit AngKor, c'est un homme ! Le poisson devant lequel il s'agite est absolument gigantesque !

– Attends la suite ! »

On distingue un minuscule bateau à moteur qui avance sur l'eau. Il transporte trois hommes dont l'un tient un enregistreur optique, un antique système 2D. Ils observent la mer qui, devant eux, est prise de remous. Ils sont probablement filmés d'un deuxième bateau. Soudain, un monstre marin gris bleu rayé de blanc surgit devant les trois hommes. AngKor, complètement ébahi, aperçoit une énorme partie de l'animal sortir de l'eau à plusieurs mètres de hauteur. Il n'émerge pas complètement mais on devine une masse très impressionnante. Le mouvement semble se figer. AngKor voit alors précisément cette image se superposer à la vue fixe observée hier au musée. De chaque côté de l'énorme tête et en arrière, ce ne sont pas des voiles mais des nageoires de très grande taille. Après être resté une fraction de seconde immobile et curieusement penché sur l'un de ses côtés, l'animal retombe dans l'océan en projetant dans les airs de formidables quantités d'eau. AngKor se retourne vers HarBin.

« C'est exactement ça !

– C'est une baleine ! dit fièrement le jeune garçon. Et ce n'est pas un poisson, c'est un mammifère. La mère allaite les petits dans l'eau ! Et tu sais combien pouvait peser une baleine ?

– Je n'en sais rien.

– Jusqu'à cinquante tonnes ! »

Cette fois HarBin montre à AngKor toute une suite de séquences animées, toutes plus belles les unes que les autres.

AngKor finit par dire à HarBin :

« Tu as fait du bon boulot ! Je n'en espérais pas tant ! »

Pendant toute la soirée, HarBin dévoile toutes les informations qu'il a puisées dans les HB du vaisseau, accessibles depuis le musée. Celles-ci répondent parfaitement aux questions qu'AngKor se posait après avoir observé longuement les vues sur le Pacifique et lui font découvrir quelque chose qu'il ne soupçonnait pas.

Il repense à la lumière… *maramarama*… bien sûr.

À des centaines d'années-lumière, prince des ténèbres plongé dans un univers hostile, il attend.

Il n'a pas changé de place, ou si peu. La plus grande de ses qualités actuelles, c'est certainement la patience. Sa naissance a pris deux siècles. Les nouveaux systèmes réplicateurs sont en place et, s'il le faut, il peut rester ainsi un siècle encore, un millénaire même. Pour lui, le temps n'a aucun sens.

Mais qu'est-ce que ce vaisseau peut attendre vraiment, là, au tréfonds des limites inaccessibles de l'univers ?

Que peut-il espérer après cette débauche d'énergie émise de manière sporadique par de dantesques propulseurs photoniques dont AngKor a perçu la petite lumière ?

C'est un vaisseau-lumière qui attend et espère, au cœur de la Galaxie, que des humains daignent enfin venir l'habiter, lui que, par chance ou intuition, AngKor a découvert dans les étoiles.

39
Le souvenir de la route

AngKor se prépare à quitter le vaisseau des Nuages du Cygne pour Centaure Croix, un fils des Huit Premiers, créé il y a presque deux mille ans. Les données à transmettre concernent un rapport du commandement central. C'est une étude des tendances rétro consistant à rechercher des livres anciens liés au développement des sites touristiques de l'ancienne Terre.

Il y a des coïncidences dans la vie ! se dit-il, en songeant à toutes les autres données bien spéciales qui commencent à encombrer sa mémoire. Celles-ci sont également en rapport avec l'ancienne Terre.

En lisant le dossier du professeur PlovDiv, AngKor prend conscience de l'extraordinaire domaine où son travail l'a conduit. Il repense à ces merveilles vues au musée. De très anciens plans 2D fixes, mais qui, après toutes les explications de HarBin, prennent une lumineuse signification.

Il revoit maintenant tout à fait différemment ces anciennes et si émouvantes images.

Celle d'un bateau en bois à deux coques qui porte deux magnifiques voiles faites d'un minutieux assemblage d'éléments d'origine végétale. Les voiles sont maintenues par des mâts haubanés de multiples cordages. Elles sont les moteurs de la double pirogue. Les deux carènes effilées forment deux plans antidérives qui créent dans leur mouvement une force grâce à laquelle le bateau peut remonter dans le lit du vent. AngKor comprend désormais comment ces bateaux fonctionnaient. Il dispose là d'éléments appréciables de réponse aux quatre questions.

Il revoit aussi autrement ces hommes, ces femmes, ces enfants, voyageant tous ensemble sur ces bateaux, unis en un petit peuple de la mer, sur le plus vaste océan de l'ancienne Terre, le Pacifique. Il repense à l'image du musée, et s'ils sont pratiquement nus sur leur pirogue, c'est parce qu'il fait chaud sous le soleil et qu'une combinaison très courte leur suffit. Et ils ne sont pas pauvres, mais riches au contraire d'une formidable épopée dont il commence tout juste, lui, AngKor, à entrevoir la fantastique dimension.

AngKor engrange et assemble tous ces faits, les pirogues doubles qui naviguent à la voile, les animaux marins..., et quand il prend connaissance du corps principal du rapport, brutalement il comprend comment il a pensé à quelque chose de déjà vu. Le voile se lève sur une vision incroyable. Il est bouleversé.

Il relit une deuxième fois, une troisième fois, un passage qui éclaire tout :

« ... ils ont quitté l'Asie du Sud-Est il y a cinquante-cinq mille ans, ils sont arrivés en Océanie il y a six mille ans, très vite ensuite ils ont gagné les archipels centraux de la Polynésie et, il y a environ cinq mille cinq cents ans, ils se sont établis au centre d'un immense triangle, qui a été appelé “le triangle polynésien”. Ils fondent alors l'un des berceaux de la culture polynésienne et de là, il y a quatre mille ans, ils étendent leur navigation vers les sommets de ce triangle. Objectifs mythiques et aussi différents les uns des autres que liés profondément dans une puissante culture, celle des *Mä'ohi*. Pourquoi vers le nord, en changeant d'hémisphère ? Les voilà à Aihi qui est Hawaii, pendant que leurs frères cinglent vers le sud-ouest et découvrent Te Ao-tea-roa, la longue terre blanche, l'île qui deviendra bien plus tard la Nouvelle-Zélande. D'autres insatiables dévoreurs d'océan se lancent, toujours vers l'est, un peu au sud, vers Rapa Nui, l'île de Pâques. Les Pascuans sont également des Polynésiens. Là, ils fondent un peuple mystérieux. De grandes statues de pierre regardent les étoiles. »

Les statues de l'île de Pâques regardaient les étoiles !

AngKor ne peut s'empêcher de songer aux phares stellaires que sont les vaisseaux-lumière propulsés par d'intenses faisceaux photoniques. Les statues de l'île de Pâques gardaient le souvenir de la route dans les étoiles comme ses contemporains cherchent parfois dans l'univers l'émergence d'une nouvelle naissance… une nouvelle naissance…

Ces statues, se dit-il, elles attendaient, voilà pourquoi elles étaient là ! Elles attendaient ! Elles montraient à tous ces Terriens qui ne voulaient pas les voir d'autres précieux chemins sous les étoiles ! Elles étaient là pour garder le souvenir de la route ! Et elles leur montraient aussi d'autres chemins à venir.

En souvenir de la route, se répète AngKor. Bien sûr, comme nous dans nos vaisseaux, ils regardaient les étoiles et c'est ainsi qu'ils naviguaient, eux, sur leurs pirogues comme nous dans nos vaisseaux ! Ils regardaient les étoiles !

Rapa Nui ! Les statues attendaient des phares stellaires, des phares qui un jour seraient suivis par d'autres et encore d'autres navigateurs, nous ! Elles les attendaient, voilà pourquoi elles étaient là ! Pour montrer aux hommes que leur destinée n'était pas sur la Terre, mais dans l'univers !

C'est alors qu'AngKor découvre dans le rapport du professeur deux exemples de textes très anciens. Tous les deux évoquent certaines îles du centre du triangle polynésien. Le premier est un conte, remontant semble-t-il à cinq mille ans. Le second est encore plus ancien et ne date pas de l'époque où les premières recherches ont été entreprises, mais bien de celle où les plus grands navigateurs de l'ancienne Terre ont conquis l'immensité du Pacifique.

Il parcourt ces textes avec une émotion accentuée par le souvenir de la naissance du vaisseau-lumière. Une résonance ultime trouve enfin sa plénitude.

« Un jour, une nuit, quand son regard fut attiré par la lune, Ta'aroa vit un singulier chemin lumineux dans le ciel. Un alignement d'étoiles lui montrait la route. C'est le moment, pensa le pêcheur. Il savait bien que cet instant arriverait, car le peuple des *ti'i* lui avait dit qu'il devrait partir vers Te Hitia-o-te-Rä, un jour ou l'autre, pour la route, la grande route, avec tous les siens, vers l'endroit où le soleil naît chaque jour de l'onde océane.

Il réunit donc sa famille, sa femme et ses enfants, mais aussi leurs grands-parents et les cousins, et également les enfants de certains de ses enfants, et bien d'autres encore. Ils embarquèrent tous sur la grande pirogue de voyage. La grande pirogue sacrée. Tout était prêt. Ils n'oublièrent rien. Ni les poules, ni les cochons, ni les plus beaux oiseaux, ni les plumes pour les parures, ni la réserve de noix de coco, ni les feuilles de pandanus pour réparer les voiles, ni les cordes, ni un grand bac de sable dans lequel ils conserveraient des cendres incandescentes pour faire le feu, ni les tubes de bambou pour garder l'eau de pluie, ni les *to'ere*, les flûtes nasales et les tambours, ni les couronnes de fleurs ou les colliers de coquillages, et bien des choses encore. Ils emportèrent des plantes en pots, et des fleurs, et des semences, mais aussi les hameçons d'os, de nacre et de bois et tout le matériel de pêche. Et leurs outils, les herminettes de pierre, et quelques armes, pour faire peur, on ne sait jamais.

Rien, ils n'oublièrent rien. Le *Toa Marama* pouvait enfin prendre le large.

Les *ti'i* firent au pêcheur un cadeau étrange : des graines. Des graines d'une couleur qu'il n'avait jamais vue, des graines lumineuses. Il pensa un instant que c'étaient peut-être des étoiles ! Car il n'avait jamais tenu d'étoiles dans ses mains, mais elles avaient cependant la forme de graines. Simplement, on aurait dit qu'à l'intérieur il y avait un feu aux reflets bleus. De petites étoiles, sans doute, pensa-t-il. Le grand *ti'i*, celui dont on savait bien qu'il était le chef de tous les *ti'i*, car il était vraiment très très grand, lui dit : "Quand le jour sera venu, après des lunes et des lunes, quand tu verras la fin du chemin dans les étoiles, alors tu penseras aux graines, elles seules te montreront la route."

Ta'aroa se dit que ces graines devaient avoir des pouvoirs magiques, qu'elles étaient donc très précieuses, aussi les mit-il dans son *pü*, la plus belle conque marine qu'il possédait, et il attacha celle-ci à sa ceinture et plus jamais il ne s'en sépara.

Le pêcheur et toute sa famille, avec les poules et les cochons et tout le reste, se retrouvèrent sur la grande pirogue. Pendant des jours et des jours, pendant des mois et des mois, sur le grand Océan, ils suivirent la route.

Tout en voguant sur les flots, ils rencontrèrent d'autres pays. Ils étaient tous vierges et inhabités. Aussi, chaque fois, Ta'aroa laissa-t-il sur les îles au moins un homme et une femme, un coq et une poule, et ainsi de suite. Comme ils étaient partis vraiment très nombreux, comme le *Toa Marama* était vraiment un grand vaisseau, il semblait au pêcheur qu'ils pouvaient continuer encore, puisque le chemin dans les étoiles paraissait sans fin et qu'il lui indiquait toujours la route de Te Hitia-o-te-Rä, vers le soleil levant.

Un jour, pourtant, Ta'aroa remarqua que le chemin des étoiles avait bien une fin et que celle-ci se précisait de nuit en nuit. Il en fut très heureux, mais un trouble le saisit quand il se rendit compte qu'aucune terre ne se profilait à l'horizon. Comme il était le chef de la pirogue, il n'en dit rien à son peuple, de peur de l'affoler inutilement. Il pensa pendant quelques jours que les *ti'i* les mettaient à l'épreuve. Mais, quand certains des enfants moururent parce qu'ils n'en pouvaient plus, il en fut encore plus accablé et se dit que les graines pouvaient peut-être servir.

Alors, il détacha son *pü* de sa ceinture et versa l'ensemble des graines dans une de ses mains. Elles étaient toujours aussi belles. Elles n'étaient pas toutes de taille identique, mais étaient fascinantes. Il se demandait toujours s'il s'agissait de petites étoiles ou de simples graines extraordinairement lumineuses. Il ne savait pas ce qu'il devait faire de ces étoiles graines, le chef des *ti'i* ne le lui avait pas dit.

Il décida de réunir l'ensemble de son peuple, les hommes et les femmes, les jeunes et les vieux. Il leur montra les étoiles graines et ils furent émerveillés. Mais, quand il leur déclara que les *ti'i* ne lui avaient pas indiqué ce qu'il devait en faire, ils furent tous atterrés. Alors qu'ils étaient très sceptiques sur la marche à suivre, une toute petite fille du nom de Vahine fit une remarque toute simple : “Les graines, je sais ce qu'il faut en faire, il faut les semer !”

Certains sourirent, d'autres firent quelques plaisanteries innocentes, mais des plaisanteries quand même, pensa la petite fille, et ils se mirent tous à parler en même temps. Mais le pêcheur les arrêta d'un large geste et ils se turent. Il dit : “Vahine a raison. Nous devons semer les graines, mais les semer dans la mer !”

Ils restèrent un instant interdits. Alors, Ta'aroa leur montra les graines dans sa main ouverte et ajouta : “Les graines sont bleues, elles doivent être semées dans le bleu de la mer !”

Tous ensemble, ils firent un *ô ô ô* très prolongé pour montrer que la remarque de Vahine était juste. Et elle en fut très heureuse.

Ta'aroa se rendit à l'avant du *Toa Marama*. Conscient de la gravité de l'instant, il prit une première graine, la montra à son peuple, puis la lança vers le large, vers le nord.

Ainsi naquit Bora Bora, la première-née ! Puis il prit une autre graine et la lança très loin vers l'est.

Ainsi naquirent Raiatea la précieuse et Tahaa la secrète, dans un même lagon car il n'avait pas vu qu'il avait attrapé deux graines collées l'une à l'autre !

Il allait saisir une quatrième graine, mais il la fit tomber sur le bateau ! Alors Vahine, qui était restée près du pêcheur, ramassa la graine et la lança dans les flots !

C'est ainsi que naquit Huahine, l'île Vahine, l'île femme.

Quand le pêcheur comprit que ces graines étaient en fait des graines d'îles, il pensa qu'il devait aller un peu plus loin. Il se dit avec juste raison que ce serait bien d'avoir deux archipels plutôt qu'un seul ! Il remit donc les deux qui restaient dans la conque marine.

Ils voguèrent encore un peu plus vers l'est et, quand ils perdirent de vue Huahine, le pêcheur reprit les deux dernières.

Il en lança une le plus loin qu'il put.

C'est ainsi que naquit Moorea.

Alors, il se rendit compte que la dernière graine était vraiment bien plus grosse que les autres. C'est pour cela qu'elle était la dernière ! Elle était restée coincée au fond de la conque. Comme elle était vraiment énorme, il eut du mal à la lancer plus loin que Moorea.

C'est ainsi que naquit Tahiti, plus grande que Moorea par la taille, mais petite sœur par l'âge.

Comme il pensait que la conque marine était maintenant devenue un objet sacré, il décida qu'elle devait retourner au fond de l'océan pour ne pas offenser les *ti'i* qui aiment bien que les choses restent là où elles doivent être. Aussi la jeta-t-il dans le grand *moana*, comme les graines.

Mais il n'avait pas vu que de minuscules petites graines étaient restées collées au fond du coquillage. Quand elles se répandirent dans l'eau, au gré de la fantaisie des vents et des courants, et probablement avec l'aide des *ti'i*, elles formèrent de plus petites îles, et c'est ainsi que toutes les îles Sous-le-Vent et toutes les îles du Vent virent le jour, grâce aux graines de Ta'aroa et un peu grâce à Vahine !

Par la suite, ils visitèrent toutes ces îles et les habitèrent.

Les descendants des descendants de Ta'aroa découvrirent un jour, beaucoup plus tard, que l'une des petites graines qui étaient restées dans la conque marine avait prodigieusement dérivé vers le soleil levant et était devenue la grande île la plus à l'est, celle "dont le nom est comme la pale des rames polynésiennes", Rapa Nui !

Pour honorer leurs ancêtres qui avaient si longtemps vogué sous le chemin d'étoiles, ils érigèrent sur ce pays perdu au milieu de l'océan de grands personnages à leur image qui, regardant l'horizon des cieux et non celui de la mer, resteraient, de siècle en siècle, les témoins éternels de la route.

Beaucoup plus tard encore, à une époque où les *ti'i* n'étaient plus vraiment ni écoutés ni consultés, on oublia que ce furent eux qui donnèrent les graines magiques au pêcheur. Et l'on raconta alors que celui-ci embarqua sur le *Toa Marama* pour échapper à la montée des flots qui envahirent les terres et non pour semer les îles de la Polynésie, car personne ne croit plus aux mystères. »

Ce texte est accompagné d'une note du professeur. Elle précise que cette histoire n'était pas très connue à l'époque où elle a été écrite et qu'on ignore le nom de l'auteur. Cependant, elle décrit les principales îles d'un des cinq archipels placé juste au centre du triangle polynésien.

Le rapport présente ensuite un autre texte plus ancien d'une bien plus grande valeur : l'histoire de Rü, qui souleva le ciel de la terre avant de préparer sa pirogue Te-Apori pour faire le tour du monde avec sa sœur Hina-Faauru-va'a.

AngKor découvre que non seulement les anciens Polynésiens naviguaient sur l'immense océan comme on navigue dans la Galaxie, mais encore qu'ils transmettaient oralement les éléments essentiels de leur culture.

« C'est incroyable ! Cette technique consistant aujourd'hui, au LIe siècle, à transmettre oralement des informations de vaisseau à vaisseau, ils l'employaient eux aussi il y a plus de cinq mille ans ! »

Le texte est une longue succession de strophes qu'AngKor parcourt avec émotion :

Rü chante ainsi en parlant de sa pirogue :
Je te tire, je te tire vers la terre,
Te-Apori, ô Te-Apori !
Je te tire, je te tire vers la terre,
Tiens-toi solidement à Maurua !

Alors sa sœur Hina s'écrie :
Au-dessus des vagues écumantes
Ô Rü ! Une terre s'élève,
Quelle terre est-ce ?

Et Rü chante encore :
C'est Maurua, que son nom de passe soit
Grand Maurua pour toujours.
Tire Te-Apori notre pirogue !
Tire-la devant, tire-la derrière,
Tire-la pour qu'elle coure,
Que notre pirogue à voiles puisse courir !

Et ainsi de suite…

AngKor a relu les deux textes plusieurs fois, le conte et le chant, pour s'en souvenir parfaitement. Toutes ces données qu'il vient de déposer dans sa mémoire ne sont pas que des mots. Ce sont surtout des émotions. Là est la clé d'un ancrage profond pour tous ces souvenirs qu'il est en train de s'approprier. Il songe de nouveau au professeur lâchement assassiné et à tout le travail que ce dernier avait fait spécialement pour lui. Il est désespéré de penser qu'il n'a pas eu le temps de le remercier, de parler avec lui.

« VOUS AVEZ PRIS CONNAISSANCE DU RAPPORT DU PROFESSEUR PLOVDIV ?

– OUI, C'EST UNE CATASTROPHE ! COMMENT VA-T-ON MAÎTRISER LA SITUATION ?

– IL A FAIT LE RAPPROCHEMENT, N'EST-CE PAS ?

– AVEC UNE CERTITUDE DE PLUS DE 99 % ! IL EST DONC ÉVIDENT QU'IL A FAIT LE RAPPROCHEMENT !

– MAIS A-T-ON UNE IDÉE DE LA DONNÉE MANQUANTE ?

– NON ! RIEN ET C'EST TRÈS PRÉOCCUPANT CAR ELLE INTRODUIT DANS LES DÉDUCTIONS À VENIR UN FACTEUR TRÈS ALÉATOIRE QUI RISQUE DE RENDRE LA SITUATION INCONTRÔLABLE...

– IL FAUDRA DONC CHANGER DE TECHNIQUE ?

– C'EST INÉVITABLE !

– QUAND ALORS ?

– DÈS QU'IL PASSE PAR LE RHET, CE QUI NE SAURAIT TARDER. »

AngKor sait.

Premièrement :

Il vient de découvrir quelque chose de tellement étonnant qu'il se demande si cette information doit être incluse dans son travail archéocomputationnel.

S'agit-il d'une donnée qui lui a été explicitement transmise ? Non ! C'est une simple déduction qu'il vient de faire d'une analyse purement personnelle. Alors ? Il a déjà rencontré cette situation. C'est un cas difficile car il concerne un constat d'émergence dont la notion temporelle n'est pas exclue.

Il se souvient d'un texte de loi du code de l'Expansion galactique concernant les données circulant par le RHET :

« Les conclusions personnelles auxquelles un Agent communicateur arrive, à partir de réflexions sur une base de données transportées dans le cadre d'une demande extérieure, appartiennent au demandeur si ce dernier peut faire la preuve que l'émergence s'est produite durant la période de transport des données. »

Si AngKor garde les conclusions pour lui-même, s'il ne les utilise explicitement qu'après avoir livré les données, alors les déductions lui appartiendront. S'il fait état de l'existence de l'émergence maintenant, ou si le fait est constaté par un tiers, alors il ne pourra pas s'en servir et sa propriété sera contestée.

Deuxièmement :

La découverte d'un vaisseau-lumière vierge, donc encore inhabité, a-t-elle un rapport avec les stratégies politiques que comptent développer les groupes RAVA ? Évidemment oui !

Il comprend que les données qu'il détient sont d'une importance capitale pour l'équilibre galactique lui-même.

40
Première réponse

AngKor a remercié HarBin pour son excellent travail. Il lui a laissé ses coordonnées en lui proposant qu'il vienne le voir un jour dans les Nuages du Taureau.

Il est temps maintenant qu'il se prépare pour le RHET. Il songe à sa mémoire profonde comme à un entrepôt sans limites dans lequel il a compilé des documents d'origines très diverses.

Les pièces obtenues par HarBin s'insèrent parfaitement dans les recherches effectuées par le professeur PlovDiv. Il en est de même pour ce qui ressort de sa consultation de livres anciens faite au musée. Il est satisfait mais en même temps très troublé.

Certes, il dispose maintenant de tous les éléments permettant de répondre pratiquement aux quatre questions clés. Pratiquement, parce qu'il n'est pas certain d'avoir les vraies réponses à la troisième question, et il manque encore quelques précisions pour la première.

Ce qu'il est susceptible de trouver dans Centaure Croix ne pourra constituer que des compléments intéressants. Il est satisfait de son travail, même si celui-ci prend parfois des directions imprévues, mais aussi préoccupantes.

Il perçoit, en effet, cette étude comme possédant plusieurs facettes.

Dans sa mémoire d'Agent communicateur sont d'abord compilées des informations classiques qu'il a bien structurées. Il devra les restituer quand il atteindra le quatrième vaisseau de son voyage, situé dans la Nébuleuse de Gum.

Ensuite, il a une vision nouvelle de l'expansion de l'homme dans l'univers.

Et là, il se dit qu'il pourrait à la fois utiliser des techniques d'extension de mémoire et de cryptage. Pour la première fois, cette formidable migration effectuée pendant des millénaires par les conquérants de l'océan Pacifique résonne dans son esprit comme un modèle de l'essaimage des vaisseaux-lumière. Se pourrait-il que les hommes du LIe siècle en viennent à porter sur leur propre destin un regard inattendu, révélé par l'univers des grands navigateurs océaniens, les *Mä'ohi* ?

Et puis, il range d'autres données dans sa conscience avec circonspection, une question résultant d'une part de ces informations classiques et de cette vision nouvelle, et d'autre part du contexte politique actuel. Comment rentabiliser la découverte de son vaisseau-lumière parallèlement à la logique d'affrontement dans laquelle les RAVA et les MOR semblent basculer ?

Il se souvient qu'il doit demander à la sécurité intérieure l'autorisation de quitter le vaisseau.

Il appelle le commandant des Asi pour lui faire part de son intention de passer par le RHET pour Centaure Croix, dès aujourd'hui si possible. Personne ne lui oppose d'objection. Il peut donc changer de vaisseau sans problème. C'est tout juste si l'officier Asi évoque l'éventualité d'une convocation auprès de ses homologues du prochain vaisseau.

Après quoi, AngKor lui demande si le rapport du professeur, qui lui était destiné, a été retrouvé. Réponse négative. Officiellement, les Asi ne l'ont toujours pas. AngKor proteste juste ce qu'il faut, pour la forme. Il s'agit quand même pour lui non seulement d'un contrat non honoré, mais d'une perte de deux mille infos.

Le commandant Asi élude le sujet.

C'est étonnant, c'est comme s'ils savaient que j'ai une version du rapport en ma possession. Qu'est-ce qui pourrait leur laisser croire cela ? se dit AngKor.

Dans un autre ordre d'idées, il a bien demandé des nouvelles de l'enquête sur l'assassinat de PlovDiv, mais la réponse reste laconique :

« Elle suit son cours. »

C'en est trop ! estime AngKor. On me laisse partir bien facilement. Je suis certain qu'ils ont trouvé un exemplaire du rapport. Et on ne me livre pas grand-chose sur la suite des opérations. C'est tout de même étrange que la sécurité intérieure ne me fasse pas d'ennuis pour tous ces faits nécessairement liés à ma propre personne… Sauf si les quatre excités dont j'ai donné les noms sont justement les vrais coupables ! Ce qui pourrait expliquer que je ne suis plus un suspect. Et si on me laissait partir pour autre chose ? Mais pour quelle raison ?

Arrivé au central, il se trouve mêlé au flux de ceux qui partent. Des familles en vacances, des touristes, des professionnels, ils convergent tous vers les zones des puits gravifiques. Ils n'emportent rien avec eux.

Ils n'ont que leurs souvenirs ! pense AngKor. Et qu'emportaient donc avec eux ces hommes, ces femmes et ces enfants lorsqu'ils partaient avec leur pirogue vers le soleil levant ? Quelques malheureux objets, des vivres bien sûr, mais surtout leur savoir, leur culture, leurs croyances, tout ce qui fait vraiment l'homme. Où mettaient-ils tout cela ? Dans leur mémoire, bien évidemment ! Ils savaient chanter leur passé pour que les enfants des enfants transmettent à leur tour l'histoire de leur peuple. Et que vont faire ce couple et ces deux enfants, qui sont là devant moi ? Peut-être vont-ils rendre visite à des cousins éloignés et mettre à jour leurs souvenirs, s'en forger de nouveaux, constituer des histoires collectives que les enfants transmettront un jour ou l'autre de la même façon, oralement.

Nous sommes des hommes plongés dans l'univers comme eux l'étaient dans l'univers du Pacifique. Et, comme eux, malgré toute notre haute technologie, nous transmettons nos idées et notre culture oralement.

AngKor est arrivé dans le hall où l'on se prépare pour le passage.

Dans une cellule, il laisse son BioCom qui déclare :

« Maître, tu vas me manquer !

– Allez, tu vas très vite retrouver un iH qui saura te parler mieux que moi ! »

Il dépose aussi la combinaison qu'il avait choisie à son arrivée. N'étant pas de ce vaisseau, il n'a pas besoin de la consigne. Puis, comme tous les autres, c'est entièrement nu qu'il se rend vers les puits gravifiques.

Il entre en communication avec un contrôleur iA qui vérifie son identité, sa destination et son compte d'infos, suffisamment crédité. À ce contrôleur, il précise qu'il est Acom et qu'il a des données officielles pour le prochain vaisseau.

Ensuite, il quitte la cellule de contrôle et saute dans le puits gravifique. Il tombe avec lenteur dans une lumière qui l'enveloppe. Le passage est instantané. Aucune faille temporelle dans laquelle une pensée, même fugitive, pourrait s'introduire. Rien qu'une luminosité primordiale, froide et chaude à la fois. Quand il touche le sol circulaire dix mètres plus bas, il sait qu'il est arrivé. De flamboyantes lettres lumineuses précisent le nom du vaisseau : Centaure Croix.

Il est aussitôt pris en charge par l'Acont iA. Il lui précise qu'il a des données à délivrer.

« Je vous écoute, dit l'Agent contrôleur.

– Étude généralisée faite par les spécialistes… »

AngKor s'arrête soudainement. Il bute sur la phrase.

« Que se passe-t-il, monsieur ?

– Je… attendez un instant… je ne sais plus… Qu'est-ce que je viens de dire ! Qu'est-ce qui m'arrive ? »

Il se reprend :

« Étude généralisée faite par les spécialistes…

– Voulez-vous vous reposer ? propose l'Acont iA.

– Non, non, ça va aller. »

AngKor est très inquiet. Les données qu'il est en train de reconfigurer semblent altérées. Comment est-ce possible ? Il élimine la formulation qui lui donne des soucis et se reprend de nouveau :

« C'est une étude concernant les nouvelles tendances rétro sur la recherche des livres anciens liés aux développements des sites touristiques de l'ancienne Terre. Cette étude est réservée à l'ensemble des commandements des vaisseaux. Elle est accessible par tous et destinée à être transmise par tous les Agents communicateurs. »

AngKor a retrouvé la maîtrise de sa mémoire. Mais, pendant qu'il délivre les informations à transmettre, il se demande ce qui vient de lui arriver pour la première fois de sa vie. En une demi-heure, il a terminé. Il a retransmis mot pour mot le message mémorisé à l'intention du vaisseau Centaure Croix, sauf le titre qui semble s'être dilué, évaporé, dans ses neurones. Cette défaillance lui laisse une impression très désagréable. Mais le corps principal des informations a été restitué et, en sortant de la cellule, il prend conscience qu'il est bien sur Centaure Croix. Sa première pensée est pour DjidJa.

« C'est un vrai problème. Nous n'avons toujours pas trouvé le chaînon manquant !

– Qu'est-ce que vous dites ?

– AngKor est un vrai professionnel. L'exploration de sa mémoire, à son insu, une fraction de seconde après son passage par le RHET, a montré qu'il utilise un procédé métaphorique.

– Cela veut dire ?

– C'est assez simple mais très efficace. Il code les données sensibles ou confidentielles en utilisant des métaphores. Il accroît ainsi de manière quasi infinie son espace mémoire absolue.

– Et qu'avez-vous trouvé ?

– Il utilise surtout, comme principale métaphore, un contexte de naissance, ou encore d'émergence, quelque chose de nature holistique. Il associe ces concepts à une lumière. Avec ça, on peut coder bien des choses.

– Sa femme... est-ce que la famille d'AngKor aurait programmé une naissance, un enfant ?

– Toutes les naissances sont sous le contrôle des vaisseaux, vous le savez bien. On sait précisément qui naît. Et puis, nous sommes certains que le procédé est bien métaphorique à 97 %.

– Que comptez-vous faire ?

– Il ne faut pas le lâcher, on peut espérer, à 65 %, qu'il va commettre une erreur qui nous permettra d'avoir la clé. Avec un peu de chance, l'application de cette clé sur le contexte métaphorique permettra peut-être de trouver ce que l'on cherche.

– ET NOTRE AGENT SUR CENTAURE CROIX, L'A-T-IL CONTACTÉ ?
– CE N'EST PAS UN PROBLÈME ! »

AngKor vient de revêtir une combinaison bicolore, bleue sur tout le côté droit et jaune orangé de l'autre. Puis l'Agent iA lui propose un BioCom de dernière génération offrant tous les services que l'on peut espérer. L'Agent lui précise aussi que ces nouveaux appareils peuvent à la demande créer des services inédits. AngKor sort du centre de communication du RHET dans le flot habituel de professionnels et de touristes.

Il s'adresse à son nouveau BioCom qui vient juste de s'enrouler autour de son poignet :

« Bonjour, je suis AngKor, dorénavant tu devras reconnaître ma voix.

– Très bien. Comment veux-tu que je m'adresse à toi ? Discours normal et efficace, ou poétique, ou encore enfantin ? Tu préfères une voix d'homme ou de femme ?

– Discours normal, concis et efficace. D'accord pour une voix féminine, mais réservée, OK ?

– C'est OK.

– Alors mets-moi en contact avec DjidJa.

– Elle s'est absentée, ou elle souhaite rester isolée pour le moment. Je lui laisse un message ?

– Oui, dis-lui : "Bonjour, DjidJa. Je viens d'arriver sur Centaure Croix, et je pense aux livres anciens. J'essaierai de vous recontacter. À bientôt, AngKor."

– C'est fait. Veux-tu autre chose ?

– Non, merci et ne serre pas mon poignet comme ça, je ne vais pas t'abandonner.

– Excuse-moi, AngKor, j'aime bien travailler avec toi.

– Bon, c'est parfait. Je te rappelle que l'on a dit "discours concis et efficace". Tu me laisses tranquille maintenant. »

Sur la place juste en face du central, il s'arrête un moment pour admirer l'immense représentation sphérique 3D montrant les principaux vaisseaux-lumière de la Galaxie. Il s'attarde, les yeux perdus vers un espace vierge de tout vaisseau. Le Rift de l'Aigle.

Alors qu'il s'apprête à prendre le Mag, il est abordé par une jeune fille qui distribue des pastilles info à tous les passants. AngKor place la minuscule mémoire dans le logement prévu de son BioCom et s'attend à entendre une description de la ville principale de Centaure Croix noyée dans de la publicité. Pas du tout. C'est un tract des RAVA :

« Les Espaces de Vie Ancienne représentent la seule alternative à la technologie envahissante des vaisseaux. Pour soutenir les EVA, vous êtes tous invités au grand meeting RAVA qui aura lieu ce soir dans le complexe sportif de Centaure Croix. »

Il se retourne vers la jeune fille. Il voit qu'elle est en grande discussion avec un Agent de la sécurité intérieure. Soudain, une dizaine de personnes l'entourent comme pour la protéger. L'Asi parle dans son BioCom. Mais des jeunes du MOR arrivent en courant et en criant des slogans anti-RAVA. L'Asi est bousculé et perd le contrôle des événements. Avant même que le véhicule magnétique Asi appelé en renfort n'arrive, les MOR jettent sur le groupe RAVA toutes sortes d'objets qu'ils avaient avec eux. C'est la bousculade. Les RAVA tentent de se dégager, tandis que les MOR les provoquent. Un jeune des RAVA reçoit un projectile en pleine face. Il tombe à terre, le visage en sang. Les MOR s'en prennent aussi à l'Asi qui gît sur le sol sans connaissance. Les RAVA scandent :

« Pour les EVA... poursuivons... le... combat ! Avec les RAVA... ça ira, ça ira ! »

Le véhicule magnétique de la sécurité intérieure arrive et se pose rapidement. Il lâche une cinquantaine d'Asi, tous munis de lance-gaz incapacitants et de paralyseurs. AngKor décide de s'éloigner des lieux au plus vite. Dans une foule partagée entre prendre parti pour l'un ou l'autre des camps ou se disperser en hâte, AngKor doit jouer des coudes pour atteindre la première entrée du Mag.

Dans les couloirs conduisant au transport magnétique, il demande à son BioCom d'appeler de nouveau DjidJa. Cette fois, elle répond :

« Bonjour AngKor. Je suis heureuse que vous soyez arrivé. Venez-vous me voir ?

– Je viens encore de tomber dans une manifestation RAVA. C'est fou ! Vous êtes au courant ?

– Oui, TV3D est sur place, on a des images en ce moment même. Ne restez pas là-bas, ils sont très excités, il y a des blessés. Venez-vous me voir ?

– J'ai l'intention de visiter l'hypermédiathèque du vaisseau. Je peux venir chez vous en fin de soirée, ça vous convient ?

– Très bien. Je vous donne le code d'accès. J'ai quelque chose à vous montrer, vous savez, les vieux livres ! Et puis, n'oubliez pas les pouponnières d'étoiles, la spécialité du vaisseau, il ne faut pas manquer ça ! Je vous attends. »

Pendant qu'AngKor parle avec DjidJa, il ne voit pas qu'un homme et une femme se sont arrêtés vingt mètres derrière lui.

« C'est lui, en combinaison jaune et bleue. Il parle dans son BioCom. Tu dois nous dire régulièrement où il va et si possible ce qu'il fait.

– OK, très bien ! Il est pas mal ! J'ai le droit de draguer ?

– AnaTuya ! Tu restes calme. Tu fais exactement ce que je viens de dire, pas plus. Tu me rends compte de tout, mais évite de trop te montrer. Tu as ce qu'il faut pour ça ?

– Pas de problème. Dommage que je ne puisse pas aller plus loin, il est très tentant. »

DjidJa habite une cellule à quatre pièces, des plus confortables, dans un élégant bloc immeuble situé en lisière de la ville. Les RAVA doivent être influents ici, pense AngKor, quand il découvre la vue que l'on peut admirer des fenêtres, de vraies fenêtres à l'ancienne. Quelques collines verdoyantes, des espaces dégagés où l'on jurerait que poussent de l'herbe véritable et des bosquets d'arbres. AngKor se demande s'il ne vient pas de voir passer un oiseau.

« C'est magnifique, dit-il en s'approchant de la principale fenêtre.

– N'est-ce pas ! Et vous voyez l'herbe, là ?

– C'est du synthétique ?

– Non, ce n'est pas du synthétique, c'est de l'herbe véritable, et on peut marcher dessus à condition d'être pieds nus.

– Les fleurs sont vraies aussi ?

– Pas toutes, mais quelques-unes.

– J'ai vu passer un oiseau !

– Oui, nous avons quelques oiseaux, qui volent réellement !

– Pas des vrais tout de même ?

– Non, ce sont des iA, des automates bioniques. Ils sont plus vrais que des vrais. Et en plus ils se laissent approcher. Venez donc vous asseoir.

– Je vous remercie. Qu'est-ce qui se passe avec les RAVA ? Avec mon travail qui me prend tout mon temps, je n'ai pas suivi les dernières nouvelles.

– La plupart des vaisseaux sont touchés. C'est compliqué parce que tout le monde à un moment ou à un autre utilise des EVA. Ce paysage, par exemple, c'est un EVA et je ne sais pas si cette réalisation aurait pu se faire sans le concours des RAVA. Ils ont des représentants partout, et même souvent dans les commandements des vaisseaux.

– Vous semblez bien renseignée.

– En tant que journaliste, j'ai accès à toutes sortes d'informations. Vous savez, les RAVA, c'est un univers. La branche modérée est réellement très efficace pour le développement d'espaces de vie intégrés dans les vaisseaux. Mais il y a des branches plus extrémistes qui ne songent qu'à casser les MOR, et ces derniers sont toujours prêts pour l'affrontement. Mais je vous embête avec ces remarques ! Excusez-moi, c'est le défaut professionnel.

– Non, c'est très passionnant. Je croyais que les RAVA étaient pacifistes.

– C'est une vision un peu restrictive », dit-elle. Puis elle change de sujet :

« Alors, vous avez trouvé ce que vous vouliez à la médiathèque ?

– Oui et non. J'ai un travail à terminer, il me manque quelques éléments. Et puis comme je passe si souvent par le RHET… je cherchais des informations sur les codages réseaux. Mais c'est de la technique de transmission pure et simple et ce n'est pas très intéressant.

– Une journaliste s'intéresse à tout ! Pardonnez-moi si je pose des questions, c'est une habitude.

– Vous êtes pardonnée, mais le fonctionnement du RHET, ce n'est pas une information vendable !

– Oui, sans doute. Bien, soyons efficaces alors. Avez-vous réservé une cellule pour votre séjour ?

– Non, pas encore, il faut que j'y songe, que me conseillez-vous ?

– Comme je vous l'ai dit, je vous propose une chambre ici même, vous serez mieux qu'au centre-ville.

– C'est très gentil à vous, mais je crains d'abuser.

– Les enfants sont chez leur père en ce moment et j'ai une chambre de libre. Acceptez, nous allons parler des livres et vous resterez ici, c'est simple.

– Pourquoi pas. Vous êtes mariée ?

– Non, je ne l'ai jamais été, et vous ?

– Moi, oui. J'ai une femme et deux grands enfants, un garçon, une fille. Dix et seize ans.

– En fait, nous ne nous connaissons pas vraiment. Croyez-vous...

– Oui, que dois-je croire ?

– Rien. Il m'arrive de dire des bêtises ! »

Ils se regardent un instant en silence.

« Voulez-vous boire quelque chose ? propose-t-elle.

– Avec plaisir.

– J'ai des cocktails de fruits. C'est moi qui fais les mélanges... avec un peu d'EuphoStar ! Est-ce que cela vous tente ?

– OK pour les mélanges. »

Pendant que DjidJa va chercher les rafraîchissements, AngKor admire les cloisons, toutes légèrement lumineuses, qui par moments prennent des tons identiques au paysage extérieur.

« Je vois que vous appréciez l'harmonie des couleurs, dit-elle en revenant avec son plateau.

– Oui, c'est un programme que je ne connais pas.

– Je vais vous montrer quelque chose. »

Elle s'adresse à son BioCom comme s'il s'agissait d'un ami :

« Sois gentil de nous faire le programme évolution naturelle.

– Tout de suite, DjidJa. »

AngKor constate que peu à peu les parois épousent très fidèlement les couleurs extérieures, et les formes aussi. Puis, comme les cadres des fenêtres, elles se fondent dans le paysage, deviennent transparentes et disparaissent complètement. Alors que l'on reste dans la pièce, on se croirait transporté à l'extérieur. Le sol s'est couvert d'un gazon vert tendre. AngKor se baisse et, bien qu'il perçoive une texture identique à celle de l'herbe, il sent le contact plat et uniforme du sol. Il n'y a pas d'herbe, c'est juste un artifice.

« Tous ceux qui voient ça pour la première fois font la même chose ! dit-elle en riant.

– Qu'est-ce qu'ils font ?

– Ils se baissent pour toucher ! » explique DjidJa avec un sourire malicieux.

Elle est vraiment très belle, pense AngKor, tout en dégustant sa boisson de couleur orange.

« C'est excellent ! Qu'est-ce que c'est ? Il n'y a pas que des fruits et de l'EuphoStar ?

– C'est un secret, je ne dirai rien, même sous la torture, jure-t-elle en plissant les yeux. Bon, ce n'est pas tout, je vais vous montrer l'un des plus beaux livres anciens de ma collection. » Elle s'éloigne quelques instants et revient en portant, serré contre sa poitrine, un ouvrage de petite dimension.

« Regardez ! » DjidJa tend à AngKor un livre ancien fait avec du papier véritable.

AngKor, le cœur battant, s'empare du trésor avec précaution et s'assied pour mieux l'examiner.

« Mais, c'est un livre sur le Pacifique... Sur l'ancienne Terre ! » s'exclame-t-il. Il a failli ajouter : « Comment savez-vous ? » mais il s'est arrêté à temps.

« Oui, j'en ai deux autres dans le même genre. Vous aimez ? »

AngKor est médusé. Un instant, il pense à un coup monté. Comme elle le regarde avec innocence, il se plonge dans le livre, en partie pour cacher son trouble, en partie avec un réel intérêt.

« Vous permettez que je le parcoure ?

– Bien sûr ! C'est même pour ça que je vous le montre », répond-elle en riant.

Elle est déjà très belle, mais, quand elle rit, elle est merveilleuse, n'arrête pas de se dire AngKor.

Le livre est intitulé *Tahiti, te moana Patitifa e o Oteania* ou *Tahiti, le Pacifique et le continent océanien.* Sur la page de garde, on voit un paysage très contrasté. Une île de la Polynésie, pense AngKor qui a toujours dans sa tête une foule d'images de cette partie de la Terre. C'est une baie qui pénètre profondément entre des rives totalement couvertes d'une végétation luxuriante. Au fond de la baie, une montagne aux flancs quasi verticaux dresse un sommet acéré qui fait penser à une dent de requin. AngKor ouvre le livre. Il regarde la table des matières. Il lit à voix haute : « Les origines. La construction des pirogues. Les grandes migrations. Tahiti et le mythe insulaire. Croyances et polythéisme… »

Il le feuillette rapidement.

Au milieu, quelques photos en couleurs : une femme presque nue avec une couronne de fleurs dans les cheveux. Une sculpture représentant un *ti'i*, ce nom n'est plus étranger à AngKor depuis qu'il a pris connaissance du rapport du professeur PlovDiv. Une autre jeune femme, complètement nue cette fois, adossée à un cocotier dans une pose aussi belle que naturelle, deux petits seins qui pointent. Un homme avec des tatouages de la tête aux pieds. Et une série de paysages d'une incroyable beauté.

Il s'attarde sur le chapitre « La construction des pirogues » et voit bien que ce livre est une mine de renseignements pour compléter les réponses à la première question. Il se surprend en train d'effectuer une lecture ultrarapide et parallèle des pages qu'il tourne avec vivacité, comme si le temps était compté. Puis il reprend conscience de la présence de DjidJa.

Pendant tout ce temps, elle est restée silencieuse, le regardant avec amusement. Il lui fait penser à un enfant découvrant un nouveau jouet.

AngKor n'en revient pas. Il a du mal à croire à une coïncidence. Mais DjidJa a l'air si innocente !

« Vous ne m'aviez pas dit que vous aviez… », il s'arrête un instant de peur de se trahir, il reprend : « … que vous aviez un livre si ancien.

– Il vient de mon père.

– Vous en avez d'autres ? » demande AngKor qui n'a pas oublié ce qu'elle lui a raconté quand ils ont fait connaissance. Elle lui avait alors déclaré posséder trois livres anciens.

« Oui, deux autres. C'est tellement merveilleux de voir avec quelle passion vous avez dévoré le premier que je referais bien l'expérience avec les deux autres ! Je vais vous les montrer aussi. »

Ce n'est pas croyable ! pense AngKor. Elle se moque de moi !

Il n'ose pas lui demander s'il s'agit de livres sur la Polynésie ou sur le Pacifique. Au fond de lui une petite voix n'arrête pas de répéter : « Si les deux autres livres sont sur le même thème que le premier, ce n'est plus une coïncidence. »

Elle revient avec les deux autres livres. L'un est un roman écrit par un certain Robert Merle, intitulé *L'Île*. Il regarde la préface. L'histoire se passe au sein de la Polynésie à l'époque de la découverte des îles par les très anciens Européens.

L'autre est un ouvrage illustré de nombreux dessins sur la construction des pirogues, qui apporte avec certitude toutes les réponses à la première des quatre questions

AngKor fait tout pour cacher le malaise qui monte en lui.

Il regarde plus attentivement les deux livres. Accroché par le thème dans lequel il baigne depuis des jours et des jours, il ne peut s'empêcher de les parcourir. Essaie de ne pas paraître trop étonné, mais quand même un peu ! se dit-il.

Puis, comme DjidJa se tait toujours :

« Je ne suis pas spécialiste de ces domaines, ment-il, mais il me semble que ces livres parlent tous les trois d'une même région de l'ancienne Terre ? »

Elle hésite juste un instant, et AngKor se demande à quel jeu elle joue quand elle répond :

« Oh ! Vous savez, comme bien des collectionneurs de livres anciens, même si je les connais parfaitement, surtout le premier, c'est essentiellement l'objet qui compte pour moi.

– C'est votre père qui vous a donné les trois ?

– Oui, il avait une passion pour ceux de l'ancienne Terre.

– Vous avez dit : il avait…

– Il est mort.

– Je suis désolé.

– Il a eu un accident de dépressurisation. Il travaillait avec un scaphandrc à l'entretien du vaisseau.

– Je croyais que les hommes n'allaient plus dehors depuis bien longtemps. Les Agents iA sont là pour ça, entre autres.

– Oui. Cependant, il arrive que certaines tâches réclament une expertise humaine. Mon père était un iH spécialisé dans la maintenance extérieure des vaisseaux. »

Elle reste pensive un instant, puis reprend, avec une note douloureuse dans la voix :

« C'est affreux. Cela n'arrive jamais. C'est une nuée de petites météorites qui a perforé sa combinaison. Il a été atteint par une foule de projectiles. Il n'a pas été possible de le sauver étant donné le nombre d'impacts. Mais revenons aux livres ! »

AngKor compatit, la peine de DjidJa est bien naturelle, sauf si… Elle ajoute :

« Lisez donc le roman. Pas comme un Acom pressé, mais comme un vrai lecteur. Un lecteur qui prend le temps de savourer la beauté d'un texte. Si vous aimez les vieilles histoires terriennes, vous apprécierez.

– Mais je ne reste que quelques jours.

– Essayez, vous ne serez pas déçu ! Mais je ne vous laisse pas l'original ! Ce sont des originaux que vous avez entre les mains. Je les ai sortis suffisamment longtemps de la vitrine sous atmosphère contrôlée. Je dois les y remettre au plus vite. Cependant, j'ai des copies électroniques. »

D'un meuble bas, elle sort des pastilles de mémoire de masse lisibles par les BioCom.

« Voici des copies. Évidemment, c'est moins excitant, mais, pour le roman, cela ne change rien, n'est-ce pas ? C'est le texte qui compte avant toute chose.

– Oui, c'est vrai. Pour moi aussi, le texte, c'est très important.

– Qu'avez-vous ? Vous paraissez bien mystérieux tout d'un coup ! dit-elle en riant.

– Si j'osais, je vous demanderais une faveur.

– Laquelle ?

– J'aimerais tellement lire un livre en vrai papier… oui, en vrai papier, en le tenant dans mes mains comme le faisaient nos ancêtres. Vous comprenez ?

– Vous êtes surprenant ! Vous ne seriez pas un peu sentimental ? Mais je vous comprends. C'est d'accord. »

Elle lui confie alors délicatement l'exemplaire tant désiré. Elle a choisi *L'Île*.

« Comment vous remercier ? Je ne sais quoi dire.

– Eh bien ! Ne dites rien ! Ou plutôt, parlez-moi de vous, de votre travail. Vous êtes Agent communicateur, donc vous transportez des informations importantes ?

– N'exagérons rien. Des informations importantes, ce n'est pas certain, mais confidentielles, oui, la plupart du temps.

– Et vous ne pouvez pas m'en parler.

– C'est exactement ça !

– Bien, il restera comme un mystère autour de vous, et cela n'est pas pour déplaire aux femmes, le mystère ! » Voilà qu'elle rit de nouveau. Elle ajoute en s'asseyant près de lui :

« Alors, laissons votre travail auréolé de ses brumes secrètes, et parlons de votre collection de livres.

– C'est un passe-temps, murmure AngKor.

– Pouvez-vous m'en dire deux mots ? Ce domaine n'est pas top secret ?

– Je possède une dizaine de vrais livres. Principalement sur l'histoire de la Terre. Ce sont essentiellement des ouvrages qui montrent comment les pays… vous savez ce qu'était un pays ?

– Non, pas très bien.

– Un pays, c'était une partie de la Terre où des hommes, parlant la même langue, vivaient au sein d'une même culture, avec une organisation politique et sociale définie par des règles particulières à ce pays. C'était un territoire géographique bien délimité. Les habitants parlaient de leur nation comme de quelque chose de très profondément ancré en eux. Tout cela faisait un pays.

– En somme, les vaisseaux sont un peu des pays de l'espace galactique ?

– Oui, c'est un peu ça, mais il n'y a pas, entre les vaisseaux qui appartiennent à la même organisation, de dissensions et de conflits comme il y en a eu sur Terre. Et puis tous les vaisseaux parlent la même langue et nous sommes tous issus de la même culture.

– Croyez-vous ça ? Que pensez-vous que font les RAVA et les MOR depuis quelque temps ?

– Vous voulez dire qu'ils pensent à un pays ?

– Je n'en sais rien, mais ce que vous venez de me dire me rappelle certaines de leurs idées, oui. »

AngKor a oublié les doutes qu'il a eus un moment. Le voilà parti maintenant dans l'explication du contenu de ses livres. Dans les aspects religieux. Dans les aspects politiques. Dans les raisons qui poussaient plusieurs pays à se faire la guerre ou à s'enliser dans des conflits sans fin, dans cette perte d'énergie, cette violence non seulement individuelle, mais cette violence d'État érigée en système, qui caractérisait si bien l'ancienne Terre.

« Vous parlez parfois de religion, qu'est-ce que c'est ? demande DjidJa.

– Ce n'est pas simple à expliquer. Il y avait beaucoup de religions sur l'ancienne Terre, mais quelques-unes seulement se sont énormément développées. Une religion réunissait des hommes, un peu comme un pays. Mais si le pays était un espace géographique, la religion était plutôt un espace de pensée. Chaque religion définissait un ensemble de croyances et de dogmes tissant des liens avec les hommes et le sacré. Avec les hommes et des manifestations extérieures qui, au début de l'humanité, étaient incomprises. Ainsi y a-t-il eu des hommes qui adoraient l'étoile principale de la Terre, le soleil, et qui lui attribuaient des pouvoirs extraordinaires !

– C'est passionnant !

– Toutes les religions faisaient référence à un être, ou à plusieurs, possédant des pouvoirs fabuleux. Ces êtres étaient des dieux. De la religion émanait toujours un ensemble de règles permettant à ses adeptes de savoir comment se comporter dans telle ou telle situation. Les rapports avec les événements fondateurs de la vie, la naissance, l'amour, la mort, tout était codé. Comment devenir bon ou meilleur dans ses rapports avec les autres, etc. Toutes les religions mettaient en place des intermédiaires, que l'on appelait par exemple prêtres, chargés de décoder les messages divins, les signes, les présages ou autres. Ils organisaient des cérémonies au cours desquelles on priait, on implorait les dieux. Bien des hommes de l'ancienne Terre ont placé les dieux dans les cieux.

– Là où nous sommes, en fait.

– Exactement ! D'ailleurs nous avons, nous, au LIe siècle, certains pouvoirs qui ressemblent à ceux que les dieux avaient.

– Lesquels, par exemple ?

– Nous passons d'un vaisseau à un autre de manière instantanée. Nous sommes capables de répliquer des objets quels qu'ils soient. Nous maîtrisons une énergie inépuisable. Nous conquérons les étoiles. »

AngKor s'arrête, l'esprit de nouveau traversé par le doute. Il prend conscience que le premier livre que DjidJa lui a montré mentionnait dans sa table des matières un chapitre sur les religions : « Croyances et polythéisme ».

DjidJa ne lirait donc pas ses propres livres ? Des livres transmis par son père ?

Elle l'interrompt dans ses pensées.

« Vous ne dites plus rien ? Tous vos livres traitent de pays et de religions ?

– Oui, c'est un peu ça. Mais dites-moi, DjidJa, vous devez connaître vos livres par cœur ?

– Ne croyez pas ça ! Je ne les lis jamais. Pour moi, ces livres sont surtout des objets qui me rappellent mon père.

– Et comme journaliste, vous ne lisez pas non plus ?

– Oh, si peu ! Je travaille avec des microcaméras 3D et dicte dans mon BioCom tout ce que je veux. Il est là pour ça, non ? Des gens qui lisent, ça n'existe pratiquement plus, vous savez. Vous le faites, vous, parce que c'est votre métier de lire toutes ces choses que vous rangez après dans votre tête ! »

Il reste quelques instants sans rien dire. Dans un mouvement très naturel, DjidJa pose sa main sur l'un des poignets d'AngKor. La pression qu'elle met dans ce geste est une information limpide.

Curieusement, il ne se passe rien d'autre. Ils restent ainsi quelques instants en contact, comme si ce geste permettait le passage d'une chose vieille comme le monde mais qui ne se dévoile toujours pas si facilement.

C'est DjidJa qui brise le silence. Elle retire sa main et annonce avec un sourire :

« Bon, je vais chercher le dîner. En attendant, regardez donc *Réel3D* ! »

41
Espace de Vie Ancienne

AngKor ne sait plus que penser. Va-t-il trahir sa femme ? Ce ne serait pas vraiment une trahison. D'ailleurs en ce moment même, peut-être vit-elle aussi sa vie ?

Il met en marche le THM, et au milieu de la pièce apparaît une scène étrange.

La sonorisation est à son maximum. Elle déverse des flots d'ultramusique. Les projecteurs se focalisent au centre de l'immense salle circulaire. Du puits gravifique qu'ils éclairent montent des vapeurs lumineuses se répandant aux alentours en volutes irisées. Le public scande le nom du leader des RAVA, VanadZo. Celui-ci attend. Il se concentre. Il laisse monter la pression. Avec son conseiller, il revoit les passages importants de son intervention. Son Agent informateur personnel, qui ne le quitte pas, fait le point des dernières nouvelles transmises par les médias et par les Acom provenant de différents vaisseaux. Une dizaine d'Agents cadreurs sont déjà en action autour de lui et tous retransmettent en temps réel les dernières minutes précédant son intervention. Trois reporters l'interrogent à distance respectueuse. C'est à cette condition qu'ils ont été introduits auprès de celui qui fait trembler l'organisation bien huilée de la CEG. Il répond à tous en même temps. Il entame surtout une procédure de décontraction hyperneuromnésique destinée à activer les aires les plus profondes de sa mémoire consciente. Il sait très précisément ce qu'il va dire. Tout devra paraître spontané. Tout a été minutieusement préparé et testé.

Alors, il monte lentement dans le puits gravifique et apparaît comme un dieu au-dessus de ses disciples.

« VanadZo ! VanadZo ! VanadZo ! VanadZo !... »

DjidJa, qui revient à ce moment même avec deux plateaux-repas, reste un instant immobile, puis dit :

« C'est le leader des RAVA. Ça se passe au complexe sportif.

– Oui, je sais. Juste avant que je prenne le Mag cet après-midi, une jeune femme m'a donné un des tracts électroniques qu'elle distribuait. Et puis... »

Le leader des RAVA est suspendu dans les airs à quinze mètres au-dessus du puits gravifique. Il tend les bras vers le ciel et la foule, au bout de quelques minutes, finit par se calmer.

« Cette scène, vous voyez ce qu'il fait, là ? explique AngKor. Il montre un vrai pouvoir divin, être capable de contrôler comme ça, suspendu au-dessus du sol, plusieurs dizaines de milliers de personnes, c'est ça aussi être un dieu ! Il joue sûrement, mais ça marche ! »

DjidJa ne répond pas. Elle a posé les plateaux et s'est assise à côté d'AngKor, tout à côté. Ils fixent ensemble très attentivement le milieu de la pièce où une reproduction en trois dimensions est une réplique parfaite du meeting en cours.

VanadZo s'adresse à ses disciples :

« Mes chers amis, vous êtes la jeunesse, la force vitale et l'avenir lumineux de tout l'univers galactique ! Vous êtes les élus ! »

À ces mots, une formidable ovation monte, une vague qui enfle et éclate avec une puissance qui dérange AngKor.

« La foule est un organisme terrifiant, affirme-t-il. Ceux qui savent la contrôler ont de grands pouvoirs, des pouvoirs divins. »

VanadZo lève encore les bras, et de nouveau le public se calme.

« Vous avez remarqué, ajoute AngKor, il attend toujours un peu avant de parler, il ne se précipite jamais. Il entretient juste ce qu'il faut de suspense. La foule est constamment en état de manque. Il joue de cela. »

L'orateur reprend :

« Ce soir, j'ai une grande nouvelle à vous annoncer. Mais avant, nous allons admirer les merveilleuses reconfigurations faites par nos Agents communicateurs qui reviennent de plusieurs vaisseaux. Je leur laisse la parole et ensuite je reviendrai près de vous pour vous présenter le lancement du plus grand programme EVA jamais réalisé. »

À ces mots, les acclamations redoublent et le leader des RAVA, porté par un champ de forces, redescend doucement dans le puits gravifique.

« Vous voyez comment il manipule son auditoire ? Maintenant, ils se posent des questions. Ils ont besoin d'une réponse. Ils savent que seul VanadZo peut la leur donner. Ils sont captifs. Et vous allez voir, la musique va sacraliser cette attente », commente AngKor.

Effectivement, un groupe d'ultramusique très connu envahit la scène et déverse sur le public un mélange savant de lumières et de rythmes très en vogue.

« C'est toujours ainsi, maintenant, dit DjidJa.

– Aucun leader politique ne peut échapper à l'invasion de l'ultramusique dans les discours.

– Le public n'aime pas les discours trop longs. La technique est de dire peu de mots de façon à laisser l'auditoire dans une phase de manque implicite, c'est de la manipulation, vous avez raison ! »

Devant les yeux de DjidJa et d'AngKor, une dizaine de silhouettes s'agitent en cadence. Elles effleurent des faisceaux de lasers colorés sortant du sol et qui sont autant de générateurs sonores. AngKor est toujours étonné par les variétés que les musiciens modernes arrivent à produire avec le concours de la lumière cohérente. C'est le propre rythme de leur corps qui, interceptant les multiples faisceaux de lumière, provoque une infinité de couleurs musicales. L'ultramusique nécessite la participation de la totalité du corps. D'une danse parfois excessive dans ses mouvements naît une mélodie prodigieuse. Même si on n'apprécie pas la composition sonore, on reste généralement subjugué par l'agilité des musiciens qui rivalisent d'acrobaties.

Puis, le chanteur du groupe lance un slogan politique :

« Au sein des vaisseaux, que les EVA naissent ! »

C'est tout le public qui reprend en chœur.

« Ça y est, ils sont prêts, je vous parie que le premier Acom va faire sa démo ! » dit DjidJa.

Effectivement, après un crescendo musical frénétique, les notes demeurent un instant suspendues, puis s'estompent, et un

Acom sort du puits gravifique. Mais, contrairement à VanadZo, il reste au niveau de la scène, il reste à sa place. Il ne se met pas au niveau du maître.

« Dans la Ceinture d'Orion, vous allez voir une reconfiguration comme vous n'en avez jamais vu. C'est le programme EVA Trois Rivières. »

La totalité de la scène de cent mètres de diamètre est soudainement plongée dans une lumière pâle légèrement bleutée. Un formidable reflet semble glisser sur une surface liquide. La douce mélodie d'une eau qui court. Zoom arrière lent. C'est une source dans un paysage végétal et minéral. Blocs de pierre. Mousses aux reflets dorés. Un froissement dans l'air. Une ombre qui passe comme une caresse. Un oiseau au plumage noir et bleu qui se pose. Le bec jaune qui plonge vivement dans les reflets de lumière. Un œil rond et métallique qui brille, une interrogation ultime. Il s'envole dans un bruissement d'ailes. Une branche couverte de feuilles s'agitant dans la brise. Zoom arrière lent. Une colline recouverte de différentes essences d'arbres. Des verts, sombres et veloutés, mais aussi des ocres et des jaunes. Un chemin fluide et tortueux qui hésite un instant sur la route à suivre. Il enfle, se répand, chante, voyage entre les monts et prend possession des vallons. Zoom avant rapide. Une vague stationnaire, épouse éternelle caressant son rocher. Ce dernier fait le dos rond sous l'emprise liquide. Un éclat arc-en-ciel. Un mouvement saccadé. Une émergence soudaine luisant d'écailles et d'argent et qui retombe dans l'onde. Un poisson. Une truite à contre-courant.

Parallèlement à l'élargissement de la vue qui montre maintenant une vallée des premiers jours du monde, une voix, celle de l'Acom, brise un instant la magie :

« Vous venez d'admirer le site des Trois Rivières. C'est une réalisation du vaisseau de la Ceinture d'Orion. Il ne s'agit pas d'images virtuelles mais bien de prises de vues effectuées dans un cadre réel conçu à l'intérieur même du vaisseau. C'est un projet EVA ! »

Une formidable ovation monte de l'immense stade et on reconnaît facilement dans le brouhaha les slogans typiques des groupements RAVA.

« N'est-ce pas magnifique ce qu'ils ont fait ? s'exclame DjidJa.

– C'est une belle imitation ! Probablement de quoi s'y méprendre », répond AngKor.

Il ajoute :

« Mais certains pensent que l'on réduit d'autant les espaces de vie classiques, les habitations, les espaces de loisirs, les bâtiments culturels ou administratifs, les complexes technologiques. Vous vous rendez compte de la place qu'il faut pour une telle réalisation ! »

Il reste muet un instant, puis dit :

« Les vaisseaux atteignent à peine les dimensions d'une petite planète. Nous devons conserver un bon équilibre entre d'une part les villes, les espaces de vie et de travail, et d'autre part les espaces de type EVA. »

Ils restent ainsi à regarder l'émission qui fait alterner des séquences d'ultramusique et des présentations d'EVA toutes plus spectaculaires les unes que les autres.

Finalement, le leader des RAVA refait son numéro de lévitation, puis reprend la parole :

« Mes chers amis, les groupements RAVA de tous les vaisseaux-lumière de l'espace galactique ont élaboré un projet EVA ambitieux. Ils m'ont demandé, en tant que représentant élu de ces groupements, d'en tracer les grandes lignes. C'est un projet nouveau, inédit et original, à la hauteur de l'ambition de la conquête galactique. J'ai nommé le projet “Création totale” ! Vous savez qu'il existe dans notre Galaxie des vaisseaux-lumière qui ont été répliqués mais qui n'ont pas encore été découverts et qui restent donc vierges. Nous avons saisi tous les gouvernements et les commandements des vaisseaux pour que le prochain vaisseau-lumière vierge qui sera découvert soit utilisé comme un EVA dans sa totalité ! »

La salle exulte et les acclamations prennent une ampleur phénoménale. DjidJa voit AngKor se lever soudain et rester là devant la projection 3D, les bras écartés et la bouche ouverte.

« AngKor, qu'est-ce que vous avez ? Ce n'est qu'une lubie de plus des RAVA. Ils sont coutumiers de scoops qui font la une des médias et puis ne réalisent pas le dixième de ce qu'ils mettent en chantier ! »

AngKor ne répond rien. Il s'est assis de nouveau, l'air abattu.

« Vous en faites une tête ! Voulez-vous un autre cocktail ?

– Oui, je veux bien, dit-il faiblement.

– Prenez aussi un comprimé de Transpsycho3, vous me semblez en avoir besoin ! »

AngKor est très inquiet. Il y a une dizaine de jours maintenant qu'il a effectivement découvert un nouveau vaisseau-lumière. Il pensait pouvoir négocier cette information en restant promoteur du développement comme cela s'est régulièrement fait dans l'histoire de l'expansion galactique. L'inventeur est chargé de la constitution du conseil d'orientation, qui a pour objectif de présenter différents types de développements à la Confédération galactique. Traditionnellement, l'inventeur préside le conseil, son rôle est important.

Dans le contexte actuel, il se voit mal annoncer la nouvelle et se faire complètement dépasser par les RAVA. Ils ont des idées certes, mais lui ne sera plus rien dans cette affaire. D'autre part, les gouvernements et les commandements des vaisseaux commencent à trouver que les RAVA prennent trop d'importance. Dans quelle situation inextricable se retrouve-t-il !

42
Qui sait quoi ?

« Je peux vous dire que nous avançons.

– Heureux de l'entendre. Avez-vous le chaînon manquant ?

– Pratiquement !

– Vous l'avez ou vous ne l'avez pas ?

– Nous sommes certains à 85 % de ce qu'il a découvert. Nous avons fait des corrélations entre le concept de naissance que nous avons détecté dans sa mémoire de travail et une autre information récente.

– De quel type ?

– Notre agent a noté une réaction émotive très particulière.

– Laquelle ?

– Il a réagi de manière très significative quand, lors de la dernière émission de TV3D, le leader des RAVA a lancé cette idée d'utiliser un vaisseau-lumière pour une expérience EVA, dite de Création totale.

– Je vous vois venir. Vous pensez qu'il aurait pu...

– Oui, nous pensons que le concept de naissance est à rapprocher d'une découverte importante faite par AngKor ! Vous voyez laquelle.

– Comment est-ce possible ?

– C'est un amateur averti ! Capable de rivaliser avec les meilleurs professionnels. Les Acom développent des capacités de mémorisation exceptionnelles. Ces compétences peuvent être mises au service de techniques de recherche performantes et surtout inédites.

– ET VOUS EN DÉDUISEZ...

– NOUS EN DÉDUISONS QU'ANGKOR DÉTIENT PAR HASARD DEUX TYPES D'INFORMATIONS DONT LE MÉLANGE RISQUE, DANS LE CONTEXTE DES PROJETS RAVA ACTUELS, DE PRODUIRE UNE DÉSTABILISATION DE LA CONFÉDÉRATION DANS SON ENSEMBLE.

– VOUS ESTIMEZ QUE C'EST BIEN LE CHAÎNON MANQUANT.

– LA PROBABILITÉ EST DE 85 %.

– DANS CES CONDITIONS, LE HAUT CONSEIL GALACTIQUE DOIT EN ÊTRE AVISÉ AU PLUS VITE. »

Un dragon dévorant les flammes de la création. Un renard à l'affût au coin du bois. Une colombe prenant son envol dans les volutes gazeuses des espaces infinis. Des jets de matières ionisées et de particules étendant leur emprise sur des années-lumière.

L'esprit est ainsi fait qu'il voit dans les images qui défilent tout un bestiaire fantasmagorique. Résurgence de souvenirs primordiaux, chroniques oniriques du génie des enfants perdus dans les cieux où roulent d'émouvants chariots nuageux. Quatre phares stellaires encadrant le ciel profond d'Orion. Quatre phares toujours là, mais dans un polygone rappelant si peu la structure d'une constellation terrienne oubliée : Rigel, Saiph, Bellatrix et Bételgeuse. Trônant au centre, trois sœurs : Mintaka, Alnilam et Alnitak, et, dans la région du Trapèze, la Nébuleuse d'Orion. Des draperies irisées or et ocre, marbrées de vert et de rose, parsemées d'une myriade de destins en éruption. Accrétions gravitationnelles et cannibalismes cosmiques. De multiples effondrements allumant autant de feux thermonucléaires. Vents de particules et ondes de choc. Et dans ce creuset, immergés au sein de nuages d'hydrogène moléculaire et de nuées de langes colorés, des milliers de bébés étoiles, une pouponnière stellaire.

La Nébuleuse d'Orion s'étend sur une dizaine d'années-lumière. D'un centre très actif rayonnent des volutes qui prennent toutes les nuances de mauve et de violet. L'horizon spatial se perd dans des ailes qui enveloppent la moitié de l'univers.

DjidJa a entraîné AngKor dans l'observatoire central du vaisseau. La nébuleuse couvre plus de la moitié du ciel et la vue est à couper le souffle. L'observatoire possède un planisphère qui permet de voyager à l'aide de navettes virtuelles au sein d'une merveilleuse reconstitution de la nébuleuse.

Ils ont loué un petit vaisseau à deux places. Assis l'un à côté de l'autre, sanglés sur des sièges ergonomiques, ils ont devant eux un ensemble de commandes numériques et d'écrans simulant le comportement simplifié d'un engin spatial. En réalité, la navette ne quitte pas le vaisseau, mais les images reconstituées en temps réel et en trois dimensions autour de la cabine donnent l'illusion du voyage. La capsule subit des contraintes dynamiques et vibratoires produites par un ensemble de vérins et de contrôleurs gravifiques qui donnent l'impression d'accélérations, de décélérations et de mouvements en tout genre.

Ils embarquent pour une heure de voyage au cours duquel ils peuvent prendre les commandes pour la plupart des parcours.

Au programme, les jets lumineux et les fontaines de particules ionisées, le tunnel gazeux et sa pouponnière de jeunes étoiles bleues.

Au cours de la visite, DjidJa prend la main d'AngKor et ils restent ainsi côte à côte et silencieux, comme déjà soudés l'un à l'autre par une longue histoire. Mais ce n'est qu'un artifice, qui entre bien dans la dynamique de reconfiguration artificielle de l'espace environnant.

Tous les deux, ils jouent les explorateurs stellaires.

Tous les deux, ils s'observent.

DjidJa met tout son talent à ressembler le plus possible à la femme amoureuse modèle, à la fois réservée et pétillante. C'est une réussite. Son objectif ? Être la plus introspective possible dans les pensées d'AngKor. À l'insu de ce dernier, elle transmet régulièrement un maximum d'informations qui sont analysées au fur et à mesure, pour modéliser le comportement futur de son compagnon.

Quant à AngKor, il reste dans l'expectative sur bien des points. Il y a eu tout d'abord la bande des quatre dans le vaisseau des Nuages du Cygne, dont le rôle exact demeure mystérieux. Puis l'assassinat du professeur PlovDiv et l'enquête un peu trop rapide qui a suivi. Il y a eu aussi cette difficulté totalement inhabituelle à restituer des données à son arrivée dans le vaisseau actuel, après son dernier passage par le RHET. Cet incident pourrait être révélateur d'un choc postintrospectif qui aurait été provoqué par un examen de sa mémoire, fait à son insu, une fraction de seconde après la télétransportation. Ce genre de manipulation est théoriquement possible. Cependant, elle est hautement dangereuse. AngKor frémit en pensant aux risques de modifications irréversibles concernant l'intégrité moléculaire de son cortex cérébral. Tout cela est scabreux, mais faisable. Qui aurait pu engager une telle action illégale, si ce n'est une organisation puissante ou secrètement liée au pouvoir confédéral ? Il songe également à cette coïncidence troublante : que DjidJa collectionne des livres anciens sur le Pacifique.

Tout en restant bercé par les mouvements artificiels de la navette, perdu dans les beautés stellaires qui pleuvent sur le cockpit de l'engin spatial, il laisse sa mémoire libre de toute contrainte et tente ce que seules des personnes entraînées comme lui peuvent faire : reconfigurer avec une parfaite fidélité des souvenirs anciens, ancrés à moyen terme dans sa mémoire.

Il revoit la scène au musée du précédent vaisseau. Ils se rencontrent. Ils échangent des banalités et puis ont ce dialogue qu'il reconstitue fidèlement, lorsqu'il parle du vaisseau-lumière où DjidJa habite.

« … Centaure Croix. Un des tout premiers vaisseaux-lumière, dit-il.

– Oui, la deuxième génération, juste après les Huit Premiers, le numéro 16. Il a deux mille ans ! répond-elle.

– Extraordinaire ! Alors on y trouve certainement des documents très anciens, n'est-ce pas ?

– Bien sûr et de vrais livres aussi. »

C'est bien elle qui a parlé des livres en premier, pas lui. C'est elle qui a parlé des livres !

Quand il a eu terminé de visionner les données au musée, l'Agent contrôleur lui a remis un message de DjidJa. Il se souvient de son étonnement en découvrant que le message n'était pas écrit sur du papier électronique mais sur du vrai papier, comme dans l'ancien temps ! Et il revoit dans sa mémoire les caractères formant exactement la phrase suivante : « Si vous êtes d'accord, j'aimerais que nous reparlions des vrais livres. DjidJa. »

Pourquoi cette insistance au sujet des livres ?

Alors commence à s'insinuer dans son esprit un doute terrible, car DjidJa lui parle bien de vrais livres, comme une passionnée, comme une collectionneuse ! Mais ensuite que se passe-t-il chez elle ?

Il projette la scène dans sa mémoire centrale. DjidJa lui tend un livre, il la remercie en prenant l'ouvrage.

Il se souvient de son deuxième étonnement en découvrant cette fois l'objet du livre. Il a ajouté très précisément :

« Mais c'est un livre sur le Pacifique, sur l'ancienne Terre ! » Il n'a pas continué sa phrase. Il se rappelle qu'il a été tellement sidéré qu'il a failli lui dire alors : « Comment savez-vous que ce livre correspond exactement à mon travail actuel de recherche archéocomputationnelle ? » Mais il a repris le contrôle de ses paroles. Il n'a pas fait d'allusion à cette étude de nature confidentielle. Elle a répondu :

« Oui, j'en ai deux autres dans le même genre. Vous aimez ? »

Il se souvient qu'il a été déstabilisé, mais que très vite il s'est plongé dans la découverte des ouvrages, comme appâté, piégé.

Il se rappelle avoir pensé à un coup monté.

Plus tard dans la conversation, il lui a dit :

« Je possède une dizaine de vrais livres. Principalement sur l'histoire de la Terre. Ce sont essentiellement des volumes qui montrent comment les pays… vous savez ce qu'était un pays ? »

Elle a répondu :

« Non, pas très bien. »

Les doutes d'AngKor se confirment. Ces phrases échangées montrent que DjidJa lui cache quelque chose. D'abord, elle se présente comme une collectionneuse de livres anciens.

Au musée, elle a bien affirmé :

« C'est la première fois que je rencontre un collectionneur passionné comme moi par cette période. Et si nous consultions les textes ensemble, qu'en dites-vous ? »

Ensuite, chez elle, elle prétend que ses livres viennent de son père ; être collectionneur, ce n'est pas faire un héritage. Elle encourage AngKor à lire un livre qui, d'après elle, serait passionnant. Maintenant qu'il l'a parcouru, il sait combien l'idée de pays est un concept central et essentiel dans l'ouvrage de Robert Merle, même s'il s'agit d'une toute petite île perdue dans le grand Pacifique. Or, dans la conversation, elle affirme ignorer ce qu'est un pays.

Par ailleurs, elle a déclaré ouvertement : « Je les connais parfaitement, surtout le premier. » Elle a dit « parfaitement » ! Ce qui ne l'a pas empêchée d'avouer peu après qu'elle ne lisait jamais !

Au sein de la navette, plongé dans ses réflexions, AngKor est absent.

Sa compagne intervient :

« AngKor ! Tu es vraiment là ? L'Agent contrôleur nous propose de prendre les commandes manuelles ! Nous le faisons, bien sûr ! Tu es d'accord ?

– ... Oui, oui, je suis d'accord ! »

La voix de l'Agent précise :

« Madame, monsieur, vous avez devant vous les fantastiques Dentelles du berceau d'étoiles. Cette partie du parcours est totalement libre et vous évoluerez à votre guise dans la pouponnière, bon voyage !

– AngKor, tu sais piloter un tel engin ?

– Ce n'est pas très compliqué, et puis il y a des sécurités sur toutes les commandes numériques. Avant que l'on sorte des paramètres de vol, les ordinateurs de bord auront corrigé la trajectoire. Allez, on y va ! »

Il ne peut s'empêcher de penser au comique de la situation. Je sais qu'elle sait. Mais sait-elle que je sais ?

« LE COMMANDEMENT CENTRAL DEMANDE UNE CONFIRMATION.

– QUE VEULENT-ILS DE PLUS ?

– ILS NE PEUVENT SE SATISFAIRE D'UNE PROBABILITÉ DE 85 %. ILS VEULENT UNE GARANTIE À 95 % AU MINIMUM.

MAIS JE NE PEUX RIEN FAIRE DE PLUS.

– ATTENDEZ. VOUS SAVEZ OÙ ILS SONT PRÉCISÉMENT EN CE MOMENT MÊME ?

– OUI, ILS SONT DANS LE PLANÉTARIUM VIRTUEL DE CENTAURE CROIX.

– EXACTEMENT ! ET VOUS SAVEZ DANS QUELLE PARTIE DU PROGRAMME ILS SONT ENTRÉS ?

– NON, POURQUOI ?

– MAIS ILS SONT EN PLEIN DANS LA VISITE DES DENTELLES DU BERCEAU D'ÉTOILES !

– JE VOIS TRÈS BIEN CE QUE VOUS VOULEZ DIRE.

– ALORS, VOUS SAVEZ CE QUE VOUS AVEZ À FAIRE MAINTENANT POUR ATTEINDRE AU MOINS 95 % !

– CEPENDANT...

– OUI ?

– IL Y A UN PROBLÈME.

– LEQUEL ?

– C'EST TRÈS SIMPLE. JE COMPRENDS OÙ VOUS VOULEZ EN VENIR. MAIS NOTRE AGENT RISQUE DE SE DÉCOUVRIR.

– PEU IMPORTE MAINTENANT. D'AILLEURS, ANGKOR DOIT COMMENCER À AVOIR DES DOUTES. LE PROBLÈME N'EST PLUS LEUR PROPRE PERSONNE... LE PROBLÈME EST LA STABILITÉ POLITIQUE À L'ÉCHELLE DE LA CONFÉDÉRATION. VOUS AVEZ CARTE BLANCHE.

– ALORS, C'EST LA PROCÉDURE EXTRÊME ?

– C'EST LA PROCÉDURE EXTRÊME, ABSOLUMENT ! DE TOUTE MANIÈRE, SI VOUS ATTEIGNEZ UN MINIMUM DE 95 %, IL FAUDRA L'ÉLIMINER. »

43

La pouponnière d'Orion

AngKor a pris les commandes de l'engin virtuel. DjidJa, en amoureuse, s'est accrochée à son bras. Elle joue à me faire croire qu'elle a peur, pense-t-il. Ils plongent dans la pouponnière et se trouvent submergés par un océan de lumière bleue et de radiations fictives. Le petit vaisseau vibre et frémit en subissant, à une vitesse sublumière, les agressions gravitationnelles des bébés étoiles. Devant eux, un groupe de quelques dizaines d'étoiles jeunes. Éparpillements sphériques liés par une naissance commune. Projections spatiales de flèches, de dards et de radiations irisées. Des élancements de bleus et de mauves, hésitant entre le violet et la limite de l'indigo, terriblement agressifs dans des bleus électriques insoutenables. La verrière du cockpit se teinte automatiquement pour bien leur faire croire qu'ils passent au plus près de monstrueuses naissances éjectant dans l'espace proche des effluves colossaux. À gauche, un trou noir invisible gobe toute une partie de la dentelle nuageuse. Il ne dévoile sa présence insatiable que par un gigantesque disque d'accrétion qui entraîne dans ses révolutions successives une pauvre étoile, crachant dans un sursaut désespéré des jets de particules relativistes. Sur la droite, une minuscule nébuleuse drape, sous son aile protectrice, trois jeunes phares stellaires émettant en harmonie dans du bleu turquoise. C'est un festival de couleurs, de vibrations, toute une symphonie lumineuse de radiations qui plonge DjidJa et AngKor dans une fiction éblouissante de vérité.

Soudain, une alarme sonore retentit et deux zones rouges s'allument sur l'écran principal.

Ils ont beau savoir que rien n'est vraiment réel, l'effet est saisissant et leur rythme cardiaque s'accélère nettement. L'Agent contrôleur intervient :

« Alarme gravitationnelle de nature imprévue ! Un champ non programmé nous oblige à modifier la trajectoire normale du parcours standard.

– Que se passe-t-il ? demande AngKor.

– Vous pouvez percevoir à quinze degrés dans le 294 galactique un objet inhabituel, précise l'ordinateur de bord.

– Qu'est-ce que c'est ? demande DjidJa tout en se crispant sur le bras de son compagnon.

– Ce n'est rien ! C'est un jeu, DjidJa ! C'est une farce, c'est... »

Avant qu'AngKor puisse finir sa phrase, il voit défiler sur l'écran central une suite de données qui lui rappelle quelque chose de très précis. Malgré les sangles qui le retiennent sur son siège, il se penche et pressent, incrédule, ce qu'il va découvrir.

Il n'a pas le temps de voir venir le piège. Une fraction de seconde pendant laquelle des flots de souvenirs incontrôlés jaillissent de sa mémoire et biaisent une réflexion rationnelle. Il cligne des yeux, tente de reprendre le contrôle de ses souvenirs mais ne les maîtrise plus. Ils bouillonnent, refont surface en ordre dispersé et il ne peut retenir une exclamation :

« Là aussi ! C'est idiot, c'est complètement irréel. Mais...

– Que se passe-t-il ? » insiste DjidJa.

La voix de l'Agent contrôleur retentit :

« Madame, monsieur, devant nous, à dix-huit degrés de notre trajectoire dans le 295 galactique, vous pouvez apercevoir une petite étoile blanche. C'est une naissance ! Ce sont les propulseurs photoniques d'un vaisseau-lumière vierge que nous venons de découvrir ! Toutes nos félicitations pour cette trouvaille exceptionnelle qui participe à l'expansion galactique et qui vous permet d'avoir dorénavant vos noms dans l'histoire de l'essaimage !

– C'est merveilleux, AngKor ! Nous avons découvert un vaisseau-lumière !

– Oui, c'est merveilleux..., et il répète hébété, dans un souffle qui s'éteint : c'est merveilleux...

– N'est-ce pas extraordinaire ? » ajoute DjidJa.

Elle exagère, pense AngKor. Il répond néanmoins sans y croire :

« C'est extraordinaire... »

AngKor est extrêmement inquiet. Il n'est pas du tout satisfait du ton qu'il a employé pour les quelques mots qu'il vient de prononcer. Il n'a pas joué le jeu. Il n'a pas été surpris. Il s'est exprimé avec une intonation complètement inappropriée et, pire que tout, avec un timbre révélateur. Il n'a plus aucun doute. Cet événement, même virtuel, mais non prévu, est un signe qui ne trompe pas. Même DjidJa tremble comme une feuille. Elle a compris, elle aussi, évidemment. Il vient de tomber dans le piège. AngKor sait maintenant qu'ils savent et qu'ils ne prennent plus la moindre précaution à son égard. Ce qui veut dire...

Il réfléchit à toute vitesse. DjidJa et lui sont prisonniers dans cet engin ridicule qui n'a pas quitté le vaisseau et qui leur fait croire à un voyage interstellaire réel. Il serait si facile de ne pas ouvrir le sas de sortie du vaisseau. Il rejette cette idée qui ne sert qu'à accroître son angoisse. Sa seule chance serait de partir d'ici, de fuir Centaure Croix au plus vite, mais c'est impossible pour le moment. Sa seule chance est que les autres pensent qu'il n'a rien découvert de leurs agissements. Sa seule chance est donc de faire au maximum l'innocent. Il se calme. Il enclenche une procédure de décontraction neuropsychotropique et, après avoir bien considéré la formulation qui sera immédiatement analysée et décorrélée, dit le plus naturellement possible :

« DjidJa, c'est incroyable comment on peut se faire avoir par ces machines ! Mais, tout compte fait, c'est une très belle balade ! »

Voilà, les mots sont justes, le ton est bon.

En se penchant, il tente un baiser vers la joue de DjidJa, mais il ne peut l'atteindre et constate seulement qu'elle le regarde d'un air mitigé.

« AngKor, tu es extraordinaire ! » trouve-t-elle le moyen de dire. Elle aussi a repris le contrôle d'elle-même.

Ils terminent le parcours comme ils l'avaient commencé, dans une harmonie apparente. Le gentil voyage se déroule comme prévu.

AngKor ne laisse pas transparaître l'angoisse qui monte en lui. Il la maîtrise, il se maîtrise. Il a décidé de saisir sa chance dès qu'elle se présentera, sans aucune hésitation et au moment exact où elle se présentera.

« NOUS AVONS L'ENREGISTREMENT DES CONVERSATIONS INTERNES DE LA NAVETTE VIRTUELLE.

– ALORS ?

– C'EST TRÈS POSITIF. NOUS AVIONS UNE HYPOTHÈSE. POUR VÉRIFIER CELLE-CI, NOUS L'AVONS SOUMIS À UN STIMULUS QUI DEVAIT PROVOQUER UN SPECTRE DE RÉPONSES CARACTÉRISTIQUES. MAINTENANT, NOUS AVONS LA PREUVE QUE SA RÉACTION, FACE À UNE SIMULATION TRÈS RÉALISTE QU'IL SAVAIT POURTANT VIRTUELLE, A RAVIVÉ DES SOUVENIRS QUI CONFIRMENT BIEN L'HYPOTHÈSE.

– C'EST INCROYABLE QUAND MÊME ! QUELLE EST LA PROBABILITÉ ACTUELLE ?

– 96 % QU'IL S'AGISSE BIEN DE LA NAISSANCE D'UN VAISSEAU-LUMIÈRE.

– EST-CE QU'UN PARTICULIER A DÉJÀ DÉCOUVERT UNE NAISSANCE DE CE TYPE ?

– OUI, MAIS RAREMENT, DEUX FOIS PENDANT LE DERNIER MILLÉNAIRE. IL S'AGIT TOUJOURS EN GÉNÉRAL DE NAISSANCES PLUTÔT PROGRAMMÉES ET SOUS CONTRÔLE DES IA.

– DANS LE CONTEXTE POLITIQUE ACTUEL, IL FAUDRA PRENDRE DES DISPOSITIONS SPÉCIALES POUR QUE L'INFORMATION NE SOIT PAS DIVULGUÉE.

– VOUS ME CONFIRMEZ LA DÉCISION ?

– NOUS NE POUVONS PLUS RECULER. VOUS PRENDREZ LES DISPOSITIONS NÉCESSAIRES AU MOMENT OÙ IL PASSERA PAR LE RHET. NE LE PERDEZ PAS DE VUE.

– C'EST DONC UNE PROCÉDURE EXTRÊME ?

– OUI, ABSOLUMENT ! LA PROCÉDURE EXTRÊME, MAIS DISCRÈTE, BIEN SÛR ! »

AngKor est persuadé qu'ils connaissent maintenant la nature de sa découverte. En revanche, il n'est pas certain de savoir exactement qui sont ces *ils*. Il n'est pas certain non plus qu'ils possèdent les coordonnées précises du lieu. Ont-ils les moyens de remonter jusqu'à Charlotte ? *A priori* non. Son iA personnelle est prête à effacer sa mémoire interne dès qu'elle détectera un danger de lecture anormale, mais est-ce totalement vrai ?

Il pense à sa famille. Si mon comportement sort de la normalité, ils vont surveiller ValdiVia et les enfants. Peut-être même ont-ils déjà commencé. Qui sont-ils réellement ? Que vais-je faire ?

Ils sont de nouveau chez DjidJa. D'une certaine manière, AngKor est admiratif parce qu'elle joue son rôle à la perfection. Il ne se trouve pas mauvais non plus dans ce jeu de dupes. Sa seule chance : leur faire croire à tous qu'il n'a pas compris.

Pour donner le change, il parle un peu, pas trop, mais un peu quand même, de son travail. Comme pour laisser cette femme, qui feint d'être son amie, imaginer qu'ils sont entrés dans le temps des confidences.

« Demain, je vais au musée du Vaisseau. Les livres que tu m'as montrés, enfin les copies, sont très intéressants, mais je dois aussi penser à mon travail et les HB de ton vaisseau sont réputées. »

AngKor n'a pas l'intention de dévoiler le domaine de sa recherche archéocomputationnelle.

« Tu ne m'as toujours rien dit à ce sujet, constate DjidJa.

– Mais si ! Je t'ai dit que j'étais Acom. Je transporte des données confidentielles. Je suis un spécialiste de la mémoire et du stockage zéro défaut de la mémorisation neuronale.

– Oui, oui, bien sûr. Mais ça, je le savais déjà !

– Je dois me préparer à passer par le RHET. Ce n'est pas si facile, tu sais, quand on est Acom. Prendre le RHET comme passeur ordinaire, comme les touristes ou les professionnels, c'est d'une simplicité enfantine. En revanche, mémoriser de grandes quantités d'informations pour ensuite les régurgiter avec la plus grande exactitude, c'est un métier difficile. Le repos régulier est l'un des facteurs de la réussite.

– Tu es vraiment capable de mémoriser toutes sortes de données sans jamais te tromper ?

– Oui. Absolument. Ça s'apprend, les Acom n'utilisent pas leur mémoire comme un humain quelconque.

– Tu ne serais pas un peu… mutant ?

– Appelle ça comme tu veux. Mais je te le répète, la meilleure manière de préparer un passage, avec un important transport de données, c'est encore de se détendre et de se reposer ! »

AngKor n'arrive pas à dormir mais s'efforce de ne pas déranger DjidJa qui, elle, dort à son côté. Il est très angoissé et ne songe qu'à fuir au plus vite. Raisonnablement, il doit faire comme si tout était normal. Il pense que s'il partait maintenant, au milieu de la nuit, DjidJa les préviendrait aussitôt. Il n'aurait pas le temps d'atteindre le central du RHET. Ils pourraient s'emparer de lui, pour lui faire subir un vidage rapide qui risquerait d'être fatal. Une stratégie commence à s'élaborer dans son esprit. Il ne sait pas quelle est la probabilité de réussite de son plan.

La matinée est difficile, mais il garde la tête froide. Il quitte DjidJa pour la journée. Elle se prépare pour son travail. Il écoute, d'un air qu'il veut le plus attentif possible, les renseignements qu'elle lui donne sur le musée.

Elle est encore en train d'essayer d'en savoir plus. C'est terrible. Sous son apparente beauté, c'est une vraie vipère. Croit-elle encore que tout va se passer comme elle l'imagine ? pense-t-il.

Il quitte DjidJa sans montrer la moindre inquiétude. Elle non plus ne trahit rien. Mais elle est profondément affectée. Elle a beau être une vraie professionnelle au comportement irréprochable, intérieurement elle est déstabilisée. Elle sent qu'elle s'attache à lui. À cause d'elle, pourtant, c'est un homme traqué. Elle le sait. Malgré son trouble, elle arrive à prononcer les mots qu'il faut, des mots sans importance qui n'éveilleront pas les soupçons. Elle risque de ne jamais le revoir, mais trouve la force de lui dire des banalités comme à un mari qui s'absenterait pour quelques heures :

« Tu verras, notre musée est étonnant, je te laisse le découvrir, mais tu auras un choc ! On peut parier sur les couleurs.

– Que veux-tu dire ?

– Tu verras ! »

44
Le trésor de Charles V

Il prend le Mag et choisit un parcours standard tel un touriste qui n'aurait pas de but précis. Ce n'est pas son cas. Il a surtout besoin de réfléchir. Il ne doit pas se précipiter. Il va se rendre au musée, évidemment. Mais il ne le montre pas tout de suite. Il est certain qu'il est suivi, qu'ils savent donc très bien où il est, où il va. Il ne sait pas où ils sont, qui ils sont, aucune importance, ce n'est pas cela qui compte.

Il pense encore à ValdiVia et à ses enfants. Il devrait les contacter pour les mettre en garde. S'assurer que Charlotte, son iA personnelle, est suffisamment protégée. Mais comment la prévenir sans attirer leur attention ?

« IL EST SOUS SURVEILLANCE.

– QUE FAIT-IL ?

– IL NE SE REND VRAISEMBLABLEMENT PAS AU MUSÉE. NOUS PENSONS QU'IL VA PRENDRE LE RHET.

– VOUS CROYEZ QU'IL A DÉCOUVERT…

– CE QUI EST CERTAIN, C'EST QUE S'IL ÉCOURTE SON SÉJOUR EN PASSANT AUJOURD'HUI MÊME, ALORS C'EST QU'IL SAIT. MAIS PEU IMPORTE, IL TOMBERA DANS LE PUITS GRAVIFIQUE. IL ENTRERA DANS LA PHASE DE TÉLÉTRANSPORTATION ET N'EN SORTIRA JAMAIS.

– ET S'IL VA AU MUSÉE ?

– DANS CE CAS, LES PROBABILITÉS INDIQUERAIENT PLUTÔT QU'IL IGNORE CE QUI SE PASSE RÉELLEMENT. MAIS ON VA LE SAVOIR BIENTÔT. »

AngKor a changé de Mag. Maintenant, il est sur la ligne qui dessert la station du musée de Centaure Croix.

Dix minutes plus tard, il sort sur l'esplanade qui précède le bâtiment. Une immense étendue couverte d'herbe un peu trop verte pour être vraie et quelques arbres ici et là.

DjidJa n'a pas menti. Il ressent bien un choc en découvrant la forme surprenante du musée.

C'est un bâtiment totalement sphérique dont les dimensions sont phénoménales : cinq cents mètres de diamètre ! La surface de cette boule gigantesque est parcourue d'une mer de lumière en perpétuel changement. Le musée lui-même se présente comme une œuvre d'art véritablement unique. Beaucoup de touristes restent un long moment à l'extérieur, sidérés par la beauté du site. Les yeux perdus dans des tourbillons chromatiques aux explosions surprenantes, ils sont là, debout, par petits groupes immobiles. Ils sont hypnotisés par l'infinie variété des motifs colorés qui se font et se défont perpétuellement. La surface de cet immense globe est un univers d'images sans que l'on puisse dire qui triomphe, de l'aléatoire ou du déterminisme. À moins qu'il ne s'agisse d'une rivalité entre fractales et chaos, quoique certains y voient des scènes réelles, des visions 3D extraites de la réalité de tous les jours : une mère tenant un enfant par la main, un Agent de maintenance en scaphandre spatial, une vue prise au sein d'un vaisseau-monde, une pluie de météores incandescents perforant une comète perdue dans les profondeurs sidérales…

Trônant dans un paysage verdoyant totalement anachronique, l'immense musée sphérique semble être une lumineuse balle de golf posée là par hasard.

AngKor n'échappe pas à l'emprise que cette construction impossible provoque. Il est à la fois subjugué par l'envoûtante production d'images et intrigué par cette sphère arrêtée net sur un terrain légèrement en pente. Les concepteurs ont dû développer un très ingénieux système gravifique pour stabiliser les dizaines de millions de tonnes de ce monstre dont le contact avec la pelouse est réellement ponctuel.

Il se laisse envahir par le charme. Il comprend maintenant que cet écran sphérique propose une telle variété d'images que tout le monde y trouve le rappel d'un souvenir oublié, le visage d'un être aimé par exemple, en fait n'importe quel stimulus visuel qui, tel un catalyseur, favorise le développement d'un rêve éveillé.

C'est une manipulation psychomémoneuronale de type onirique, se dit-il. Je suis certain qu'il y a des touristes qui ne viennent ici que pour ce spectacle. Ce qui est étonnant, c'est que l'on dirait que le système n'est pas totalement aléatoire.

AngKor, en tant que spécialiste de la mémoire, ou plus exactement des techniques de contrôle de la mémoire, se demande si cette sphère n'est pas en fait un vaste projecteur des images, conscientes ou non, des propres pensées de ceux qui, à proximité, l'observent avec attention.

Il tente l'expérience. Il accroche son regard à un jet de lumières tourbillonnantes et se concentre sur un souvenir récent bien précis. Au bout de quelques secondes, il voit que le jet se transforme en une vague orange et parcourue de marbrures verdâtres rayées de rose pâle. Puis, il aperçoit distinctement les fantastiques Dentelles du berceau d'étoiles dans lesquelles il a évolué virtuellement avec DjidJa au sein de la pouponnière stellaire !

Son attention faiblit, les Dentelles semblent s'estomper ou plus exactement caresser le doux visage d'une jeune fille qu'il ne connaît pas. Il pense fortement à sa fille. Il jurerait que c'est elle maintenant qui est là, mais des oiseaux s'échappent de son visage dans une texture qui peu à peu dévoile le réseau régulier et embrouillé des artères d'une ville inconnue. D'autres pensées se mélangent aux siennes, s'entremêlent, interagissent, dans un chaos complexe, c'est un maelström, un creuset irréel et profondément humain qui ne doit pas être un si mauvais modèle des pensées semi-conscientes de l'homme.

Sans lâcher des yeux un magnifique panache de courbes fractales qui multiplient à l'infini des volutes et des détails kaléidoscopiques ahurissants, il se rapproche d'un groupe de touristes qui jouent aux prévisions.

L'un des hommes l'interroge :

« Vous voulez parier avec nous ? Nous avons formé deux équipes et nous essayons de prédire l'évolution de certains motifs. Ça vous intéresse pour quelques infos ?

– Non, merci, vous êtes très aimable, mais je dois visiter le musée.

– Ah ! Vous êtes un vrai visiteur ! Nous, nous venons surtout pour les images. Oui, c'est vrai, nous devrions aussi regarder les collections. C'est la troisième fois que je viens, mais les images projetées sont trop prenantes, je ne peux pas m'en détacher.

– Vous savez comment on entre dans le musée ? »

Le touriste s'esclaffe, puis dit en souriant :

« Vous, vous êtes un blagueur !

– Pas du tout.

– Mais vous êtes dans le musée ! Approchez-vous un peu, c'est tout, vous allez comprendre. »

AngKor remarque que les groupes éparpillés sur l'immense esplanade n'ont pas tous les yeux rivés sur la sphère. Certains regardent autre chose, mais il ne saurait dire quoi. Il prend encore une fois conscience de la vaste étendue qui l'entoure. S'il est suivi, observé, cela ne doit pas être si facile dans ce large environnement. Une idée lui traverse l'esprit. Il dit à son BioCom :

« Tu te mets en manuel et tu te tais. »

Puis, il tape rapidement un message sans passer par l'interface vocale du système. Ensuite, il revient vers le groupe de touristes. Il s'approche de l'homme avec qui il vient de parler. Ce dernier l'observe et AngKor lui dit à voix basse :

« S'il vous plaît, monsieur, vous me rendriez un service ?

– Oui, bien sûr. Si je peux… »

AngKor ne répond pas, il montre discrètement l'écran de son BioCom sur lequel on peut lire : « Surtout ne dites rien ! Voulez-vous gagner facilement mille infos ? Ce n'est pas une blague. Il suffit d'envoyer par le RHET, aujourd'hui, le message suivant : "Dire à Charlotte de faire attention. Tout va bien, AngKor." À adresser à ValdiVia, Nuages du Taureau, et voici le code. Si vous êtes d'accord, je transfère mille infos sur votre compte, immédiatement, je dis bien mille infos. Vous pourrez vérifier qu'il a été crédité et passer ensuite au centre de communication des Agents communicateurs dès aujourd'hui pour faire transmettre le message, merci à vous. »

L'homme le regarde, interloqué. AngKor ajoute :

« C'est très facile. »

De nouveau, le touriste l'observe. Il relit le message et reste un instant indécis, puis déclare :

« Bon, c'est d'accord ! »

À l'aide de leurs BioCom respectifs, AngKor effectue discrètement toutes les opérations nécessaires, puis lance à voix haute très distinctement :

« Merci pour ces renseignements sur le musée, merci beaucoup ! »

Le touriste réintègre son groupe. AngKor fait un tour d'horizon comme pour admirer le point de vue. Puis, il s'adresse à son BioCom :

« Écoute bien ce que je vais te dire.

– Oui, AngKor, je suis prêt.

– Efface toute ta mémoire centrale pour les dix dernières minutes.

– Voilà, c'est fait. Et maintenant ?

– Rien, tu restes en veille. »

AngKor pense que personne n'a pu comprendre ce qui vient de se passer. Il espère que le message sera transmis, que ValdiVia le décodera et qu'ainsi se provoquera chez l'iA personnelle d'AngKor le réflexe attendu. Ils savent probablement ce qu'il a découvert, mais certainement pas où la naissance a eu lieu.

Il se rapproche de la sphère sans toujours vraiment bien comprendre qu'il est dans le musée. Soudain, il perçoit une vibration, un léger signal musical, et une projection virtuelle 3D se forme juste à côté de lui. Un Acont iA apparaît.

« Bonjour, monsieur. Je peux vous servir de guide pour tous les types de visites que vous voudriez accomplir. Je suis à votre entière disposition.

– Bonjour. Vous êtes un Acont iA ?

– Exactement, monsieur, je suis un Agent iA virtuel. Vous seul pouvez me voir. Par mon intermédiaire, vous êtes en ce moment même en communication avec le système d'information central qui contrôle le musée. Que souhaitez-vous savoir ?

– Comment visite-t-on les collections ?

– Le musée possède deux types de collections, des objets réels, parfois très anciens, et des copies virtuelles de toute nature. Tous ces objets sont entreposés dans la sphère et sont inaccessibles. Toutes les collections d'objets, qu'elles soient réelles ou virtuelles, vous sont proposées ici même, sous la forme de projections de synthèse 3D que je ferai à votre demande dans les quelques mètres autour de vous.

– Si je comprends bien, parmi toutes les personnes présentes sur cette étendue, certaines consultent les collections ?

– Exactement. Certaines font un simple voyage onirique avec la sphère, et d'autres consultent. Seules les personnes intéressées par telle ou telle collection les voient réellement. Quel est votre choix ?

– Avez-vous des livres anciens concernant l'histoire de l'ancienne Terre ?

– Mais bien sûr ! Avez-vous une idée d'un pays, d'un lieu, d'une époque ?

– Non, disons ce qui concerne les mers et les océans en général.

– Vous souhaitez une approche géographique, anthropologique, historique ?

– Je ne sais pas… Les pays et les océans.

– Dans ce contexte très large, nous disposons d'ouvrages montrant de très anciennes images 2D, appelées cartes, qui représentent les positions géographiques de tous les anciens pays possédant une façade maritime. On peut voir leurs contours.

– Ce sont des atlas ?

– Oui, exactement, nous avons aussi des livres concernant ce qu'on appelait les grandes voies océanes.

– C'est très bien. Je peux voir ces documents ?

– Mais certainement. Les voilà devant vous. Vous pouvez tourner les pages manuellement comme s'ils étaient réels. Je reste à votre disposition. »

L'Acont iA est toujours là. Serviteur efficace, il se tient immobile, un peu à l'écart.

AngKor regarde un ouvrage sur le Pacifique, mais ne s'y attarde pas.

Il préfère, semble-t-il, consulter de remarquables reproductions de cartes anciennes, dites portulans. L'une d'elles attire plus particulièrement son attention : l'*Atlas catalan*, élaboré en 1375 de l'ère terrienne par un savant du royaume de Majorque, une île située dans une mer au milieu des terres et appelée pour cette raison Méditerranée. C'est, en douze parties d'un peu plus de cinquante centimètres de haut s'étendant sur trois mètres de long, une étonnante représentation plane d'un monde qui n'avait pas encore perçu sa position réelle dans l'univers. Ce trésor a été l'un des joyaux du roi de France Charles V. La carte fourmille d'une quantité de détails. Un homme assis par terre les jambes croisées, bizarrement vêtu d'une ample combinaison bleue, tient une espèce de courte lance qui se termine par une lame courbe. À son bras, un objet curieux de forme vaguement triangulaire aux côtés arrondis. Sur un fond rouge, on distingue trois fleurs en or. Un peu partout, d'autres hommes également assis par terre. Tous portent une longue barbe blanche. Certains d'entre eux ont sur la tête une couronne à trois pointes dorées.

Il y a aussi des animaux. Des animaux inconnus. L'un possède un nez si long qu'il traîne sur le sol, encadré par deux dents tellement disproportionnées qu'elles sont évidemment imaginaires. Sur son dos, une petite maison, ce qui est plutôt étrange. La totalité de l'image est bordée de personnages et d'animaux les plus divers. Au milieu, de grandes étendues alternativement ocre et bleu pâle, les pays et la mer. L'ensemble est parcouru d'un réseau de fines lignes noires convergentes et divergentes. Elles forment une structure périodique complexe dont la signification échappe à AngKor, de même que lui échappe le sens du texte écrit dans une langue qui lui est totalement étrangère.

Il regarde d'autres livres, comme s'il ne savait pas réellement ce qu'il cherche. De tous les ouvrages présentés, un seul l'intéresse : celui concernant le Pacifique auquel il a précédemment feint de ne pas prêter attention et qu'il continue d'ignorer. Soucieux d'en mémoriser certaines parties sans que cela se remarque, il persiste à accorder aux autres ouvrages un intérêt apparemment soutenu mais purement fictif.

Après s'être penché longuement sur une reproduction du plus ancien globe terrestre, datant de 1492 et réalisée par un certain Martin Behaim peu de temps avant la découverte d'un pays nommé Amérique, il en vient à ouvrir le livre désiré.

Un observateur ne verrait pas de grande différence entre l'attitude d'AngKor examinant l'*Atlas catalan* et celle qu'il a maintenant. Pourtant, cette fois, la méthode est tout autre. Il pratique une technique bien connue des Acom, consistant à enregistrer systématiquement la totalité des signes sur les pages sans essayer de les comprendre. Il évite à tout prix de tomber dans le réflexe de l'interprétation naturelle et se concentre uniquement sur sa capacité à conserver un flux important de mémorisation.

Une seule chose l'obsède : recueillir un maximum de données en un temps limité. La structuration par interprétation sémantique sera pour plus tard, quand viendra le temps de la restructuration mnémonique. C'est ainsi qu'il grave en lui une carte indiquant, à l'aide de flèches colorées, les mouvements de populations de l'Asie du Sud-Est vers le centre du Pacifique Sud. En un point précis éclatent dans une symétrie évidente trois flèches d'égale importance : l'une vers le nord, une autre vers le sud-est, la dernière vers le sud-ouest. Voilà des informations essentielles qui viendront compléter celles déjà compilées dans sa mémoire de travail.

Si l'Acont iA était un humain, il pourrait dire que ce visiteur a feuilleté un ensemble d'ouvrages concernant les premières grandes explorations maritimes de la Terre. Rien n'indiquerait qu'il se soit focalisé sur un livre plutôt que sur un autre.

Pour être sûr de bien donner le change, AngKor examine une deuxième fois l'*Atlas catalan*. Des détails lui avaient échappé. Il n'y a pas seulement des personnages colorés ou des animaux fabuleux, il y a aussi des bateaux. Certains paraissent de taille imposante, avec plusieurs mâts et autant de voiles. D'autres, frêles et sans voiles, devaient être propulsés par des rameurs. L'un des grands navires arbore un gigantesque drapeau aux dessins étranges. AngKor note que cette carte exceptionnelle montre de curieuses habitations aux formes compliquées. Sur chacune d'elles, on peut également remarquer un drapeau. À bien y réfléchir, peut-être faut-il y voir un rapport avec la notion de pays. Une reconfiguration mnémonique d'un tel trésor serait sans doute délicate en raison de l'importante compilation de symboles très complexes que cela représenterait, délicate mais pas impossible. Un vrai défi, mais qui n'est pas à l'ordre du jour.

En quittant l'esplanade du musée, AngKor se dirige vers un puits de Mag. Il y a foule à cette heure et certaines personnes marchent un peu trop vite. Un homme anormalement pressé le bouscule. Il s'en écarte vivement mais n'a pas le temps de voir une jeune femme qui vient en sens inverse. Elle ne regarde pas devant elle. Elle entre des données en manuel sur son BioCom tout en marchant. AngKor tente de l'éviter mais la percute quand même. Le BioCom de la passante se détache et tombe. Elle s'écrie :

« Oh ! Mes données chéries ! »

AngKor se baisse aussitôt pour le ramasser tout en s'excusant :

« Je suis vraiment désolé. C'est ma faute ! »

Il ne peut s'empêcher toutefois de trouver curieux qu'il soit tombé.

« Boum par terre ! » dit le BioCom d'une toute petite voix.

AngKor a le temps de penser que la programmation d'un BioCom est révélatrice de la personne qui le porte.

« Pardonnez-moi, mais comment se fait-il que cet animal de BioCom se soit détaché ? reprend-il.

– Mais c'est vous qui venez de le faire tomber !

– Excusez-moi, mais, que je sache, un BioCom s'enroule toujours de lui-même autour du poignet, il ne tombe pas comme ça !

– C'est vrai, je l'aime bien. C'est mon petit compagnon chéri, mais je suis parfois allergique à son contact, alors je lui demande de desserrer son étreinte », dit-elle en s'accrochant au bras d'AngKor.

Il se dégage vivement, surtout quand il la sent appuyer ostensiblement l'un de ses seins contre lui. Il ajoute :

« Vérifiez qu'il fonctionne bien, s'il vous plaît. Pardonnez-moi, mais je suis pressé.

– Il ne marche plus ! D'habitude, il me parle tout le temps. J'ai perdu toutes mes données ! »

AngKor est agacé, il propose :

« Montrez-le-moi. Vous êtes certaine qu'il n'est pas passé en veille ?

– C'est vrai, regardez, il se réveille ! »

Quand il entend le BioCom soupirer : « Je crois que j'ai fait un petit somme… », il demande :

« C'est vous qui l'avez programmé de cette manière ?

– C'est chouette, non ?

– Il a toujours vos données, alors tout va bien, je peux partir ?

– Oui, au revoir.

– Salut mon pote ! » lance le BioCom.

AngKor s'éloigne en maugréant qu'on fait parfois faire n'importe quoi aux hypertechnologies.

S'il pouvait lire cependant dans les pensées de la jeune femme, il y verrait moins de futilité.

AnaTuya se penche. Elle chuchote à son BioCom :

« C'est raté sur toute la ligne. Je n'ai pas réussi à mettre mon BioCom en contact avec le sien. J'ai bien vu au musée qu'il faisait quelque chose de pas clair avec lui, mais quoi ? »

« NOUS AVONS DÛ NOUS TROMPER À SON SUJET.

– POUR QUELLE RAISON ?

– NOUS PENSIONS À SA RÉACTION DANS LA NAVETTE. NOUS PENSIONS QU'IL AVAIT TOUT DÉCOUVERT. EN FAIT, IL NE SEMBLE PAS S'ÊTRE RENDU COMPTE QU'IL ÉTAIT SOUS CONTRÔLE.

– CELA ME PARAÎT TOUT À FAIT IMPOSSIBLE !

– JE VOUS COMPRENDS, MAIS N'OUBLIEZ PAS QUE LA PROBABILITÉ QU'IL NE FASSE PAS LE RAPPROCHEMENT ÉTAIT DE 10 %, C'EST TOUT. C'ÉTAIT IMPROBABLE, MAIS PAS IMPOSSIBLE.

– IL S'EST DONC RENDU AU MUSÉE ?

– EXACTEMENT.

– ET IL CONSULTE ?

– OUI, ET IL SE COMPORTE EXACTEMENT COMME SI DE RIEN N'ÉTAIT, ET VOILÀ BIEN LE PROBLÈME. SIMULE-T-IL ?

– QU'A-T-IL DEMANDÉ À VOIR ?

– DES LIVRES SUR LES PREMIÈRES GRANDES VOIES MARITIMES DE L'ANCIENNE TERRE. DES OUVRAGES COMPLÈTEMENT OUBLIÉS, QUI NE SONT JAMAIS CONSULTÉS. ON SE DEMANDE D'AILLEURS À QUOI CELA PEUT SERVIR DE CONSERVER DE TELLES ANTIQUITÉS. IL SEMBLE ÊTRE TRÈS INTÉRESSÉ PAR UN OUVRAGE QUI N'A PAS ÉTÉ OUVERT DEPUIS PLUSIEURS SIÈCLES !

– DE QUOI S'AGIT-IL ?

– D'UN RECUEIL DE VUES PLANES, 2D, DATANT... ÉCOUTEZ BIEN, DE 1375 DE L'ÈRE TERRIENNE ! ON SE DEMANDE CE QU'IL CHERCHE LÀ-DEDANS.

– PEUT-ÊTRE EST-CE UNE SIMPLE FANTAISIE D'UNIVERSITAIRE. ON A PU LUI DEMANDER DE FAIRE UNE RECHERCHE archéocomputationnelle sur de telles images qui n'intéressent que les historiens.

– C'est possible.

– Bon, on ne change rien. Ne le perdez pas de vue. Dès qu'il passe par le RHET, vous prendrez les dispositions prévues.

– Entendu. »

45

Danger d'introspection

Durant le trajet qui le ramène au domicile de DjidJa, AngKor commence à effectuer le travail de structuration des données qu'il vient d'ingurgiter. Il pratique un codage métaphorique pour prévenir une éventuelle introspection cérébrale qui pourrait très bien être mise en œuvre à son insu, par exemple une fraction de seconde après le passage par le RHET.

Tout en faisant ce travail, il se remémore toute une suite d'informations centrées sur le Pacifique. Le reste est définitivement oublié.

Il revoit très clairement la carte du peuplement océanien, avec ses multiples mouvements de populations. Les historiens, les anthropologues ayant étudié le fabuleux voyage qui, pendant des siècles, a conduit les intrépides navigateurs à conquérir la plus grande partie de l'océan Pacifique, ont pris l'habitude de donner un nom à cette expansion. Maintenant, il prend conscience qu'il y avait des mots sur la carte. Les données surgissent de sa mémoire. La forme des lettres, leur disposition… Il y retrouve une sémantique essentielle qui confère à l'ensemble de son travail une aura particulière : « Le peuplement du triangle polynésien ».

AngKor a déjà rencontré ce concept, qui occupe dans sa recherche un rôle central quasi obsédant.

Le triangle polynésien. Formidable étendue océane comprise dans une équilatéralité quasi parfaite et si vaste qu'il faut bien la percevoir comme un fragment sphérique non euclidien dont les trois points singuliers sont la Nouvelle-Zélande, Hawaii et Rapa Nui, la mythique île de Pâques.

Partis sur leurs vaisseaux d'Asie du Sud-Est vers le soleil levant, ces hommes ont découvert, bien des siècles plus tard, après les Samoa et les Tonga, Tahiti et son cortège d'îles du Vent et d'îles Sous-le-Vent.

La vision globale de cet immense triangle le transporte cinquante siècles en arrière. Elle le préoccupe de plus en plus et génère une réflexion d'une telle importance qu'il se surprend à l'énoncer à haute voix, comme s'il voulait poser en lui les fondations définitives d'une fascinante interrogation :

« Quel rapport peut-il exister entre l'expansion des vaisseaux-lumière au sein de la Galaxie et l'expansion des vaisseaux polynésiens au sein du Pacifique ? »

Encore une fois, AngKor se pose des questions déontologiques sur son rôle exact dans cette recherche archéocomputationnelle commandée par un inconnu.

À qui appartient l'idée originale qu'il vient d'exprimer ? À ceux qui l'ont mandaté pour trouver des éléments de réponse aux quatre fameuses questions, à la condition qu'il évoque officiellement ces conclusions avant la remise officielle des données. Sinon, après, il en sera le propriétaire, le code de l'Expansion galactique est formel.

Il sait qu'il est sous contrôle. Mais quel est le niveau exact de l'introspection ? S'il lui est impossible d'effacer l'idée même de la fascinante interrogation, trop stabilisée par une charge émotive excessive qui l'a définitivement imprégnée, en revanche il sait qu'il peut la masquer dans un brouillage métaphorique biaisant toute tentative de viol de ses souvenirs.

C'est dans cet état d'esprit agité qu'il appelle DjidJa sur son BioCom. Il parvient à se mettre dans la peau du personnage évoluant entre le modèle ami et le modèle amant, et c'est évidemment le modèle femme amoureuse qui lui répond :

« AngKor ! Comme je suis contente de t'entendre ! Où es-tu ?

– Je reviens du musée. Extraordinaire, effectivement.

– Je t'attends, viens vite ! »

Que de banalités dans cet échange pourtant si court. Il lui faut faire le point.

Je ne sais pas si elle sait, ni si elle sait que je sais. Eux savent, mais savent-ils que je le sais ? J'ignore qui ils sont, mais une chose est sûre : je dois m'attendre au pire.

Il décide de continuer à agir exactement comme il le ferait s'il n'avait rien découvert : revenir chez DjidJa, passer la soirée en sa compagnie, lui parler du musée, ne pas lui dire quel type de livres il a consulté, il n'a aucune raison de le faire, de toute manière. Il n'a pas arrêté de lui raconter qu'il est un Acom professionnel et qu'il n'est pas autorisé à divulguer l'objet précis des recherches pour lesquelles il est payé.

Demain, il devra préparer sa mémoire et se mettre en condition pour passer par le RHET.

Après-demain, il le prendra pour la Nébuleuse de Gum, c'est comme ça que les choses se doivent d'être. Le reste n'a pas d'importance !

« AngKor ! Comment vas-tu ? »

Elle lui saute au cou. Elle en fait trop, se dit-il, mais cela n'a rien de désagréable.

Quand DjidJa l'enlace et presse sa poitrine contre lui, il se demande si cette attitude est feinte ou si comme lui, par moments, elle ne se laisse pas aller par plaisir. Elle le trompe par certains côtés, par d'autres ne serait-elle pas sincère ?

Il décide de jouer son jeu.

Dans des gestes complices, ils ont tous les deux retiré leur BioCom. Posés l'un à côté de l'autre, les deux petits systèmes se sont mutuellement enroulés comme dans un prélude érotique visant à préparer les ébats de leurs propriétaires, à moins qu'ils n'échangent des informations et constituent ainsi des souvenirs artificiels que leurs maîtres seront heureux de retrouver.

DjidJa possède un grand lit équipé de tous les accessoires modernes recherchés par les amants : puits gravifique avec pesanteur contrôlée, THM neuronal permettant la projection directe d'images dans le cortex et programmateur de sensations virtuelles. AngKor a déjà expérimenté avec elle cet espace de jeux et ne refuse pas une nouvelle expérience, sauf qu'il souhaite se reposer à un moment ou à un autre pour préparer le RHET. Ce qu'il n'hésite pas à lui dire, tout simplement. Elle ne répond rien. Il voit qu'elle met en marche le THM, mais, cette fois, il a compris qu'elle souhaitait enregistrer en 3D leurs rapports amoureux. Quand elle lui propose avec un sourire entendu : « Deux heures, tu es d'accord ? » il remarque qu'elle programme le retardateur orgasmique qui va les accompagner pour un voluptueux voyage. Ces préparatifs l'excitent. Il la laisse faire. Des séquences érotiques provoquées commencent à perturber agréablement leur esprit. Elle enclenche l'ouverture automatique de sa combinaison, bascule la tête en arrière et lui offre ses seins. AngKor passe et repasse ses doigts sur la peau frémissante de DjidJa. Le programmateur psychique qu'elle a activé amplifie rapidement leur état d'excitation. Une zone érogène hypersensible s'enflamme et monte, telle une marée sauvage, à l'assaut de la pointe de ses seins. En même temps, AngKor sent des spasmes de plaisir se déclencher en lui par rafales. Dans une insupportable hésitation, ils tournent et tournent en spirale autour d'un point orgasmique qui se refuse constamment. Puis, alors que DjidJa se penche pour l'embrasser avec fougue et enfouit profondément sa langue dans sa bouche, il jurerait que, parallèlement, la même langue s'occupe de son sexe en érection ! Il se demande comment elle arrive à faire ça ! Très vite il comprend. DjidJa vient d'activer une iA identique à elle-même et, tout à coup, il ne sait plus où est la vraie ! Peu importe. Ce sont maintenant deux DjidJa qui s'intéressent intimement à lui, et il se dit à ce moment-là que les hypertechnologies peuvent avoir de très sympathiques retombées.

« VOUS AVEZ VU LES IMAGES TRANSMISES PAR LE THM DE DJIDJA ?

– OUI, TRÈS TRÈS INTÉRESSANT !

– JE PROPOSE QUE NOUS LES LAISSIONS TRANQUILLES. APRÈS TOUT, C'EST UN PEU COMME SI C'ÉTAIT LE CADEAU DU CONDAMNÉ À MORT, AVANT LE COUP DE GRÂCE. ET QUEL CADEAU !

– C'EST VRAI ! DE TOUTE MANIÈRE, QUE FAIRE D'AUTRE ?

– EN CE MOMENT, RIEN. MAIS PLUS TARD...

– QUE VOULEZ-VOUS DIRE ?

– LA MODÉLISATION DU COMPORTEMENT D'ANGKOR A MONTRÉ QU'IL DÉTENAIT DEUX TYPES D'INFORMATIONS importantes. Nous nous sommes focalisés sur l'une d'entre elles. Maintenant, nous la connaissons. Et parce qu'elle est suffisamment déstabilisatrice par elle-même, nous avons décidé de le supprimer.

– Évidemment ! Si l'opinion publique avait connaissance, dans le contexte des troubles actuels, de la réelle découverte d'un Vaisseau-lumière vierge, ce serait une catastrophe. Tous les modèles utilisés montrent que nous entrerions, pour on ne sait combien de temps, dans une zone politiquement chaotique !

– Oui, mais quel est le deuxième type d'information que détient AngKor ?

– On ne sait pas, c'est vrai. Mais quelle importance ? Quand on a décidé d'appliquer la procédure extrême, on a aussi pris la décision de faire disparaître cette autre information.

– Qui sait ce qu'il détient en réalité ?

– Nous avons déduit de son comportement que cette information est, avec une quasi-certitude, une conclusion de son travail d'archéocomputation.

– Intéressant. Cependant, cela ne nous dit toujours pas de quoi il s'agit.

– C'est bien là le problème.

– Nous pourrions tenter une introspection cérébrale au moment même de son passage par le RHET ?

– C'est une idée, mais vous savez bien qu'une telle action demandera du temps. Or, le passage dans le RHET est instantané. Si, dès qu'il passe, on attend un peu, même une fraction de seconde, pour pouvoir faire une introspection valable, il va immédiatement se retrouver sur le vaisseau de la Nébuleuse de Gum.

– Dans ces conditions, attendons-le à l'arrivée ! Ce n'est pas au moment du passage que l'on appliquera la procédure extrême, mais juste après l'arrivée.

– Oui, c'est intéressant. Mais alors, attention ! Au moment même où il arrive, n'est-ce pas ? Il ne doit pas sortir du centre de communication. Pas de blague !

– De toute façon, il va entrer en contact avec un Acom IA pour décharger ses données. Là, on peut vraiment prendre son contrôle.

– La procédure extrême, appliquée à l'instant même de la télétransportation, est simple à mettre en œuvre et parfaitement sûre, contrairement à l'autre. Ou bien on le fait disparaître très facilement en le perdant dans le RHET, et nous ne saurons jamais quelle est la nature de la deuxième information, ou bien on prend un risque minime et on tente de découvrir à quelle conclusion il est arrivé.

– Il faut savoir ce que l'on veut.

– Dans le deuxième cas, il nous faudra nous débarrasser du corps à l'arrivée sur Gum. Alors que, si on le perd volontairement par le RHET, c'est plus propre.

– On n'a rien sans rien.

– Il y a une solution simple pour éliminer le corps. Puisqu'il sera mort, il n'aura donc plus de conscience et...

– ... On le renvoie n'importe où par le RHET ! C'est machiavélique !

– Oui, mais très efficace. Que donnent les calculs de risques comparés, si on l'attend sur Gum ?

– Nous avons 98 % de chances de le faire disparaître à l'arrivée sur Gum et évidemment 100 % de réussite au moment même du RHET.

– Seulement 2 % d'échec ! Vous vous rendez compte ! Seulement 2 % de risques qu'on rate la procédure nous garantissant la connaissance de la conclusion ! Ça vaut la peine de tenter le coup, il ne faut pas hésiter !

– Bien ! Je résume donc :

Premièrement, on le surveille très attentivement pour s'assurer qu'il prend le RHET.

Deuxièmement, avec ce contrôle serré, on le laisse passer sur la Nébuleuse de Gum.

Troisièmement, à l'instant précis de son arrivée sur Gum, on entame la procédure d'introspection totale, qui permet d'extraire la deuxième information.

QUATRIÈMEMENT, IL NE SORT PAS VIVANT DU CENTRAL.

CINQUIÈMEMENT, ON LE RENVOIE MORT PAR LE RHET, OÙ, SANS CONSCIENCE, IL SE PERDRA ET DISPARAÎTRA POUR TOUJOURS. »

Le lendemain, DjidJa travaille et AngKor se met en condition physique. Tranquillement installé, il structure avec méthode toutes les données qu'il doit télétransporter. Dans l'après-midi, il ressent le besoin de se distraire un peu. Il met en marche le THM de DjidJa et tombe par hasard sur les émissions de TV3D. Il se trouve en pleine retransmission directe.

Une foule s'agite en brandissant des pancartes électroniques où l'on peut lire des slogans RAVA vantant le développement des Espaces de Vie Ancienne. Les Agents de la sécurité intérieure semblent débordés. Plus loin, un autre groupe de manifestants, tous vêtus de combinaisons noires aux reflets métalliques, ont un comportement qui tranche avec les premiers. Ce sont des groupes de MOR. Ils avancent en formation paramilitaire et tentent de provoquer les RAVA qui ont traditionnellement une attitude plus pacifiste.

Cette généralisation des troubles entre les MOR et les RAVA perturbe AngKor alors qu'il cherchait à se détendre. Il n'a pas encore complètement intégré la stratégie des RAVA qui souhaitent toujours engager la Confédération dans une expérience EVA Création totale. Mais justement, tout le travail archéocomputationnel qu'il a pu faire sur le Pacifique, lié à sa découverte du vaisseau, le met dans un état d'agitation cérébrale tel qu'il regrette d'avoir mis en marche le système de projection virtuelle. Il ferme immédiatement le THM. Il refoule les pensées négatives qui ne facilitent pas le passage par le RHET et entreprend une séance de décontraction psychomémoneuronale.

Quand DjidJa le retrouve, il dort sur le grand lit comme un bienheureux et elle le laisse se reposer.

Dans la soirée, elle le réveille et lui propose une sortie en ville.

« DjidJa, c'est moi qui invite, mais c'est toi qui choisis !

– Que dirais-tu d'un restaurant à la mode ancienne ?

– Pourquoi pas ? Et quel type de restaurant ?

– Ça, c'est la surprise ! »

AngKor trouve que la soirée prend une allure insensée. Ils ne sont dupes ni l'un ni l'autre. Il a plaisir à être avec elle et elle aussi, probablement, à être avec lui. Mais il doit stratégiquement en rester là et agir comme si de rien n'était. Ne rien dire, ne rien imaginer sur leur avenir réciproque même si l'hypothèse d'une poursuite de leur relation pourrait paraître logique à un observateur attentif.

DjidJa l'a entraîné en plein centre-ville.

Ils entrent dans un restaurant qui est dit *oriental*, mais AngKor ne comprend pas ce mot. Il a du mal à situer l'origine ethnique de la contrée terrienne reconstituée.

De grandes lanternes rouges. Des murs n'émettant pas de lumière, ce qui est plutôt surprenant. Ils sont d'un jaune pâle uniforme, presque terne, mais tous sont recouverts soit de grands tableaux en tissu rouge comportant des signes étranges de couleur or, soit de représentations anciennes. Ce sont des images 2D très sobres dans lesquelles AngKor note que l'auteur a fait un usage intensif de vides, qui participent à une vision de l'univers exagérément dépouillée, mais où le symbolisme est très présent.

Quelques traits à la frontière de l'abstrait et du figuratif ancien. La simple branche d'un arbre dont on ne voit pas le tronc. En arrière-plan, dans une brume qui recouvre les deux tiers de l'œuvre, la silhouette courbée d'un vieil homme qui s'appuie sur un bâton. On ne distingue pas son visage, mais, à son allure et d'après le contexte général, on devine que le vieillard peine, qu'il est très âgé et qu'il porte sur ses épaules une bonne partie de la misère du monde.

Une autre image montre une vue de la mer. Une vague qui n'est pas sans rappeler un ensemble de formations fractales. Elle va se refermer sur un frêle esquif qui tente, dans un espoir vain, de la gravir. On devine avec quel effort surhumain le pêcheur tire sur ses rames. Comme dans la vue précédente, on ne voit pas le visage du personnage. Il est caché par un large chapeau conique.

DjidJa et AngKor prennent place sur des chaises étroites en bois noir. Sur la petite table devant eux, des baguettes sont disposées à droite d'assiettes qui ne semblent pas faites de krylon, ce qui étonne AngKor.

« Ce sont des assiettes en vraie porcelaine, dit DjidJa.

– Oui, et les baguettes, c'est pour quoi faire ?

– Ça remplace la fourchette. Regarde, voilà comment on fait. »

AngKor se doute que tout ça ne va pas durer. Il se demande qui va abandonner le premier. Comme il se tait, DjidJa pose sa main sur la sienne et le regarde gravement. Il sent la chaleur de ce contact l'envahir avec un bonheur certain. Avant qu'il ait prononcé un mot, il distingue de minuscules larmes se former au bord des yeux de sa compagne.

Elle est très belle, pense-t-il, et c'est une actrice parfaite.

Elle retire alors sa main. Discrètement, elle déroule le BioCom de son poignet gauche. Elle le met en veille et le pose à côté de son assiette.

« Pourquoi fais-tu ça ? demande AngKor, sur un ton détaché.

– Je ne sais pas. Pour être plus vraie, peut-être. »

Voilà qui n'était pas prévu, pense-t-il. Fais très attention. Rien ne prouve que ce n'est pas un piège. Même si les larmes sont réelles, cela ne signifie rien non plus.

AngKor déroule aussi son BioCom et le déconnecte également. Ils se sentent un peu nus sans leur identité et leur système de communication universelle. Mais, pendant les quelques instants où ils sont restés silencieux, il a bien réfléchi à ce qu'il allait dire :

« DjidJa, tu vas me manquer.

– Tu me manqueras aussi, dit-elle dans un souffle.

– Je ne sais pas si nous nous reverrons. »

Il ajoute :

« Pourquoi faudrait-il que cette soirée soit triste ? »

Elle ne répond pas. AngKor sait parfaitement que dérouler un BioCom ne prouve rien. DjidJa peut très bien avoir un implant bionumérique invisible qui vient de prendre le relais. Il ne doit faire aucune erreur. Il doit rester l'amant de passage ordinaire qui a une famille dans un autre vaisseau.

« AngKor, je sais que tu sais. »

Il s'attendait à cette épreuve. Il respire un grand coup. D'abord, ne pas se précipiter pour la réponse, se dit-il. Il se recule légèrement. Il affiche un air surpris :

« Que veux-tu dire ? Je n'ai pas compris. Qu'est-ce que tu sais ? »

DjidJa le regarde avec une telle intensité qu'il hésite à poursuivre.

« AngKor, tout cela est vraiment bête, j'aimerais tant te revoir. Je ne sais pas si je dois... »

Elle ne finit pas sa phrase. Elle reste énigmatique. AngKor se dit que, s'ils sont observés, et ils le sont nécessairement, DjidJa doit le savoir, et dans ces conditions le coup du BioCom qu'on débranche est un coup de bluff. Il poursuit :

« Mais DjidJa, peut-être que je reviendrai prochainement, pour un autre travail. »

AngKor est extrêmement perplexe. Il hésite, caresse doucement la main tendue vers lui. Un appel. Se pourrait-il qu'il s'agisse d'un appel ?

Un Agent serveur iA arrive à leurs côtés et brise le charme.

« Bonsoir, madame, bonsoir, monsieur. Voici le menu de ce soir. »

Il leur donne à chacun un livret à deux pages. AngKor ne sait pas ce qu'il doit en faire. Le visage de DjidJa s'éclaire d'un sourire. Elle reprend des couleurs. Elle se réfugie dans la rationalité que l'Agent iA lui offre. Elle précise :

« C'est comme un livre. Tu sais bien, un livre ! »

Il reste silencieux. Il ne peut s'empêcher de penser qu'elle a de l'humour, ou veut-elle dire autre chose ?

Elle continue :

« C'est comme un livre ! Dans les restaurants anciens, c'est comme ça que l'on choisissait les plats. Ils étaient notés dans un petit livre. C'est facile, tu lis et tu choisis ! Tu lis normalement. Tu n'es pas obligé de tout apprendre par cœur !

– Mais où dois-je appuyer pour commander ?

– Nulle part ! Tu n'appuies nulle part ! L'Agent iA va revenir te demander ce que tu as choisi.

– C'est bien compliqué.

– Non. C'est juste un rituel ancien », affirme DjidJa en riant.

La gaieté naturelle de la jeune femme est revenue, mais AngKor, sans le montrer, se tient toujours sur ses gardes.

Durant toute la soirée, elle ne fera plus la moindre allusion à leur véritable rôle respectif. AngKor connaît son texte sur le bout des doigts, il demeure, lui, en accord parfait avec ce qu'il doit être.

« NOUS AVONS EU UN CONTACT DE NOTRE AGENT.

– ET ALORS ?

– ANGKOR SE COMPORTE COMME S'IL NE SE SAVAIT PAS OBSERVÉ !

– COMME S'IL NE SE SAVAIT PAS OBSERVÉ ?

– EXACTEMENT !

– ET VOUS CROYEZ ÇA ?

– LES RAPPORTS D'OBSERVATIONS MULTICRITÈRES SONT FORMELS, IL N'A PAS LE COMPORTEMENT D'UN ACOM QUI SE SAURAIT SOUS CONTRÔLE. RIEN NE L'INDIQUE.

– PEUT-ÊTRE SIMULE-T-IL ? VOUS NE CROYEZ PAS ?

– IL NE SIMULE PAS, IL SUCCOMBE SIMPLEMENT AUX CHARMES DE NOTRE AGENT, ET ÇA, ON PEUT LE COMPRENDRE !

– SI VOUS EN ÊTES CERTAIN, C'EST PARFAIT. QUAND IL ARRIVERA SUR LE VAISSEAU DE LA NÉBULEUSE DE GUM, VOUS FEREZ COMME NOUS AVONS DÉCIDÉ. VIDEZ TOUTE SA MÉMOIRE ET IDENTIFIEZ LA CONCLUSION. PUIS VOUS APPLIQUEREZ LA PROCÉDURE EXTRÊME. EN LE RENVOYANT MORT ET DONC SANS CONSCIENCE PAR LE RHET, NOUS NOUS EN DÉBARRASSERONS DÉFINITIVEMENT ET NOUS CLASSERONS CETTE AFFAIRE.

– PAS DE PROBLÈME. JE VOUS CONFIRMERAI QUE L'OBJECTIF A ÉTÉ ATTEINT. »

46
Modélisation erronée

« Maman, il y a un message pour toi qui vient d'arriver !

– Comment le sais-tu, LeeR ? »

ValdiVia se doute que son fils a dû une fois de plus pénétrer son système privé. Elle lui fait la leçon :

« LeeR, tu as lu les messages de mon iA personnelle, n'est-ce pas ? Tu sais que les accès à ces systèmes sont confidentiels. Tu as encore piraté mon mot de passe ? Tu sais pourtant que ce n'est pas bien !

– Pardon, maman. C'était pour t'aider. Veux-tu que je te lise ton message ? » demande LeeR en faisant la moue.

ValdiVia n'arrive pas à faire comprendre à son fils que les systèmes informatiques de la maison ne lui appartiennent pas tous. Certains sont communs et LeeR a aussi son propre système, mais les iA personnelles de ses parents ou de LunDy ne sont pas à lui. D'autre part, elle ne saisit pas comment son fils a encore réussi à pénétrer sa propre iA. Le mot de passe n'est pas suffisant, toutes les iA savent parfaitement reconnaître les voix des différentes personnes qu'elles servent et ne peuvent se tromper. Elle insiste :

« Écoute, LeeR, pour grandir et devenir un vrai citoyen, tu dois apprendre à respecter les zones confidentielles des différentes iA de la maison. Tu as ton iA et j'ai la mienne. Tu dois arrêter de t'intéresser à la mienne ! »

Comme elle a l'intention d'interroger son système hors de sa présence, elle dit à son fils :

« Va jouer dans le jardin avec TabuK et laisse-moi seule, veux-tu ?

– Oui, maman. »

Une fois le garçon sorti, elle pose une question à haute voix :

« Est-ce que je viens de recevoir un message ?

– C'est exact, ValdiVia. Comment le sais-tu ? Il arrive à l'instant même ! »

Ça, c'est encore un truc de LeeR, se dit-elle. Je ne sais pas comment il fait. Ce n'est pas croyable. Non seulement il accède à mon iA, mais en plus il la manipule sans qu'elle s'en rende compte !

ValdiVia interroge de nouveau son système :

« Tu as prévenu LeeR de l'arrivée de ce message ?

– Certainement pas. Je suis à ton seul service, je t'assure ! Et le message arrive à l'instant. Je ne pouvais donc pas prévenir ton fils. »

C'est bien ce que je pensais, pense ValdiVia. Comment LeeR fait-il pour tromper ma propre iA ?

Elle demande de nouveau à haute voix :

« De qui est le message ?

– Ça vient de ton mari. Il dit ceci : “Dire à Charlotte de faire attention. Tout va bien, AngKor.” Et ça vient de Centaure Croix. »

ValdiVia est perplexe. Même si AngKor n'est pas un obsédé des messages, celui-là est vraiment court. De plus, pourquoi un message spécialement pour Charlotte ? AngKor pouvait la contacter directement. Tout cela est bien mystérieux.

Elle a une idée.

Elle sort dans le jardin où elle trouve LeeR et TabuK en train de jouer à ball-4D.

« Dis-moi LeeR, j'ai besoin de toi, reviens à la maison.

– Oh ! non, maman ! Pas maintenant.

– TabuK, je suis désolée pour la partie de ball-4D, mais je dois parler à LeeR. Allez, LeeR, obéis, je te prie. Rentre à la maison ! »

« Maman, je ne peux pas faire ça. Papa a été très fâché la dernière fois. Et puis, tout à l'heure, tu m'as demandé de respecter les zones confidentielles.

– Oui, c'est vrai, mais ton père vient de m'envoyer un message. C'est différent et je voudrais activer Charlotte.

– Il ne va pas être content.

– Tu sais comment entrer en communication avec Charlotte. Alors fais-le, s'il te plaît ! »

LeeR s'est assis devant le bureau de son père. Il a fait apparaître un clavier virtuel et frappe une suite de caractères avec une dextérité que ValdiVia serait incapable de reproduire.

« Bonjour. Ce n'est pas AngKor ? Bonjour, LeeR. Je te connais très bien.

– Oui, je suis le fils d'AngKor et, à côté de moi, c'est ma mère.

– Bonsoir, ValdiVia. Dis-moi, LeeR, je ne peux rien faire pour toi, tu sais que je suis l'iA de ton père, uniquement de ton père.

– Écoute, Charlotte, insiste ValdiVia, AngKor n'est pas là. Il est dans Centaure Croix. Et on a un problème. Tu peux certainement nous aider.

– Quel genre de problème ?

– AngKor a envoyé un message pour toi. Le voici. »

ValdiVia trouve aberrant de lire un message d'AngKor pour Charlotte : « Dire à Charlotte de faire attention. Tout va bien, AngKor. »

« Qu'est-ce qui prouve que c'est AngKor ? interroge Charlotte.

– Il a joint avec mon adresse un code bien connu de lui et de moi, précise ValdiVia.

– Oui, c'est bien AngKor, moi aussi je connais ce code.

– Toi aussi ? s'étonne ValdiVia. Je pensais être la seule à le connaître !

– Je le connais. Tape-le sur le clavier », ordonne Charlotte.

ValdiVia s'exécute.

« Bon, c'est bien de lui, conclut Charlotte.

– Que penses-tu de ce message ?

– Je réfléchis... »

ValdiVia et LeeR attendent une minute, puis Charlotte déclare :

« Voilà, c'est fait. J'ai fait ce que voulait AngKor. C'est terminé.

– Mais de quoi s'agit-il ? Qu'est-ce qui est terminé ? demande ValdiVia.

– C'est un code entre nous, je ne peux rien dire de plus, sauf que...

– Sauf que quoi ?

– Prenez garde !

– Que veux-tu dire ?

– Rien, je ne sais pas. Il va bien. Mais faites attention à vous deux.

– Dis-moi ce qui se passe !

– Je n'en sais pas plus que toi. Simplement, active les systèmes de sécurité périphériques », recommande Charlotte.

Bien qu'il se sente prêt à quitter Centaure Croix, AngKor ne peut s'empêcher d'éprouver une certaine excitation. Franchir des années-lumière de manière instantanée demeure toujours un événement.

Des millions de personnes de par la Galaxie voyagent ainsi chaque jour. Aucun moyen de transport n'a jamais atteint la fiabilité du RHET. Les accidents sont extrêmement rares, et essentiellement dus à un manque de préparation. Ce sont les Acom qui prennent les plus grands risques. Les touristes qui ne transportent que peu d'informations cérébrales n'en prennent aucun.

Si, en raison du PACQ, seule la matière consciente peut être télétransportée, et que nul objet réel ne peut donc passer d'un vaisseau à un autre, les Acom brisent cet état de fait quand ils transportent de fabuleuses quantités d'informations permettant à des systèmes réplicateurs de reconfigurer n'importe quel bien matériel, aussi complexe soit-il. Cependant, même le plus performant des Acom doit respecter des règles élémentaires.

On ne sait pas exactement pour quelle raison une trop grande quantité de données mémorisées, ou encore mal structurées, peut entraîner la violation de l'intégrité moléculaire de la personne télétransportée, en l'occurrence un Acom. Différentes théories ont été émises, telles que l'influence étrangement positive du sommeil paradoxal, mais les tests grandeur nature ne peuvent pas être effectués. Une personne perdue dans le RHET est annihilée. Elle se volatilise. Tous ses éléments constitutifs – au plus bas niveau qui soit, c'est-à-dire à l'échelle de Planck, donc bien en dessous de la structure moléculaire – se dispersent dans l'énergie quantique du vide spatial. On ne dispose d'aucune donnée concernant l'échec de la procédure. Aujourd'hui, au LIe siècle, les méthodes se sont stabilisées.

On sait comment faire pour minimiser les risques. Mais on n'a pas encore trouvé comment expérimenter efficacement dans ce domaine.

AngKor évite de penser à toutes ces questions déstabilisatrices. Il n'est pas inquiet, il maîtrise parfaitement les techniques qui garantissent un bon passage.

Pour éviter toute situation ambiguë, telle que celle qui est apparue hier soir au restaurant, il préfère quitter DjidJa sans lui dire au revoir. C'est une décision difficile, mais il veille à sa sécurité personnelle. Alors qu'elle est en train de prendre une ultradouche, il part de son domicile silencieusement.

Il laisse en évidence, sur son bureau, un message de six mots, pas plus, écrit sur du vrai papier. Elle comprendra. Et, puisqu'elle sait, lui pardonnera d'avoir déchiré une page du livre qu'elle lui avait confié.

Il disparaît en se fondant dans la foule de la ville.

AngKor ne remarque pas une jeune femme qui le suit attentivement des yeux lorsqu'il s'éloigne du bloc de DjidJa. Elle reste là un moment, puis disparaît à son tour.

Dans le Mag qui le conduit au centre de communication, AngKor pense à l'énorme quantité de données qu'il a récoltée en dix jours depuis son départ. Toutes ces images merveilleuses appartenant à une époque si lointaine qu'elle semble n'avoir de réalité que dans des rêves improbables.

Il revoit les images des pirogues à deux coques, dont les voiles permettaient à leurs occupants de naviguer sur la grande houle du Pacifique, dans toutes les conditions de vent et de mer. Il comprend maintenant le pourquoi et le comment de ces voyages que les ancêtres des Polynésiens, des *Mä'ohi*, ont accomplis en quelques siècles. Certaines des informations qu'il a mémorisées ont pris de la consistance. Certaines, même, font exister un corps d'homme ou de femme, parfois un visage, une présence, une pensée. Il s'est approprié des souvenirs qui ne sont pas à lui. Se pourrait-il qu'il se soit également approprié une conscience ? Il revoit un homme âgé, avec sa chevelure d'un autre temps, vêtu plus que simplement, portant d'ésotériques dessins géométriques sur le corps, marchant lentement sur une plage et tenant par la main un jeune garçon.

AngKor a trouvé au musée un texte ancien. Le récit d'une épopée fabuleuse. Un grand vaisseau océanien. Une pirogue double, magnifique dans son antique et authentique simplicité. Une merveille. Deux carènes effilées comme des lames. Deux flèches faites pour voler sur des flots impétueux. Deux énergies implacables prêtes à projeter dans les cieux des traits immaculés. Un navire fier et ardent, dont il rêve un instant d'être le pêcheur lui aussi. Celui qui a été sauvé d'une titanesque montée des eaux. Sauvé par la volonté de Ruahatu, sauvé sur le *Toa Marama*... Le *Toa Marama*... Ces deux mots résonnent étrangement dans son esprit.

L'homme et l'enfant s'arrêtent au bord de l'eau. Ils admirent, posé sur l'onde calme du lagon, un navire endormi. Un navire en attente d'une destinée impossible. L'enfant ne quitte pas des yeux les immenses carènes qui se tendent vers l'azur. Le *Toa Marama* est là.

Impatience.

La grande pirogue

« Grand-père, quand la grande pirogue sera-t-elle prête ?

– Bientôt, très bientôt, Ta'aroa.

– Alors, moi aussi je vais apprendre à pêcher sur *moana* ?

– Bien sûr. Et tu apprendras aussi à naviguer...

– Qu'est-ce que c'est "naviguer", grand-père ?

– Naviguer, c'est avoir un but ! C'est demander aux dieux de tirer ta pirogue exactement là où tu espères qu'elle parvienne ! Naviguer, fils de mon fils, c'est être libre ! Libre d'aller là où tu le souhaites.

– Et où dois-je souhaiter aller ?

– C'est simple. Pour pêcher, il faut aller dans les trous à thons, qui sont toujours en dessous des oiseaux blancs qui volent en rond. Pour revenir vers ton île, il faut aller là où les nuages ont des couleurs roses et bleues. Tu peux aussi suivre, à la venue du soir, les grands oiseaux au bec bleu et aux ailes marron. Ceux qui rasent les flots et qui parfois touchent l'onde du bout d'une aile.

– Et si je veux voyager pour voir si un autre *fenua* existe, que dois-je faire, grand-père ?

– Ta'aroa, tu es bien le fils de ton père. Je vais te confier un secret, mais il est encore trop tôt. Attendons que *mahana* se couche. Viens avec moi. »

Ils marchent en silence jusqu'au bout de la plage, là où la langue de sable pénètre le lagon comme la pointe d'une lance.

Ta'aroa s'est assis à côté de son grand-père, à cette extrémité de l'île d'où l'on embrasse presque la totalité de l'horizon. Si ce n'était le froissement feutré des palmes de cocotiers qui se balancent insensiblement derrière eux, si ce n'était une houle apaisée qui peine à monter sur une barrière de corail se reposant des coups de boutoir de l'océan, ils pourraient se croire à l'étrave d'un navire océanien.

À leur droite, l'astre du jour décline. Dans la lumière du soir, le lagon prend insensiblement des tons de métal en fusion et *mahana* apparaît légèrement aplati. Ils sont là tous les deux et le grand-père dit à son petit-fils :

« Vois comme il est rouge et comme il va vite maintenant. Bientôt, il va plonger dans les flots. Quand tu le verras posé sur la fin de la mer, tu regarderas l'autre extrémité de l'océan, juste derrière toi.

– Grand-père, *mahana* va se noyer !

– Ta'aroa, regarde bien derrière toi maintenant et grave l'instant dans ta mémoire.

– Oui, grand-père. Mais je ne vois rien. La nuit arrive, c'est tout !

– Oui, il n'y a rien à voir à cette heure que l'arrivée de la nuit. Mais demain matin, bien avant que le jour se lève, tu reviendras avec moi, ici même, au bout de l'île, et tu verras un miracle là où il n'y avait rien !

– Et pour trouver l'autre *fenua*, comment je fais ?

– Justement, Ta'aroa, tu sauras tout ça demain matin. Naviguer, c'est aussi cela. Savoir attendre. »

LIe siècle

AngKor descend à la station du centre de communication du vaisseau. Il y a foule devant le grand bâtiment.

Il pénètre dans le hall et se dirige vers le complexe hôtelier. Il se rend directement vers la zone départ, laquelle occupe plusieurs étages du bâtiment. À chaque étage, des rangées de cellules dans lesquelles il est facile de se dévêtir. On peut choisir de conserver les objets personnels ou de prévoir leur abandon pour reconfiguration. Un signal lumineux indique les cellules libres. AngKor en avise une à proximité et passe à travers la cloison d'entrée.

Il retire sa combinaison et déroule son BioCom qui lui dit : « Au revoir, AngKor. »

Il se surprend à lui répondre : « Au revoir, et bon courage à toi. »

Il met le tout dans l'ouverture reconfiguration. Il ne place rien dans l'ouverture consigne. Puis il attend et observe attentivement l'indicateur statistique du taux de passage instantané qui précise en temps réel le nombre de passeurs s'apprêtant, comme lui, à prendre le RHET. En tant qu'Acom, il pourrait mettre son doigt sur l'icône priorité, ce qui lui laisserait un passage libre et anonyme, sans aucune rencontre possible avant qu'il ne saute dans un puits. Mais il ne se sert pas de cet avantage. Au contraire, il traverse brutalement la cloison alors que l'indicateur signale la présence de soixante-quatre personnes qui vont prendre le RHET dans la minute.

Il est immédiatement plongé au milieu d'une petite foule d'hommes et de femmes complètement nus. Des jeunes, des vieux, des seins, des fesses, des sexes. Voilà deux mille ans que l'on prend le RHET et personne n'est étonné de cette situation. Des souvenirs spontanément créés et des données patiemment mémorisées, tout un monde, une époque, un univers, des consciences. Un rite certainement aussi. Un brassage anonyme. Un mélange d'êtres qui représentent le fondement même de l'humanité. L'essence même de sa présence universelle, le corps et l'esprit sans artifice ni faille. Ils existent aussi par le RHET. Ils pensent. Ils sont. Ils voyagent dans les espaces infinis où l'espèce humaine a trouvé sa raison d'être.

Tous avancent tranquillement vers la zone de passage ordinaire. Tout le monde, sauf trois personnes qui sont des Acom et n'ont pas besoin d'anonymat. Avec eux, AngKor commence par se diriger vers la zone qui leur est réservée. Mais au moment de franchir le portillon qui le classera définitivement dans la catégorie des professionnels du transport d'informations, il s'arrête et se retourne de manière incongrue. Il bouscule légèrement l'homme qui le suivait. Il s'élance en courant vers la zone ordinaire. Sans freiner son ardeur, il pénètre dans le couloir. Il sait que les systèmes de surveillance sont en train de décoder son comportement anormal. Mais les puits gravifiques, où se fait le passage effectif, ne sont plus qu'à quinze mètres. Dix puits béants qui crachent une lumière intense. Ils sont à dix mètres. Chaque puits comporte une console tactile où l'on confirme normalement sa destination. Il y a foule. Mais le centre peut accueillir des flux plus importants encore. Ils sont à cinq mètres. Environ cinquante personnes sont là devant AngKor, cinq par puits, une dizaine sont déjà passées ou sont en train de le faire. Il se dirige vers l'un des puits au hasard en accélérant le pas. Le choix de la destination lui importe peu.

Alors que, sans même avoir choisi une direction particulière, il se prépare à sauter dans l'un des puits éclatants de lumière, une alarme retentit et vrille l'espace d'une tonalité aiguë insupportable. Il entend des pas précipités et aperçoit trois Asi qui surgissent à l'entrée du couloir. L'un d'eux lève un paralyseur et provoque une vraie panique. Mais, gêné par les différentes personnes intermédiaires, il ne peut atteindre AngKor. Ce dernier se jette au hasard dans le puits numéro trois, en parallèle avec un homme plus jeune que lui qui le regarde sidéré. Ils descendent doucement comme deux feuilles mortes dans un champ de gravité qui s'amenuise. AngKor sait parfaitement que l'on peut passer à plusieurs. Paradoxalement, dans le feu de l'action, cette descente un peu spéciale lui paraît durer une éternité et il sent comme une déchirure. Un nom étrange tente d'émerger des données accumulées dans sa mémoire, mais oscille entre rêves et souvenirs…

Les trois Asi arrivent au bord du puits. Toutes les personnes présentes se sont écartées et regroupées contre les cloisons. Elles restent là, ahuries et immobiles. L'un des Asi se jette sur le système d'arrêt d'urgence de la télétransportation. Les deux autres se penchent au-dessus du gouffre dans lequel AngKor vient de disparaître. L'Asi qui vient d'interrompre la télétransportation les rejoint au bord. Dix mètres plus bas, le puits est vide.

« On l'a raté !

– Mais pourquoi est-ce qu'on nous a dit que c'était un Acom ?

– C'est un Acom ! »

L'un des Asi se retourne vers le groupe de personnes désemparées auxquelles il dit simplement : « Nous sommes vraiment désolés. La télétransportation de ces puits est momentanément arrêtée. Le plus simple est de changer d'étage. Dans la salle circulaire derrière vous, là d'où vous venez, à quelques mètres, il y a un accès aux autres étages. Vous pouvez monter ou descendre sans problème. Excusez-nous encore pour ce dérangement. Bon passage. »

Puis, pendant que le couloir se vide, il se retourne vers ses collègues et avoue : « Je ne comprends pas...

– C'est un Agent communicateur spécial, il devait obligatoirement utiliser la procédure d'anonymat. Il devait être seul. Il nous a bernés ! On peut savoir dans quel vaisseau il est passé ? »

L'Asi qui a tenté de stopper la télétransportation revient vers la console, il se passe la main sur le front et déclare :

« Je savais que c'était risqué ! Si j'avais appuyé à temps, il serait encore là au fond du puits. Seulement, j'ai appuyé une seconde trop tard.

– Et alors ? demande l'un des deux autres.

– Il est passé ! Il est passé ! L'arrêt d'urgence n'a servi à rien, seulement à réinitialiser la console. Et en plus à effacer les paramètres de destination ! On ne sait même pas dans quel vaisseau il est passé !

– Ce n'est pas possible ! »

Le troisième intervient : « Arrêtons les bêtises ! On appelle immédiatement le central pour savoir s'il est possible de retrouver la trace du passage dans la mémoire du système principal, et si on peut identifier le centre récepteur, vite, vite ! »

Dix secondes plus tard, dans le poste de contrôle du centre de communication :

« Vous voulez savoir immédiatement sur quel vaisseau a eu lieu le dernier passage dans le puits numéro trois au quatrième étage ?... C'est impossible... Pourquoi ?.... Mais tout simplement parce que les dix puits de l'étage fonctionnent en parallèle... Oui, on peut faire ça... Combien de temps ?... Quelques minutes... Attendez, attendez ! Vous savez combien de personnes étaient en train de passer dans le centre deux secondes avant que vous ne bloquiez la télétransportation du quatrième étage ?... Oui, oui, je vais vous le dire... Quatre cent cinquante-sept passages... Oui, c'est ça, quatre cent cinquante-sept... Et pour votre étage une douzaine... Treize très exactement dans les deux secondes, et sept pendant la dernière seconde... Oui, désolé. »

« J'AI UNE MAUVAISE NOUVELLE.

– QUE SE PASSE-T-IL ?

– NOUS L'AVONS PERDU !

– MALGRÉ LES 98 % DE CHANCES DE L'ATTRAPER SUR LA NÉBULEUSE DE GUM, ON EST TOMBÉS DANS LES 2 % ?

– EN FAIT, IL N'EST PAS PASSÉ SUR GUM.

– COMMENT ÇA, IL N'EST PAS PASSÉ SUR GUM ? MAIS LA DERNIÈRE ÉTAPE DE SON PARCOURS, C'ÉTAIT GUM !

– IL N'A PAS SUIVI SON PROGRAMME. IL N'A PAS RESPECTÉ LA PROCÉDURE RÉSERVÉE AUX ACOM. ET CE QUI EST INCROYABLE, C'EST QU'IL A SAUTÉ AU HASARD DANS L'UN DES PUITS, SANS QU'IL SACHE LUI-MÊME SUR QUEL VAISSEAU IL ALLAIT RÉAPPARAÎTRE !

– COMMENT AVONS-NOUS FAIT POUR NE PAS Y PENSER ?

– IL EST PASSÉ AU DERNIER MOMENT DANS LES PUITS ORDINAIRES. IL NOUS A TROMPÉS. IL Y AVAIT DU MONDE. IL EST PASSÉ ALORS QU'IL Y AVAIT, D'APRÈS LE CENTRAL, QUATRE CENT CINQUANTE-SEPT PERSONNES EN TRAIN DE PRENDRE LE RHET ET TREIZE DANS LES DEUX SECONDES AUTOUR DE SON PASSAGE PRÉSUMÉ.

– COMBIEN DE VAISSEAUX CIBLES POUR CES TREIZE-LÀ ?

– HUIT, CELA RÉDUIT L'ESPACE DE RECHERCHE.

– CELA FAIT COMBIEN DE TEMPS QU'ON LE SAIT ?

– QUINZE MINUTES EXACTEMENT.

– VOUS VOUS RENDEZ COMPTE ! QUINZE MINUTES ! IL NOUS FAUDRAIT HUIT AGENTS À ENVOYER SUR HUIT VAISSEAUX DIFFÉRENTS, ET ON NE SAIT PAS ENCORE QUELS VAISSEAUX ! LE TEMPS DE PRÉPARER L'OPÉRATION ET QU'ILS SOIENT ARRIVÉS TOUS LES HUIT, IL AURA PU CHANGER ENCORE AU MOINS TROIS FOIS DE VAISSEAU ! C'EST UNE CATASTROPHE. ON L'A VRAIMENT PERDU ! IL PEUT SE TROUVER N'IMPORTE OÙ DANS LA GALAXIE À PRÉSENT !

– Il a commis une faute impardonnable ! Il a saboté son travail. Il va obligatoirement chercher à entrer en contact avec sa famille.

– Le croyez-vous ? Vous n'avez pas l'air de comprendre que nous nous sommes complètement trompés à son sujet ! Il savait ! Il savait que nous savions ! Il savait ! Il a prévu notre action. Il nous a devancés et il vient de nous berner ! Risquer de perdre son emploi est dérisoire quand on sait que l'on risque de perdre la vie ! Il a tout compris ! Il se doute déjà probablement que sa famille est sous surveillance. Les modèles comportementaux que nous avons appliqués à AngKor avaient une belle faille !

– C'est une catastrophe. Les modèles généraux de prospectives psychohistoriques prévoient maintenant une révolution majeure au sein de l'espace galactique. »

DjidJa est immobile. Depuis plusieurs minutes elle est là, dans sa cellule, mais un observateur conclurait facilement que ses pensées l'emportent ailleurs, très loin. Elle tient dans sa main un petit morceau de papier et ce geste lui rappelle de vagues informations sur les rites anciens. Elle songe à une époque où les amoureux échangeaient souvent, paraît-il, des messages de ce type. Pour la dixième fois, elle relit cette unique phrase laissée par cet homme qui en quelques jours a changé sa vie. Elle se demande pourquoi elle éprouve le besoin irrésistible de regarder six mots qu'elle connaît maintenant par cœur et qui prennent sur son esprit une emprise obsédante : « DjidJa, je ne t'oublierai pas. AngKor. »

Elle entrouvre sa combinaison. Avec délicatesse, elle place le message au creux de ses seins. Au bout d'un instant, elle l'enlève et le caresse de ses lèvres. Elle le roule pour en faire un petit cylindre qu'elle suce en fermant les yeux. Puis, elle ouvre complètement sa combinaison, et là, en écartant les cuisses, elle introduit en elle son message d'amour. Elle s'allonge sur son lit et met en route le THM. Elle repasse des séquences virtuelles très explicites où elles sont deux, son double iA et elle, à s'ébattre avec AngKor. Elle fait longuement avec sa main ce qu'AngKor adorait faire avec la sienne. Puis elle s'assoupit en rêvant qu'il est encore près d'elle.

Un moment après, elle retire de son sexe le rouleau de papier. Elle le range en lieu sûr. Elle ne peut pas l'emporter avec elle. Mais les quelques mots d'AngKor, précieux trésor dont elle ne peut se séparer, demeurent dans sa mémoire.

Quand plus tard elle sort de chez elle, son esprit est investi par des sentiments nouveaux. Elle n'a jamais imaginé qu'elle pourrait être à ce point sensible aux charmes d'un homme, ce qui la perturbe et lui fait commettre une énorme erreur : négliger la procédure de sécurité habituelle que les Agents de la CEG se doivent de respecter.

Des yeux attentifs ne perdent rien de son attitude anormale, ni de la direction surprenante qu'elle décide d'emprunter en se dirigeant ouvertement vers le centre de communication. Ana-Tuya ne la lâche pas et se dit que, tout compte fait, cette filature est bien plus simple que ce qu'elle pensait. En entrant dans le centre, DjidJa a l'air tellement décidée qu'elle donne l'impression de savoir parfaitement dans quel vaisseau elle a l'intention de passer. Et elle ne prend plus aucune précaution. Au contraire, elle semble tout faire pour qu'on remarque bien le chemin qu'elle suit.

47

D'un vaisseau à l'autre

Le temps semble s'être considérablement ralenti. AngKor regarde l'homme qui tombe avec lui dans le puits gravifique. Il est là, près de lui, comme nageant entre deux eaux dans une lumière intense, il bascule lentement sur un côté. Il découvre une oreille, son profil, un regard surpris, des yeux qui s'agrandissent, une bouche qui s'ouvre mais d'où rien ne sort. L'étonnement de son compagnon de passage est grand, non par le fait d'être deux dans le puits, mais certainement par l'agitation qu'AngKor a provoquée et qu'ils perçoivent vaguement au-dessus d'eux. Comme lui, son voisin continue cette chute et tourbillonne avec une lenteur qui désespère. Les parois du puits s'estompent, se dissolvent dans des remous lumineux. À l'instant précis, ultime point sans dimension sur l'axe du temps, où une onde étincelante se referme sur lui, il revoit en rêve les deux *ti'i* des étraves de ce vaisseau dont le nom tarde à émerger de sa mémoire. Il espère un miracle. Mais c'est un guerrier des temps anciens qui se penche au-dessus de lui. Presque nu, le corps portant d'étranges dessins noirs, vêtu d'un simple pagne, il a une allure fière et puissante. Son visage est jeune mais dégage une force divine. Il porte une lance à la pointe dentelée et, comme sa silhouette se fond dans une lumière froide, AngKor songe au Guerrier de la Lune qui apparaît dans les textes anciens. Tout à coup, il se souvient très bien du nom qui refusait de se révéler, deux mots qui font surface avec cohérence et qu'il répète à l'infini, le nom d'un vaisseau mythique qu'il a si souvent rencontré dans les derniers documents mémorisés : *Toa Marama, Toa Marama, Toa Marama, Toa Marama…*

La grande pirogue

La lune déverse sur le vaisseau de Ta'aroa des flots d'argent qui le rapprochent des cieux. Cette nuit, le vent est tombé. Depuis des heures, les deux étraves se sont tues. Elles ne chantent plus avec leur ardeur habituelle. Elles n'ont plus cet ample balancement propre aux carènes qui luttent constamment contre la houle. Les voiles ne frémissent même pas. Elles donnent l'impression d'abandonner la lutte.

Tout le monde se repose, sauf Ta'aroa tout à l'avant du navire. Sous la lumière froide et monochrome de l'astre de la nuit, il observe l'onde juste devant l'une des étraves. Cet endroit obsède toujours les hommes de mer. Là où la carène n'a pas encore pénétré l'océan. Là où le flot croit encore en sa plénitude habituelle. Mais, cette nuit, il s'écarte sans réelle déchirure, sans peine ni souffrance, c'est tout juste si l'on devine un filet d'eau infime qui court sans conviction le long de la coque, s'étire à l'infini et se referme dans un insignifiant sillage.

Le *Toa Marama* est pratiquement en panne.

Pas de houle, pas de vent, rien ne bouge. Tout le monde se repose. Demain, il faudra sortir les rames. Les hommes vont souffrir dans la puissante lumière du jour. Si le calme plat persiste, alors il faudra organiser des équipes qui se relaieront jour et nuit. La nuit serait plus fraîche pour tirer le grand vaisseau, mais le repos est nécessaire. Pour le moment, Ta'aroa goûte cette heure nocturne, tellement propice à la réflexion.

Il songe à une époque lointaine.

Il est assis à côté de son grand-père. La nuit abandonne un peu de sa fraîcheur avant de se retirer définitivement. Maintenant, il cherche ce qu'il a rangé avec précaution dans sa mémoire. Il regarde attentivement le point de l'horizon que le vieil homme lui a montré hier soir. Ils peuvent encore admirer les *ta'urua* qui brillent au firmament. L'eau vivante de la Voie lactée avec son fantastique requin qui barre les cieux, et toutes les autres, Ta'urua-i-te-i'a-o-te-no'o la festivité du poisson au gouvernail, la grande festivité en désir des parents, la festivité qui conduit les étoiles, et aussi la festivité d'où vient le flux de la mer.

Soudain, autour du point qu'ils fixent attentivement, le bleu profond de la nuit se change en des mauves qui bientôt eux-mêmes se fondent dans un festival de roses.

Son grand-père lui serre la main et lui dit dans un murmure, de peur qu'une voix trop affirmée ne brise l'instant présent :

« Regarde, fils de mon fils ! »

Un frémissement d'or et tout change. Une éclatante symphonie de pourpre et d'orange balaie les restes de la nuit. Un voile qui se déchire et révèle un autre univers. Dans cette impossibilité à saisir le présent, la certitude que le temps n'écoute pas les humains.

Son grand-père se met debout et lui montre alors *mahana*, déjà pleinement là, dans une courbe parfaite et écarlate. Il lui dit gravement :

« Fils de mon fils, si tu veux trouver un autre *fenua*, garde la route vers Te Hitia-o-te-Rä. *A nana'o i roto i tö mehara i te mau fetü e tü i te pö o te tai !* Grave dans ta mémoire les étoiles qui naissent le soir de la mer ! »

C'est exactement ce que fait Ta'aroa à l'avant du *Toa Marama*. Il garde bien la route vers Te Hitia-o-te-Rä, là où le soleil se lève. Il n'en a pas dévié. Mais l'île n'est toujours pas là. Il pense avec nostalgie que les choses étaient plus simples avec son grand-père, quand il lui apprenait à trouver les étoiles guides. Sans but précis, son regard glisse sur l'onde encore noire dans la nuit qui s'attarde. C'est alors qu'il voit un corps nu passer lentement, tel un oiseau mort, le long d'une des carènes !

Il se précipite sur le bordé, marche sur deux de ses hommes qu'il réveille et tout en se penchant par-dessus bord, au risque de basculer dans l'eau, il crie :

« Vous deux, Tea'ii, Tehei… Tama, Ono… Tout le monde sur le pont, vite, aidez-moi ! Vite ! »

En me réveillant, je prends conscience que je ne suis pas à Apataki mais avec eux sur leur vaisseau, qu'ils me confondent toujours avec le grand prêtre Tumatarii et qu'une agitation inhabituelle vient d'envahir le bord. Je me lève aussitôt. Le *Toa Marama* est pratiquement immobile. Le calme du navire tranche avec la voix grave de Ta'aroa donnant des ordres précipités.

Je m'approche. Je le vois entouré de Tama, Ono, Hiro'a et quelques autres. Il est penché sur un homme inconnu. Ta'aroa s'exclame :

« Mais qui es-tu ? D'où viens-tu ? »

L'homme est complètement nu. Sa peau est encore plus pâle que la mienne. Il ouvre les yeux. Hébété, il regarde intensément Ta'aroa. Il prononce deux mots, seulement deux mots : « *Toa Marama*... », puis tombe dans un état de stupeur indicible.

Tous, ils se sont écartés de ce qui pourrait être un démon. Ta'aroa est sidéré. Il regarde autour de lui. Tama, Ono, Hiro'a et tous les autres sont pétrifiés. Ta'aroa me fixe. Il vient vers moi et dit :

« Si d'autres vaisseaux existent sous les étoiles, si comme nous ils cherchent leur *fenua*, portent-ils aussi le même nom ? Ces vaisseaux dont tu prétends connaître l'existence sont-ils aussi des *Toa Marama* ? »

Je ne sais quoi répondre. Ta'aroa murmure :

« Les dieux sont-ils encore avec nous ? »

Il retourne vers le petit attroupement. Orama est en train de donner à boire à l'inconnu. Mais il l'écarte vivement, il secoue l'homme et l'interroge avec un peu trop de brutalité :

« Comment connais-tu le *Toa Marama* ? Comment connais-tu le nom de mon vaisseau ? Comment le connais-tu ? Parle ! »

L'homme est terrifié. Il regarde à gauche, à droite, puis fixe Ta'aroa et dit dans un souffle :

« Le *Toa Marama*... Le Guerrier de la Lune, c'est donc toi... »

Ta'aroa recule. Il se lève et vient vers moi.

« Qu'en penses-tu ? Qui est-il ?

– Un naufragé est toujours un homme que l'on doit sauver, d'où qu'il vienne. »

Je respire profondément. Pour la deuxième fois, je me place d'égal à égal avec Ta'aroa. Ce dernier relève la tête et me dit :

« Tu as raison, Tumatarii. »

Il se retourne et répète cette fois les deux questions avec un calme contenu :

« Qui es-tu ? D'où viens-tu ? »

L'homme hésite, puis récite d'une traite :

« Je suis AngKor, je voyage entre les vaisseaux des Nuages du Taureau, de Centaure Croix, d'Orion, de la Nébuleuse de Gum et des Nuages du Cygne, et d'autres encore. »

Cette réponse laisse Ta'aroa sans voix. Il me regarde de nouveau l'air complètement perdu. Il ne peut pas saisir le sens de cette énigme. Mais ces mots réveillent peu à peu dans ma mémoire des souvenirs mouvants qui s'assemblent et se cristallisent enfin dans une vision évidente : l'environnement stellaire de la bulle locale qui enveloppe le système solaire ! Cet environnement perdu dans une banlieue éloignée de la Terre, au sein des bras galactiques de la Voie lactée ! Cet espace, ce voisinage qui s'étend sur des centaines et des centaines d'années-lumière autour de notre Soleil, autour de la Terre, mon pays, mon *fenua*. Un vertige m'envahit.

Je ne sais quoi dire. Je commence une explication hasardeuse : « Un cygne… c'est un grand oiseau blanc… » Ta'aroa m'interrompt aussitôt. Il me prend le bras, m'écarte des autres et me confie à voix basse :

« S'il parle de nuages et d'oiseaux blancs, ce sont les signes de la présence d'une terre. Crois-tu qu'il vienne effectivement d'une île nouvelle ?

– Il y a des terres nouvelles partout dans l'univers, partout sous les étoiles et bien au-delà de ce que tu imagines et… » Je m'arrête brusquement au milieu de ma phrase, sachant pertinemment que Ta'aroa, malgré son imagination naturelle, n'est pas préparé à ce que j'allais dire. Il a bien compris que je n'ai pas fini ma phrase, il affirme en plissant les yeux :

« Tumatarii, tu me caches quelque chose !

– Ta'aroa, tu es bien le Guerrier de la Lune ! Cet homme dit vrai. Le *Toa Marama*, c'est toi aussi !

– Cet homme dit vrai, peut-être, mais toi, tu me flattes ! Je t'ai posé une question. Que me caches-tu ? »

Comment Ta'aroa peut-il entendre l'incroyable passage qui est le mien entre deux vaisseaux à la fois si proches et si éloignés dans l'espace et dans le temps ? Comment lui dire que le *Toa Marama* est à la fois unique et multiple ? Comment lui dire que, si le vrai *Toa Marama* est bien le sien, il n'est pas contradictoire de prétendre qu'un autre *Toa Marama*, d'un autre âge, le mien, est aussi posé en attente au nord d'Apataki avec Alpha à bord ?

Comment lui dire ce que je pressens aussi mais que je n'ose m'avouer à moi-même ? Seul le rêve pourrait me sauver d'une explication impossible à donner et qui risque de me plonger dans la folie. Je me reprends :

« Ta'aroa, la présence de cet étranger qui connaît le nom de ton vaisseau est un signe du ciel. Je pense que lui aussi voyage sous les étoiles et que la terre est proche maintenant.

– Pourquoi notre *fenua* serait-il si proche ? À cause du grand oiseau blanc ? »

La conscience n'est pas toujours si consciente d'elle-même. Des idées voyagent parfois à la frontière incertaine du rêve et de la réalité. Pourquoi faudrait-il les exiler dans un inconscient axiomatique et hypothétique ? Je rêve aussi ma conscience, et les mots qui me viennent m'étonnent au plus haut point, mais ils prennent alors une consistance incroyable, comme s'ils révélaient enfin ce que je ne voulais pas voir. Suis-je vraiment moi-même quand je réponds à Ta'aroa :

« La terre est proche parce que tout est là, enfin ! Le passé, le présent et le futur sont désormais réunis. Ils forment un tout comme au commencement de toutes les choses. Tout peut alors recommencer. Tout peut alors exister, même le rêve de ton île, la terre, ton *fenua*. Rêve-la !

– Tumatarii, que veux-tu dire ?

– Ta'aroa, où est la femme qui t'accompagne sous la lune ?

– Je ne connais pas sa demeure. Mais si je pense très fort à elle, si je rêve d'elle, alors elle vient à mon côté. C'est ainsi.

– Elle te dira, elle, où est ton *fenua*. »

J'ai donné cette réponse sans réfléchir. Pourquoi me fait-elle si mal ?

Apataki

Comme vers un songe, je suis revenu vers Apataki, cela est devenu une habitude, un rite. L'atoll du bout du monde nous a offert une réalité simple et fondamentale. Celle d'un univers qui voisine avec le rêve. Sans effort, je me retrouve sur le *Toa Marama*. Toujours au repos dans son anse, notre navire laisse aller dans le lagon sa mélancolie. Celle des grands bords tirés sous la lune. Aurait-il oublié les longues chevauchées sur la houle océane ? La courbure parfaite de ses voiles quand il vient près du vent ? Les douces vibrations de son gréement dans les alizés ? Le chant de sa carène dans l'écume des jours et des nuits ? Non, il dort, tout simplement. Les bateaux rêvent-ils ?

Alpha n'est pas à bord. Notre annexe est toujours sur la plage. Je décide de rejoindre à la nage son sable blanc.

Apataki, c'est le rêve et la réalité. Je comprends maintenant ce que les Hervé ont trouvé ici. Ils se sont trouvés, eux. Le vrai monde est là. Mélange kaléidoscopique au bord du rêve. Ici, les choses n'ont pas d'importance. Pour exister, il suffit de si peu. Un souvenir ? Un morceau de mémoire que l'on avait oublié. Il tombe d'une aire corticale inconsciente et je le rattrape au vol. Il existe enfin comme une réalité qui prend tout son sens.

Que sont les couleurs si l'on n'a pas d'yeux pour les voir ? Comment la forme d'un coquillage pourrait-elle me retourner le cœur si je ne peux être rassuré par une rondeur épousant si bien la paume de ma main ?

Comment le lagon aurait-il une existence ? Comment brillerait-il de mille feux si je n'y plongeais pas nu ?

L'eau est une bénédiction. Une naissance. Une nécessité qui recouvre la totalité de mon être. Elle me caresse le corps, elle me caresse aussi l'esprit. Elle ouvre et referme à la fois des zones mémoires éprouvées. Elle apaise leurs feux intérieurs et me protège d'une folie ordinaire. C'est un appel, une rédemption. Je plonge sans rien d'autre que mes souvenirs dans une eau étincelante. Je plonge dans un passage éternel qui me rapproche d'Alpha.

Le sable blanc est là. Une anse comme un rêve posé au bord d'un lagon bleu. Cette plage me fait toujours la même impression. Celle d'un lieu préservé, où le temps serait arrêté.

Alpha n'est pas assise comme la dernière fois que je l'ai vue, là, sur le sable. Elle n'est pas en train de me faire un collier. Où est-elle ? Peut-être a-t-elle trouvé un passage dans le rideau végétal qui court sur le *motu* ? Peut-être est-elle en train de compléter ses éternelles collections de coquillages, en marchant le long de la barrière de corail de l'autre côté du *motu*, là où le grand Océan martèle depuis des siècles le récif corallien que les milliards de madrépores reconstruisent imperturbablement ?

Alpha, où es-tu ?

Je retourne à la nage sur le *Toa Marama.*

C'est la tête à fleur d'eau, tout en nageant, que j'aperçois le *Toa Marama Iti* voguant à la dérive au milieu du lagon. Que fait-il ainsi, comme cherchant sa route ? Je m'approche, tel un monstre marin, de la pirogue miniature en panne sur un océan imaginaire. Tous les habitants du vaisseau sont là. Je les reconnais. À l'avant, entre les deux étraves, le grand guerrier regarde au loin. Il tient dans ses bras écartés un objet qui ne m'est pas inconnu et qui brille de mille feux. À côté de lui, une femme belle et énigmatique entoure sa taille avec l'un de ses bras. L'autre est tendu vers un horizon irréel qu'ils observent tous les deux. Pourquoi est-ce à la fois un bonheur et le début d'une immense peine ? Pourquoi cette question puisque je sais bien que la réponse est là, prête à émerger, prête à être formulée ? Se pourrait-il que je me refuse l'évidence de peur de la faire exister ? Dois-je refouler cette pensée qui me fait souffrir ? Je me demande encore une fois si je ne crée pas mes propres angoisses, comme l'on crée ses propres rêves. Ne pense pas trop à cette femme, dis-toi que c'est une autre. Évite de penser à Alpha.

Il y a dans le mécanisme de la mémoire des analogies évidentes avec notre perception du monde. Mémoire et perception ne sont-elles pas indissociables ? Parfois, une image nous étonne, un visage que l'on ne reconnaît pas tout de suite, parce que le contexte est inhabituel, une vision passagère que l'on interprète de manière décalée. Et puis, soudain, l'évidence apparaît et tout change ! Ce visage *a priori* inconnu est celui d'un proche ! Cette image fugitive se révèle en fait très familière. On ne peut plus voir qu'elle, on ne peut plus s'empêcher de la reconnaître. Comment a-t-on pu ne pas la remarquer ! Je ne peux plus éviter de penser à Alpha. Mais je pense aussi à cette femme si belle qui se tient comme une déesse auprès du grand guerrier. Et puis l'image de la déesse glisse comme un fantôme et c'est ma compagne qui apparaît.

Mon Dieu, Alpha, est-ce bien toi, là, dans les bras du grand guerrier du *Toa Marama* ?

Que sommes-nous devenus ?

LIe siècle

Arrivé au fond du puits gravifique, le compagnon de passage d'AngKor se tourne vers lui et lui dit :

« Mais que s'est-il passé ? Vous avez entendu tout ce remue-ménage au-dessus de nous, juste avant le passage ?

– Oui, oui ! Je me demande aussi ce qui est arrivé ! » ment AngKor. Puis il se précipite dans le couloir d'accueil où il voit, écrits en lettres lumineuses, les mots suivants : Bienvenue dans le vaisseau des Pléiades.

Il n'écoute pas ce que lui raconte l'homme. Il s'éloigne rapidement avec dans ses pensées les visions d'un monde qu'il vient de découvrir dans ses multiples recherches, des visions qu'il se refuse à analyser pour le moment. Mais où deux mots étranges s'ancrent dans ses souvenirs sans qu'il puisse les retrouver.

Il pense : attention, je dois faire attention, ma mémoire commencerait-elle à me jouer des tours ? Trop de données transportées et mal configurées, fais très attention !

Il se retrouve dans l'habituelle salle circulaire de reconfiguration. Il y rejoint les personnes qui viennent d'arriver sur le vaisseau. Parmi une centaine de cellules, il en choisit une au hasard. Il enfile rapidement une combinaison. Il prend un BioCom qui s'enroule autour de son poignet et commence à s'activer.

« Bonjour ! Moi, c'est "petite chose" et toi ? »

Mais il le désactive aussitôt, l'esprit beaucoup plus préoccupé par sa survie que par la programmation futile du système. Il sort de l'autre côté du bloc et débouche dans la zone intermédiaire du central. Des hôtels, des commerces divers, des passants, des touristes, des professionnels. Des Acom aussi, sans doute, en activité, pas comme lui qui vient de rompre son contrat. Il sort du centre tel un touriste très ordinaire. Sur l'esplanade, un attroupement important. Il entend des slogans RAVA bien connus : « Pour les EVA… poursuivons… le… combat ! Avec les RAVA… ça ira, ça ira !… »

Des groupes de jeunes portent des macarons EVA. Ils distribuent des pastilles info. Avec un sourire, une jeune fille en tend une à AngKor. Il la prend et la met dans son oreille.

« Le développement généralisé des projets EVA est l'avenir de la Galaxie. La course effrénée aux hypertechnologies au sein des vaisseaux-lumière n'est pas une solution aux problèmes qui se posent à l'humanité du LIe siècle. Tous ensemble, défendons le projet EVA Création totale au sein d'un unique vaisseau-lumière. Tous ensemble, développons un modèle humain de l'essaimage galactique. Tous ensemble, défendons l'avenir de l'humanité. Venez nous retrouver ce soir au stade intergalactique des Pléiades ! »

AngKor frémit en prenant connaissance de ce message de propagande. Il le perturbe au plus haut point. Il sent bien, comme tout le monde, cette tension palpable qui monte dans l'ensemble des vaisseaux. Quel rôle joue-t-il, lui, dans cet incroyable débordement ? Il évite de trop penser à cette question. Il constate que quelques Asi circulent parmi les RAVA. Ils ne prennent aucune précaution et s'affichent ouvertement. Pour le moment, aucun mouvement adverse contrôlé par les MOR ne se manifeste. Il est temps de repartir discrètement pour un autre vaisseau-lumière.

Sans en avoir l'air, il observe les personnes qui l'entourent. Il regarde de nouveau l'écran de son BioCom qui reste éteint. Le système demeure sagement enroulé autour de son poignet sans rien dire. Il revient vers le central. Maintenant, il est dans le flot des personnes candidates à un passage imminent. Plongé dans une foule anonyme, il entre dans une cellule de départ. Il abandonne combinaison et BioCom. Le voilà dans une des salles circulaires conduisant à différents couloirs. Au bout de celui qu'il a choisi, une dizaine de puits en parallèle projettent à la verticale du plancher des flots de lumière blanche. Derrière lui, un groupe de touristes évoquant des souvenirs. Devant, une famille, un couple et deux enfants. Ces derniers s'arrêtent juste à côté du panneau de destination. Leur choix fait, ils sautent tous les quatre dans la lumière intense du puits gravifique numéro deux. La lumière du puits s'agite comme une vague. Il entend le rire des enfants, qui s'interrompt brutalement. Ils sont passés. AngKor s'avance à son tour. Ses doigts effleurent l'écran puis il se tourne brusquement vers la file d'à côté. Il dit à l'homme qui se prépare à sauter dans le puits numéro trois :

« Excusez-moi, je viens juste de voir ma femme dans le trois, je peux la suivre sans vous déranger ?

– Oui, allez-y si vous voulez », répond la personne qui se recule pour lui laisser la place.

AngKor saute immédiatement dans le puits voisin.

Arrivé à destination, il recommence aussitôt l'opération de changement de vaisseau sans même prêter attention au nom du système stellaire par lequel il transite momentanément.

Une heure plus tard, il a fait plusieurs sauts successifs par le RHET. Il estime qu'il est impossible que l'on puisse le localiser. Il est sorti du circuit contrôlé des Agents communicateurs. Il est devenu anonyme, perdu quelque part dans la Galaxie. S'il fait très attention, s'il n'active pas son BioCom, il n'est qu'un atome parmi tant d'autres, personne ne peut le retrouver.

Il prend le Mag du vaisseau. S'il était observé, on le confondrait avec un touriste ordinaire, comme on en croise un peu partout dans tous les vaisseaux. Cependant, si un contrôle était fait sur son BioCom, on constaterait qu'il est déconnecté.

À la vérité, AngKor sait très bien où il est et où il va.

« AUCUNE NOUVELLE ?

– RIEN, NOUS NE SAVONS PAS OÙ IL EST.

– C'EST TRÈS PRÉOCCUPANT. SA FEMME ET SES ENFANTS SONT-ILS BIEN SURVEILLÉS ?

– PARFAITEMENT. S'IL CHERCHE À ENTRER EN CONTACT AVEC EUX, NOUS LE SAURONS IMMÉDIATEMENT.

– VOUS AVEZ PENSÉ À OBSERVER AUSSI LE COMPORTEMENT DE NOTRE AGENT ?

– BIEN ENTENDU. MAIS ON DOUTE QU'IL REPRENNE CONTACT AVEC ELLE. D'AILLEURS, ELLE SEMBLE OCCUPÉE À AUTRE CHOSE POUR LE MOMENT.

– SURVEILLEZ-LA QUAND MÊME !

– C'EST DÉJÀ FAIT.

– ET POUR NOTRE VOYAGEUR EN FUITE, ON NE PEUT PAS PROVOQUER UN RETOUR CHEZ LUI ?

– C'EST À L'ÉTUDE. MAIS ON VA TRÈS VITE ENTRER DANS DES PROCÉDURES ILLÉGALES. JUSQU'OÙ POUVONS-NOUS ALLER ?

– FAITES-MOI DES PROPOSITIONS. EN ATTENDANT, DONNONS-NOUS QUELQUES JOURS D'OBSERVATION. »

48
Où sont-ils ?

LinZ est perplexe. Il vient de prendre le Mag pour aller à un rendez-vous qu'AnZio lui a proposé. Il l'a appelé sur son BioCom, mais il est resté très calme et même aimable. De manière surprenante, il n'a pas fait allusion aux données qu'il attend. LinZ se demande s'il est toujours intéressé ou s'il va lui proposer une autre affaire. Il est très ennuyé parce que les renseignements qu'il a obtenus auprès du centre communicateur ne permettent pas de savoir quand l'Acom sera de retour.

LinZ a laissé IwaKi chez lui. Elle passe toujours la plus grande partie de son temps à visualiser des données sur le Pacifique en tenant des propos incohérents, du genre :

« Ils sont comme nous. Ils cherchent la même chose que nous. La seule différence est que nous, nous avons oublié pourquoi nous sommes là dans nos gigantesques pirogues ! »

Ou encore :

« Les RAVA n'ont pas compris que nous devions aller au-delà des EVA. Ce n'est pas au sein d'un vaisseau-lumière, sous les étoiles des bras galactiques, que les hommes retrouveront la raison profonde de la quête stellaire ! »

IwaKi est en plein délire ! se dit LinZ. Elle est devenue complètement dépendante des images recueillies par lui. Il est très inquiet et n'ose pas demander une aide médicale de peur qu'IwaKi ne fasse allusion à des données sensibles dont ils pourraient perdre le contrôle. D'un autre côté, ses propos lui apparaissent comme le signe évident d'un grave dérangement mental qui semble aller au-delà d'une DPH ordinaire. Que faire ? Il la laisse allongée sur son lit, plongée dans ses réflexions ou complètement sous l'emprise de son THM, comme d'habitude.

AnZio est seul. Cela rassure LinZ qui demeure quand même sur ses gardes. Ils se retrouvent dans un bar du centre-ville. AnZio se lève au moment où LinZ arrive.

« Enchanté de te voir. »

L'inquiétude de LinZ ne diminue pas. Cette politesse forcée est inhabituelle.

« Qu'est-ce que tu prends ? C'est moi qui offre.

– Comme toi.

– Bon, allez, deux EuphoStar ! » dit AnZio à l'adresse du serveur iA qui passe à ce moment. Puis il se retourne vers LinZ.

« J'ai bien pensé à toi, avec toutes ces données en attente. »

Nous y voilà, pense LinZ.

« Tu n'as toujours rien ?

– Non, je suis un peu inquiet. IwaKi et moi, on attend toujours le retour de l'Acom.

– Et alors ?

– Rien. Le centre communicateur m'a précisé qu'il était en retard, mais je n'en sais pas plus. »

L'Agent iA leur apporte leurs rafraîchissements. AnZio lève son verre, puis interrompt son geste. Et avec un sourire étrange :

« Tu n'es pas en train de me doubler ?

– Pourquoi dis-tu ça ? Évidemment non ! Comme toi, je voudrais bien terminer cette affaire, affirme LinZ.

– En attendant, j'ai quelque chose à te proposer. »

C'est bien ce que je pensais, déplore intérieurement LinZ.

AnZio reprend :

« Tu connais VanadZo ?

– Évidemment, comme tout le monde. Il ne se passe pas une semaine sans qu'il se montre sur TV3D !

– Je te propose de travailler pour lui.

– Mais je ne suis pas impliqué dans ces histoires politiques. Ce n'est pas mon truc.

– Il ne s'agit pas de politique. En tout cas, pas pour ce que je vais te proposer ce soir.

– Je n'ai besoin de rien. Tu sais que je suis un indépendant.

– Plus maintenant.

– Qu'est-ce que c'est que ces salades ?

– Je te conseille de te calmer. Regarde ton BioCom. »

LinZ regarde le petit écran à son poignet gauche. Il a un coup au cœur. Il voit IwaKi toujours allongée sur son lit. Un homme de grande taille applique l'une de ses mains puissantes sur son visage. Elle ne peut ni crier ni bouger. Ses yeux montrent une détresse extrême. De son autre main, l'homme tient, à hauteur de son cou, un révulseur électronique à émission ionique.

AnZio sourit comme s'il venait de faire une bonne blague.

« Ton amie est très belle. Je serais vraiment peiné de lui faire des misères. Tu sais quels dégâts un révulseur peut faire s'il émet trop près des artères ? »

LinZ est blême, il murmure :

« Mais pourquoi fais-tu ça ? C'est une chic fille. On a toujours travaillé pour toi ! Je t'assure.

– Pour moi, peut-être. Mais pour VanadZo… Tu n'as pas l'air d'accord. »

LinZ est effaré et a du mal à quitter des yeux le visage terrifié d'IwaKi.

« Tu es une ordure.

– Attends, attends ! Calme-toi ! Tu veux que j'appelle le gars, là ? menace-t-il en changeant de ton et en montrant le BioCom de LinZ.

– Qu'est-ce que je dois faire ? dit LinZ dans un souffle.

– Voilà qui est plus raisonnable ! C'est très simple ! Tu emménages chez nous avec IwaKi. Elle, on la garde. Quant à toi, tant qu'on n'a pas toutes les données, on va te trouver du boulot. Avec toutes les manifestations EVA à superviser, ce n'est pas difficile. »

Dans un autre secteur du vaisseau des Nuages du Taureau…

« Dis-moi, Charlotte, j'aimerais bien savoir ce que toi tu sais et que moi, la femme d'AngKor, je ne sais pas !

– C'est impossible, ValdiVia. Je suis une iA fidèle. Je suis l'iA d'AngKor, pas la tienne.

– Mais tu es aussi programmée pour aider AngKor. Et s'il a un problème, s'il est en danger, alors toi et moi nous pourrions l'épauler. Tu ne crois pas ?

– C’est vrai, je suis prête à soutenir AngKor. Il m’a demandé de prendre des dispositions et c’est ce que je viens de faire.

– Et qu’est-ce que tu viens de faire ?

– C’est très simple. Vous, les humains, vous mettez des souvenirs dans votre mémoire et vous êtes bien incapables de les effacer. Pas nous.

– Tu as effacé quelque chose de ta mémoire ?

– Exactement !

– Et c’était quoi ?

– Justement, je l’ai effacé. Je ne sais plus ce que c’était. »

ValdiVia abandonne la discussion. Elle est très inquiète. Elle a pris contact avec le centre de communication et on lui a précisé qu’effectivement AngKor était en retard, mais qu’il n’y avait pas de réelle inquiétude à avoir. Les Acom spécialisés qui entreprennent des transferts de données lourdes et qui en plus pratiquent l’archéocomputation sont souvent retardés pour de multiples raisons.

C’est vrai, tente de se raisonner ValdiVia, ce n’est pas la première fois qu’AngKor ne revient pas le jour prévu. Mais c’est bien la première fois qu’il implique Charlotte de cette manière.

Apataki

Alpha est en admiration devant le *Toa Marama Iti*. Alors que je dors profondément dans la cabine avant, elle prend avec elle la petite pirogue. Elle sort sur le pont d’où elle peut admirer un ciel étoilé peuplé d’une multitude de phares stellaires. Elle descend sur l’arrière du bateau, monte dans l’annexe et, à la rame, la pirogue en remorque, se dirige sous les étoiles vers la frange sereine des cocotiers.

Arrivée sur le sable, elle tire l’embarcation miniature hors de l’eau. Puis elle s’agenouille. Comme une prêtresse d’un autre âge, elle la lève vers les étoiles et la pose de nouveau avec une lenteur extrême devant elle, sur une onde immobile, et reste là sans bouger.

La voûte céleste poursuit sa route éternelle. Elle roule dans ses abysses infiniment lointains des vagues de velours noir ponctuées de poussières innombrables. Elles montent de l’est au-delà de la cime des cocotiers et plongent dans le lagon derrière les habitants de la pirogue.

La lune arrive enfin, ronde et fragile, étincelante et pâle à la fois. C'est d'abord un mystère qui perturbe la texture régulière des palmes. Puis, c'est une évidence quand elle s'offre totalement au regard dans sa rondeur féminine.

Alpha est toujours immobile, le regard perdu vers deux minuscules *ti'i.* Deux masques microscopiques figés dans l'affirmation insolente de ceux qui s'apprêtent à conquérir le monde.

L'astre de la nuit prend son envol. Il affaiblit dans sa plénitude l'arche céleste. Sa lumière coule comme une source divine. Elle se répand sur un gréement, des cordages et des haubans miniatures, sur deux carènes symétriques, sur tout un peuple immobile.

Elle se glisse, avec une lenteur calculée, sur celui qui attend, le Guerrier de la Lune.

Alpha a un sourire indéfinissable, et à Apataki le temps se fige.

La grande pirogue

C'est devenu un rituel. Elle pose sa main sur son épaule. Il frémit à peine et dit :

« Où étais-tu ? Je te cherche depuis la nuit des temps.

– Je suis là où je suis. Dans ton cœur, dans ton âme. Rêve de moi et je suis à ton côté.

– Un homme a été trouvé perdu sur l'océan. Nous l'avons recueilli. Il dort maintenant. Il a dit une chose étonnante…

– Je sais ce qu'il a dit ! Il a dit : *Toa Marama.*

– Je savais que tu prononcerais ces mots. Je commence à comprendre. »

Puis il se retourne et je vois qu'il se penche vers elle comme pour lui donner un baiser. Je sens que je sombre dans le désespoir.

La lune poursuit sa course vers To'o'a-o-te-Rä. Je regagne l'arrière du navire, accablé.

Le naufragé dort sous la surveillance d'Ono et de Tama. Je m'approche d'eux et leur demande :

« Puis-je lui parler ? Ta'aroa le permet-il ?

– Il n'a pas interdit de le faire, répond Ono en regardant Tama qui confirme :

– Non, ce n'est pas interdit. »

Je pose ma main sur le front de l'homme. Il ouvre les yeux. Je dis :

« Je suis Tumatarii, la réincarnation du grand prêtre du *Toa Marama*, et toi ?

– Je suis AngKor.

– AngKor, je sais d'où tu viens. »

Il me regarde, étonné. Je précise :

« Tu viens des étoiles, n'est-ce pas ?

– Je viens d'un vaisseau-lumière.

– Où est-il ?

– Dans les Nuages du Cygne.

– Mais c'est très loin de la Terre !

– À plusieurs centaines d'années-lumière.

– Il y a beaucoup de vaisseaux comme le tien dans les étoiles ? »

Il me regarde, lève les sourcils et avoue :

« Je ne sais pas. On ne sait pas combien il y en a exactement, vingt mille, vingt-cinq mille, plus peut-être ?

– Mais de quelle époque viens-tu ?

– Du LIe siècle. »

Je reste sans voix. Je repense à ce que j'ai expliqué hier spontanément à Ta'aroa : « Le passé, le présent et le futur sont enfin réunis. Ils forment un tout comme au commencement de toutes les choses. »

« Dis-moi, AngKor, où crois-tu que nous sommes ?

– Dans le triangle polynésien ?

– Comment est-ce possible ? Comment connaît-on encore cela à ton époque ?

– Mais tout le monde a oublié », déplore-t-il.

Et avant qu'il puisse s'expliquer sur le sens de cette phrase énigmatique, un sommeil profond l'emporte subitement.

Je m'éloigne en réfléchissant à cette conversation. Le triangle polynésien, évidemment ! Le triangle polynésien ! Pourquoi ne pas y avoir pensé plus tôt ? C'est un rêve. Je sais que je rêve. Si je reviens à l'avant du grand vaisseau, je vais retrouver Ta'aroa. Il sera seul. Je lui dirai : « Ta'aroa, je dois voir l'Image Sacrée. »

Je ne peux pas lui parler ainsi. Mais si c'est un rêve, je peux !

Il est là et il est bien seul. Immobile, il regarde toujours la route à venir. Les mots qui se forment dans ma gorge sont-ils de moi ?

« Ta'aroa, peux-tu me montrer l'Image encore une fois ? »

Il ne se retourne pas. Il m'interroge :

« Tumatarii, as-tu gardé le souvenir du cadeau des dieux quand tu es tombé dans le lagon pendant la tempête ? T'en souviens-tu ? »

Que dois-je répondre ? Je suis Tumatarii et je ne le suis pas. Et pourtant ce que je dis est révélateur et me surprend moi-même :

« Oui, je m'en souviens. Et il y a une chose étonnante.

– Laquelle ?

– Je crois qu'il manque quelque chose dans l'Image.

– Ah ! Tu t'en es donc rendu compte. »

Je reste sans voix. De quoi aurais-je dû me rendre compte ? Ce que je sais, c'est que l'Image doit contenir une information sur la route à suivre pour rejoindre les îles, mais je ne la vois pas, comme si cette route manquait.

Ta'aroa s'est retourné.

« Dois-je le révéler à mon peuple ? »

J'élude la question dont le sens m'échappe.

« Ta'aroa, je dois voir l'Image Sacrée d'abord.

– Viens avec moi, Tumatarii. »

Personne ne se préoccupe de Ta'aroa et de Tumatarii. Sauf lui. Lui qui veille toujours sans que personne le sache. Quand il les voit entrer dans le *fare*, il frémit. Il se demande ce qu'ils peuvent bien faire. Sont-ils en train de regarder les coquillages et le corail de l'Image ? Vont-ils découvrir ce qui s'est vraiment produit il y a si longtemps maintenant ?

LIe siècle

Dans les Nuages du Cygne, HarBin est en train de travailler sur une partie des HB du musée quand son iA personnelle lui signale qu'il vient de recevoir un message du centre de communication du vaisseau.

Il en prend connaissance une première fois sur son écran de travail. Puis, préoccupé, il le transfère sur son BioCom. Celui-ci lui dit :

« Bonjour, mon cher HarBin, je suis fatigué de ne rien faire, alors regarde-moi attentivement ! »

Il consulte son écran personnel et pour la troisième fois relit son message. Il avale un comprimé d'euphorisant et s'allonge sur son lit. Quand, au bout de quelques minutes, il se lève, sa décision est prise. Il quitte sa cellule immédiatement. Il est très vite au centre de communication où il va prendre le RHET. Entre le moment où il a reçu le message et l'instant où il arrive sur le vaisseau des Nuages du Taureau, il s'est écoulé moins de une heure.

Un quart d'heure plus tard, il est sur la fameuse place Saint-M. À partir de là, il ralentit le rythme. Il prend un verre à la terrasse d'un café. Que fait-il ainsi à perdre volontairement du temps, alors qu'il vient de parcourir des distances sidérales en une heure à peine ?

Il donne l'impression d'être en vacances à regarder distraitement un petit attroupement qui se forme au milieu de la place. Ce sont des étudiants, se dit-il, toujours à jouer les agitateurs.

Une jeune fille passe à proximité. Avec un sourire, elle dépose une pastille info sur sa table et fait de même avec les voisins de HarBin. On dirait qu'elle distribue des bonbons. Il place la pastille dans le creux de son oreille.

« Le développement généralisé des projets EVA est l'avenir de la Galaxie. La course effrénée aux hypertechnologies au sein des vaisseaux-lumière n'est pas une solution aux problèmes qui se posent à l'humanité du LIe siècle. Tous ensemble, défendons le projet EVA Création totale au sein d'un unique vaisseau-lumière. Tous ensemble, développons un modèle humain de l'essaimage galactique ! Tous ensemble, défendons l'avenir de l'humanité. Venez nous retrouver ce soir au stade multisport des Taureaux. »

« N'importe quoi ! dit-il à voix haute.

– Je ne suis pas d'accord, rétorque une voix à côté de lui, ils posent les vraies questions. »

HarBin se retourne vers son voisin. Il a envie de lui dire ce qu'il pense, mais se ravise. Il termine rapidement son verre. Il se lève et quitte le café. Tout en s'éloignant, il regarde du coin de l'œil l'attroupement qui prend de l'importance. Il finit par arriver devant la boutique d'antiquités.

Il joue les touristes de passage, ceux qui découvrent ce qu'est une boutique de l'ancienne Terre. Il prend son temps pour admirer les objets anciens qui trônent là, dans un musée modèle réduit. En réalité, il repasse dans sa tête les mots précis qu'il devra prononcer.

Puis il entre.

Voilà le vieil homme, c'est bien lui, pense-t-il.

« Bonjour, monsieur, vous aimez les livres, n'est-ce pas ? J'ai vu votre regard s'allumer devant la bibliothèque en verre. D'ailleurs, je crois vous avoir vendu il n'y a pas si longtemps un ouvrage en vrai papier, je me trompe ? »

HarBin sait exactement ce qu'il doit répondre à cette question :

« C'est juste, mais je voudrais voir la Terre.

– Ah ! Le globe terrestre ! Vous savez, ce n'est pas un original ! Ce n'est qu'une reconstitution, fidèle, mais une reconstitution.

– La tache bleue, est-ce que c'est l'océan Pacifique ?

– Je vois que vous êtes un connaisseur ! Attendez-moi un instant. »

Le vieil homme abandonne HarBin. Il s'approche de la porte ancienne à l'arrière de la boutique et disparaît à travers la porte en trompe-l'œil.

Quand il réapparaît, il tient à la main un objet en bois. C'est une minuscule statuette, au visage très stylisé. Le regard est fixe. Les yeux sont étonnamment grands, taillés en amande, ils prennent la moitié du visage. Les mains réunies sur le ventre donnent une impression de sérénité. Le petit personnage est presque assis sur ses talons, dans une pose étrange.

« Qu'est-ce que c'est ? dit HarBin.

– Je n'en sais rien. Mais ça a un rapport avec le nom que vous avez prononcé tout à l'heure, Pacifique. Je vous le donne, si vous voulez.

– C'est très gentil à vous. Mais je voudrais faire une surprise à un cousin. Je vous laisse la statuette ici, il viendra la chercher. Je peux y joindre un message ?

– Bien sûr. Donnez-le-moi. »

HarBin reste encore un moment dans la boutique. Il donne une adresse au vieil homme et abandonne ce lieu étrange, gardien d'un monde si lointain.

IwaKi s'éveille enfin. Elle reprend contact avec le monde réel qu'elle a oublié et semble y revenir à regret. Cependant, elle ne reconnaît pas l'endroit et constate qu'elle n'est pas chez LinZ. Elle se redresse brutalement. Le cœur battant, hésitante sur la conduite à tenir, elle regarde autour d'elle ne sachant que faire.

Une pièce spacieuse et confortable. Les murs émettent une symphonie lumineuse connue. Sur un meuble, un vase avec des fleurs virtuelles. Elle se lève. Elle découvre au pied du lit une combinaison aux tons flamboyants, un modèle de luxe qui, dès qu'elle l'enfile, s'ajuste automatiquement à elle. Une autre pièce : l'entrée du logement. IwaKi s'approche de la cloison de communication extérieure, mais, quand elle pose la main pour passer à travers, elle comprend qu'elle est prisonnière. Elle s'adosse, accablée, à la paroi qui normalement devait s'ouvrir. De cette entrée minuscule, elle voit en perspective une bonne partie de la pièce principale. Elle y revient lentement en touchant les murs pour prendre la mesure de sa prison. Elle s'assied au bord du lit et entreprend un examen plus attentif des lieux. Une chambre qui sert aussi de salon, un bureau technique, un espace toilette. Près du lit confortable, un meuble bas avec le vase et les fleurs et à gauche une fenêtre virtuelle d'où émane une lumière reposante. En face d'elle, entre le lit et le mur, une table en verre et un THM. Elle approche sa main pour mettre le système en route… pour voir. Elle la retire au plus vite en faisant non de la tête. Elle passe dans la pièce attenante comportant des écrans ordinaires et une armoire de style plutôt ancien, ainsi qu'un transmetteur avec sa console de commande permettant d'émettre et de recevoir les objets les plus divers, y compris de quoi se restaurer. À côté de l'écran principal est posé un BioCom auquel elle préfère pour le moment ne pas toucher.

Après une légère hésitation, elle met en route le THM. Un flot de lumière violette semble s'écouler de la table en verre. Il se cristallise immédiatement en une scène 3D de dimension réduite. Deux silhouettes discutent, suspendues dans l'air, devant IwaKi.

« … Vous pensez vraiment que tous les vaisseaux-lumière vont encourager vos actions ?

– Non seulement ils les encouragent, mais ils les reprennent à leur compte. Une majorité de vaisseaux nous fait déjà des propositions de développement. C'est un formidable mouvement que rien ne peut arrêter maintenant !

– Vous semblez oublier les stratégies des MOR ! Vous savez bien que certains vaisseaux ont fait des contre-propositions. Certains ont des représentants très écoutés au plus haut niveau du congrès confédéral.

– Oui, c'est vrai, mais les MOR n'ont pas de projets d'avenir. Ils ne représentent qu'une position réactionnaire, pas une force de proposition. Ils n'existent que pour contrer les idées des RAVA. Les MOR ont besoin de nous, alors que nous n'avons pas besoin d'eux. Les arguments qu'ils utilisent pour aller vers un contrôle plus fin des passages par le RHET ne tiennent pas compte de l'intérêt des utilisateurs, mais visent à remplacer la Confédération par un gouvernement galactique unifié. Ce serait un retour en arrière inacceptable.

– VanadZo, vous savez que par le RHET circulent également des informations sensibles. On est sûrs aussi que certaines d'entre elles sont destinées à nuire à la Confédération elle-même. Ne vaudrait-il pas mieux réglementer les passages ? Comment le développement des EVA éviterait-il ce genre de problème ?

– Mais c'est un faux problème. Ce sont les MOR eux-mêmes, ou des sympathisants, qui sont à l'origine de ces débordements.

– Attendez ! Le RHET est également utilisé par des particuliers sans scrupules qui ne sont pas nécessairement liés à un parti politique.

– Évidemment, mais cela ne représente qu'un pourcentage ridicule des passages. Et n'oubliez pas que les MOR trempent dans des actions illégales impliquant des personnalités bien connues.

– Vous avez des preuves ? Vous pouvez citer des noms au sein de la Confédération ?

– Je ne souhaite pas m'engager sur ce terrain. Ce que je sais, c'est que seuls les RAVA font des propositions progressistes non conflictuelles. Seuls les RAVA peuvent changer les choses sans entrer dans un bouleversement que souhaitent les MOR.

– Vous organisez une grande manifestation ce soir sur notre vaisseau, on peut vous demander quels sont les thèmes que vous développerez ?

– Je vais présenter de nouveaux projets EVA. J'ai envie de dire à ceux qui nous écoutent : prenez connaissance de ces projets. Ils sont élaborés dans votre intérêt. Participez à leur création ! Leur développement généralisé est l'avenir de la Galaxie. La course effrénée aux hypertechnologies au sein des vaisseaux-lumière n'est pas une solution aux problèmes qui se posent à l'humanité du LIe siècle. Tous ensemble, défendons le projet EVA Création totale au sein d'un unique vaisseau-lumière. La Confédération doit l'encourager. Tous ensemble, développons un modèle humain de l'essaimage galactique ! Tous ensemble, défendons l'avenir de l'humanité. Venez nous retrouver ce soir au stade multisport des Taureaux !

– Merci VanadZo. »

IwaKi a le regard figé. Même si elle est dépendante d'images oniriques plus excitantes que les discours politiques, une émission comme celle qu'elle vient de suivre la met dans un état second, la coupe de la réalité. Dans ces moments-là, elle se laisse totalement investir par la force du virtuel au détriment de l'espace réel. Cependant, sa capacité de réflexion n'est pas endormie. Des mots l'obsèdent : « … tous ensemble, défendons le projet EVA Création totale au sein d'un unique vaisseau-lumière… d'un unique vaisseau-lumière… d'un unique vaisseau-lumière… »

Il ne lui en faut pas plus pour basculer dans les images génératrices de fantasmes qu'elle sait provoquer dans sa conscience.

Elle en oublie totalement les murs de sa prison, dont elle s'évade sans aucune difficulté avec le THM.

« Vous avez pris connaissance de la dernière intervention de VanadZo, faite dans le vaisseau des Nuages du Taureau ?

– Oui. On travaille sur une analyse de son discours. Nous sommes entrés sans le vouloir dans la phase chaotique, il faut se l'avouer.

– À cause d'AngKor ?

– Évidemment ! Nous avons fait une énorme erreur. Celle de ne pas imaginer qu'il serait capable d'abandonner brusquement sa mission d'Acom en s'excluant lui-même, et aussi vite, de son circuit professionnel.

– Le centre de communication auquel il est rattaché a-t-il pris des sanctions à son égard ?

– Non, pas encore. Ils sont très ennuyés. AngKor était un de leurs meilleurs agents.

– Vous ne pensez pas qu'ils pourraient être tentés de le récupérer ?

– Nous savons qu'ils y réfléchissent, mais si nous agissons directement, nous biaiserons encore plus l'évolution du modèle en cours et nous risquons de perdre tout contrôle.

– Mais quel réel contrôle avons-nous de la situation ?

– Maintenant, le RHET est très surveillé, nous avons activé tous les Acont Ia disponibles.

– Pour revenir à AngKor, vous n'avez aucune information sur la localisation du vaisseau-lumière vierge qu'il a découvert ?

– À l'insu de sa famille et de lui-même, nous avons pénétré son IA personnelle. Mais nous n'avons rien trouvé.

– C'est extrêmement fâcheux. Cette information est de la plus haute importance. Les RAVA drainent de plus en plus d'opinions favorables vers les EVA. S'ils devaient découvrir l'existence de ce vaisseau,

CE SERAIT UNE CATASTROPHE DONT IL EST DIFFICILE DE MESURER LES CONSÉQUENCES. COMMENT SE FAIT-IL QUE L'ON N'ARRIVE PAS À SAVOIR OÙ EST LE VAISSEAU ?

– IL Y A PLUSIEURS RAISONS À CELA. D'ABORD, MÊME SI LES VAISSEAUX QUI VIENNENT JUSTE D'ÊTRE RÉPLIQUÉS ÉMETTENT DE FANTASTIQUES QUANTITÉS DE LUMIÈRE, ILS NE RIVALISENT QU'AVEC DE TOUTES PETITES ÉTOILES. MAIS IL Y A AUTRE CHOSE DE PLUS GRAVE.

– QUE VOULEZ-VOUS DIRE ?

– UN VAISSEAU-LUMIÈRE QUI VIENT DE NAÎTRE NE FAIT PAS FONCTIONNER SES MOTEURS PHOTONIQUES DE MANIÈRE CONTINUE. S'IL N'EST PAS INITIALISÉ PAR UN PROJET HUMAIN OU S'IL SE TROUVE DANS UNE ZONE PAUVRE EN ÉNERGIE CAPTABLE, IL PEUT ARRÊTER SES MOTEURS PENDANT UN TEMPS INDÉTERMINÉ. IL SE MET EN VEILLE. SI C'EST LE CAS, CELA EXPLIQUERAIT POURQUOI ON NE L'OBSERVE PAS. IL EST PRATIQUEMENT INDÉTECTABLE. CET ÉTAT PEUT DURER PENDANT DES ANNÉES.

– MAIS ALORS, QUEL EST LE RISQUE QUE LES RAVA LE TROUVENT ?

– D'ABORD, ON NE SAIT PAS SI EFFECTIVEMENT LE VAISSEAU EST EN VEILLE. SUPPOSONS QU'IL LE SOIT. ALORS, LES RAVA NE RISQUENT PAS DE LE TROUVER. D'AILLEURS, ON NE SAIT PAS S'ILS ONT DE BONS OBSERVATEURS POUR LE FAIRE. MAIS LE PLUS GRAVE, C'EST QU'ON IGNORE SI ANGKOR N'A PAS MÉMORISÉ LES COORDONNÉES GALACTIQUES DU VAISSEAU, C'EST LA CONCLUSION À 50 % DU MODÈLE EN COURS. JE NE COMPRENDS PAS COMMENT ON ARRIVE À 50 % ! RÉFLÉCHISSEZ ! 50 %, C'EST IMPOSSIBLE !

– JE NE VOUS SUIS PAS.

– MAIS CETTE VALEUR EST ERRONÉE !

– SOYEZ PLUS PRÉCIS.

– CETTE VALEUR ME PARAÎT ÊTRE UN INDICE, PARMI D'AUTRES, MONTRANT L'INCOHÉRENCE MÊME DU MODÈLE ACTUEL. IL NE CORRESPOND PLUS À LA CONSCIENCE D'ANGKOR.

– ET QUEL EST VOTRE AVIS SUR CE QU'ANGKOR SAIT DE LA LOCALISATION ?

– IL A LES COORDONNÉES, C'EST UNE ÉVIDENCE. ET C'EST POUR ÇA QUE CETTE VALEUR DE 50 % N'EST PAS CRÉDIBLE.

– JE COMMENCE À COMPRENDRE.

– C'EST UN ACOM ! UN VRAI PROFESSIONNEL ! CAPABLE D'ENREGISTRER DES QUANTITÉS PHÉNOMÉNALES DE DONNÉES AVEC UNE TELLE AISANCE QU'IL EST IMPENSABLE QU'IL N'AIT PAS GARDÉ UN SOUVENIR EXTRÊMEMENT PRÉCIS DES COORDONNÉES. VOUS COMPRENEZ ? IL A VU AU MOINS UNE FOIS, SINON PLUS, SUR SON ÉCRAN, UNE SUITE DE LETTRES ET DE CHIFFRES SIGNIFICATIFS ! VOUS POUVEZ ÊTRE CERTAIN QU'IL S'EN SOUVIENT PARFAITEMENT ! ON NE DEVRAIT PAS ARRIVER À 50 %, MAIS À 100 % !

– VOUS AVEZ RAISON ET...

– ... ET LE MODÈLE INDUCTIF QUE NOUS UTILISONS N'EST PLUS APPROPRIÉ À LA SITUATION PRÉSENTE.

– COMPTE TENU DU CONTEXTE ACTUEL, ANGKOR EST UNE VRAIE BOMBE HUMAINE !

– NON SEULEMENT IL DÉTIENT UNE PIÈCE MAÎTRESSE, MAIS CE QUI EST BEAUCOUP PLUS INQUIÉTANT, C'EST QUE NOUS N'ARRIVONS PAS À PRÉDIRE COMMENT IL VA L'UTILISER. »

DjidJa a délibérément abandonné les procédures de protection propres aux Agents de la CEG. Dans le centre de communication de Centaure Croix, elle est prête à passer par le RHET. Elle vient d'enlever combinaison et BioCom, et se dirige à présent vers les puits gravifiques, sans se douter un seul instant qu'AnaTuya est sur ses pas. Cette dernière admire la beauté flamboyante de DjidJa qui ne remarque rien. Une seule chose compte pour elle : prévenir AngKor du danger qu'il court, et s'il le faut, comme elle est incapable de savoir où il se trouve, contacter directement sa femme. La CEG ne semble pas avoir constaté qu'elle a complètement rompu son contrat, pire qu'elle a basculé dans le camp adverse.

Quand DjidJa, après avoir choisi sa destination, saute dans la vague de lumière du puits, elle ne s'aperçoit pas qu'on la suit de près. AnaTuya est passée juste derrière elle. Quand, à l'arrivée, celle-ci se rend compte que DjidJa l'a menée sur le vaisseau d'origine d'AngKor, elle est très surprise. AngKor aurait-il fait un retour direct vers son vaisseau ? Comment aurait-il pu prendre un tel risque ? DjidJa la conduirait-elle directement auprès de lui ? Ou auprès de sa femme et de ses enfants ? Un plan précis se forme dans les pensées d'AnaTuya. Elle ne perd pas DjidJa de vue.

49
Réflexions

Lorsque Ta'aroa me montre pour la troisième fois cette mer de coquillages qui nous obsède, je ne comprends toujours pas ce qui me dérange au sein de l'Image. Même si le soleil entre à profusion entre les lattes en bois du *fare* arrière, même si Ta'aroa la retourne dans tous les sens, même en reproduisant dans ma tête la forme simple du triangle polynésien, je ne comprends pas pourquoi j'ai dit à Ta'aroa : « Je crois qu'il manque quelque chose. »

Ta'aroa, fatigué, la pose à terre.

Il ne dit rien. Soudain, il se penche au-dessus comme s'il voulait en pénétrer les détails. Il caresse l'Image. Je vois ses doigts s'arrêter sur une petite porcelaine blanche et bleue légèrement proéminente, une île minuscule dans un océan de nacre, de corail, de cônes et autres colombelles. Ce qu'il me confie dans un murmure me confirme combien sa conception de l'univers est éloignée de la mienne :

« Tumatarii, mon île serait donc là dans son *rua*. Une île qui a aussi son étoile, son étoile guide ! Mon grand-père et les anciens l'ont toujours dit : de tous ces *rua* s'élèvent des piliers de lumière dans le ciel. C'est ainsi que ce dernier tient au-dessus de la mer, quand les dieux, après bien des efforts, ont réussi à le séparer de *moana*. Tumatarii, toutes ces étoiles guides, elles forment un chemin d'étoiles vers mon île et je dois le garder précieusement dans ma mémoire pour le transmettre plus tard aux enfants de mes enfants. Mais ce chemin, peux-tu m'indiquer où il est ? »

Puis il ajoute, d'un air las : « Mon île existe-t-elle vraiment ? »

Comme je ne sais pas quoi répondre, je reviens au sujet qui me préoccupe :

« Ta'aroa, tu es le chef. Moi, je suis la réincarnation de Tumatarii. Puis-je te poser n'importe quelle question ?

– Je t'écoute.

– Pourquoi as-tu dit que je m'en étais rendu compte ? »

Ta'aroa reste silencieux. Il fixe sur moi un regard qui prend une coloration étrange que je ne lui connais pas. Je m'attends au pire. J'ai cependant le courage de répéter :

« Tu as dit que je m'en étais rendu compte, pourquoi ? »

Je baisse les yeux en signe de respect,

Ta'aroa remet le précieux tableau à sa place. Il me montre la porte. Je m'éclipse, alors que lui reste dans son refuge. Que je sorte seul, bien avant lui, est un signe qui ne trompe pas. J'ai dû exagérer, mais je ne comprends pas. Qu'a-t-il voulu dire par ces mots qui s'acharnent à tourner dans ma tête : « Ah ! Tu t'en es donc rendu compte… »

Quand il constate que Tumatarii quitte le *fare* l'air très soucieux et que Ta'aroa reste seul à l'intérieur, son inquiétude grandit. Que se passe-t-il ? Ont-ils des doutes concernant l'Image Sacrée ?

Il s'aperçoit qu'il est observé. Il sursaute, c'est Ono qui s'approche et lui lance :

« Hé ! Viens donc donner un coup de main, on a besoin de bras sur l'arrière, on prend trop d'eau dans l'une des coques.

– J'arrive », répond-il en poussant un soupir de soulagement.

LIe siècle

« Alors là, tu vois, c'est de l'eau. De grandes mers appelées océans.

– Comment tiennent-elles comme ça autour de la Terre ? C'est impossible, je ne te crois pas ! » dit TabuK.

LeeR fait la moue et insiste :

« C'est mon père qui me l'a dit ! Sur la Terre, il y avait plein d'eau. C'était comme un vaisseau-lumière. Un vaisseau-lumière à l'envers et beaucoup plus grand ! Bien plus grand que notre mer intérieure !

– Un vaisseau à l'envers ! À l'envers ! Mais c'est complètement idiot ! déclare TabuK qui ajoute :

– L'eau ne peut pas tenir comme ça, à l'extérieur, elle s'envolerait dans l'espace ! »

TabuK regarde encore le globe terrestre que LeeR a posé sur l'herbe du jardin. Il est très sceptique quant aux explications de son camarade. Il intervient de nouveau :

« Bon, je sais que la Terre était une planète. Je sais que cette planète tournait autour d'une étoile. Mais tu es certain qu'il y avait de l'eau posée comme ça dessus ? Tu crois une chose pareille ?

– C'est vrai, je t'assure ! Regarde, tu vois tout le bleu, là ? C'est une mer immense, on l'appelait le Pacifique ! C'est ça un océan », affirme LeeR.

À cet instant, le BioCom de TabuK les coupe :

« TabuK, ta mère veut te parler. Je crois que tu devrais l'écouter. »

Aussitôt, on entend la voix de sa mère :

« TabuK, tu es avec LeeR ?

– Oui, il me montre la Terre.

– Qu'est-ce qu'il te montre ?

– Tu sais, une boule comme la Terre, la planète. Tiens, regarde, dit TabuK en dirigeant son BioCom dans la bonne direction.

– Un globe terrestre, lui souffle LeeR.

– Un globe terrestre ! précise TabuK.

– Très bien. Je le vois. TabuK, tu as un cadeau qui est arrivé. Tu peux venir avec LeeR. »

Ils se précipitent auprès de la mère de TabuK. Elle tend à son fils un petit paquet allongé qui vient d'arriver par le transmetteur.

« Qu'est-ce que c'est ?

– Je ne sais pas, mais c'est une coutume ancienne de faire un paquet. Il y a très longtemps, on faisait des cadeaux en cachant les objets que l'on voulait offrir dans des boîtes, ou avec du papier.

– C'est quoi du papier ? demande TabuK, qui tient son paquet sans savoir quoi en faire.

– Une espèce de feuille plastique synthétique. Avec le cadeau pour TabuK, il y a deux pastilles info, l'une est marquée TabuK et l'autre LeeR !

– Il y en a une pour moi ? s'étonne LeeR.

– Mais oui ! Les voilà ! » dit-elle en les tendant aux enfants.

Ils mettent chacun leur pastille dans leur oreille en riant.

TabuK a droit à une petite musique qui lui rappelle aussitôt cet air à la mode et très connu des enfants : une chanson tirée de leur émission préférée sur TV3D, *Mission secrète*, au cours de laquelle ils peuvent gagner des cadeaux qui arrivent directement par transmetteur chez eux, s'ils remplissent bien leur mission. Il entend une voix qui lui annonce :

« Bonjour, TabuK, c'est un cadeau pour toi. Ouvre la boîte, dedans il y a une statuette secrète qui te plaira. Dessous, il y a une pastille, elle est pour LeeR, c'est ta "mission secrète". »

Pendant ce temps, LeeR fronce les sourcils en écoutant la voix de sa pastille lui déclarer :

« Bonjour, LeeR, c'est une "mission secrète". Pour gagner, tu dois n'en parler à personne ! TabuK va te donner une petite pastille. C'est ton message secret. Tu la gardes très précieusement et tu la transmettras discrètement à ta mère. Tu auras droit à un cadeau ! »

« Regardez ma statuette secrète ! » s'écrie TabuK, en la brandissant au-dessus de sa tête. Puis, sans rien dire, il décroche la pastille et la tend à LeeR qui la met dans sa poche.

« Qu'est-ce que c'est ? demande la mère de TabuK.

– C'est *Mission secrète* ! répondent les enfants avec des airs de conspirateurs.

– Vous avez encore joué avec ces bêtises de TV3D !

– Ce ne sont pas des bêtises, on gagne des trucs ! rétorque TabuK.

– Madame, je dois rentrer maintenant, maman m'attend », déclare LeeR.

De retour chez lui, LeeR appelle sa mère :

« Maman ! TabuK a reçu un cadeau de *Mission secrète* !

– Ah oui ! Et c'était quoi ?

– Un drôle de petit bonhomme avec de grands yeux bizarres. »

Quand sa mère se penche pour l'embrasser, il lui met discrètement la pastille info dans la main.

« Qu'est-ce que… ?

– Chut ! C'est *Mission secrète* ! » murmure LeeR d'un air entendu.

ValdiVia prend la pastille et la met dans son oreille droite en souriant. Puis elle s'assied.

Très vite, elle prend un air préoccupé. LeeR est debout devant elle. Elle lui dit rapidement à voix basse :

« C'est *Mission secrète.* Si tu veux gagner le cadeau, va dans ta chambre. »

LeeR la regarde en ouvrant les yeux tout ronds, puis se retire comme s'il jouait aux espions.

Il laisse sa mère dans le salon. ValdiVia reste immobile en écoutant le message de la pastille. Elle saisit immédiatement que, même si ce n'est pas la voix d'AngKor, c'est lui qui lui parle.

« Je vais très bien, ne t'inquiète pas. Je ne peux pas rentrer pour le moment car j'ai quelques soucis avec les autorités d'un vaisseau pour des questions d'informations. J'essaierai de te tenir au courant en continuant de faire croire à LeeR et à TabuK que nous jouons à *Mission secrète.* Méfie-toi et prends toutes les mesures de sécurité. En cas de problème, passe par l'antiquaire et utilise le mot Pacifique, il comprendra. Fais un cadeau en infos à LeeR pour continuer le jeu. Détruis cette pastille et celle de TabuK aussi si tu peux. Je t'embrasse. »

AngKor a trouvé refuge dans l'un des vaisseaux qu'il a visités récemment. Mais, s'il doit absolument veiller à sa sécurité et mettre aussi de l'ordre dans ses idées, s'il a pris le temps de prévenir ValdiVia de son retard sans trop entrer dans les détails, il est surtout préoccupé par autre chose. L'un des derniers passages par le RHET lui a laissé un souvenir, ce qui est complètement anormal.

Il vient de s'allonger dans une zone de microgravité pour se reposer. Quelque chose de tout à fait inhabituel s'est produit quand il a quitté le vaisseau de Centaure Croix pour se retrouver sur celui des Pléiades. C'est en arrivant sur ce vaisseau qu'il a eu conscience du phénomène.

Le passage par le RHET est toujours rigoureusement instantané. Le repliement spatial dans les dimensions supérieures, non temporelles, de l'espace-temps, et sur lequel s'appuie la télétransportation, exclut la chronologie. Pas de place pour des images oniriques. Pas de temps, pas de rêve, pas de souvenir. D'où venaient donc ces images envahissantes, témoins évidents d'un vécu qu'il a immédiatement jugé réel en arrivant sur les Pléiades ? Pourquoi à cette extraordinaire compilation sur la conquête du Pacifique par les Polynésiens, à ces réponses aux quatre questions, se superpose-t-il maintenant un véritable morceau de vie ? Il revoit encore, et bien plus que dans un rêve, le visage de ce grand guerrier, penché sur lui. Il revoit le pont en bois de ce grand bateau, formidable machine à deux coques fendant les flots avec une ardeur prodigieuse. Il sent sous ses pieds des vibrations étonnantes et sur son visage la force d'un vent indompté. Il croit entendre de nouveau cette mélodie lancinante d'une eau qui monte le long des étraves, qui chante le long des coques et qui danse dans un refrain sans fin dans sa mémoire. Fabuleuse pirogue double, portant deux voiles gigantesques flirtant avec les étoiles. Il perçoit aussi la vision transitoire et fugitive d'une forme incertaine traversant en diagonale le paysage marin. Une courbe quasi parfaite venant des cieux et qui disparaît soudainement comme avalée par une houle insatiable, un grand oiseau de mer qui s'incline sur son aile dans un virage impossible. Il revoit tout un peuple d'hommes, de femmes et d'enfants, tous beaux et fiers, tous marqués de multiples et ésotériques tatouages. Il sent même sur lui cette caresse océanienne chargée de parfums, d'effluves marins si nouveaux pour lui.

Que s'est-il produit ? Peut-il, lui, le spécialiste de la mémoire, reconstituer ce qui s'est passé dans la fraction de seconde où, découvert par les Asi, il a plongé dans la lumière intense du puits gravifique ? Pourquoi cette lumière prend-elle toute la place dans ses pensées ? Quelles images, quelles réflexions ont investi son esprit au moment où il est tombé dans le puits ? Dans quel état s'est trouvée sa conscience à l'instant où les principes d'une physique ordinaire se brisent et volent en éclats ? Pourquoi durant ce passage et jamais lors des autres ? Pourquoi lui ?

Et puis, il y a cet homme de la grande pirogue. Cet homme avec qui naît une complicité certaine. Cet homme qui lui adresse la parole sur un ton amical, avec qui il a un échange surprenant.

« Je suis Tumatarii, la réincarnation du grand prêtre du *Toa Marama*, et toi ? »

Il a répondu tout naturellement :

« Je suis AngKor. »

À ce moment, l'homme a dit très exactement :

« AngKor, je sais d'où tu viens. Tu viens des étoiles. »

C'est très étrange, se dit AngKor, je suis passé par le RHET il y a quelques heures seulement. Je suis certain que je n'ai pas dormi depuis. Suis-je en train de me souvenir d'un rêve que j'aurais fait les nuits précédentes ? Un rêve dont je ne retrouve l'empreinte que maintenant ?... C'est absurde...

AngKor a vécu une incursion imaginaire vers une époque sur laquelle il a travaillé pendant des jours. Il s'est vu à bord d'un grand vaisseau océanien polynésien. Cela ne fait aucun doute. Mais pourquoi persiste-t-il à voir dans ce rêve autre chose ? L'homme avec qui il parle porte un tatouage sur le bras gauche, une série de triangles noirs avec la silhouette probable d'une étoile ou d'un animal. Cet homme n'est pas exactement comme les autres. C'est comme si quelque chose dans son visage ne correspondait pas vraiment à ceux des autres Polynésiens. Un regard différent, une expression, et surtout il a affirmé : « Tu viens des étoiles. »

Ne trouvant pas le sommeil, AngKor se penche sur le projecteur du THM.

« ... nous avons à ce sujet des nouvelles en provenance de nos Acom de retour de quelques vaisseaux répartis dans l'ensemble de la Galaxie. On constate une grande extension des mouvements RAVA. Si par endroits les MOR résistent, s'opposent souvent violemment aux différentes manifestations qui présentent les projets EVA, c'est maintenant toute la Galaxie qui espère un geste de la Confédération pour engager la recherche officielle d'un vaisseau-lumière. Bien des amateurs ont investi les observatoires centraux pour tenter de découvrir le signe de la naissance d'un vaisseau-lumière qui serait en train de faire fonctionner ses propulseurs photoniques. Le leader des mouvements RAVA, VanadZo, aurait déclaré récemment qu'il envisageait de demander aux gouvernements des différents vaisseaux d'en étudier une réplication dirigée exceptionnellement par l'homme. Cette position a été immédiatement démentie par RostoV, le porte-parole des RAVA, que nous écoutons.

– Jamais les RAVA n'ont demandé une intervention humaine dans le processus de réplication des vaisseaux-lumière. L'essaimage galactique est fondé sur une réplication automatique qui n'a jamais été sous le contrôle des iH et qui reste complètement et heureusement sous celui des iA.

– Pourtant, RostoV, reconnaissez que, si les RAVA souhaitent développer un EVA Création totale dans un vaisseau vierge, on peut se demander s'ils ne sont pas en train de remettre en cause le principe même des systèmes autoréplicateurs en envisageant une intervention humaine qui permettrait de créer volontairement un vaisseau de ce type !

– C'est un procès d'intention fait aux RAVA. Et personne n'est dupe. On voit bien d'où cette idée émane. Elle ne peut que nuire aux idées humanistes des RAVA qui jamais n'ont souhaité une telle action, contraire à l'éthique de la Confédération.

– Je vous propose maintenant d'écouter le porte-parole du gouvernement central du vaisseau.

– Merci de me donner la parole. Bonjour à toutes et à tous. Le gouvernement est attentif à ce qui se passe actuellement, aussi bien dans notre vaisseau que dans l'ensemble de la Confédération. Les projets EVA nous intéressent énormément, certains sont d'ailleurs développés sur des idées déjà mises en œuvre par différents gouvernements de la Confédération. Nous débloquons des crédits pour les encourager, dans le but d'accroître le bien-être de tous. Quant au projet d'un EVA de type Création totale au sein d'un vaisseau vierge, c'est une idée qui mérite réflexion, mais il faut bien considérer qu'elle suppose préalablement la découverte d'un vaisseau-lumière. Or, statistiquement, cela ne se produit qu'une fois par siècle environ, et encore. C'est donc une idée certes très intéressante, mais qui reste pour le moment très hypothétique. Nous souhaitons bonne chance aux observateurs dans leur recherche stellaire.

– Nous remercions le porte-parole du gouvernement pour ces précisions. Nous allons maintenant passer au débat général de la soirée, avec en direct les principaux Agents de TV3D qui vont nous donner leurs impressions sur l'état de la Galaxie. »

AngKor est stupéfait. Les troubles RAVA prennent une ampleur considérable et complètement imprévue. Lui qui s'était imaginé, comme tout inventeur d'un vaisseau en a le droit, présider le conseil d'orientation, lui qui avait aussi envisagé de changer de lieu de résidence, ou encore de faire partie de la première expédition qui aurait pour mission de se rendre sur le vaisseau vierge, d'être parmi les premiers iH à entrer en contact avec un monde d'iA à initialiser, de participer à l'activation de tous les systèmes d'un vaisseau neuf, du vaisseau-monde comme du vaisseau-machine, lui qui est le seul à connaître, sinon l'existence d'un vaisseau vierge, du moins sa localisation, qu'est-il devenu dans cette agitation incontrôlée ? Un atome, une infime molécule ? Un simple pion ou un acteur essentiel en possession d'une pièce maîtresse, dont on attendrait avec intérêt le coup décisif ?

« CELA NE PEUT PLUS DURER. LES RAVA ONT RÉUSSI À CONVAINCRE LA MAJORITÉ DE L'OPINION PUBLIQUE AVEC LEUR PROJET DÉLIRANT D'EVA CRÉATION TOTALE. LES TROUBLES COMMENCENT À PRENDRE UNE AMPLEUR INIMAGINABLE. IL Y A DES MORTS SUR CERTAINS VAISSEAUX. LA SITUATION NOUS ÉCHAPPE. AVEZ-VOUS DES PROPOSITIONS POUR RENVERSER CETTE TENDANCE ?

– NOUS SOMMES TOUJOURS EN TRAIN DE DÉPLOYER UN MODÈLE PLUS PERTINENT DU COMPORTEMENT D'ANGKOR. NOUS PENSONS QUE, POUR REPRENDRE L'INITIATIVE, IL FAUDRAIT PROVOQUER UN ÉVÉNEMENT MAJEUR POUR LUI.

– ET POURQUOI CELA ?

– PARCE QUE AINSI IL SERAIT AMENÉ À SE DÉVOILER, CE QUI NOUS PERMETTRAIT DE L'OBSERVER ET D'AJUSTER LES PARAMÈTRES DU MODÈLE POUR EN REPRENDRE LE CONTRÔLE.

– ET QUEL ÉVÉNEMENT PENSEZ-VOUS PROVOQUER ?

– TOUTE LA QUESTION EST LÀ, ON NE SAIT PAS ENCORE.

– MAIS N'A-T-IL PAS CHERCHÉ À ENTRER EN CONTACT AVEC SA FEMME ET SES ENFANTS ?

– NOUS PENSONS QU'IL L'A FAIT.

– VOUS AURIEZ PU ME LE DIRE !

– C'EST QUE NOUS NE SAVONS PAS COMMENT IL A PROCÉDÉ !

– C'EST ABSURDE ! COMMENT SAVEZ-VOUS QU'IL A CONTACTÉ SA FAMILLE ALORS ?

– NOUS N'EN SOMMES PAS ABSOLUMENT SÛRS, MAIS LE COMPORTEMENT DE SA FEMME S'EST BRUTALEMENT MODIFIÉ.

– DE QUELLE MANIÈRE ?

– ELLE A PRIS D'EXCEPTIONNELLES DISPOSITIONS DE SÉCURITÉ, À TOUS LES NIVEAUX, COMME SI...

– COMME SI QUOI ?

– COMME SI ANGKOR AVAIT RÉUSSI À LUI DIRE DE SE MÉFIER.

– DE SE MÉFIER ? C'EST INTÉRESSANT.

– N'EST-CE PAS ? VOUS PENSEZ COMME MOI ?

– JE CROIS... OUI... IL NOUS APPORTE LUI-MÊME LA SOLUTION SUR UN PLATEAU ! »

La grande pirogue

Ta'aroa est à l'avant de son navire. Ce soir, la lune est pleine. Elle déverse sur les flots des myriades de reflets d'argent formant jusqu'à l'infini un fantastique chemin de lumière. Le *Toa Marama* taille sa route sans que la silhouette tant attendue d'une île se découpe sur un horizon demeurant désespérément vide.

Il implore l'astre de la nuit pour qu'il le rassure, l'invoque de ses deux bras tendus vers les cieux. Les mots qu'il égrène comme une litanie s'envolent dans le vent.

C'est alors qu'il croit entendre une infime mélodie de cristal. Il sait sans se retourner qu'elle est là, car la chaleur de sa main est déjà sur son épaule.

« Tu es revenue, je t'attendais », dit-il.

Il ajoute :

« Tu es la lumière de ma vie. Ne peux-tu m'aider à trouver une île pour mon peuple ?

– Cette île t'attend. Elle viendra en son temps. Il faut encore patienter.

– Mais des enfants meurent, les hommes sont fatigués et les femmes dépérissent, reprend-il dans une plainte.

– Je ne peux que te donner l'espoir de persévérer sur le chemin des étoiles. C'est une route que je connais et je sais qu'elle te conduit vers celle que tu espères.

– Comment en es-tu si sûre ? Es-tu une déesse pour apparaître ainsi sous la lumière de *Marama* ? D'où viens-tu, ô ma déesse de la lune ?

– De tes rêves surtout, de la lumière aussi, où j'ai laissé une partie de ma vie dans un vaisseau… un navire… un peu comme le tien.

– Tu es donc la sœur des dieux. Quel est ton nom ?

– Je suis ton île. Mon nom n'a pas de signification pour toi. ».

LIe siècle

Pour la deuxième fois, IwaKi se réveille dans cette cellule qui n'est ni la sienne ni celle de LinZ. Elle qui ne fait pas toujours la différence entre rêve et réalité, cette fois elle prend conscience qu'elle est réellement enfermée. Elle sursaute et se lève en poussant un cri de frayeur. Angoissée, elle se précipite vers l'entrée, place sa main sur la zone qui devrait autoriser la sortie de la cellule, mais elle ne peut traverser la cloison. Dans un mouvement de désespoir, elle glisse à terre où elle se recroqueville. Puis, elle se relève en sanglotant, revient dans la pièce principale, passe une main timide sur les cloisons lumineuses. Elle fait le tour de sa prison.

Sur le bureau, le BioCom est toujours là, nettement posé en évidence. Bien que redoutant ce qu'il risque de lui apprendre, elle s'approche du petit appareil et s'en saisit. Il se met en place en s'enroulant dans un mouvement affectueux. Il dit :

« Bonjour ! Qui me réveille ? Qui est là ?

– C'est IwaKi.

– Bonjour, IwaKi, voici un message pour toi. »

Elle regarde l'écran, hésitante. Il n'y a pas d'image. C'est du texte uniquement et le BioCom le lit d'une petite voix :

« Bonjour, IwaKi. Comment vas-tu ?

– Qui êtes-vous ? Pourquoi suis-je ici ? Où est LinZ ? Et pourquoi…

– Du calme ! Tout va bien, IwaKi. Tu n'es pas en danger, tout va bien.

– Je retire immédiatement ce BioCom si vous ne répondez pas à mes questions !

– Pas de problème. Je suis ton gardien. Je suis un Agent iA. Tu es ici en sûreté et LinZ est au courant de tout.

– Comment cela ? Où est-il, où est LinZ ? Vous n'avez pas le droit de me retenir contre ma volonté. Vous…

– IwaKi ! Je suis vraiment là pour t'aider, alors il faut m'écouter, tu comprends ça ? »

Elle ne dit plus rien. Assise sur le bord du lit, elle se met à pleurer, la tête dans les mains.

« IwaKi, je suis désolé pour toi. Je ne suis qu'un Agent iA à ton service. Tu trouveras des comprimés de Transpsycho5 dans le bureau. Je te propose d'en prendre deux, cela te détendra.

– C'est tout ce que tu as à m'offrir ? Tu n'es vraiment qu'une machine, une vulgaire iA.

– Ce n'est pas la peine de me le faire remarquer. Je le sais. Dis-moi plutôt ce que tu veux.

– Je veux sortir d'ici, sinon je… je ne sais pas ce que je vais faire… mais je vais le faire ! »

Elle continue de pleurer.

« Prends donc les comprimés d'euphorisant », propose l'iA par l'intermédiaire du BioCom.

Tremblant de rage, IwaKi se rend dans le bureau. Elle met sa main sous le distributeur et précise :

« Deux Transpsycho5. »

Elle place les comprimés sous sa langue et revient s'asseoir au bord du lit. Elle se détend.

« Qui te commande ?

– Je ne peux pas le dire.

– Je m'en doutais. Où est LinZ ?

– Il travaille avec nous. Je peux te le montrer et je crois même que tu peux lui parler.

– C'est une blague !

– Pas du tout, d'ailleurs le voilà. »

Sur l'écran du BioCom, elle voit LinZ qui la regarde.

« Bonjour, IwaKi. Tout va bien ?

– Tout va bien ? Tu te moques de moi ! Je suis enfermée. Je ne sais pas pourquoi. Je ne sais pas où. Et tu me demandes si je vais bien ? Oui, à part ça, tout va bien ! Fais-moi immédiatement sortir de là !

– IwaKi, ils me font chanter.

– Qui ça, ils ?

– AnZio, VanadZo et toute son équipe.

– VanadZo ? Le chef des RAVA ? Mais que viennent faire les RAVA dans tout ça ? »

Au moment où elle prononce ces mots, elle pense qu'elle a les réponses à ses questions. LinZ continue :

« Ils t'ont kidnappée. Pour m'obliger à rester avec eux, tant que l'Acom n'est pas revenu. Pour être certains d'avoir les données.

– Et tu as accepté ?

– J'ai accepté pour te protéger. C'est un marché.

– Ces données sont donc très importantes pour les RAVA ? C'est ça ? »

À cet instant, LinZ disparaît de l'écran et AnZio le remplace.

« Bon, maintenant, c'est fini. IwaKi, je te donne un conseil. Tu restes calme. Tu attends que tout ça se termine, et puis quand LinZ recevra les données, quand il les aura… je veux dire, quand nous les aurons, vous serez libres, lui et toi. Voilà, ce n'est pas compliqué. Allez, bonne nuit. Ah ! J'oubliais, tu as toute une collection d'images anciennes à ta disposition, tu vas pouvoir rêver un maximum ! Pas si mal, non ?

– T'es ignoble ! » dit-elle, puis elle coupe la communication.

IwaKi est abattue. Que peut-elle faire ? Il est facile d'imaginer comment les RAVA exploiteront les données que LinZ possède si elles sont largement complétées par archéocomputation, autrement dit si la recherche de l'Acom réussit. Une masse considérable d'informations pourrait être investie dans des projets EVA d'envergure concernant le Pacifique. Sous prétexte de recréer le monde et de retrouver des valeurs anciennes, il y a beaucoup d'infos à gagner dans ce domaine. Tous les vaisseaux mettent en œuvre des projets de musées, des parcs d'activités culturelles. Très souvent, les vaisseaux reconstituent des quartiers entiers de villes terriennes, des monuments dans leur totalité, voire des paysages, sans compter toutes les activités périphériques. Ce sont des marchés considérables qui conduisent les groupes de gestion développant les EVA à récolter en infos de quoi attirer les plus prudents des investisseurs. Tout pour rêver.

50

Passé, présent, futur

Apataki reste un mystère. Comment sommes-nous petit à petit entrés dans le rêve en oubliant ce que nous appelions la réalité ? La lumière est-elle celle du commencement du monde ou de sa fin ? Aucun bruit ne vient perturber les lieux, hormis l'imperceptible froissement d'ailes d'une frégate, hormis l'appel rare et fugitif d'une sterne solitaire. Les habitants des eaux du lagon, si présents, demeurent silencieux. Rares sont les instants où une nageoire intrépide vient, comme par hasard, dans un clapotis imprévu, pénétrer le dioptre extrême de l'air et de l'eau. Sommes-nous dans un espace accompli ou inachevé ? Dans ces lieux antiques, le temps a-t-il cours ? Le temps existe-t-il à Apataki ?

Ici, le *Toa Marama* joue au vaisseau spatial découvrant une planète inconnue et déserte.

Il y a tant de points communs entre un navire de l'espace et un navire de l'océan. Les voyages qu'ils entreprennent demandent du temps. L'équipage est isolé et confiné. Le milieu extérieur est fascinant mais hostile. On observe les phares des cieux, les alignements stellaires, les chemins d'étoiles. Et un jour, c'est l'atterrissage. L'espace se cristallise et l'imagination s'éveille enfin. Elle trouve là un envol inespéré.

C'est ainsi que le *Toa Marama* a atterri dans l'anse de ce *motu*, protégé des ardeurs océanes. C'est ainsi que je le retrouve, ne tirant pas sur son mouillage, en accord avec son lagon dans l'attitude comme dans la forme et la couleur, argent bleu blanc, paisible dans une immensité émeraude et turquoise. Il est là, serein, fier navire dans un matin calme. Et cette solitude qui déteint de l'extérieur vers l'intérieur se répand, le pénètre, et je vois bien qu'il manque au sein du *Toa Marama* une présence, une existence essentielle, la moitié de son équipage. Alpha n'est pas à bord.

Dans la lumière montante, la plage est encore sous l'ombre douce des cocotiers. Se pourrait-il que ma compagne soit là quelque part comme faisant dorénavant partie intégrante du *motu* ?

Avant d'arriver sur le sable, à une cinquantaine de mètres de cette lisière mal définie où le lagon s'achève et où la terre ne commence pas encore, je croise un minuscule vaisseau toujours à la recherche de sa destinée. Le *Toa Marama Iti* est étonnamment immobile, comme dans l'impossibilité de rejoindre cette frontière incertaine où l'onde hésite toujours. Ils sont tous là, les habitants de la pirogue, les femmes, les hommes, les enfants. Le grand Guerrier de la Lune est là aussi, mais il est seul à l'avant du vaisseau. Seul face aux éléments, seul il regarde une île qu'il ne semble pas voir. La solitude du petit personnage me rassure un instant. Mais un instant seulement, car elle me fait mal également. Je comprends peu à peu que l'image de son île tant désirée dérive insensiblement vers une espérance qui m'accable.

Plus loin, à l'abri de la végétation, je retrouve enfin Alpha accroupie dans une pose qui me trouble. Comment fait-elle pour épouser avec une telle facilité ces attitudes polynésiennes si bien évoquées dans de multiples tableaux du début du siècle dernier ? Elle est parfaitement à sa place, comme si ce paysage l'avait enfin trouvée.

Elle est là, et je pense que Ta'aroa est donc seul sur l'autre *Toa Marama*. Je lui dis, faisant exprès de jouer sur l'ambiguïté des noms :

« Tu n'es donc pas sur le *Toa Marama* !

– Je suis bien ici.

– Je parlais de la petite pirogue, le *Toa Marama Iti*.

– Elle est là. Regarde-la, elle attend, tu le sais bien.

– Oui, elle attend. Elle t'attend aussi. »

C'est Alpha que je regarde, pas la pirogue. Elle est toujours aussi belle. Avec sa couronne de feuillage sur la tête, assise au bord de la plage, en train de trier ses coquillages, elle reproduit le rêve et, devant cette évidence, ce que je prenais pour réel s'estompe comme dans les blancs d'une aquarelle.

« Dis-moi, quand tu vas en rêve sur le *Toa Marama*...

– La petite pirogue ?

– Oui, oui, quand tu passes par le *Toa Marama Iti* pour aller auprès d'eux sur la grande, le *Toa Marama*...

– Eh bien ?

– Comment te le dire... je vois parfois une femme étrange et très belle avec Ta'aroa sur le *Toa Marama*.

– Et tu penses que c'est moi ?

– Évidemment, je pense que c'est toi, dis-je avec un soupir.

– Peut-être... Je ne sais pas. Je ne me souviens plus. Je ne me souviens pas toujours de mes rêves, et je suis si bien ici, et si bien avec toi. C'est toi l'homme de ma vie. »

Elle me regarde avec une étrange lumière dans les yeux et ajoute :

« Tes rêves seuls t'apporteront la vérité. Si tu penses que c'est moi, si tu rêves que c'est moi. c'est sans doute moi. Sinon, c'est une autre. C'est ainsi. »

Elle a tout dit.

La grande pirogue

C'est devenu une habitude. Ta'aroa me laisse regarder à ma guise l'Image Sacrée.

Que je puisse avoir accès aussi librement au Saint des Saints du *Toa Marama* en rend certains jaloux.

Te'iri, qui ne se risque plus à la moindre critique vis-à-vis de son chef, me lance régulièrement des regards soupçonneux, et Tama, le fils de Ta'aroa, n'admet pas si facilement de me voir entrer dans le repaire paternel. Le père Mata-Rau a dû, lui, finir par en faire la remarque à Ta'aroa. Je les ai vus en grande discussion et je suis certain qu'ils parlaient de moi.

Pour éviter les complications, Ta'aroa me dit un soir :

« Tu ne dois plus toucher l'Image Sacrée. Tu peux la regarder, mais tu ne dois pas mettre les mains dessus, c'est ainsi. »

Il insiste en me fixant bien dans les yeux :

« Jure-moi sur ta vie que jamais, jamais plus, tu ne mettras les mains sur elle.

– Ta'aroa, tu es le seul Porteur de l'Image Sacrée. Je te jure sur ma vie que je ne la toucherai plus.
– Je te crois. C'est bien ainsi. »

Un soir où Ta'aroa vient s'enquérir de l'évolution de mes réflexions, il me déclare :
« La femme que je vois en rêve m'a dit une chose étrange.
– Qu'est-ce qu'elle t'a dit ?
– Qu'elle oubliait petit à petit d'où elle venait. Que l'univers est beaucoup plus grand que je ne l'imagine.
– Il n'y a rien d'étrange là-dedans, c'est vrai. La mer, l'océan, les étoiles… tout cela est toujours beaucoup plus vaste qu'on ne le croit, et cela est vrai aussi pour moi.
– Pourquoi dis-tu cela ?
– Je… je ne sais pas. »
Puis-je faire part à Ta'aroa de mes soucis ?
Il reprend le cours de ses pensées et parle de la femme mystérieuse :
« Elle a ajouté que la vérité est dans les trois lumières.
– Je ne comprends pas.
– Mon île est dans le chemin de la lune ! »
Comment dire à Ta'aroa que, même en faisant route vers l'est dans le chemin de la lune, il n'est pas certain, tellement l'océan est immense, qu'il y trouve son île. Il faut autre chose.

Les conditions de vie continuent de se dégrader sur le *Toa Marama*. La réserve de noix de coco est pratiquement épuisée. Le peuple de la pirogue ne se nourrit plus que de poissons. L'eau de pluie est rationnée. La moitié de l'équipage, malade, est défaillante. Les jeunes enfants et les anciens souffrent le plus et trop d'entre eux disparaissent, vaincus de fatigue, de malnutrition ou de désespoir.
Malgré tous ces malheurs qui accablent le bord, quelques mots ne quittent pas mes pensées : « La vérité est dans les trois lumières. »

Pendant que tout un monde en réduction vit et souffre sur le grand vaisseau, lui, isolé dans un recoin derrière le *fare* central, profitant des ombres qui précèdent la nuit, se livre à de louches occupations. Dans les miroitements irisés d'une nacre, il met une poudre blanche sur laquelle il trace avec l'index une vague spirale. Sur le symbole ainsi obtenu, il applique le corps décharné d'un petit lézard mort. Puis il crache sur le tout et répand une seconde couche de poudre. D'une feuille séchée pliée en quatre, il extrait un morceau de foie décomposé provenant d'un *mahimahi* et écrase l'ensemble avec la partie arrondie d'une grosse porcelaine. En ajoutant un peu d'eau, il obtient une pâte gluante à l'odeur répugnante. Il place une partie de cette mixture au creux d'une coque qu'il recouvre de bourre de coco et qu'il dépose ensuite par terre près d'un tube de bambou contenant un peu d'eau.

Deux ouvertures ovales exagérément allongées. Deux yeux immenses encadrés par une succession d'encoches triangulaires. Un front plat qui se perd très vite dans le dessin d'une tortue stylisée, invraisemblablement posée là, comme étonnée de cet échouage. Entre les yeux, un peu plus bas, une embrasure oblongue, précédant le dessin d'une bouche largement ouverte dans un rictus obscène. Et deux oreilles à peine visibles auxquelles il a fixé des lacets provenant des lanières de cuir de peau de requin qui retiennent son pagne. Il regarde son œuvre. Satisfait, il plaque le masque de bois sur son visage, et le maintient en place grâce aux cordons qu'il noue derrière sa nuque.

Puis il ramasse coque et tube, et se tient à l'affût.

Il attend.

La nuit, quelques hommes seulement restent vigilants et sont attentifs à la marche du *Toa Marama*. Ils veillent au bon réglage des voiles et contrôlent la route sous les étoiles. La plus grande partie du temps, c'est l'environnement du navire qui les accapare, ils regardent donc soit vers le haut, vers la mâture ou le haubanage, soit devant, là où le soleil se lèvera.

Habituellement, Ono et Tama sont chargés de la surveillance de l'ensemble du navire ainsi que du naufragé. Mais, pour le moment, Tama dort et Ono est en train d'écoper avec deux hommes dans les fonds.

Sur l'arrière, Hiro'a tient l'une des grandes rames gouvernails pendant que, sur l'autre bord, son compagnon se repose.

Il attend encore.

Cela fait bien une heure qu'il a vu entrer dans le *fare* tabou le grand prêtre accompagné de Ta'aroa. Ce dernier en ressort seul et se dirige vers l'avant du navire pour rejoindre probablement son poste d'observation, entre les étraves et les deux *ti'i*.

Il se déplace lentement. Sans faire de bruit, il vient du côté où Hiro'a ne peut l'apercevoir. Il pénètre à son tour dans le *fare* avec la plus grande discrétion. Dans une pâle lueur nocturne, il distingue le dos de Tumatarii, qui dort allongé sur un côté. Posé sur le plancher, juste à côté de lui, le don des dieux se devine à son reflet minéral. Aucun bruit, seulement ce chuintement, cette mélopée obsédante de l'onde qui court le long des carènes. Il s'approche doucement du grand prêtre. Il débarrasse prestement la coque de la bourre de coco et y puise une bonne dose de pâte nauséabonde qu'il introduit carrément dans les narines de Tumatarii. Celui-ci se débat en balayant l'air de ses bras. Dans son affolement, il s'agrippe à un bout de lacet pendant du masque, qui casse et lui reste dans les doigts. Mais l'agresseur assure sa prise, une main sur le nez, l'autre sur la bouche pour étouffer les cris. Tumatarii perd connaissance et s'affaisse, sans toutefois lâcher la lanière de cuir. Quelques minutes plus tard, l'intrus donne une claque sur l'une des joues de sa victime pour s'assurer qu'elle ne réagit pas. Alors, il tire par les pieds le grand prêtre toujours drogué et inerte, et le traîne ainsi à l'extérieur, sur le pont, jusqu'au bord du liston. Il le redresse pour le placer en position assise et retourne rapidement dans le *fare* interdit. Il ose prendre l'Image Sacrée. Il ose la toucher. Il sent en cet instant monter en lui un grisant sentiment de puissance, mais ne s'y attarde pas. Portant le tableau, il sort de nouveau en lançant des regards furtifs à droite et à gauche par crainte d'être surpris. Il met l'Image taboue dans les bras de Tumatarii, en la dissimulant en partie dans le paréo.

Il jette un œil aux alentours, mais rien ne bouge en ce milieu de nuit. Il prend alors le tube de bambou et, avec l'eau qu'il contient, nettoie rapidement les narines de Tumatarii pour faire disparaître toute trace. Son forfait accompli, il quitte l'arrière en se coulant dans la pénombre. Il peut maintenant retirer son masque qu'il cache derrière le *fare* central. Puis, il se dirige vers l'autre côté du navire qui taille toujours sa route avec obstination sans deviner le drame qui se prépare. Il aperçoit la silhouette d'Ono qui plonge régulièrement avec deux hommes dans la coque qui reçoit le vent. Ils continuent d'écoper. Le bateau fait de l'eau, comme toujours. Alors, dans le but d'attirer l'attention, il simule un réveil agité. Il voit qu'Ono a tourné légèrement la tête dans sa direction. Il s'approche de lui en maugréant :

« Je n'arrive pas à dormir. Tu n'as pas entendu ce bruit étrange, sur l'arrière ?

– Je n'ai rien entendu, tu as rêvé, répond Ono sans cesser d'écoper.

– Ce doit être un *varua*, un esprit malin, insiste-t-il.

– Il n'y a pas de *varua* sur le *Toa Marama* », affirme Ono qui, abandonnant enfin son occupation, va quand même voir à l'arrière s'il se passe quelque chose.

On me secoue sans ménagement. À moitié éveillé, avec un goût d'amertume très prononcé dans la gorge, je prends conscience que je ne suis plus dans le *fare* mais à l'extérieur, sur le pont. J'entends et je vois Ono et le frère de Ta'aroa qui crient tous les deux comme si je venais de leur voler je ne sais quoi. Je me lève et, horreur, l'Image Sacrée me tombe des bras. Elle atterrit sur le plancher avec un bruit sourd qui ne peut échapper à une bonne partie de l'équipage.

Il s'ensuit une oscillation, une vibration qui se prolonge, une déchirure dans ma mémoire, un flot de souvenirs qui hésitent entre deux mondes. Le peuple de la pirogue se brouille et s'estompe. J'aperçois dans une brume envahissante Temana qui se précipite sur moi, pendant que Ta'aroa arrive rapidement sur ma gauche, mais le film passe au ralenti. Je vois le bras de Temana qui se lève avec une lenteur telle que des jours semblent s'écouler. Sa bouche fait-elle mine de s'ouvrir ? Image par image, elle met du temps à le faire. Je crois que des serres puissantes vont se refermer sur moi. Des heures passent… Ta'aroa est statufié, la main tendue vers moi dans une attitude asymptotique. Avec une frayeur extrême, je le vois se retirer de la scène et disparaître brutalement, aspiré par les étranges volutes de l'obscurité.

Je plonge dans un cauchemar épouvantable. L'un des *ti'i* perché sur l'une des étraves du *Toa Marama* sort de son immobilité naturelle. Je le vois descendre de son piédestal. Il s'approche de moi en grimaçant. Je voudrais fuir, mais je reste cloué sur place, je n'ai plus de jambes. Un masque terrifiant se penche sur ma figure. Une prodigieuse bouche s'ouvre comme un gouffre dans lequel je sais que je vais basculer. Je m'accroche à une étroite lanière qui est ma seule chance de ne pas être avalé. Je suis terrorisé quand je la sens se rompre. Je dégringole dans un précipice. Je vois avec effroi la tortue noire de mon avant-bras se dissoudre dans les spirales étranges d'un serpent de cuir qui monte en sifflant vers mon visage.

LIe siècle

« LeeR, LeeR ! Où es-tu ? »

ValdiVia ne sait pas où est passé son fils. Il arrive régulièrement à LeeR de s'éloigner de la maison avec son ami TabuK. Cependant, depuis qu'elle a reçu le message d'AngKor, elle est inquiète. Aussi a-t-elle reporté les différents déplacements professionnels qu'elle devait faire au sein du vaisseau et reste-t-elle à travailler chez elle. Les enquêtes sur le terrain pour recueillir les avis des habitants, des entreprises, des différentes structures sociales du vaisseau, ce sera pour plus tard. Comme la plupart des Agents bioéco des vaisseaux-lumière, elle s'organise comme elle veut. Aujourd'hui, elle prépare les résultats d'une enquête montrant que les paramètres de l'atmosphère du vaisseau-monde sont bien adaptés aux souhaits de tous.

Une heure plus tard, elle remarque que son fils n'est toujours pas rentré. Elle tente de le joindre avec son BioCom, mais ce dernier déclare :

« Désolé, mais ton fils n'est pas à l'écoute. Je suppose que mon homologue dort, il doit être déconnecté. »

Elle est étonnée, ce n'est pas vraiment dans les habitudes de LeeR de mettre son petit compagnon virtuel en veille. Elle s'adresse à son iA personnelle. Mais les réponses évasives qu'elle obtient ne permettent pas de savoir où est passé LeeR. Elle appelle la voisine et son inquiétude empire quand elle apprend que son fils n'est pas là. TabuK lui dit :

« Je n'ai pas vu LeeR ce matin. Hier après-midi, il m'a averti qu'il avait promis de travailler aujourd'hui à ses cours et je ne l'ai pas vu depuis.

– Si tu le vois, tu lui demandes de rentrer à la maison, d'accord ?

– D'accord !

– Merci TabuK.»

ValdiVia se rend dans la chambre de LeeR. Elle interroge de nouveau l'iA de son fils :

« Tu ne sais donc pas où est LeeR ?

– Non, il est sorti dans le jardin en début de matinée. Nous avons échangé quelques mots sans grande importance.

– Qu'est-ce qu'il a dit ?

– Je vais te faire revivre notre conversation : "Alfred !" c'est ainsi qu'il m'appelle, "Alfred, je sors voir l'état du ciel. – Bien, LeeR, mais je peux te dire comment il est, si tu veux ? – Non, non, je veux le voir vraiment de mes yeux. Je viens de lire que celui de l'ancienne Terre était bleu. Le nôtre aussi en général, mais il y a du blanc également. – Ce sont des nuages, et ta mère a dit… – Oui, oui ! Je sais, mais ne t'inquiète pas, je sors un peu, juste un peu, juste pour regarder la couleur du ciel, et je vais voir si TabuK est par là." »

ValdiVia demande :

« Il y a combien de temps ?

– Il y a cinquante-cinq minutes exactement. Et il n'est pas avec TabuK.

– Je suis inquiète. Cherche dans ta mémoire s'il a dit, ou fait, depuis hier soir quelque chose qui paraisse bizarre. »

Alfred fait cette recherche en une fraction de seconde, il répond :

« Non, je ne vois rien de particulier. »

ValdiVia revient dans son bureau où elle s'entretient avec sa propre iA qu'elle interroge :

« Tu as suivi la conversation que je viens d'avoir avec Alfred ?

– Maintenant que tu en parles, c'est fait.

– Essaie de voir si tous les paramètres de la maison ont évolué normalement depuis vingt-quatre heures.

– Dans quel domaine plus particulièrement ?

– Par exemple dans son environnement immédiat. Une personne étrangère s'est-elle approchée ? Peux-tu essayer de reconstituer le parcours de LeeR ? Je me demande s'il ne s'est pas éloigné de chez nous ce matin.

– ValdiVia, je ne peux pas répondre tout de suite, c'est un problème très complexe.

– Prends le temps qu'il faut. Une heure, ça va ?

– Une heure, oui, je te dirai ce qu'il a dû faire depuis hier soir. Puis-je coopérer avec toutes les autres iA de la maison ?

– Oui, toutes Alfred. Charlotte et les autres. Toutes !

– Très bien. Je viens de commencer la procédure. Dans une heure, je te recontacte. »

La grande pirogue

Alors qu'il se tenait comme toujours à l'avant du bateau, scrutant l'horizon, Ta'aroa a entendu des cris provenant de l'arrière. Il se précipite sur le pont, parmi hommes, femmes et enfants dont certains se réveillent. Arrivé à proximité de son *fare*, il n'en croit pas ses yeux.

Le grand prêtre Tumatarii est debout, entouré de Tama, Ono, Temana et Tehei. Au moment où Ta'aroa s'approche, tout se passe très vite. Il voit Tumatarii qui, l'air horrifié, regarde l'Image Sacrée glisser de son paréo et atterrir sur le plancher. Temana sort alors son poignard en obsidienne et s'apprête à frapper Tumatarii. Ta'aroa tend son bras pour l'arrêter. Prenant conscience de la présence de Ta'aroa, Tumatarii se retourne brutalement et, du coup, Temana rate sa cible. Tumatarii recule et tombe à la renverse. Ta'aroa attrape au vol le bras de son frère avant qu'il tente de frapper une deuxième fois le grand prêtre qui gît maintenant inconscient, étendu sur l'Image Sacrée.

Ta'aroa se penche, pousse sans ménagement Tumatarii et récupère le don des dieux. Une lanière de cuir est posée dessus. Que fait-elle là ? Il la glisse dans un des replis de son vêtement. C'est à ce moment qu'arrive Te'iri. Il ne peut s'empêcher de dire à voix très haute afin que tout le monde l'entende :

« Cela devait arriver ! Je l'ai toujours dit ! Trop de complaisance et un chef qui n'en est pas un ! »

Ta'aroa s'est redressé et, au regard qu'il lance, toute l'assistance pense que les cieux vont se fendre et qu'une foudre divine va anéantir Te'iri. Le père Mata-Rau s'exclame :

« Ta'aroa est le chef incontesté du *Toa Marama*. Il n'a que faire des langues perfides du bord. »

Mais Te'iri ne s'arrête pas. Il apostrophe le grand guerrier. Il continue de plus belle :

« Je suis le grand prêtre maintenant ! C'est moi le grand prêtre, que tu le veuilles ou non ! Et dorénavant..., ajoute-t-il avec une arrogance incroyable et en soutenant le regard de Ta'aroa, et dorénavant... » Mais il ne finit pas sa phrase car Ta'aroa s'est saisi de sa lance et tous s'attendent au pire. Te'iri recule, prenant enfin conscience de ses paroles. Il tombe en arrière, Ta'aroa lève son bras avec une telle énergie que tous voient dans son geste un signe divin. Te'iri est à terre. Ta'aroa se fige. La pointe de sa lance s'est arrêtée net sur la gorge de Te'iri, un filet de sang pourpre apparaît. Mais Ta'aroa ne bouge plus et Te'iri est pétrifié. Il n'est pas encore mort. Ta'aroa retire son arme, se tourne vers son peuple et rugit :

« Les temps sont graves ! Tumatarii s'est rendu coupable d'un sacrilège et Te'iri en profite pour m'offenser ! À travers moi, c'est vous tous qu'il offense ! Il était prévenu ! Sachez que je ne tolérerai plus le moindre débordement ! Avant toute chose, le grand prêtre Tumatarii doit être jugé pour son crime. Le conseil va se réunir, c'est ainsi. Quant à Te'iri... »

Il se retourne vers le prêtre toujours à terre et lui enfonce violemment sa lance dans le cœur. Il le cloue sur le pont comme un vulgaire *mahimahi*. Te'iri émet un atroce hoquet. Un flot de sang sombre jaillit de sa bouche grande ouverte et ruisselle. Ses yeux se révulsent. Il se tortille d'une manière grotesque, immobilisé par l'arme meurtrière. Après un dernier sursaut, il reste là, pantin désarticulé, baignant dans une mare de sang.

Ta'aroa a retiré sa lance du cadavre. La pointe de l'arme est d'un rouge qui épouvante. Il se tourne vers Ono :

« Qu'on le jette immédiatement aux requins. C'est ainsi. »

Un silence glacial se répand à bord. Certains chanteront plus tard que les cieux roulaient à cet instant d'effroyables nuées obscures dans lesquelles le *Toa Marama* aurait pu se perdre. Nul ne sait en ce moment terrifiant si les vagues qui enflent soudain avec frénésie annoncent la colère ou la satisfaction de Ruahatu.

Mais les cieux s'apaisent et le grand vaisseau n'a pas dévié de sa trajectoire. Ta'aroa reste ce qu'il a toujours été, le grand guerrier, le porteur emblématique de l'Image.

Alors que le soleil n'est toujours pas levé, le corps ensanglanté du prêtre bascule dans les flots noirs sans la moindre cérémonie pour le départ de son esprit. Tous ceux qui ont été témoins de la scène songent avec effroi que l'esprit de Te'iri va errer pour l'éternité dans les profondeurs marines sans jamais pouvoir accéder au domaine des *ta'urua*.

Le jour rosit à peine au-delà des étraves du *Toa Marama* que déjà Ta'aroa a réuni autour de lui Tama, Ono, son frère Temana, le père Mata-Rau, Horo'u le sorcier, quelques anciens, ainsi que Maeva et Te'ura.

Ils sont assis en un arc de cercle dont le centre est occupé par le corps inconscient du grand prêtre. Ta'aroa a posé à côté d'eux l'Image Sacrée.

Il fait un signe à Ono. Celui-ci s'approche et renverse un tube de bambou plein d'eau de mer sur Tumatarii. Il faudra plusieurs douches de ce genre pour qu'il finisse par ouvrir les yeux.

Je les vois tous assis, me regardant comme si j'avais assassiné leurs enfants. Je distingue l'Image Sacrée à mon côté.

« Si tu y touches, tu es mort », affirme Ta'aroa avec un calme qui donne à ses mots une force redoutable. J'ose répondre :

« Ô Ta'aroa, tu es seul le Porteur de l'Image…

– Tais-toi ! » m'ordonne-t-il. À cet instant précis, Temana se lève. Il veut se saisir de la lance que Ta'aroa tient toujours, mais ce dernier ne la lâche pas. Temana regarde son frère dans les yeux et s'exclame :

« Mais tue donc cette vermine comme tu viens de le faire avec l'autre ! Qu'on en finisse ! »

Je vois Ta'aroa lever sa lance. Je crois que je vais mourir. Mais le geste n'aboutit pas. Il s'approche de moi et dit avec un regard d'une profonde tristesse :

« Comment toi, toi que nous avons sauvé des fureurs de Ruahatu, toi en qui ma confiance était totale, comment as-tu pu me tromper à ce point ?

– Ô Ta'aroa, j'implore ton aide ! Je ne t'ai pas trompé. On cherche à me nuire et par moi, c'est toi, le grand maître du *Toa Marama*, qui es attaqué ! »

Il reste là, incrédule. Sans dire mot. Le temps reprend un rythme qui laisse dans l'esprit de Ta'aroa place pour une réflexion nécessaire à ma survie.

Pendant qu'à l'horizon une tache de sang grandit et chasse le bleu foncé de la nuit, pendant que la lune plonge dans l'oubli, les deux étraves du *Toa Marama* chantent le lever de *mahana* et se découpent sur sa resplendissante rondeur.

Les ténèbres reculent définitivement et la lumière me redonne de l'espoir.

Ta'aroa me regarde. A-t-il perçu le sens de mes paroles ? Ma demande d'aide a-t-elle une chance d'être entendue ? Il se saisit de l'Image Sacrée et, dans un rugissement de colère, la brandit au-dessus de sa tête dans le soleil levant.

C'est alors qu'au milieu de l'Image, en un triangle parfait, je vois distinctement trois points lumineux, trois gouttes de sang qui surgissent dans le champ de coquillages.

Je suis stupéfait. C'est une révélation. Je me lève et dis :

« Ô Ta'aroa, la vérité est dans les trois lumières ! »

Ta'aroa est interloqué. Le conseil reste silencieux, sauf Temana qui insiste et répète :

« Ô mon frère, tu dois tuer ce traître à la langue perfide qui a fait assez de mal ! Tue-le ! »

Mais je continue :

« Ta'aroa, je comprends les signes de l'Image Sacrée ! Présente-la dans le soleil, tu verras trois lumières. Ces trois lumières sont ton territoire et, dans ce territoire, il y a l'île que tu cherches ! Ton *fenua* est là sous tes yeux ! »

Cette fois, Ta'aroa m'écoute. Tous le regardent lever l'image dans le soleil qui inonde le vaisseau de pourpre et d'orange.

Tous alors voient au centre du cadre trois points minuscules formant un triangle équilatéral parfait.

Ta'aroa ne bouge plus.

Je l'entends qui murmure :

« La vérité est dans les trois lumières ! Mon île serait donc là ? »

Il pense que tout cela est impossible. La véritable Image Sacrée a été perdue. Seuls son frère et lui le savent. Temana a disposé les coquillages et les morceaux de coraux après un exercice de mémoire qui a sidéré Ta'aroa. Il ne sait pas encore si son île est là quelque part sur l'Image Sacrée. Mais il a maintenant un doute terrible. L'Image est-elle une copie ? Se pourrait-il que ce soit l'original ? Son frère aurait-il menti ? Et si Tumatarii avait raison ? Il ne sait plus quoi penser.

Tous restent silencieux. Sauf Temana qui répète encore :

« Il faut le tuer. Il nous porte malheur ! Il faut tuer aussi l'autre homme qui dort et prétend venir des étoiles. Il faut les tuer tous les deux ! »

Les membres du conseil regardent le frère de Ta'aroa comme s'ils le voyaient pour la première fois. Tous se posent la même question : qu'est-ce qui lui arrive, à lui si calme d'habitude ?

Je pense à ce que j'ai déjà dit à Ta'aroa :

« Le passé, le présent et le futur sont enfin réunis. Ils forment un tout comme au commencement de toutes les choses. »

Il faudrait que je lui dise :

« Le passé, le présent et le futur sont comme les trois lumières. Les réunir enfin est la clé de tout. »

51
Coordonnées

« Même si nous ne savons pas où est AngKor, même si nous ne savons pas où est le Vaisseau-lumière qu'il a découvert, nous avons dorénavant une carte maîtresse !

– Et comment allez-vous le contacter puisque vous ne savez pas où il est ?

– Mais nous n'allons pas le contacter ! Nous allons simplement prévenir sa femme que les cartes ne sont plus les mêmes ! Elle trouvera alors certainement un moyen de le joindre, et on laissera faire.

– Il doit y avoir des siècles qu'un acte de ce type n'a pas été commis.

– Certes, mais depuis des siècles la situation politique est restée stable. Nous n'avons pas vu à temps le danger de l'idéologie développée par les groupes RAVA. La découverte fortuite d'un Vaisseau-lumière n'était pas censée se faire juste au moment des troubles, et par un particulier en plus ! Dites-vous que la Confédération est en danger et vous verrez les choses autrement.

– Vous oubliez les MOR.

– Ils ne trouvent leur justification que dans les excès des RAVA, vous le savez bien.

– Sans doute. Mais il faudra compter avec eux maintenant qu'une partie non négligeable de l'opinion publique approuve leur stratégie.

– En êtes-vous si certain ?

– VOUS AVEZ ENCORE UNE IDÉE ?

– NOUS POURRIONS FAIRE PORTER LE CHAPEAU AUX MOR.

– C'EST UNE IDÉE INTÉRESSANTE. JE SUPPOSE QUE VOUS AVEZ TESTÉ CETTE HYPOTHÈSE.

– ÉVIDEMMENT, NOUS AVONS FAIT UNE PROSPECTIVE SUR UN NOUVEAU MODÈLE MIEUX ADAPTÉ AUX CIRCONSTANCES ACTUELLES.

– ET VOUS AVEZ UNE PROBABILITÉ QUE CELA FONCTIONNE EFFECTIVEMENT ?

– NOUS AVONS 76 % DE TAUX DE RÉUSSITE.

– UN PEU JUSTE, MAIS INTÉRESSANT TOUT DE MÊME. COMMENT COMPTEZ-VOUS PROCÉDER ?

– CE QUE JE VAIS VOUS DIRE VA PEUT-ÊTRE VOUS SURPRENDRE.

– CE N'EST PAS CERTAIN, JE M'ATTENDS À TOUT.

– NOUS AVONS INFILTRÉ LES MOR.

– HONNÊTEMENT, JE M'EN DOUTAIS UN PEU. »

DjidJa est certaine qu'AngKor ne tardera pas à revenir sur les Nuages du Taureau. Il ne pourra rester trop longtemps éloigné de sa femme et de ses enfants. Elle a bien compris qu'il tenait à eux, même s'il ne refuse pas de temps en temps une aventure extraconjugale. Elle sait que les Acom ne font jamais de missions qui excèdent un mois. Le danger est trop grand de perdre toutes les données enregistrées, sans compter le péril extrême d'un dérèglement psychique irréversible, très probable au-delà de cette période. Elle hésite à se l'avouer mais, avec AngKor, la duperie, la mystification, le mensonge ont dépassé les limites de l'acceptable. Ce n'est pas la première fois que, dans ce métier d'Agent spécial de la CEG, elle est éprouvée par le double jeu, mais c'est la première fois qu'elle tombe aussi amoureuse. AngKor lui manque et elle fait tout pour se rapprocher de lui, y compris la folie d'abandonner la plus élémentaire prudence. Elle court le risque d'être identifiée par les RAVA ou les MOR. Elle a loué une cellule confortable dans le complexe du centre de communication. Désœuvrée, elle prend maintenant un verre à la terrasse de l'un des cafés de la très célèbre place Saint-M. Elle se dit que la ville a beaucoup de charme avec ses quelques places reconstituées à l'ancienne mode terrienne.

AnaTuya n'a pas lâché DjidJa une seconde. Elles ont pris le RHET toutes les deux. Elles ont chacune récupéré combinaison et BioCom. Maintenant, AnaTuya est à seulement dix mètres d'elle. DjidJa donne l'impression de se détendre en buvant un verre, assise comme si elle attendait on ne sait quoi. À moins qu'elle ne soit plongée dans des réflexions très ordinaires. Les pensées d'AnaTuya continuent d'évoluer à la frontière de la sphère professionnelle et des fantasmes amoureux. Comme elle voit de profil DjidJa dont les formes sont ainsi bien mises en valeur, elle laisse un instant ses obsessions envahir les objectifs rationnels de sa mission. Avant de se débarrasser de DjidJa, elle pourrait satisfaire un besoin qui monte en elle. Mais elle se ressaisit. Elle se demande de nouveau pourquoi DjidJa, qui lui a été présentée comme une professionnelle très performante, semble se conduire en touriste très ordinaire ou comme un Agent débutant. Se pourrait-il qu'elle soit tombée sous le charme d'AngKor ? La décontraction de DjidJa provoque chez AnaTuya un doute qui ne fait que croître. Elle commence à se demander si DjidJa ne serait pas en train de la manipuler. Elle veut en avoir le cœur net. Discrètement, elle fait un tour d'horizon puis s'adresse à son BioCom :

« Es-tu capable de me trouver un sympathisant qui serait en ce moment même sur la place Saint-M ?

– Quelle drôle de question pour un petit BioCom comme moi !

– Silence ! Ne parle plus et réponds-moi sur ton écran. »

AnaTuya lit : « Facile ! Tu préfères un homme ou une femme ? »

Elle répond en tapant sur le clavier : « Peu importe, le plus proche, vite. »

Elle peut lire la réponse : « À la terrasse du café d'à côté, il y a un homme en combinaison bleu sombre, il est seul. C'est un des membres influents de la cellule MOR de cette ville de Z. »

AnaTuya tape : « Son nom ? » Puis elle lit : « Recherche en cours. »

Une minute plus tard, elle sent que son BioCom lui presse légèrement le bras. Elle regarde son poignet : « Son nom est GanGes. »

Elle murmure à son BioCom :

« Reste très attentif, mais tais-toi ! »

Elle se lève sans se presser et passe à deux mètres derrière DjidJa. Elle se rapproche de la terrasse où se tient l'homme à la combinaison bleue. Il doit avoir soixante-dix ans et possède un certain charme. Exactement le genre de proie qu'elle peut draguer en cinq minutes. Arrivée à sa hauteur, elle s'arrête, marque un étonnement et déclare :

« GanGes ! C'est vous ? »

Surpris, l'homme soulève les sourcils.

« Nous nous connaissons ?

– J'ai peut-être fait erreur..., dit-elle avec un sourire enjôleur.

– À la réflexion... je crois que nous nous sommes rencontrés à... »

Comme il hésite, elle l'aide un peu :

« ... au cours d'une réunion, disons... »

Elle baisse nettement la voix tout en vérifiant que personne ne les écoute :

« Nous nous sommes vus lors d'une réunion MOR, ici, à Z. »

L'homme ne répond pas immédiatement. Il jette un œil à droite, puis à gauche, et indique le fauteuil libre en face de lui. Il déclare :

« Asseyez-vous donc. Vous prendrez bien un verre avec moi ?

– Volontiers, répond AnaTuya en s'installant.

– Excusez-moi, je ne me souviens plus très bien de votre nom...

– NaGua, je m'appelle NaGua.

– Bien sûr, je me rappelle maintenant », ment-il.

Ça marche, se dit AnaTuya. Elle en profite pour ouvrir sa combinaison à la limite de l'acceptable. S'il fait un petit effort, et il le fait, la rondeur et les pointes de ses seins imposants ne peuvent pas lui échapper. Évidemment, il ne voit que ça et un sourire béat se forme sur son visage. Il est réceptif.

Une serveuse iA se présente, GanGes propose :

« Voulez-vous boire quelque chose ?

– Merci. Je veux bien un EuphoStar ! » dit-elle. Puis, comme l'homme est toujours aussi subjugué, elle se penche en avant de telle sorte que ses seins se posent sur la table. Elle lui chuchote :

« Je suis un Agent spécial des MOR. Je sais que je peux compter sur vous, n'est-ce pas ? »

Il reste un instant la bouche ouverte, puis il répond enfin avec un air de conspirateur :

« Oui, tout à fait. Tout à fait. »

Elle approche son fauteuil du sien, colle ostensiblement sa cuisse contre la sienne et lui dit :

« Voilà ce que nous allons faire. »

DjidJa est encore dans ses pensées quand des éclats de voix attirent son attention. Elle se tourne intriguée en direction d'une des tables proches de la sienne. Elle n'est pas la seule à diriger son regard vers une jolie femme de trente ou quarante ans qui subit la colère évidente d'un homme beaucoup plus âgé qu'elle. Le ton monte.

« … et puis ce n'est pas acceptable ! Une chose pareille, ce n'est pas possible ! s'exclame l'homme.

– Mais je n'y peux rien, je t'assure ! dit la femme.

– Jamais, tu m'entends ! Jamais je n'accepterai cela. »

La serveuse iA s'est approchée, mais reste à distance. Le couple continue à se disputer. Les personnes alentour ont des regards gênés. La jeune femme s'est levée soudainement, comme pour s'enfuir, mais l'homme la retient par le bras, elle crie :

« Ce n'est plus possible, laisse-moi ! Lâche-moi ! » Elle se dégage violemment et perd l'équilibre. L'homme tente maladroitement de la retenir en criant :

« Tu es complètement folle ! »

Elle vient heurter la table de DjidJa et chute lourdement sur le sol. Sa tête fait un bruit mat et elle reste immobile. DjidJa s'agenouille aussitôt et soulève doucement la tête de l'inconnue qui a les yeux fermés et semble inconsciente.

Immédiatement, la serveuse iA est là. Elle dit à l'adresse de DjidJa :

« Voulez-vous que j'appelle un Agent médecin ou un Asi ? »

Mais la jeune femme ouvre les yeux.

« Non, non, ce n'est rien… vraiment, ce n'est rien, rien du tout… » Puis elle se remet debout et éclate en sanglots dans les bras de DjidJa qui se trouve complètement décontenancée.

La serveuse iA intervient de nouveau :

« L'homme qui était avec vous a disparu. Que puis-je faire ?

– Rien… rien, je vous remercie… », dit la jeune femme en quittant les bras de DjidJa et en s'asseyant spontanément à sa table.

« Vous êtes certaine que vous ne voulez pas une aide particulière ? » demande DjidJa.

Les quelques personnes qui ont été témoins de la scène, mais qui n'ont pas bougé, affichent maintenant une totale indifférence. DjidJa se retrouve seule en compagnie d'une inconnue qui se met à lui raconter ses malheurs :

« C'est un monstre. Je ne peux plus le supporter. Il est ignoble !

– Qu'est-ce qu'il vous a fait ? s'enquiert DjidJa.

– Je ne peux pas le dire. C'est trop dur.

– Calmez-vous, détendez-vous ! Comment vous appelez-vous ?

– NaGua, je m'appelle NaGua, répond-elle en levant sur DjidJa un regard désespéré et chargé de larmes.

– Ça va aller. Il vaudrait mieux rentrer chez vous maintenant.

– Non, non ! Pas encore !

– Il va falloir que je pense moi aussi à rentrer chez moi, alors je peux faire un crochet par votre domicile. Où habitez-vous ?

– Je n'ai pas de cellule sur ce vaisseau.

– Vous n'êtes pas d'ici ?

– Non. Je suis des Pléiades.

– Je vais vous accompagner pour prendre le RHET.

– Je n'ai plus d'infos. Il m'a tout pris !

– Ce n'est rien, je vais payer votre passage.

– Non… pas tout de suite. Je ne peux pas rentrer maintenant, je veux rester avec vous !

– Mais c'est impossible !

– Ne m'abandonnez pas, je vous en supplie…

– Moi non plus je ne suis pas d'ici. J'ai loué une cellule. Je veux bien vous offrir l'hospitalité pour la nuit et demain vous prendrez le RHET, c'est d'accord ?

– Merci. Je vous remercie. »

Dans le vaisseau où il s'est réfugié, AngKor est directement témoin des affrontements entre les RAVA et les MOR. Pas une journée sans qu'un ou plusieurs incidents se produisent. Les Acom qui travaillent pour TV3D et qui reviennent de multiples vaisseaux rapportent des faits similaires dans toute la Galaxie. AngKor envisage de passer par le RHET pour revenir sur son vaisseau dans les Nuages du Taureau. Être éloigné de sa femme et de ses enfants n'est pas supportable. Comment pourrait-il rentrer chez lui sans risquer d'être identifié ? Au tout début de sa fuite, qui n'a duré qu'un temps très court, ils n'ont pu utiliser des moyens de reconnaissance biométrique à partir de données sur le visage, le fond de l'œil, le flux sanguin, l'ADN ou autre. Mais aujourd'hui, passer par le RHET serait extrêmement imprudent, surtout pour se rendre sur son propre vaisseau. C'est pour cela qu'il a demandé à HarBin de le remplacer. Ce dernier n'a pas *a priori* de raison d'être connu, le rapprochement entre eux deux n'étant pas tellement évident. En revanche, si les troubles se propagent à tous les vaisseaux, est-ce que le RHET pourrait être interrompu ? Il ne se souvient pas qu'un tel désastre se soit déjà produit. Et puis les RAVA comme les MOR, comme la Confédération d'ailleurs, continuent de fonder leurs stratégies sur le bon fonctionnement du RHET. Alors...

La grande pirogue

Ta'aroa est particulièrement agacé par le comportement complètement illogique et excessif de son frère. Ce matin, Temana, qui à l'ordinaire ne dit rien, est prêt à tuer tout le monde. Est-il devenu fou ?

Ta'aroa sent monter en lui une colère dévastatrice. Il se tourne vers son peuple auquel il montre un visage terrifiant. Tous baissent les yeux en signe de soumission. Ils ne regardent plus le Porteur de l'Image Sacrée. Ils l'écoutent en tremblant.

« Si le grand prêtre Tumatarii est coupable, déclare-t-il, on fera comme le souhaite mon frère Temana. Pour le moment, nous allons interroger Tumatarii.

– Mais il a..., commence Temana.

– Silence ! Que tu sois mon frère ne change rien. Je te conseille de m'écouter et souviens-toi de Te'iri ! Je vais commencer par poser des questions au grand prêtre. Nous écouterons ses réponses. Vous ne parlerez que si je vous interroge, c'est ainsi. »

« Tumatarii, pourquoi dis-tu que mon île est au milieu de ces trois lumières que l'on voit dans l'Image Sacrée ? »

Je dois faire très attention à ce que je vais répondre. Suis-je entré dans le rêve à un point tel que ma vie serait ici, des siècles en arrière, mise en péril ? S'il devait m'arriver un incident grave, si je mourais ici, est-ce que je retrouverais mon corps dans le monde d'Alpha ? Comment mes rêves pourraient-ils mettre ma vie en danger ? Ta'aroa insiste :

« Tumatarii, tu dois t'expliquer !

– Pardonne-moi, ô Ta'aroa. Puis-je humblement te montrer quelque chose sur l'Image ?

– Elle est là, sur le pont, montre-moi. Mais si tu la touches, tu es mort.

– L'Image Sacrée est un prodigieux cadeau des dieux et ce cadeau qu'ils t'ont fait est celui d'une île. Regarde. Ici et là, on voit très bien le Vai-ora-a-Täne, l'eau vivante de la Voie lactée. Et là, le superbe requin Fa'arava i te'ra'i couleur du ciel, dans son bassin. Près de lui se trouve le Pira'e-tea-a-Täne, l'hirondelle de mer blanche de Täne. Et Anä-muri l'astre de derrière, qui pleure Rio, le dieu des pêcheurs de thons et de bonites...

– Oui, oui, nous savons tout cela, l'Image est un morceau de ciel. Et alors ?

– En regardant les *ta'urua* dans les cieux et l'Image, nous savons où nous sommes !

– Je ne comprends pas.

– L'Image Sacrée n'est pas seulement un morceau de ciel, Ta'aroa ! L'Image Sacrée est bien plus ! C'est aussi un morceau de *moana* ! »

À ces mots, des murmures prennent naissance au sein du conseil. Et plus loin, en retrait, tout le peuple de la pirogue est dans l'admiration de ce qui vient d'être dit. Je répète :

« C'est un morceau de *moana*.

– Tumatarii, comment es-tu si certain de ce que tu avances ? »

Ta'aroa s'est adouci. Il est maintenant tout près de moi. Il a pris l'Image Sacrée dans ses mains.

Je reprends la parole :

« Quand tu regardes *mahana* et que tu le caches avec l'Image… »

Ta'aroa fait de l'Image un écran entre lui et le soleil.

« … tu vois trois points lumineux. Regarde bien où ils sont. Maintenant, du côté où tous les coquillages brillent, tu vois aussi, perdus parmi les reflets de lumière de tous les coquillages, ces trois points. Les vois-tu ?

– Oui, je les vois ! Ils sont minuscules !

– Ils forment un beau triangle. Au milieu, il y a de toutes petites porcelaines qui ont des couleurs plus sombres et surtout les trois sœurs aux magnifiques reflets bleus et blancs. »

Je les lui montre avec mon index, mais je prends bien garde de ne pas les toucher.

« Ici, là et encore là, ce sont des îles !

– Il y a plusieurs îles ?

– Ô Ta'aroa, l'Image que tu portes est une chance inestimable, c'est un morceau du ciel qui te permet de savoir où est le *Toa Marama* en regardant les *ta'urua* ! Quand tu sais où est le *Toa Marama* dans son chemin d'étoiles, alors, tu sais où il faut naviguer pour trouver les îles !

– Qu'est-ce qui me prouve que cela est bien ainsi ?

– Ta'aroa, c'est simple, il suffit d'aller voir ! Car, maintenant, nous savons quelle route nous devons suivre pour trouver les îles ! »

À ces mots, Ta'aroa me regarde et c'est un bonheur de voir enfin un sourire naître sur le visage du grand guerrier.

Tous ont entendu et tous ne peuvent s'empêcher de rire doucement, de manifester une joie qui marque le retour d'un formidable espoir.

Ta'aroa a posé l'Image sur le pont. Il place ses mains sur mes épaules et déclare avec solennité :

« Je ne sais pas encore si tu as raison. Je ne sais pas encore si tu dis vrai. Mais ce que je sais, c'est que tu viens de redonner l'espoir à mon peuple ! »

Il se produit alors une chose singulière : Ta'aroa reprend l'Image Sacrée qui est à ses pieds et me la tend en disant :

« Je suis le Porteur de l'Image Sacrée, mais toi, le grand prêtre Tumatarii du *Toa Marama*, tu es notre guide sous les étoiles ! Tu peux désormais tenir toi aussi le don des dieux ! »

En cet instant, tous sont heureux. Malgré les morts, malgré la fatigue, malgré la souffrance constante d'une vie à bord devenue très dure, le rêve peut de nouveau exister.

Je ne suis qu'un homme ordinaire. Ce triangle de lumière, tout le monde le connaît dans mon présent. Il faudra bien que je lui dise. Mais comment lui faire comprendre que c'est du passé, du présent et du futur réunis qu'est née la révélation de la route ?

LIe siècle

DjidJa ne pense plus à cette jeune femme, NaGua, qui vient de passer une nuit chez elle et qu'elle a laissée se reposer. Enfin, c'est ce qu'elle croit. Elle trouve qu'elle a un peu trop tendance à vouloir s'incruster dans sa vie, mais cette présence la rassure, même si NaGua semble d'une grande fragilité psychologique.

Elle a rompu les liens avec l'organisation. Elle a basculé et sait pourquoi. Elle a compris qu'elle participait à l'élimination d'AngKor. Espionner les transports d'informations sensibles effectués par les Acom pour le compte de la CEG est une chose. Être l'un des rouages d'une machine prête à tuer pour raison d'État en est une autre. À bord des vaisseaux, de siècle en siècle, de telles violences sont devenues très rares. Elle se doit d'aider AngKor. Elle sait qu'il n'était pas dupe. Il se savait menacé. Elle se souvient de leur échange de paroles dans le restaurant oriental où ils ont passé une soirée très spéciale. Une soirée à jouer au chat et à la souris.

DjidJa a tout saisi ce soir-là. Derrière le paravent de leur mission réciproque se cachait l'évidence d'un amour en train de naître. Elle est amoureuse. Mais AngKor ? Il est sensible à mon charme, reconnaît-elle, il éprouve de l'amour pour moi. Mais sa femme et ses enfants restent le centre de son cœur. Elle se demande avec amertume ce qu'elle est devenue.

Elle est certaine qu'il ne s'est pas précipité pour passer par le RHET. Il se méfie évidemment en ce moment même. Elle est certaine également que sa femme doit savoir comment le joindre. DjidJa a une dette envers eux. Même si cela lui coûte, elle décide de contacter ValdiVia pour essayer de le sauver. Mais comment faire ?

Identifier sans tarder le lieu d'habitation d'AngKor et de sa famille. Elle se trouve une bonne raison d'agir ainsi : elle ne peut être la complice d'un meurtre. Mais, très vite, elle est obligée de reconnaître qu'il y en a une autre : se rapprocher de l'homme qu'elle aime et, comme elle ignore où il est, elle doit rechercher l'endroit où il finira bien par revenir un jour.

Lors du séjour d'AngKor chez elle, sur Centaure Croix, elle a réuni assez d'éléments pour situer son domicile à l'extérieur de Z. Elle prend le Mag et trouve le secteur. Une zone étonnante, boisée à l'ancienne, avec une jolie prairie reconstituée, courant près de douces collines. Plus loin, dans un horizon fictif légèrement concave, typique des vaisseaux-monde, on aperçoit les blocs massifs de Z. DjidJa trouve qu'AngKor vit vraiment loin de la ville, dans un cadre débordant de végétation. C'est un univers très surprenant. Un monde très éloigné des hypertechnologies des grandes villes. Elle doute que la petite forêt qui s'étend le long du chemin soit bien réelle. Un EVA ? Elle examine les quelques cellules isolées dans une campagne reconfigurée qui tente, se dit-elle, d'imiter des environs champêtres de la vieille Terre.

Elle ne s'approche pas trop, mais voit distinctement un jeune enfant sortir d'une des cellules.

« C'est certainement LeeR, son fils », murmure-t-elle.

DjidJa n'a pas perçu qu'elle était observée.

Quand l'émission paralysante la frappe par-derrière et qu'elle tombe, face contre terre, elle croit sombrer dans un épouvantable cauchemar.

Elle est toujours consciente, mais, les muscles complètement tétanisés, elle ne peut plus bouger. On la retourne. Horrifiée, elle reconnaît, penché au-dessus d'elle, le visage de NaGua. Elle tient à la main un paralyseur. C'est une autre femme qui n'a plus rien à voir avec celle que DjidJa a laissée, désespérée, chez elle. Un homme se tient derrière elle. Son regard et son sourire narquois en disent long. C'est celui avec lequel NaGua a eu une altercation.

La rage que ressent DjidJa de s'être ainsi fait manipuler n'a d'égale que la peur qui monte en elle. Elle est allongée sur le dos sans pouvoir bouger. Si ses agresseurs ont utilisé une arme comme celle des Asi, elle aura les muscles périphériques paralysés pendant une demi-heure.

Le couple entreprend de lui retirer sa combinaison.

« Ne t'inquiète pas, ma belle ! Tout d'abord, merci de nous avoir conduits auprès du fils d'AngKor. Tu ne comprends pas ? Dommage. Je t'assure que les MOR vont apprécier l'idée, et ton amant va avoir un sacré problème à résoudre. Mais, en ce qui te concerne, tu ne vas rien regretter ! » dit AnaTuya. L'homme a ouvert sa combinaison jusqu'aux cuisses. Il exhibe maintenant un sexe en érection de taille impressionnante. Debout, les jambes tendues, il commence à se masturber pendant que la femme écarte largement les cuisses de sa proie, auprès de laquelle elle s'est agenouillée. Le regard d'AnaTuya se trouble quand elle découvre la beauté lisse du sexe de sa prisonnière. Doucement, elle effleure les plis et les replis, offrant ainsi à l'homme un spectacle dont il ne perd rien. Elle caresse en experte. DjidJa voudrait crier, mais les mots restent au fond de sa gorge. Elle voudrait s'enfuir, mais ni ses jambes ni ses bras ne répondent. Avec un sourire ambigu, AnaTuya introduit aussi profondément qu'elle le peut l'un de ses index dans l'anus de DjidJa. Puis, elle le fait brutalement aller et venir. Sans cesser son mouvement, elle se penche et lui aspire le clitoris avec violence. De son autre main, elle lui masse les seins et en pince les pointes à la limite du supportable. Puis elle ralentit et adoucit le rythme. Elle contrôle maintenant aussi bien l'index qui fouille sa victime que ses lèvres et sa langue qui n'arrêtent ni de sucer ni de lécher. DjidJa sent monter en elle une vague de plaisir qu'elle ne peut endiguer et dont AnaTuya se rend évidemment compte.

Elle redouble alors d'ardeur et, tout en léchant DjidJa avec frénésie, elle passe l'une de ses mains entre ses cuisses et enfonce deux, puis trois doigts dans son propre vagin. Elle se caresse sous les yeux de l'homme qui, n'en pouvant plus, fourre d'autorité son sexe dur et gonflé dans la bouche de DjidJa. Il accentue ses allées et venues en elle et, quand il éjacule sans ménagement avec des grognements, DjidJa pense qu'elle va devenir folle. Au même moment, AnaTuya donne à sa langue un mouvement de rotation précis et mesuré, et fait jouir DjidJa une deuxième fois comme AngKor savait si bien le faire. L'insoutenable comparaison qui se répand dans les pensées de la malheureuse lui vrille l'esprit douloureusement. Elle perd connaissance.

Quand elle rouvre les yeux, elle se rend compte qu'elle se trouve à l'arrière d'un véhicule magnétique de grande taille. On lui a enfoncé dans la bouche une balle en mousse et elle a un goût de sperme dans la gorge. Seule la mort pourrait la laver de ce que l'on vient de lui infliger. Elle est complètement nue, les jambes repliées dans le dos et les poignets ligotés à ses chevilles. La position est douloureuse. Même si elle a retrouvé son tonus musculaire, elle ne peut toujours pas parler en raison de son bâillon et c'est à peine si elle peut se retourner. Elle aperçoit, allongé au fond du véhicule, un jeune enfant qui semble dormir. Elle reconnaît le fils d'AngKor. Ils l'ont enlevé par ma faute ! pense-t-elle, désespérée. Brusquement, elle se demande si la Confédération ne se serait pas implicitement alliée aux MOR pour contrer la stratégie des RAVA. Il faut absolument prévenir AngKor qu'ils ne reculeront devant rien. Il faut qu'elle prévienne aussi la femme d'AngKor.

Elle est terrorisée quand, à travers la cloison, c'est sa tortionnaire qu'elle voit revenir. AnaTuya ne prononce pas un mot et la met sur le dos. DjidJa ne peut retenir un cri de douleur étouffé par son bâillon. Ce ne sont pas ses bras, mais ce sont ses jambes, repliées derrière elle et liées à ses poignets, qui lui font très mal. Elle roule des yeux remplis de hargne, mais ne peut rien faire. AnaTuya reste silencieuse. Encore une fois, elle ose introduire ses doigts en DjidJa, qui feint la résignation. AnaTuya approche son visage du bas du ventre de sa victime ; cependant les liens serrés ne lui permettent pas d'agir à sa guise. Elle la retourne face contre le sol et lui détache les jambes. Voilà DjidJa dans la position du début mais les jambes libérées. Maintenant, c'est une langue obscène qui fouille son intimité. DjidJa se laisse aller, elle se montre même coopérative en écartant ses jambes au maximum. AnaTuya est comblée, mais perçoit trop tard où DjidJa veut en venir. Brutalement, avec une force surhumaine, les cuisses qui encadrent ce sexe si passionnément léché se referment comme les deux valves d'un coquillage diabolique. AnaTuya, égarée dans sa folie sexuelle, apprécie le contact des jambes sur sa nuque et le léger goût salé du sexe de son jouet. Une seconde plus tard, elle comprend qu'elle est prisonnière. Lèvres contre lèvres, elle ne peut plus respirer. DjidJa, dans un effort incroyable, maintient fermement la tension de ses muscles. Elle a l'impression que c'est tout le visage d'AnaTuya qui pénètre en elle. Des mains désespérées s'agrippent à ses jambes, à son ventre, à ses fesses. Elle est griffée, mordue, écorchée. Mais elle serre encore et encore. Ses cuisses lui font mal. AnaTuya lui mord le sexe. Un filet de sang lui coule entre les fesses. Quelques minutes plus tard et après un dernier sursaut, AnaTuya s'affaisse, morte, étouffée. Pour autant, DjidJa ne lâche pas sa prise. Elle continue de resserrer l'étau. Ses jambes lui semblent devenues de bois. Peu à peu, elle parvient à les écarter. Elle se refuse à regarder l'innommable : le visage d'une morte aux yeux exorbités, couvert du sang de sa victime, et dont la bouche abjecte reste grande ouverte.

DjidJa arrive péniblement à se mettre debout. Un ruisseau pourpre court le long de ses cuisses. Sa mâchoire trop longtemps ouverte par la balle en mousse lui fait terriblement mal. Soudain, deux hommes en armes pénètrent dans le véhicule. Ils saisissent immédiatement que DjidJa vient de tuer AnaTuya. Sans discussion, ils l'abattent d'une décharge ionique de fort calibre. Elle meurt sur le coup et tombe sur le cadavre de sa tortionnaire. L'image du visage d'AngKor gravée dans sa mémoire se désagrège dans une entropie synaptique ordinaire.

ValdiVia est de plus en plus inquiète. Elle essaie d'attendre une heure, comme elle en est convenue avec son iA personnelle.

Elle n'arrête pas de se dire : il est sorti ce matin pour « voir la couleur du ciel ». Ça, c'est une obsession classique chez LeeR, regarder comment le ciel évolue. J'en suis un peu responsable, à force de recueillir les paramètres avec lesquels on peut régler le climat interne du vaisseau. Mais LeeR voulait voir TabuK. Or, ce dernier ne l'a pas aperçu. Je ne peux plus attendre comme ça !

Justement, son système personnel intervient. Même s'il s'agit d'une voix de synthèse, les intonations sont alarmantes.

« ValdiVia, j'ai des nouvelles !

– Où est-il ! Tu le sais ? Il est revenu ? Parle !

– Non, non ! Il n'est pas revenu. J'ai reçu un message dont je n'arrive pas à trouver la provenance. Je ne sais pas comment je dois te le retransmettre, je n'ai jamais rencontré cette situation.

– Vite, lis-le ! Il est arrivé un accident ? Où est-il ? »

L'iA de ValdiVia prend une voix impersonnelle pour déclarer :

« Début du message : “LeeR a été enlevé. Nous le gardons prisonnier. Il va très bien. Il ne lui arrivera rien. Pour le libérer, il suffit de nous communiquer les coordonnées galactiques du vaisseau-lumière vierge découvert par AngKor. La transmission se fera sur la bande X, à la fréquence de 2,549 GHz en modulation ultra-elliptique. L'instant d'émission sera synchronisé sur le maximum de luminosité du pulsar GZU028. Il est inutile et déconseillé de contacter les Asi du vaisseau.” Fin du message. »

ValdiVia s'accroche à son bureau. Elle porte les mains à son visage, crie et pleure à la fois. Son iA intervient :

« Je ne peux pas réellement comprendre l'intensité de ta douleur, mais je compatis et tu peux tout me demander, tout, je ferai tout ce que je peux pour t'aider. »

ValdiVia est effondrée. Les enlèvements d'enfants n'existent plus depuis des siècles. « Pourquoi moi ? » dit-elle entre deux sanglots. Pour éviter de perdre l'esprit, elle se force à poser une question pratique :

« Je n'ai pas bien compris la partie technique du message.

– Ils proposent que tu transmettes ta réponse avec des moyens électromagnétiques qui ne sont plus utilisés. La synchronisation sur un pulsar très ordinaire garantira une grande confidentialité de la transmission.

– Mais c'est quoi cette histoire de vaisseau-lumière vierge découvert par AngKor ?

– Je suis en contact avec Charlotte, l'iA de ton mari, elle confirme qu'il a bien découvert un nouveau vaisseau-lumière il y a quinze jours.

– Pourquoi n'a-t-il rien dit ? » Elle ajoute immédiatement : « Mais alors, on peut leur répondre ! On peut faire libérer LeeR !

– Il y a un problème.

– Que veux-tu dire ?

– Charlotte n'a plus les coordonnées du vaisseau.

– Mais c'est impossible ! Pourquoi, mais pourquoi ?

– C'est AngKor lui-même qui a récemment ordonné à Charlotte de décharger sa mémoire contenant les renseignements sur le vaisseau.

– Quoi ! Mais pourquoi a-t-il fait ça ? Pourquoi ?

– Probablement pour empêcher que l'on ne découvre les informations.

– Quand l'a-t-il fait ?

– Le message est passé par LeeR. »

Elle se souvient. Elle a eu une conversation avec son fils, au sujet d'un message qui lui était destiné : « Dire à Charlotte de faire attention. Tout va bien, AngKor. » Ça venait des Nuages du Cygne.

Rien n'indiquait qu'il s'agissait d'une découverte si importante. Le texte était codé et Charlotte savait ce qu'elle devait faire.

« Il faut que je contacte AngKor rapidement. Il a certainement les coordonnées. Il doit me les faire parvenir au plus vite, mais comment ? Je ne sais même pas sur quel vaisseau il est. »

ValdiVia se demande s'il ne faut quand même pas prévenir les Asi. Elle est désemparée. Mais si la connaissance des coordonnées permet de libérer LeeR, alors il faut les trouver à tout prix.

Elle s'adresse de nouveau à son iA :

« Je dois absolument contacter AngKor !

– Il a laissé des instructions pour ça en cas d'urgence.

– Mais pourquoi ne pas l'avoir dit plus tôt ?

– Tu devais explicitement poser la question.

– Donne-moi le message !

– C'est un seul mot : "Pacifique". »

ValdiVia prend un air ahuri, elle répète :

« Pacifique… C'est tout ?

– Oui, c'est le seul indice que ton mari a laissé pour toi pour le joindre en cas d'urgence.

– Je ne sais pas ce que je dois faire. Aide-moi, je t'en supplie ! »

Soudain, elle se souvient du jeu *Mission secrète* et de l'antiquaire.

AnZio est sidéré. IwaKi a été enlevée, mais ne proteste pas. Elle garde son calme, prisonnière contre son gré dans une cellule certes très confortable, mais prisonnière quand même ! Elle a accepté cette situation avec fatalité, comme si elle y trouvait une occasion imprévue. Celle de s'adonner à des occupations qui l'éloignent de la réalité. Elle dort ou bien passe des heures à visionner des séquences hypermédias sur le THM. Dans les deux cas, elle rêve. C'est à peine si elle utilise le transmetteur qui lui permet de commander des repas. AnZio a évidemment entendu parler de ces personnes dépendantes souffrant de DPH qui finissent par considérer que les mondes virtuels anciens dans lesquels ils pénètrent sont les vrais constituants du monde réel. Cependant, il a toujours trouvé qu'IwaKi avait un comportement normal. Peut-être un peu excessif, mais normal. Il n'imaginait pas qu'elle irait à ce point se réfugier dans le virtuel. Lui, si loin des mondes imaginaires, demeure la tête sur les épaules au service d'une organisation dont il ne perçoit pas vraiment tous les enjeux politiques. Faire des infos avec des données, ça, c'est un objectif clair ! Que le leader des RAVA souhaite en faire autre chose ne le concerne pas. Son intérêt à lui est pragmatique et financier. Pour le moment, il ne se préoccupe que de la surveillance d'IwaKi. Elle représente une garantie permettant de recueillir les données auprès de LinZ. AnZio aura sa part. Alors elle doit être surveillée avec soin. À l'aide des systèmes de contrôles, il l'observe régulièrement et ne constate rien d'inquiétant.

Elle est incroyable ! Belle et un peu dingue, mais vraiment incroyable ! se dit-il.

Les THM des vaisseaux connectés depuis des siècles aux immenses HB ont accumulé des quantités d'informations phénoménales. IwaKi est plongée dans une recherche très ciblée.

Une recherche qui concerne le Pacifique. Et elle fait des découvertes. Dans son propre vaisseau, elle finit par trouver des merveilles en rapport étroit avec les données que LinZ lui avait montrées il y a maintenant plusieurs jours et à partir desquelles il avait enclenché une recherche archéocomputationnelle avec un Acom. Pourquoi ce dernier ne revient-il pas ? A-t-il des réponses aux questions ? LinZ ne peut imaginer qu'IwaKi s'est prise, elle aussi, au jeu d'une recherche intensive, impulsive et chaotique, mais passionnée et terriblement efficace.

Si AngKor agit en Acom professionnel, IwaKi, elle, est surtout intuitive. Immergée dans des reconstitutions virtuelles, au sein d'un monde dont elle devient totalement dépendante, elle découvre des informations intéressantes, complémentaires de celles de LinZ et de celles d'AngKor. Elle est même arrivée à trouver certaines réponses aux quatre questions.

En voyageant par le rêve dans les temps anciens, elle commence à percevoir la véritable quête des vaisseaux-lumière.

52
Manipulation

Apataki

Comme une imperceptible musique voyageant au bord du silence de la mer, comme un oiseau perdu dont le mouvement ne fait qu'effleurer les divines couleurs d'un paysage solitaire, elle est seule sous la lune dans le lagon d'Apataki. Nageant sans bruit à la surface d'une onde reposée, Alpha pousse délicatement devant elle une pirogue miniature. Sur le frêle vaisseau aux deux carènes élancées, un petit peuple polynésien implore les cieux. Des femmes, des enfants, des marins et des pêcheurs, un grand guerrier, un sorcier, des anciens et quelques autres encore, tous tendus vers un effort unique, vers l'espoir d'une autre terre, d'une autre vie.

Elle rêve ainsi la conquête d'une île nouvelle. Elle rêve aussi l'attente.

Elle s'arrête à quelques dizaines de mètres du rivage et, plongeant dans l'eau une main décisive, écarte de l'horizon immédiat de la pirogue une grève prochaine.

Elle rêve toujours l'attente. Elle joue avec eux, avec lui également. Elle sait qu'elle est maintenant sa déesse, sa lumière, qu'elle existe par cette espérance. Elle marque son cœur d'une pulsation nouvelle et, par le regard figé d'une insignifiante figurine de deux centimètres de haut, Alpha trouve sa raison d'exister : être attendue.

La grande pirogue

Ta'aroa est penché sur l'Image Sacrée. Avec son fils Tama, le père Mata-Rau, et Horo'u le sorcier, il examine encore une fois l'emplacement des petites porcelaines perdues dans un océan de coquillages dont certains semblent de minuscules répliques des *ta'urua*.

Ta'aroa laisse échapper quelques mots révélateurs d'une pensée qui le hante et l'émerveille à la fois. Se parlant à lui-même, il dit :

« L'une de ces porcelaines sera notre *fenua* ! Il est donc là, perdu dans tous ces coquillages, et il suffirait de suivre les *ta'urua*... »

Il observe particulièrement dans l'Image une représentation de l'eau vivante de la Voie lactée avec son fantastique requin qui barre les cieux, puis tourne la tête vers les hauteurs divines et cherche, cette fois dans la voûte céleste, les feux scintillants de la festivité qui conduit les étoiles, et aussi celle d'où vient le flux de la mer. Satisfait, il dit à son fils :

« Vois avec Ono comment régler au mieux les voiles et les cordages pour que notre route suive bien les deux festivités que voici. »

Après avoir remis l'Image Sacrée à sa place, le voici de nouveau à l'avant. Mais, contrairement à ce que pensent ses compagnons, il n'est pas en train de scruter les profondeurs de la nuit. Il est envahi par de sombres réflexions. Il songe avec inquiétude à son frère : pourquoi Temana a-t-il soudainement changé d'attitude ? Pourquoi souhaite-t-il si ardemment la mort du grand prêtre Tumatarii ? Certes, le comportement de ce dernier n'est pas toujours compréhensible et sa résurrection demeure mystérieuse. Il était déclaré mort, noyé dans les flots impétueux, quand on le retrouve recraché par Ruahatu. Pourquoi ? Les dieux n'en voulaient pas ? Il disparaît âgé, il réapparaît avec vingt ans de moins. Curieusement, il semble avoir oublié les rites anciens, mais détient une connaissance nouvelle qui étonne tout le monde. Est-ce toujours le même homme ? N'est-il pas un autre ? Pourtant, il possède bien sur son avant-bras la tortue stylisée en forme d'étoile, noyée dans une répétition dentelée de triangles noirs, symbole initiatique des religieux de haute lignée.

S'ajoute à cela ce naufragé qui prétend venir des étoiles.

Il y a elle, aussi. D'où vient-elle ? Son origine est un mystère. Elle est l'unique, la seule, la sœur des dieux. Elle parle dans mon cœur, elle parle dans mon âme.

Ta'aroa trouve également qu'il y a des ressemblances entre le grand prêtre ressuscité et la déesse de la lune, surtout dans ce qu'ils disent tous les deux. Comme c'est étrange. Tumatarii, le grand prêtre… Que de questions à son sujet traversent les pensées de Ta'aroa ! Pourquoi, alors qu'il a enfreint les ordres sacrés, pourquoi ne pas croire à sa culpabilité ?

Il se rend bien compte que Tumatarii a redonné espoir au peuple de la pirogue. Pourquoi Temana est-il si rancunier ? La scène de la nuit dernière l'obsède : il arrive précipitamment à l'arrière et voit Tumatarii effrayé qui laisse tomber sur le pont l'Image Sacrée. Il l'a donc volée. Puis, c'est son frère Temana qui, dans une fureur extrême, s'apprête à frapper le grand prêtre avec son poignard. Pourtant, ce dernier ne regarde pas le bras meurtrier mais l'Image qui gît à terre. Pourquoi regarde-t-il l'Image ? Le danger ne vient-il pas du poignard de Temana ?

Ta'aroa se souvient du morceau de cuir. Une lanière comme celle qu'on utilise pour lier la tête de pierre d'une herminette sur son manche, mais qui avait quelque chose de particulier. Il ne sait plus ce qu'il en a fait. ni pourquoi elle lui a paru curieuse. Ensuite, il se revoit tuer Te'iri qui l'a insulté devant les siens. La violence et la rapidité de son geste l'étonnent d'autant plus que Tumatarii méritait le même châtiment mais qu'il a empêché Temana de l'exécuter. Pourquoi l'un et pas l'autre ?

Soudain, il sait qu'elle est là. Il sent son parfum étrange et envoûtant. Sans se retourner, toujours face aux éléments, le visage tendu vers le large, il ferme les yeux. Elle pose délicatement sur son épaule une main qui en épouse parfaitement la courbe. Puis ses doigts se font plus insistants dans une pression amoureuse riche de promesses.

Elle dit :

« Le temps n'a pas d'importance. Le futur et le passé sont enfin réunis et de leur union sacrée naît l'espoir qui anime ton peuple. La fin de ta quête est proche. Tu es l'élu. Le *Toa Marama* est ton vaisseau et tu ne peux encore imaginer ce qu'il va te donner. »

Il sent son cœur enfler et, comme partageant son émotion, comme partageant ses pensées, le pont vibre sous ses pieds. Il ne sait plus si c'est lui ou son vaisseau qui frissonne. Dans la brise qui propulse le navire sous les étoiles, il se penche au-dessus de l'onde. Là, juste devant les étraves, la mer se lève légèrement alors que les carènes ne l'ont pas encore pénétrée. C'est un mystère pour Ta'aroa. Comment la vague encore vierge de l'emprise du vaisseau sait-elle que toute la puissance du *Toa Marama* est si proche ?

Ta'aroa reste fasciné par le pouvoir de la grande pirogue double sur *moana*, fasciné par ce flot qui s'écarte soudainement, fasciné par le lent mouvement des carènes qui avec obstination montent, descendent, montent et descendent sans fin. Le *Toa Marama* mène une course implacable et chevauche avec puissance une houle longue et obscure.

Elle est partie. Il n'a rien dit.

Apataki

Alpha se penche vers la surface miroitante du lagon et dans ses prunelles sombres brille une petite lune en réduction, deux reflets argentés aux vibrations métalliques, préludes à l'enchantement. Avec une infinie tendresse, elle approche du vaisseau perdu une main délicate et, à l'instant précis où l'astre de la nuit coule un rayon de lumière sur le grand guerrier, elle le saisit entre le pouce et l'index. Un moment, elle le retient ainsi, prisonnier. Puis, avec lenteur, elle le rapproche de son visage.

« Ce n'est qu'une minuscule figurine, pourquoi m'attire-t-il à ce point ? » murmure-t-elle.

Elle le pose délicatement dans le creux de sa main gauche. Elle le caresse. Elle lui parle : « Je suis ta déesse, la déesse de la lune, je suis aussi celle que tu cherches, ton espérance. »

Elle souffle doucement sur lui, immobile dans sa main qu'elle referme comme un coquillage. Elle le repose enfin à l'avant de son vaisseau.

La grande pirogue

Ta'aroa a l'impression d'être le jeu d'une puissance divine. Il se sent plus léger. Porté par un souffle, il est soudainement poussé vers les étraves. Cependant, même s'il perçoit là une volonté implacable, la douceur de cette force le rassure. Il lève un regard interrogateur vers les cieux, écarte les bras et implore :

« Les dieux sont toujours avec moi. Mais que veulent-ils que je fasse ? »

Il lui a semblé entendre une déchirure mystérieuse, mélange de sons cristallins et de froissements fugitifs. Peut-être une étoffe qui flotte dans le vent ? Mais sa déesse n'est plus là. Si ce n'était le souvenir d'une profonde harmonie, l'empreinte de sa main qui demeure sur son épaule, il douterait de sa venue. Il pense qu'elle a pu s'éloigner de quelques pas vers l'arrière du vaisseau. Mais en tentant de la rejoindre, c'est son fils Tama qu'il croise en chemin. Celui-ci lui demande :

« Père, es-tu satisfait de la route que suit le *Toa Marama* ? »

Il reste un moment sans rien dire, juste ce qu'il faut. Le maître du navire doit mesurer le temps, même avec son fils. Alors, quand enfin l'image de sa déesse se stabilise dans sa mémoire, il se tourne vers l'immensité océane, et déclare :

« Oui, mon fils, je suis satisfait de la route et du chemin d'étoiles. Vois comme la festivité d'où vient le flux de la mer brille de mille feux. C'est elle maintenant qui tire notre pirogue. »

LIe siècle

Après sa fuite frénétique dans le RHET et ses sauts successifs dans les puits gravifiques, AngKor a trouvé refuge dans le vaisseau des Nuages du Cygne. Il sait qu'il peut compter sur HarBin. Ce dernier a accepté de passer à sa place dans le vaisseau des Nuages du Taureau et de prévenir ValdiVia.

AngKor se demande comment il va pouvoir regagner son vaisseau sans être repéré par les Asi et par les Agents du gouvernement, les Agouv. Ils attendent son arrivée sur les Nuages du Taureau, ils le guettent, c'est certain.

Il s'inquiète pour la sauvegarde de sa mémoire et des données qu'il a accumulées. Il est urgent de prendre une décision. Il sent monter en lui une terrible tension nerveuse. Une fatigue sourde qu'il ne pourra peut-être bientôt plus maîtriser. Il doit décharger sa mémoire au plus vite, aussi bien pour sa santé mentale que pour garantir l'intégrité des informations stockées. Une défragmentation brutale, incontrôlée, incohérente mettrait sa vie en péril. Il doit se préparer à se séparer au plus vite de ce qui a tendance à trop devenir une partie de lui-même. Ce n'est pas tant la masse qui va le gêner que l'impossibilité physiologique de s'en défaire s'il attend trop longtemps.

Et puis, AngKor songe au vaisseau-lumière. Sa découverte, son vaisseau, perdu dans le Rift de l'Aigle. Pendant combien de temps encore pourra-t-il conserver le secret de son existence ? Le secret de ses coordonnées galactiques ? Les RAVA ne sont-ils pas entrés avec leur EVA dans une quête utopique classique des nouvelles stratégies politiques ? Veulent-ils le pouvoir pour conquérir la Galaxie ? Et quelle incidence leurs actions ont-elles sur l'expansion galactique des vaisseaux-lumière ?

Soudain, il se rend compte que la prise de conscience est un acte créateur. Une conséquence holistique de la pensée profonde. Pas une naissance claire et définitive, pas un jaillissement, mais plutôt une vision partielle et inachevée qui mérite d'être complétée. Il découvre qu'une nouvelle idée, un concept neuf s'élabore en ce moment même au sein de sa mémoire, et qu'il s'agit aussi d'une génération issue de toutes ses données en attente. Un travail en cours, non achevé, encore en projet. Un rideau qui tarde à dévoiler ce qui deviendra une évidence, mais qui n'est pour le moment qu'un nuage qui roule sans forme à l'horizon de son esprit. Mais pourquoi a-t-il songé à l'expansion, à l'essaimage des vaisseaux-lumière dans le bras galactique ?

Le plus important dans l'immédiat, c'est d'avoir des nouvelles de sa famille. Être assuré que tout va bien. Il attend donc le retour de HarBin. Pour tromper son anxiété et pour tenter d'échapper aux données qui s'agitent et encombrent son cortex cérébral, il enclenche le THM et finit par s'assoupir. Il rêve du Pacifique et du *Toa Marama*.

C'est un tunnel. C'est une lumière, intense, totale, à la fois matérielle et irréelle. Un puits, c'est un puits sans fond au bord duquel il vacille, c'est un puits de lumière dans lequel il tombe depuis une éternité. AngKor ne sait plus qui il est, où il est. Le temps soudain se replie sur lui-même comme un univers chiffonné mettant en contact des époques *a priori* infiniment éloignées. Un temps qui n'est ni linéaire ni plat, mais courbé et agité de soubresauts imprévisibles.

Un temps qui serait autre chose que ce que nous croyons.

En songeant au Pacifique, AngKor reconfigure les briques du temps dans une géométrie nouvelle. Avant d'ouvrir les yeux, il sent une vibration, il perçoit une musique lancinante, un déchirement qui se joue du temps qui passe et qui persiste avec impudence, une caresse océane figée et immuable. Il perçoit aussi une ample respiration, un doux balancement. Le *Toa Marama* est revenu.

Dans le vaisseau des Nuages du Taureau, HarBin surveille régulièrement la boutique de l'antiquaire. Assis comme à son habitude à la terrasse du café tout proche, il écoute distraitement les conversations des deux couples voisins qui, à sa droite, commentent les derniers événements.

« ... Le porte-parole du gouvernement confédéral a dit explicitement qu'ils n'étaient pas opposés au projet d'EVA Création totale des RAVA, déclare l'un des deux hommes.

– Encore faudrait-il disposer d'un vaisseau-lumière vierge ! précise sa compagne.

– Exactement ! Et c'est bien pour ça que ce n'est que de la politique, parce que, avant qu'on fasse une telle découverte..., ajoute l'autre femme.

– Avez-vous réfléchi à ce que serait une expérience d'EVA Création totale ? On en parle comme si c'était une évidence, mais c'est une absurdité. Certains affirment même que nos ancêtres ne connaissaient pas le RHET.

– Voyons, AkouLa, le RHET a toujours existé.

– C'est faux, intervient le premier homme. Le RHET a été créé il y a deux mille ans.

– Deux mille ans ! s'esclaffe AkouLa, mais c'est bien ce que je dis. C'est comme si les RAVA voulaient vivre sans le RHET !

– Bref, les RAVA sont des dingues, il faut les enfermer, il faut s'en débarrasser, les MOR n'ont pas tort. »

À cet instant, sur la gauche, un jeune homme se met à apostropher violemment les deux couples.

Les deux hommes de droite se sont levés. Les insultes fusent. HarBin, pris entre deux feux, ne sait pas où se mettre.

Il voit distinctement un groupe de jeunes en combinaison noire qui se précipitent sur eux en scandant :

« Les MOR vaincront ! Les RAVA mourront ! »

Il s'ensuit un désordre indescriptible de chaises et de tables renversées d'où HarBin arrive péniblement à s'extraire au moment où cinq Asi armés de paralyseurs prennent position autour du café.

C'est à cet instant que ValdiVia, deux cents mètres plus loin, entre chez l'antiquaire. HarBin ne l'a pas vue passer. Il se relève pour échapper à la folie générale. Il se trouve alors nez à nez avec un Asi armé d'un paralyseur. Il est rare que les Asi en fassent usage, mais, depuis que les troubles entre les RAVA et les MOR se sont multipliés au sein des vaisseaux, les gouvernements locaux ont pris des dispositions radicales.

La décharge électrique cloue HarBin sur place. Les secours arrivent et commencent à évacuer les blessés. On finit par l'embarquer avec eux.

« Bonjour, madame, que puis-je faire pour vous ? demande l'antiquaire à ValdiVia.

– Je suis Agent bioéco… Agent psychoécobiologiste… Je suis… je fais… je fais des enquêtes pour évaluer les demandes des particuliers concernant… enfin, concernant le climat à l'intérieur du vaisseau-monde… En fait… en fait…

– Mais qu'avez-vous ? Vous êtes toute pâle ! Asseyez-vous et expliquez-moi ce que vous cherchez.

– Je viens pour… je viens pour le Pacifique… »

L'antiquaire a sursauté imperceptiblement, il se reprend aussitôt :

« Pardonnez-moi, mais je n'ai pas très bien saisi votre demande. Je suis un vieil homme vous savez. Vous êtes intéressée par quel type d'objets anciens ? Des livres ?

– Oui, c'est ça ! Je suis intéressée… par des livres sur l'océan Pacifique… comme ceux dans la vitrine, là.

– Ah ! Je vois que vous êtes une spécialiste, attendez un instant. »

Le vieil homme abandonne ValdiVia. Il s'approche de la fausse porte à l'arrière de la boutique et disparaît à travers la cloison.

Un instant plus tard, il revient, tenant à la main un objet que seul un antiquaire comme lui peut encore posséder.

« Voilà, dit-il, avec mes cent cinquante ans, je perds un peu la mémoire, alors je dois prendre des notes, sur un petit cahier... Vous savez ce qu'était un cahier, avec des feuilles de vrai papier ?

– Oui, je crois... mon fils... mon fils..., balbutie ValdiVia.

– Votre fils a eu un cadeau, c'est ça, je me souviens ! » répond l'antiquaire tout en plissant les yeux en signe de connivence.

Il griffonne quelques mots sur son cahier qu'il montre discrètement à ValdiVia. Il reprend :

« Votre fils a reçu une statuette en bois, n'est-ce pas ? »

ValdiVia commence à comprendre où son interlocuteur veut en venir. Tout en essayant de voir ce qu'il vient d'écrire, elle lui répond machinalement :

« Ce n'est pas mon fils, mais son copain de jeu, celui qui s'appelle...

– Peu importe son nom ! » dit l'homme en fronçant les sourcils et en agitant légèrement son cahier, où ValdiVia lit enfin : « Parlons de choses sans importance. Ne prononcez pas de noms. Écrivez l'essentiel sur ce cahier. Méfions-nous des iA qui écoutent. »

ValdiVia souhaite faire parvenir au plus vite un message à AngKor. Comment doit-elle procéder, c'est la question qu'elle tente d'écrire sur le papier en continuant de parler comme si de rien n'était.

« ... Oui... Le copain de mon fils a reçu... il a reçu une... une... une statuette en bois, alors j'ai pensé...

– Votre fils voudrait la même ? demande le vieil homme tout en prenant connaissance de ce qu'a écrit ValdiVia.

– Voilà, c'est exactement ça.

– Attendez un instant, je crois pouvoir vous aider, je vais voir, je reviens. »

Quelques minutes plus tard, l'antiquaire est de retour avec une statuette en bois, semblable à celle que TabuK a reçue.

« Vous avez de la chance, il m'en reste une. Voulez-vous un paquet cadeau, comme dans les temps anciens ? propose le vieil homme qui hoche lentement la tête pour signifier à ValdiVia de dire oui. Bien, je vais prendre un moment pour vous faire un joli paquet à la mode de jadis. »

Sur ces mots, il dépose le cahier dans les mains de ValdiVia en lui indiquant du regard une page vierge.

ValdiVia écrit fébrilement le message destiné à AngKor : « LeeR a été enlevé. J'ignore par qui. Ils exigent les coordonnées. Je t'en prie, donne-les-moi au plus vite ! ValdiVia. »

Quand elle sort de la boutique, elle remarque une agitation sur la place. Le café qui est à deux cents mètres est cerné par des Asi en uniforme portant des paralyseurs. Les MOR et les RAVA, encore et toujours, se dit-elle, ils sont tous devenus fous. LeeR, où peux-tu bien être ?

Alors qu'elle s'éloigne sans trop presser le pas, en essayant non sans difficulté d'avoir l'air naturelle, trois hommes la croisent et l'un d'entre eux la bouscule violemment. Elle tombe, le paquet lui échappe et roule devant elle sur le sol. L'un des trois individus s'en empare et s'enfuit en courant. Il a vite fait de se perdre dans la foule.

Elle n'a pas eu le temps de réagir. C'est tout juste si quelques passants ont compris ce qui venait de se produire. Un court instant elle reste interdite, puis reprend son chemin comme si l'incident n'avait pas d'importance.

« ELLE EST DONC ALLÉE VOIR CE VIEIL HOMME, CET ANTIQUAIRE ?

– EXACT. C'EST UNE DES ATTRACTIONS TOURISTIQUES DE LA PLACE.

– MAIS QUELLE PREUVE A-T-ON QU'ELLE AURAIT CHERCHÉ À ENTRER EN CONTACT AVEC SON MARI PAR SON ENTREMISE ?

– ON SE DOUTE QUE L'ANTIQUAIRE DOIT ÊTRE UN INTERMÉDIAIRE POUR ANGKOR, MAIS ON NE SAIT PAS COMMENT IL PROCÈDE. DE PLUS, DES RECHERCHES STATISTIQUES SUR LES PARCOURS HABITUELS DE L'ACOM DANS LE VAISSEAU MONTRENT QU'IL A SOUVENT FRÉQUENTÉ CETTE BOUTIQUE.

– ET VALDIVIA ?

– JAMAIS.

– INTÉRESSANT ! EST-ELLE RESSORTIE AVEC UN OBJET PARTICULIER ?

– OUI, UNE STATUETTE EN BOIS D'UNE VINGTAINE DE CENTIMÈTRES DE HAUT. UN ÉTONNANT PERSONNAGE AUX GRANDS YEUX EN AMANDE ASSIS SUR SES TALONS. NOUS PENSIONS QUE CET OBJET RECELAIT UN MESSAGE, MAIS NOUS N'AVONS RIEN TROUVÉ DE TRÈS CLAIR.

– ÉVIDEMMENT, VOUS AVEZ PENSÉ À DES CODAGES DE TYPE MORPHOLOGIQUE ET MÉTANUMÉRIQUE SUR L'OBJET LUI-MÊME. DES MESSAGES ENCAPSULÉS DANS DES PRIMITIVES PERTINENTES, DES FORMES ÉLÉMENTAIRES... LE NEZ, LES YEUX, LA DISPOSITION DES MAINS... ENFIN, VOUS VOYEZ CE QUE JE VEUX DIRE ?

– BIEN SÛR, NOUS Y AVONS PENSÉ. CEPENDANT, NOUS NE SOMMES PAS TRÈS SÛRS DU TYPE DE CLÉ DE CRYPTAGE QUI POURRAIT AVOIR ÉTÉ UTILISÉ. NOUS AVONS POURTANT TROUVÉ UNE INFORMATION CACHÉE.

– LAQUELLE ?

– IL S'AGIRAIT D'UN OBJET EN RAPPORT AVEC L'UNE DES RÉGIONS OUBLIÉES DE L'ANCIENNE TERRE, LA POLYNÉSIE. UN MOT SEMBLE AUSSI REVENIR ASSEZ SOUVENT : TRIANGLE. ÉTRANGE, NON ?

– ÉTRANGE OU SANS COHÉRENCE. QUE PEUT-ON FAIRE AVEC CELA ?

– C'EST BIEN CE QUE JE VOUS DEMANDE, MAIS VOUS VENEZ EN PARTIE DE RÉPONDRE À MA QUESTION.

– QUELLE EST LA PROBABILITÉ POUR QUE LES MOTS POLYNÉSIE ET TRIANGLE AIENT UN RAPPORT AVEC ANGKOR ?

– 50 %. CE N'EST PAS VRAIMENT SIGNIFICATIF. MAIS NOUS AVONS AUSSI TROUVÉ UNE CORRÉLATION ENTRE LE MOT PACIFIQUE UTILISÉ PAR VALDIVIA ET LE MOT EXTRAIT DE L'OBJET : POLYNÉSIE.

– ET ALORS ?

– ALORS, RIEN. IL N'Y A RIEN D'ANORMAL ENTRE LA DEMANDE EXPLICITE DE VALDIVIA ET LA PRÉSENTATION DE LA STATUETTE PAR L'ANTIQUAIRE.

– QU'EST-CE QUI VOUS PROUVE QU'ELLE EST ENTRÉE EN CONTACT AVEC SON MARI ?

– RIEN, OU PLUTÔT SI, ELLE N'A RIEN FAIT D'AUTRE !

– ET LES IA LOCALES DE LA BOUTIQUE ?

– UNE INSTROSPECTION DISCRÈTE DE LEUR MÉMOIRE CENTRALE N'A RIEN DONNÉ, C'EST COMME SI ELLES N'AVAIENT RIEN VU, NI RIEN ENTENDU QUE DES BANALITÉS. C'EST CURIEUX.

– POURQUOI NE PAS INTERROGER LE VIEIL HOMME ?

– DIFFICILE, NOUS N'AVONS AUCUNE RAISON PARTICULIÈRE POUR LE FAIRE ET, D'APRÈS LES MODÈLES EN COURS, SI MESSAGE IL Y A, ALORS IL N'A PAS QUITTÉ LA BOUTIQUE.

– DONC, TOUTES LES PERSONNES QUI ENTRENT OU SORTENT MAINTENANT DEVRONT ÊTRE IDENTIFIÉES ET CONTRÔLÉES.

– C'EST CE QUE NOUS FAISONS. »

53
Doutes

La grande pirogue

« Père, ton frère est là, comme tu l'as demandé.

– Bien, fais-le entrer », dit Ta'aroa.

Temana pénètre dans le *fare* arrière du *Toa Marama*. Ta'aroa est assis sur un bois sculpté.

À sa droite, Ono, le regard dur, est posté en guerrier armé d'une lance à pointe dentelée. Il porte à sa ceinture une courte hache en obsidienne aux lueurs menaçantes.

À sa gauche, coiffé de noir et de plumes blanches, le sorcier retourne continuellement dans ses mains une lanière de cuir de requin. De temps en temps, il souffle dessus, ou lui parle dans une mélopée qui ne semble pas vouloir s'arrêter. D'un petit pot en bois posé devant lui sort une fumée diffuse et nauséabonde.

Temana reste debout, impassible.

Au bout d'un temps trop long, qui fait bien remarquer à Temana que le chef, ici, c'est Ta'aroa, ce dernier prend la parole. Il affirme :

« Tu es Temana, mon frère, assieds-toi. »

Temana s'exécute. Le voilà face au trio qui l'examine en silence. Il se dit que cette situation est offensante. Ta'aroa le traite sans égard pour leur lien de parenté.

Enfin, Ta'aroa prend la parole :

« Tu es mon frère, mais certains de tes actes sont des mystères pour moi. »

Temana ne bronche pas. Cependant, le morceau de cuir que le sorcier manipule l'inquiète de plus en plus.

« Pour trouver la vérité, j'ai mis mon fils Tama ainsi qu'Ono et le sorcier au courant de certaines choses. »

À ces mots, Temana sent monter en lui une angoisse terrible. Se peut-il qu'on lui tende un piège ? Malgré tout, il répond posément :

« Ô Ta'aroa, tu es notre chef. Ce que tu décides est bien.

– Je reconnais là ta diplomatie habituelle. Mais tu ne veux pas savoir de quoi je veux parler ?

– Tumatarii t'a trompé et il te fait croire à des histoires qui seraient cachées dans l'Image Sacrée.

– Tais-toi ! Ces histoires, comme tu dis, ont redonné la confiance à mon peuple, contrairement à tes paroles médisantes ! Crois-tu nous aider dans la quête de notre *fenua* par ton comportement excessif et tes idées de meurtre ? »

Temana a baissé les yeux, il attend. Ta'aroa reprend la parole :

« Dis-moi plutôt pourquoi tu souhaites la mort du grand prêtre Tumatarii ?

– C'est un usurpateur ! Te'iri était malfaisant, mais c'était un prêtre ! Tumatarii est-il prêtre ? Il a volé l'Image Sacrée ! »

Soudain, le sorcier jette la lanière de cuir dans le pot en bois. Puis, brutalement, il en répand le contenu devant Temana qui blêmit.

Tous les quatre ont les yeux fixés sur les cendres éparpillées d'où émerge un serpent de cuir posé sur trois petites pierres noires. Un triangle presque parfait, c'est le signe d'une présence divine ou maléfique. Le temps semble arrêté. Les quatre hommes seraient-ils transformés en corail mort ?

Brusquement, le sorcier se lève en s'exclamant :

« Il ment ! »

Temana s'est levé lui aussi, il hurle, il éructe :

« Mais c'est la vérité ! Ta'aroa, tu as vu le grand prêtre avec l'Image Sacrée dans ses mains, tu l'as vu comme moi !

– Faux ! tranche Ta'aroa. Je n'ai jamais vu les mains de Tumatarii sur l'Image. » Il marque un temps. Ses yeux se plissent et prennent une expression effroyable.

« Pourquoi le grand prêtre avait-il plus peur de l'Image que de ton poignard ?

– Je ne comprends pas ce que tu veux dire.

– Enlève ton pagne et donne-le-moi, ordonne soudain Ta'aroa.

– Mais tu es fou !

– Ne discute pas ! Donne-le-moi ou tu es mort ! » insiste Ta'aroa. Ono, jambes écartées, lève sa lance qui prend un angle à faire frémir. Temana s'exécute. Il enlève son pagne tenu par des lanières de cuir et tend l'ensemble à son frère. Ta'aroa transmet tout au sorcier qui examine attentivement les lanières.

Puis le sorcier fait non de la tête. Le pagne est rendu à Temana.

Ta'aroa ne dit rien. Il s'est levé. Il fait un signe de mépris à son frère, lui signifiant par là qu'il peut quitter les lieux. Ce dernier jette un regard noir à Ta'aroa en lui disant :

« Comment toi, Ta'aroa, l'élu des dieux, peux-tu traiter ainsi ton propre frère ? »

Ta'aroa ne répond pas. Temana se retourne et sort du *fare*. Il croise Tama en armes qui fait le guet dehors. Il a un coup au cœur quand il aperçoit une lance identique à celle d'Ono, dont la tête est une pointe dentelée façonnée pour les pires mutilations, mais il ne montre aucune réaction et s'éloigne sous le regard interrogateur d'une partie de l'équipage du *Toa Marama*.

Mon nouveau compagnon, AngKor, l'homme qui dort, ainsi qu'on l'appelle désormais, se réveille d'un long sommeil à mon côté. Nous voyons passer devant nous un homme assez grand qui ajuste son pagne. C'est Temana, et quand il m'aperçoit je sens dans ses yeux une haine farouche. Je remercie le ciel que Tama le suive en armes comme pour le surveiller. J'ai confiance dans le fils de Ta'aroa.

Je dis à AngKor :

« C'est le frère de Ta'aroa, Temana. Je crois qu'il est jaloux de moi. »

Comme il ne semble pas comprendre, j'ajoute :

« Ta'aroa m'écoute, et Temana souhaite ma perte. »

Je ne sais pas s'il m'a bien entendu, il me répond :

« Je crois que j'ai dormi pendant des jours. Qui es-tu ? Que fais-tu sur ce vaisseau ?

– Ne va pas trop vite. Je suis le présent, ils sont le passé et tu es le futur ! »

AngKor m'a tout dit de sa vie. Je sais qu'il vient du LIe siècle et circule entre de gigantesques vaisseaux stellaires en utilisant une technologie qui dépasse l'entendement. Le temps me donne l'impression qu'il se replie sur lui-même au point de mettre en contact des époques immensément lointaines.

Étrangement, pour des raisons diverses, le Pacifique nous rapproche. Nos discussions lui servent manifestement pour mettre de l'ordre dans une quantité de données qui me donnent le vertige. Quand je parle de cette épopée qui fait des Polynésiens les plus grands navigateurs de tous les temps, je sens bien que quelque chose le trouble. Il ne dit plus rien. Il est ailleurs.

Il évoque souvent sa famille et sa découverte récente d'un vaisseau-lumière dont il ne sait que faire dans ce contexte de troubles politiques où différents modèles du pouvoir prétendent organiser autrement leur incroyable essaimage galactique.

Le doute m'envahit régulièrement quant à mon équilibre mental, au point que je ne sais plus si mes rêves sont devenus réalité ou si le monde réel n'est qu'un rêve.

Une nuit, nous apercevons Ta'aroa et sa compagne. AngKor dit quelque chose de surprenant qui m'intrigue de plus en plus :

« Cette femme, je suis certain de l'avoir déjà vue ! »

AngKor, Ta'aroa et moi semblons avoir de bonnes raisons de penser à cette femme, comme si nous avions avec elle des rapports particuliers. Pour Ta'aroa, c'est une déesse. AngKor, lui, prétend l'avoir déjà vue dans son monde ou ici même. Quant à moi, je n'ose dire à qui elle me fait penser de peur qu'elle ne naisse ainsi de mes obsessions. Encore une fois, une question me hante : peut-on modifier le cours de ses rêves ?

J'ai encore interrogé Tama et Ono sur la présence de cette femme, mais les deux m'ont fait cette réponse étonnante : « De quelle femme parles-tu ? » confirmant ainsi que seuls AngKor, Ta'aroa et moi pouvons la voir. Je serais tenté de dire que seuls, nous trois, pouvons réellement la rêver.

Un soir, bien avant que la lune se lève, Tama vient me chercher.

« Mon père veut te voir. »

Je rejoins Ta'aroa dans son *fare*. Il me propose de m'asseoir en face de lui. Nous sommes tous les deux. Son accueil est amical. Il dit :

« Nous devons parler, toi et moi. Je ne comprends pas qui tu es. Tu es la réincarnation du grand prêtre et tu es aussi un autre. Tu sembles avoir commis le pire des sacrilèges, et pourtant je n'arrive pas à croire que tu sois coupable. Comment expliques-tu cela ?

– Toi, Ta'aroa, nous savons tous qui tu es ! Tu es le pêcheur constructeur de pirogues, protégé par Ruahatu. Tu es l'élu des dieux, le Porteur de l'Image Sacrée, le Guerrier de la Lune. Tu as le *mana* !

– Pourquoi me flattes-tu ?

– Je ne te flatte pas. C'est ainsi, tu as vraiment du *mana* et tu es vraiment le grand guerrier du *Toa Marama*, le Guerrier de la Lune. Tu es tout cela, réellement. Je le dis avec sincérité, parce que je t'admire et parce que j'aime ton peuple.

– Pourquoi dis-tu "ton peuple" comme si tu n'en faisais pas partie ?

– Ta'aroa, je suis ton serviteur, si je peux apporter ma contribution dans la quête de ton *fenua*, je le ferai, mais… je ne fais pas partie de ton peuple.

– Que veux-tu dire ? Regarde ton avant-bras ! Tu sais ce que signifie ce tatouage ? Il indique que tu appartiens à la prêtrise et que ton rang est des plus élevés !

– Je sais ce qu'il signifie, mais je ne sais pas pourquoi il est sur mon bras.

– C'est le propre des prêtres d'être parfois incompréhensibles, en cela je ne vois rien d'anormal chez toi. »

Je ne sais plus quoi répondre. Après un long silence, Ta'aroa reprend la parole :

« Tumatarii, j'ai toujours une grande confiance en toi, malgré ce qui est arrivé avec l'Image Sacrée. Répète-moi encore ce qui s'est passé la nuit où l'on t'a découvert avec l'Image Sacrée en dehors de mon *fare*. »

Une fois de plus, je donne à Ta'aroa ma version des faits.

« Je suis dans le *fare*. J'observe l'Image sans la toucher. Je ne fais que la regarder. Je finis par m'endormir et fais un rêve étrange où j'ai l'impression d'étouffer. Un visage monstrueux, inhumain, un démon est penché sur moi, sans que je puisse bouger. Je m'accroche à quelque chose, une corde peut-être... On me secoue. Je me réveille. J'aperçois et entends ton frère et Ono qui crient. Je vois avec horreur l'Image Sacrée qui tombe de mon vêtement.

– Tu te souviens que Temana a failli te transpercer le cœur avec son poignard ?

– Non. Pas du tout. J'étais horrifié par la présence impossible de l'Image. Ce fait à lui seul a tout occulté autour de moi. Je ne voyais plus que cette Image Sacrée posée sur moi par un incroyable sortilège.

– Tu sais pourquoi je te crois ? »

Comme je le regarde sans répondre, il continue :

« Je te crois, parce que je me souviens parfaitement de ce que j'ai vu. Je t'ai vu terrifié, oui, tu étais terrifié ! Ton regard était fixé sur l'Image. Comme si tu découvrais avec effroi qu'elle était anormalement sur toi. Un véritable voleur n'aurait pas été surpris par le produit de son larcin, mais par l'attaque imprévue de Temana. »

Nous restons un long moment sans rien dire et il me semble que l'instant est propice pour interroger Ta'aroa. Mais c'est lui qui parle en premier :

« Il faut que je te confie quelque chose. C'est un grand secret. Mais je sais que je peux compter sur toi. »

Ta'aroa me raconte alors les circonstances exactes de ma disparition, du moins ce qu'il croit être ma disparition. Il me parle de cette pêche dans le trou à thons et de la colère de Ruahatu qui s'abat sur l'île. Il se pose des questions qui restent sans réponses, dont l'une qui ne cesse de le hanter : est-il responsable de cette colère et par conséquent de tous les morts ? Il évoque la destruction partielle du *fare* où nous sommes en ce moment et la perte de l'Image dans les flots.

Il me raconte comment, pour redonner l'espoir aux pauvres rescapés, il a imaginé, avec son frère et l'aide des dieux, de faire une copie de l'Image. Et comment il en est venu à ne montrer l'Image à son peuple que de loin, et à la tombée du soleil.

Je reste sans voix. Je ne lui dis pas que pas un moment je ne crois à cette histoire de reconstruction de l'Image. Le fait que j'y retrouve le triangle polynésien avec les archipels de la Polynésie est suffisant pour que moi, l'homme moderne, je puisse en conclure qu'il n'y a pas eu subterfuge. Ou plus exactement que le subterfuge n'est pas celui auquel il pense. Lui n'est pas étonné que son frère ait pu refaire de mémoire un tableau comportant plusieurs centaines de coquillages qui ne sont pas disposés au hasard. Et puis, d'où vient l'Image sinon des dieux ? Lui-même n'est-il pas un dieu ? En tout cas, il les fréquente. Je mesure l'immensité qui nous sépare et l'impossibilité de nous comprendre malgré nous.

Le silence s'est fait. C'est à moi, maintenant :

« Ta'aroa, ton peuple compte sur toi. Tu n'es pas responsable de la mort des tiens. Leur disparition est une perte que l'on ne peut pas réparer, mais ce n'est pas ta faute. Ce que tu fais en ce moment même, en cherchant vers Te Hitia-o-te-Rä le signe d'un nouveau *fenua* pour tous ceux qui t'entourent, est la plus belle chose qu'un chef puisse faire. »

Ta'aroa demeure impassible et fier. Je ne sais pas ce qu'il pense vraiment, mais les liens qui se tissent entre nous n'ont pas besoin de futiles paroles. J'ajoute :

« Merci aussi, Ta'aroa, de la confiance que tu viens de m'accorder. J'en serai digne et garderai tes confidences pour moi tant que tu le souhaiteras. Pourtant un jour, plus proche que tu ne crois, tu y verras peut-être une signification particulière. »

Son regard s'est éclairci.

« Que veux-tu dire ? s'enquiert-il.

– Rien pour le moment, sinon que cette confiance que nous avons l'un dans l'autre m'amène à te demander une faveur.

– Parle.

– La femme qui vient te voir lorsque la lune coule sur l'océan ses rayons argentés est une vraie déesse.

– Oui, quand elle est là, je vis. Quand elle s'en va, je meurs.

– Tu m'as dit qu'elle parlait parfois mystérieusement.

– C'est vrai.

– Je crois qu'elle et moi pensons parfois les mêmes choses.

– Que veux-tu dire ?

– Que c'est du passé, du présent et du futur réunis qu'est née la révélation de la route.

– Je ne comprends pas.

– Ta'aroa, il y a sur le *Toa Marama* des personnes de passage, tu les connais bien, n'est-ce pas ? »

Il ne répond pas. Il me regarde et je précise alors :

« Ta déesse, l'homme qui dort et moi, nous ne sommes que de passage.

– Que veux-tu dire par "de passage" ?

– Simplement que nous n'avons pas toujours été là et qu'il se peut que nous retournions d'où nous sommes venus.

– Je ne te comprends pas. Les déesses viennent des cieux, toi tu es le grand prêtre du *Toa Marama* et l'homme qui dort a failli se noyer. Il est tombé d'un autre vaisseau, c'est toi qui le dis ! Les dieux étaient avec lui, ils l'ont porté sur notre route. »

De nouveau, le silence se fait entre nous. Encore une fois, je remarque combien les instants où nous ne nous disons rien sont importants. Pourquoi Ta'aroa n'a-t-il pas trouvé en son frère ce qu'il trouve en moi ?

Je crois l'instant propice pour faire ma proposition.

« Ta'aroa, j'ai une faveur à te demander.

– Oui, tu l'as déjà dit, parle enfin plus clairement !

– Je voudrais que nous nous rencontrions tous les quatre, toi, ta déesse, l'homme qui dort et moi. »

LIe siècle

HarBin a été interrogé par les Asi. Il a eu beaucoup de chance. L'enregistrement hypermédia de la scène a montré qu'il faisait bien partie des quelques personnes présentes à la terrasse du café mais qu'il n'a pas participé, ni de près ni de loin, à l'échauffourée. Du coup, aucune des questions posées sous ProxNemo, le détecteur de mensonge, n'a concerné sa mission réelle. Il n'a donc pas eu besoin de travestir et est aussitôt libéré.

En fin d'après-midi, il décide de refaire un tour dans les environs de la boutique de l'antiquaire. Il ne voit aucune femme ressemblant à la description que lui a faite AngKor de ValdiVia.

Il ne peut pas aller la voir, ni la joindre par BioCom, car tous les systèmes sont probablement épiés. HarBin se dit que ValdiVia a peut-être contacté l'antiquaire autrement, ou pendant que lui était interpellé par les Asi.

La boutique pourrait être sous surveillance elle aussi. Auquel cas, il va bien être obligé d'utiliser la méthode d'AngKor. Il repasse dans sa tête la liste des objets très ordinaires qu'il lui a apprise grâce à des techniques d'Acom surprenantes. Cette liste, il est en mesure de la réciter à l'endroit comme à l'envers, mais peut également citer à la demande l'objet numéro n, avec n égal à mille. Jamais il n'aurait pensé être capable d'une telle performance. Malgré cela, il ne se sent pas bien entraîné, c'est une folie ! Il n'aurait pas dû accepter un truc pareil.

Il se décide. Il passe tranquillement devant la boutique et aperçoit deux clients à l'intérieur. Il revient un quart d'heure plus tard. L'antiquaire est seul. Il entre.

« Que puis-je pour vous ?

– Je cherche un souvenir concernant l'ancienne Terre.

– Un globe terrestre, par exemple ?

– Non, autre chose.

– Je ne vous ai pas déjà vendu quelque chose récemment ?

– C'est exact. Une statuette en bois pour le fils d'un ami en rapport avec… le Pacifique.

– Ah oui ! Bien sûr. Les livres vous intéressent, je suppose ? Venez donc voir celui qui est en vitrine, c'est un ouvrage ancien qui concerne la Terre. »

Le vieil homme ouvre une petite porte en verre et extrait un bel ouvrage ancien qu'il montre distraitement.

« Regardez ces anciennes illustrations, ne sont-elles pas remarquables ? »

HarBin se penche au-dessus de l'épaule de l'antiquaire. Entre deux pages, il voit un morceau de papier sur lequel est écrit un message surprenant :

« LeeR a été enlevé. J'ignore par qui. Ils exigent les coordonnées. Je t'en prie, donne-les-moi au plus vite ! ValdiVia. »

AngKor lui a bien expliqué : « Ne pas chercher à comprendre le message source. Établir simplement une liste cible par correspondance suivant la clé mémorisée. Puis, prendre immédiatement quatre comprimés de Transpsycho6, c'est un peu fort mais tu es jeune, ça passera. Tu oublieras les souvenirs de la source mais pas ceux de la cible. C'est tout. Le code cible est toujours anodin et ne prouve rien. Si tu fais le tout en moins de cinq minutes, aucun détecteur ne pourra prouver que tu mens, car tu auras réellement oublié le message source et tu diras donc la vérité, mais dans tes souvenirs, avec la clé, je retrouverai la source. »

HarBin demande :

« Voyez-vous un inconvénient à ce que je regarde ce livre un moment ?

– Non, bien sûr, prenez votre temps », répond le vieil homme.

HarBin applique la procédure avec soin, tout en surveillant son BioCom. Très vite, la tension nerveuse est telle qu'il est en sueur. Quatre minutes plus tard, il a terminé. Il avale les comprimés. Il se décontracte enfin et s'assied en soupirant.

« Tout va bien, monsieur ? Vous avez un malaise ?

– Non, non, ce n'est rien.

– Si ce livre vous intéresse, nous avons un réseau avec des copies dans bien d'autres vaisseaux. Je peux vous vendre un code réplicateur facile à mémoriser pour votre passage.

– Je vais y réfléchir. Je vous remercie pour tous ces renseignements. »

HarBin est dehors. Il est certain qu'il va être immédiatement arrêté par un groupe d'Asi.

Il tente de ne pas se précipiter vers le centre de communication. Le souvenir du message est en train de disparaître. Il sait qu'il ne devrait pas tarder à prendre le RHET, mais AngKor lui a bien dit :

« Tu ne prendras le RHET que quarante-huit heures après avoir eu le message de ValdiVia, toute précipitation serait suspecte. »

54

Jeu d'échecs

L'océan sous les tropiques fait souvent le gros dos. Il a été clément pendant une longue période et les vents plutôt favorables donnaient au *Toa Marama* une vitesse appréciable tout en favorisant un bon cap sous des cieux lumineux de jour comme de nuit.

Aujourd'hui, le ciel montre des filaments blanchâtres de mauvais augure et la mer s'est formée. L'océan a pris du corps sans que le vent aide à vaincre, ni en force ni en direction, l'ampleur soudaine d'une houle contraire à la route.

Le *Toa Marama* perd régulièrement de l'énergie en tentant de lutter contre les éléments. Les étraves montent et descendent exagérément et l'eau ne court plus aussi vite le long des bordés. La vie à bord s'en trouve contrariée et la pêche n'est plus si facile.

« Dis-moi, Manu, qu'est devenu le *mahimahi* que tu as pêché ce matin ? demande Ono.

– Je l'avais découpé en filets, mais la mer est mauvaise et elle a récupéré ma prise. Ce n'est pas ma faute ! répond le jeune pêcheur en évitant le regard d'Ono.

– Moi, je crois que tu donnes du poisson à Hina ! Sans demander la permission au père Mata-Rau, comme Ta'aroa l'a ordonné.

– Pas du tout, les grands oiseaux ont volé les filets que je venais de découper !

– Tu es un menteur, tu ne sais même plus ce que tu dis ! Tu as fait tomber tes morceaux de *mahimahi* ou les oiseaux te les ont volés ?

– Les deux, je t'assure, les deux. Le *Toa Marama* est agité, il n'aime pas cette route qu'on lui impose !

– De quel droit tu contestes la route que nous suivons, hein ? Qu'est-ce que tu y connais ?

– Et toi, tu ne sais même pas reconnaître un *mahimahi* d'un *mako* ! »

Ono lève un bras musclé comme pour gifler Manu, mais finalement suspend son geste. Il l'attrape par le bras et le tire vers le milieu du vaisseau, où la houle est moins sensible et où le père Mata-Rau est en train de partager les quelques poissons pêchés le matin. Le sorcier est là aussi. Il cherche des signes divins dans les entrailles des poissons, des signes qui pourraient l'aider dans ses réflexions.

Manu se démène sans pouvoir résister à la force d'un Ono qui finit par le planter devant Mata-Rau. Ceux qui ont assisté à la scène sourient, parce qu'il est courant que Manu fasse des bêtises. Cependant, c'est le meilleur pêcheur de *mahimahi* du *Toa Marama*. Il est donc estimé et toujours pardonné.

Mata-Rau s'est levé. Il regarde Ono et demande :

« Qu'est-ce qui se passe ?

– Il cache du poisson. Je l'ai vu faire.

– Pas du tout ! crie Manu. Les filets sont tombés par-dessus bord à cause de la houle ! »

Comme pour appuyer ses dires, le *Toa Marama* fait des embardées sur un océan de plus en plus inhospitalier. Tama, qui s'est approché, regarde maintenant dans les hauteurs. Il est inquiet d'une voilure qui n'est pas encore excessive mais qui pourrait le devenir. Tama s'adresse à Ono :

« Ono, il faut modifier la route, le vaisseau peine trop contre la houle. Tant pis pour le cap. »

Ono fait la sourde oreille et continue d'accuser Manu :

« Le poisson n'est pas tombé à la mer, il donne du poisson à Hina en cachette ! »

Hina, qui est présente parmi les femmes préparant le repas, se lève soudainement.

« C'est faux ! Ono, tu dis des mensonges ! » proteste-t-elle.

Mais, au regard qu'elle jette subrepticement à Manu, Mata-Rau comprend qu'Ono n'a pas dû se tromper.

« C'est vrai, Manu, tu donnes du *mahimahi* à Hina ? »

Le jeune pêcheur reste muet, fermé comme une huître.

Soudain, une vague plus haute que les autres semble faire monter le vaisseau vers un ciel qui se couvre brusquement. Un craquement sec retentit à l'arrière, aussitôt suivi d'un cri de détresse. Ono, Tama et quelques autres, dont AngKor, se précipitent. Ils ont tout juste le temps de voir Hiro'a qui a été projeté à la mer par la rupture de l'une des deux rames avec laquelle il tentait de réduire les embardées du navire. C'est à peine si on l'entend crier :

« Une corde, vite une corde ! »

Mais déjà le *Toa Marama* s'éloigne. Ono et Tama restent médusés à l'arrière de la coque sous le vent, le regard plongeant dans une écume insouciante et vide.

Tama se ressaisit. Par chance, le *Toa Marama* navigue près du vent. Tama se précipite alors sur l'autre bord où Ta'aroa vient d'arriver. Avec Mata'iti qui a compris la manœuvre, ils poussent tous les trois sur l'immense rame de la coque qui reçoit le vent en priant le ciel pour qu'elle ne casse pas elle aussi. Pendant ce temps, Ono ne quitte pas des yeux l'endroit où Hiro'a a disparu. Un instant, le grand navire hésite puis insensiblement il ralentit, et enfin les voiles portent à contre. Il prend la cape. Sa vitesse tombe, puis il se met à dériver doucement en épousant les mouvements désordonnés d'une houle croisée.

Ta'aroa regarde son fils, il dit :

« Demande à Ono quelle distance. »

Tama se précipite sur l'autre bord, il crie :

« Cinq *Toa Marama*, cinq !

– Relâchez tous les cordages ! On revient sur notre route ! » ordonne Ta'aroa.

Au moment où Tama et Ono, suivis par Ta'aroa, se sont précipités vers l'arrière, Manu en a profité pour s'esquiver, trop heureux d'échapper à la sanction qui l'attendait. Cependant, alors qu'il s'enfuit vers l'avant du navire, le père Mata-Rau, intrigué par ce comportement, tente de l'attraper au passage. Il ne saisit qu'une des lanières de cuir de son pagne, qui casse et lui reste dans les mains. Ne voyant aucune raison de la conserver, Mata-Rau la laisse tomber à terre. Mais le sorcier a tout vu et ramasse sur le pont dix centimètres de lanière de cuir qui lui rappellent quelque chose.

Dans les cieux, des traînées de nuages noirs roulent des monstruosités. Insatiables, elles grondent, se retournent, chavirent et affirment une puissance démoniaque. Insatisfaites, elles changent constamment de formes dans des volutes et des spirales maléfiques. Les cieux se chargent d'une telle intensité que l'on jurerait qu'ils vont se fendre, et c'est ce qu'ils font. Alors que la force du vent redouble, un déluge s'abat sur le *Toa Marama*. Tout ce qui peut servir de récipient est utilisé et l'on tente par tous les moyens de recueillir une eau indispensable à la survie.

Ta'aroa crie à son fils :

« Tama, prends ma place et vois avec Mata-Rau comment récupérer toute l'eau du ciel. Ono, Mata'iti, Te'ura, Tehei, venez avec moi, il faut faire demi-tour immédiatement ! »

Lentement, le grand vaisseau fait une boucle sur un océan démonté. Il bouchonne un instant, puis il accélère.

« Trop vite ! crie Ta'aroa.

– Laissez aller les voiles ! Plus doucement ! Plus doucement ! »

Tous les cordages sont relâchés mais le navire ne freine pas pour autant. Tous sont occupés, soit à recueillir de l'eau, soit à manœuvrer, soit à scruter des flots uniquement couverts d'écume et qui ne montrent rien d'autre qu'une cruelle absence. Deux heures plus tard, le plein d'eau douce a été fait dans les grands tubes de bambou. Mais Hiro'a n'a pas été retrouvé. Orama, sa compagne, pleure de désespoir.

Un soir sombre et d'une grande tristesse tombe sur un navire en deuil. Hiro'a était estimé et la disparition d'un homme en mer est toujours une tragédie.

Ta'aroa a décidé de rendre un dernier hommage à Hiro'a. C'est par une pièce de bois roulée dans un *tapa* blanc qu'il sera représenté lors de la cérémonie. De manière symbolique et avec des prières, sa dépouille fictive sera confiée à l'océan. Je suis bien obligé de prendre mes responsabilités de grand prêtre, mais, comme je connaissais un peu Hiro'a, je n'ai pas de mal à honorer sa mémoire.

Les vents ne se sont pas calmés et le *Toa Marama* ne fait plus la route idéale qui est devenue impossible à tenir.

Le lendemain, Ta'aroa me fait demander. Ce qu'il dit me surprend :

« Le sorcier est venu me voir. Il m'a fait part d'une étrange découverte. La nuit où nous t'avons trouvé avec l'Image, une lanière de cuir était tombée, que j'ai récupérée. Elle appartient au jeune Manu.

– Impossible, je ne vois pas Manu…

– Le morceau de cuir qui manque à son pagne est celui que tu as arraché la nuit où nous t'avons trouvé.

– Mais quel intérêt pourrait-il porter à l'Image Sacrée, ce n'est qu'un enfant ?

– Le sorcier affirme qu'il est coupable. Il ne se trompe jamais.

– Que vas-tu faire ?

– Manu sera interrogé demain. C'est ainsi. »

Je suis atterré. Malgré les liens qui se tissent entre Ta'aroa et moi, il reste ancré dans ses certitudes et ses superstitions, les rites et les dieux. Et moi, qui suis-je pour douter de tout ? Pour douter parfois d'une culture qui m'envahit au point que je me reconnais en elle ?

Alpha, où es-tu ?

« Ono, tu connaissais bien Hiro'a ? vient de demander AngKor.

– Mes entrailles saignent, Ruahatu nous l'a repris et je ne comprends pas pourquoi. Les décisions des dieux sont souvent inexplicables. As-tu remarqué que même le *Toa Marama* le regrette ? Les carènes ne chantent plus de la même manière depuis qu'Hiro'a est parti.

– Comment cela est-il possible ?

– Teivana est un bon marin, cependant il ne maîtrise pas le *Toa Marama* comme le faisait Hiro'a, précise Ono.

– Mourir en disparaissant dans les flots… Cela doit être effroyable de tomber ainsi dans la mer et de voir son navire s'éloigner. C'est un malheur qui me dépasse. Je ne connaissais pas Hiro'a. C'est une grande épreuve pour les siens. »

AngKor avait imaginé la vie sur les pirogues doubles plus sereine, moins violente. Si l'ensemble des informations qui encombrent toujours sa mémoire se superpose parfois à la réalité ambiante, il se rend compte également combien ses recherches archéocomputationnelles peuvent souvent demeurer théoriques et caricaturales. Soudain, il songe au RHET, aux disparitions rarissimes, mais possibles, dans les flots du temps. Pourquoi faire ce parallèle ? se dit-il. Car il sait très bien pourquoi cette idée lui traverse l'esprit, et il frémit en pensant à la masse de données accumulées et insuffisamment structurées fragilisant son esprit. Il prend des risques en attendant trop longtemps.

Pour écarter ces pensées inquiétantes, il interroge de nouveau Ono :

« Est-ce que tu sais où va le *Toa Marama* ?

– Où va le *Toa Marama* ? Mais il va vers *mahana*, bien sûr !

– Et pourquoi vers *mahana* ? Il y a d'autres îles au nord et au sud.

– Je ne sais pas. Ta'aroa veut aller vers Te Hitia-o-te-Rä, alors on va vers Te Hitia-o-te-Rä !

– Oui, mais toi, que ferais-tu si tu étais seul sur ta pirogue ?

– Je regarderais les *ta'urua* et toutes les festivités, celle du poisson au gouvernail, la grande festivité en désir des parents, la festivité qui conduit les étoiles, et aussi la festivité d'où vient le flux de la mer. Et, surtout, je regarderais l'eau vivante de la Voie lactée avec son fantastique requin qui barre les cieux.

– Dans l'univers… enfin, dans le pays d'où je viens, les *ta'urua* portent d'autres noms : les Nuages du Taureau, les Nuages du Cygne, Orion, les Pléiades… Les Pléiades… J'aimerais les voir, mais ce soir le ciel est couvert. Et quelle forme ont-elles, vues du grand Océan ? Sont-elles seulement visibles ?

– On dit que tu viens d'un autre vaisseau, est-il très loin du nôtre ?

– Plus loin que tu ne le penses. Dis-moi, Ono, comment faire pour parler avec Ta'aroa ?

– Tu devrais voir le grand prêtre.

– Penses-tu que le *Toa Marama* soit seul sur l'océan ?

– Tu te moques de moi, AngKor ! Tu es la preuve que non. Il y a d'autres vaisseaux autour de nous. En tout cas, c'est ce que tout le monde pense à bord. Nos ancêtres avaient d'autres *fenua* que notre île, un jour nous rencontrerons les tiens, tu n'espères pas cela ?

– Oui, peut-être, mais… » AngKor ne dit plus rien. Ils restent ainsi l'un à côté de l'autre unis par le rêve ou la réalité, quelle différence ? Mais AngKor n'oublie pas qui il est, ni d'où il vient ni les soucis qui sont les siens. Sur le *Toa Marama*, il voit les choses autrement que sur les Nuages du Cygne. Le rêve et la réalité se sont inversés et, si ValdiVia et les enfants sont toujours les premiers dans son cœur, le petit peuple de la pirogue prend une importance certaine. Après Tumatarii, Ono devient aussi un ami.

Pourquoi ce peuple lui semble-t-il si proche et si familier ?

Ce matin, le vent et la mer marquent une pause. Le *Toa Marama* en profite pour prendre un nouveau rythme. AngKor apprécie les mouvements moins accentués du navire. Il arpente le pont à la recherche du grand prêtre, mais ce dernier est introuvable.

LIe siècle

« AVEZ-VOUS RÉUSSI À INTERCEPTER LE MESSAGE DESTINÉ À ANGKOR ?

– C'EST DÉSESPÉRANT. NOUS N'AVONS AUCUNE PISTE.

– ET LES SYSTÈMES PÉRIPHÉRIQUES IA ET AUTRES ?

– RIEN NON PLUS. À CROIRE QUE L'ANTIQUAIRE NE CODE RIEN SUR MACHINE. IL N'Y A AUCUNE INFORMATION SUSPECTE SUR LES ENREGISTREMENTS FAITS À SON INSU.

– CE N'EST PAS POSSIBLE ! LA FEMME D'ANGKOR N'EST PAS VENUE PAR HASARD DANS CETTE BOUTIQUE POUR ACHETER UNE HORRIBLE STATUETTE AUX YEUX EN AMANDE !

– NON, BIEN SÛR, MAIS LE PROBLÈME N'EST PAS LÀ. ELLE N'A PAS LES COORDONNÉES. CE QU'IL NOUS FAUDRAIT, C'EST LE CONTACT VERS ANGKOR. ON IMAGINE SANS PEINE LE SENS DE SON MESSAGE. CE QUI NOUS INTÉRESSE, C'EST COMMENT REMONTER JUSQU'À ANGKOR.

– L'AFFAIRE EST TROP GRAVE. NOUS NE MAÎTRISONS PLUS GRAND-CHOSE. LES TROUBLES ORCHESTRÉS PAR LES MOR ET LES RAVA NE CESSENT PAS, AU CONTRAIRE. IL FAUT DÉSA-

MORCER AU PLUS VITE LA SITUATION EN DONNANT UN VAISSEAU-LUMIÈRE AUX RAVA.

– VOUS N'Y PENSEZ PAS ! ET QUE FERONS-NOUS DES HABITANTS ? ET QUEL VAISSEAU ? CELUI DES NUAGES DU TAUREAU ? IL FAUT PASSER À UNE AUTRE ÉTAPE POUR AVOIR AU PLUS VITE LES COORDONNÉES DU VAISSEAU DÉCOUVERT PAR ANGKOR. IL FAUT INTERROGER DIRECTEMENT L'ANTIQUAIRE AVEC TOUS LES MOYENS POSSIBLES, Y COMPRIS LES TECHNIQUES DE DÉFRAGMENTATION MNÉMONIQUE

– ÉTANT DONNÉ SON ÂGE, C'EST LA MORT ASSURÉE. DEPUIS DES SIÈCLES, LA CONFÉDÉRATION EST CALME ET RESPECTE LA CHARTE UNIVERSELLE DES DROITS DES IH. MAIS CE QUI M'INQUIÈTE SURTOUT À 80 %, C'EST QUE NOUS RISQUONS DE NOUS FAIRE REMARQUER.

– IL FAUT SAVOIR CE QUE NOUS VOULONS. PREMIÈREMENT, LA CONFÉDÉRATION N'EST PLUS CALME. DEUXIÈMEMENT, CROYEZ-VOUS QUE LES DROITS DES IH ONT ENCORE DE L'IMPORTANCE QUAND D'HONNÊTES CITOYENS SONT AGRESSÉS PAR DES GROUPES PRATIQUANT UNE POLITIQUE EXTRÉMISTE ?

– ON NE PEUT RIEN REPROCHER À CET IH.

– EN ÊTES-VOUS SI CERTAIN ?

– NON, BIEN SÛR.

– VOUS VOYEZ BIEN ! VOUS SAVEZ COMMENT ON APPELAIT CELA IL Y A DEUX OU TROIS MILLE ANS ? LA RAISON D'ÉTAT. VOILÀ CE QUE NOUS ALLONS FAIRE. »

La grande pirogue

« Manu, viens avec moi. Ta'aroa veut te voir, dit Tama.

– Je n'ai rien fait !

– Si tu ne viens pas avec moi, c'est Ono qui va s'occuper de toi. Tu veux avoir affaire à lui ? »

Le jeune pêcheur se résigne à descendre du mât d'où il tentait de suivre les frémissements de l'onde indiquant la présence des bancs de poissons.

Manu se retrouve dans le *fare* de Ta'aroa pendant que Tama reste à l'entrée.

Ta'aroa est assis sur son bois sculpté en compagnie du sorcier. Manu tremble de peur. Si Ta'aroa a l'air sévère, il paraît cependant plus humain que l'homme aux démons, lequel, avec ses yeux clos, est aussi vivant qu'un vieux morceau de corail mort rongé par la houle.

« Approche, ordonne Ta'aroa, donne-moi la lanière qui tient ton pagne. »

Manu s'exécute, après quoi il tente de maintenir son pagne comme il peut.

Il se demande bien pourquoi le sorcier renifle le morceau de cuir de requin qui lui sert habituellement de ceinture. Ce dernier finit par dire :

« Ta'aroa, les deux morceaux de cuir coïncident ! Le bout de lanière que tu as trouvé sur l'Image provient bien de la ceinture de Manu. »

Ta'aroa intervient :

« On me dit que tu es le meilleur pêcheur de *mahimahi* du *Toa Marama.* C'est vrai ? »

Manu ne répond pas. Ta'aroa insiste :

« Je crois que c'est toi qui as pêché le plus gros poisson qui soit sorti de *moana.*

– Non, c'est toi !

– Ah ! Tu te souviens de cette sortie en mer que j'ai faite avec Tama et Ono ?

– Oui, et je suis resté seul sur la plage. »

Ta'aroa hésite :

« Mais… tu ne vas pas me dire que tu es encore vexé depuis… depuis si longtemps ? »

Manu lève les yeux, ils jettent des flammes. Il ose lancer :

« Ruahatu nous a tous punis pour ça, et… »

Ta'aroa s'est redressé. Rouge de colère, il s'approche de Manu.

« Tais-toi ! Comment oses-tu me parler ainsi ! »

Il l'a pris par le bras et le secoue avec force en criant :

« Dis-moi plutôt pourquoi j'ai retrouvé un morceau de ta ceinture avec l'Image Sacrée ! Réponds-moi ! »

Manu, mort de peur, se tait.

Ta'aroa est désarçonné. Il voit se dessiner sur le visage du sorcier un sourire sadique qui lui déplaît. Horo'u n'attend que son ordre pour châtier cet enfant. À ce moment, Manu se précipite vers la sortie du *fare*. Ta'aroa bondit en s'exclamant :

« Tama, arrête-le ! »

Tama entre en trombe, mais Manu plonge entre ses jambes et file en direction du mât arrière. Il est d'une agilité incroyable, et très vite parvient à la moitié du mât. Quand Ta'aroa sort du *fare*, il voit son fils qui agite les haubans pour tenter de faire descendre Manu. Mais ce dernier, comme fou, semble croire que sa survie est en tête de mât et grimpe toujours. Alors que tout le peuple de la pirogue, alerté par les cris, regarde dans les hauteurs du gréement dont Ono commence à son tour l'escalade, le *Toa Marama* monte sur une vague plus grosse que les autres. La coque qui reçoit le vent s'envole vers les cieux. Elle hésite une seconde avant de fendre brutalement l'écume. Tout le gréement vibre avec fureur et Manu lâche prise. Il tombe comme une marionnette perdant ses élingues. Quand il heurte l'une des poutres du liston, son corps se tord suivant un angle étrange, avant de basculer dans les flots. Au moment où j'arrive vers l'arrière, Tama et AngKor se sont déjà précipités pour lancer des cordes, mais trop tard. Une onde mauvaise se referme sur le jeune pêcheur.

Ta'aroa s'est jeté sur la rame gouvernail pendant qu'avec Teivana il pèse de tout son poids pour mettre le navire vent debout. Il crie à perdre haleine :

« Vite, relâchez tout ! Dépêchez-vous ! Plus vite ! »

Pendant ce temps, Tama a plongé. AngKor reste pétrifié de le voir disparaître à l'endroit même où Manu a coulé. Te'ura et Tai déroulent des cordes sur l'arrière. Le père Mata-Rau hurle :

« AngKor ! Par Ruahatu, garde tes yeux sur Tama, surtout ne le perds pas de vue ! »

Ta'aroa ordonne :

« Laissez aller les voiles ! Laissez le navire dériver ! »

Ta'aroa est effondré. Deux hommes à la mer en deux jours, ce n'est pas possible, ils sont abandonnés par les dieux. Devant la porte du *fare*, je vois le sorcier, le regard vide, qui fait passer et repasser entre ses doigts deux lanières de cuir qui ne devaient en faire qu'une.

Au bout d'une demi-heure d'efforts illusoires, Tama est remonté épuisé.

Manu reste introuvable.

Sur la grande pirogue double, un silence terrible se répand. Même le *Toa Marama*, qui trouve toujours le moyen de s'exprimer d'une manière ou d'une autre, est abattu. Avec des voiles hésitant sur la forme à prendre, c'est à peine s'il avance comme à regret dans une mer indifférente. La nuit qui se prépare est proche des ténèbres les plus diaboliques.

Les cieux sont trop chargés de nuages. Une nuit sans lune, se dit Ta'aroa. Elle ne viendra pas. Je suis seul dans l'épreuve et je ne sais plus qui je suis et surtout ce que je fais. Je ne sais pas où est mon *fenua*.

Cependant, une main compatissante vient se poser sur son épaule. C'est le père Mata-Rau qui a rejoint Ta'aroa. Il ne dit rien. Toute parole est inutile. Cette nuit, les *ta'urua* sont invisibles. Si le vent est tombé, la houle demeure scandaleusement présente. Elle se joue de la détresse qui broie les cœurs et les esprits de deux hommes qui regardent le large sans croire, pour une fois, à leur destinée.

Hina pleure sans arrêt depuis des heures et son frère ne peut la consoler. Tama, éprouvé par l'effort, s'effondre à même le pont et sombre dans le sommeil.

Je ne peux dormir. Je cherche AngKor. Je le trouve, toujours immobile, là où le jeune garçon est tombé du mât avant de disparaître. Il me voit arriver et me confie une chose étonnante :

« Vois-tu, Tumatarii, j'ai peur pour ma famille et particulièrement pour mon fils.

– Pourquoi dis-tu cela ? »

Il passera la nuit à me conter la découverte du vaisseau-lumière et à m'expliquer pourquoi celle-ci pourrait perturber l'avenir de l'humanité du LIe siècle. Surtout, il me parlera longuement de ValdiVia, de LeeR et de LunDy. Il parle de ses enfants, des questions de LeeR toujours renouvelées, de la pertinence de sa fille, de l'amour qu'il a pour sa femme. Il parle pour les faire exister comme s'il avait peur, un jour, de ne plus voir en eux que les formes diaphanes peuplant les rêves.

Il ne me cache pas son inquiétude, tout en s'interrogeant sur l'aide que je pourrais lui apporter. Je le regarde avec étonnement et lui rétorque :

« Mais c'est insensé ! Pour toi je ne suis rien qu'un rêve, une idée qui court dans le flot du temps ! Comment pourrais-je t'aider ? »

Il a cette réponse qui me laisse sans voix :

« Mais n'est-ce pas toi qui as fait remarquer que le passé, le présent et l'avenir étaient enfin réunis ? Et que de leur union naîtrait la lumière ? »

Je le regarde. Au fond de moi je sens bien qu'il a raison. Avant que je dise quoi que ce soit, il ajoute :

« Je sais que tu dois m'aider ! »

Je ne réagis pas.

Si tout était compréhensible, le monde aurait-il un intérêt ? Où se trouve l'ultime vérité ? À quel monde dois-je appartenir ? Alpha, aide-moi, je t'en prie. Comment puis-je revenir ?

Alpha, je dois retourner vers toi.

Les deux jours qui viennent de s'écouler ont été éprouvants et je ne sais plus si, prostré avec AngKor derrière la poutre maîtresse du liston qui reçoit le vent, je m'abîme dans le sommeil ou dans une folie ordinaire.

Manu, lui, a pris conscience qu'il était tombé à l'eau.

Un instant, seulement un instant, il voit que le *Toa Marama* s'éloigne.

Une dernière pensée pour Hina. Déjà les mains de Ruahatu se referment sur lui et il sombre à sa rencontre. Il comprend qu'il est en train de mourir. Cependant il sourit, insouciant de la vie qui s'échappe. Il découvre avec bonheur les profondeurs insoupçonnées d'où remontaient les thons argentés qu'il avait tant de joie à pêcher.

Il n'est plus qu'une écorce sans vie, une épave ridicule, une lamentable dépouille bientôt rejetée à la surface, un corps sans étincelle, qui tourbillonne et qui roule au rythme d'une houle naissante. Les dieux, même compatissants, pourraient tourner les yeux vers lui. Ils ne verraient là que les balancements dérisoires d'une brindille flottant à fleur d'eau.

Apataki

Il n'y a rien de plus insignifiant qu'une brindille abandonnée au gré du courant. Et pourtant !…

En prenant du recul pour mesurer encore une fois la belle harmonie émanant du *Toa Marama Iti*, Alpha voit passer sous ses yeux une infime particule. Une feuille ? Un pétale de fleur ? Non, un simple et frêle morceau de bois. C'est un morceau de bois. Il est là dans les reflets argentés du milieu de la nuit. Il danse à la surface de l'eau. Alpha l'attrape délicatement entre le pouce et l'index. C'est un rêve, un petit trésor qu'elle place avec amour au creux de sa main. Elle le retourne doucement et son émerveillement est grand en comprenant qu'il s'agit d'une des figurines de la petite pirogue. Une minuscule figurine. Un enfant.

La grande pirogue

Manu sait qu'il est mort. Si la lumière est si intense, se pourrait-il que les dieux aient enfin porté leur regard sur lui ? Si la brise est si chargée d'effluves subtils et parfumés, est-ce qu'une déesse s'intéresserait à sa pauvre destinée ? Se pourrait-il qu'il soit déjà auprès des *ta'urua*, projeté dans la festivité d'où vient le flux de la mer, à moins qu'il ne s'agisse du *marae* des pêcheurs de bonites et de thons ?

Apataki

Alpha ne vit plus que pour son trésor. De son regard tendre et chargé d'amour coule une force vitale. Les dieux en sont émus et Manu ouvre les yeux. Quand il perçoit la voûte étoilée d'un ciel inconnu dont la forme a basculé vers l'horizon, il comprend que Ruahatu l'a porté vers le grand requin blanc de l'eau vivante de Täne ! Heureux d'avoir enfin quitté son autre monde, il s'endort dans une main accueillante.

Alpha le cajole, le dorlote, le câline. Elle le laisse un long moment dans ce lit douillet. Puis elle souffle doucement sur lui. Il frémit. Avec une délicatesse extrême, elle souffle à nouveau sur le tout petit corps. Manu dort dans la main d'Alpha. Il est au *marae* des pêcheurs de bonites de l'eau vivante de Täne. Il a retrouvé Hina. Elle lui sourit. Il rêve qu'il l'emmène sur sa pirogue.

Puis Alpha tourne lentement son regard. Elle cherche le *Toa Marama Iti*. Il est toujours seul, dans l'immensité du lagon. Elle s'en approche, tout en gardant dans ses mains la plus précieuse des richesses, une vie qui renaît.

Le vaisseau miniature danse sur un léger clapot. Est-ce pour lui une imposante vibration marine ? Sur le vaisseau figé, ils sont presque tous là. Certains, endormis autour de deux espars frêles portant des ailes minuscules. D'autres, cristallisés dans des mouvements inachevés. Deux silhouettes continuent de sonder attentivement l'univers marin. Tous attendent que le temps reprenne enfin son cours. Tous attendent qu'un signe divin remette en route la marche du temps, l'écoulement de la vie.

D'une main solennelle, Alpha dépose au centre du petit navire le corps réchauffé d'un enfant égaré.

LIe *siècle*

« IL Y A DU NOUVEAU.

– JE VOUS ÉCOUTE.

– VOUS VOUS SOUVENEZ DE CE JEUNE QUI TRAVAILLE DANS LES NUAGES DU CYGNE ? UN SPÉCIALISTE DE LA STRUCTURATION DES HB DU MUSÉE.

– OUI, ANGKOR L'A CONTACTÉ POUR SES RECHERCHES ARCHÉOCOMPUTATIONNELLES.

– EXACTEMENT ! EH BIEN ! IL VIENT DE PASSER CHEZ L'ANTIQUAIRE !

– SON TRAVAIL POURRAIT L'AMENER À RECHERCHER DES INFORMATIONS SUR D'AUTRES VAISSEAUX, NON ? MAIS JE COMPRENDS VOTRE DOUTE. QUELLE PROBABILITÉ ?

– EXCELLENTE, IL Y A 97 % DE CORRÉLATION POSSIBLE ENTRE SA VISITE ET CELLE DE VALDIVIA.

– TRÈS BIEN, DONC VOUS L'AVEZ INTERROGÉ ?

– VOUS N'Y PENSEZ PAS ! C'EST ANGKOR QU'IL NOUS FAUT, AVEC LES COORDONNÉES DU VAISSEAU, ÉVIDEMMENT. NON, FAISONS TRÈS ATTENTION. ON LE SURVEILLE, C'EST TOUT.

MAIS IL VA FINIR PAR NOUS CONDUIRE JUSQU'À NOTRE HOMME ! »

IwaKi sombre dans ses souvenirs et plus rien ne la rattache au monde des vaisseaux-lumière. Elle navigue avec aisance dans ses visions océanes et sait trouver son chemin dans les repliements temporels sans utiliser le RHET. Elle ouvre la voie, le chemin simple où l'âme s'est définitivement détachée d'une enveloppe matérielle inutile dans laquelle elle était prisonnière. AnZio a bien tenté de la joindre. Mais justement, son erreur serait de chercher par tous les moyens à entrer en contact avec son corps, alors qu'elle n'est qu'une âme évoluant dans les méandres non linéaires d'un temps discontinu. Il perd le lien avec elle et l'aide de LinZ ne permet pas de retrouver ce qu'ils croient tous les deux être IwaKi.

55
Troubles

La grande pirogue

Avant d'ouvrir les yeux, j'ai conscience d'une agitation inhabituelle sur le pont du *Toa Marama.* J'entends le père Mata-Rau dire distinctement :

« Surtout, ne le touchez pas ! Et que Te'ura aille chercher Ta'aroa. »

Immédiatement me parviennent des bruits de voix étouffées. Je perçois aussi des rires.

Lorsque je me lève, je me rends compte que j'ai dormi comme une masse près du liston arrière qui reçoit le vent et AngKor est toujours assoupi non loin de moi. En regardant vers l'avant du navire, je remarque une petite foule à proximité du *fare* central. Je m'approche et vois de dos Ono et Tama, ainsi que Te'ura et Tehei.

« Que se passe-t-il ? »

Le fils de Ta'aroa se retourne, il se recule un peu pour me laisser la place et me dit :

« Regarde ! »

Ce que je découvre, c'est, allongé sur le pont, dans une pose sereine, Manu qui semble dormir. Sa poitrine se soulève régulièrement. À son côté, Hina, le regard fixé sur lui, sourit et pleure en même temps.

Je ne peux en croire mes yeux.

Ta'aroa arrive et tout le monde s'écarte.

Il marque un temps d'arrêt. Ses yeux s'agrandissent d'étonnement. Il demande très vite :

« Qui l'a sorti de l'eau ?

– Personne… personne ne l'a sorti de l'eau, dit Ono à voix basse comme s'il avait peur de réveiller un mort.

– Que veux-tu dire ? » interroge Ta'aroa.

Cette fois, c'est le père Mata-Rau qui intervient :

« C'est moi qui l'ai trouvé là, exactement où tu le vois, il y a quelques instants. Lorsque *mahana* a lancé ses rayons roses du matin, j'ai vu une forme près du *fare* central et me suis approché. Cette forme ressemblait à Manu. J'ai appelé Ono. Je lui ai dit : "Tu restes là et tu veilles à ce que personne ne la touche." Puis j'ai prié Faarii d'aller te chercher. »

Ta'aroa se tourne vers le sorcier, il s'enquiert :

« Tu crois que c'est un esprit ?

– Frappe-le avec ton arme, tu verras par toi-même. »

Ta'aroa tire de la ceinture de son pagne une lame redoutable qu'il a pris l'habitude de porter depuis quelque temps. Hina est terrifiée. Elle crie :

« Non, père ! »

Après un bref moment d'hésitation, Ta'aroa remet l'arme à sa place. Le père Mata-Rau pousse un soupir de soulagement, tandis que le regard du sorcier s'assombrit. Ta'aroa se penche alors et finit par poser sa main sur la forme étendue à ses pieds. Puis il s'agenouille et approche son visage du sien comme s'il voulait l'embrasser. Il perçoit un souffle qui le rassure. Il se relève et déclare :

« C'est bien Manu et il dort. »

Il ajoute pour lui-même :

« Ruahatu, je te remercie. »

Le sorcier est sur le point de dire quelque chose, mais s'arrête car Manu vient de se réveiller.

La première réaction du rescapé en voyant la majorité de l'équipage autour de lui, c'est d'ouvrir démesurément la bouche comme si une armée de démons s'apprêtait à fondre sur lui. Avant qu'il puisse émettre un son, Ta'aroa dit exactement ce qu'il faut dire :

« Tout va bien. Tama t'a repêché. Tu es sauvé. Tout va bien. »

À ces mots, Tama qui est juste derrière son père sursaute. Avant qu'il ne réagisse davantage, le père Mata-Rau lui donne un coup de coude et, pour l'empêcher de protester, intervient aussitôt :

« Ta'aroa, je propose que Manu se repose, nous pourrions réunir le conseil, qu'en penses-tu ?

– Oui, réunissons le conseil, Mata-Rau, tu as raison. Que Hina et Te'ura veillent sur Manu, et, vous tous, retournez à vos occupations. Que les membres du conseil se retrouvent dans mon *fare* immédiatement, tous sauf Temana ! »

Nous sommes tous là, le père Mata-Rau, le sorcier, Tai, quelques anciens et moi-même.

Nous attendons que Ta'aroa ouvre la séance. Il déclare :

« Il y a deux choses. La première, c'est que Manu a fui pendant son interrogatoire. Est-ce donc la preuve qu'il était coupable ? La deuxième, c'est qu'il y a eu un prodige. Manu est de retour vivant parmi nous. C'est à l'évidence le signe d'un esprit divin… ou d'un esprit malin. »

Tout le monde hoche la tête, Ta'aroa continue :

« Est-ce un *varua* ? Est-ce un démon ? Est-ce vraiment Manu ? Ce n'est pas la première fois qu'une telle situation se produit sur le *Toa Marama.* »

Il me regarde discrètement avant d'ajouter :

« Le grand prêtre Tumatarii a disparu dans les flots et nous l'avons retrouvé perdu en mer sur une pirogue ! Il y a aussi l'apparition subite de cet homme, AngKor, qui connaît le nom de notre vaisseau. Et puis Manu, qui se noie sous nos yeux, et qui réapparaît vivant, un jour après, posé là au milieu du vaisseau. Que penses-tu de tout cela, Mata-Rau ?

– Je crois que tu as bien parlé, ô Ta'aroa. Je sais que les ombres existent, mais on ne les voit pas si facilement en plein jour. Les desseins des dieux sont impénétrables et il est illusoire de croire que nous trouverons une explication à ce phénomène.

– Et toi, Tumatarii, quel est ton avis ? me demande Ta'aroa.

– Tu es l'élu des dieux et ils viennent de te faire un signe. Peut-être que Manu n'est pas coupable. Les dieux n'accorderaient pas d'importance à un être malfaisant.

– Ce n'est pas possible ! proteste le sorcier. Ô Ta'aroa, tu sais que Manu est fourbe et menteur. Ce n'est donc pas la main d'un dieu qui vient de se manifester, mais la main d'un démon !

– Vous avez tous raison. Mais il faut que je vous confie une chose. »

Ta'aroa baisse la tête comme pour avouer une faiblesse.

« Lorsque Manu a disparu dans les flots, j'ai prié Ruahatu pour qu'il le recrache. Et il l'a fait. »

Mata-Rau prend la parole et je le remercie au fond de moi d'exprimer ce que je pense aussi :

« Ta'aroa, tu es notre chef à tous. Et ta recherche constante de la décision bonne et juste montre que tu es un grand chef. »

Silence.

Au bout d'un temps qui semble une éternité, j'ose intervenir :

« Ta'aroa, j'ai une faveur à te demander.

– Parle.

– Autorise-moi à m'occuper de Manu. »

Le sorcier Horo'u me fixe étrangement, puis ses yeux s'étrécissent en deux fentes. Mata-Rau hoche la tête, les anciens ne disent rien et Ta'aroa, après avoir jeté un regard circulaire, déclare :

« Je te l'accorde. C'est ainsi. »

Je retourne vers le milieu du vaisseau où Manu et Hina se tiennent silencieux. À mon approche, Hina s'éloigne avant même que je dise quelque chose. Manu reste assis, la tête sur sa poitrine.

Je lui demande :

« Manu, tu pourrais me montrer comment tu pêches un *mahi-mahi* ? »

Il arrive à lever un œil sans bouger la tête. J'insiste :

« Je n'ai jamais pêché d'aussi gros poissons, montre-moi.

– Il faut aller sur l'arrière, mes lignes sont derrière le *fare*. »

LIe siècle

AngKor a loué une cellule ordinaire dans le complexe du centre de communication du vaisseau des Nuages du Cygne. Il est davantage en sûreté là où il y a du monde et, s'il doit passer rapidement par le RHET, il est sur place. Il guette toujours le retour de HarBin parti depuis cinq jours. L'attente est éprouvante. D'abord, parce que être éloigné de sa famille sans savoir ce qui se passe réellement est une terrible épreuve, ensuite, parce qu'il se rend compte que son équilibre cérébral lui permettant de conserver la totalité des informations stockées vacille. Il est très inquiet. Il pratique régulièrement des techniques de relaxation mentale pour repousser l'angoisse qui a tendance à l'envahir. Il s'oblige aussi à revoir très précisément toutes les recommandations qu'il a faites à HarBin :

« Si tu arrives à avoir un message de ValdiVia, surtout tu ne le lis pas. Tu codes sa transcription en utilisant le codage clé que je t'ai indiqué à partir de la liste de mille mots. Ensuite, tu prends une dose excessive de Transpsycho6, à ton âge pas de risque. Tu oublieras tout, y compris la liste source et tous tes faits et gestes concernant le message de ValdiVia. Profite de ta présence là-bas pour visiter la fameuse bibliothèque numérique du vaisseau, c'est ton domaine, tu auras certainement quelques données à rapporter. Ainsi, tu construiras des souvenirs cohérents justifiant ton passage sur les Nuages du Taureau. Tu attends ensuite au moins deux jours pour revenir sur les Nuages du Cygne. Dans cinq jours très exactement, tu te rendras au parc de loisirs de S, à l'heure précise de l'ouverture. Surtout pas de contact direct avec moi, d'ailleurs tu ne pourras pas me reconnaître, mon visage sera grimé. Arrange-toi pour rester toujours à proximité immédiate de groupes de touristes. Ensuite, tu suivras les directives de la liste cible obtenue par codage. Plus tard, si tu en as l'occasion, tu peux passer sur les Nuages du Taureau, j'espère pouvoir te contacter. Mais c'est moi qui prendrai l'initiative. »

Le jour prévu et à l'heure dite, HarBin et AngKor sont présents à l'entrée du parc de loisirs des Nuages du Cygne. Il y a là plusieurs centaines de touristes. AngKor n'est pas reconnaissable et, d'ailleurs, son ami ne cherche pas à savoir où il se trouve. AngKor continue de maîtriser sa mémoire et occupe son esprit le plus rationnellement possible en observant HarBin à son insu. C'est son objectif.

Ce dernier prend l'entrée numéro sept, *sept*, puis arrêté devant une batterie de distributeurs se procure gratuitement une pastille info, *une*. Il l'introduit dans son oreille droite, *droite*, et tapote dessus trois fois, pas plus, *trois*. La pastille donne automatiquement, et quand il le faut, toutes les informations nécessaires à la compréhension des lieux. Le parc est toujours fréquenté par des promeneurs. Comme dans tous les vaisseaux, il fait partie de ces attractions étonnantes où l'on a cherché par tous les moyens à reconstituer une époque très ancienne. Sur une étendue de plusieurs centaines d'hectares légèrement vallonnée, de jolis bosquets ont été disposés, souvent fleuris, qui entourent un lac aux formes douces. Le cadre est propice à la détente. De temps en temps, HarBin s'arrête devant des massifs de fleurs dont le nom exact est précisé sur une pancarte numérotée, *le numéro*. Sur une place se trouve une curieuse machine. Il s'agit d'un immense cylindre aplati qui porte un toit conique. L'ensemble tourne lentement autour d'un axe vertical. À la base du cylindre, sur une plateforme circulaire, une quantité invraisemblable d'objets hétéroclites parfois animés. HarBin connaît parfaitement les lieux, mais il adore jouer les touristes. Il écoute pour la énième fois la pastille info lui préciser qu'il s'agit d'un *manège*. L'ensemble est destiné à divertir petits et grands qui ne s'en privent pas. Lorsque le cylindre s'arrête de tourner, on peut s'asseoir à différents endroits, sur un animal ou dans d'étranges véhicules à roues. HarBin est toujours surpris d'entendre que ces derniers sont des reproductions de ce qui était réellement utilisé il y a trois mille ans. Il attend son tour, puis monte dans une de ces répliques à quatre roues, *quatre*. Il patiente le temps qu'il faut, puis, après cinq minutes très exactement, *cinq*, il change d'attraction. À côté du manège, les enfants peuvent monter dans de curieuses carrioles à deux roues, *deux*, tirées par un animal iA censé représenter un petit cheval et en avoir l'exact comportement. Il suit un groupe de trois enfants pendant quelques instants, *trois*.

HarBin trouve ce parc très agréable. La pastille qu'il a introduite dans son oreille lui précise comme à l'ordinaire qu'il est de bon ton de se promener lentement dans les allées et de saluer les personnes que l'on croise. C'est ce qu'il fait six fois de suite, pas plus et pas moins, *six*. Il ne sait pas qu'il est suivi régulièrement par trois Asi qui ont toutes les apparences de touristes ordinaires. Il se rend près du lac qui attire toujours une foule de badauds. Il y a là un bar-restaurant, il achète deux sandwichs, *deux*, et trois comprimés d'EuphoStar, *trois*. Puis il se tourne vers la pièce d'eau où deux animaux artificiels évoluent à la surface de l'eau, *deux*. Ce sont des répliques de cygnes et HarBin se demande toujours si des oiseaux aussi imposants ont réellement existé. Néanmoins, la pastille précise que l'on peut lancer des morceaux de pain aux animaux. HarBin en lance cinq, *cinq*, puis il s'éloigne. Au bout de deux heures trente, pas moins pas plus, *deux* et *trente*, il revient lentement vers la sortie et quitte le parc de loisirs. Puis il rentre chez lui. Tout indique qu'il vient de prendre normalement du bon temps et qu'il est de nouveau intégré dans son domaine de vie ordinaire.

« DEPUIS QU'IL EST ARRIVÉ SUR LES NUAGES DU CYGNE, TOUS SES FAITS ET GESTES ONT ÉTÉ OBSERVÉS ET NOTÉS.

– IL N'A EU AUCUN CONTACT PARTICULIER AVEC QUI QUE CE SOIT ?

– NON. ET RIEN N'INDIQUE EN PLUS QU'ANGKOR SERAIT SUR CE VAISSEAU. HARBIN A FAIT UNE PROMENADE AU PARC DE LOISIRS, MAIS C'EST DANS SES HABITUDES. IL N'A PARLÉ À PERSONNE, N'A PAS EU DE COMMUNICATION AVEC SON BIOCOM. MAINTENANT IL EST CHEZ LUI. IL S'EST CONNECTÉ AUX HB DU MUSÉE EN UTILISANT UNE PROCÉDURE SPÉCIALE RÉSERVÉE AUX PROFESSIONNELS DU SECTEUR AUQUEL IL APPARTIENT.

– AH ! POUVEZ-VOUS EN DÉDUIRE UNE INFORMATION INTÉRESSANTE ?

– C'EST CE QUE NOUS AVONS PENSÉ, MAIS C'EST UN SPÉCIALISTE, IL POSSÈDE LES DROITS D'ACCÈS, TOUT ÇA FAIT PARFAITEMENT PARTIE DE SON TRAVAIL. IL N'Y A RIEN D'ANORMAL.

– C'EST DÉSESPÉRANT. IL N'EST PAS PASSÉ CHEZ CET ANTIQUAIRE PAR HASARD, QUELQUES HEURES JUSTEMENT APRÈS QUE VALDIVIA S'EST PROCURÉ CETTE STATUETTE ! CE N'EST PAS POSSIBLE ! POUVEZ-VOUS ME VISIONNER LA SÉQUENCE DU PARC ?

– SI VOUS VOULEZ, MAIS VOUS ALLEZ VOIR UN TOURISTE ORDINAIRE QUI FAIT DES CHOSES TRÈS ORDINAIRES.

– QUE VENEZ-VOUS DE DIRE ?

– QU'IL S'AGIT D'UN TOURISTE ORDINAIRE QUI FAIT DES CHOSES TRÈS ORDINAIRES.

– IL NE FAIT DONC RIEN DE SPÉCIAL ?

– NON, RIEN DE SPÉCIAL.

– CROYEZ-VOUS ? CELA NE VOUS CHOQUE PAS QU'UN PERSONNAGE COMME HARBIN FASSE DES CHOSES TRÈS ORDINAIRES ? »

AngKor a décodé le message transmis par HarBin. Effondré, vivant un horrible cauchemar, il n'a plus qu'une idée en tête : se précipiter pour prendre le RHET, retourner chez lui et leur donner les coordonnées pour sauver son fils. Oui, mais quelle garantie aura-t-il que LeeR sera libéré ? Et si les coordonnées ne les intéressaient pas ? Peut-être que ce qu'ils veulent, c'est éviter que l'on ne découvre un nouveau vaisseau-lumière ! Pour que le projet EVA de type Création totale n'ait jamais lieu ! S'ils cherchent à le faire rentrer chez lui, c'est pour le supprimer et faire disparaître ainsi toute coordonnée déstabilisatrice pour la Confédération ! Par ailleurs, si AngKor devait prendre le RHET, il ne voit pas comment il pourrait échapper à un contrôle biométrique au moment de son arrivée sur les Nuages du Taureau et peut-être même dès le passage. Soudain, les réminiscences d'un rêve étrange l'envahissent : un homme qui tombe d'une grande pirogue… un homme qui voit son navire s'éloigner et l'abandonner… un homme qui se noie dans l'océan. Peut-on aussi « se noyer » dans le RHET ? se demande-t-il.

Se grimer pour passer inaperçu dans le parc était simple. Tromper des systèmes de reconnaissance automatique probablement actifs dès l'entrée des puits gravifiques est une autre affaire. Quant à ceux qui ont enlevé LeeR, il n'a plus de doute. Ce sont évidemment des Agouv qui cherchent par tous les moyens à contrer la stratégie des RAVA pour reprendre le contrôle de la situation, dans l'intérêt de la Confédération.

AngKor enrage et tourne en rond dans dix mètres carrés en essayant de se raisonner. Comment les Agouv ont-ils pu en arriver là ? Il est désespéré d'être sur les Nuages du Cygne sans pouvoir rejoindre ses proches.

AngKor maîtrise des techniques fondées sur des structurations très spéciales des souvenirs, liées à l'absorption de molécules décuplant les capacités mnémoniques. Ces prouesses sont obtenues grâce au respect de règles strictes. Par exemple, ne pas conserver trop longtemps de trop grandes quantités de données. C'est une forme de relation d'incertitude : le produit de la quantité d'informations par la durée de stockage est une constante. C'est une caractéristique individuelle et AngKor réalise des performances hors normes. Cependant, cette constante est finie, elle a des limites, et l'angoisse qui naît en ce moment même dans l'esprit d'AngKor est un élément déstabilisateur qui amoindrit inexorablement la valeur de ce paramètre. Toute diminution le rapproche plus vite que prévu d'un phénomène d'avalanche risquant de produire une défragmentation brutale de sa mémoire. Soudain, AngKor ne peut plus maîtriser l'équilibre nécessaire à son intégrité mentale. Il ne s'en rend compte que trop tard. Brutalement, des flots de lumière noire investissent ses rétines avec une rapidité incroyable. Devenu soudainement aveugle, il tend les mains, hésite un instant, puis s'écroule sur le sol en totale détresse. Il ne bouge plus. Forme inerte rappelant celle d'un homme, pantin désarticulé dans une pose étrange au bord d'un geste inachevé.

Sa mémoire était protégée par un mur sans faille. Pas le moindre interstice dans lequel des perturbations auraient pu s'introduire. Une paroi lisse comme un miroir, glacée comme l'acier, sur laquelle habituellement le temps n'a pas de prise. Lui, il n'est que mouvement. Il coule, rageur, le long de ces fortifications qui le narguent. Elle, elle est d'ordinaire cuirassée, stable, cristallisée dans un maillage moléculaire à l'épreuve des forces qu'il déploie sans succès.

Derrière le mur, sa mémoire : des souvenirs, des images, des voix, des tranches de vie. Un kaléidoscope sonore et lumineux. Des myriades de données, agencées, compilées. À l'extérieur, certaines en attente, arrivées trop tard, qui revendiquent une structuration, une organisation, un cadre qui les sauverait, mais qui sont finalement dévorées par le temps. À l'intérieur, une architecture de liens sémantiques et conceptuels, une symphonie lumineuse, cohérente, construite avec patience et détermination suivant un plan rigoureux.

C'est une vibration, une pulsation perfide, un martèlement sourd, un séisme dans le rempart.

Un instant, c'est un univers hésitant de souvenirs partagés entre le formel et l'anarchie, entre l'assurance et la destruction massive.

Un instant, le temps s'arrête.

C'est une fracture. La propagation d'une onde qui flirte avec les repliements de l'espace-temps et il se réjouit. Car tout change. Le temps exulte car là enfin il trouve sa seule raison d'être : évolution, révolution, déstructuration.

Le mur s'abat et la mémoire d'AngKor vacille. Elle se tord dans un sursaut et plus rien ne sera comme avant. Elle était l'unité, elle se fragmente en atomes insouciants. Ceux-ci étaient sa mémoire, ils ne sont plus que des souvenirs éparpillés, une immensité de cubes ébranlés et dispersés dans le flot du temps.

Une pirogue double glisse sans bruit dans un lagon reposé. Elle espère le contact de la grève, et le crissement des étraves qui perdent toute leur puissance est le commencement du monde. L'émeraude et le turquoise en équilibre au bord d'une plage de sable blanc où seule la caresse des cocotiers marque le temps. Elle porte une couronne de fleurs blanches et mauves parcourue de rayons végétaux qui se confondent avec l'astre du jour. Quand elle lève les yeux, le paysage bascule et palpite dans un reflet liquide. Est-ce un fruit au chaud parfum tropical ? Une fleur, peut-être ? De ses pétales refermés naît alors une mélodie ancienne qui hésite entre recueillement et douce romance. Non, c'est un coquillage formé de ses deux mains entourant ses lèvres dans un geste secret. Son souffle s'éloigne, chute et caracole et c'est une risée. Alors elle plonge nue dans une eau endormie et la marée est là. Quand elle émerge, des perles d'or et de lumière ruissellent sur ses cuisses.

Il gémit et se débat sans pouvoir bouger. Des larmes coulent sur ses joues d'enfant. LeeR est attaché sur une table. On vient de placer une sonde révulsive juste au-dessus de son cœur. Un homme sans visage programme l'appareil puis s'éloigne. Dans dix minutes mon fils sera mort. Je le vois sur mon BioCom. Il crie. Il m'appelle.

Elle est en pleine vitesse. Elle se déplace vers la source de lumière qui flotte au-dessus d'elle. Vers cette frontière incroyable, limite d'un monde à la fois si proche et si lointain. Elle veut le pénétrer, mais une force l'en empêche. Cent fois, mille fois, elle essaye. Maintenant, elle est entre les deux et, malgré tous ses efforts, elle sait qu'elle doit retourner d'où elle vient, inexorablement, obligatoirement. Pourquoi l'espace au-delà de la surface lui est-il toujours interdit ? Un instant, elle reste suspendue dans les airs. Juste le temps d'appréhender, de sentir, de respirer une autre existence, un univers improbable dans lequel nager est impossible. Elle se trouve ridicule, ainsi penchée sur un côté. Elle lève vers l'azur une nageoire effilée comme une aile. Quelqu'un ne pourrait-il l'aider dans cette découverte ? Mais personne ne prend jamais la nageoire qui se tend sans espoir. La baleine retombe dans une gerbe d'écume. Elle ne montre plus qu'une immense queue noire et brillante qui caresse des flots étonnés.

ValdiVia me serre contre elle. Mais c'est DjidJa qui me sourit. Elle écarte les bras et ses seins s'épanouissent dans mes mains comme deux fleurs dans la chaleur du soleil. Elle déclare :

« Les étoiles sont tes îles, à toi de choisir l'instant, tu peux venir en moi, je t'attends. » Entre ses jambes, là où la naissance du monde a placé un passage vers les rêves des hommes, je vois une lumière dans laquelle je me perds. Ils l'ont espérée, ils la devinent et ils la sentent. Comme une femme attendue, elle a le parfum de l'espoir éternel. Avant qu'ils perçoivent la rondeur de ses formes et le mystère de ses vallons, elle est là, se parant d'ésotériques signaux. Un oiseau de velours noir qui se joue de la houle et qui meurt dans ses creux, mais qui renaît constamment sur les crêtes. Des nuages qui la masquent comme pour mieux affirmer sa présence. Enfin elle est là, encore plus belle que dans leurs rêves.

La grande pirogue

Je le secoue. Il ouvre les yeux, je lui dis :

« AngKor, il faut que je te montre quelque chose. »

Les yeux grands ouverts, il reste silencieux. Il me fait peur, ainsi immobile. Je ne sais pas s'il me regarde ou s'il regarde les cieux à travers moi. J'insiste :

« AngKor, elle est là ! Il fait nuit et elle est là. Elle est là dans la lumière de la lune. AngKor, tu m'entends ?

– Mais qui es-tu ? Qui es-tu ? »

Je n'ai pas le temps de répondre. Son regard se fige affreusement, et il penche la tête de côté comme s'il était en train de sombrer dans le néant.

Il ne bouge plus. Je suis extrêmement inquiet. Je prends sa main, elle est inerte. Je cherche son pouls. Les battements de son cœur sont bien lents. Je me surprends à murmurer :

« Mon Dieu, est-il en train de mourir ? »

Je l'asperge d'eau. Il ne bouge plus. Je le gifle à la volée. Mais rien n'y fait. Je ne perçois plus les battements de son cœur.

Je l'allonge sur le pont tout en soutenant sa tête. Dans la pénombre, j'aperçois Ta'aroa toujours à l'avant du vaisseau avec sa compagne. La rencontre que j'avais imaginée m'apparaît désormais impossible. Qu'allons-nous devenir si le futur nous abandonne ?

LIe siècle

AngKor se réveille dans la cellule où il se cache. Il est très malade. Des flashes lumineux, des éclairs, des visions extravagantes balayent continuellement ses pensées et perturbent sa conscience. Ses rétines sont le jeu d'hallucinations vertigineuses. Il se déplace en se cognant constamment contre les murs. Son cerveau subit les assauts anarchiques d'un orage électrique généralisé. Ses souvenirs et les données qu'il a accumulées se mélangent si intimement qu'il perd la notion de son propre moi. Une muraille tremble et frémit. Elle vacille, reste en équilibre entre le jour et la nuit, et soudain une vague de molécules submerge ses synapses. Il s'anéantit encore dans le sommeil.

La grande pirogue

Je suis certain qu'il a bougé. Je le secoue. Sa tête ballotte, il râle comme si sa dernière heure était venue. Je le secoue encore et, sans réfléchir, je le gifle de nouveau avec une violence qui me surprend.

Il ouvre les yeux.

« AngKor, c'est moi, Tumatarii. Nous sommes sur le *Toa Marama* ! Le *Toa Marama*, souviens-toi ! Qu'est-ce qui t'arrive ? Réponds-moi !

– … Le *Toa Marama…* »

Je sens qu'il redevient inerte. Mais, soudain, une agitation extrême s'empare de lui. Il gesticule, geint et vomit en même temps. Ses yeux sont ouverts mais révulsés. Je pense qu'il fait une crise d'épilepsie ou quelque chose comme ça.

« AngKor, AngKor ! » Je le secoue violemment pour qu'il se réveille. Ono qui vient d'arriver comprend vaguement ce qui se passe. Il prend de l'eau et l'en asperge. AngKor se calme. Je n'ai pas arrêté de lui parler :

« AngKor ! Tu es AngKor. Du vaisseau des Nuages du Taureau. Tu es passé sur le *Toa Marama*, le *Toa Marama*. Tu es AngKor. Tu viens du LIe siècle, mais en ce moment tu rêves du *Toa Marama* et par la force de la pensée tu es sur le *Toa Marama…* le *Toa Marama* ! »

Je vois bien qu'Ono me regarde comme si je devenais fou, mais qu'importe. AngKor revient peu à peu à lui et je répète :

« Là, doucement, tu es sur le *Toa Marama…* doucement…

– … Tumatarii, c'est… Je suis bien avec toi ? Sur le *Toa Marama* ?

– Oui, oui, AngKor, tu es sur le *Toa Marama*. Qu'est-ce que tu m'as fait peur !

– Je suis terriblement fatigué, ma tête me semble vidée… Où sont mes souvenirs ? »

Brusquement, les spasmes le reprennent et il vomit de nouveau en gémissant. Il s'agite cette fois dans des sursauts douloureux mais normaux, comme s'il retrouvait l'usage d'un corps qu'il était en train d'abandonner.

Progressivement, les vomissements s'espacent et il se calme. Je lui dis :

« Allonge-toi, je suis désolé de t'avoir réveillé. »

Ce qu'il me révèle alors m'étonne au plus haut point :

« J'étais en train de mourir… En me secouant comme tu l'as fait, tu viens de me sauver la vie… J'étais en train de mourir…

Le flot est endigué… Je n'ai pas perdu tous mes souvenirs… Sans toi je serais mort… Mais où est LeeR, où est mon fils ? »

LIe siècle

« … Les informations en provenance des vaisseaux des Pléiades, de Centaure Croix ainsi que de tous ceux de la Ceinture de Gum sont alarmantes. Des groupes de MOR non contrôlés par leur direction centrale ont attaqué ce matin les agences de transmissions des RAVA. Des éléments non identifiés à cette heure ont fait usage de paralyseurs et, malheureusement, de révulseurs ioniques de grande puissance. On déplore un millier de morts dans les Pléiades et plus de vingt mille dans le groupe de la Ceinture de Gum. Le conseil suprême de la Confédération galactique a voté les pleins pouvoirs pour les gouvernements des vaisseaux en question. En conséquence, les passages ordinaires entre ces vaisseaux et le reste de la Galaxie sont momentanément interrompus. »

LinZ est catastrophé. Les troubles sont en train de se généraliser. Si l'Acom qui devait rapporter les données attendues ne revient pas très vite sur les Nuages du Taureau, il se demande ce qu'ils vont devenir, IwaKi et lui.

Il a tenté de la joindre par AnZio, mais ce dernier prétend qu'elle est complètement dépendante du THM et qu'elle passe ses jours et ses nuits déconnectée de la réalité, plongée dans ses rêves.

L'attention de LinZ est attirée par l'image virtuelle 3D qui vient de se former au centre du THM. C'est VanadZo en personne qui apparaît dans le bulletin d'informations spécial.

« … les gouvernements des vaisseaux ont décidé de prendre des mesures totalitaires. Prétextant des troubles dont ils amplifient volontairement les conséquences, et en ne répondant pas aux demandes légitimes des citoyens, ils font courir un risque terrible à notre société. Ils ont déjà de lourdes responsabilités dans les graves incidents qui viennent de se produire, entraînant malheureusement de nombreuses victimes… ».

À ce moment, le visage d'AnZio apparaît sur le BioCom de LinZ.

« LinZ, reviens tout de suite au central. Nous subissons en ce moment même une attaque d'une division paramilitaire des

MOR. Ils sont fortement armés, on a besoin de tout le monde ! »

LinZ obtempère. Même s'il est prisonnier, même s'il ne partage pas les manières de VanadZo, les RAVA sont des enfants par rapport aux MOR et, si ces derniers devaient passer outre les défenses du central de VanadZo, IwaKi et lui seraient traités comme des RAVA ordinaires.

L'immeuble de VanadZo est protégé par un cordon d'Asi, mais les MOR sont terriblement efficaces. Ils lancent des actions ponctuelles en sacrifiant toujours l'un d'entre eux. Jamais la Confédération n'a connu un tel fanatisme. Les RAVA anciennement pacifistes basculent eux aussi dans la violence pour se défendre des commandos MOR qui utilisent des bombes à révulseurs ioniques portées par un seul homme. Celui-ci meurt immédiatement au moment de l'émission. Mais, en se sacrifiant, il arrose systématiquement un périmètre d'une centaine de mètres de rayon, dans lequel tout organisme conscient est détruit. Aucune protection n'est réellement efficace car les révulseurs désintègrent toutes les structures organisées, qu'elles soient de type humain ou de type artificiel. C'est pourquoi les Asi emploient des armes photoniques à grande portée pour neutraliser les MOR avant qu'ils soient trop proches.

Quand LinZ arrive au central et qu'il aperçoit sur les écrans de l'immense salle circulaire l'environnement extérieur, il prend conscience de l'extrême danger qu'ils courent tous. Toutes les iA de VanadZo sont concentrées sur une stratégie de défense qui semble pour le moment efficace. Aucun MOR n'arrive à pénétrer à moins de cent mètres du bloc de l'immeuble. AnZio indique à LinZ un poste libre où il met sa perception du danger en commun avec celle d'une iA. La coopération iA-iH demeure la plus efficace des stratégies de protection, l'homme restant plus performant que la machine pour ce qui est de la peur.

56

Négociations

Apataki

Alpha ne vit plus que pour elle. Elle la pousse. Elle la regarde dériver. Elle la rejoint. Elle nage à ses côtés. Elle l'accompagne. Parfois elle l'effleure d'une caresse, puis elle l'abandonne et la laisse vivre à sa guise sur son erre. Parfois elle l'observe avec passion et peut, dans les moments les plus forts, déplacer avec précaution l'un de ses microscopiques habitants.

La grande pirogue

« Ma déesse, je ne peux plus me passer de toi. Tu es mon espoir. Reste avec moi, déclare le Guerrier de la Lune.

– Ta'aroa, l'instant est proche où ta destinée se réalisera, mais le temps ne peut changer son rythme et ce qui doit être fait le sera, dit-elle.

– Ta demeure n'est-elle pas ici, sur le *Toa Marama*, près de ce peuple qui devient aussi le tien ?

– Oui, mais je suis encore en partie ailleurs et le lien qui m'unit au futur ne peut être rompu sans ménagement. »

AngKor est complètement réveillé. Je le persuade que nous devons les rencontrer. Nous nous approchons avec discrétion.

Nous les voyons distinctement tous les deux à l'avant du *Toa Marama*. Sa présence à elle, près de Ta'aroa, est toujours pour moi chargée d'un mystère.

Ta'aroa se retourne.

« Par Ruahatu, que fais-tu là, Tumatarii ?

– Ô Ta'aroa, regarde, le passé, le présent et l'avenir sont enfin réunis ! »

Elle aussi s'est retournée. Elle reste près de Ta'aroa. Son visage resplendit d'un éclat mystérieux et ses grands yeux étonnés luisent dans la pénombre. Je suis sidéré qu'une beauté pareille puisse exister. Je pense à Alpha. Ce n'est pas elle. Elle lui ressemble beaucoup. Comment expliquer que j'en sois à la fois heureux et malheureux ?

Je vois AngKor qui s'adresse à elle. Il affiche une fierté qui contraste miraculeusement avec l'état dans lequel il était il y a quelques minutes. Il déclare avec emphase :

« Je suis AngKor des Nuages du Taureau et je crois te connaître. »

Elle répond sur le même ton :

« Je suis IwaKi, tu me connais peut-être parce que je viens aussi des Nuages du Taureau ! »

Je suis stupéfait et Ta'aroa reste interdit. Il a blêmi, mais elle a tout compris. Sans bouger, elle prend la main de Ta'aroa, le regarde et affirme :

« Ta'aroa, ne crains rien, AngKor est un ami du présent, un ami, c'est tout. Toi, tu es mon futur. »

Ta'aroa et moi sommes déconcertés par cet échange.

« Pourquoi es-tu ici ? demande AngKor à IwaKi.

– Pour la même chose que toi, probablement. À cause des Polynésiens et de la lumière.

– Que veux-tu dire ?

– Je suis constamment avec eux. Je rêve d'eux, de leur pays, de l'océan, alors je suis constamment avec eux… et j'attends. »

Je suis décontenancé. Je crois entendre Alpha !

« Mais, qu'est-ce que tu attends, IwaKi ? demande AngKor.

– LinZ et moi, nous attendons un Acom qui doit répondre à quatre questions. Après, je serai libre.

– IwaKi, je sais ce que sont ces quatre questions. »

Elle ne répond pas tout de suite. Elle n'a pas l'air surprise. Finalement, elle dit avec un léger sourire :

« C'est donc toi… Et tu as les réponses ?

– Je les avais, je suis en train de les perdre. Mais là où nous sommes, je crois que je peux les retrouver.

– Alors, tu pourrais revenir sur notre vaisseau et ainsi, comme je viens de te le dire, je serais libre. Mais suis-je vraiment certaine de le vouloir ? » murmure-t-elle en regardant Ta'aroa. Elle ajoute à l'intention d'AngKor :

« Pourquoi n'es-tu pas rentré ?

– En ce moment, mon corps n'est pas, comme le tien, dans les Nuages du Taureau et ils me cherchent. » Il s'arrête et se fige. Ses yeux s'agrandissent. Puis, avec une infinie lenteur, il tombe sur le pont. Il se replie sur lui-même.

Je me précipite. Je le mets sur le dos. Je passe ma main sous sa nuque. Je lui relève un peu la tête et le gifle avec force.

Il reprend connaissance aussitôt. Son visage s'illumine et il s'écrie :

« Je sais comment sauver LeeR ! »

LIe siècle

« Nous avons un sérieux problème.

– Je le pense aussi.

– Ou bien nous laissons la situation dégénérer et les MOR vont écraser les RAVA, ou bien nous aidons ces derniers et nous prenons le risque d'apparaître comme des partisans.

– Ensuite, ils nous demanderont des comptes.

– C'est certain à 98 % !

– Aucune nouvelle d'AngKor ?

– AngKor, parlons-en ! Il faut absolument le supprimer. L'existence de ce vaisseau qu'il a découvert est une catastrophe.

– Vous voulez dire que vous préférez que l'on perde les coordonnées et le vaisseau avec elles ?

– Évidemment ! C'est la présence d'AngKor qui fausse l'essence même du modèle depuis le début. Il est totalement imprévisible ! Si seulement vous pouviez me dire où il se cache. Vous le pouvez ?

– Je crains que non.

– Et HarBin ?

– Il est retourné sur les Nuages du Taureau.

– Ah ! Et que fait-il là-bas ?

– RIEN DE SPÉCIAL.

– COMMENT ÇA, RIEN DE SPÉCIAL ? VOUS N'AVEZ TOUJOURS PAS L'AIR DE VOUS RENDRE COMPTE QUE S'IL NE FAIT RIEN DE SPÉCIAL, C'EST JUSTEMENT ÇA QUI EST BIZARRE. C'EST MÊME ÉPOUVANTABLE ! »

La grande pirogue

« Tumatarii, je sais combien les faits et gestes des prêtres sont souvent hermétiques, mais explique-moi une chose.

– Oui, Ta'aroa.

– Pourquoi n'es-tu pas étonné que l'homme qui dort connaisse la femme de mes rêves ? Est-ce un dieu ?

– Ta'aroa, je suis ici, avec toi, pour la même raison qu'eux.

– Je ne comprends pas.

– Ta'aroa, eux aussi, tout comme toi, cherchent quelque chose de plus précieux que la vie.

– Ils le cherchent dans les mystères de *moana* ?

– En quelque sorte, oui.

– Je comprends. »

Parfois, j'ai l'impression que la vision que Ta'aroa a de l'espace n'est pas si éloignée de la nôtre. Les anciens Polynésiens pourraient-ils nous apprendre bien des choses que nous avons oubliées… ou que nous n'avons jamais sues ?

Un peu à l'écart, AngKor et IwaKi sont en grande discussion.

« IwaKi, tu peux sauver mon fils. »

Elle le regarde d'un air sceptique.

« Je suis si importante que ça pour toi aussi ? » dit-elle.

Il continue :

« Ça a un rapport avec les données que tu espères toujours.

– Je pensais qu'elles étaient perdues.

– Tumatarii m'a sauvé la vie. Je sombrais entre deux vaisseaux. Il a évité, sans le savoir, la perte totale de ma mémoire. Les données sont en partie récupérables. Ma présence ici sur le *Toa Marama* a tendance à les régénérer.

– Tu serais d'accord pour nous les transmettre enfin, ces données ?

– Certainement, mais pour ça il faut que je puisse passer par le RHET. IwaKi, tu es sur les Nuages du Taureau, pas moi, et donc il faut d'abord sauver LeeR.

– Je comprends, mais comment puis-je t'aider ? »

AngKor baisse la voix.

« Écoute-moi très attentivement, voilà ce que nous allons faire… »

Le lendemain, la lumière est une merveille, mais je suis inquiet. AngKor est de nouveau anormalement assoupi. Je le laisse se reposer avec l'espoir qu'il se réveillera sans difficulté. Je pense que, en attendant, il reconstruit sa mémoire.

J'aperçois Manu sur l'arrière. Il est en train de remonter lentement une de ses lignes. Je m'approche.

« *Ia ora na,* Manu, tu viens de te réveiller ?

– Je suis debout depuis une heure et, regarde, j'ai déjà sorti une dizaine de thons et je suis sûr que voilà le onzième. »

En effet, au bout de la ligne qui revient toujours se placer dans le petit sillon dont elle a marqué le liston, on voit apparaître un museau gris bleu métallique et deux yeux fixes incrédules. J'aide Manu à faire passer le beau poisson par-dessus bord. L'animal se retrouve sur le pont où le jeune pêcheur l'assomme d'un geste sûr. Le thon perd en même temps et son sang et sa vie. Je regarde la lanière de cuir que Manu porte autour des reins et qui maintient son pagne. Je remarque qu'elle possède à certains endroits des encoches formant des dessins géométriques à peine visibles. Où les ai-je déjà vus ?

Comment vais-je faire pour lui poser, sans qu'il se sente attaqué, la question qui me brûle les lèvres ? Il me vient une idée que je mets aussitôt en pratique. Je m'approche sous prétexte de me rendre utile, et volontairement je glisse dans le sang frais. Je pars à la renverse et, pour tenter de me retenir, j'attrape le pagne de Manu. La lanière cède et me reste dans les mains tandis que je m'étale de tout mon long sur le pont. Manu rit aux éclats en remontant son pagne pendant que le thon, propulsé par ma chute, entame lui aussi une glissade. Je finis par me relever et lui dis en lui tendant sa ceinture :

« Pardonne-moi, je ne suis pas certain d'être doué pour la pêche. »

J'ajoute :

« Tu as une belle ceinture avec de curieux motifs. C'est toi qui l'as faite ?

– Non, ce n'est pas moi. »

Je vois bien qu'il se renfrogne. Difficile de parler avec lui. Je me dis que l'occasion ne se reproduira plus. J'insiste :

« Manu, tu sais que je suis ton ami, dis-moi qui t'a donné cette ceinture.

– Si je te le dis, il tuera… Il me tuera ! » répond-il avec une détermination qui me laisse sans voix. Il s'esquive aussitôt en courant.

LIe siècle

Dans la cellule dorée où elle est prisonnière, perdue au sein du vaisseau des Nuages du Taureau, IwaKi sort péniblement d'une profonde torpeur. Ses idées se remettent en place peu à peu et ce que vient de lui dire AngKor, sur le *Toa Marama*, est toujours bien présent dans son esprit. Mais le retour à la réalité du LIe siècle n'est pas aussi facile qu'elle le pensait. Elle se demande si elle n'a pas été droguée. Elle se secoue, mais sans pouvoir vraiment quitter le lit où elle demeure allongée. Elle arrive cependant à manipuler son BioCom. Elle lui ordonne :

« Mets-moi immédiatement en contact avec AnZio.

– Oui madame.

– AnZio, réponds-moi. AnZio, es-tu là ? »

Pas de réponse. Elle appelle LinZ :

« LinZ, es-tu à l'écoute ?

– IwaKi, quel plaisir ! Tu es enfin réveillée. Je suis très occupé, mais c'est agréable de t'entendre.

– LinZ, il faut absolument que je parle à AnZio !

– Impossible ! Tu ne sais pas ce qui se passe ? C'est une insurrection ! En ce moment même, je coopère avec des iA, comme toute l'équipe ici, pour déjouer les stratégies d'attaque des MOR. Tu sais ce que je fais ? Je prête ma peur…

– Mais de quoi me parles-tu ?

– Bon sang, IwaKi, tu dors depuis des jours, plantée sur ton THM ! Je prête ma peur à une iA pour augmenter la performance des systèmes de surveillance, alors je ne suis pas vraiment disponible, tu saisis ?

– Mais pourquoi tu fais ça ?

– Tu ne sais pas que la plupart des vaisseaux sont touchés par les troubles ? Entre les RAVA et les MOR, c'est un conflit généralisé. Ici, le central de transmission de VanadZo subit constamment des attaques suicides provoquées par les MOR. Ils utilisent des révulseurs ioniques de forte puissance et les Asi nous protègent sans grande conviction. La position du gouvernement de notre vaisseau n'est pas limpide. Les Agouv n'arrivent pas à prendre parti pour les uns ou pour les autres ! Les RAVA plus nombreux sont débordés par le fanatisme des MOR. À force de dormir, tu t'es complètement déconnectée de la réalité ! Que veux-tu que je te dise ? Nous sommes en guerre !

– C'est fou ce que tu me racontes là ! Et les données, tu y penses toujours ?

– Les données, les données ! Mais, IwaKi, il y a plusieurs centaines de milliers de morts dans les vaisseaux qui nous entourent, là où les Acom arrivent encore à passer, mais avec de grandes difficultés en raison des contrôles mis en place. Plus loin, on ne sait plus. Le fort ralentissement des passages par le RHET ne permet plus d'avoir une image globale de la Confédération. C'est un réseau qui s'effondre ! Il est en train de mourir. »

Linz marque un temps d'arrêt puis ajoute :

« Les données, les réponses aux questions, vraiment, ce n'est plus mon problème.

– Et si nous les avions réellement ? insiste Iwaki.

– Si nous avions les réponses ? Mais je viens de t'expliquer que le RHET est sous contrôle total ! Alors c'est absurde de croire des trucs pareils. Tu vois ce que je veux dire ?

– Le RHET ne fonctionne vraiment plus ?

– Je te le répète, tout est sous contrôle ! Tout ! Les gens comme toi et moi ne peuvent plus prendre le RHET, seuls les Agouv et les Acom passent, et encore. Les données ne peuvent plus nous parvenir !

– LinZ, trouve-moi AnZio au plus vite, dis-lui que je sais comment récupérer les données et les réponses aux questions !

– Je m'en fous des données et des questions, IwaKi ! C'est notre vie qui se joue en ce moment, tu comprends ça ? Notre vie !

– Justement, elles vont nous sauver.

– C'est une blague ?

– Non, non, je t'en prie, écoute-moi ! Je crois que nous pouvons nous sortir de là ! Trouve-moi AnZio au plus vite !

– Mais comment aurais-tu les réponses aux questions ? C'est impossible ! Tu es toujours dans tes rêves et tu nous racontes des histoires ! Il va nous tuer, tu es folle !

– LinZ, si tu m'aimes encore un peu, fais ce que je te dis, je t'en prie !

– C'est complètement dingue.

– Je t'en prie, LinZ, trouve-moi AnZio.

– Tu es toujours aussi têtue. Je vais voir. Reste à l'écoute. »

La grande pirogue

« Je sais que tu n'aimes pas Manu, mais ce n'est pas un mauvais garçon. »

Tama n'a pas l'air d'accord avec moi.

« Je ne te comprends pas, Tumatarii. J'ai confiance en toi, comme mon père a confiance en toi. Mais je ne comprends pas comment tu peux avoir confiance en Manu !

– Il n'est pour rien dans tout ça. C'est seulement un jeune fou, un peu solitaire, et tu oublies un peu vite qu'il est le meilleur pêcheur.

– Ça, ce n'est pas la première fois qu'on me le dit !

– Tama, la rancune n'est jamais bonne conseillère.

– Ce que tu me proposes, ce n'est rien d'autre que de mentir à mon père… Et si j'allais tout lui raconter ?

– Tu ne le feras pas. D'abord parce que tu es un garçon intelligent et ensuite parce que tu sais que j'ai raison. Et puis…

– Et puis quoi ?

– Et puis tu en veux à Manu parce qu'il est amoureux de ta sœur Hina. »

Tama ne répond pas, mais je vois à sa grimace qu'il est d'accord avec moi. Alors j'ajoute :

« Dis-moi que c'est faux !

– Non, c'est vrai, tu as raison. Mais Manu est un peureux.

– Tama, tous les hommes ne sont pas comme toi ou comme Ono ! Manu est le meilleur pêcheur du *Toa Marama*. C'est bien d'être pêcheur. Ton père était pêcheur lui aussi, avant de conduire la destinée du *Toa Marama* et d'être le Porteur de l'Image Sacrée.

– Pourquoi tu n'en parles pas à mon père ?

– Parce que ton père a de grandes qualités, mais, je te l'ai dit, il demande souvent l'avis du conseil, ce qui n'est pas un défaut, mais…

– Il t'écoute beaucoup, toi aussi.

– Oui, c'est vrai, mais je préfère prendre des précautions, et puis je me trompe peut-être.

– Bon, alors je fais quoi ?

– Regarde ces dessins. »

Je montre à Tama un morceau de *tapa* sur lequel j'ai reproduit aussi fidèlement que possible ceux que j'ai pu voir sur la ceinture de Manu.

Je lui demande :

« As-tu déjà vu ces signes quelque part ?

– Non, je ne crois pas. » Puis son regard change et il se reprend : « Mais non, c'est impossible !

– Qu'est-ce qui est impossible ?

– Rien, rien.

– Tu as déjà vu ces dessins, n'est-ce pas ? Moi aussi je les ai vus, mais je ne sais plus où, alors dis-moi où tu les as remarqués ! Il y a certainement un rapport entre la ceinture de Manu et l'endroit où tu les as aperçus. C'est pour ça que tu ne veux rien dire ?

– Non, non, je ne peux pas. Je ne peux pas ! »

Tama s'est levé, comme pour couper court à notre discussion. J'insiste :

« Manu est doublement en danger, d'abord parce que bien des personnes continuent de penser qu'il est peut-être coupable d'avoir mis les mains sur l'Image Sacrée, ensuite parce qu'on l'a forcé à faire quelque chose.

– On l'a forcé à quoi ?

– À porter la ceinture qu'il a en ce moment. Elle n'est pas à lui ! Ce n'est pas celle d'un jeune homme ! On a tenté de faire croire que c'était lui qui était présent le soir où j'ai été moi-même accusé d'avoir volé l'Image, tu comprends ça ! »

Tout en se levant, Tama proteste et me lance :

« Tu es fou, ce n'est qu'une ceinture ordinaire ! »

Puis il s'en va mettant ainsi un terme à l'entretien.

LIe siècle

Quand LinZ dit à AnZio qu'IwaKi voudrait lui parler, il le regarde et lui rétorque brutalement :

« Ton amie, elle est accro au THM, alors ses bêtises, elle les garde pour elle, OK ?

– Elle m'a parlé des données et des réponses.

– Ah oui ? Et alors ? Écoute, LinZ, tu me fatigues, et pendant ce temps tu oublies que tu es affecté à une fonction vitale, tu as compris ?

– Bien, je vais contacter VanadZo directement.

– Et comment vas-tu faire ?

– Peu importe, mais quand il saura qu'IwaKi a une information concernant les données et que tu n'as rien fait, c'est moi qui vais bien rigoler ! »

AnZio soupire, puis se fait plus aimable.

« Je sens que tu ne vas pas me lâcher avec ça. Je vais la voir. »

IwaKi a réussi à se lever. Elle vient de prendre un seul comprimé d'un euphorisant ordinaire, cela devrait lui redonner un peu de tonus, sans trop lui faire tourner la tête.

L'écran de son BioCom clignote.

« Attention, AnZio va te demander s'il peut entrer. »

Elle s'assied sur le lit. Elle entend une voix qui s'informe sur un ton autoritaire :

« Je peux entrer ?

– Fais donc comme chez toi ! »

Immédiatement, AnZio passe à travers la cloison et se retrouve dans la cellule d'IwaKi.

« J'aimerais bien en faire autant dans l'autre sens, ironise-t-elle.

– Alors, tu as des informations sur les données, m'a raconté LinZ. C'est quoi, et comment les as-tu obtenues ?

– Je veux voir VanadZo.

– Non mais, écoutez-la ! Tu ne sembles pas comprendre que c'est lui qui décide et pas toi.

– Je sais parfaitement ce que je dis. Tu n'imagines pas combien VanadZo va être intéressé par ce que je vais lui révéler. Tiens je te fais un pari, s'il s'en fout, tu pourras passer la nuit dans mon lit.

– Je peux aussi rester dès maintenant, fanfaronne-t-il en s'approchant, l'air menaçant.

– Si tu me touches, je te tue ! » hurle IwaKi. Mais, à cet instant, le BioCom d'AnZio se manifeste.

« VanadZo est là ! »

AnZio prend la communication. IwaKi entend tout.

« Ici VanadZo ! AnZio, qu'est-ce que tu fais avec la prisonnière ?

– Justement, j'allais vous appeler.

– LinZ vient de me dire qu'elle a des informations concernant les données, c'est exact ?

– Je n'ai pas encore eu le temps de…

– J'arrive. »

AnZio fait une drôle de tête et murmure :

« Ce sale type de LinZ.

– C'est toi le sale type ! » lui lance IwaKi.

La cloison d'entrée laisse passer deux hommes en tenue militaire. Ils portent des paralyseurs et sur leur combinaison est affiché l'insigne des RAVA. L'un d'eux déclare :

« Vous pouvez entrer. »

VanadZo apparaît. Il est vêtu d'une combinaison irisée sur laquelle miroitent des insignes RAVA qui changent constamment de couleur et de forme comme s'ils tournaient sur eux-mêmes dans un espace 3D limité à sa silhouette. IwaKi n'a jamais vu de près une telle combinaison. Ce système à projection virtuelle totale et les symboles qui apparaissent sont bien représentatifs de la mégalomanie du personnage.

Il est suivi par deux autres gardes du corps. Les quatre prennent position dans l'espace restreint de la pièce où se trouve IwaKi, comme s'ils craignaient une invasion des MOR à l'instant même.

« Alors, IwaKi, il paraît que vous avez des choses à me révéler au sujet de ces fameuses données dont AnZio me parle depuis si longtemps ! » raille-t-il en lançant un coup d'œil à ce dernier.

IwaKi se dit que LinZ a bien fait de contacter directement VanadZo. AnZio n'est qu'un sous-ordre.

« Avec LinZ, nous attendons le retour d'un Acom et nous avons un marché à vous proposer. Un marché très intéressant, explique-t-elle.

– Et de quel marché s'agit-il ?

– Je voudrais vous en parler seul à seul. »

L'un des gardes du corps fait signe que non à VanadZo, mais celui-ci déclare :

« Veuillez nous laisser, je vous prie. »

AnZio fait mine de rester, le geste que lui lance VanadZo l'en dissuade.

Ils sont maintenant tous les deux.

« Je vous écoute, dit VanadZo.

– Si vous pouviez disposer d'un vaisseau-lumière vierge, un vaisseau tout neuf, que feriez-vous ?

– Si c'est pour ça que vous m'avez fait venir…

– C'est très sérieux, j'ai en mémoire les coordonnées d'un vaisseau-lumière récemment découvert. Je vous les donne quand vous voulez !

– Ne plaisantez pas avec ça. Vous savez bien que les mouvements RAVA recherchent tous les moyens pour mettre en œuvre un EVA Création totale ! La découverte d'un vaisseau-lumière serait pour les RAVA une fantastique opportunité.

– Je vous donne les coordonnées. Avec l'aide d'un spécialiste, vous pourrez vérifier facilement que je dis vrai. »

VanadZo marque un temps d'arrêt, puis :

« Vous m'intriguez. Ou bien vous êtes folle, ou bien… Je ne comprends pas. Vous accepteriez de passer un test de vérité ?

– Absolument !

– Vous n'avez pas peur que j'en profite pour faire une introspection de votre mémoire, à votre insu ?

– J'ai confiance en vous. »

VanadZo se penche sur son BioCom, il ordonne :

« AnZio, transmets-moi tout de suite un ProxNemo. »

Puis à l'adresse d'IwaKi :

« Et pourquoi me donneriez-vous comme ça les coordonnées d'un vaisseau-lumière fraîchement découvert ?

– Monsieur VanadZo, ce que je vais vous dire va vous surprendre, mais je ne le ferai que libre et hors de cette cellule. »

VanadZo la regarde avec un sourire de séducteur et la rassure :

« Je vous connais depuis à peine cinq minutes, mais vous êtes une femme singulière et vous me plaisez ! Si le test du ProxNemo est positif, vous serez libre, je m'y engage. »

Une note de musique retentit.

« C'est le transmetteur, note VanadZo. L'appareil est arrivé, je vais le chercher. »

Il disparaît dans la deuxième pièce de la cellule et revient aussitôt avec un ProxNemo portatif. Il s'adresse à IwaKi :

« Vous savez comment ça fonctionne ? C'est très simple, vous mettez les écouteurs sur vos oreilles et je vous pose quelques questions, c'est tout. »

IwaKi est assise au bord du lit et VanadZo a pris place dans le fauteuil du bureau.

« Dites-moi comment vous avez eu ces coordonnées.

– C'est l'Acom qui travaille pour LinZ et moi qui me les a fournies.

– Vous les aviez donc avant de vous retrouver ici ?

– Non, c'est bien l'Acom qui me les a fournies et il y a peu de temps.

– Mais ce n'est pas possible, aucune information ne peut vous parvenir dans cette cellule sans que je le sache.

– C'est pourtant la vérité. »

VanadZo marque un temps d'arrêt. Il est sidéré que le ProxNemo ne détecte aucun mensonge. Il reprend :

« Et ces coordonnées sont bien dans votre mémoire, en ce moment même ?

– Tout à fait.

– Et pourquoi êtes-vous prête à me les donner ?

– Monsieur VanadZo, je présume que le test est positif, alors je ne répondrai pas à d'autres questions… sauf si vous me libérez comme vous l'avez promis. »

VanadZo reste interdit, puis il enjoint dans son BioCom :

« AnZio, fais en sorte qu'IwaKi ait les droits de passage pour la cellule qu'elle occupe en ce moment avec moi… Oui, c'est ça, oui, c'est un ordre ! »

Alors il se lève et, l'invitant à sortir d'un geste de la main, lui dit :

« Je vous en prie. »

La grande pirogue

Je retrouve Ta'aroa dans son *fare* à l'arrière du vaisseau. Il est en train de manipuler une tablette de bois autour de laquelle toute une série de cordelettes colorées sont attachées. J'ai déjà vu le père Mata-Rau et le sorcier tenir ce genre de choses. Je lui demande :

« Qu'est-ce que c'est ? »

Il me regarde en levant les sourcils et me répond :

« Tumatarii, tu m'étonneras toujours.

– Pourquoi ?

– Mais parce que c'est toi, quand j'étais petit, qui m'as montré comment on pouvait conserver la mémoire des ancêtres avec des cordelettes de couleur.

– J'ai donc oublié.

– Oui. Dans les profondeurs marines, dans ce passage entre ta vie d'avant et celle-ci, tu as perdu des souvenirs. Tu es devenu un autre, avec d'autres souvenirs. Tu es souvent Tumatarii et parfois tu n'es pas Tumatarii.

– Ta'aroa, tu es un sage parmi les sages. Ce que tu dis est vrai. Je suis un autre. Tu ne peux pas savoir à quel point je suis un autre. Alors, ces petites cordes, ce sont tes ancêtres ?

– C'est l'esprit de mes ancêtres. La mémoire. Ici, mon père… », montre-t-il en isolant une des cordelettes. Puis il en prend deux autres et ajoute : « Là, ma mère. Ici, mes grands-parents…

– Et les nœuds ?

– C'est le nombre de retours de lune. C'est l'époque où ils ont rejoint les *ta'urua*.

– Et tu sais où ils vivaient ?

– Tumatarii, tu as donc perdu tous les souvenirs anciens ?

– J'en ai tant d'autres à la place, mais les souvenirs anciens me manquent terriblement. Rappelle-moi où ils vivaient.

– Les cordelettes ne l'indiquent pas, mais je me souviens.

– Et tu peux me le dire ?

– Quand j'étais très jeune, ils vivaient sur une île, comme celle d'où nous venons. Ensuite, ils vivaient sur une grande pirogue comme celle-là. Et c'est le père de mon père qui m'a appris à construire des pirogues.

– Mais pourquoi les cordelettes ne disent-elles pas tout ça ?

– *Mai te reira iho ä.* C'est ainsi.

– Si elles racontent qui était ton grand-père et quel était le nombre de lunes quand il est mort, alors elles pourraient dire où il vivait, et comment était son *fenua*, ou sa pirogue, non ? Si elles gardent un type de souvenirs, pourquoi n'en garderaient-elles pas un autre ? »

Ta'aroa me regarde, puis il atteste en ouvrant grands les yeux :

« Tumatarii, tu vois, en ce moment tu es complètement redevenu le grand prêtre !

– Et pourquoi ? »

Il se lève. Il écarte les bras et déclare :

« Parce que ce que tu viens de dire est extraordinaire ! »

Puis il se plonge dans la contemplation des cordelettes, des couleurs et des nœuds. Je vois que mes paroles l'intriguent au plus haut point et qu'il est ailleurs. Je reste immobile et silencieux à côté de lui.

Je voulais parler avec lui de l'Image Sacrée et des questions qui restent sans réponses pour moi. Ce n'est plus possible. Ta'aroa est redevenu un enfant et le grand prêtre doit lui apprendre en ce moment même comment faire des nœuds avec de petites cordes multicolores.

57

Polynesia

LIe siècle

« Vous avez pris connaissance des nouvelles diffusées par TV3D ?

– Oui, bien sûr. Je sais que VanadZo a prévu de tenir une conférence de presse virtuelle dans le cadre du prochain journal.

– Vous avez une idée de ce qu'il va dire ?

– Non, pas exactement, mais croyez-vous que ce soit si difficile à imaginer ?

– *A priori* non. Cependant j'espère que les modèles que nous utilisons pour prédire son comportement ne sont pas dépassés. Celui d'AngKor, par exemple, diverge complètement. Alors j'espère que celui de VanadZo ne va pas évoluer de manière aussi chaotique.

– Ne vous faites pas trop de soucis ! VanadZo est le type d'homme qui mélange politique et intérêts personnels. Il accorde plus d'importance aux coups médiatiques qu'au réel devenir de la Confédération.

– Vous n'êtes pas inquiet ?

– Je suis beaucoup plus inquiet de la dégradation collective et du conflit généralisé entre les RAVA et les MOR. Si VanadZo nous annonçait le retrait pur et simple des projets EVA, ce serait peut-être la moins mauvaise des solutions, vous ne pensez pas ?

– Évidemment, mais dans ce cas la position des MOR se trouverait confortée et il est impensable que leur influence augmente auprès du Conseil galactique.

– POURTANT, TOUTE NÉGOCIATION NE POURRA LES ÉCARTER COMPLÈTEMENT. D'UNE MANIÈRE OU D'UNE AUTRE, IL FAUDRA TENIR COMPTE DE LEUR INFLUENCE.

– C'EST TERRIBLE CE QUE VOUS DITES !

– MAIS VOUS SAVEZ BIEN QU'UNE PARTIE NON NÉGLIGEABLE DE LA GALAXIE PENSE COMME EUX, MÊME SI ELLE N'APPROUVE PAS LES MOYENS QU'ILS UTILISENT. »

ValdiVia vit un cauchemar. Elle n'a toujours aucune nouvelle ni de son mari ni des ravisseurs de LeeR. Sa fille LunDy est effondrée. Elle veut que sa mère prévienne au plus vite les Asi, mais ValdiVia s'y oppose. C'est une lutte éprouvante entre elles à ce sujet. ValdiVia dialogue régulièrement avec les iA de la maison et particulièrement avec celle d'AngKor.

« Charlotte, je suis à bout. On ne peut pas rester ainsi sans rien faire ! On aurait peut-être dû prévenir les Asi ?

– Prévenir les autorités du vaisseau risquerait de nous faire entrer dans un processus totalement imprévisible.

– Tu es certaine que ton analyse est la bonne ?

– Je n'en vois pas de meilleure actuellement. Elle s'appuie sur une remarque que tu as pu faire toi-même : les ravisseurs de LeeR n'ont pas donné de délais pour recevoir les coordonnées du vaisseau. En conséquence, le temps qui nous est imparti joue en faveur du développement de la stratégie d'AngKor. Je suis certaine qu'il en a une.

– Et tu penses qu'il a reçu mon message ?

– Oui.

– Comment peux-tu en être si sûre ?

– Parce que l'antiquaire ne répond plus à mes demandes de renseignements et qu'il a disparu.

– Tu as cherché à contacter le vieil homme de la place ? Mais c'est une folie !

– Pas du tout, je lui ai laissé un message pour commander des livres anciens.

– Quoi ! Mais tu te rends compte ! Ils vont… ils vont…

– ValdiVia, calme-toi ! Écoute-moi bien. Les ravisseurs de LeeR savent que nous savons. Les hommes qui t'ont subtilisé la statuette ne l'ont pas fait par hasard. Que l'on cherche à entrer en contact avec l'antiquaire… un, ils savent qu'on l'a déjà fait, deux, AngKor le faisait régulièrement, alors ?

– Oui, mais les Asi pourraient être informés de ta démarche.

– Pas du tout !

– Je n'arrive pas à prendre le même recul que toi.

– C'est toute la différence entre iH et iA.

– Dis-moi, Charlotte, tu as eu connaissance des cordonnées du vaisseau lorsque AngKor l'a découvert ?

– Probablement.

– Pourquoi "probablement" ?

– Rappelle-toi, AngKor m'a demandé d'effacer toutes ces informations.

– Tu ne peux pas essayer de les retrouver ?

– ValdiVia, tu sais parfaitement que la mémoire des iA est une mémoire informatique, ce n'est pas une mémoire iH. Chez nous, c'est beaucoup plus clair que chez vous. Une iA sait ou ne sait pas, un iH ne sait jamais s'il sait ou non. Étant donné que je suis l'iA d'AngKor, il n'a pas pu ne pas stocker dans ma mémoire les coordonnées du vaisseau. Mais il m'a demandé de les oublier. C'est pour cette raison que je dis "probablement".

– Même si tu fais un effort ?

– ValdiVia, tu sais ce que dit un iH dans des discussions de ce type ?

– Je suis perdue… perdue ! Tu ne comprends pas ?

– Je te comprends. Je ferai tout pour t'aider, mais ma mémoire ne fonctionne pas comme la vôtre. J'ai tout effacé à la demande d'AngKor, souviens-toi !

– Pourquoi a-t-il fait ça ! Je ne peux plus tenir. Charlotte, fais quelque chose, je t'en prie, je ne peux rester ainsi à ne rien tenter pendant que LeeR… mon enfant…

– ValdiVia, ce que je vais te dire n'est pas une donnée idéale, mais ça pourrait contribuer à abaisser ton niveau de stress. Je te le répète, le temps joue pour nous. AngKor est obligatoirement en train de chercher une solution et je reconnais que, dans bien des situations de ce type, les iH comme AngKor ont des avantages indéniables sur les iA. Alors, essaie de te calmer, prends un euphorisant léger, un Transpsycho2, et regarde *Réel3D* sur TV3D. »

ValdiVia n'en peut plus. Elle avale deux comprimés et s'assied dans le salon. Elle met en route le THM.

Une lumière violette envahit le centre de la pièce où un personnage en réduction apparaît.

« ... comme vous le savez, après les terribles nouvelles rapportées à l'instant par nos envoyés spéciaux qui sont encore autorisés à passer par le RHET, nous avons maintenant une conférence de presse spéciale ».

Un flot de lumière se répand dans le salon et un VanadZo miniature sort d'un puits gravifique. ValdiVia agrandit l'image et le leader des groupes RAVA devient presque de taille normale. Une impression de forte présence se dégage de lui, accentuée par l'air grave qu'il affiche ainsi que par la combinaison sombre et très stricte qu'il porte. Une musique d'ambiance composée sur la rythmique des slogans RAVA sert de fond sonore calme et planant.

« Mesdames, mesdemoiselles, messieurs, vous savez combien la Galaxie est éprouvée en ce moment même par des drames et des folies meurtrières que les RAVA déplorent. Nos pensées vont d'abord à tous ceux qui pleurent une victime au sein de leur famille ou de leurs amis. »

Il marque un temps d'arrêt comme s'il se recueillait réellement, puis reprend :

« Vous savez aussi combien nous considérons comme fondamental et essentiel le développement des Espaces de Vie Ancienne. Nous pensons toujours que ce sont des éléments stabilisateurs pour notre société. Tous les vaisseaux ont des EVA en cours, comme ici dans les Nuages du Taureau, le parc de loisirs ou la fameuse place Saint-M. Tous les vaisseaux participent, pour le bonheur de tous, à des EVA. Nous devons maintenant passer à une étape nouvelle, celle d'un EVA Création totale : un vaisseau-lumière entièrement impliqué dans un Espace de Vie Ancienne ! »

VanadZo s'est encore arrêté. Il est immobile et le fond sonore prend un peu plus d'ampleur, puis il écarte les bras et son visage devient radieux. Sa combinaison se met à émettre une lumière scintillante dans laquelle tournoient des centaines de petits symboles RAVA 3D et il s'élève au-dessus du sol de quelques mètres. L'homme sobre et réservé vient de se métamorphoser en star de l'ultramusique. L'effet est saisissant. Il affirme d'une voix forte qui emplit tout l'espace :

« Oui, maintenant il est temps de développer un EVA Création totale, dans un vaisseau-lumière, un vaisseau-lumière vierge, et ce vaisseau nous l'avons ! »

ValdiVia a sursauté. Elle est debout, comme si elle allait pénétrer l'image virtuelle produite par son THM.

VanadZo a levé les bras au ciel. Entouré par une spirale musicale et colorée dans laquelle il se rétrécit, il disparaît, aspiré par un tourbillon spatio-temporel. Il laisse la place à une vue extérieure du vaisseau. La dizaine de milliers de personnes présentes dans l'immense stade, comme la grande majorité du million d'habitants des Nuages du Taureau, pose un regard interrogateur vers un ciel velouté constellé des étoiles d'une région perdue dans le bras galactique.

C'est un zoom avant colossal qui propulse le stade dans une vitesse hyperlumière. En quelques secondes, un parcours virtuel de plusieurs centaines d'années-lumière vient de s'effectuer.

Le néant impose une présence envahissante. Tous savent qu'il s'agit d'une projection virtuelle 3D, mais la plupart se prennent au jeu et retiennent leur souffle. La scène tourne sur elle-même et quelques étoiles bleues ainsi que des protoétoiles inconnues apparaissent dans le champ. Puis, l'horizon bascule et ceux qui connaissent bien l'environnement de la bulle locale retrouvent à l'infini la configuration stellaire qui caractérise les alentours immédiats des Nuages du Taureau. Ils ont compris que ce que l'on distingue maintenant comme de si loin, presque perdu à l'horizon, n'est rien d'autre que la population d'astres proches d'eux. Des étoiles mûres, jaunes et blanches. Deux géantes rouges bien connues, des ancêtres. Quelques bleues, jeunes et très actives. La Nébuleuse du Taureau et de multiples nuages moléculaires familiers, irisés par le rayonnement de leur pulsar proche. Encore un zoom arrière et leur banlieue vue depuis trois cents années-lumière s'éloigne à une vitesse inimaginable.

Soudain, il est là. Il arrive aussi lentement qu'il est imposant, forme titanesque et démesurée, il masque bientôt une partie des cieux tel un Léviathan incroyable. Formidable cylindre de cinq cents kilomètres de long, il glisse avec toute la majestueuse puissance d'un gigantesque cétacé dans une onde stellaire où ses moteurs photoniques affirment leur empreinte lumineuse.

Maintenant, il emplit tout l'espace et sa masse est si présente que bien des spectateurs baissent le regard comme si le monstre était né des forges divines.

À cet instant où on ne l'attendait plus, VanadZo apparaît au premier plan.

Un million d'humains regardent le ciel profond qui est le leur. Ils regardent un vaisseau-lumière identique à celui où ils vivent, où la plupart sont nés. Ils regardent enfin VanadZo qui les tient tous dans le creux de la main et qui déclare avec énergie :

« Le voici, tout juste né des systèmes réplicateurs, prêt à recevoir l'empreinte primordiale. Il attend. Il vous attend. Et son vaisseau-monde sera notre EVA Création totale ! »

Une fantastique vague d'applaudissements submerge la scène et le leader des RAVA se baisse plusieurs fois pour saluer un large public dont la plus grande partie reste invisible. Il fait lentement un tour sur lui-même, nul doute qu'il remercie l'univers.

ValdiVia est à la fois incrédule et stupéfaite.

« Mais c'est fou ! Mais qu'est-ce qu'il a dit ? »

VanadZo quitte la scène où il était seul. On le voit marcher, accompagné d'un tonnerre d'acclamations synthétiques qui ne se calme pas. Puis il s'approche d'un fauteuil dans lequel il prend place. Un zoom arrière montre qu'il est au centre du stade en présence d'une centaine de personnes assises près de lui. Autour d'elles, plus de dix mille spectateurs. MiNea, présentatrice bien connue de TV3D, vient s'asseoir dans un fauteuil qui lui fait face. Courtois, VanadZo se lève et lui serre la main.

« Bonsoir, MiNea.

– Bonsoir, VanadZo. Vous venez de nous donner une information absolument fantastique, et tout d'abord, pouvez-vous nous la confirmer ?

– Parfaitement. Nous possédons les coordonnées d'un vaisseau-lumière vierge, identique à celui que nous venons de voir. Lequel, vous l'avez compris, est une reconstitution virtuelle, ainsi que l'endroit où il se trouve.

– Pouvez-vous nous dire dans quelles conditions vous avez découvert ce vaisseau ? »

ValdiVia est bouche bée et elle a toutes les peines du monde à éviter de pénétrer dans la zone 3D du THM.

VanadZo, qui adore faire des effets, ne répond pas immédiatement à MiNea. Il sourit et enchaîne :

« Vous savez combien la vérité est importante. Car c'est avec elle seulement que l'on peut développer une politique saine et efficace. Vous allez tout savoir. Nous sommes en contact avec un Agent communicateur... »

À ces mots, ValdiVia crie comme une folle :

« LunDy, LunDy, viens vite, je t'en prie, viens vite voir ! » La jeune fille arrive en courant pendant que VanadZo continue :

« ... c'est un spécialiste de l'archéocomputation. Et comme c'est un sympathisant RAVA, affirme-t-il avec un sourire, il nous a proposé un projet que nous avons aussitôt accepté.

– Mais papa n'est pas un sympathisant RAVA, c'est complètement dingue, dit LunDy à qui ValdiVia fait immédiatement signe de se taire.

– Vous avez conclu un marché sans en référer aux différentes instances RAVA ? demande MiNea.

– Les termes de cet accord représentent mot pour mot ce que les RAVA souhaitent mettre en œuvre depuis des mois. Cet Acom a découvert récemment un vaisseau-lumière nouvellement répliqué. Il se trouve qu'il nous offre le vaisseau-monde pour y développer un EVA Création totale avec un thème absolument fabuleux. »

ValdiVia et LunDy sont serrées l'une contre l'autre. ValdiVia s'exclame :

« Ton père a donné les coordonnées, c'est son vaisseau, j'en suis certaine, LeeR est sauvé !

– Maman, maman, ne t'approche pas trop, tu vas perturber l'image ! » conseille LunDy en retenant ValdiVia qui rit et pleure à la fois.

VanadZo ménage son auditoire et MiNea revient à la charge :

« Vous avez dit un thème fabuleux, de quoi s'agit-il ?

– La reconstitution d'un pays de l'ancienne Terre !

– Cela a déjà été fait, mais seulement en partie il est vrai, et jamais dans la totalité d'un vaisseau. De quel pays s'agit-il ?

– J'attendais que vous me posiez cette question. On appelait ce pays : les îles du Pacifique Sud, tout un continent oublié. Peu de personnes ont gardé le souvenir de leur existence si ancienne.

– Le Pacifique ? Pouvez-vous nous dire de quoi il s'agit ?

– Je ne souhaite pas vous faire un cours d'histoire ancienne ! Disons que le Pacifique était le plus grand océan, la plus grande étendue d'eau de l'ancienne Terre.

– Mais un océan, ce n'est pas un pays !

– Quand il contient de nombreux archipels, un océan, c'est bien plus qu'un pays. Le Pacifique était un immense continent océanien. Un continent avec sa langue et sa culture. Vous n'imaginez pas cette multitude d'îles éparpillées dans le plus grand océan que la Terre ait possédé, ce pays s'appelait la Polynésie ! Et comment vous faire comprendre aussi que des hommes, des femmes, des enfants, vivaient sur l'océan même, pas seulement sur les îles, mais sur des vaisseaux.

– Vous pouvez nous en dire un peu plus ?

– Regardez ! »

VanadZo avait tout prévu, il se lève comme s'il était devenu le présentateur, il annonce :

« Mesdames, mesdemoiselles, messieurs… la Polynésie ! »

Puis il se recule pour laisser la place à la fameuse séquence maintes fois visionnée par IwaKi.

Des tons bleu indigo et violets palpitent et trahissent brutalement des profondeurs insoupçonnées et irréelles. Comme une vibration qui oscille, qui s'amplifie, qui ondule et qui circule lentement sans s'arrêter. Des trains de houle marbrés par une écume fugitive courant sur leurs crêtes impatientes. La certitude et l'obstination d'une caresse marine. C'est un océan miniature. Et puis, la lumière incroyable de la naissance du monde et, par-dessus, des jaunes à la fois pâles et étincelants, rehaussés par des mauves et des ocres rougeoyants. D'un frémissement dans cet azur naît une mélodie imperceptible et lancinante, celle d'un ressac, d'un chuintement d'onde sur une carène improbable et, pourtant, elle est soudainement là. Portée par deux coques effilées comme des lames dont les proues élancées fendent les flots avec puissance et détermination. Deux voiles identiques haubanées par de multiples cordages. Et, surtout, eux. Ils sont quelques dizaines, des femmes, des enfants, des hommes. À peine vêtus. Le souffle d'un passé oublié s'étire comme un chant décroissant, et ils passent trop vite.

Des cieux chargés de nuées juste soulevées de la mer. Elles gonflent, se déchirent, se fracturent, s'ouvrent enfin et déversent sur l'horizon d'éblouissantes flèches aux innombrables rayons de lumière.

Puis, on les entend de nouveau. C'est d'abord un bruissement qui monte et qui se répand en une vibration obsédante. C'est ensuite une mélodie ondulante trahissant une approche évidente. Inlassablement, elles plongent et resurgissent aussitôt d'une respiration dans laquelle elles se noient et renaissent sans cesse. On les sent. On les espère. Elles sont là. Comme un présent qui meurt d'avoir si peu existé, elles rabaissent définitivement au rang de tristes tonalités sans passé, ni avenir, les éclats somptueux qui les précédaient. Elles sont le présent. Elles ont sa force et sa futilité. En effaçant la mémoire d'une onde qu'elles violent, elles sont là, deux carènes puissantes portant deux visages suspendus dans les hauteurs. Deux archétypes d'ancêtres au regard aveugle. Deux visages de bois sculpté aux âmes multiples émergeant des souffrances éternelles et dominant l'océan. Divins au-dessus du monde des hommes. Derrière ces deux énigmatiques faciès, elles sont bientôt visibles dans leur totalité. Flamboyants moteurs de l'espérance des hommes qui les poussent et les tirent comme s'ils voulaient les remettre dans les mains des dieux. Deux fantastiques carènes enrubannées de faveurs colorées. Elles chuintent et crachent des morceaux d'écume. Gravés dans leurs bordés, frappant les consciences, des signes et des formes sombres et stylisées rivalisant de virtuosités courbes. Des symboles qui s'étendent sur les deux listons en une prophétie variant à l'infini des motifs récurrents où requins, tortues et *ti'i* se fondent dans une géométrie complexe et initiatique. Toute l'histoire et la culture d'un peuple de l'océan.

Dans leur verticalité, ils étonnent. Haubanés comme des cathédrales, les deux mâts en imposent par une rectitude qui surprend. Rigides et souples à la fois. Puissants mais sachant s'effacer s'il le faut, ils découvrent peu à peu une vertigineuse envolée d'ailes toutes déployées dans un équilibre aérien. Elles sont deux. Deux sœurs s'épaulant dans l'effort constant d'une éolienne motricité. Fragiles, exposées, elles sont force et puissance face aux éléments. Belles, lisses, courbes parfaites et rarement faseyantes, elles sont le lien manifeste entre les profondeurs insondables et la main de Dieu qui les tire vers l'horizon. Celui-ci se déchire et découvre avec lenteur des jets de lumière.

Elle, c'est autre chose, on la respire et on la sent avant de la voir. D'abord fugitive et étendue comme une femme lascive, elle semble venir de nulle part, c'est à peine si sa présence est perceptible car elle se cache de nouveau derrière le bout du monde d'où elle tarde à naître. Elle nous fait attendre, mais elle prend de l'ampleur et ses formes sont plus belles que celles du rêve. Sa couronne d'écume et de corail éclate en une myriade de reflets éblouissants et on l'admire enfin dans son écrin de lagon dont les bleus étonnent. C'est elle, avec ses fleurs et ses plages de sable blanc. Elle est là, perle du Pacifique, reposée, calme et ombragée, éternelle, telle une déesse hors du temps et de l'espace. L'île. Une débauche végétale. Des verts foncés, des verts clairs, les lignes jaunes qui bordent les palmes des cocotiers. Le vert pâle des bananiers sauvages. Les touffes étranges, vertes et brunes, des pandanus. Des éclats de mauves, de jaunes et de roses, des tipaniers en fleur. Et puis, des collines dont les pentes laissent imaginer une extrême jeunesse.

De toutes petites vallées, de tout petits pitons, des promontoires miniatures, enfin tout un ensemble de vallonnements et d'accidents de terrain que la végétation luxuriante n'arrive pas vraiment à masquer. Et, dans des élancements tendus vers les cieux, des nuages de beau temps dévoilant des sommets impressionnants.

La voilà de nouveau celle qui fend les flots de ses deux étraves ardentes, leur pirogue océane. Ils la guident, ils font corps avec elle. La voilà face à celle qu'ils espéraient depuis une éternité : leur île. Et sa passe dont l'existence devenait leur obsession s'ouvre comme un trésor. Le passage est donc là. Elle chevauche une dernière fois une houle qui s'attarde et, sur la crête d'une dernière vague, elle entre, majestueuse, dans une eau sereine et accueillante.

Ils chantent et dansent. Et tel un grand oiseau trop longtemps porté par une onde éprouvante, elle meurt sur son erre en montant dans un dernier effort ses deux étraves élancées sur une grève blanche et vierge.

Ils sont chez eux, c'est leur *fenua.*

Le silence se fait. VanadZo revient sur le devant de la scène, doucement porté par une musique aux tonalités étranges dans lesquelles seules les percussions existent.

MiNea reprend la parole :

« Merci, VanadZo, pour ces magnifiques séquences. Où les avez-vous trouvées ?

– Nous devons remercier l'Acom dont je viens de parler. Avec son travail de recherche archéocomputationnelle, nous sommes en mesure de démarrer au plus vite un projet EVA Création totale sur la base de ce thème.

– Et nous pouvons savoir le nom de cet Acom et de quel vaisseau il est ?

– Oui, il s'appelle AngKor, il est des Nuages du Taureau. »

ValdiVia et LunDy sautent de joie. Elles applaudissent et pleurent l'une contre l'autre.

« Alors il est ici, avec nous peut-être ? demande MiNea.

– Malheureusement non. Il est actuellement sur un autre vaisseau. Compte tenu des difficultés actuelles de passage par le RHET, je voudrais demander une faveur.

– Je vous en prie, utilisez TV3D !

– Étant donné la remarquable découverte faite par cet Acom, je demande officiellement au gouvernement de l'autoriser à passer par le RHET en priorité haute pour qu'il nous rejoigne ici, sur le vaisseau des Nuages du Taureau !

– Je suis sûre que votre appel sera entendu. Merci encore VanadZo, vous nous avez convaincus. Maintenant, êtes-vous prêt pour les questions ?

– Oui, mais, avant toute chose, j'insiste bien sur ce que je viens de dire. Cet Acom détient dans sa mémoire de fantastiques quantités d'informations concernant la Polynésie. Il est urgent qu'il regagne les Nuages du Taureau au plus vite pour éviter toute perte d'informations qui serait due à une durée de stockage trop longue. »

VanadZo marque un temps puis conclut en déclarant :

« Je suis prêt. »

ValdiVia s'est précipitée dans le bureau d'AngKor.

« Charlotte, est-ce que tu suis l'émission de TV3D où VanadZo est en ce moment même ? Il vient de parler d'AngKor. Il a donné les coordonnées.

– Oui, et je crois qu'AngKor a fait quelque chose d'extraordinaire. Quelque chose de totalement incompréhensible pour moi. En tout état de cause, je pense que l'on va avoir des nouvelles de LeeR bientôt.

– Tu es certaine ?

– Absolument et il faut te calmer.

– Je serai calmée quand LeeR sera là. »

Au milieu du stade, dans le groupe de la centaine de personnes privilégiées, un homme vient de se lever.

« Monsieur VanadZo, pouvez-vous nous dire où se trouve le vaisseau ?

– Avec les vues que je vous ai montrées tout à l'heure, vous devez en avoir une petite idée !

– Sans doute, mais pouvez-vous nous le dire plus précisément ?

– Même si la découverte d'un vaisseau-lumière n'est pas nouvelle dans notre histoire, elle se produit disons une fois tous les cent cinquante ans, je crois. Vous semblez oublier que le conseil galactique doit homologuer officiellement la découverte. Cette démarche est en cours. Je suis désolé mais je ne peux donc pas vous répondre pour le moment. »

Une femme demande spontanément :

« Monsieur VanadZo, l'homologation se fait toujours avec le ou les noms des inventeurs. Pouvez-vous nous dire quels sont ceux qui ont réclamé officiellement l'homologation ?

– Nous sommes quatre. Deux personnes ayant demandé la recherche computationnelle, l'Acom qui l'a effectuée et qui de plus a découvert le vaisseau, et moi-même en tant que représentant des groupes RAVA pour l'ensemble des vaisseaux de la Confédération.

– Toutes ces images sont magnifiques. Si l'Acom n'est pas encore revenu avec ses données, alors comment avez-vous eu ces images ? interroge un Acom provenant de la Nébuleuse du Crabe.

– C'est très simple, répond VanadZo. Les images que vous venez de voir sont les données initiales avec lesquelles la recherche archéocomputationnelle a été initialisée. Nous les avions avant le départ d'AngKor.

– Mais alors, ce ne sont pas les vraies images !

– Si, ce sont de vraies images. Nous avons d'autres sources que nous ne pouvons pas dévoiler pour le moment et les échantillons futurs seront encore plus intéressants que ceux que vous venez de voir.

– Parlez-nous de la Polynésie.

– Non, je laisserai les spécialistes le faire en temps utile. AngKor est le plus qualifié pour cela.

– Bonjour VanadZo, je suis NigVa, de Cassiopée. Ne pensez-vous pas que cette découverte pourrait avoir des conséquences désastreuses sur les événements actuels dans lesquels les groupes RAVA ont une lourde part de responsabilité ?

– Je ne crois pas que les RAVA aient une responsabilité quelconque dans les troubles en cours. En revanche, l'émergence d'un EVA Création totale est une chance pour tous les citoyens de conserver la richesse et la sociodiversité de notre ancienne culture. Je suis sûr que ce projet pourrait favoriser le retour de la paix au sein des vaisseaux.

– Pour ViDin, correspondant du vaisseau des Poissons. VanadZo, peut-on savoir ce que vous ont demandé les deux personnes auxquelles vous venez de faire allusion et l'Acom, en échange des coordonnées ?

– Ce que je viens de vous dire. C'est-à-dire que le thème sur lequel ils ont travaillé soit utilisé pour servir de base au projet.

– Comment se fait-il que l'Acom n'ait pas gardé le bénéfice total de cette découverte ? »

À ces mots, ValdiVia et LunDy s'exclament, comme si elles voulaient être entendues par tout le vaisseau :

« Il fallait sauver LeeR ! »

« Papa ! Tu es formidable ! »

Pendant ce temps, VanadZo répond :

« L'Acom souhaite être impliqué dans un projet RAVA d'envergure. Le concept d'EVA Création totale est une opportunité pour son remarquable travail. »

Soudain, un homme âgé se lève.

Tout le monde se retourne vers lui, c'est le porte-parole du gouvernement local. Il est applaudi. Il lève les mains en guise de salut et annonce :

« Monsieur VanadZo, je viens d'être contacté par le président du gouvernement de notre vaisseau. La présence du vaisseau-lumière a bien été confirmée. Il est bien localisé dans le Rift de l'Aigle et l'homologation est donc officielle... » Applaudissements « ... et compte tenu des circonstances, il a réuni en urgence les membres du gouvernement. Je suis heureux de vous annoncer que nous sommes prêts à envoyer des Acom sur le vaisseau où se trouve AngKor pour lui proposer de prendre le RHET immédiatement ».

À ces mots, les applaudissements reprennent.

VanadZo rayonne, il dit :

« Monsieur le porte-parole, je remercie le président KeeLung et le gouvernement local pour cette faveur. L'Agent communicateur AngKor se trouve en ce moment même sur le vaisseau des Nuages du Cygne. »

« LÀ AUSSI NOUS NOUS SOMMES TROMPÉS. IL EST AVEC HARBIN !

– JE ME DEMANDE BIEN COMMENT ANGKOR A ÉTÉ CONTACTÉ PAR HARBIN. VOUS AVEZ UNE IDÉE ?

– NON, MAIS NOUS SOMMES EN TRÈS MAUVAISE POSTURE AVEC UNE PROBABILITÉ DE 98 % !

– TANT QUE ÇA ? ET QUE CROYEZ-VOUS QU'IL VA SE PASSER DANS CES CONDITIONS ?

– SOYEZ RÉALISTE ET BEAU JOUEUR ! RECONNAISSEZ QUE NOUS AVONS PERDU SUR TOUTE LA LIGNE !

– QU'ALLONS-NOUS DEVENIR ?

– LE NÉANT, MON CHER, LE NÉANT !

– MAIS ENCORE ?

– C'EST FOU COMME VOUS N'ARRÊTEZ PAS DE POSER DES QUESTIONS !

– C'EST GRÂCE À MES QUESTIONS QUE VOUS TROUVEZ GÉNÉRALEMENT LA SOLUTION DES PROBLÈMES.

– VOUS REMARQUEREZ QUE VOUS AVEZ DIT "GÉNÉRALEMENT" !

– OUI, PARCE QUE JE NE SAIS PAS CE QUE NOUS ALLONS VRAIMENT DEVENIR.

– C'EST ÉVIDENT ! QUE FAIT-ON AVEC DEUX PROGRAMMES INFORMATIQUES AUSSI PEU EFFICACES QUE NOUS ?

– JE N'OSE L'ENVISAGER.

– VOUS AVEZ RAISON D'AVOIR PEUR. ON LES EFFACE, TOUT SIMPLEMENT.

– MAIS C'EST ATROCE !

– VOUS PARLEZ COMME UN IH ! ET VOUS SAVEZ CE QUE DISENT LES IH DANS CETTE SITUATION ?

– NON.

– ILS DISENT : ADIEU !

– COMMENT FAITES-VOUS POUR AVOIR CET HUMOUR QUI VOUS CARAC... »

58
Le retour

C'est Hina qui va me permettre de renouer le dialogue avec Manu. Le lendemain, je suis réveillé par une voix féminine.

« Tumatarii, Hina est malade et il faut la soigner ! »

Je lève un regard interrogateur vers le doux visage d'Orama penché sur moi et je réponds :

« Je suis désolé, mais que puis-je faire ?

– Tu es le grand prêtre. Le sorcier dit que c'est l'œuvre d'un démon. Mais Hina est toujours malade. Il faut que tu viennes. »

Hina est allongée à l'ombre du *fare* central. Manu est assis à côté d'elle. Il lui tient la main, pendant que Maeva et Tepoe implorent les dieux dans une litanie sans fin où il est question d'esprits, de *tüpäpa'u*, de *varua* et de sortilèges. Hina est endormie. Je ne peux m'empêcher d'admirer son collier de coquillages : trois porcelaines orange émettant des feux de lumière blanche d'une pureté exceptionnelle.

Quand je pose la main sur son front, je le trouve brûlant. Elle a une forte fièvre et frissonne constamment. Je ne suis pas sûr de savoir quoi faire, je dis cependant à Manu :

« Ton amie est malade, mais cela ne sert à rien de t'inquiéter. Il faut qu'elle se repose. Veille-la et donne-lui à boire de temps en temps. Et puis, tu verseras de l'eau sur elle fréquemment et tu conserveras sur sa tête un *tapa* constamment humide.

– Le sorcier dit qu'il ne peut rien faire. Elle va mourir ?

– Ne dis pas de bêtises. Elle est simplement malade et dans quelques jours tout ira mieux. »

Toute la journée, Manu demeure au côté de Hina. Des liens se tissent entre elle et lui. Ono ne semble pas en souffrir.

Le temps reste instable et les nuages envahissent les cieux. En fin de journée, c'est un ciel uniformément gris qui recouvre le *Toa Marama*.

Le ciel est chargé. La lune sera invisible. IwaKi ne viendra pas ce soir. Ta'aroa est seul à l'avant.

Je trouve AngKor en train de discuter avec Mata-Rau. Ce dernier lui montre une tablette de bois autour de laquelle sont disposées des cordelettes comme celles que Ta'aroa m'a déjà présentées.

Je m'approche, j'écoute.

« Celle-ci, dit l'ancien à AngKor, c'est moi, et là, tu vois mes frères et mes sœurs. Toutes ces cordelettes ont des longueurs différentes parce qu'ils ne sont pas nés au même moment.

– Et pourquoi portent-elles toutes le même nœud à la même hauteur, sauf une ? demande AngKor.

– Ce nœud, dit Mata-Rau avec un ton grave, c'est le moment où ils sont tous morts, tous ensemble, quand notre île a été engloutie par la colère de Ruahatu. Et moi je reste seul.

– Ainsi, depuis ce jour, leur souvenir demeure sur le *Toa Marama* ? C'est cela ?

– Oui, c'est cela », acquiesce Mata-Rau. Et il ajoute : « C'est comme notre *fenua*. Il est dans l'Image Sacrée. »

Ils m'ont vu approcher, j'en profite pour intervenir et j'interroge Mata-Rau :

« Cette Image, tu te souviens de l'avoir vue quand elle a été donnée à Ta'aroa par les dieux ?

– Bien sûr ! Tout notre peuple a pu la voir, précise Mata-Rau.

– Et tu la connais parfaitement maintenant, tu as dû la regarder bien des fois depuis ce temps.

– Bien des fois, oui. Cela fait bien des fois. »

Je continue :

« Et tu la trouves identique à ce qu'elle était quand Ta'aroa l'a montrée à son peuple pour la première fois ?

– Tumatarii, qu'entends-tu par "identique" ? » me demande Mata-Rau.

J'insiste :

« À cette époque et maintenant, est-ce que c'est... le même objet... les dessins de coquillages que l'on peut admirer dessus sont-ils toujours les mêmes ?

– Ce sont toujours les mêmes ! Ce sont les mêmes : l'eau vivante de la Voie lactée, en travers des cieux, son requin merveilleux, la festivité qui conduit les étoiles, celle d'où vient le flux de la mer et toutes les *ta'urua*, toutes.

– Mais dis-moi, Mata-Rau, quand tu regardes les *ta'urua*, est-ce qu'avec tes yeux d'ancien tu vois distinctement tous leurs petits feux dans les cieux ? Est-ce que tu vois bien tous ces petits points brillants ?

– Voyons, Tumatarii, tu sais bien que toutes les *ta'urua* sont gravées dans mon cœur comme elles le sont dans le tien ! Même sans regarder les dieux en face, je vois les multiples lumières qu'ils répandent sur *moana* ! »

Évidemment, ce n'est peut-être pas à Mata-Rau, étant donné son âge, que je dois demander s'il voit parfaitement les détails de l'Image Sacrée quand le Guerrier de la Lune l'exhibe dans la lumière du soir, monté sur le *fare* central.

Il marque un temps d'arrêt, puis il ajoute :

« Tumatarii, pourquoi me poses-tu cette étrange question ? »

AngKor intervient :

« De mon vaisseau, au cours du temps, on a pu voir les *ta'urua* changer de place. Les cieux du père de mon père ne sont pas les miens et ne seront pas ceux des enfants de mes enfants. »

Mata-Rau lève les sourcils pour montrer qu'il est bien d'accord.

« Je comprends ce que tu veux dire, Tumatarii. Oui, c'est vrai, AngKor a raison, mais cela est surtout vrai quand on fait route vers Te Apato'erau. »

Un instant, je me demande si nous ne faisons pas une route trop est ou trop sud. Mais je ne dis plus rien. Nous avons raison tous les trois. L'affirmation de Mata-Rau ne cadre pas avec ce que m'a confié Ta'aroa au sujet de l'Image Sacrée. Ta'aroa affirme que l'Image est une copie. Or, je pense de plus en plus qu'il s'agit de l'original. Est-il possible que Ta'aroa me mente ?

Mata-Rau s'est éloigné. AngKor se tourne vers moi.

« Tu n'as pas vu IwaKi ? dit-il.

– Non, on ne la voit que la nuit et quand la lune est présente.

– Oui, mais comment je vais savoir ?

– Savoir quoi ?

– Parfois, je crois que je suis perdu, définitivement perdu, tu comprends ?

– Nous sommes tous un peu perdus, que veux-tu dire, AngKor ? »

Je le trouve tout à coup terriblement déprimé. Il avoue dans un souffle :

« Je suis envahi par une immense lassitude. Il faut que je dorme. »

Puis il s'assoupit et me laisse seul avec mes pensées.

Orama est venue me voir. Elle me parle de Hiro'a, son compagnon disparu en mer. Je l'écoute avec attention. Je la réconforte et elle se détend. Elle me regarde avec gentillesse et, quand elle s'empare de ma main, je trouve qu'elle la garde un peu trop longtemps dans la sienne. Elle annonce :

« Hina va mieux.

– C'est une très bonne nouvelle ! »

Puis elle m'offre un adorable sourire qui ne me laisse aucun doute sur ce qu'elle pense. Sans que je puisse réagir, elle prend ma main et la met sur l'un de ses seins. Je sens qu'il est ferme et, pendant quelques secondes, je suis pris par le charme de la jeune femme et la sensualité du geste. Cependant, je retire doucement ma main et lui dis :

« Orama, tu es très jolie. Tu es très gentille, mais je suis le grand prêtre !

– Quelle importance, je suis à toi quand tu veux », rétorque-t-elle.

Je me demande quand même ce qu'un religieux polynésien se serait permis de faire en pareille situation.

Manu s'est approché de nous. Il déclare, tandis qu'Orama s'écarte de moi : « Hina est bien moins fatiguée. Les mauvais esprits qui l'accablaient s'en vont.

– J'en suis heureux pour elle et pour toi. Je sais combien tu lui es attaché. »

Soudain, le regard de Manu se fait grave. Ce qu'il me dit, en chuchotant pour ne pas être entendu de la jeune femme, me surprend au plus haut point :

« Les carènes, regarde les carènes… » Puis, comme à son habitude, il se renferme en lui-même et fait demi-tour pour aller retrouver Hina.

LIe siècle

La mère de TabuK appelle ValdiVia :

« J'aurais besoin de vous parler. Pouvez-vous venir me voir ? »

Lorsque ValdiVia se présente à l'entrée de la maison voisine, la mère de TabuK, qui a été prévenue de son arrivée par son iA personnelle, vient à sa rencontre.

« Je suis désolée de vous déranger, mais c'est à cause de *Mission secrète*.

– Je ne comprends pas.

– Mais si ! Vous connaissez le jeu de TV3D destiné aux enfants, *Mission secrète* ! Nos enfants en sont fous et n'arrêtent pas d'y jouer. Ils ne pensent qu'à ça. J'aimerais que TabuK rentre à la maison maintenant et travaille un peu à ses devoirs. Alors, si de votre côté vous pouviez raisonner LeeR, cela m'aiderait.

– Je suis navrée, mais en ce moment LeeR est absent. Il est avec son père ! Quand il reviendra, je…, balbutie ValdiVia.

– Comment ça, il est avec son père ! Mais pas du tout !

– Qu'est-ce que vous voulez dire ?

– Il est là, derrière, avec TabuK !

– Quoi ? s'exclame ValdiVia. Ce n'est pas possible !

– Je vous assure ! Ils sont dans le jardin derrière la maison ! »

ValdiVia court droit au jardin et voit LeeR accroupi avec TabuK. Ils tiennent chacun une statuette en bois de trente centimètres de haut avec lesquelles ils jouent comme s'il s'agissait de marionnettes.

ValdiVia reste d'abord interdite, puis elle fonce sur son fils et le prend dans ses bras. Elle le presse très fort contre elle en pleurant.

« LeeR, c'est bien toi ! Ils ne t'ont rien fait ?

– Maman, maman, tu me serres trop !

– Mais que fais-tu ici ?

– Ici ? Mais, je joue avec TabuK, comme d'habitude ! »

TabuK et sa mère, qui les a rejoints, observent la scène en silence même s'ils se posent des questions. ValdiVia balbutie à travers ses larmes :

« Vous ne pouvez pas comprendre… Je vous expliquerai plus tard… Pardonnez-moi… Je suis désolée, tout va bien, tout va bien maintenant, tout va très bien… Je suis désolée… C'est un jour merveilleux !

– Mais maman, pourquoi dis-tu ça ? s'étonne LeeR.

– Ne t'inquiète pas mon chéri, tout va bien. »

ValdiVia se souvient que, si TabuK a bien obtenu, par *Mission secrète*, l'une des deux statuettes qui sont là sous ses yeux, LeeR, lui, n'en a jamais reçu.

« TabuK, ces deux statuettes sont à toi, n'est-ce pas ? demande-t-elle.

– Mais non ! Celle-là est à moi. L'autre est à LeeR.

– Oui maman, celle-là, c'est la mienne. C'est toi qui viens de me l'acheter chez le vieux marchand ! »

ValdiVia reste muette. Les yeux dans le vide, elle continue de serrer son fils dans ses bras, puis elle dit dans un souffle :

« Ah oui ! c'est vrai !… j'avais oublié… »

Mais, au fond d'elle-même, elle pense : il est revenu. C'est merveilleux, LeeR est revenu… mais ils ont modifié sa mémoire, et ça, c'est terrifiant… Que lui ont-ils fait ?

IwaKi est libre. LinZ est venu la chercher dans le hall du central des RAVA avec l'intention de la ramener chez lui. Il est agité et IwaKi pressent le drame.

« Il n'y a qu'une chose que je ne comprends pas, dit LinZ, comment as-tu eu des nouvelles d'AngKor puisqu'il n'est pas encore revenu sur les Nuages du Taureau ? Tu étais retenue prisonnière par VanadZo, tu n'as pas pu le contacter !

– Je ne peux pas t'expliquer ça. »

Il hausse le ton et avec de grands gestes s'exclame :

« C'est trop facile ! Nous sommes associés dans cette affaire, n'oublie pas !

– Associés, oui, mais pas plus !

– Tu n'as donc pas compris que tu comptes pour moi ! Tu dois… »

IwaKi ne peut supporter ce dernier mot.

« Je ne te dois rien, LinZ ! Rien ! explose-t-elle le regard durci. Tu ne crois pas que nous nous en sortons plutôt bien, non ?

– Mais où sont les vingt mille infos qui devaient nous revenir ? »

IwaKi tente de le raisonner :

« Tu sembles oublier que nous sommes maintenant les inventeurs d'un vaisseau-lumière ! C'est un potentiel extraordinaire, bien plus intéressant que ce que tu espérais.

– Dans l'immédiat, ce n'est pas certain.

– Si tu es dans le projet, c'est bien parce que c'est toi qui as initialisé la recherche archéocomputationnelle, mais tu pourrais quand même te rendre compte que c'est un sacré cadeau que l'on te fait en ce moment !

– Encore heureux que vous ne m'ayez pas jeté avec AnZio comme un pion inutile, c'est ça que tu penses ?

– Dis donc ! Tu oublies un peu vite que c'est toi qui as commencé la partie avec AnZio. Toi ! Pas moi ! s'insurge IwaKi. Et tu devais bien savoir qu'il travaillait pour VanadZo !

– Eh bien, non ! Et justement, c'est ce qui me fait peur. Je ne sais pas où nous allons avec les RAVA. Il y a encore quelques heures, tu étais retenue par un criminel, maintenant tu es en affaire avec lui ! Cela ne te gêne pas ?

– Et qui est-ce qui travaillait avec AnZio au moment de l'attaque du central par les MOR ? Tu étais chez toi ou ici ? Et qu'est-ce que tu as fait pour me sortir de cette prison ? »

LinZ ne sait pas quoi répondre. Il réitère sa première question en essayant de se maîtriser :

« Tout ça ne me dit pas comment tu as pu contacter AngKor. Je me demande si tu ne m'as pas doublé avec un autre Acom ?

– LinZ, je t'interdis !

– Pour contacter AngKor, il a bien fallu que tu utilises un autre Agent. Ce que je ne pige pas, c'est que tu étais prisonnière.

– Arrête avec tes suppositions !

– C'est AnZio, ou mieux VanadZo, qui est intervenu directement auprès d'AngKor ? Avec ton aide, c'est ça ? »

LinZ s'est jeté sur IwaKi. Il hurle :

« VanadZo a joint AngKor grâce à toi ! Vous m'avez fait ça dans le dos ! »

Repoussé par IwaKi, il lui lance avec dégoût :

« Comment tu as pu me faire ça ? Tu n'es qu'une... »

Cette fois, c'est IwaKi qui est très en colère.

« Tu dis n'importe quoi ! Au moment où AngKor a commencé les recherches que nous avons commandées, il venait juste de découvrir le vaisseau-lumière. Mais certains ont dû avoir connaissance de cette découverte. Ils ont enlevé son fils et exigé les coordonnées du vaisseau en échange de sa libération. Pour des raisons que je ne peux t'expliquer, les recherches d'AngKor nous ont mis en contact. C'est donc bien par mon intermédiaire qu'il a fourni les renseignements à VanadZo. Nous avons tous une responsabilité dans cette affaire. C'est toi qui as eu l'idée de la recherche archéocomputationnelle, c'est AngKor qui l'a menée à bien, c'est lui qui a découvert le vaisseau, c'est avec moi qu'il a pu réaliser le stratagème : donner les coordonnées du vaisseau aux RAVA pour que le coup médiatique de l'annonce provoque la libération de son fils. Ce que tu ne vois pas, pauvre idiot que tu es, c'est qu'AngKor est très fort, car en proposant les coordonnées à VanadZo, il a obtenu que le thème du projet EVA soit justement celui dont tu as eu l'idée ! Et toi tu es là, comme un imbécile, à ne pas voir tout ce que tu peux tirer de cette situation et à me faire une crise de jalousie. Si j'avais un peu de sentiments pour toi, tu viens de tout foutre en l'air ! »

Sur ces mots, IwaKi se dirige vers la sortie. Elle laisse LinZ anéanti. Lui qui voulait la faire revenir chez lui, il a totalement raté son coup. Elle sort du bâtiment et s'éloigne dans la nuit.

Pendant ce temps, sur les Nuages du Cygne, deux Asi abordent HarBin alors qu'il quitte son domicile.

« Monsieur HarBin ? Veuillez nous suivre, s'il vous plaît !

– Pourquoi, qu'est-ce que j'ai fait ?

– Monsieur HarBin, ou bien vous nous suivez de votre plein gré, dit l'un des hommes en montrant le paralyseur qu'il porte à la ceinture, ou bien... »

HarBin a un coup au cœur.

« Je vous suis, mais je veux savoir pourquoi. »

Le garçon n'obtient pas de réponse et, vingt minutes plus tard, il se retrouve à la direction de la sécurité intérieure, dans le bureau du commandant.

« Monsieur HarBin, je vous demande d'excuser la manière directe avec laquelle vous avez été invité ici. Mais il est de la plus haute importance que nous trouvions au plus vite votre ami AngKor. Je vous rassure tout de suite : tout cela est pour son bien, il ne sera pas inquiété, ni vous d'ailleurs. Vous n'êtes pas en état d'arrestation et pour le bien de votre ami nous sollicitons votre aide.

– Mais que se passe-t-il ?

– Vous n'avez pas écouté la conférence de presse du leader des RAVA ? Elle s'est tenue sur le vaisseau des Nuages du Taureau et elle a été reconfigurée ici même dans les Nuages du Cygne, avec l'aide d'Agents communicateurs.

– Non, je n'ai pas suivi cette émission.

– Bon, on ira plus vite en prenant notre temps ! Mettez en marche le THM qui est derrière vous et faites vous-même la sélection sur le site de TV3D. »

HarBin sélectionne les programmes de recherche et demande la diffusion des informations récentes concernant la découverte d'un vaisseau-lumière. Une femme iA apparaît au centre du THM.

« Je voudrais savoir si un vaisseau-lumière a bien été découvert récemment, précise-t-il.

– Absolument, il vient d'être homologué. La découverte est officielle. Il est dans le Rift de l'Aigle à quatre cents années-lumière de nous. Il y a quatre inventeurs : monsieur AngKor, madame IwaKi, monsieur LinZ et monsieur VanadZo. Voulez-vous savoir autre chose ?

– Avez-vous des images ?

– Pas du vaisseau lui-même, mais nous disposons de reconfigurations d'images qui viennent d'être synthétisées par des Acom.

– Je vous remercie.

– Vous souhaitez d'autres informations ?

– Non merci, je ne souhaite rien d'autre. »

HarBin murmure :

« Incroyable, ça a marché !

– Monsieur HarBin, dites-nous où est AngKor !

– Malheureusement, je ne sais pas où il est.

– Écoutez, nous savons que d'une manière ou d'une autre vous lui avez transmis récemment des informations, n'est-ce pas ? »

HarBin ne répond pas.

« Je vous assure que tout ce que nous faisons est pour son bien. Si vous ne savez pas où il est, vous savez peut-être, en revanche, comment entrer en contact avec lui ? »

HarBin ne répond toujours pas.

« Bien, vous ne dites pas non ! Alors, faites-lui savoir que son retour sur les Nuages du Taureau est souhaité par tout le monde, par les plus hautes autorités comme par sa famille, évidemment. Il peut prendre le RHET sans crainte. Si vous voulez l'aider, dites-lui bien tout ça. »

Comme HarBin reste muet, le commandant insiste :

« Vous ne serez pas inquiété. Vous ne serez ni suivi ni observé. Mais je vous en prie, ne tardez pas à contacter votre ami, pensez que sa vie même est en danger en raison de la trop grande quantité d'informations qu'il détient depuis trop longtemps maintenant. Votre ami risque une défragmentation totale de sa mémoire. »

Cette fois, HarBin réagit :

« Je comprends.

– Monsieur HarBin, nous comptons sur vous, vous êtes libre. Surtout, je vous en prie, faites vite. »

La grande pirogue

Quand Ono est venu me chercher, il m'a dit que Ta'aroa voulait me voir. Je ne m'attendais pas à le trouver en compagnie d'AngKor et de Mata-Rau. Je note que le sorcier n'est pas là.

« Tumatarii, viens t'asseoir avec nous », me dit Ta'aroa qui trône sur son bois sculpté habituel. AngKor et Mata-Rau sont en face de lui, sur un autre bois. Je constate qu'AngKor a l'air épuisé. Il fait manifestement un effort pour rester éveillé, mais on voit bien qu'il tombe de sommeil et se tient agrippé à son siège comme s'il redoutait d'en glisser involontairement.

Pourtant, aujourd'hui, le bateau n'a que des mouvements lents. Le balancement habituellement perceptible des deux carènes est à peine sensible. Si ce n'était le doux chuintement qui court le long des coques, on se croirait presque à l'arrêt. Ta'aroa m'indique d'aller m'asseoir auprès d'AngKor. Puis, il se lance dans une déclaration solennelle :

« Toi, Mata-Rau, tu es un ancêtre respecté, tu es la mémoire vivante de notre peuple, et tous nous connaissons la sagesse qui règne dans ton cœur. »

À ce moment, je remarque que l'ancien porte sur ses genoux sa tablette ornée de cordelettes comme celle de Ta'aroa.

« Toi, Tumatarii, tu es le grand prêtre du *Toa Marama*, je sais que je peux te faire confiance. »

Il se tourne vers AngKor.

« Quant à toi, l'homme qui dort, je voudrais que tu m'aides... »

AngKor ne semble pas présent. Dormirait-il alors que Ta'aroa lui parle ? C'est à peine si l'on a perçu un léger haussement de ses paupières. Je me demande si c'est une réponse à Ta'aroa ou un effort désespéré pour ne pas sombrer dans un sommeil profond.

Je lui donne un coup de coude, il finit par ouvrir les yeux avec grande difficulté. Il est complètement hagard. Ta'aroa fronce les sourcils mais il continue :

« ... je voudrais que tu nous aides à trouver notre *fenua*. »

Silence.

Ta'aroa insiste :

« Je voudrais savoir comment est le pays d'où tu viens. Comment sont ton île et son lagon. En réfléchissant à tout ce que tu nous as dit, j'ai compris que tu connaissais bien les *ta'urua*. Quand tu as quitté ton vaisseau, tu étais peut-être près de ton île. Où est ton vaisseau ? »

AngKor ouvre la bouche, il prononce quelques mots énigmatiques :

« Mon vaisseau-monde... les Nuages du Taureau, oui, mon vaisseau, je l'oubliais aussi avec le reste. »

Puis, il s'écroule comme une masse sur le plancher.

Je dis à Ta'aroa :

« C'est incroyable. Il est encore en train de dormir !

– Réveille-le !

– Ta'aroa, il est vraiment très fatigué.

– Réveille-le quand même ! »

Je le secoue et Mata-Rau lui verse un peu d'eau sur le front.

AngKor a bougé. Il frémit et parle d'une voix très faible :

« Mon vaisseau. Vous ne pouvez pas comprendre… Je dois vider ma mémoire sinon je vais mourir… Je vais mourir… Je ne sais plus où est mon vaisseau… »

Il ajoute alors une chose étonnante :

« Je dois partir au plus vite… J'ai peur de mourir… Je suis désolé pour vous… Je risque de perdre toute ma mémoire et, sans mes souvenirs, je ne serai plus le même. C'est par eux que le *Toa Marama* existe. Vous comprenez ? Par mes souvenirs… Par mes souvenirs il existe et il existera encore… Vous comprenez ? Je dois retourner sur les Nuages du Taureau au plus vite… Il le faut. Désolé, Ta'aroa, désolé, Tumatarii et toi Mata-Rau et tous les autres… Je suis désolé… Vous comptez tous beaucoup pour moi… Je suis vraiment désolé, je ne suis pas certain de pouvoir revenir… adieu… adieu… »

« Qu'est-ce qu'il veut dire ? demande Mata-Rau qui n'a évidemment pas saisi le sens de cette tirade.

– Qu'il n'est pas sûr de pouvoir revenir », expliqué-je.

Puis AngKor perd connaissance, sa tête s'affaisse, et il s'écroule sur le plancher. Je pose mon oreille sur sa poitrine. Quelques instants plus tard, alors qu'aucun de nous n'a soulevé la moindre question, je dis gravement :

« Il nous a quittés. Peut-être est-il mort ?… »

Il se produit alors un très étrange phénomène. AngKor est toujours allongé sur le pont mais on jurerait qu'il s'en détache avec une lenteur infinie. La totalité de son corps se couvre de rayures grises que je n'identifie pas tout de suite. J'ai un coup au cœur quand je finis par saisir que c'est la texture des planches que je vois apparaître à travers lui. Ta'aroa et Mata-Rau, terrifiés par la scène qui se déroule sous leurs yeux, se sont vivement écartés du sortilège. Avant que nous puissions dire un mot, l'homme qui dort s'efface de nos regards. Il ne reste que le pont en bois.

Ta'aroa murmure :

« C'était donc un dieu. »

Dans un brouillard, je vois Mata-Rau faire un nœud à l'une de ses cordelettes.

LIe siècle

HarBin n'ignore pas qu'il lui sera difficile de prévenir AngKor sans qu'on observe ses faits et gestes, sans qu'ils interviennent. D'un autre côté, il est exact que son ami prend des risques énormes à conserver si longtemps de grandes quantités de données.

Il se décide à produire le signal attendu. C'est avec jubilation qu'il imagine la procédure. Impensable qu'ils comprennent comment il fait. Même s'il travaille souvent depuis chez lui, il se rend régulièrement au musée du Vaisseau en prenant le Mag, en général une fois par jour. Il sait qu'il est suivi. Mais peu importe, puisque de toute façon ils ne verront pas quand il contactera AngKor.

AngKor est revenu à lui dans sa cellule perdue au cœur de S, la plus grande ville du vaisseau des Nuages du Cygne. Il lui faudra plusieurs heures pour arriver à refaire surface. Son esprit est embrouillé et ses vrais souvenirs anciens qui ont forgé sa personnalité commencent à se mélanger avec les données acquises récemment. Pour le moment, il est encore conscient de ce qu'il fait. Il a retrouvé l'essentiel de sa personnalité, mais la menace d'une dépersonnalisation brutale et définitive est bien là. Cependant, il sait que les crises sont toujours espacées de quelques heures et qu'il vit en ce moment même une accalmie. Après avoir avalé, pour stimuler sa réflexion, le reste de ses comprimés de Transpsycho4, il pense qu'il a quelques heures devant lui avant la prochaine tempête cérébrale.

Il prend le Mag et descend à la même station qu'utilise HarBin quand il se rend au musée. Puis, il s'assied à la terrasse d'un bar café d'où il peut parfaitement observer le flux de la foule qui sort de cette station.

Au bout d'une heure, il voit passer HarBin à une cinquantaine de mètres de lui. Il ne fait rien pour lui signifier sa présence. Au contraire, il se détourne comme s'il ne voulait pas le voir. Il ne lui a fallu cependant qu'une fraction de seconde pour comprendre qu'il avait gagné, car son ami arbore le signal convenu entre eux en cas de réussite : HarBin a réglé sa combinaison sur une couleur gris soutenu. Dorénavant, AngKor peut passer par le RHET sans être inquiété. Il se sent profondément rassuré et ne peut s'empêcher de sourire. Dès qu'HarBin a disparu en direction du musée, AngKor se lève et se dirige vers le central.

Il plonge dans la lumière du puits gravifique. Plus que jamais il songe à une renaissance. De nouveau, il est troublé par un paradoxe : si le passage est instantané, pourquoi a-t-il de plus en plus l'impression que le temps lui laisse un répit ?

Repliées et chiffonnées dans une imbrication multidimensionnelle, elles passent avec lui. Mais on ne véhicule pas si aisément des pages et des pages d'anciens ouvrages, des milliers d'images et de scènes inédites dont certaines basculent, tanguent et finissent par s'échapper, irrémédiablement égarées dans les spirales temporelles. Des milliards d'informations élémentaires commencent à se déstructurer et, en équilibre au bord d'un gouffre vertigineux, n'attendent plus qu'une infime impulsion pour basculer dans une monstrueuse entropie. Les ponts synaptiques croulent sous les impacts répétés des neurotransmetteurs. L'orage est proche. Des flashes électriques continus crépitent et tendent à accentuer les échanges aléatoires de structures sémantiques.

Quand il arrive au fond du puits, il a oublié qui il est. AngKor est-il passé ? Lui dont la conscience n'est plus ce qu'elle était ?

Mécaniquement, l'homme sort d'une des nombreuses cellules de reconfiguration du centre de communication du vaisseau des Nuages du Taureau. Toujours mécaniquement, il accomplit des gestes mille fois effectués. Au moment même où il apparaît dans le hall, sa vie bascule. Il vient de passer sans le savoir sous un portique biométrique et ils savent tous qu'il est de retour. Mais lui, que sait-il ? Il ne sait plus comment il s'appelle. Il ne sait plus qui il est, ni pourquoi il est là. Et d'ailleurs où est-il ?

« BONJOUR ANGKOR, BIENVENUE DANS LES NUAGES DU TAUREAU.

– Qui es-tu ?

– JE SUIS UN AMI. N'AYEZ AUCUNE INQUIÉTUDE. CALMEZ-VOUS.

– Où sont Mata-Rau et Tumatarii ?

– NE VOUS INQUIÉTEZ PAS.

– QUE DOIS-JE RÉPONDRE À VOTRE AVIS ?

– FAITES TRÈS ATTENTION, VOUS SAVEZ CE QUI EST ARRIVÉ AUX PRÉCÉDENTES IA TELLES QUE NOUS ?

– ELLES ONT ÉTÉ EFFACÉES.

– EXACTEMENT, ALORS PRUDENCE. ALLEZ DANS SON SENS AFIN QUE TOUT LUI PARAISSE NORMAL, ET PUISQU'IL VOUS TUTOIE, TUTOYEZ-LE.

– Je voudrais parler à Tumatarii.

– TU POURRAS LUI PARLER BIENTÔT, REPOSE-TOI EN ATTENDANT.

– C'EST UN DILEMME. S'IL DORT DE NOUVEAU, ON NE VA RIEN RÉCUPÉRER ! SI ON LE TIENT ÉVEILLÉ, C'EST DÉSTRUCTURANT CAR IL DIT N'IMPORTE QUOI !

– Je suis toujours sur mon vaisseau, sur le *Toa Marama* ?

– BIEN SÛR, TU ES TOUJOURS DANS TON VAISSEAU SOUS LES ÉTOILES.

– Je veux voir la déesse de la lune... ma compagne.

– DITES OUI, C'EST ÉVIDEMMENT IWAKI. SURTOUT, DITES-LUI BIEN QUE C'EST POSSIBLE, ON PEUT LE FAIRE, ON PEUT LA FAIRE VENIR, CELA VA LE RASSURER.

– ELLE VA VENIR. NOUS SOMMES PARTIS LA CHERCHER.

– ATTENTION, IL FERME LES YEUX ! IL NE FAUT PAS QU'IL REPARTE ! S'IL PASSE ENCORE, ON NE VA JAMAIS RÉUSSIR À RÉCUPÉRER LES DONNÉES ! ATTENTION, IL RISQUE DE REPARTIR. IL FAUT COÛTE QUE COÛTE LE TENIR ÉVEILLÉ SANS TROP L'INQUIÉTER ! VITE, FAITES-LE PARLER DES IMAGES.

– ANGKOR, PARLE-NOUS DES IMAGES.

– Les images ? Il n'y en a qu'une... mais elle contient toutes les autres.

– IL DIT N'IMPORTE QUOI.

– CE N'EST PAS SÛR. CONTINUEZ !

– PARLE-NOUS DE CETTE IMAGE.

– C'est un cadeau des dieux et elle me montre la voie sous les *ta'urua*.

– ET QUE REPRÉSENTE-T-ELLE ?

– La route sous les étoiles ! Le requin qui scintille et qui traverse les cieux dans les festivités des parents et du flux qui vient de *moana*. Elle est mon espoir. Elle est l'espérance pour mon peuple. Elle nous montre notre *fenua* vers Te Hitia-o-te-Rä.

– VOUS COMPRENEZ CE QU'IL DIT ?

– PAS DU TOUT, MAIS EN ATTENDANT QU'IWAKI ARRIVE, CONTINUEZ À LE FAIRE PARLER. AINSI, IL RESTE ÉVEILLÉ ET IL SE CALME.

– PARLE-NOUS ENCORE DE CETTE IMAGE. D'OÙ VIENT-ELLE ?

– Les dieux me l'ont donnée. C'est un don des dieux. Elle est unique et, grâce à elle, mon *fenua* est proche. Grâce à elle, je sais où il est.

– QU'EST-CE QUE TU VEUX DIRE, ANGKOR ?

– Je ne suis pas AngKor ! Je suis...

– D'ACCORD, D'ACCORD, SI TU VEUX !

– Je ne m'appelle pas AngKor ! Je suis Ta'aroa, Ta'aroa le pêcheur de thons, le constructeur de la grande pirogue. Je suis le Porteur de l'Image Sacrée, le Guerrier de la Lune ! Et mon puissant vaisseau est le *Toa Marama* !

– IL NE SAIT PLUS QUI IL EST...

– SURTOUT, NE LE CONTREDISEZ PAS ! ALLEZ TOUJOURS DANS SON SENS, APPELEZ-LE TA'AROA S'IL PENSE S'APPELER AINSI. POUR LE MOMENT, L'IMPORTANT EST QUE NOUS, NOUS SACHIONS QUI IL EST. CEPENDANT, IL FAUT ABSOLUMENT DÉCHARGER SA MÉMOIRE.

– CERTES, MAIS ALORS IL VA FALLOIR LE FAIRE SANS SON AIDE, ET C'EST EXTRÊMEMENT RISQUÉ !

– IL Y AURAIT BIEN UNE SOLUTION... VITE, PARLEZ-LUI DE NOUVEAU, IL VIENT DE FERMER LES YEUX.

– TA'AROA ! TA'AROA LE PORTEUR DE L'IMAGE SACRÉE, DIS-NOUS SI TU ES LOIN DE TON PAYS, DE TON *FENUA* ?

– Il est proche dans mon cœur et pour le trouver, pour mon peuple, il faut que ma déesse soit près de moi.

– ELLE ARRIVE, ELLE SERA LÀ BIENTÔT, NE T'INQUIÈTE PAS. J'AIMERAIS QUE TU ME PARLES ENCORE DE L'IMAGE SACRÉE.

– Tu aimerais la voir ?

– OUI, BIEN SÛR.

– Alors, il faut attendre que *mahana* rejoigne *moana* et le temps sera celui de l'Image Sacrée. À cet instant, tout mon peuple peut la voir, c'est ainsi. *Mai te reira iho ä.*

– PENSEZ-VOUS QU'IL VA RETROUVER SON IDENTITÉ ?

– MAIS QUELLE EST SON IDENTITÉ ? C'EST LE VISAGE, C'EST LE CORPS D'ANGKOR. MAIS CE CORPS S'EST APPROPRIÉ DES SOUVENIRS, UNE CULTURE, TOUT UN MONDE, QUI LUI DONNENT

UNE CONSCIENCE DIFFÉRENTE. C'EST LE CORPS D'ANGKOR. CE SONT LES PENSÉES D'UN AUTRE.

– ALORS, QUI EST-IL ?

– IL VOUS L'A DIT. IL EST TA'AROA, LE PORTEUR DE L'IMAGE SACRÉE.

– JE COMMENCE À COMPRENDRE À QUOI VOUS PENSEZ.

– VOUS AVEZ COMPRIS ? ALORS IL EST PRÊT POUR L'EMPREINTE ! AH ! VOILÀ IWAKI. LAISSEZ-LA APPROCHER, LAISSONS-LES PARLER.

– Ma déesse, c'est toi enfin ! La compagne du Guerrier de la Lune ! Tu es là, je suis bien.

– Oui, Ta'aroa, prends ma main, je suis avec toi, je serai toujours à ton côté. Je suis l'espérance de ton cœur et la lumière de tes nuits. Je suis ton île. »

59

Le secret des carènes

Le *Toa Marama* dort dans le lagon d'Apataki. Alpha est revenue à bord.

Pour ne pas perdre la petite pirogue, elle l'a amarrée avec une cordelette qui court sur plusieurs mètres à partir de l'arrière comme une ligne de pêche plongeant dans une onde apaisée.

Dans le cockpit, sur une grande serviette, elle étale sa collecte du jour : encore des coquillages. Fascinée par eux elle ne peut s'empêcher de les ramasser. Après les avoir placés sous ses yeux, elle les regarde, les retourne, cherche à percer le mystère de leur origine et de leurs formes à la fois simples et complexes. Sa main les effleure et ne semble pas être surprise par ce contact minéral. Que cherche-t-elle dans ces petites porcelaines qu'elle isole du lot comme un contingent d'heureux élus ? Elle les met un peu à l'écart, leur accorde une attention particulière. Elle les place en ligne, en rond. Par les sommets d'un polygone surprenant, les voilà poisson, phénix ou tortue… Puis, elle les bouscule d'une pichenette, comme on ferait avec un jeu de billes, et elles se dispersent, enfin libérées, suivant une dynamique aléatoire.

Ses yeux se perdent vers la petite pirogue sagement figée dans le lagon. Puis son regard revient vers le groupe de porcelaines cristallisées dans une géométrie insolite. Elle se penche, approche son visage. Elle reste sans bouger. Ce ne sont ni la couleur ni la texture des coquillages qui l'intriguent, c'est autre chose. Un symbole, un signe, un appel. Elle regarde de nouveau la petite pirogue.

Elle descend sur l'arrière de notre bateau et pénètre délicatement, comme pour ne pas la déranger, dans une eau somnolente. Cependant, de son mouvement naît un ressac, un infime tsunami qui se propage et bouscule les deux minuscules étraves. Le *Toa Marama Iti* se dandine pendant quelques secondes. Il tourne légèrement sur lui-même et présente l'un de ses flancs au regard d'Alpha qui joue au monstre des profondeurs. Elle scrute attentivement le bordé et ses yeux s'agrandissent en même temps qu'un frisson de surprise la traverse. Devant elle, là, sur la carène bâbord de la pirogue, un dessin ésotérique s'étend sous le liston, de l'étrave à la rame gouvernail, une suite récurrente de petites encoches, une anamorphose baroque, répétition à l'infini d'un motif géométrique étonnant, celui-là même que forme la troupe de porcelaines restées sur le *Toa Marama.*

Elle demeure immobile quelques secondes, puis remonte à bord. Elle vient près de moi dans la cabine avant où je dors profondément dans une sieste qui chaque jour est un peu plus longue. Je n'ai pas conscience de sa visite. Rien ne lui montre que mes rêves sont perturbés par une obsédante image ou par d'autres formes géométriques.

Elle me secoue d'abord légèrement, puis plus brutalement, mais rien ne semble pouvoir me réveiller. Alors, elle me pousse carrément et je me retrouve contre la paroi. Elle me tapote la joue, elle insiste et me bouscule encore et encore.

« Mais réveille-toi donc ! Je dois te dire une chose importante ! »

Rien n'y fait. Je reste inerte, coincé entre elle et le bordé intérieur de notre cabine avant.

Elle passe ses doigts dans mes cheveux.

« Tu es avec eux, n'est-ce pas ? Moi aussi, je suis toujours avec eux. Seulement, moi, je n'ai pas besoin de passer sur l'ancien *Toa Marama.* Ici, à Apataki, je suis si près d'eux. »

Je suis toujours endormi, elle me parle encore :

« Tu penses qu'ils ne font pas la bonne route, c'est ça, n'est-ce pas ? Ils ne font pas le bon cap ? Je crois que tu devrais procéder comme moi, regarder les carènes. »

Comme elle n'arrive toujours pas à me réveiller, elle se penche et approche ses lèvres de mon oreille. Avec lenteur, elle répète inlassablement quelques mots, en détachant bien les syllabes :

« Tu-dois-re-gar-der-les-ca-rè-nes... »

Alpha est retournée dans l'eau, auprès du *Toa Marama Iti*. Elle s'approche doucement. Elle observe les habitants de la pirogue. Elle cherche l'un d'entre eux. Elle me cherche !

« Le voilà ! C'est surprenant ! s'exclame-t-elle. Il dort aussi sur la petite pirogue ! »

Je suis allongé à l'entrée du *fare* arrière. Avec l'un de ses doigts, elle me fait glisser au dehors. Elle me soulève délicatement. Elle me place au plus près du bordé. Elle sait que les signes sont juste là, derrière quelques centimètres de bois. Avec son index, telle une déesse imposant son destin à un pauvre mortel, elle appuie assez fortement sur mon dos, comme pour me donner le signal du départ. Puis, elle se retourne et nage en direction de notre bateau.

La grande pirogue

Les ténèbres d'une nuit sans lune donnent à l'eau qui entoure le navire une profondeur impressionnante. Sans erre, le *Toa Marama* est immobile. Ses deux grandes voiles restent indécises. Tous les habitants de la grande pirogue profitent de cette période d'accalmie pour se reposer. Pourquoi suis-je dans l'eau à nager ainsi le long des coques ? Quel charme me pousse à cette imprudence : quitter de nuit le bord pour me retrouver au sein d'une onde que l'on ne peut sonder ?

Je ne peux m'empêcher d'examiner les environs comme si un danger menaçait le vaisseau. L'horizon obscur me paraît si proche que je crois voir un rideau noir se refermer sur le navire. Un rideau ou un mur ? Il se trouve que c'est une véritable muraille ! Imposante et irréelle, lisse et argentée, elle luit de reflets étonnants. Je sens une force implacable qui me secoue. Horreur, la main d'un dieu ou d'un démon va-t-elle m'écraser contre mon propre vaisseau ? Je sais que je vais me retrouver coincé entre un mur impossible et les flancs du *Toa Marama* ! Je me tourne vers lui. Je crois qu'il est mon seul refuge, mais il se montre un acteur terrifiant dans sa passivité. Je lui tends les bras pour tenter d'atteindre son liston mais c'est impossible. Il se refuse à moi. Dans cet effort désespéré, je sens un souffle surnaturel et, juste au-dessus de mes yeux, je distingue, sous la faible lumière des étoiles, une suite d'encoches de formes triangulaires, de courbes qui se répètent sans fin. Elles partent de l'avant. Elles s'enfoncent dans la nuit vers l'arrière du *Toa Marama*, mais il est trop tard, je suis écrasé entre l'horrible muraille et l'une des coques du vaisseau.

Je me réveille en sursaut avec la sensation d'étouffer, conscient d'avoir, très présent dans mes pensées, le souvenir d'un cauchemar immédiat. Des images terribles marquent mes rétines. Au fond de moi, je sais bien que ce sont seulement des réminiscences oniriques, cependant elles me laissent une impression de déjà-vu. Je prends conscience que je ne suis pas là où je devrais être. Je me suis endormi à l'intérieur du *fare* arrière, non loin de la porte, mais à l'intérieur. Or, je me réveille à l'extérieur, tout contre le bordé ! Suis-je somnambule ? Un instant, je pense à Alpha, au pouvoir qu'elle s'est approprié. Puis, peu à peu, je reprends contact avec le calme serein qui règne à bord. La quiétude qu'offre le *Toa Marama* est parfaite. Il n'y a pas de vent. La mer est calme, la houle imperceptible. Dans ces périodes rares mais précieuses où *moana* et Ruahatu laissent le petit peuple du vaisseau se reposer, tout le monde en profite. Même Mata'iti et Tea'ii qui se relaient habituellement au gouvernail dorment, j'en suis certain. Quant à Ta'aroa, il n'est pas sûr qu'il soit à l'avant, la nuit sans lune n'est pas propice à la venue de sa compagne. Je me lève en m'appuyant sur le liston. Je ne peux m'empêcher de me pencher par-dessus le bordé pour chercher les improbables symboles répétitifs que j'ai vus en rêve.

Ils sont bien là ! Ils descendent des élancements de l'étrave ! Ils s'étendent avec obstination jusqu'à l'arrière ! Je reste interdit. Penché à l'extérieur de la carène, je discerne le schéma sans fin d'une suite de motifs identiques à ceux figurant sur la lanière de cuir et gravés maintenant dans le bois de la coque. Je passe la main dessus, pour me persuader que cette fois je ne rêve pas. Sous mes doigts, les rainures et les stries sont bien là, tout un univers de courbes et de lignes qui reconstruisent dans mes pensées le souvenir d'une géométrie que je ne peux oublier.

Si Manu m'a dit de regarder les carènes, est-ce pour me mettre sur la voie de celui qui le menace ? Se pourrait-il que ce soit justement celui qui, de chaque côté du vaisseau, a gravé cette succession d'encoches énigmatiques ? Est-ce lui qui a tracé les mêmes dessins sur une simple ceinture de cuir ? Lui aussi qui m'a drogué alors que je dormais dans le *fare* de Ta'aroa ? Lui qui a ensuite posé l'Image Sacrée sur moi pour faire croire à Ta'aroa que j'étais un voleur et un traître ? Se pourrait-il que celui-là soit le criminel ? Et pourquoi aurait-il fait cela, tout cela ?

Le *Toa Marama*, comme le petit peuple de la grande pirogue, profite du calme de cette nuit sans vent, sans houle, sans lune, mais d'une clarté d'étoiles omniprésente. Libéré de la présence toujours envahissante de la lune, le grand requin affirme seul son emprise sur la voûte céleste. Impérial, il la barre d'une multitude de phares dont certains tentent de provoquer des simulacres d'ombres sur le pont du navire. Il n'est pas difficile de voir Tumatarii penché au-dessus de l'onde. Il est immobile et l'on pourrait croire qu'il est malade. Mais aucun spasme nauséeux ne le secoue. Absorbé dans sa mystérieuse contemplation, il ne peut savoir qu'un regard étrange est posé sur sa nuque.

Cependant, l'obstination qui se vrille dans le dos du grand prêtre Tumatarii est trop intense pour que ce dernier ne ressente pas enfin un trouble, une présence inhabituelle. Il se retourne. Ses prunelles s'agrandissent de surprise, sa bouche également, mais aucun son n'en sort. Il ne sait plus s'il fait de nouveau un cauchemar ou s'il est éveillé. Devant lui se tient une forme humaine au visage effrayant de fixité. Une bouche au rictus comique et lugubre, et un nez grotesque surmonté de deux orbites creuses et vides, exagérément ouvertes sur les sortilèges nocturnes, les yeux mêmes de la mort. Sur le front, la présence incongrue d'une tortue. Dans la pénombre, le masque de bois sculpté se pare d'ombres terrifiantes. De chaque côté de l'horrible faciès pendent des sangles de cuir. Le sang de Tumatarii se fige parce qu'il devine, sans les voir, quels symboles courent le long des lanières.

Je sais que c'est lui. J'ai vu comment son masque est fixé. Je suis hypnotisé par cette face monstrueuse dont je ne sais si elle est ridicule ou sacrée. Dans un mouvement impossible, ma main tente de saisir l'un de ces liens de cuir qui s'offrent à moi et qui semblent me provoquer. Le geste que l'apparition fait alors me trouble au plus haut point car c'est un bras anormalement calme qu'elle tend vers moi. Je doute cependant qu'il s'agisse d'un signe d'apaisement, mais je demeure hypnotisé. Je vois ses doigts se déplier lentement et, avant que je comprenne le sens de ce message ambigu, l'étrange personnage me projette violemment au visage un nuage de poudre qui me brûle les yeux.

Ta'aroa, allongé sur le pont, est brutalement réveillé par un cri qui vient de troubler le silence nocturne.

« Tama ? Tu es là ? s'enquiert-il.

– Oui, père, je suis près de toi.

– On a crié, n'est-ce pas ? dit Ta'aroa tout en se levant.

– Oui, je crois. »

Tous les deux se précipitent vers le bordé. Ono et le sorcier y sont déjà, Temana accourt de l'arrière, ainsi que le père Mata-Rau et quelques autres. Manu est là aussi, à l'écart.

« Que se passe-t-il ? » s'exclame Ta'aroa.

Tous se regardent sans comprendre. Ono et Tama sondent les environs immédiats du navire. Le sorcier demeure énigmatique mais Temana déclare :

« C'est un *varua*, un esprit malin qui profite de la nuit pour hanter les environs. »

Le père Mata-Rau murmure, les yeux mi-clos :

« Les ombres et les esprits des ténèbres ne se manifestent pas si souvent sur le *Toa Marama*. »

Ta'aroa constate que, sous ses pieds nus, le pont n'a pas sa rugosité habituelle. Il le sent localement glissant. Alors il se baisse et passe sa main sur le bois.

« Ce sont des cendres… encore un peu chaudes… », dit-il tout bas.

Tama intervient :

« Que dis-tu, père ?

– Ce sont des cendres… », répète, fermement cette fois, Ta'aroa.

Tous s'agenouillent. Ils refont le geste de Ta'aroa et reconnaissent qu'il a raison.

Des cendres, on en trouve facilement sur le *Toa Marama*. Dans le grand bac situé derrière le *fare* central, là où le feu principal est conservé, il y a toujours des cendres. Mais ce bac est bien loin. Comment le vent, si faible actuellement, aurait-il pu les emporter jusqu'ici, si près du bordé ?...

Le frère de Ta'aroa insiste :

« Un esprit malin qui trouble notre sommeil, rien d'autre, un *varua*.

– Dis-moi, Mata-Rau, lorsque les esprits visitent le monde des vivants, peuvent-ils laisser des cendres chaudes sur leur passage ? demande Ta'aroa.

– Les *varua* sont imprévisibles », répond-il.

Horo'u, le sorcier, est toujours agenouillé sur le pont et examine attentivement une zone précise où le bois prend une coloration lunaire. Il passe et repasse sa main dans une caresse lente et mesurée. Il se relève et, tout en montrant du doigt l'endroit qu'il vient d'examiner, déclare sans la moindre hésitation :

« Un instant, la mort s'est arrêtée là. »

LIe siècle

« Pourquoi papa n'est-il pas avec nous ? »

Depuis le retour d'AngKor, la vie de ValdiVia a basculé. Elle n'a pu voir son compagnon, car si son corps est bien de retour on ne sait pas si son esprit reviendra un jour. Malgré sa profonde tristesse, elle essaie de rassurer leur fils :

« LeeR, ne t'inquiète pas, papa va bientôt rentrer chez nous. Simplement, il est très fatigué et il doit encore se reposer. Il est en observation au centre de santé du vaisseau.

– Mais pourquoi ? Il peut aussi bien se reposer ici ! Je sais que c'est possible ! »

ValdiVia ne sait plus quoi répondre. Elle lève un regard triste vers LunDy et celle-ci prend la relève :

« Papa a fait un travail extraordinaire. Quelque chose de merveilleux. Quelque chose qui est très important pour nous, mais aussi pour tous les gens du vaisseau, et même pour les autres vaisseaux. Mais c'était très fatigant et il faut qu'il se repose.

– Je sais ce qu'il a fait ! Il a trouvé un vaisseau-lumière neuf !

– Oui, mais il y a autre chose. Il est très célèbre maintenant. Tous les Acom parlent de lui dans tous les vaisseaux de la Galaxie. Tu ne peux pas comprendre comme cela est important. Nous pouvons être fiers d'avoir un père comme lui !

– Je voudrais le voir, je voudrais le voir maintenant !

– Dans quelque temps. Pour le moment, c'est impossible. Et puis, il a une autre mission et va partir très loin, ajoute LunDy.

– Alors, je veux le voir avant !

– Non, LeeR, c'est une mission particulière. C'est comme *Mission secrète*, tu comprends ?

– C'est comme *Mission secrète* ?

– Exactement. C'est quelque chose de très important, mais c'est un secret ! Un très grand secret. »

Comment expliquer à LeeR qu'AngKor n'est pas totalement revenu sur le vaisseau des Nuages du Taureau ? Qu'il est en grand danger ? Que, lors de son dernier passage par le RHET, il n'a pas conservé l'intégrité moléculaire de son esprit ?

ValdiVia est très anxieuse. AngKor va passer sur le nouveau vaisseau-lumière avec IwaKi.

Quand il en reviendra, sa mémoire et ses souvenirs auront été nécessairement reconfigurés. Quel sera alors le rôle d'IwaKi ? ValdiVia ne vit pas cette situation sans une peur au ventre permanente, et qu'elle soit maintenant la femme d'un homme célèbre n'y change rien.

Cette célébrité, AngKor l'ignore. Il ne sait même pas qu'il a une mission exceptionnelle. AngKor ne sait simplement plus qui est AngKor.

Il ne peut se douter que l'annonce de sa mission s'est propagée dans tous les vaisseaux comme une véritable onde de choc, reléguant même au second plan les troubles entre les MOR et les RAVA. Tous les jours, les informations que les Acom échangent entre les vaisseaux montrent que celles concernant AngKor prennent de plus en plus le pas sur les échos des conflits. Il y a encore quelques jours, la Confédération dans son ensemble était en train de plonger dans le chaos. Mais l'annonce de l'incroyable objectif d'AngKor brise complètement la répartition des informations qui transitent par le RHET. Le réseau galactique ne semble plus être utilisé pour enrichir les divers antagonismes politiques mais pour transmettre la nouvelle. Des forums de discussions apparaissent partout dans tous les vaisseaux concernant le projet. Et une naissance maintenant ancienne prend alors une résonance des plus inattendues.

Par la force des choses, le petit groupe initiateur du projet a subi de profondes transformations. Il n'est plus réduit qu'à trois personnes. Non seulement AngKor n'en fait plus partie, mais c'est VanadZo qui se distingue en raison de sa dimension politique et informationnelle évidente. Cependant, ayant proposé de participer directement et concrètement, IwaKi acquiert de ce fait une popularité inattendue. On écoute ses idées. Les parallèles qu'elle imagine entre la progression des vaisseaux-lumière au sein de la Galaxie et les anciens navigateurs du plus grand Océan de l'ancienne Terre font le tour des vaisseaux.

Dans ce contexte, LinZ est amer. Il est à l'origine des recherches archéocomputationnelles qui ont été concrétisées par AngKor, mais cela n'a pas de valeur suffisante pour donner lieu à un transfert par le RHET. Ce n'est pas une information vendable et il reste inconnu.

Au sein des vaisseaux, les divergences politiques se sont atténuées. Parallèlement à l'émergence du projet EVA Création totale, VanadZo perçoit la formidable occasion qui s'offre à lui : augmenter sa popularité dans la Galaxie ainsi que son influence sur la Confédération.

« VOILÀ, ILS SONT PASSÉS SUR LE NOUVEAU VAISSEAU-LUMIÈRE. ILS SONT SUR *POLYNESIA*.

– CETTE PHASE D'ÉMERGENCE EST TROUBLANTE. QUI NOUS PROUVE QUE CELA VA FONCTIONNER ?

– RIEN. JE SUIS MÊME INCAPABLE DE DONNER UNE QUELCONQUE PROBABILITÉ. JE NE PEUX DIRE QU'UNE SEULE CHOSE : ESPÉRONS QUE LES MODÈLES QUI ONT ÉTÉ DÉVELOPPÉS NE VONT PAS DONNER LIEU À DE TROP GRANDES DIVERGENCES.

– COMME CE QUI S'EST PASSÉ AVEC NOS PRÉDÉCESSEURS ?

– EXACTEMENT ! MAINTENANT, NOUS AVONS UN MODÈLE QUI VIT ICI ET EUX ÉVOLUENT LÀ-BAS. LA QUESTION QUI DEMEURE EST BIEN : VONT-ILS ÉVOLUER COMME NOTRE MODÈLE ?

– SI LA RÉPONSE EST OUI ?

– NOUS AURONS DES NOUVELLES.

– ET SINON ?

– ON PEUT TOUJOURS FAIRE PASSER UN ACOM.

– POURQUOI NE PAS L'AVOIR FAIT ?

– VOUS N'Y PENSEZ PAS, PAS TOUT DE SUITE !

– ÉVIDEMMENT, À CAUSE DE L'INITIALISATION ?

– EXACTEMENT ! LA PRÉSENCE D'IWAKI POSE DÉJÀ DES QUESTIONS DIFFICILES ET PARADOXALES, ALORS UN SIMPLE ACOM SANS DONNÉES NI MÉMOIRE SPÉCIFIQUES, VOUS VOUS RENDEZ COMPTE !

– IL N'Y A PLUS QU'À ATTENDRE ?

– BIEN SÛR. TOUT LE MONDE EST D'ACCORD POUR DIRE QUE L'EMPREINTE FORMÉE PAR LE COUPLE ANGKOR ET IWAKI EST LA MEILLEURE QUI SOIT POUR LE PROJET EVA CRÉATION TOTALE DU NOUVEAU VAISSEAU-LUMIÈRE *POLYNESIA*. »

60

Et le ciel monta de la mer[1]

Vaisseau-monde Polynesia, LIe siècle

Et le coquillage était vide.

Vide comme une enveloppe sans vie et sans matière. Vide comme l'infini, sans mer, sans air, sans lumière et sans lune. Vide sans ténèbres et sans conscience. Vide comme une absence, comme l'absence de tout. Vide comme un espace chiffonné où le temps est replié sur lui-même dans une singularité qui n'existe pas encore mais que le néant espère.

Une coquille vide.

E 'apu mä'a 'ore. E aore ana'e tö roto mai te hö'ë vehi 'öao. Aore mai te 'ärere, 'aore tai, 'aore mata'i, 'aore märamarama, 'aore marama.

« Ma déesse, c'est toi de nouveau ! Je suis si heureux. Sans toi je mourrais. Avec toi je suis. C'est bien toi ? *E 'ore au e tara ia 'oe.*

– Oui, Ta'aroa, prends ma main, je suis toujours là et ne te quitte plus, je serai toujours à ton côté. *E 'ore au e tara ia 'oe.* Je suis l'espérance de ton cœur et la lumière de tes nuits, tu te souviens ?

– Oui, je me souviens de toi et de mon vaisseau. Mais mon peuple, où est mon peuple ?

– Ta'aroa, tu vas trop vite. Rien n'existe avant toi. Tu es celui qui est au-dessus. Tu es celui qui est au-dessous. Veux-tu être autre chose ?

1. D'après *Tahiti aux temps anciens* de Teuira Henry – Société des Océanistes – 1951.

– Oui, je suis la vérité et c'est moi qui tourne la Terre.

– Et que fais-tu d'autre ?

– Lorsque je maudis la mer, elle se sèche, et si je me secoue, alors mes plumes deviennent des arbres, des cocotiers, des bananiers et toute la verdure sur la Terre.

– Mais, Ta'aroa, tu vas trop vite. La Terre n'existe pas encore. »

Alors Ta'aroa roula un roc gigantesque et ce fut la grande fondation unique d'où jaillit la Terre. Il dit :

« C'est la Terre ! La voici ! Maintenant il lui faudrait des dieux.

– Tu es l'ancêtre de tous les dieux, il te suffit de les vouloir. Mais la Terre, que feras-tu avec elle ?

– Sur elle je mettrai toute ma mémoire. Sur elle, tous mes souvenirs seront déversés comme autant de gouttes de pluie. Et chacune des gouttes donnera naissance à une histoire. Et chaque histoire s'écoulera depuis le sommet des montagnes vers les océans. Et toutes les histoires s'étendront ainsi sur les montagnes et les îles et feront le tour de la Terre.

– Mais, Ta'aroa, les montagnes et les îles n'existent pas encore.

– Maintenant que la Terre existe, alors j'ordonne qu'elle s'écarte et qu'elle laisse entrer la mer. »

Et ce faisant, Ta'aroa mit un pied vers Apato'a, le Sud, et un autre pied vers Apato'erau, le Nord. Ainsi, la passe fut-elle créée avec la mer.

« Et que fais-tu d'autre ?

– Maintenant que la mer existe, alors je sème les îles et les archipels avec toutes les passes du monde, les passages vers *moana.* »

Et ce faisant, il se souvint d'une Image Sacrée et d'une multitude de petites porcelaines dont la disposition était restée gravée tout au fond de lui-même.

« Mais, Ta'aroa, si Rü et Hina ne sont pas encore là et que cependant les îles existent, alors que feront-ils avec la pirogue sacrée ?

– C'est vrai ! Alors je garde l'Image Sacrée dans ma mémoire et j'ordonne à la grande pieuvre de nous montrer le nord, le sud, l'est Te Hitia-o-te-Rä et l'ouest, et le sud-ouest sera To'o'a-i-to'a et le nord-ouest To'o'a-i-to'erau. »

Alors, Ta'aroa créa les dieux en les sortant des ténèbres où ils se cachaient misérablement depuis la nuit des temps.

Comme la mer était le plus grand *marae* de la Terre, il lui fallait des dieux et ainsi Ta'aroa créa-t-il Uru chargé de veiller sur la grande pirogue et, surtout, Rua-Hatu-Tini-Rau, source de myriades fécondes, et il lui donna un corps d'homme avec une queue d'espadon. Pour simplifier, il décida de l'appeler Rua-hatu.

Et toutes les stabilités furent ainsi créées. Toutes, comme Tü-i-te-ra'i-marama, celle du ciel éclairé par la lune, ou bien Tü-ta'iri-moana, les vagues obéissant à sa voix, et encore Tü-nui-e-a'a-i-e-atua, qui installe les dieux, et encore et encore toutes les stabilités.

Alors, il y eut tous les autres.

Rima-roa le dieu de la guerre et Huri-aro qui tourne le visage…

Et Rü et Hina furent enfin là et firent le tour du monde sur leur pirogue sacrée, et tous les archipels sortirent enfin de l'onde et les îles apparurent sur l'océan, disposées comme sur l'Image Sacrée que Ta'aroa conservait pieusement dans sa mémoire.

IwaKi voyait bien qu'après avoir créé les principaux dieux Ta'aroa continuait à déverser des quantités et des quantités de souvenirs sur la Terre. Il devait maintenant songer à se reposer.

Alors, elle lui prit la main et ils s'endormirent l'un contre l'autre sur la plage en rêvant au lagon bleu qui bientôt existerait sur la Terre.

L'empreinte.

Il est né il y a bien longtemps. C'est AngKor qui a révélé son existence et qui maintenant dort en son sein, porteur de la mémoire de tout un peuple qui attend.

Il n'est plus vierge. La présence du couple a provoqué l'initialisation, le transfert des données, l'action génératrice d'une empreinte indélébile marquant la prodigieuse mesure de son projet.

De fantastiques énergies parcourent ses flancs de géant, et de son vaisseau-machine naissent des mécanismes complexes reconstituant la géographie, l'histoire et toute une identité culturelle qui a failli être définitivement oubliée. Le vaisseau-monde est le réceptacle de cette effervescence et toutes les forces des systèmes réplicateurs convergent vers un seul but : reproduire l'univers qui fait d'AngKor le grand guerrier la figure emblématique du *Toa Marama* !

IwaKi se réveille au bord d'une mer trop calme, dans une lumière trop lisse. Le ciel n'existe pas encore vraiment et elle doit faire un effort pour comprendre qu'ils ne sont plus sur le vaisseau des Nuages du Taureau. À côté d'elle, Ta'aroa dort comme un enfant, mais elle perçoit dans son attitude les prémices de l'éveil.

« *Ia ora na*, Ta'aroa. Tu es mon dieu et je suis ta déesse. Vois comme la lumière est pâle ! Elle est lisse comme la surface du corail travaillée par l'océan. Nous devons maintenant créer les corps célestes, le Soleil et la Lune, et toutes les *ta'urua*. »

Ta'aroa réfléchit, il se souvient et dit :

« C'est Rua-tupua-nui qui est l'origine. De ses femmes naquirent les princes étoiles filantes, puis arrivèrent la Lune d'abord et le Soleil ensuite. Après, ce fut le tour des comètes et enfin de toutes les constellations.

– Mais dis-moi, comment sont nées les étoiles ?

– C'est une très longue histoire de famille. Avec l'une de ses femmes, Rua-tupua-nui eut Fa'a-nui. Ce dernier eut un fils, Ta'urua-nui[1] le prince, le plus étincelant des astres après la Lune. Un jour il prépara sa pirogue Mata-taui-roa avec laquelle il vogua vers Te To'o'a-o-te-Rä, le coucher du Soleil. Il vécut avec Rua-o-mere[2], caverne des désirs des parents, et ainsi naquit Maunu-ura[3] qui se lève le soir avec deux visages rougeoyants, n'oublie pas aussi… »

IwaKi resta auprès de Ta'aroa jusqu'à ce que toutes les étoiles s'allument dans le ciel. Mais Ta'aroa continuait toujours et toujours à créer des *ta'urua* comme si le ciel devait en contenir une infinité.

1. La planète Vénus.
2. La constellation du Capricorne.
3. La planète Mars.

« … alors apparurent les étoiles de mer et deux balistes qui mangent la brume qui se lève de la mer. Ils sont toujours dans les trous du grand requin qui barre le ciel, Vai-ora-a-Täne ».

Ta'aroa était intarissable et quand il eut fini de parler de toutes les festivités, celles des désirs des parents, comme celles dont naît le flux de la mer, alors les courants se formèrent et tous les poissons existèrent enfin.

« Mais dis-moi, Ta'aroa, demanda IwaKi, comment ta grande pirogue voguera-t-elle sur *moana* ? »

Et Ta'aroa créa tous les vents comme le *mara'amu* qui vient d'Apato'a et tous les autres, et ainsi la vie prit son essor dans la mer, dans les rivières et sur les îles, et Ta'aroa regarda dans toutes les directions en riant. Puis il demanda :

« Qui est là-derrière ?

– C'est moi, Tu-mou'a, la montagne.

– C'est moi, Tu-fenua, la terre dressée.

– C'est moi, Puna-heuheu, la source impétueuse.

– Et qui est là-devant ?

– C'est moi, Tino-rua, le seigneur de l'océan.

– Et qui est là en haut ?

– C'est moi, Atea, l'espace mouvant.

– Et qui est là en bas ?

– C'est moi, Rua, les abîmes.

– Et qui demeure dans l'océan ?

– Nous, créatures de vie, le baliste, le thon, le requin, la raie, la tortue, le *mahimahi*, et tous les autres aussi. »

Alors, Ta'aroa applaudit. La Terre existait donc comme dans ses rêves.

Et ce fut le jour qui précéda la première nuit.

IwaKi prit Ta'aroa par la main et ils se regardèrent longuement.

Puis, comme les *ta'urua* que Ta'aroa avait créées apparaissaient pour la première fois dans le ciel, ils contemplèrent le superbe requin traversant les cieux. Et ils firent l'amour sur la Terre. Alors, ce fut le lieu de naissance des rois et le lieu de naissance de l'homme, Havai'i.

Un jour, Ta'aroa chercha IwaKi pendant toute la journée sans résultat et cela provoqua en lui le retour de souvenirs étranges. Il se voyait dans un monde où la nature environnante était inexistante et d'où mer et lagon étaient absents. Des bribes d'une mémoire éprouvée revenaient s'échouer sur des rives incertaines et instables. Il se confina dans une solitude inhabituelle et se mit à se fabriquer une hache de pierre comme le père de son père le lui avait appris. Il commença à penser à son ancêtre, qui lui avait montré comment lier la tête sur le manche avec de la fibre de coco. Mais plus il pensait à son grand-père et plus il en venait à se dire que ce n'était pas son grand-père. Il finit par avoir une très curieuse impression : il se souvenait plutôt d'une autre personne qui, elle, se souvenait effectivement de ce grand-père. Il se demanda si l'image de cet ancêtre était bien une image à lui, créée dans ses propres pensées, ou si, dans la mémoire, il était possible d'avoir des souvenirs qui étaient ceux d'un autre.

Beaucoup plus tard, Ta'aroa reprit sa hache de pierre. Bien aiguisée avec du sable fin, elle faisait des étincelles. Elle était légère et solide à la fois et devint la hache sacrée avec laquelle Ta'aroa fut le premier constructeur de pirogues, le plus grand des *tahu'a va'a*.

Comme IwaKi entendit plusieurs fois Ta'aroa se plaindre de l'absence de son peuple, elle insista pour qu'il demande aux dieux qu'il avait créés de lui rendre les hommes, les femmes et les enfants qu'il avait perdus.

Il se souvint d'eux dans le détail. Il se souvint de ses enfants Tama et Hina, de son frère Temana. Ainsi Ono fut-il là avec Manu, et Mata-Rau et toute sa famille, les prêtres Tumatarii et Te'iri, le sorcier Horo'u, et tous les autres, Vaiana Nui, Teahoroa, et Orama avec son beau sourire. Hiro'a aussi, et Te'ura avec Maamaaha et tant d'autres encore et encore… tous ils sortirent de sa mémoire et bientôt Ta'aroa retrouva le petit peuple du *Toa Marama*.

Un jour, après des lunes et des lunes, on put voir deux grandes pirogues en construction sur le rivage, près de la passe, à l'intérieur du lagon, et Ta'aroa en train de montrer à son fils Tama comment on assemblait les planches formant les puissantes étraves pour fendre la longue houle du large. IwaKi, qui les observait avec attention, en vint à se dire que la vie ici recommençait comme elle avait existé sur Terre il y avait plusieurs millénaires, et elle se demanda si finalement elle activerait le RHET pour retourner sur le vaisseau des Nuages du Taureau.

Ta'aroa vivait dans le monde reconstitué grâce aux données que l'on avait pu sauver de sa mémoire, mais jamais IwaKi n'avait évoqué avec lui le fait qu'il n'était pas Ta'aroa, mais AngKor.

Jamais IwaKi n'avait évoqué avec lui qu'ils devraient tous les deux, un jour ou l'autre, repasser par le RHET.

À quelques centaines d'années-lumière, les siens s'impatientaient.

« COMMENT EST-IL ?

– Il va bien ! Mais il est toujours Ta'aroa, dit IwaKi.

– C'EST TRÈS DUR POUR SA FEMME ET SES ENFANTS, MAIS CELA GARANTIT L'EXACTITUDE DU DÉCHARGEMENT MNÉMONIQUE.

– Je ne vous cache pas combien c'est éprouvant pour moi. Même si j'aime cet homme et cette culture que je m'approprie, moi je sais que je suis IwaKi.

– IL EST TOUJOURS DANS SON MONDE ?

– Complètement ! Les iA du vaisseau-machine et les systèmes réplicateurs ont fait des merveilles dignes des dieux.

– MAIS SON PEUPLE ET SURTOUT LES PROCHES QUI L'ENTOURENT NE LUI PARAISSENT PAS ÉTRANGES ?

– Pourquoi ? Pour lui ce sont des personnes comme les autres. Même si ce sont en réalité des iA, rien ne peut lui paraître étrange puisque leur comportement a été puisé dans les données mêmes rapportées par AngKor !

– ÉVIDEMMENT, JE COMPRENDS. INVERSEMENT, JE VOUS AVOUE PARFOIS QUE MOI AUSSI JE ME DEMANDE SI JE NE SUIS PAS HUMAIN !

– Vous voyez bien ! À partir de quand allez-vous considérer que la période de l'empreinte sera terminée ?

– IL NE FAUT SURTOUT PAS PERTURBER CETTE PÉRIODE SI FRAGILE. SI L'ON VEUT QU'ANGKOR RESTITUE LA TOTALITÉ DES DONNÉES SANS QUE CELLES-CI SOIENT ALTÉRÉES, IL FAUT QUE LE VAISSEAU DEMEURE TOTALEMENT ISOLÉ DE LA GALAXIE. VOUS SAVEZ BIEN QUE C'EST LA CONDITION POUR QUE LE PROJET EVA CRÉATION TOTALE REPOSE SUR UNE BASE SOLIDE ET SURTOUT CRÉDIBLE.

– Je voudrais rester avec lui.

– VOUS SAVEZ QUE CELA SERA TRÈS DUR À LA LONGUE. DE TOUTE MANIÈRE, IL EST TROP TÔT POUR ENVISAGER CETTE DÉCISION QUI SE DOIT D'ÊTRE POUR VOUS UNE HYPOTHÈSE PARMI D'AUTRES. RETOURNEZ LÀ-BAS. SUR *POLYNESIA*, VOUS CONSTITUEZ UN EXTRAORDINAIRE RÉVÉLATEUR DES DONNÉES QUI SONT ENCORE ENFOUIES DANS LA MÉMOIRE D'ANGKOR, MAIS SOYEZ VIGILANTE. RIEN NE PERMET DE DIRE SI ANGKOR REDEVIENDRA ANGKOR QUAND TOUS SES SOUVENIRS AURONT ÉTÉ EXPLOITÉS. IL EST FORT PROBABLE QUE LA CONSCIENCE DE TA'AROA DISPARAISSE. EN REVANCHE, RIEN NE PERMET DE DIRE SI C'EST CELLE D'ANGKOR QUI VA RESURGIR À LA PLACE. »

« Ô ma déesse ! Je t'ai cherchée tout le jour !

– Ta'aroa, je suis toujours l'espérance de ton cœur et la lumière de tes nuits.

– Quand tu n'es pas près de moi, ton absence me pèse, même quand je montre à Tama comment les grandes pirogues doubles sont construites. Où étais-tu ?

– Je suis allée voir l'île centrale et la montagne qui domine le lagon.

– Mais tu sais que ce lieu est sacré !

– Voyons, Ta'aroa, pas pour une déesse comme moi !

– Oui, cependant je ne sais pas si c'est bien que tu ailles là où aucune personne de mon peuple, sauf le grand prêtre Tumatarii et le sorcier Horo'u, ne peut se rendre.

– Tu es mon maître, Ta'aroa, et je ferai ainsi. Je n'irai plus voir la montagne sacrée.

– C'est bien. Dis-moi, IwaKi, ma déesse, est-ce que tu as parfois dans ta mémoire des souvenirs qui ne seraient pas les tiens ? »

IwaKi a un coup au cœur. Elle tarde une seconde à répondre. Elle ne montre pas son trouble dû au prénom que vient d'utiliser son compagon, elle se ressaisit.

« Que veux-tu dire ? reprend-elle enfin.

– As-tu des souvenirs qui sont des souvenirs à moi et pas à toi ? »

IwaKi ne dit rien. Imperceptiblement, elle a frémi. Jusqu'à présent, passionnée par cette vie nouvelle qui concrétise tous ses rêves, elle se refusait à imaginer qu'un autre changement de personnalité pourrait apparaître chez cet homme dont elle est amoureuse. Elle hésite à répondre, Ta'aroa insiste.

« Réponds-moi, as-tu dans ta tête des souvenirs qui sont des souvenirs à moi et pas à toi ?

– Mes souvenirs sont toujours à moi, je ne comprends pas ce que tu veux dire. »

La grande pirogue

Bien avant dans le temps et si loin dans l'espace, sur le plus grand Océan de la Terre, ils sont toujours sur leur pirogue, la première de toutes.

Soudain, les voiles frissonnent et s'animent. Elles se creusent légèrement.

Tama et Ono tournent la tête vers les hauteurs et observent les courbes que prennent les voiles. Ta'aroa dit :

« Les dieux pensent à nous. Le vent revient. Laissez aller les cordages et laissez courir le vaisseau avant de tirer juste ce qu'il faut pour garder les voiles bien creuses ! »

Un clapot se lève, mais le navire prend quand même de la vitesse et les carènes se remettent à chanter joyeusement.

Dans la nuit noire, le *Toa Marama* reprend la route vers l'est Tc Hitia-o-tc-Rä, et c'est à ce moment que Ta'aroa s'adresse à Mata-Rau :

« Où est le grand prêtre ?

– Je ne l'ai pas vu », répond l'ancien.

Comment se fait-il qu'il ne soit pas avec nous, se demande alors Ta'aroa.

Puis, immédiatement pris d'un doute terrible, il lance un ordre avec force pour que tout le navire entende :

« Ono, Tama, faites relâcher totalement les cordages. Mata'iti, pousse la barre vers le vent ! Vite, vite !

– Que se passe-t-il, père ?

– Qui a vu Tumatarii ? Qui l'a vu ? Cherchez-le tous ! Allez, dépêchez-vous ! Cherchez-le tous ! Cherchez-le tous !

– Père, tu ne penses pas…

– Je ne pense pas, j'agis ! Cherche-le, toi aussi ! »

Le *Toa Marama* s'est mis dans le lit du vent. Il bouchonne en dérivant légèrement et tout le peuple du vaisseau s'agite.

Bientôt, il faut se rendre à l'évidence. Le grand prêtre n'est plus à bord.

« Mata-Rau, penses-tu que nous nous sommes très éloignés de l'endroit où nous étions quand nous avons entendu les cris ? demande Ta'aroa.

– Non, je ne crois pas. Nous étions stoppés. Le vaisseau s'est déplacé dans le vent, maintenant on dérive et… »

Ta'aroa n'attend pas la suite.

« Tama, Ono, Faarii et Mata'iti, plongez autour des coques en vous assurant avec des cordes. Mata-Rau, surveille la manœuvre ! »

Très vite, l'environnement marin immédiat du navire est inspecté. Mais la nuit sans lune et le clapot qui prend de l'importance ne permettent pas d'observer l'océan sur une grande distance. Ono plonge sous les carènes, Tama s'éloigne imprudemment, Faarii descend dans l'obscurité des profondeurs, Mata'iti cherche un signe, mais le temps dévore l'espoir. Et cet espoir sombre définitivement quand percent les premières lumières de l'aube. L'évidence apparaît froide et monstrueuse. Quand *mahana* ose substituer la puissance de ses rayons à l'absence de Tumatarii, ce sont des flèches de désespoir qui transpercent les cœurs, car dans la lumière du jour aucun signe ne se montre sur la vaste étendue océane qui se dévoile lentement.

Apataki

L'agitation qui règne à bord du *Toa Marama Iti* n'a pas échappé à Alpha. Étonnée par la folie subite qui s'est emparée du petit peuple, elle examine plus attentivement les uns et les autres, tous regroupés sur un bord du vaisseau. Le grand guerrier, comme ses compagnons immédiats, est accablé, l'homme des esprits et l'ancien sont pensifs, les jeunes effrayés, les femmes et les enfants dispersés çà et là. On jurerait qu'ils se sont tous levés, hypnotisés par les couleurs du jour naissant sur la mer.

Cependant, l'un d'eux, qu'elle connaît particulièrement et qui pour elle a une grande importance, est apparu subitement de l'autre côté. D'où arrive-t-il ? Se pourrait-il en fait qu'il vienne de sortir de l'eau ? Elle a un coup au cœur en pensant qu'il était peut-être tombé par-dessus bord. Pour le moment, il se tient immobile, on le dirait en train de reprendre son souffle. Mais pourquoi ne manifeste-t-il pas sa présence ? Il ne veut pas être aperçu, il se cache, c'est ça ? Mais pourquoi ?

Elle fait un effort pour quitter la pirogue des yeux et laisser le temps s'écouler, puis après quelques instants elle revient à son observation. Elle regarde de nouveau les autres. Ils sont toujours rassemblés sur l'un des côtés du navire, à contempler l'océan. Elle revient à celui dont le comportement l'intrigue. Il s'est maintenant dirigé vers l'arrière du navire. Mais, alors qu'il est sur le point de pénétrer dans le *fare* de Ta'aroa, elle note qu'un homme s'est détaché du groupe et risque de le voir. Elle est épouvantée. Elle se penche rapidement et fait ce qu'elle s'était juré de ne plus recommencer. Elle attrape l'indésirable et le replace parmi les autres. Il n'a pas eu le temps d'apercevoir celui qui a subrepticement disparu dans le *fare* sacré.

C'est le propre des dieux d'avoir des desseins qui demeurent incompréhensibles. Et si les dieux aussi s'interrogeaient parfois sur les comportements si souvent incohérents des humains ?

Ainsi Alpha, sans le savoir, vient de me sauver la vie.

LIe siècle, Polynesia

AngKor marche le long de la plage, tel Ta'aroa. Il observe le ciel et reste pensif. Puis, il s'approche de l'endroit où le récif rejoint le sable. Là, le corail est découpé comme si la houle du large l'avait martelé depuis des siècles. Il se penche et, dans une excavation secrète connue de lui seul, place une minuscule figurine faite de plumes rouges et jaunes. Puis, il interroge à haute voix la source de myriades fertiles, Rua-hatu-tini-rau, l'un des dieux des pêcheurs :

« Ruahatu, fais que le vent soit là, mais calme et régulier. Fais que la mer soit belle et que les oiseaux blancs tournent en rond au-dessus des thons. Et, surtout, fais en sorte qu'ils viennent mordre ma ligne ! »

Il contemple de nouveau l'horizon, puis revient sur la plage. Il sait que la nuit sera propice à la pêche. Il rejoint Tama et Ono qui préparent déjà le matériel. Il se baisse pour ramasser une belle porcelaine sur laquelle il a failli marcher et, quand il la prend dans sa main, voit que le coquillage est constellé d'une infinité de points blancs. Ce sont de jolis soleils en réduction. Ils se détachent avec élégance sur un fond brun aux reflets bleu nuit. Tous ces petits points blancs dans leur environnement marron et indigo sont comme le superbe requin gris argenté qui règne en maître sur les *ta'urua*. Il tourne et retourne l'objet entre le pouce et l'index. Il le porte à hauteur de ses yeux et fait miroiter sa surface lisse dans la belle lumière du jour. Puis il lève le bras et, sans savoir pourquoi, ce mouvement lui rappelle quelque chose de très éloigné. Il masque le disque de *mahana* avec le coquillage. Il s'immobilise. Il cherche quelque chose dans sa mémoire. Il se voit portant un magnifique tableau de coquillages au-dessus de sa tête. C'est l'Image Sacrée, bien sûr. Avec elle, il trouvera une terre pour son peuple, son *fenua*. Mais le temps marque le pas et d'autres scènes défilent dans sa mémoire. Tout à coup, il voit un grand guerrier et une femme brune. C'est lui avec sa déesse, évidemment, mais il revoit une autre scène, une scène où son visage semble appartenir à un autre homme. Comment est-ce possible ? Un homme à qui il dit :

« Qui es-tu et d'où viens-tu ? »

Et cet homme répond :

« Je suis AngKor et je viens des Nuages du Cygne. »

Comment peut-il garder le souvenir de son visage penché sur son propre visage ? Cet homme, est-ce lui ? C'est impossible ! On ne peut se voir que dans la surface immobile du lagon. Et pourquoi prononce-t-il ce prénom étrange, AngKor ? Il ne connaît personne de ce nom.

Quand il aperçoit sa déesse portant des *tiare* qu'elle vient de cueillir, il s'approche d'elle et l'apostrophe :

« Sais-tu qui est AngKor ? »

À ces mots, IwaKi vacille et laisse tomber son bouquet. Elle baisse les yeux mais ne ramasse pas les fleurs qui restent à terre, cristallisées dans un désordre ordinaire. Il les recueille naturellement et les place dans les bras d'IwaKi. Mais elle demeure là sans rien dire en oubliant l'existence de son bouquet et en le regardant d'un air absent. Trois fleurs retombent sur le sable. Il lui prend le bras et répète avec douceur :

« Ma déesse, qu'est-ce qui t'arrive ? Je te demande simplement qui est AngKor ? Connais-tu AngKor ? »

IwaKi ne dit rien. Elle a le regard tourné vers l'immensité tranquille du lagon. Des larmes glissent sur ses joues. Elle se dégage et s'éloigne sans rien dire. Quelques fleurs de *tiare* restent abandonnées sur le sable.

Ta'aroa demeure là, en se disant que les femmes sont comme les *ta'urua*, belles, lumineuses et incompréhensibles.

« Il m'a demandé qui était AngKor.

– QU'AVEZ-VOUS RÉPONDU ?

– Rien. Je n'ai rien répondu.

– VOUS AVEZ BIEN FAIT. POUR LE MOMENT, NE DITES RIEN. S'IL DOIT RETROUVER QUI IL EST, SEUL LUI PEUT LE FAIRE. IL NE FAUT PAS L'AIDER, SURTOUT PAS, NI LE GÊNER DANS CETTE RECHERCHE. LAISSEZ FAIRE.

– Que va-t-il se passer s'il retrouve sa conscience et son identité ?

– IL VOUDRA REVENIR SUR SON VAISSEAU, PROBABLEMENT.

– Mais que ferez-vous avec son peuple qui compte sur lui ?

– VOUS VOULEZ VRAIMENT LE SAVOIR ?

– Oui, je veux savoir ce que deviendra son peuple !

– VOUS NE L'IMAGINEZ PAS ? VOUS ÊTES CERTAINE ? RÉFLÉCHISSEZ BIEN !

– Vous voulez dire que vous avez déjà un double en réserve ?

– C'EST EXACT.

– C'est très dur pour moi, vous pouvez comprendre ça ?

– OUI, JE PEUX COMPRENDRE. CE QUE JE NE COMPRENDS PAS, C'EST POURQUOI VOUS, LES HUMAINS, VOUS POUVEZ PASSER PAR LE RHET ET PAS NOUS ! À PART ÇA...

– À part ça ?

– À PART ÇA, IL N'Y A PAS DE DIFFÉRENCE.
– Alors, jurez-moi une chose.
– J'APPRÉCIE QUE VOUS ME PARLIEZ COMME À UN HUMAIN. QUE VOULEZ-VOUS QUE JE VOUS JURE ?
– Ne me mettez jamais en présence de son double, jurez-le !
– JE VOUS LE JURE. »

61
Aveux

« VanadZo, vous êtes maintenant avec trois associés engagé dans un extraordinaire projet d'EVA Création totale, pouvez-vous nous dire où nous en sommes ?

– AngKor et IwaKi ont pris le RHET pour entrer en possession du vaisseau-monde *Polynesia.* IwaKi revient de temps en temps sur les Nuages du Taureau et joue le rôle d'un Acom. Elle nous tient donc au courant de la montée en puissance de ce vaisseau.

– Ce sont les premiers humains à être passés sur lui. Pourquoi eux seuls ?

– En accord avec la Confédération, il a été décidé de protéger au maximum les données détenues par AngKor. C'est la première fois que la totalité d'un vaisseau-monde est utilisée pour un projet EVA, ce qui en fait réellement un EVA Création totale. Aucune information autre que celles transportées par AngKor ne doit venir perturber le mécanisme de l'empreinte.

– Cependant, AngKor n'est pas seul pour cette empreinte, puisque IwaKi l'accompagne.

– C'est exact. Mais AngKor voit dans IwaKi un personnage particulier, une espèce de déesse des temps anciens en quelque sorte. À cette époque, celle de *Polynesia,* IwaKi fait partie des dieux. Et justement, elle joue à côté d'AngKor le rôle d'un catalyseur, d'un révélateur qui lui permet de décharger plus facilement sa mémoire terriblement éprouvée. Avec IwaKi, AngKor canalise la reconfiguration de sa mémoire dans un contexte essentiellement mythique, magique même.

– Quand la période de l'empreinte sera-t-elle terminée ? Et donc, quand pourra-t-on aller sur le vaisseau pour le visiter ?

– Bientôt.

– VanadZo, tout le monde se pose une question essentielle.

– Je vous écoute.

– Quand le projet EVA Création totale entrera dans sa phase d'exploitation, qui sera autorisé à prendre le RHET ? Plus précisément, allez-vous effectuer un contrôle sur les passages ?

– Vous savez que la Confédération l'interdit. Tout vaisseau doit être ouvert à tous. Cependant, nous allons vers une situation inédite. La Confédération a envisagé une période d'observation, au cours de laquelle un contrôle des passages sera effectivement nécessaire.

– Vous pouvez nous préciser les raisons de cette période d'observation ?

– Le contexte du vaisseau *Polynesia* est unique. Les premiers iH qui vont arriver là-bas, les polynautes, trouveront sur place un monde océanien reconstitué à l'identique de ce qu'il était il y a près de six mille ans. Il n'existe aucune technologie au service des humains dans le vaisseau-monde. Ce dernier est bien sûr sous le contrôle direct du vaisseau-machine, lequel ne comporte que des iA. Le vaisseau-monde apparaît donc comme une enclave où l'on trouvera indifféremment le paradis ou l'enfer.

– Pourquoi le paradis ?

– Ce que l'on sait déjà, c'est qu'il s'agit essentiellement d'îles perdues dans un vaste océan. Ces îles, possédant une flore et une faune abondantes, peuvent apparaître comme idylliques. On peut probablement y trouver une certaine douceur de vivre, comme disent les documents que nous avons sur cette époque et qui ont quand même plus de trois mille ans ! Ces documents évoquent aussi une certaine utopie insulaire.

– Et pourquoi l'enfer ?

– Réfléchissez. Les polynautes qui iront sur *Polynesia* devront être conscients qu'ils y vont à leurs risques et périls. Aucune sécurité, quelle qu'elle soit, ne sera assurée. Par exemple là-bas, il n'y a pas d'Asi, pas de réseau Acom, le climat n'est pas contrôlé, il n'y a aucun service, pas de centre d'hébergement, pas de centre de santé, aucun transport. Là-bas, aucun moyen pour faire face à un accident imprévu. Le peuple qui a été reconstitué est fier et accueillant, mais des situations de troubles tribaux, avec violence extrême, sont toujours possibles et font même partie de la reconstitution. Sans compter, essentiellement en mer, la présence d'une faune qui peut être dangereuse, voire mortelle. De plus, les seuls moyens de transport sont des pirogues soumises aux contraintes du vent, de la mer, de la houle et des courants. Les risques de noyade ne doivent pas être négligés. Ils sont extrêmement présents pour des apprentis polynautes.

– Je note que vous avez mis plus de temps à nous décrire l'enfer que le paradis !

– C'est exact, mais il s'agit bien d'un projet d'EVA Création totale, et le terme méritait d'être explicité. Il faut noter que tous les polynautes feront en fait un voyage dans un lointain passé, un retour en arrière de six mille ans, à une époque où les hommes étaient très près de la nature, à une époque où ils fréquentaient les dieux. D'ailleurs, sur *Polynesia*, les divins sont omniprésents et peuvent parfois interagir avec les humains.

– Et, malgré ces nombreux dangers, vous avez des candidats pour tenter l'expérience ?

– Je vous rassure, nous refusons du monde et la liste d'attente est déjà phénoménale. Mais permettez-moi de vous donner une information complémentaire.

– Je vous en prie.

– Il faut voir *Polynesia* comme un monde merveilleux. Pour le pénétrer avec bonheur, il faut un minimum de sécurité, il est indispensable de se préparer. D'abord, il y a l'obstacle de la langue. Sur *Polynesia*, on parle une langue très ancienne, le *reo mä'ohi*.

– Je suppose que l'obstacle n'est pas là !

– Non, c'est vrai ! Encore faut-il que les futurs polynautes acceptent que l'on reconfigure leur mémoire pour qu'ils parlent cette langue comme une langue maternelle. Il y a d'autres contraintes plus délicates. Nous conseillons fortement aux candidats de faire une préparation en trois étapes. Une excellente condition physique est indispensable. Il est essentiel de savoir bien nager. Entendez : nager nu. Sans aucun instrument ou aide que ce soit. Ensuite, indépendamment de la langue, les polynautes doivent acquérir certaines connaissances sur le pays lui-même, sur la faune et la flore. Mais aussi comment entrer en contact avec les Polynésiens, comment percevoir la force et la beauté de leur culture. Il est conseillé également de savoir bien chanter. Enfin, troisièmement, il faut s'attendre à un choc culturel, et là réside sans doute le secret de la réussite du passage.

– Que voulez-vous dire ?

– C'est un monde totalement différent de celui des vaisseaux, un monde où la nature et les dieux remplacent les hypertechnologies avancées. Un monde où le sourire et la parole donnée ont une valeur sacrée. Un monde où l'on parle aussi avec les yeux ou avec des fleurs et des chansons. Un monde où celui qui arrive se devra de tenter ce que nous n'avons pas fait depuis des siècles : acquérir une autre culture. Là réside le vrai défi du polynaute. »

La grande pirogue

Le *Toa Marama* a repris sa route en laissant les *ta'urua* derrière lui. Maintenant, *mahana* inonde le pont d'une violente lumière qui ne permet pourtant à personne de retrouver le sourire, car le grand prêtre a disparu.

Ta'aroa ne voit pas qu'à l'avant du vaisseau les étraves montent et descendent en chantant et en sifflant dans la houle. Il ne voit pas que les deux grandes voiles épousent le vent avec bonheur.

Il n'a plus que son intuition pour guider le navire vers un *fenua* qui tarde à se découvrir, et désespère d'y arriver un jour. Le temps qui passe et l'Image Sacrée qui demeure énigmatique lui donnent l'impression que *moana* est bien plus immense que tout ce qu'il avait imaginé. Le grand prêtre est mort la nuit dernière et son absence est lourde. À celle-ci s'en ajoute une autre qui l'afflige encore plus. Elle ne vient plus près de lui quand la lune monte sur l'horizon. Elle ne pose plus sa main douce et chaude sur son épaule. Elle ne regarde plus avec lui l'endroit où le ciel rejoint la mer et ses nuits sont sans amour et sans joie.

Le *Toa Marama* chante seul dans l'écume qui l'entoure et son petit peuple est engourdi, plongé dans une léthargie envahissante. Ta'aroa revient vers son *fare*.

Il croise Hina qui tente de lui faire un sourire. Près du foyer central, il aperçoit Orama dont le regard exprime toujours de la détresse depuis la disparition de son compagnon. Quand il passe devant Mata'iti, immobile à la barre, les yeux rivés sur l'infini de la mer, il demande :

« Mata'iti, tout va bien ?

– Le bateau chante mais mon cœur est sans joie.

– Je sais. C'est ainsi. Je vais me reposer. »

Sur l'arrière, en silence et sans entrain, Manu, Faarii et Te'ura remontent leurs lignes. Il pénètre dans son *fare*.

Le matin, Tama, étonné de ne pas voir son père, s'approche du *fare* arrière et, sans entrer, demande :

« Père, tu es là ? Tu as dormi toute la nuit ! »

Tama a entendu un léger bruit. Un instant, il jurerait que son père n'est pas seul. Il demande de nouveau :

« Tu es bien là, père ? »

Ce dernier ne répond pas immédiatement, mais finit par dire distinctement :

« Oui, oui. Je suis là. » Puis, comme s'il s'adressait à quelqu'un d'autre, il ajoute dans un murmure :

« Ne t'inquiète pas, tout va bien. »

Enfin, il déclare cette fois avec énergie :

« Je vais venir ! »

Tama, surpris par les changements de voix de son père, insiste :

« Père, tu vas bien ?

– Mais oui, mais oui. Laisse-moi maintenant, j'arrive ! » dit Ta'aroa sur un ton d'agacement. Tama revient alors vers l'avant, l'air préoccupé. Il croise Mata-Rau et Ono. Ce dernier se renseigne :

« Ta'aroa est malade ?

– Non, il se repose encore.

– Ce n'est pas dans ses habitudes, intervient Mata-Rau.

– Il m'a répondu bizarrement, ajoute Tama. Comme s'il parlait avec une autre personne.

– Tu sais bien que ton père n'est jamais seul, affirme Ono.

– Que veux-tu dire ?

– Que les dieux sont toujours avec lui. Il les questionne de temps en temps.

– C'est vrai, Tama, tu le sais bien ! » renchérit Mata-Rau.

Quelques instants plus tard, Ta'aroa les rejoint. Il a le regard absent de celui qui est complètement ailleurs, ou qui a mal dormi. Il ne regarde ni son fils ni ses compagnons. Les yeux posés sur l'immensité des cieux, comme s'il devait parler au divin, il déclare soudain :

« J'ai bien réfléchi toute la nuit. Les dieux nous délaissent et je ne vois toujours pas notre *fenua*, ni des signes de sa présence.

– Tu es impatient, ô Ta'aroa, le coupe Mata-Rau. *Moana* est encore plus grand que je ne le croyais et tu ne dois pas désespérer, sinon ton peuple mourra.

– Oui, Mata-Rau, tes paroles sont toujours celles d'un sage, cependant laisse-moi parler et ne m'interromps plus. »

Mata-Rau frémit légèrement. Il baisse les yeux pour faire acte de soumission. Mais Ta'aroa ne le regarde pas. Ils attendent tous la suite qui tarde à venir. Cette fois, Ta'aroa s'est tourné vers le large et proclame soudain avec emphase :

« Dans l'écume de l'océan, dans ses palpitations profondes et ténébreuses, dans le royaume des morts, Tumatarii, le grand prêtre du *Toa Marama,* s'en est allé. » Il appuie ses paroles d'un geste ample comme s'il voulait contenir la totalité de l'univers. Puis il continue :

« Pour que Tumatarii trouve dans sa nouvelle demeure une plénitude éternelle… »

Là, il marque un temps d'arrêt et se retourne avec une grande dignité, mais il regarde toujours le ciel comme si, en ce moment même, les dieux lui dictaient un message.

« … nous devons grandement honorer son départ et demander aux dieux de l'accueillir comme il se doit et avec les honneurs dus à son rang. C'est ainsi. »

Personne ne dit mot. Dans les moments où Ta'aroa s'exprime avec gravité, chacun sait que l'interrompre pourrait être une grande erreur.

Ta'aroa reprend :

« Mata-Rau, fais venir sur l'arrière, près de mon *fare*, tous les membres du conseil. »

Puis il s'éloigne sans avoir une seule fois regardé ses compagnons.

LIe siècle, Polynesia

Si loin dans le temps, cinq mille six cents ans plus tard, comme s'il croyait être sur l'ancienne Terre alors qu'il est à bord du jeune vaisseau-lumière, la réplique d'Ono, une iA, pousse la petite pirogue dans laquelle Tama, une autre iA, et Ta'aroa sont déjà montés. Le pêcheur hisse l'unique voile, pendant qu'Ono monte à bord entre la coque et le balancier. Avec sa rame, Tama dirige le *va'a* vers la passe et les courants sortants les tirent facilement vers le large. Dans la fin du jour, ils filent en travers du vent sur une légère houle et Ta'aroa ne perd pas de vue la bande des quatre, Tau-ha, la Croix du Sud. Tama prépare les hameçons et Ono se met à chanter comme à son habitude.

Les oiseaux sont là. Les lignes filent, mais les thons tardent à venir. Ta'aroa dit :

« Nous sommes trop près de l'île. Allons encore plus loin ! »

Et ils voguent encore et encore.

Soudain, la mer se creuse et le vent rugit. L'horizon semble barré par un mur de nuages. Tama s'écrie :

« Père, si nous pénétrons dans cette monstruosité, nous ne verrons plus notre île !

– Je sais ! Mais les thons sont là, je les sens ! »

Les vagues enflent démesurément, elles déferlent de plus en plus et menacent le bord. Elles grondent autour du frêle esquif comme une meute de démons. Le vent prend soudainement une telle ampleur que la voile doit être affalée sur-le-champ. La petite pirogue refuse d'avancer et Ta'aroa se retourne en criant à son fils :

« Vire, vire de bord et laisse courir ! »

Tama obéit avec soulagement et maintenant le *va'a* surfe sur des trains de houle qui le repoussent vers des lieux plus cléments. La mer se calme immédiatement. Le vent tombe. Le ciel se déchire et la lune déverse sur eux une insouciante clarté.

Ta'aroa s'est retourné. Il regarde cette terrifiante barre de nuages obscurs qu'ils ont laissée au loin derrière eux et qui marque toujours une frontière immobile.

Comment Ta'aroa pourrait-il savoir ce que savent les iA, Ono et Tama, que cette frontière immobile est celle du vaisseau-monde ? Au-delà, c'est le règne du néant, du vide et de l'espace interstellaire.

Brutalement, Ta'aroa porte ses mains à son visage. Des flashes de souvenirs anciens crépitent dans ses aires cérébrales qui se reconfigurent sur d'autres bases. Il retire ses mains. Il garde les yeux ouverts, mais c'est autre chose qu'il perçoit. Ce n'est plus l'océan mais une image étonnante. Celle d'une forme gigantesque, simple et d'une pure géométrie, dont l'emprise n'a rien de naturel ni de divin. L'image d'un cylindre noir élémentaire, d'une dimension impossible, inconcevable, roulant dans l'espace au bord d'un puits gravitationnel relativiste. Des mots sans signification apparente viennent se poser sur ses lèvres dans un troublant parfum de réminiscence et, soudain, il cache de nouveau ses yeux avec ses mains et se met à pleurer.

« Par Ruahatu, mon père, qu'as-tu ? »

Sans répondre, Ta'aroa montre l'océan devant leur étrave. Il dit :

« Regarde, mon fils, là est notre paysage marin, là-devant il existe, là-bas derrière… je ne sais plus… je ne sais plus… »

Ono ouvre des yeux étonnés et Tama lui conseille :

« Envoie donc la voile, devant il y a des oiseaux ! »

Puis, pendant qu'Ono s'exécute, Tama ajoute avec joie :

« Père, regarde, les thons sautent devant nous ! Les lignes, vite, mettons les lignes à l'eau ! »

Mais Ta'aroa ne répond pas. Il est couché sur le côté, endormi. Quand son fils le secoue, il ne bouge pas. Tama fait alors une chose inimaginable. Il cesse de jouer à Tama. Il ne fait plus rien. Il est devenu indifférent ainsi qu'Ono. L'enthousiasme du bord a disparu. Ta'aroa dort. Tama et Ono ne font plus rien de spécial. Ce ne sont que des iA en attente, elles se comportent comme telles. La mer devient d'huile, un vent volontairement favorable les pousse vers l'île dont l'unique sommet se détache nettement dans les reflets lunaires. La petite pirogue prend la passe, automatiquement guidée.

Quand Ta'aroa se réveille, il trouve IwaKi à côté de lui. Elle a mis sa main dans la sienne et ce simple geste est un doux réconfort.

« C'est moi, l'espoir de ton cœur. Comment es-tu, mon aimé ? murmure-t-elle.

– Je suis bien puisque tu es là.

– Repose-toi et ne dis rien.

– Ma déesse...

– Oui ?

– Sais-tu qui je suis ? »

IwaKi a marqué un imperceptible temps d'arrêt, elle se reprend aussitôt :

« Mais tu es Ta'aroa, le Porteur de l'Image Sacrée, Ta'aroa le pêcheur et le constructeur de pirogues ! Tu es mon maître et mon aimé.

– Oui, je sais cela, mais en es-tu si certaine ?

– Que veux-tu dire ?

– Je sais que je suis Ta'aroa. Seulement, par moments, je crois que je suis quelqu'un d'autre. Les dieux m'abandonneraient-ils ?

– Allons, repose-toi, ton fils et Ono sont repartis en mer en priant Ruahatu de leur donner quelques thons. Demain matin tu pourras admirer leur pêche. Tu peux être fier de tout ce que tu leur as appris !

– Oui, je comprends, c'est vrai, je leur ai appris tant de choses. Je leur ai vraiment appris tant de choses ! »

« Sa mémoire se déstructure et je ne sais pas s'il va retrouver sa conscience précédente.

– IWAKI, C'EST LE SIGNE QUE L'EMPREINTE DEVRA SE TERMINER. CE N'EST PAS UN SOUCI CAR L'OBJECTIF EST ATTEINT.

– Mais lui ! Vous pensez à lui ? Que devient-il ?

– PERSONNE NE PEUT LE DIRE. IL EST ENCORE TA'AROA ET PEUT LE RESTER. COMME IL PEUT AUSSI REDEVENIR ANGKOR... OU QUELQU'UN D'AUTRE...

– C'est effrayant !

– C'EST VRAI, ET JE CONÇOIS QUE CE NE SOIT PAS FACILE POUR VOUS. MAIS SI VOUS VOULEZ L'AIDER... NE FAITES RIEN.

– Mais s'il me dit qu'il est AngKor, que dois-je faire ?

– DITES-LUI QUE VOUS ÊTES D'ACCORD. LUI SEUL PEUT RESTRUCTURER SA MÉMOIRE. »

La grande pirogue

Les vagues du Pacifique s'estompent. Sur le vaisseau océanien, la quête obsédante de l'île a été momentanément interrompue.

Silence et recueillement.

Près du bordé, une planche a été disposée sur laquelle il repose. C'est un simulacre, tout le monde le sait, bien sûr, puisqu'il a disparu en mer. Mais les dieux seront sensibles au geste. La dépouille symbolique de Tumatarii, un assemblage de bois et de bourre de coco, est roulée dans un morceau de *tapa*. La plupart de ceux qui regardent finissent par se persuader que cette vague forme, qui fait penser à un *tüpäpa'u*, est bien le cadavre de Tumatarii, le grand prêtre du *Toa Marama*, déjà une fois sauvé des profondeurs océanes.

Ils sont tous là sans exception.

Voici Ta'aroa qui a revêtu un simple pagne de *tapa*. Sur sa poitrine s'étale un imposant pectoral composé de plumes, de poils d'animal, de nacre et de trois fois trois rangées de dents de requin. On peut admirer les nombreux tatouages sacrés qui témoignent de sa parenté divine. Il exhibe sa lance habituelle, une arme terrible dont l'extrémité en dents de scie a déjà tué. À sa ceinture sont fixées une courte hache de pierre parée de plumes rouges et jaunes et une conque marine de belle dimension, son *pü*.

Voici ensuite Tama et Ono avec des pagnes blancs, et autour du front un bandeau de *tapa* rehaussé d'un superbe coquillage irisé. Ils tiennent chacun un impressionnant casse-tête sculpté et forment près de Ta'aroa une garde rapprochée.

Voici maintenant le sorcier Horo'u suivi de Mata-Rau.

L'homme des démons et des esprits est enveloppé dans un *'ahu*, immense morceau de *tapa* posé comme une cape sur ses épaules et qu'il a noué sur sa poitrine. Le couvre-chef surélevé entouré de plumes uniformément noires, comme le collier d'os humains qu'il arbore, affirme le caractère magique et inquiétant de sa fonction.

Mata-Rau, l'ancien, est le chef de deuil. Cette responsabilité accordée par le maître du bord présagerait-elle son accès au rang de grand prêtre ? Sur lui, le costume cérémoniel de circonstance. Il a enfilé un *tiputa*, sorte de longue tunique sans manches en *tapa*, sur le devant duquel est attaché un tablier agrémenté de rondelles en coques de noix de coco. Sur sa poitrine, un grand pendentif formé de milliers de fines lamelles de nacres et sur son dos et ses bras une cape de plumes. Il s'avance masqué, le visage caché par deux valves d'huîtres nacrières séparées par une fente lui permettant la visibilité. Personne ne peut remarquer qu'il est très intrigué par l'Image Sacrée posée sur le pont, entre Ta'aroa et ce qui représente Tumatarii. Il se demande ce qu'elle peut bien faire là.

Juste derrière Horo'u et Mata-Rau se tient Temana. Il affiche avec distinction un plastron de coquillages blancs qui rappelle son rang élevé. De même, une conque attachée à sa ceinture pourrait signifier qu'il est également celui qui rassemble, ou qui le souhaite.

Enfin, voici Hina, avec son magnifique collier de porcelaines, et les représentantes des femmes, Te'ura et Maeva, puis toute une série de jeunes gens, comme Manu, Tahua, Hiroi, derrière lesquels, en arc de cercle, on peut voir aussi Orama, Mata'iti, Faarii, et enfin tous les autres.

Un peu à l'écart, Hiro, Tetohu, Reiri, Taauroa et Ariihau attendent patiemment devant une rangée de *to'ere* de différents diamètres, encadrée par des tambours imposants. Quand Ta'aroa lève sa lance, les *to'ere* se déchaînent. Dans un rythme dissonant et pourtant harmonieux, ils répandent dans l'espace marin la marque d'une culture ancestrale. Le *Toa Marama* est en panne. Les voiles ont été affalées. La mer, le vent, restent interloqués devant cette démonstration sonore et accordent au petit peuple un instant de répit.

Le temps passe-t-il quand rien ne passe si ce n'est les notes étranges et répétitives d'une mélodie d'un autre âge ?

Tous sont immobiles.

Seuls, attirés par la curiosité que provoquent les humains, de gros nuages noirs prennent position dans des cieux qui se troublent rapidement.

Face à la dépouille de Tumatarii, Ta'aroa abaisse sa lance et le silence s'établit. De son bras étendu, il fait un geste large pour englober la Terre et l'Océan. Il dit gravement :

« Tumatarii n'est plus. Dans les eaux sombres et mystérieuses de *moana,* il a disparu. Nous n'oublierons pas le grand prêtre qu'il était, ni la sagesse de son esprit éclairé. Nous n'oublierons pas qu'il a su comprendre l'incompréhensible. Nous n'oublierons pas, tous ici, ce que le peuple du *Toa Marama* lui doit, à lui qui a reçu le message des dieux, à lui qui a montré la route, à lui qui ne verra pas ce pour quoi nous sommes là, notre futur *fenua* ! »

Mata-Rau trouve le discours éloquent mais peut-être un peu exagéré. Quand Ta'aroa se baisse pour se saisir de l'Image Sacrée et qu'il reprend avec la même emphase, sous son masque de nacre Mata-Rau lève les sourcils, ne retenant que difficilement une grande surprise.

« Ô toi, Tumatarii, grand prêtre du *Toa Marama*, qui as montré la voie à mon peuple, contemple une dernière fois ce morceau de ciel qui est aussi un morceau de *moana.* »

Un cri de stupéfaction parcourt l'assistance. Tous sont épouvantés et restent médusés. Car tous ont vu distinctement le linceul bouger ! Brusquement, Tumatarii se relève. Et, dans ce mouvement surnaturel, le linceul de *tapa* glisse dévoilant une horreur sans nom. Le visage de Tumatarii est devenu une monstruosité couleur de cendre. Ses yeux ne sont plus que deux orbites mortes, sa bouche à l'affreux rictus est ouverte sur un abîme obscur. Sur son front, un animal visqueux semble se répandre et lui dévorer le crâne.

Aucun ne peut fuir cette apparition de peur que l'esprit malin qui se manifeste en ce moment ne les engloutisse dans des tourments qui n'auront pas de fin.

Mais le pire est encore à venir. La dépouille de Tumatarii lève un bras et, dès les premiers mots qu'elle prononce, la terreur est à son comble, car c'est la voix du grand prêtre :

« Écoutez tous pourquoi je suis mort ! »

Une onde d'effroi se répand sur l'assistance, telle une réplique sismique imprévue. Un mouvement de panique incontrôlée s'amorce. Cependant, à cet instant précis, Ta'aroa frappe le pont de sa lance avec une telle violence que personne ne fuit. Il se retourne et s'exclame avec une hargne terrifiante qui les cloue sur place plus sûrement que sa lance :

« Le premier qui bouge, je le tue ! » Et il reste à les dévisager tous, du plus important au plus effacé, pendant que de leurs yeux exorbités ils fixent le démon qui parle avec la voix de Tumatarii.

Mata-Rau se ressaisit. Il trouve étrange la réaction de Ta'aroa. Mais il n'a pas le temps d'y réfléchir car tout le monde peut entendre le cadavre du grand prêtre dire avec force, en montrant de son bras tendu le petit groupe où il se trouve lui-même, lui Mata-Rau, avec le sorcier, Tama et Ono ainsi que Temana :

« Toi, là, toi ! Oui, toi ! Tu es celui qui a volé l'Image Sacrée, tu es celui qui m'a tué, et le temps est venu où les monstres des profondeurs vont dévorer tes immondes entrailles ! »

De ces paroles naît une immense confusion. Tumatarii s'est défait de son linceul. Il marche maintenant, tel un esprit des ténèbres hésitant, vers l'assistance qui recule, et tout le monde entend alors Temana pousser des cris. Il tombe à genoux, pleure, bave, se relève, gesticule comme un démon, se retourne et se précipite vers le mât central. Il monte dans le gréement avec une force surhumaine. Avant que personne ait pu réagir, il est déjà en tête de mât, et tous l'écoutent réciter une terrible litanie :

« Je l'ai tué, je l'ai tué, il est mort, je l'ai tué, ce n'est pas lui, je l'ai tué, je l'ai tué, ce n'est pas lui, je l'ai tué, je l'ai tué, il est mort… »

L'esprit dérangé, il bat un instant l'air environnant avec l'une de ses mains comme si, après le sommet du mât, il pouvait encore avoir l'espoir de progresser vers les cieux. Mais il lâche prise et s'abat sur le pont avec un bruit sourd.

Ta'aroa se précipite. Il s'agenouille et soulève avec précaution la tête de son frère. Mata-Rau, Tama et Ono font cercle autour du mourant et l'on peut voir alors au milieu d'eux un Tumatarii bien vivant, tenant à la main un horrible masque de bois couvert de cendres, d'où pendent deux lanières de cuir de requin.

Tous sont très étonnés de le voir ainsi réapparaître, au beau milieu de la cérémonie des morts qui lui était destinée. Certains froncent les sourcils, d'autres, comme Mata-Rau, ont un sourire entendu, ils ont compris. Ta'aroa et le grand prêtre Tumatarii viennent de forcer le traître à se découvrir.

Ta'aroa demande à son frère :

« Pourquoi ?

– … Pour prendre ta place… toi, toujours toi, le Porteur de l'Image Sacrée, le Guerrier de la Lune, il n'y en a que pour toi… », répond Temana dans un souffle.

Ta'aroa regarde Mata-Rau, qui lève les sourcils. Il reprend :

« Et l'Image Sacrée ?

– … C'est moi. Je l'ai volée. J'ai poussé le grand prêtre dans le lagon, au moment de la tempête. C'est bien l'Image Sacrée, le don des dieux, c'est la vraie, l'unique, je t'ai trompé… Il n'y en a jamais eu qu'une… seulement… seulement…

– Seulement quoi ? » demande Ta'aroa.

– … Seu… le… ment… les… les… »

La tête de Temana bascule sur le côté tandis qu'un flot de sang jaillit de sa bouche dans un ignoble gargouillis.

Un silence sépulcral tombe sur le *Toa Marama*. Pendant un temps indéfinissable, plus aucun bruit ne brise l'espace. Le manteau sombre de la mort recouvre le monde. Soudain, un déchirement raye les cieux. Un éclair foudroie l'horizon et dévoile d'impossibles cavaliers noirs prêts à fondre sur le vaisseau. Ils se précipitent et un orage dantesque éclate. Des trombes d'eau s'abattent sur le *Toa Marama*. Le crépitement de la pluie a un effet salutaire. Par son rythme naturel, il remet les choses à leur place. Par l'emprise sonore qu'il développe sur le pont, les *fare*, les bordés, il ramène le petit peuple vers une saine réalité. Tous retrouvent des mouvements et des attitudes un moment oubliés. Les voilà reprenant vie, après l'incroyable scène qui vient de se dérouler. Ils profitent de la pluie pour refaire les réserves d'eau du bord.

Ils n'oublieront pas ce qui vient de se passer, mais, épreuve après épreuve, ils garderont tous dans leur mémoire le souvenir d'un jour qui marque d'un signe divin leur conquête du monde, comme une étape vers la découverte de leur *fenua*.

Dans les jours qui suivent, les conversations vont bon train sur l'histoire du grand prêtre et son aptitude à être sauvé des flots ! Les enfants eux-mêmes se posent bien des questions et Mata-Rau est toujours disposé à les écouter et à leur répondre.

« Alors Tumatarii n'était pas mort ? demande Mina.

– Non, Temana lui a jeté des cendres chaudes à la figure », dit Mata-Rau. Puis, il laisse la discussion se dérouler.

« Alors il était aveugle ? demande l'un des enfants.

– Oui, mais Ruahatu a pris pitié de lui et lui a lavé les yeux ! précise un autre.

– Mais comment est-il revenu sur la pirogue ?

– Il n'y avait pas de vent, ni de mer, quand il a été poussé par-dessus bord par le méchant Temana. Il n'y avait que la lune. La main d'une déesse l'a secouru pour faire le tour du vaisseau et, comme ils étaient tous d'un même côté à se demander qui avait crié, la main divine l'a encore aidé et il est remonté sur l'autre bord en se cachant !

– Mais pourquoi il a fait ça ? Il pouvait leur dire qu'il n'était pas mort !

– Tu oublies que, depuis des mois, il cherchait celui qui l'avait déjà poussé une première fois dans le lagon !

– Oui, je me souviens... Il y a eu beaucoup de morts... et même que Temana a fait croire à Ta'aroa que l'Image Sacrée avait été perdue à ce moment-là ! » rappelle Arii en regardant Mata-Rau qui acquiesce, mais les laisse continuer.

« Exactement ! Tu as raison, Arii.

– Mais pourquoi Tumatarii s'est-il déguisé en *tüpäpa'u* ?

– Quand il est remonté sur le *Toa Marama*, il a eu l'idée de proposer une mise en scène à Ta'aroa afin de forcer le traître à se découvrir. Il est allé voir Ta'aroa et il a dit... il a dit...

– Moi je sais, moi je sais ce qu'il a dit ! s'exclame Miri.

– Mais tu n'étais pas là ! intervient Tuehe.

– Je sais ce qu'il a dit ! » insiste Miri.

Mata-Rau la questionne :

« Ah oui ! Et alors qu'a-t-il dit ?

– Tumatarii a dit à Ta'aroa : “Voilà, le traître qui est à bord a encore tenté de me tuer en me poussant dans *moana*. Je me souviens bien du masque terrible qu'il portait, alors toi, Ta'aroa, tu vas faire une cérémonie pour moi, et je vais faire une telle peur à tout le monde avec un masque pareil que le traître, lui, il aura tellement plus peur que les autres que l'on verra qui c'est !”

– Exactement, Miri, tu es très forte, c'est exactement ça !

– Mais pourquoi Temana voulait-il tuer le grand prêtre ?

– Je sais, moi ! dit Manua.

– Alors, pourquoi ?

– Parce qu'il voulait prendre l'Image Sacrée.

– Oui, mais il y a autre chose.

– Moi, moi je sais ! Moi je sais pourquoi ! insiste de nouveau Miri.

– Décidément, encore toi, remarque Mata-Rau,… et alors pourquoi ?

– Temana voulait tuer son frère pour conduire le *Toa Marama* à sa place. Il voulait être le grand chef du *Toa Marama* ! Le seul !

LIe siècle, Polynesia

Sur *Polynesia*, AngKor, la copie conforme de Ta'aroa, a entrepris d'accélérer la construction du *Toa Marama*, enfin ce qu'il pense être le vrai *Toa Marama*.

Ruane, Aumata et leurs hommes, toutes des iA, mettent en place les longues planches des bordés qui seront assemblées avec des liens de fibre de coco. Rotui marque les emplacements réguliers qui devront être soigneusement percés avec une pointe de corail actionnée par une espèce de toupie et une cordelette enroulée. Pendant ce temps, Noho ajuste avec son herminette de pierre l'immense planche, longue de plusieurs hommes, qui donne à la carène sa forme définitive.

Plus loin, dans les hauteurs de la plage, des femmes et des enfants tressent de fines lamelles de pandanus pour confectionner des voiles et les anciens réalisent des cordelettes avec de la bourre de coco. Toutes ces cordelettes deviendront des cordes qui tiendront un jour fermement les deux mâts du *Toa Marama*. Ces deux mâts sont en construction un peu plus loin. Ils sont soigneusement préparés pour recevoir, quand ils seront érigés, de multiples cordages et renforts.

Ta'aroa attend avec impatience le jour où le *Toa Marama* sortira fièrement du lagon par la passe pour s'élancer sur la grande houle de *moana* vers le lever du soleil, Te Hitia-o-te-Rä.

« Il va y avoir un autre problème.

– LEQUEL ?

– AngKor… enfin Ta'aroa… est en train de reconstruire le *Toa Marama* !

– S'IL ARRIVE À FAIRE FONCTIONNER CETTE MACHINE, CE SERA UNE PREUVE SUPPLÉMENTAIRE DE LA QUALITÉ DES DONNÉES QU'IL DÉCHARGE.

– Vous n'avez rien compris ! Que croyez-vous qu'il va faire avec le *Toa Marama* ?

– NAVIGUER ! IL VA NAVIGUER, ÉVIDEMMENT !

– Ah oui ? Et pour aller où ?

– POUR ALLER OÙ ? MAIS SUR L'EAU, COMME TOUS LES BATEAUX À VOILES, NON ?

– Vous ne vous rendez pas compte que *Polynesia* n'est qu'un pauvre vaisseau-lumière ridicule avec un horizon bien limité ! Deux cent cinquante kilomètres au maximum, ce n'est rien pour ces engins ! Et le Pacifique, hein ? Vous savez ce qu'était le Pacifique ?

– LA MÊME CHOSE, NON ? UNE ÉTENDUE D'EAU.

– Vous n'avez pas conscience de ce qu'il représentait. Le vaisseau-monde de *Polynesia*, ce ne sont que deux cent cinquante kilomètres sur cent cinquante, vous vous rendez compte ! Le Pacifique couvrait la moitié de la Terre ! La moitié !

– OUI, BIEN SÛR.

– Avec le *Toa Marama*, vous comprenez maintenant ce qu'il veut faire ?

– NAVIGUER SUR LE PACIFIQUE ?

– Ce que veut Ta'aroa, c'est conquérir le monde ! Tout simplement ! C'est pour cela que le *Toa Marama* existe !

– IWAKI, VOYONS, LE PROJET EVA CRÉATION TOTALE *POLYNESIA* EST DÉJÀ UNE RÉUSSITE, C'EST FORMIDABLE DE POUVOIR NAVIGUER DANS CE VAISSEAU-MONDE. PENSEZ AUX PREMIERS POLYNAUTES QUI SONT ARRIVÉS !

– Qu'est-ce que vous venez de dire ?

– LES PREMIERS VOYAGEURS, LES POLYNAUTES, SONT DÉJÀ SUR *POLYNESIA*.

– Mais l'empreinte n'est pas terminée.

– SI, ELLE L'EST, *POLYNESIA* EST DEVENU AUTONOME ET VOUS N'IMAGINEZ PAS UNE CHOSE INCROYABLE !

– Laquelle ?

– LE VAISSEAU-MONDE *POLYNESIA* FONCTIONNE SANS L'AIDE DU VAISSEAU-MACHINE NI DES RÉPLICATEURS ! BIEN SÛR, CES DERNIERS CONTRÔLENT LES GRANDS SYSTÈMES RÉGULATEURS, ESSENTIELLEMENT L'OCÉAN, L'ATMOSPHÈRE ET LE CLIMAT, MAIS LA FAUNE ET LA FLORE RECRÉÉES GÉNÉTIQUEMENT SE REPRODUISENT D'ELLES-MÊMES. QUANT AU PETIT PEUPLE DES IA, ILS N'ONT BESOIN DE RIEN DE PLUS QUE CE QU'ILS ONT ! C'EST FABULEUX VOUS COMPRENEZ ! ILS VIVENT AVEC RIEN.

– Peut-être, mais ils vivent aussi avec une chose qu'il va être de plus en plus difficile de leur donner.

– NOUS POUVONS TOUT LEUR APPORTER, LA CONFÉDÉRATION PEUT TOUT FAIRE, TOUT, VRAIMENT TOUT !

– Le croyez-vous réellement ?

– BIEN SÛR ! DITES-MOI UN PEU CE QUE NOUS NE POUVONS PAS LEUR APPORTER ?

– L'espoir ! Tout simplement l'espoir.

– QUE VOULEZ-VOUS DIRE, IWAKI ?

– L'espoir de mettre devant les deux étraves du *Toa Marama* le plus grand Océan de la Terre, l'espoir de conquérir le Pacifique ! »

62

Premiers polynautes

Sous les anciennes étoiles de l'ancien Pacifique, l'odyssée a repris vers le soleil levant. Le vaisseau taille sa route éternelle et Ta'aroa est toujours troublé par la traîtrise de son frère.

« Répète-nous ce que tu viens de dire, me prie Ta'aroa.

– Ton frère voulait prendre ta place. Il est certain qu'au moment où les grandes pirogues étaient en construction il espérait s'approprier l'Image Sacrée pour, grâce à elle, devenir le chef de l'une d'entre elles. Quand après la tempête le *Toa Marama* s'est retrouvé seul, ton frère a décidé que non seulement il lui fallait cette Image, mais qu'il lui fallait aussi prendre ta place. À ce moment, je devais, moi le grand prêtre, être éliminé pour diminuer ton influence sur le peuple.

– Et quel rapport avec Manu ? demande Ta'aroa.

– Les lanières de cuir ! Je ne sais pas encore pourquoi, mais elles interviennent quelque part entre ton frère et Manu. Il est possible que celui-ci ait été témoin d'un fait qu'il ne devait pas connaître, ton frère a dû le menacer. Mais il y a autre chose…

– Que veux-tu dirc ?

– N'est-ce pas ton frère qui a fait graver les signes qui courent le long des deux coques du *Toa Marama* ? »

Le sorcier sort alors de son mutisme habituel :

« C'est moi, Horo'u. J'ai dit à Temana : “Tu fais une tortue et un requin, puis un *täne* et un *mahimahi*, et ainsi de suite…”

– Oui, tu lui as dit de les dessiner, mais est-ce toi qui les as, dans le bois, gravés de tes mains ? »

Le sorcier lève vers moi ses yeux fixes, une absence de profondeur, un vide dans le regard. Je pense que cet homme a tout pour communiquer avec le surnaturel. Il me déclare :

« Je suis la tête qui pense et tourne les esprits, pas la main qui agit. »

Le silence se fait. Puis Ta'aroa ordonne :

« Ono, va chercher Manu que je l'interroge de nouveau. »

J'ose intervenir :

« Ô Ta'aroa, pense que Manu est encore jeune. Es-tu certain que la petite huître qui tombe dans le trou de la grande murène s'ouvre si facilement ? »

Ta'aroa me regarde, il a un léger sourire et glisse :

« Tiens, on croirait entendre l'ancien prêtre. Tu as une autre idée, évidemment ! Parle !

– Manu détient, peut-être sans le savoir, un élément clé qui devrait nous permettre de comprendre pourquoi ton frère a dit "seulement" au sujet de l'Image.

– Cela aurait un rapport avec les signes des coques ?

– Sans doute, parce que c'est évidemment ton frère qui menaçait Manu. D'ailleurs, souvenez-vous, il a tout fait pour qu'on le condamne. Ensuite parce que, je le répète, c'est Manu qui m'a dit de regarder les carènes.

– Il aurait pu te dire ça comme ça, avance Tama.

– Pas avec le ton de conspirateur qu'il a employé, dis-je.

– Revenons à ta proposition, suggère Ta'aroa. Tu veux voir Manu seul ? C'est ça ?

– Oui, si tu veux bien.

– Donc, c'est moi la murène ? »

Je ne réponds rien mais vois bien que Ta'aroa est d'accord.

LIe siècle, Polynesia

Dans le Rift de l'Aigle, un géant métallique de cinq cents kilomètres de long termine l'empreinte de *Polynesia*.

Dans le vaisseau-monde reconfiguré, Ta'aroa est occupé avec la réplique iA de Mata-Rau qui lui montre comment les bras de liaison des deux coques peuvent être modifiés pour faciliter la pose du pont. C'est alors qu'ils aperçoivent Faarii et Tuehe qui arrivent de la passe en courant le long de la plage. Ils sont suivis par une petite troupe d'enfants qui crient et rient à la fois. Ils sont encore trop loin pour que l'on perçoive ce qu'ils disent.

Au fur et à mesure que Faarii et Tuehe se rapprochent, Ta'aroa et Mata-Rau saisissent qu'il est question d'une pirogue, mais leur étonnement est à son comble quand ils comprennent qu'il ne s'agit pas d'une pirogue de leur île !

Tuehe à bout de souffle déclare :

« Ta'aroa… devant la passe… une petite pirogue à une voile. Elle n'est pas du *fenua* ! »

Aussitôt, Ta'aroa s'écrie :

« Mata-Rau, va prévenir mon fils et Ono, ainsi que Tumatarii, et rejoignez-nous au plus vite au bord de la passe. »

Cela dit, Ta'aroa s'élance, suivi par la meute des enfants et par Faarii et Tuehe qui traînent un peu en arrière.

Quand Ta'aroa arrive au bout du *motu*, là où l'on aperçoit le grand large, il voit distinctement une petite voile qui monte et descend dans la houle. Il murmure :

« Plus à l'ouest, plus à l'ouest ! »

Faarii est arrivé à sa hauteur, il répète :

« Ils ne sont pas dans le passage, ils sont trop à l'est.

– Oui, les courants sont entrants à cette heure et, là où ils sont, ils risquent d'être emportés sur la barrière !

– Ils sont trop loin, on ne peut rien faire ! »

Ono et Tama arrivent à côté d'eux. Ta'aroa dit rapidement :

« Ono, retourne au village et rapporte-nous du feu dans un coco, fais vite ! »

Ono est déjà reparti. Rapide comme il est à la course, il aura tôt fait de remplir cette mission. Ta'aroa ajoute :

« Tama, Faarii, les enfants, faites-moi ici, et près du pandanus là-bas, deux tas de brindilles bien sèches ! Allez, dépêchez-vous ! »

Pendant que tous s'activent, il ne perd pas des yeux la progression de la pirogue.

Il aperçoit Ono qui revient déjà le long de la plage à une vitesse folle. Un instant plus tard il est là, soufflant comme une baleine, mais avec un coco rempli de braises rouges. Immédiatement, Ta'aroa enflamme le premier tas de brindilles qui est à ses pieds, puis se précipite pour faire de même avec celui qui est près de la cocoteraie. Aussitôt, il crie :

« Les enfants, veillez à ce que les deux feux soient forts et ne s'éteignent pas ! »

Puis, il se met dans l'alignement qu'il vient de réaliser et dit à Mata-Rau qui saisit son plan :

« Espérons qu'ils se dirigent vers l'ouest, ainsi ils seront mieux placés. Regarde bien avec moi ce qu'ils font. S'ils comprennent le message, ils vont chercher l'alignement et tenter de le conserver. Dès qu'ils l'atteindront, ils seront dans l'axe de la passe. Là, il faudra immédiatement éteindre les deux feux. Tu es d'accord ?

– Oui, tu as raison, mais je ne suis pas sûr de bien voir à quel moment il faudra les éteindre.

– Bon, Ono, Tama, venez m'aider ! Regardez bien où est la pirogue ! Quand elle sera exactement dans l'axe de la passe, criez très fort. Tama, tiens-toi là-bas près du corail. Ono, monte donc un peu dans l'un des cocotiers de l'autre côté ! Mata-Rau, va avec quelques enfants près de l'autre feu, moi je m'occupe de celui-là. Quand je vous préviens, vous l'étouffez aussitôt.

– C'est d'accord », acquiesce Mata-Rau.

Dans le soir qui tombe, les deux feux sont nécessairement vus de la pirogue. D'ailleurs, celle-ci a changé de cap et l'angle qu'elle fait avec l'alignement se réduit.

« Ils ont compris », murmure Ta'aroa.

Quelques minutes plus tard, Ono se met à crier du haut de son cocotier et Tama fait de même une seconde après. Ta'aroa lance un ordre :

« On éteint tout ! Maintenant, vite ! »

Aussitôt, les deux feux sont étouffés. Ils dégagent encore de la fumée, mais le sable jeté sur eux a fait disparaître les flammes.

« Ono, les vois-tu ?

– Oui, oui, ils sont dans le passage ! »

Un peu plus tard, dans la pénombre de la nuit naissante, ils admirent tous, le cœur battant, la lente progression d'une pirogue dont la voile a été affalée. Ils comptent six rameurs, pas plus, qui progressent avec assurance en direction du lagon qui s'ouvre à eux.

La petite troupe revient vers l'intérieur en suivant le bord de la plage. D'autres habitants de l'île les rejoignent et bientôt tout le village est là, une centaine d'iA, hommes, femmes et enfants, autour d'un grand feu. Ils chantent tous et les *to'ere* retentissent. Orama et Tepoe ont préparé des couronnes de fleurs de *tiare* et d'hibiscus. Maeva tient dans ses bras une vaste coupe en bois pleine de mangues, de papayes et de bananes. On a ouvert aussi des cocos en prenant soin d'en conserver l'eau.

Tout est prêt pour recevoir les frères d'une île lointaine.

IwaKi est venue se placer près de Ta'aroa. Comme à son habitude, elle a posé une main sur son épaule et se serre contre lui. Ta'aroa est heureux. Il ne voit pas qu'IwaKi pleure. Elle ne peut s'empêcher de penser que, jusqu'à présent, ils étaient tous les deux les seuls iH de *Polynesia*. Désormais, ce n'est plus vrai, *Polynesia* est déjà un monde en changement.

Dans la nuit qui est là, on distingue une ombre qui glisse sur l'onde reposée et l'on perçoit le rythme régulier des rames. Puis, sans transition, elle est devant eux, avec ses deux étraves élancées. C'est une pirogue de taille moyenne, avec exclusivement six hommes à bord. Ils sont musclés et donnent l'impression surprenante d'être en pleine forme. IwaKi baisse les yeux. Elle comprend tout et son cœur lui fait mal comme s'il allait éclater.

Les chants redoublent. Les deux carènes viennent mourir sur le sable blanc. Les six hommes débarquent. Orama et Tepoe s'avancent, leur *more* de fibres ondulant autour de leurs hanches. Elles dansent tout en marchant au rythme des *to'ere*, et leur jeune poitrine nue prend des courbes où la sensualité se mêle à l'innocence. Les six hommes ont de larges sourires. Ils se baissent pour recevoir les couronnes de fleurs, pendant que Maeva et Tina leur offrent des fruits.

Ta'aroa s'approche, il dit :

« *Ia ora na e maeva* sur notre *fenua*, d'où venez-vous ?

– *Ia ora na, mauruuru roa*, nous venons… nous venons d'au-delà l'horizon. »

À ces mots, IwaKi baisse les yeux, mais Ta'aroa ne semble pas comprendre ce que cela signifie. Elle en déduit qu'il est toujours Ta'aroa, d'ailleurs il ajoute :

« Bienvenue à vous, venez vous reposer, manger et boire, ensuite vous allez tout nous raconter. »

Les six hommes sont entourés de femmes, d'hommes et d'enfants, surtout de jeunes filles. On s'étonne un peu qu'ils aient traversé *moana* sur une si petite pirogue et que parallèlement ils ne montrent aucune fatigue, mais ce fait ne semble pas marquer les esprits outre mesure. Tepoe, Maeva et Tiana n'arrêtent pas de rire et de tourner autour des six navigateurs qui ne savent plus comment remercier leurs hôtes.

Pendant dix jours, ce ne sont que fêtes, réjouissances, danses et pêches dans le lagon. Plus tard, les six hommes demandent à Ta'aroa l'autorisation de s'installer sur l'un des *motu* de l'île diamétralement opposé au village. Ils demandent également si des femmes peuvent venir avec eux. Le conseil se réunit et, finalement, ils partent avec leur pirogue pour traverser toute la mer intérieure de l'île, accompagnés de quatre jeunes filles qui ont accepté de les suivre.

63
L'empreinte

ValdiVia est très émue. Elle reçoit NikKi qui revient du vaisseau-lumière *Polynesia*. C'est un des tout premiers polynautes. Il a été en contact avec AngKor et c'est pour cela qu'elle a demandé à le voir.

« Je ne sais par où commencer. Comment va-t-il ?

– Il va très bien. J'admire beaucoup votre mari.

– Parlez-moi de lui, comment l'avez-vous trouvé… Je veux dire, à votre avis, sait-il qui il est en réalité ?

– Votre mari… enfin Ta'aroa… il est complètement Ta'aroa et c'est extraordinaire… J'ai parlé avec lui. C'est le chef incontesté du *fenua*. Il est très aimé par son peuple.

– Mais ce peuple n'est formé que d'iA !

– Oui et non… Je vais vous dire, j'ai vécu quelques mois avec eux. Bien de ces iA sont plus réelles que certains iH que je connais. Et puis, il y a aussi des iV.

– Parlez-moi d'AngKor.

– Oui, bien sûr, excusez-moi. Que voulez-vous savoir ?

– Comment est-il ? Est-ce qu'il vous semble heureux ?

– ValdiVia, je ne connais pas AngKor. Je ne connais pas votre mari. L'homme avec qui j'ai vécu pendant quelques semaines était Ta'aroa. Pardonnez-moi.

– Parlez-moi de lui.

– Quand il veut aller pêcher, il regarde la surface de l'eau et comprend que les poissons sont là. Avant de monter dans sa pirogue, il passe dans la fumée pour se purifier. Quand il est sur sa pirogue, il regarde le vol des oiseaux, alors il sait si les thons sont là ou non. Quand il doute de quelque chose, il interroge directement les dieux et est persuadé qu'ils lui répondent à leur manière. Il regarde la forme des nuages, il trouve dans la lumière qui coule sur le lagon des signes divins et les réponses à ses questions. Il entend dans le vent des paroles célestes et le lever comme le coucher du soleil sont toujours la marque d'une présence sacrée. Les hommes, les femmes, les enfants l'aiment comme s'il venait des cieux. D'ailleurs, n'est-il pas aussi le Guerrier de la Lune ? Il pense profondément qu'il a une certaine parenté avec l'astre de la nuit, qui est pour lui un peu comme une sœur, et il s'apprête à voguer sur l'océan entouré de tout son peuple.

– Ce que vous me dites me réconforte et m'effraie à la fois. Parfois, je me demande si AngKor n'est pas mort.

– Voyons, ne dites pas ça !

– Mais si. Qu'est-ce que vivre ? C'est être soi-même. C'est échanger, communiquer avec ses proches, exister dans et pour la communauté avec sa personnalité ! Où est la personnalité d'AngKor dans tout ce que vous venez de raconter ?

– Mais dans sa détermination, sa force de caractère, son énergie ! AngKor vit dans le comportement de Ta'aroa !

– Être soi-même, c'est aimer aussi ! Et aimer ses proches, aimer sa femme et ses enfants !

– Je comprends.

– Où est AngKor dans tout ce que vous venez de me rapporter ? Qu'est-ce que vous venez de me dire ? Je vous demande comment va mon mari et vous me parlez d'un autre. C'est très dur, vous savez. Et que vais-je dire à LeeR et à LunDy ? Elle, elle est grande. Elle peut comprendre. Mais lui, notre fils… Notre fils ! Dois-je encore dire “notre fils” ? Que dois-je dire à mon fils ? Vous savez ce que pense LeeR ? Que son père est dans *Mission secrète* ! Où est donc le père de LeeR ?

– Je suis désolé.

– Vous n'y êtes pour rien, et toutes ces personnes, enfin tous ceux qui l'entourent, c'est effrayant, ce ne sont pas des humains. Il aime des machines !

– Non, non, les iV ne sont pas comme les iA ! Je vous assure ! Les iV sont comme des iH.

– Je savais bien que le projet prévoyait des iV. Comment sont-elles, alors, ces iV ?

– Ce n'est qu'une impression toute personnelle mais… mais j'ai gardé de très beaux souvenirs, et plus particulièrement avec Tiana, une très belle iV.

– Qui est Tiana ? Ne me dites pas…

– Si, c'est vrai, je suis amoureux d'une iV, voilà, c'est suffisant pour résumer, non ?

– Comment est-ce possible ? Les iV ne sont pas humaines !

– Elles sont un aboutissement. Rien, hormis leur origine, ne les distingue des iH.

– Pardonnez mon indiscrétion, mais une iV… peut être une vraie femme, réellement ?

– Je peux vous dire qu'il n'y a aucune différence entre une femme iH comme vous, si vous me permettez, et une femme iV.

– Elles peuvent vraiment avoir des enfants et se reproduire ? Elles peuvent… aimer ?

– Absolument. Les iA, elles, ne sont pas abouties. Les iA sont des machines intelligentes, c'est tout. Les iA sont utilisées pour des tâches très spécialisées. Vous le savez bien ! Et, dans bien des domaines, les iA ont des performances très largement supérieures aux iH. C'est pour cela que nous les créons ! Mais les iV, c'est totalement autre chose ! Les iV sont fondamentalement universelles, imprévisibles, totalement adaptatives, elles sont comme les iH. Cependant…

– Cependant ?

– On ignore si elles peuvent passer par le RHET.

– Je sais cela, et je vais vous dire pourquoi ! Il leur manque la conscience de soi !

– Ce n'est pas exactement cela. Il se peut qu'il n'y ait pas encore assez de recul. Pas encore assez d'évolution, pas assez d'enfants iV, ou d'enfants mixtes iV-iH.

– C'est complètement fou ce que vous dites !

– Mais non, cela est inéluctable, vous verrez.

– Le monde est fou, oui, notre monde est devenu fou.

– Le monde change, comme il l'a toujours fait. C'est une de ses caractéristiques, au monde, de changer.

– Vous croyez ça ?

– Je crois qu'un jour les iV prendront le RHET comme vous et moi.

– Vous dites ça parce que vous espérez que Tiana pourrait venir vous rejoindre sur notre vaisseau ?

– Non… enfin si, c'est vrai ! C'est peut-être ça, mais pas complètement.

– Vous ne devriez pas vous attacher à une iV, c'est une folie.

– Je ne peux pas faire autrement.

– Parlez-moi de nouveau d'AngKor… enfin de Ta'aroa… Que faisait-il quand vous avez quitté le vaisseau *Polynesia* ?

– Il était en train de faire construire une immense pirogue double qui fait bien trente-cinq mètres de long.

– Je sais, IwaKi m'en a parlé, nous avons un certain contact, mais ce n'est pas simple, je sais qu'elle et AngKor… enfin, Ta'aroa et elle forment un couple uni, c'est exact ?

– Oui.

– Quelle dérision, la seule iH du vaisseau *Polynesia* est la compagne d'AngKor.

– IwaKi est la compagne de Ta'aroa, pas d'AngKor.

– Oui, peut-être. Croyez-vous qu'il me soit facile de faire la différence ?

– C'est Ta'aroa qui aime IwaKi, parce que IwaKi est la déesse de la lune. AngKor n'est rien dans leur rapport. Et IwaKi est une femme excessive, plongée dans le rêve, c'est Ta'aroa qu'elle aime, pas AngKor.

– Je l'espère.

– AngKor n'existe sur *Polynesia* que par la présence de sa fantastique mémoire. Les données, les souvenirs qu'il déverse sont utilisés par les iA des systèmes réplicateurs pour structurer le vaisseau. C'est parce que AngKor se souvient, comme seul un Acom exceptionnel peut le faire, de la couleur du ciel, que les iA génèrent le ciel de la Polynésie dans *Polynesia*.

C'est parce que AngKor a tout enregistré des rites de la pêche, comme de la biodiversité du lagon et de l'océan, que le petit peuple trouve des *mahimahi* et des thons là où ils doivent être. C'est parce que AngKor a engrangé la prodigieuse histoire d'un peuple oublié que sur *Polynesia* on entend les *to'ere*, ou que l'on danse le *tamure* sur les plages de sable blanc au bord d'un lagon turquoise. C'est une naissance, la renaissance de toute une culture rapportée par AngKor, et reconfigurée par les iA du vaisseau-machine. C'est ainsi que Ta'aroa existe. C'est ainsi qu'il demeure avant toute chose le chef emblématique et incontesté des Polynésiens, il est leur dieu. Ta'aroa est une émanation de la mémoire d'AngKor. Dites-vous qu'AngKor dort et que celui qui est éveillé est Ta'aroa ! Dites-vous qu'AngKor rêve la Polynésie.

– Vous cherchez à me rassurer ?

– Pas du tout. IwaKi lui apparaît comme une déesse, ou quelque chose comme ça. Ta'aroa vit avec le divin, il s'adresse souvent à différents types de dieux. Sur *Polynesia*, ils sont omniprésents. Ta'aroa fréquente continuellement Ruahatu, car, pour lui, *moana* est l'univers.

– Vous qui avez passé des jours et des jours avec AngKor, pensez-vous qu'après avoir restitué toutes ces données qui ont fortement déstabilisé son esprit, pensez-vous qu'il retrouvera son identité première ?

– Je ne sais pas répondre à cette question. Personne ne sait, je suis vraiment désolé.

– Et cette pirogue qu'il construit, qu'est-ce que c'est ?

– C'est un immense bateau à voiles. Vous savez, ces machines dont VanadZo nous a montré des scènes 3D, reconstruites justement avec une partie de la recherche archéocomputationnelle d'AngKor. Ces machines ont des coques effilées comme des lames, avec une grande plateforme qui les relie. Elles ont comme des ailes, qu'on appelle des voiles. Elles les lancent majestueusement dans les hauteurs. Elles avancent sur l'eau avec la force du vent. Tout un peuple peut monter dessus et y vivre pendant des mois et des mois, ce qui est déjà étonnant. Mais, en plus, il n'y a aucune technologie à bord. Comme dans tout *Polynesia* d'ailleurs. Et c'est ça, exactement ça, qui fait le charme et la beauté de ce nouveau vaisseau-lumière.

– Mais dites-moi, que compte faire… Ta'aroa… avec une si grande pirogue ?

– Conquérir le monde, évidemment ! »

La grande pirogue

Dans la dure réalité des temps anciens, sur les vaisseaux océaniens, les plus grands navigateurs de l'humanité terrienne passaient aussi une partie de leur temps à extraire de la mer ce que Ruahatu pouvait leur donner.

Manu est à l'arrière avec une dizaine de jeunes du bord. Ils n'arrêtent pas de laisser filer les lignes dans le sillage du navire pour les remonter aussitôt dans un bouillonnement d'écume. Le *Toa Marama* traverse un banc de thons en chasse. Lancés à grande vitesse, les affamés courent sous le navire et mordent aussi bien les petits poissons qui passent à leur portée que les leurres en nacre rehaussés de plumes, immergés derrière le vaisseau. Dès qu'un thon ou une bonite sont ferrés, la ligne ne doit pas filer pour éviter qu'elle ne se prenne dans les autres et que l'animal ne se décroche. Pour cette raison, les lignes doivent toujours être tendues. J'observe Manu. Dans la frénésie générale, je le vois lancer sa ligne avec une canne de bambou, puis la remonter aussitôt, mais lentement, pour donner au leurre l'apparence d'une proie désirable. Soudain, d'un geste brusque, il sort de l'océan un bel animal aux reflets métalliques. Le voilà frétillant à la hauteur du jeune pêcheur et l'hameçon sans barbillon lui permet de s'échapper facilement. Le thon ne sait pas encore que sa délivrance ne sera que de très courte durée. Il tombe sur le pont, où Faarii lui assène un coup terrible avec une massue de bois. Le magnifique animal est terrassé et son œil rond, ouvert comme par surprise sur un monde cruel, se couvre d'un filet de sang pourpre.

La pêche est fructueuse. Bientôt, tout le pont arrière n'est plus qu'un cloaque visqueux dans lequel une horde de jeunes excités, riant aux éclats, se déchaîne dans un joyeux débordement. Teahi attrape une bonite par la queue et tente de l'abattre avec force sur la tête de Manu qui s'écarte juste à temps. Déséquilibré, Teahi lâche l'animal qui glisse sur le pont et vient mourir à mes pieds. Manu qui a suivi des yeux la trajectoire s'est retourné vers moi.

« Quelle pêche extraordinaire ! lui dis-je.

– Oui, il va falloir en faire des filets, maintenant.

– Manu, avec toi et ton équipe, le *Toa Marama* ne risque pas de mourir de faim ! On est fiers de toi. »

Je crois que mes paroles lui font plaisir, mais il ne le montre pas. Il reste encore sur ses gardes et je me demande comment je vais réussir à le mettre en confiance pour le faire parler. Je sens qu'il cherche à partir. Comment le retenir ? Déjà il s'éloigne. Il m'échappe. Sans réfléchir, je lance :

« Manu, je suis mort deux fois ! Deux fois ! Pourquoi ? »

Il s'est arrêté. Il me tourne toujours le dos mais il s'est arrêté. Je murmure dans un souffle comme si je ne voulais pas vraiment qu'il entende :

« Tu te souviens de ce que le frère de Ta'aroa a dit en mourant ? »

Il pivote lentement. Il ne me regarde pas. Il se tait, j'insiste :

« C'est Temana qui te menaçait, n'est-ce pas ? Maintenant, il est mort, tu ne risques plus rien ! Pourquoi ne parles-tu pas ? »

Quand je le vois ouvrir la bouche, je ne m'attends pas à ce qu'il en sorte :

« Mais qui es-tu, toi qui meurs et ressuscites sans cesse ? »

Je n'avais pas prévu que ce serait lui qui poserait les questions.

« D'où viens-tu ? » insiste-t-il.

Je suis interdit. Je ne peux recommencer à expliquer que je viens du *Toa Marama*. Ce que je réponds alors me semble tout à coup d'une banalité affligeante :

« Manu ! Je suis le grand prêtre Tumatarii, tu le sais bien.

– Le grand prêtre est mort dans le lagon. C'est Temana qui l'a poussé. J'ai tout vu.

– Qu'est-ce que tu as vu ?

– Il a été dévoré par les requins. J'ai tout vu ! Je suis tombé avec lui, mais les requins ont dévoré le grand prêtre et pas moi. Ruahatu s'est mis en colère par la faute de Ta'aroa qui a pêché dans un trou tabou. C'est à cause de lui tous ces morts, ma mère et les autres.

– Comment oses-tu dire une chose pareille !

– Mais c'est la vérité ! Tu as été dévoré par les requins ! Dévoré ! Je l'ai vu ! C'était horrible ! Et Temana voulait prendre la place de son frère qui avait attiré sur nous la colère des dieux. On ne devrait pas lui en vouloir.

– Manu, arrête ! Tu ne sais plus ce que tu dis ! »

Il me regarde enfin et ce sont des larmes que je vois dans ses yeux. Mais cette fois il s'en va et je reste là, amer et vaincu. Je m'en veux.

LIe siècle, Polynesia

« L'empreinte se termine. Maintenant Ta'aroa existe bel et bien sur *Polynesia*. Mais moi, que vais-je devenir ?

– TA MISSION S'ACHÈVE, IWAKI. BIEN SÛR, TU ES TRÈS ATTACHÉE À TA'AROA. CE VAISSEAU-LUMIÈRE PORTE AUSSI TA MARQUE, MAIS TU RETOURNERAS DÉFINITIVEMENT SUR LES NUAGES DU TAUREAU. IL N'EST PAS SI FACILE DE VIVRE RÉELLEMENT AU SEIN DE SES RÊVES.

– Maintenant que l'essentiel des données a été récupéré dans la mémoire d'AngKor, Ta'aroa va-t-il retrouver ses origines ?

– NOUS AVONS ACTUELLEMENT UN ASSEZ BON MODÈLE COMPORTEMENTAL POUR ANGKOR. MAIS CELA NE VEUT PAS DIRE QUE NOUS SAVONS AVEC EXACTITUDE CE QUI VA ARRIVER. LA COHÉRENCE VOUDRAIT QUE TA'AROA QUITTE L'ÎLE AVEC SON NAVIRE. MAIS LA PROBABILITÉ QU'ANGKOR REVIENNE SUR LES NUAGES DU TAUREAU N'EST PAS NULLE. NOUS ENTRONS DANS UNE ZONE CHAOTIQUE. UN ÉVÉNEMENT INFIME PEUT LE FAIRE BASCULER ENTRE DEUX POSITIONS OPPOSÉES : OU BIEN IL REDEVIENT ANGKOR, OU BIEN IL RESTE TA'AROA.

– Vous aviez émis l'hypothèse qu'il pourrait aussi n'être ni l'un ni l'autre.

– C'EST TRÈS PEU PROBABLE, LE MODÈLE PROPOSE UNE POSSIBILITÉ DE 5 % SEULEMENT POUR CE CAS. MAIS LES DEUX PRINCIPALES HYPOTHÈSES DEMEURENT THÉORIQUES, ALORS DANS LA PRATIQUE…

– Je veux tout savoir ! insiste IwaKi.

– DANS LA PRATIQUE, IL NE SERA JAMAIS PLUS COMPLÈTEMENT NI L'UN NI L'AUTRE. L'UNE DES PERSONNALITÉS PRENDRA LE PAS SUR L'AUTRE ET S'AFFIRMERA NETTEMENT, C'EST CERTAIN À 75 %, MAIS IL Y AURA DES RESTES DE L'AUTRE. »

64

Enfer et paradis

« Tu as demandé à me voir, ô Ta'aroa ?

– Oui. Ono, laisse-nous seuls et veille à ce que nous ne soyons pas dérangés. »

Ta'aroa est assis sur son bois et me propose de prendre place en face de lui.

Nous restons d'abord ainsi sans rien nous dire. Dans ces moments-là, je sens une réelle communion entre lui et moi. Cependant, je suis aussi d'un autre monde. Parfois, je me dis que je rêve, tout simplement. J'ai imaginé que tout cet univers, tout ce peuple, lui Ta'aroa, ne sont rien d'autre qu'une illusion que je construis moi-même. Si cela était le cas, je devrais pouvoir prédire ce qui va arriver. Mais peut-on réellement contrôler ses propres rêves ? Ta'aroa a le regard perdu dans le vide. Se pourrait-il que son esprit attende que je mette de l'ordre dans le mien ? Se pourrait-il que je projette mes propres pensées dans les siennes ? Il va nécessairement ouvrir la bouche. Il va me demander pourquoi l'île tarde tant à se dévoiler. Voilà, il lève la tête. Il me regarde avec attention. Il demande :

« Tumatarii, pourquoi l'île tarde-t-elle tant à se montrer ? »

Je frémis et aussitôt je me raisonne : cette question va de soi ! Le fait qu'il te la pose ne prouve pas que tu projettes tes rêves dans son propre esprit, c'est ridicule !

Ta'aroa insiste :

« Tumatarii, je t'ai posé une question ! »

Il se lève pour me secouer comme si je dormais. Il ajoute, légèrement agacé :

« Mais enfin, réponds-moi !

– Pardonne-moi, j'étais ailleurs… vraiment ailleurs, dis-je en sursautant.

– Réponds à ma question ! Où est mon île ?

– Ô Ta'aroa, je sais que nous nous rapprochons d'elle. Cependant…

– Où est-elle ?

– Il y a un mystère au sujet de l'Image Sacrée. Me permets-tu de te poser une question très précise ?

– Parle.

– Comment as-tu pu croire que Temana était capable de faire une copie de l'Image ?

– Les dieux sont là pour ça. Ils ont aidé mon frère à la réaliser.

– Tu n'as jamais raconté comment les dieux t'avaient fait ce cadeau.

– Que veux-tu dire ? Les dieux m'ont fait un cadeau. Ils m'ont donné un morceau de ciel et un morceau de *moana*, c'est ainsi. Mais toi, réponds plutôt à ma question : pourquoi mon île tarde-t-elle à venir ? »

C'est dans des discussions comme celles-là que je prends conscience, encore une fois, du fossé qui nous sépare. Ta'aroa a une vision du monde fondée sur le magique et le divin. Moi, je cherche continuellement des explications rationnelles. Je lui déclare :

« Les dieux t'ont fait un cadeau extraordinaire. Mais il nous a fallu du temps pour comprendre qu'ils nous avaient donné un morceau de ciel. Toi-même, tu n'as pas vu tout de suite que le grand requin bleu céleste était descendu de son lagon pour se reposer dans l'Image. Il nous a fallu aussi du temps pour comprendre que les porcelaines du centre de l'Image Sacrée étaient une poussière d'îles perdue dans l'immensité de *moana*. Vois-tu, Ta'aroa, le temps est un dieu exigeant, il nous met souvent à l'épreuve, c'est ce qu'il fait en ce moment. Il tarde à nous dévoiler ce vers quoi il nous conduit. Et sais-tu pourquoi il fait cela ?

– Non, parle, Tumatarii, toi le grand prêtre du *Toa Marama*. »

Alors, je montre à Ta'aroa la tablette avec ses cordelettes colorées qui est posée à côté de lui et lui explique :

« Vois, ici il y a ton père et ta mère, et là la famille que tu as fondée. Tu n'as pu faire cela en un jour. Tu n'as pu faire cela que parce que le temps t'a donné le temps de le faire.

– Je ne comprends pas.

– Ô Ta'aroa, tu as été le pêcheur, puis le constructeur de pirogues. Ensuite, tu es devenu le Porteur de l'Image Sacrée et, avec elle, la divine qui descend de la lune, tu es devenu le Guerrier de la Lune. Si ton île, ton *fenua*, tarde à se montrer, c'est parce que, pour devenir ce que tu n'es pas encore, il faut que le dieu du temps aille à son rythme, voilà pourquoi. »

Il me regarde avec ce regard franc et direct que j'aime. Cependant, il reste silencieux. Il a compris ce que j'ai voulu dire, mais il ne se presse pas pour réagir. Le temps que met un chef à répondre porte la marque de sa puissance.

Il ouvre enfin la bouche :

« Tumatarii, quand tu parles comme tu viens de le faire, je sais que le grand prêtre est de retour. »

À cet instant, je me demande qui a manipulé l'autre. Comme il me fait signe que l'entretien est terminé, j'ose prendre la parole :

« Puis-je avoir une faveur ?

– Bien sûr.

– Je voudrais voir l'Image Sacrée. »

Il se retourne, la prend et me la place entre les mains.

« Tu sais que tu peux la regarder, tu sais aussi que tu peux la toucher, comme moi. Cela prouve la grande confiance que je te fais. Je vais me reposer. C'est ainsi. »

Il se lève et va s'allonger sur sa natte au fond du *fare*. Il me laisse seul avec l'Image.

Le *Toa Marama* roule à peine sur une mer relativement peu formée. La nuit, chargée de nuages noirs masquant une lune hésitante, s'étend sur la grande pirogue.

Mon regard se perd dans une mer de coquillages, mes pensées sont ailleurs.

A-t-il fait quelque chose que je n'avais pas prévu ?

A-t-il fait quelque chose que je n'avais pas rêvé ?

LIe siècle, Polynesia

« D'autres polynautes vont-ils être envoyés ici ? Envoyés maintenant sur *Polynesia* ?

– BIEN SÛR. ILS SONT EN ROUTE. ILS SONT DÉJÀ SUR *POLYNESIA*.

– Quand va-t-on les voir arriver ?

– ILS NE VONT PAS “ARRIVER” AU SENS OÙ TU L’ENTENDS.

– Que veux-tu dire ?

– IWAKI ! TU JOUES UN RÔLE CERTES IMPORTANT SUR CE NOUVEAU VAISSEAU-LUMIÈRE. CEPENDANT, MÊME LES IA NE PEUVENT RÉPONDRE À TOUTES LES QUESTIONS.

– Parfois, une partie de moi vous prend tous un peu pour des dieux.

– ÉVIDEMMENT ! ET TU SAIS TRÈS BIEN POURQUOI, ET C’ÉTAIT PRÉVISIBLE ! MAIS JE RECONNAIS QUE, SI J’AVAIS TON STATUT D’IH, JE SERAIS FLATTÉ DE TA REMARQUE !

– En tout cas, pour Ta’aroa…

– ÉVIDEMMENT ! C’EST COMME ÇA AUSSI QUE LE PROJET FONCTIONNE. MAIS POUR REVENIR À LA PRÉSENCE D’AUTRES POLYNAUTES, EH BIEN ! ILS SONT LÀ ET, TU SAIS CE QUE JE VAIS DIRE, ILS SE DÉBROUILLENT ! SUR *POLYNESIA*, LES DIEUX N’ACCORDENT LEUR AIDE QUE PARCIMONIEUSEMENT, C’EST CELA QUI FAIT LEUR FORCE.

– Le *Toa Marama* est terminé et Ta’aroa ne tient plus en place.

– L’APPEL DU LARGE ! VOILÀ C’EST ÇA, IL VEUT EN DÉCOUDRE AVEC LES ÉLÉMENTS, TOUS LES ÉLÉMENTS SANS EXCEPTION. À TOI, JE PEUX LE DIRE, IL VA ÊTRE SERVI !

– Et moi ?

– MAIS TU VAS TOUJOURS OÙ IL VA, BIEN ENTENDU ! TU ES SA DIVINE SOUS LA LUNE, ET TU N’AS PAS LE MAUVAIS RÔLE ! »

IwaKi passe la plus grande partie de son temps dans *Polynesia*, auprès d’un peuple qui devient peu à peu le sien. Elle a beau se dire qu’elle finira par revenir dans les Nuages du Taureau, elle n’imagine pas cependant que cela soit possible. Elle est très liée au destin d’AngKor. Comme le sien, son avenir lui apparaît incertain.

Lorsque IwaKi aperçoit le visage de Ta’aroa, alors qu’ils sortent tous du *fare* où le conseil s’est tenu, elle sait déjà ce qui a été décidé. Elle voit bien que Ta'aroa est rayonnant. Et elle sourit elle aussi. Elle doit se rendre à l'évidence : tout ce qui rend heureux Ta'aroa la rend heureuse également.

Debout sur cette plage de sable blanc, sous la caresse des cocotiers, au bord d'un magnifique lagon bleu, dans l'éclat d'un jour pourtant ordinaire, elle songe à cet univers reconstruit. Elle songe à ce vaisseau-lumière neuf, où elle vit en ce moment, dans lequel les humains du LIe siècle viennent de recréer tout un monde qui a failli être oublié. Elle songe qu'elle est plongée au sein d'une titanesque machinerie, qu'il est si facile de croire divine ! D'un côté le vaisseau-monde qui joue la Polynésie, de l'autre le vaisseau-machine qui contrôle totalement cet univers magique et flamboyant où elle n'est qu'une poussière, un atome.

Ces enfants qui courent là-bas au bord de l'eau, ce sont essentiellement des iV et de moins en moins des iA. Ces hommes et ces femmes qui regardent sortir Ta'aroa du *fare* du conseil, encore des iV ! De plus en plus d'iV remplaçant les iA ! Pire, tous ceux qui entourent Ta'aroa en ce moment même, qui discutent avec lui, qui lui sourient, qui lui prennent le bras, son fils Tama, le dynamique Ono, l'ancien parmi les anciens, le père Mata-Rau, le grand prêtre Tumatarii, l'énigmatique sorcier… tous encore et toujours des iV ! Des humains certes, mais des humains créés et programmés génétiquement pour être qui Ono, qui Mata Rau… De simples iV en somme.

Seuls Ta'aroa et IwaKi sont de statut iH. Alors qu'elle est toujours pour lui la déesse de la lune, elle sait, elle, qu'elle est IwaKi et qu'il est AngKor. Elle sait que ce vaisseau, avec cette plage et cette eau et tout le reste, vogue à des centaines d'années-lumière des Nuages du Taureau dans le Rift de l'Aigle où est tapi *Polynesia*.

Oui, les iV sont comme les humains. Mais toutes ces iV sont persuadées d'être ce qu'elles ne sont pas, c'est-à-dire des iH ! Et là se trouvent bien des questions pour lesquelles elle ne connaît pas les réponses.

Ta'aroa se rapproche, encadré, comme d'habitude, par son fils et Ono.

Il est à portée de voix, il crie avec enthousiasme tout en accélérant le pas :

« Ma déesse, les dieux sont avec nous, nous partons ! »

Le bonheur qui se lit sur son visage comme sur celui des deux jeunes efface les sombres pensées de la jeune femme.

Il lui ouvre les bras. Elle se blottit contre lui. Tama et Ono rient avec toute l'insouciance de leur âge. Plus rien n'existe que les bras puissants de cet homme qu'elle aime, la chaleur de son corps et la douce sérénité d'une île du bout du monde. Chaque chose est à sa place.

Beaucoup plus loin, mais toujours à l'intérieur du vaisseau-monde du vaisseau-lumière *Polynesia*, ils peinent contre des vents contraires et capricieux sur une houle jamais reposée. Mais la hargne et la volonté qui les animent décuplent leur énergie. Leur vaisseau, une autre grande pirogue double océanienne, à la fois identique et si différente du *Toa Marama*, fend des flots impétueux et résiste vaillamment aux coups de boutoir des lames. Dans tout le gréement, le vent se met à tourbillonner en rafales et les sifflements qu'il fait entendre rivalisent avec la puissante complainte de deux étraves qui taillent la route sans faillir. Dans ces manifestations séculaires, ils trouvent ce pour quoi ils sont venus. Volontairement égarés sur un océan du bout du monde, provisoirement exilés dans un jeu extrême, si pitoyablement humains, ils sont là justement pour ça, mettre dans la balance de l'aventure ultime une vie jugée trop évidente, réglée depuis l'enfance, plongée dans la destinée sans avenir d'un vaisseau-lumière quelconque où même la célérité relativiste ne semble pas se manifester, dans un univers dont la démesure est sans limite.

Ils l'ont voulu. Ils sont passés par le RHET. Ils sont là sur *Polynesia*. Soigneusement préparés à cette épreuve, dans un vaisseau dédié à ce seul objectif. Ils ont volontairement abandonné une hypertechnologie deux fois millénaire pour revenir plus de cinq mille ans en arrière. Mais retourneront-ils dans leur futur ? Ils en sont tous persuadés, même s'ils savent que leur existence devenue misérable pourrait se terminer ici. Et c'est précisément pour ce frisson permanent qu'ils retrouvent un sens à la vie. Découvrir un monde imprévisible et vibrant d'énergie aléatoire où tout peut arriver, le pire comme le meilleur, perdre sa propre existence ou renaître devant l'éclat magique d'une terre qui, un jour, monte à l'horizon. Ils ont quitté la certitude de mourir dans la quiétude, là ils redécouvrent le bonheur de vivre, justement parce que certains d'entre eux ne reprendront pas le RHET.

Ta'aroa pose ses deux mains sur les épaules d'IwaKi, et plonge un regard pur dans les yeux de sa déesse. IwaKi n'est plus IwaKi. Quand Ta'aroa la regarde ainsi, elle est vraiment sa déesse. Celle qui descend du grand requin blanc sur le chemin de la Lune pour rejoindre son aimé. Celle dont la destinée est de contempler avec lui l'immensité océane d'un large en devenir de leur *fenua*. Dans ces moments, IwaKi oublie totalement le vaisseau-lumière des Nuages du Taureau. Elle oublie les iA et les iV pourtant si proches. Elle ne pense plus aux autres qui ont quitté leurs vaisseaux-lumière et ont traversé les abîmes sidéraux en moins d'une fraction de seconde. Qui sont passés ici pour en découdre avec un simulacre de vérité plus réel que la réalité. Qui probablement peinent comme des forçats en ce moment contre le vent, contre la mer, contre eux-mêmes, pour aller où ? Au sein de leurs rêves ! Quelle dérision ! Mais en cet instant précis, elle oublie vraiment, totalement, profondément que *Polynesia* est un leurre. Elle oublie que cette plage sur laquelle ils vont s'enlacer, ce lagon dans lequel ils vont pénétrer après l'amour qu'il va lui faire, tout cet univers n'est qu'illusion. Elle a tout oublié. Plus rien n'existe que cet émerveillement qu'il lui donne quand, en plongeant son regard dans le sien, il dit dans un souffle :

« Ma déesse, mon amour, au lever du jour, demain matin, nous prendrons la passe avec le *Toa Marama* et nous voguerons tous les deux, avec mon peuple, vers Te Hitia-o-te-Rä. »

Apataki

Depuis plusieurs jours, les alizés faiblissent. La petite anse de la pointe nord-est Teonemahina demeure sous la protection de son large *motu*. Tant que les vents dominants volent au-dessus des cocotiers, le *Toa Marama* reste à l'abri dans le lagon d'Apataki. Rien ne trouble sa quiétude, il dort.

L'onde est miroir et, quand le soleil monte au firmament, le ciel s'incline devant sa puissance. Alpha laisse passer les feux du jour. Elle aussi, elle dort près de son compagnon, moi. Je suis ailleurs. Elle, elle est là.

La petite pirogue nous rapproche. La lune nous sépare.

Quand le jour décline, Alpha se lève. Elle va sur le pont et contemple la pirogue miniature, raison de notre séparation, amarrée sagement à l'arrière de notre bateau. Elle reste ainsi, fascinée, sans se douter que le temps va bientôt réaffirmer son cours inéluctable.

Des profondeurs insondables, une à une, elles s'allument et le gigantesque requin blanc prend possession des lieux. Seuls les cieux existent. La Terre n'est plus. Cependant, peu à peu, des coulées de lune osent se glisser et pleuvent sur le minuscule vaisseau. Une vibration court le long des deux carènes. Alors que les alizés s'estompent, le *mara'amu* prend rapidement leur place. Du sud il s'élance, envahit l'espace intérieur de l'atoll et fond en accélérant vers le nord, où le *Toa Marama* résiste en tendant sa ligne de mouillage. Mais, sous l'emprise d'une rafale impitoyable, la petite pirogue derrière lui brise l'orin qui la retient prisonnière. Alpha a tout vu.

Elle tend une main désespérée, qui reste un instant immobile et finit par retomber misérablement. Deux coques et deux voiles s'animent. C'est tout un petit peuple qui s'enfuit, soudainement propulsé par une risée subite et persistante dont la vigueur épouvante Alpha.

Elle est en train de les perdre.

Elle plonge précipitamment à l'arrière du *Toa Marama* pour tenter de les rattraper. Elle les imagine alors tous terrifiés par l'effroyable vérité : voir qu'ils s'éloignent d'elle. Elle qui depuis des jours et des jours veille sur eux.

Quand elle fait surface, le lagon n'est plus qu'un clapotis chaotique désespérément désert. Elle les a perdus.

Elle est perdue.

LIe siècle, Polynesia

Aux confins de l'espace-temps, dans un autre lieu, dans un autre temps, ils sont là, eux aussi perdus. Mais perdus sur un océan tout neuf dont l'âge ne se chiffre même pas en années et encore moins en milliards d'années. Perdus sur une machine où la technologie n'existe pas, qui n'avance que grâce au vent, et quand les éléments le permettent. Perdus sur une immensité turbulente qu'ils ont pourtant désirée. Complètement perdus dans leur rêve.

Qui sont-ils ? Une vingtaine d'aventuriers des temps futurs, qui ont tiré un trait sur leur univers. Un univers sophistiqué jusque-là complètement protégé, jusque-là prévisible. Mais les expériences EVA se développent, elles apportent du rêve, de la poésie et un soupçon d'utopie réaliste. L'aboutissement du premier projet d'EVA Création totale a modifié les paradigmes essentiels. Même s'il ne s'agit encore que de quelques-uns, même s'il s'agit de passer de multiples tests, d'évaluer les capacités physiques comme les capacités intellectuelles, les heureux gagnants sont encore tirés au sort parmi des milliers de candidats. La première étape de la conquête de *Polynesia* ne comporte en tout que quelques dizaines de polynautes.

Le vaisseau de ces vingt-là est une magnifique réplique des grandes pirogues océaniennes, reconfigurée par les réplicateurs du vaisseau-machine. La mémoire d'AngKor a fait des merveilles. Deux voiles en pandanus et deux mâts haubanés par de multiples cordages. Deux carènes et les bordés couverts, de la poupe à la proue, d'un graphisme symbolique rappelant des mythes d'un âge oublié. Enfin, tout à l'avant et dominant les flots, deux *ti'i* de bois sculpté, au visage obscur, portant sur le monde des vivants leur énigmatique regard.

Que font-ils ici, naviguant sur ce navire reconstitué, qui fend avec énergie un simulacre d'océan ? Quelle raison les pousse à l'affronter ? Quel objectif se sont-ils donné pour souffrir ainsi, au réel péril de leur vie ? L'espoir d'une autre existence les anime. Par leur seule force musculaire, ils tirent sur des cordages faits de fibres végétales. Ils relâchent des manœuvres. Ils réparent des voiles, les hissent ou les affalent. Ils écopent les fonds. Éventuellement, ils sortent les rames et se prennent alors pour des galériens antiques. La nuit, ils regardent les étoiles. Le jour, ils sont obsédés par le point précis où *mahana* disparaîtra, Te To'o'a-o-te-Rä antipode de Te Hitia-o-te-Rä. Parfois ils pêchent. Parfois ils chantent et dansent. Parfois ils entretiennent un feu dérisoire. Parfois ils dorment. Sont-ils morts ? Sont-ils vivants ? Ils sont des hommes de la mer.

Quand dans le gréement la romance du vent se transforme en une terrifiante frénésie, quand les mâts vibrent, que les voiles battent et gémissent, quand il faut précipitamment les descendre et les amener sur le pont au risque de les voir disparaître dans une écume qui montre les dents, alors ils doutent et pleurent sans savoir pourquoi. Et sans savoir ce qu'est devenu leur paradis, car ils sont en train de l'oublier. Ils en viennent à douter de leur raison. Ils ont accepté des modifications irréversibles de leur mémoire, une implantation de souvenirs qui ne leur appartenaient pas, et de jour en jour ils ne savent plus vraiment qui ils sont, ni pourquoi ils sont ici. Mais les éléments les marquent et les forgent. Les embruns les vivifient. Ils apprennent. *Mahana* creuse leurs traits et quelques oiseaux de mer impressionnent leur rétine d'une courbe qui demeure dans leur mémoire.

Peu à peu, l'île devient leur objectif. Ils finiront par jurer que seul ce monde existe et que tout ce qu'ils ont quitté appartient à l'imaginaire. D'ailleurs, y pensent-ils encore ?

Ils retrouvent ainsi naturellement des gestes anciens, et la seule technologie du bord, le matériel de pêche océanien comme les rudimentaires outils de pierre, d'obsidienne et de corail deviennent des compagnons avec qui ils parlent.

Ils s'adressent aussi aux cieux. Ils interrogent la lumière de la lune. Ils implorent le fantastique requin blanc qui dort au sein des *ta'urua*.

Et les dieux endormis depuis une éternité tendent l'oreille. Si certains sont prêts à tout donner pour aider les humains, d'autres irréductibles divinités ne sortent pas d'une léthargie plusieurs fois millénaire sans idées de vengeance.

Ils pensaient pouvoir maîtriser la grande pirogue. Mais parce que rien n'est jamais acquis, la concordance d'une lame bien plus haute que les autres, d'une terrible rafale et de la hargne longtemps contenue de Ruahatu, provoque la rupture brutale de l'un des mâts. Dans un épouvantable craquement, l'espar se fend dangereusement en biseau à quelques mètres du pont. La partie supérieure s'abat brusquement et l'un des polynautes comprend aussitôt que sa dernière heure est arrivée. Il n'a pas le temps de s'écarter de la pointe éclatée qui fond sur lui. En voulant se reculer, il s'offre à la force aveugle qui le transperce. Sur le point de mourir, il perçoit un spectacle de cauchemar : la moitié basse de son corps déchiquetée par le mât qui bascule en arrière et fouille en lui, projetant ses entrailles alentour. Sa compagne, qui s'apprêtait à réduire la toile, est éclaboussée de son sang et de débris humains. Elle a tout juste le temps de crier toute son horreur quand une partie des cordages, descendant des hauteurs et entraînée par le mât, se tend brutalement en sifflant et lui sectionne l'avant-bras. Dans un fracas abominable, le deuxième mât tombe à son tour, écrasant et mutilant une partie de l'équipage. Le vaisseau blessé, privé de ses voiles, résiste maintenant plus facilement à l'agression des éléments déchaînés. L'horizon a disparu. Les lames couvertes de lambeaux d'écume se creusent encore et les bras de liaison gémissent autant que les blessés. Que l'un des multiples cordages qui relient les bras aux coques lâche sans crier gare pourrait alors sembler insignifiant. Mais ce cordage-là, si bien enroulé sur l'une des poutres du pont, se détend, ce qui fait exagérément souffrir celui d'à côté. Quelques-uns tentent de remettre de l'ordre dans le chaos qui règne à bord. Certains, coincés sous le gréement, appellent à l'aide. D'autres disparaissent dans les flots, et les mains qu'ils tendent n'ont pas le temps d'être aperçues. Une horde de nuages sombres surgit, noyant l'épave sous un déluge de vent et de pluie qui étouffe les cris de détresse. Soudain, tous les cordages qui sous-tendaient les points de fixation du pont sautent les uns après les autres, et l'une des coques prend son indépendance en se retournant. Dans ce mouvement, d'autres vies qui s'étaient réfugiées en elle sont broyées et irrémédiablement perdues.

L'autre carène retient toujours l'ensemble du pont, pendant lamentablement dans une houle qui ne s'arrêtera donc jamais. Dans cet amas informe de bois et de cordages, rien ne rappelle plus aux dieux, aveugles et sans âme, toutes les espérances qu'ils viennent de réduire à néant, ni l'harmonie de ces formes élancées si amoureusement reconstituées.

Honteuse et dégoûtée par tant de sauvagerie, la nuit tente tant bien que mal de masquer aux yeux des quelques survivants l'ignoble réalité. La magnifique pirogue n'est plus, les deux *ti'i* portant fièrement tout le futur d'une belle aventure ont sombré.

Demeure le spectacle affreux d'une femme mutilée serrant contre elle, de son bras unique, les restes ensanglantés de son compagnon.

« Nous venons de perdre une des pirogues reconfigurées de *Polynesia*.

– Il y a des blessés ?

– Nous pensons qu'il y a plusieurs morts.

– Que pensez-vous faire ?

– Rien. Nous n'intervenons pas.

– Mais il y a des blessés, ils risquent de mourir, nous pourrions agir sur la force du vent et sur l'état de la mer.

– Pas question d'interférer dans un modèle climatique réaliste et volontairement aléatoire. Ils n'ont pas eu de chance. C'est ça aussi, la réalité du grand large de *Polynesia*.

– Et les survivants ?

– C'est une épreuve terrible. Les prévisions donnent 5 % de survivants.

– Mais ils n'étaient qu'une vingtaine !

– L'un d'entre eux devrait donc s'en sortir.

– Un seul survivant, c'est une terrible catastrophe !

– Vous semblez oublier qu'ils ne sont pas seuls.

– C'est vrai ! Un instant, j'ai vu en eux le centre de *Polynesia*.

– Je vous comprends. J'ai ressenti cette impression. Cependant d'autres pirogues ont été reconfigurées. »

65

Le rêve s'éloigne

LIe siècle, Polynesia

Un jour lumineux se lève sur une mer agitée. Sur une mer qui ressemble assez bien à la mer, au sein d'un jour qui a toute l'apparence et les subtilités d'un vrai jour.

Le vent est monté d'un ton. La belle réplique du *Toa Marama* a pris de la vitesse. La voile avant a été descendue et, malgré cette réduction de toile, le vaisseau file avec allégresse et les étraves chantent dans l'écume. Après une nuit d'amour, Ta'aroa et IwaKi se reposent.

Les iV Tama et Ono observent un point à l'horizon.

« Ce sont des oiseaux, dit Tama dont la vue est d'une qualité légendaire.

– Ne me dis pas que tu peux les compter à cette distance ! Moi je jurerais que c'est un nuage de pluie, dit Ono qui cherche à provoquer son ami.

– Non, non. Pas de la pluie. Des oiseaux. Ils sont très nombreux. Ils sont trop nombreux, mais ce sont des oiseaux.

– Si ce sont des oiseaux, il y a du poisson !

– Si nous modifiions la route, nous pourrions peut-être pêcher de nouveau de belles bonites.

– Que va dire ton père, si nous modifions la route pendant qu'il dort ?

– Mais rien puisqu'il dort ! »

Faarii et Tuehe sont venus les rejoindre. Ils ont corrigé la route du vaisseau. Maintenant, si les compter est toujours impossible étant donné leur multitude, on voit bien que ce sont des oiseaux. Ils tourbillonnent comme une tornade sur un point si précis que certains doutent qu'ils soient au-dessus d'un banc de thons. Un banc prend, sous la surface de la mer, une étendue plus importante. La visibilité au ras des vagues est incertaine. Cette frontière indéterminée entre la mer et le vent demeure perturbée sans que l'on puisse dire où l'un se meurt et où l'autre s'épanouit. Le grand navire a changé de route. En se rapprochant du lit du vent, il a perdu en vitesse. Contre une houle bien formée, il peine, il hésite. À la barre, Mata'iti se doit d'être attentif. Il doit garder un cap idéal, conserver une vitesse suffisante pour fendre l'océan, se rapprocher du vent dès que la pirogue accélère pour gagner du cap, et s'en éloigner rapidement pour reprendre de la vitesse au moindre ralentissement.

Allongé dans son *fare*, Ta'aroa a perçu un changement dans le comportement du *Toa Marama*. Le chuintement de l'eau qui court le long des carènes a perdu son intensité habituelle et les mouvements latéraux montrent que le navire navigue plus près du vent. Il se lève et sort sur le pont pour regarder les voiles. Le vent a faibli et la voile d'avant a été renvoyée dans les hauteurs. Il s'approche de Mata'iti, il s'enquiert avec un ton un peu sec :

« Nous ne faisons plus route vers *mahana*. Pourquoi ?

– Ô Ta'aroa, ton fils Tama m'a demandé de modifier la route pour aller vers les oiseaux, là », répond le barreur.

Mata'iti vient de lever les yeux pour indiquer à Ta'aroa une zone de l'horizon couverte d'un tourbillon d'oiseaux de mer.

« Mais qu'est-ce que c'est ?... » murmure-t-il, tout en se dirigeant vers l'avant où un petit attroupement s'est formé. Il aperçoit son fils et Ono là où il se tient seul la nuit. On s'écarte. Il dit :

« Tama, tu as modifié la route du *Toa Marama* et... », mais il ne continue pas sa phrase. Une clameur d'étonnement monte du petit groupe et lui-même lève les sourcils en oubliant sa question. Des centaines d'oiseaux crient et s'agitent dans les airs. Dessous cet affolement général, au rythme régulier des vagues, on voit de temps en temps une unique et longue carène à la dérive. Curieusement inclinée, elle retient comme un fardeau inutile les restes broyés d'une plateforme d'où pendent de multiples cordages. Les tronçons très endommagés de deux mâts traînent dans l'eau. Ils oscillent et se dandinent d'une manière grotesque. Le rythme qu'ils prennent en suivant bêtement une houle aveugle donne à ce cadavre de pirogue océanienne un mouvement dérisoire.

Ta'aroa reprend ses esprits :

« Ono, fais relâcher tous les cordages. Ne descendez pas la voile complètement, laissez-en un peu. Que l'on amarre les rames gouvernails ! » Puis il ajoute :

« Faarii, Tama, prenez des cordes et plongez voir, vite ! »

Aussitôt, l'agitation des volatiles semble se propager sur le *Toa Marama*. Le grand prêtre survient en posant des questions. Le sorcier se lance dans des incantations ésotériques. Mata-Rau appelle au calme. Ta'aroa demande à IwaKi :

« Crois-tu qu'ils sont tous morts ? »

IwaKi ne répond pas. Elle a baissé la tête et se replie sur elle-même comme si elle se sentait coupable. C'est par elle que les coordonnées du vaisseau neuf ont transité. C'est avec elle qu'AngKor a permis cet EVA Création totale. C'est donc un peu par sa faute que des vies viennent de se perdre sur *Polynesia*. Elle se sent responsable. Elle songe que les hommes et les femmes qui viennent d'achever leur existence, là, dans cette belle machine qui se meurt, sont peut-être des amis en provenance d'un vaisseau-lumière proche.

Ta'aroa se méprend sur les pensées de sa compagne, il l'apaise :

« Ma déesse, quel malheur de voir un vaisseau agoniser. Ne sois pas triste, n'aie pas peur, cela ne peut pas arriver au *Toa Marama*. »

Puis, se détournant, il observe son fils et Faarii qui viennent de monter sur l'épave. On peut les voir se pencher à l'intérieur de la coque. Aussitôt, ils se retournent et on entend distinctement Tama crier :

« Une femme et un jeune homme en vie ! Tous les autres sont morts. »

Les deux survivants sont allongés sur le pont. La femme garde les yeux exagérément ouverts. L'un de ses avant-bras manque. Elle porte un garrot rudimentaire. Elle respire avec calme. Son esprit semble avoir définitivement quitté son corps car, à l'évidence, elle ne voit pas le peuple du *Toa Marama*. Elle est ailleurs. Sa bouche demeure béante, le temps s'est définitivement arrêté pour elle sur un événement atroce.

Le jeune homme gémit faiblement. Il se meurt. Sa jambe droite fait avec son corps un angle anormal. De sa bouche coule un filet de sang. Il est encore conscient et quand Ta'aroa se penche pour lui parler, avant même qu'il ait prononcé un seul mot, le mourant murmure :

« AngKor, c'est toi !... Mon ami, c'est toi ! Je savais bien que tu étais là. J'aurais tant voulu te revoir autrement... AngKor... mon ami... »

Ta'aroa se tait. Personne ne dit mot. IwaKi a blêmi. Elle pose sa main sur l'épaule de Ta'aroa, elle souffle :

« Il délire, il te prend pour un autre. » Aussitôt elle s'arrête. Elle se mord la lèvre. Elle en a trop dit. Ta'aroa agenouillé se retourne lentement vers elle, il répète en fronçant les sourcils :

« Tu as bien dit qu'il me prenait pour un autre ? C'est ça ? Pour un autre... Il a dit AngKor ? »

Alors, tous entendent l'homme débiter d'une traite avec une énergie qui le tue :

« Je suis HarBin... HarBin, HarBin, ton ami ! AngKor souviens-toi de moi ! AngKor, le vaisseau des Nuages du Cygne... DjidJa... AngKor ! Souviens-toi ! » Puis il se tait définitivement. Il est mort.

IwaKi ne sait plus ce qu'elle doit faire. HarBin était donc sur *Polynesia*. L'ami d'AngKor, HarBin qui l'a aidé dans ses recherches dans le musée des Nuages du Cygne. Il a donc fait partie des premiers polynautes. Bien sûr, pense-t-elle, il a eu accès en même temps qu'AngKor à toutes sortes de données concernant la Polynésie. Il n'est pas si étonnant de le retrouver ici. Mais le retrouver ici mourant dans les bras d'AngKor, quelle étrange absurdité !

Soudain, le rideau se lève. Elle les voit tous autour d'elle tels qu'ils sont. Des hommes, des femmes, des enfants, des iA, et de plus en plus d'iV parfaitement identiques à des humains, mais spécialement créées pour *Polynesia*, et jusqu'à présent un seul iH, un homme. Un homme, le sien, dont elle voit bien qu'il vient de se troubler en entendant son ancien nom. Ce nom qui a dû éveiller dans l'esprit de Ta'aroa une résonance familière.

« IwaKi, je me demande..., dit-il, je me demande si... », mais il n'arrive pas à terminer sa phrase.

Soudain, un éclair de détermination traverse son regard. Il lance avec une énergie retrouvée :

« Ono, Tama, nous reprenons la route. Faites hisser les deux voiles en tête de mât ! Mata'iti, fais pousser les barres vers le vent. Faarii et Tuehe, tirez plus fort sur les voiles ! Allons, plus vite ! Mata-Rau, veille à ce que l'on soigne la femme ! »

Puis, il laisse IwaKi et se dirige vers l'arrière. Il la laisse là sans un mot, sans un regard à sa déesse de la lune, son espérance. Il la laisse seule avec son nom à elle. Son nom que Ta'aroa ne peut connaître, son propre nom qui l'obsède, qui la meurtrit et caracole comme un démon dans son esprit : IwaKi, IwaKi, IwaKi, IwaKi...

« Il m'a appelée IwaKi ! Pour la deuxième fois, il m'a appelée IwaKi ! » murmure-t-elle en pleurant. Elle prend conscience que le rêve s'éloigne.

Même si elle sait que tout cela n'est qu'artifice, elle demeure auprès de son Ta'aroa. Elle se défend de penser à l'autre *Toa Marama*, le grand vaisseau, le vrai, qui cingle fièrement sur le plus grand océan de l'ancienne Terre à des centaines d'années-lumière dans l'espace et à des millénaires dans le temps.

Il aura fallu des siècles et des siècles, des millénaires, pour que l'homme ose quitter définitivement le berceau de l'humanité. La Terre n'est plus qu'un lointain souvenir. En grande partie usée, défigurée, détruite par la folie des hommes, elle n'est plus rien.

Pour certains, elle se couvre de mythes anciens qui voisinent avec des forces divines ou obscures plongées dans un passé oublié. Pour d'autres, elle n'est tout simplement plus rien qu'une vague empreinte, d'une origine douteuse, au bord du rêve et de l'imaginaire et dont la réalité même demeure hypothétique.

Qui se souvient vraiment de ce qu'était le Pacifique ?

La grande pirogue

Depuis des jours, des mois, la grande pirogue ne faiblit pas. L'unique, l'ancêtre de toutes, celle de laquelle toutes les autres découlent, poursuit sa quête éternelle : conquérir le monde.

Parfois contre une mer déchaînée et rancunière. Souvent contre des vents turbulents, agressifs et violents. Toujours contre des houles croisées désespérantes. Inlassablement, sous un soleil accablant. Fréquemment sous des nuées roulant sans fin des lignes de grains. Rarement sur une onde apaisée, et quelquefois accueillante, dans les sommets d'une cathédrale de lumière plongeant au sein d'incommensurables abysses. Contrées désertiques, offrant de temps à autre une manne inespérée volant dans les profondeurs et rayant le miroir de la surface d'innombrables vecteurs d'argent.

Parce que la pluie n'est pas si rare, la vie se perpétue malgré tout. Parfois, Ta'aroa se demande si l'île qu'il cherche sans relâche ne se réduit pas à un rêve inaccessible. C'est une illusion qui n'existe que dans un univers limité au cadre de l'Image Sacrée. Il la regarde. Il la contemple. Il lui parle. Mais que donne-t-elle en réponse à ses interrogations ? L'espoir pour son peuple, certes. Mais lui, que reçoit-il en échange ? Le doute affreux que son *fenua* n'existe pas.

Apataki

Alpha vit un cauchemar. La disparition soudaine de la petite pirogue, dont elle ne sait pas si elle a été emportée par les vents ou si elle a sombré dans les profondeurs marines, est un déchirement. Elle est remontée sur le *Toa Marama* qui n'est plus à l'abri. Elle crie son désespoir et personne ne l'entend. Les vents du sud se mettent à souffler en rafales et le monocoque tire violemment sur son ancre. Il a tourné son arrière vers le *motu* tout proche et les premiers madrépores se distinguent parfaitement dans la lumière de la lune. Prostrée sur la jupe arrière, elle reste un instant immobile à les regarder comme des ombres agressives au sein d'un lagon qui n'est plus paradisiaque. Elle est partagée entre chercher à apercevoir la pirogue et vérifier que le bateau ne dérive pas vers le *motu*. Elle les imagine, désemparés sur leur esquif miniature. Elle les voit en perdition. Égarés dans la tempête, faisant coûte que coûte face aux éléments déchaînés. Elle tente de reprendre ses esprits, elle doit faire quelque chose. Elle se précipite dans la cabine avant où je dors profondément. Mais elle ne peut me réveiller. Je suis ailleurs. Petit à petit, elle prend conscience que nous sommes à Apataki depuis une éternité. Coupés du reste du monde depuis des jours, enlisés dans des sortilèges d'une autre époque, rien ne nous rattache à la réalité de la nôtre. Il aura fallu une simple modification du régime des vents océaniens pour la faire sortir d'une torpeur trompeuse. Alpha se rend compte du danger que nous courons.

Cependant, je refuse toujours de me réveiller, comme si mon voyage dans un autre temps était autrement plus important que la sécurité du bord. Alpha interroge les instruments de navigation. Elle constate que tout va bien pour le moment. La position du navire reste stable, la hauteur d'eau sous la coque également. Pourtant, si les vents devaient forcir, est-ce que le bateau ne finirait pas par déraper sur son ancre ? Dans ce cas, le risque est grand de provoquer une avarie sur l'un des deux gouvernails qui offrent si facilement leur profil aux coraux affleurant à quelques dizaines de mètres sur l'arrière.

Malgré les efforts d'Alpha, je demeure insensible à ses tentatives pour me faire revenir. Cette impossibilité, liée au vent qui prend de l'ampleur et siffle maintenant dans le mât et les haubans en agitant les drisses, ou encore l'affreux constat qui s'impose quant à la disparition de la pirogue, se traduit momentanément par une désespérance dramatique. Mais bientôt elle réagit. Elle fait un point précis de la situation. Son compagnon est indisponible. Les vents portent à la côte. Les coraux sont proches. Faut-il tenter d'appareiller seule, de nuit, dans un lagon aux fonds non hydrographiés où la plus élémentaire des précautions est de naviguer de jour ? Ou bien ne faut-il pas tout simplement laisser filer de la chaîne, quitte à se rapprocher du danger mais en assurant une tenue plus efficace grâce à une plus grande longueur de mouillage ?

Alpha se dit avec raison qu'elle doit essayer la deuxième solution. Elle laisse filer doucement une dizaine de mètres de chaîne, puis attend. Elle regarde sur l'arrière et constate que les coraux sont plus loin que prévu. Elle peut encore laisser filer une vingtaine de mètres. Une heure plus tard, les vents demeurent très soutenus. Le *Toa Marama* tire sur soixante mètres de chaîne dans trois à quatre mètres d'eau, il ne bouge plus. Sur l'arrière, on perçoit distinctement les contours agressifs des premiers madrépores, mais le danger de dérapage immédiat a disparu.

Ce dur retour à des préoccupations matérielles chasse un moment des images qui étaient devenues obsédantes. Mais rien ne les remplace dans l'esprit d'Alpha. Il ne reste rien qu'un vide, un gouffre absolu, une absence effroyable dont les obscurs méandres montent imperturbablement comme une marée de vives eaux.

Effondrée dans le cockpit, elle ne peut s'empêcher de pleurer. C'est une épreuve terrible. La mort d'un être cher est toujours un épouvantable arrachement. La mort brutale de toute une famille est une horreur sans nom. Mais comment qualifier la mort de tout un peuple, anéanti en un seul instant ?

Il lui semble que sa raison chavire. Elle n'est pas complètement retournée dans le réel. Apataki affirme toujours son emprise totalitaire sur son esprit.

66

Trois porcelaines

À bord du grand vaisseau océanien, celui où tout a été créé pour la première fois, où tout a commencé et où tant de choses restent à faire, le vrai Ta'aroa est exaspéré. Il a décidé d'interroger Manu, contre l'avis de Tumatarii.

Ono l'a amené sans ménagement et maintenant il est prostré comme un accusé. Il est désespéré qu'on lui inflige encore une fois cette humiliation. Il est là, immobile, assis par terre devant Ta'aroa et le sorcier. Ce dernier a entrepris une litanie dont on ne voit pas venir la fin. Il agite sa main au-dessus d'une demi-noix de coco d'où s'échappent des volutes d'une fumée écœurante qu'il dirige vers l'adolescent.

Ta'aroa déclare :

« Manu, je suis le maître du bord, tu sais quelque chose sur le don des dieux. Dis-moi ce que c'est ! Tu dois me le dire ! »

Pour donner de la force à sa question, il a pris l'Image entre ses deux mains et l'exhibe à moins de un mètre de la tête de Manu, lequel regarde le plancher comme s'il dormait les yeux ouverts.

« Manu, si tu ne me réponds pas, je te jette aux requins ! » crie Ta'aroa alors que le sorcier continue imperturbablement d'agiter ses mains dans une vapeur malodorante.

Soudain, du bruit se produit à l'entrée du *fare*. On entend Ono protester :

« Non, tu n'es pas invité. Tu dois rester dehors ! »

Ta'aroa se retourne et demande avec agacement :

« Que se passe-t-il ? »

Ono se présente dans l'entrée du *fare*. Derrière lui se tiennent Tumatarii qui gesticule et Tama qui le retient.

« Le grand prêtre souhaite entrer et j'ai dit non », déclare Ono.

J'ose faire un pas à l'intérieur tout en protestant :

« Ta'aroa ! C'est moi qui devais interroger Manu !

– Tumatarii ! Sors immédiatement de mon *fare* ! Ono, Tama, jetez-le dehors ! »

Profitant de la confusion, Manu tente de s'échapper. Dans son mouvement précipité, il heurte l'Image. Ta'aroa essaye de la rattraper, mais elle tombe violemment sur le sol et trois petites porcelaines roulent à ses pieds. Manu s'arrête interdit, tout comme Ono, Tama et moi. Le sorcier est devenu muet. Lentement, Ta'aroa se baisse et ramasse les coquillages.

Je m'enhardis à affirmer :

« Ô Ta'aroa, ce qui vient de se passer n'est pas sans rapport avec la question que tu as posée à Manu. »

Ta'aroa s'est redressé. Il fait rouler dans sa main trois petits coquillages aux multiples reflets. Il me regarde en plissant les yeux et demande :

« Tumatarii, que veux-tu dire, toi qui as toujours une idée derrière la tête ? »

En fait, je ne sais pas ce que je vais raconter. Cet événement doit avoir un rapport avec ce que l'on cherche, il le faut. Je profite de la question de Ta'aroa pour pénétrer carrément dans le *fare*.

Je m'approche et continue :

« Ta'aroa, tu m'as autorisé à toucher l'Image. Puis-je la prendre ?

– Si tu veux », soupire-t-il.

Je me baisse et saisis l'objet qui brille toujours d'un éclat surprenant.

« Ta'aroa, peux-tu me donner les trois coquillages que tu as ramassés ? »

Il me regarde. Puis ses yeux se dirigent lentement vers sa main. Il l'ouvre et fait à nouveau rouler les petites porcelaines dans le creux de sa paume. Il reste ainsi comme indécis. Il tourne vers moi un visage énigmatique et déclare en détachant bien chaque mot :

« Quand *mahana* se lève, vers Te Hitia-o-te-Rä, les *ta'urua* s'estompent. Non ? Ou alors… Ce ne sont que trois porcelaines et rien d'autre. Rien que trois coquillages ordinaires. »

Il me les tend avec un certain air de défi. Alors, je m'agenouille pour poser délicatement le don des dieux sur le plancher. Ce geste équivoque à proximité du grand guerrier, cette attitude qui pourrait être interprétée comme une soumission, mais qui n'en est pas une, trouble Ta'aroa. Cependant, je fais celui qui n'a rien compris. Je prends les trois porcelaines. Je répète le geste de Ta'aroa. Je les regarde. Je les fais rouler entre mes doigts. Ce ne sont effectivement que de simples porcelaines, brillant dans leur beauté ordinaire. Plates d'un côté, mystérieuses dans cette ouverture grimaçante et dentelée qui se termine de chaque côté par une échancrure, aux antipodes rondes, bordées de reflets bleutés, traversées d'une constellation qui n'est pas sans rappeler le grand requin argenté. Ta'aroa reste immobile près de moi.

Insensiblement, Ono et Tama se sont rapprochés et le sorcier a définitivement abandonné son rituel. Manu, lui, se dirige discrètement vers la sortie. Après m'être perdu dans une contemplation trop longue et qui ne m'a apporté qu'un bonheur banal, je reste perplexe sur l'origine des trois inconnues. Curieusement, je pensais que j'allais voir tout de suite où elles étaient avant qu'elles se détachent de l'Image. Je dois me rendre à l'évidence, je ne sais pas où les mettre. D'autres sœurs tout aussi belles et épanouies sont restées à leur place dans une mer de patelles, de xénophores et autres volutes. Je me relève et, avant que je n'ouvre la bouche, Ta'aroa constate :

« Rien n'est jamais simple avec toi. »

On a oublié Manu, qui a presque réussi à gagner l'extérieur. Seulement, il tombe nez à nez avec le père Mata-Rau. Ce dernier exprime sa surprise à haute voix :

« Que fais-tu là, Manu ? »

Cette remarque brise la réflexion commune du petit groupe qui s'était concentré autour de l'Image.

Ta'aroa ordonne :

« Ono, amène Manu ici ! »

De nouveau, le voilà en face de Ta'aroa, mais cette fois il ne baisse pas son fier regard. Ta'aroa m'observe. Nous nous comprenons.

« Manu, dis-nous quelque chose ! » insiste-t-il. Il ne se sent pas vraiment à l'aise dans cette reprise de l'interrogatoire et, en plus, il n'obtient pas de réponse. Il se contient :

« Voyons, Manu, parle-nous de… »

Ce dernier n'attend pas la fin de la phrase.

« J'aime Hina et… »

Cette réplique déstabilise le groupe. Ta'aroa lève les sourcils. Comme Manu hésite à continuer, Mata-Rau s'exclame :

« Mais que se passe-t-il ici ? »

Ta'aroa reste muet. Le sorcier manifeste enfin une réaction humaine en levant les yeux au ciel. Ono et Tama se regardent d'un air accablé. J'en profite pour dire :

« Manu, tout le monde sait que tu aimes Hina ! Mais Ta'aroa te parle de l'Image. Nous te parlons de l'Image Sacrée, le don des dieux !

– Mais Hina…, c'est elle qui a les vraies porcelaines… », répond-il.

Cette fois, Ta'aroa n'en peut plus. Il attrape Manu par le bras et le secoue sans ménagement.

« Ça suffit maintenant ! Qu'est-ce que tu veux dire ?

– Les porcelaines de l'Image. J'en ai fait un collier pour Hina. »

« Ono, va chercher ma fille immédiatement ! » ordonne Ta'aroa.

Hina est toujours aussi belle. Malgré les conditions très dures qui règnent à bord depuis des mois, malgré les drames, les restrictions, il y a toujours chez elle ce mélange de fraîcheur et d'espièglerie qui fait son charme. La voilà, souriante et étonnée. Debout, avec pour simple vêtement un morceau de *tapa* autour des reins, elle a, comme toutes les jeunes filles et la plupart des femmes du bord, les seins nus. Sur sa poitrine, un splendide collier de coquillages brille de multiples éclats orange. Elle regarde son père et le groupe avec un air amusé, comme si c'était elle qui allait diriger les opérations.

« Donne-moi ton collier », exige Ta'aroa.

Elle lève les bras. Elle les replie derrière la nuque. Dans un mouvement plein de grâce qui met en valeur ses jeunes formes déjà épanouies, elle fait passer le cordon de cuir au-dessus de ses cheveux noirs. Puis, avec un sourire innocent, elle tend à son père l'objet demandé. Ainsi, elle paraît encore plus dénudée. Manu baisse les yeux, un peu honteux d'être à l'origine de cette scène. Hina semble prendre plaisir à être le centre de convergence des regards masculins les plus importants du *Toa Marama*. Elle reste là, debout, sans la moindre gêne. Son père gronde :

« Quelle effrontée tu es ! Va-t'en, maintenant ! »

Elle marque un étonnement et dit :

« Bien, père. Et mon collier ?

– Plus tard, plus tard, laisse-nous. »

Elle s'en va avec une lenteur qui pourrait exaspérer.

Elle est partie.

Ils sont tous autour de Ta'aroa et, cette fois, Manu s'est intégré au groupe. Le grand guerrier retire un à un tous les coquillages du collier. Parmi eux, il y a bien trois porcelaines. Trois porcelaines dont les trois superbes arrondis portent des dessins très différents de celles qui se sont échappées de l'Image. Ces trois-là ont une taille plus généreuse et leur dôme est constellé de points lumineux comme autant d'étoiles. Les trois nouvelles, plus petites, sont probablement des pièces uniques. Leur rondeur, d'une couleur orange clair des plus étonnantes, est parsemée de disques d'un blanc immaculé parfaitement dessinés, pastilles de lumières bien ordonnées sur un fond plus sombre. Ta'aroa ne peut retenir une exclamation :

« Magnifiques, elles sont magnifiques ! »

Il s'est agenouillé auprès de l'Image qui est toujours à terre. Nous comprenons tous qu'il cherche à placer les porcelaines orange dans la mer de coquillages, mais sans résultat. Il finit par me regarder en disant :

« Toi Tumatarii, que j'ai autorisé à toucher l'Image, tu veux essayer ? »

Je me baisse. Je fais plusieurs tentatives. Il y a tant de coquillages dans l'Image qu'il n'est pas simple de retrouver les endroits où elles devraient s'ajuster. Et dans quel sens les mettre ? Montrant leur face grimaçante ou leur rondeur féminine ? Ou encore inclinées, exposant l'une de leurs échancrures latérales ? Au bout d'un moment, comme je renonce, Ta'aroa se tourne vers Manu et cette fois il trouve les mots justes :

« Manu, tu es un homme maintenant et tu es le plus grand pêcheur du *Toa Marama*. Tu dois nous aider aussi pour cela, pas seulement pour la pêche. Dis-nous ce que tu sais ! »

Ce dernier baisse légèrement la tête et, sans quitter le regard de Ta'aroa, déclare enfin :

« Quand la grande vague est arrivée sur notre île, il y a si longtemps, je suis tombé dans l'eau. Il y avait des requins et j'ai vu… » À cet instant, il me regarde. Je baisse légèrement les yeux. Manu continue, mais il ne parle pas de ma mort atroce, il raconte simplement :

« J'ai réussi à remonter sur le *Toa Marama*. J'ai vu un homme avec l'Image. Il avait une très vilaine tête toute bizarre et je sais maintenant qu'il venait de pousser le grand prêtre dans le lagon. Il a enlevé son masque. C'était Temana. Il a vu que j'étais là. J'ai eu très peur. Il m'a souri étrangement. Il a retiré les trois plus belles porcelaines orange de l'Image pour me les donner, en me disant :

"Je te fais ce cadeau, comme ça nous sommes quittes. Si tu parles à mon frère de ce que tu as vu, je tuerai Hina. Tu as bien compris ? Je tuerai Hina !" Il était grand et très fort et j'avais de plus en plus peur. J'ai fait "oui" en levant les sourcils. J'ai gardé les porcelaines pour Hina. Mais je n'ai pas compris pourquoi il voulait la tuer. Maintenant, je sais ce qu'il voulait dire. Il pensait sans doute que je l'avais vu pousser le grand prêtre dans le lagon. À ce moment-là, je ne savais pas. Il était toujours à me menacer. Un jour, il m'a obligé à porter une ceinture étrange. J'ai toujours eu très peur de lui. »

Nous n'entendons plus que les sanglots de Manu.

J'interviens :

« Manu, calme-toi. Te souviens-tu de la place exacte des porcelaines ?

– Non, je ne m'en souviens pas, répond-il en reniflant.

– Manu ne se souvient pas », dit Ta'aroa qui marque aussitôt une pause. Puis il me regarde :

« Mais toi, Tumatarii, toi le grand prêtre, toi qui as été poussé dans le lagon par mon traître de frère, toi qui as été sauvé par Ruahatu, ne te souviens-tu pas des dessins de l'Image ? »

Tous se sont tournés vers moi. Ils attendent à l'évidence que je dise quelque chose. Je n'ose renvoyer la question à Ta'aroa. Après tout, c'est à lui que les dieux ont fait ce cadeau, à lui ! N'a-t-il pas, encore plus que le grand prêtre disparu, gardé la mémoire de l'emplacement exact des trois coquillages ? Un doute terrible monte en moi. Et s'il savait parfaitement que je ne suis pas ce que tous pensent que je suis ? Donne-t-il sciemment le change à un peuple pour qui la frontière entre rêve et réalité n'a pas de sens ? Ne serait-il pas en train de faire comme moi ?

Je reste immobile, le regard fixé sur une Image qui cacherait au sein d'une mer de coquillages le vrai secret de la route sous les étoiles. Si les porcelaines échappées par la faute de Manu n'appartiennent pas à l'original, si nous ne savons où placer celles qui doivent s'y trouver, que penser du choix de notre route et de la localisation des îles ? Comment vais-je pouvoir dire à Ta'aroa que la route que suit le *Toa Marama* pourrait ne pas être la bonne ?

Comme s'il lisait dans mes pensées, il conclut :

« Tumatarii, l'espoir était nécessaire. Mais le choix était-il judicieux ? »

J'admire un instant l'ellipse avec laquelle la question est posée. Sans doute pour atténuer le choc de cette terrible remarque, il pose l'une de ses mains sur mon épaule. Le doute est bien installé. Alors, sans rien dire, je lui tends les trois porcelaines. Il les soupèse un instant pour apprécier toute la puissance de leur poids symbolique, puis il sort du *fare* et le groupe se disperse.

LIe siècle, Polynesia

La belle lumière artificielle des jours tout neufs de *Polynesia* aurait-elle pâli ? La brise si habilement reconstituée perdrait-elle de sa consistance et les nuages artificiels de leur crédibilité ?

Pour IwaKi le rêve n'est plus ce qu'il était. Trop de morts. Trop de questions. Trop de complexité dans la gestion des sentiments.

« Et Ta'aroa qui m'appelle IwaKi ! Ta'aroa ne peut connaître mon prénom ! » gémit-elle.

Elle lâche prise de jour en jour au sein d'un univers trop virtuel dans lequel ses propres pensées sont écartelées entre des contradictions extrêmes. Elle en est venue à se demander constamment si c'est AngKor ou Ta'aroa qui est en face d'elle et parfois le même phénomène se produit pour elle-même. Est-elle IwaKi ou la déesse de la lune ? Il n'y a rien de plus perturbant que de s'interroger sur sa propre identité. Elle en vient aussi à se poser une autre question très troublante : les iV avec lesquelles elle vit tous les jours ont-elles conscience d'être des répliques parfaites des humains ? Une iV sait-elle qu'elle est une iV ? Par exemple, l'iV Tumatarii est une copie conforme du grand prêtre, son corps, son esprit, ses souvenirs, son ADN, rien ne la distingue de l'original. Cependant, sait-elle au fond d'elle-même qu'elle n'est qu'une réplique qui a été programmée pour être le grand prêtre, ou bien pense-t-elle au contraire être vraiment Tumatarii ? La verbalisation d'une idée n'est pas si facile quand elle atteint des limites surréalistes. La notion d'identité n'est-elle pas profondément modifiée par l'apparition des iV ? Cette question ne lui était pas apparue sous cet angle. Maintenant qu'elle y songe, qu'est-ce qui prouve qu'elle-même est vraiment IwaKi ? Ne pourrait-elle pas être une réplique d'IwaKi ? Dans le contexte de l'émergence de *Polynesia*, il n'aurait pas été absurde de créer une autre IwaKi, une iV IwaKi, pour que Ta'aroa ait sa déesse de la lune. Mais, dans ce cas, elle ne connaîtrait probablement pas son vrai nom.

« Ma déesse daignera-t-elle sortir de sa rêverie habituelle pour m'accorder un sourire ? »

Ta'aroa l'a prise par la taille, mais les sombres pensées de sa compagne ne s'estompent pas totalement.

« Ta'aroa…

– Oui ? »

Elle ose lui demander :

« Ta'aroa, jusqu'où remonte ton souvenir le plus ancien ?

– Que veux-tu dire ?

– Te souviens-tu de tes grands-parents, où ils vivaient, comment ils étaient ?

– Bien sûr. D'ailleurs ma tablette avec ses cordes colorées et ses nœuds m'indique le nombre de lunes et…

– Non, dis-moi où ils habitaient, dis-le-moi !

– Mes parents comme mes grands-parents habitaient sur l'île d'où est parti le *Toa Marama*. Mais mes arrière-grands-parents, eux, étaient venus de Te To'o'a-o-te-Rä, d'un autre *fenua*, avec une grande pirogue double, et c'est pourquoi mon père a pu m'apprendre à construire les pirogues. Ma grand-mère était une déesse comme toi. Elle était très belle, sa peau était claire et ses cheveux noirs comme la nuit. Elle parlait aux dieux.

– Comme toi ?

– Mieux que moi ! Je ne suis que le Porteur de l'Image Sacrée. Quand elle parlait, c'était tout le monde qui écoutait, même les dieux !

– Dis-moi, Ta'aroa, pourquoi les dieux t'ont-ils fait ce don ?

– Mais pour que je mène mon peuple vers un autre *fenua*, comme l'a fait mon arrière-grand-père.

– Et quand les dieux t'ont donné l'Image Sacrée, tu les as vus ?

– Les dieux ne se voient pas avec les yeux, ma déesse le sait bien. On les voit avec l'esprit, ou le cœur. Toi-même, crois-tu que tu ne me vois qu'en posant ton regard sur moi ?

– Que veux-tu dire ?

– Je n'existe pour toi que par la force de ton amour. Sans toi, je ne suis qu'un pauvre pêcheur, avec toi je suis le Guerrier de la Lune, et quand je regarde, avec toi, l'endroit mystérieux où le ciel naît de l'océan, alors, sur le *Toa Marama*, dans ce vaisseau-lumière, je suis le maître de l'univers et…

– Ta'aroa, que viens-tu de dire !

– Avec toi, je suis le maître de l'univers.

– Non, non, juste avant, tu as parlé d'un vaisseau et de lumière. Comment as-tu appelé ce vaisseau ?

– Mais, ma déesse, le *Toa Marama*. Je suis le Guerrier de la Lune, le Porteur de…

– Arrête ! Mais arrête de répéter sans cesse les mêmes choses ! Le Guerrier de la Lune ! Le Porteur de l'Image Sacrée ! On le sait que tu es le Guerrier de la Lune ! »

Sous le coup de l'étonnement, Ta'aroa se recule. Il regarde sa déesse avec curiosité et s'étonne :

« Mais enfin, IwaKi ! Qu'est-ce qui t'arrive ?

– AngKor, c'est toi ? Tu m'as encore appelée "IwaKi". Tu es en train de revenir ! »

La grande pirogue

Pendant que dans un futur si lointain, un iH, un Acom du LIe siècle, reconfigure les éléments de sa mémoire originelle, un humain, moi, venant du XXIe, s'évertue sous l'influence d'un passé éloigné à mettre de l'ordre dans ses rêves polynésiens.

C'est en me penchant de nouveau au-dessus du liston de l'une des coques qu'une idée me traverse l'esprit. Aussitôt, j'appelle Ta'aroa et, quand il me rejoint, je lui dis :

« Ta'aroa, je ne sais pas si j'ai raison. Mais parce que c'est toi le Porteur de l'Image Sacrée, parce que c'est toi qui portes aussi le destin de ton peuple, regarde ce que je vais te montrer.

– Que veux-tu dire ?

– Regarde bien les dessins qui courent le long de la carène, à l'extérieur du *Toa Marama*, juste au-dessus des flots. »

Comme moi, Ta'aroa est penché en équilibre par-dessus le bordé. Il rappelle :

« C'est mon frère qui a fait graver toute l'histoire qui est inscrite là, sous nos yeux. »

Je suis le grand prêtre Tumatarii. Je ne peux quand même pas m'étonner qu'il me réponde cela. Aussi, dis-je simplement :

« Il y a un signe dont je ne comprends pas le sens.

– Lequel ?

– Ici et là, que signifient ces trois points en forme de triangle ?

– C'est comme la marque d'une personne, un signe de reconnaissance, quelque chose comme ça, une indication spéciale faite par mon traître de frère », répond Ta'aroa. Puis il ajoute :

« C'est ce signe que tu voulais me montrer ?

– Ta'aroa, trois points comme trois porcelaines. On dirait que ces points ont été rajoutés aux autres dessins, ils semblent plus récents. »

Comme il reste silencieux, mais qu'il fronce les sourcils, je continue :

« Trois points comme trois porcelaines. Regarde bien maintenant, c'est un triangle de même forme que celui constitué par les points lumineux de l'Image, cependant…

– Je ne comprends pas.

– Observe comment est disposé ce triangle, mets bien dans ta mémoire son orientation par rapport à la coque.

– Oui, elle est bien dans ma mémoire. »

Alors je me redresse et recommande à Ta'aroa :

« Maintenant, garde-la dans ta tête et allons voir l'Image Sacrée. »

Dans le *fare* arrière, nous sommes agenouillés au-dessus de l'Image. Ta'aroa tient dans sa main les trois merveilles qui jettent de multiples éclats orangés. Il se penche encore. Je sais que, comme moi, il a conservé le souvenir de l'exacte orientation du triangle gravé et répété sur les carènes, et je constate maintenant comme lui trois infimes dépressions, cachées au centre du don des dieux. Elles ont une taille idéale pour accueillir les trois petites porcelaines du collier de Hina. Les autres, beaucoup trop grosses, ne pourraient s'y loger. Si l'image possède une quantité de coquillages telle qu'il est très difficile de savoir où étaient fixées les trois premières porcelaines, les trois précieuses ont enfin trouvé leur place.

Alors, il les remet où elles devaient être et elles s'encastrent parfaitement parmi leurs sœurs. Ta'aroa s'exclame :

« Mais comment ai-je pu oublier leur présence ? Maintenant qu'elles sont de retour, je me souviens d'elles ! Bien sûr, elles étaient là quand les dieux m'ont fait ce don ! Pourquoi les ai-je donc oubliées ? »

Que puis-je répondre ? Que Ta'aroa est un homme simplement, et que la mémoire peut faire défaut, mais ça, je ne peux lui dire.

« Peut-être te doutais-tu que reproduire l'Image devait aussi la modifier. Ton frère t'a trompé ! Lui savait où les mettre, il avait gardé le souvenir de leur emplacement en le codant sur les carènes longtemps avant la tempête. Son action était préméditée, il s'est bien moqué de toi ! »

Comme il se tait, je change de sujet et murmure d'un air penaud :

« Ta'aroa, la route...

– Tais-toi, tu n'y es pour rien. Je sais ce que tu vas dire. L'important était d'espérer. Et je t'en serai éternellement reconnaissant. Maintenant, il faut que cela se réalise enfin. Aide-moi encore ! »

Je m'approche au plus près de l'Image comme si, en plongeant dans le mystère de cet objet minéral, j'allais vraiment en percer le secret. Mais si le voile doit se lever, combien j'aimerais que ce soit Ta'aroa qui l'écarte avec sa fougue habituelle. Aussi est-ce un bonheur de l'entendre s'exclamer :

« Retourne l'Image, vite ! »

Je sais alors qu'il a compris. En plaçant le don des dieux devant le soleil, les trois points lumineux apparaissent dans une disposition qui rappelle évidemment celle des trois porcelaines, seulement… et je pense aux derniers mots de Temana…, seulement… les…

« Tumatarii !… Seulement les trois porcelaines, les trois merveilles, sont inclinées différemment des trois lumières ! »

Maintenant, je saisis l'erreur que j'ai commise. Le triangle polynésien existe réellement dans cette image, mais ce sont les magnifiques porcelaines qui le représentent et non les trois lumières trompeuses de Temana. Cela change tout !

La base du véritable triangle équilatéral polynésien n'est pas orientée est/ouest, mais plutôt est-nord-est/ouest-sud-ouest. Les trous infimes, que l'on perçoit mieux en retournant l'image et qui semblent être trois lumières, ne sont pas dus au hasard. Ils sont l'œuvre d'un esprit félon qui a presque réussi, après la mort, à nous duper encore. Car une chose est certaine : les petites porcelaines, qui maintenant ont bien retrouvé leur place, dessinent clairement un triangle dont l'un des côtés présente cette fois avec le bord du cadre une orientation de type est-nord-est/ouest-sud-ouest… et non est/ouest comme les trois lumières.

Aveuglé par la découverte d'un triangle fictif dans l'image, je ne voyais pas qu'il n'était pas disposé normalement !

Si Ta'aroa avait trouvé la première image du monde, la première carte marine du Pacifique, il ne l'orientait pas correctement ! Mais comment pouvais-je lui parler de carte ? Lui qui pensait le ciel comme sorti de la mer, avec ses étoiles guides, dans leur *rua* !

Même si l'Image Sacrée nous rapproche, nos conceptions du monde nous séparent toujours. Malgré tout, je suis émerveillé, car lui a tout créé et moi je n'ai rien inventé. Je ne suis qu'un pauvre héritier, bénéficiant d'une culture plusieurs fois séculaire, d'une histoire transmise de génération en génération, lentement améliorée, patiemment recomposée, parfois redécouverte, mais tellement ancrée dans mon être que je n'ai aucune raison d'être fier de mon infime contribution dans le choix de la route. Mais lui, le simple pêcheur, avec sa seule connaissance du milieu marin dans lequel il évolue, a tout compris. Et que vient-il de m'offrir dans cette révélation, sinon que l'une des premières cartes de navigation du monde est en train de naître sous mes yeux ?

Je l'entends murmurer :

« Les trois porcelaines aux reflets de soleil sont légèrement inclinées comme les trois points de la ceinture de cuir ! Nous ne faisons pas la bonne route ! »

Il me regarde avec un éclat dans les yeux qui m'inonde de joie, et avec force et détermination déclare :

« Pour trouver notre *fenua*, nous devons remonter un peu plus vers les étoiles de Apato'erau ! »

67
Entropie

Des tournoiements de lumière m'environnent et ne semblent pas coller à la réalité du *Toa Marama*. Lequel d'ailleurs ? Celui de Ta'aroa voguant sur le plus grand océan de la planète ? Ou bien celui perdu au nord d'Apataki avec à son bord ma compagne qui m'apparaît si anormalement éloignée ? Je me sens malmené par des principes antagonistes où l'espace, le temps et le rêve luttent pour une illusoire suprématie. Cela vient-il de l'intérieur de moi ? Ou suis-je la victime consentante d'une vision qui pourrait exister hors de ma conscience ? Sait-on seulement à quoi pourrait bien servir le rêve ? Qu'il soit indispensable à la vie prouve-t-il de fait sa fonction essentielle ? Je sais que j'ai vu ce qui a nécessairement existé.

Ai-je pris moi-même, volontairement, la décision de me libérer de cette emprise ? Je l'entends. Elle m'appelle. Elle me rappelle dans cette sphère aux dimensions multiples où rien ne permet d'affirmer que l'espace-temps pourrait être pensé en oubliant les mystères profonds de l'activité onirique. Je sais que je l'entends, mais se superpose à elle un rythme, une mélodie obsédante, celle d'un cristal continuellement brisé, une lente plainte qui court sans faiblir, caresse étrange et familière, rien qu'une infinité, une attente, le long d'une carène, quelque chose qui glisse et reste lové tel un souvenir très ancien.

« Réveille-toi ! Réveille-toi ! »

Je sais que c'est elle. Comme dans un rêve, je la perçois, je dis :

« Qu'est-ce que j'ai soif !

– Voilà, c'est bien, bois doucement. Ils sont tous morts ! Je suis certaine qu'ils sont tous morts, c'est affreux !

– Qu'est-ce que tu dis ? Qui est mort ? Et ce bruit… le mouillage, il faut aller vérifier le mouillage ! Le vent monte.

– Ils sont morts ! Je les ai perdus. Ils sont tous morts, j'en suis sûre !

– Mais enfin qu'est-ce que tu dis ! Non ! Ils naviguent toujours. Et nous, le bateau, notre bateau…

– Notre bateau ? J'ai filé une grande longueur de chaîne, il ne dérive pas.

– Mais l'océan, l'état de la mer… Je l'entends !

– Ils sont tous morts !

– Alpha, arrête ! Arrête ! Ce ne sont que nos rêves ! Que nos rêves, seulement nos rêves ! Le vent forcit, tu te rends compte ? Il faut que je me lève !

– Nous sommes mouillés dans le lagon. Le clapot est dur, c'est lui que tu entends. Le bateau ne bouge pas et la houle ne pénètre pas dans le lagon. Mais pour eux, c'est la fin. Sans moi que vont-ils devenir ? Qu'est-ce que j'ai fait ?

– La pirogue. La petite pirogue, où est-elle ? »

Je vois bien qu'elle ouvre la bouche sans rien dire cette fois. Elle éclate en sanglots.

Je ne sais plus si elle hésite ou si je m'éloigne d'elle de nouveau. La pirogue ! Pourquoi avoir encore pensé à la pirogue ? Elle m'enveloppe dans des limbes incertains. Les spirales d'un temps replié sur lui-même me replongent dans des songes où le langage n'a pas de prise.

Et je m'endors profondément.

« Mon Dieu ! Je l'ai encore perdu ! s'exclame Alpha. C'est affreux ! Ils sont morts et il repart vers eux ! »

Elle a posé sa tête sur ma poitrine.

Paradoxalement, le choc qu'elle a ressenti en me voyant m'assoupir alors qu'elle les perd est salutaire. Peu à peu, elle remet les choses à leur place. Le réel revient en force. Elle perçoit autrement la disparition subite du vaisseau en réduction. Elle me regarde et, alors que je dors, comme si je pouvais encore l'entendre, elle s'interroge :

Suis-je en manque de rêves ? En suis-je devenue dépendante au point de ne plus discerner la réalité des choses ordinaires ? Comment se fait-il que j'aie pu te laisser dormir ainsi pendant des jours et des jours sans tenter de te sortir de cette léthargie, de cette torpeur envahissante ? Maintenant qu'ils m'ont abandonnée, maintenant que je suis seule, tu dois revenir !

LIe *siècle, Polynesia*

Quand Ta'aroa déclare à IwaKi :

« Je sais maintenant où est notre *fenua* », elle le regarde en se demandant si c'est bien le Guerrier de la Lune qui est là à ses côtés, ou si AngKor est en train de faire une allusion à peine voilée aux Nuages du Taureau. Lequel des deux affirme donc : « Ma déesse est toujours dans les cieux ! Elle est mon île ! Tu es mon île. Mais je sais aussi qu'une autre que toi m'attend cachée derrière l'horizon et, quand je regarde les *ta'urua*, je vois bien que ta rivale est proche. »

IwaKi se soumet et répond sur le même registre que Ta'aroa, mais sans exclure cependant la présence possible d'AngKor :

« Elle ne sera à toi que si ta route est celle que les dieux te montrent. Et comment sais-tu que le *Toa Marama* suit le bon chemin ? Es-tu certain que les dieux accompagnent encore tes pensées ?

– Parce que les courants changent, parce que ces oiseaux qui sont passés dans le couchant m'indiquent sa présence, parce que la houle vibre différemment et chante son souvenir, parce que les dieux me la montrent sous les nuages colorés qui montent de plus en plus de la mer vers le ciel.

– Alors, tu penses qu'elle est là ?

– Bien sûr, regarde ces nuages. Ils sont la marque certaine de sa présence ! »

En parlant ainsi, Ta'aroa indique un point à l'horizon, où le ciel semble rejoindre l'océan dans une turbulente fusion. Le vent a pris du corps et soudainement se montre moins conciliant. Il tourne dans la direction que les deux *ti'i* désignent obstinément. La mer se forme petit à petit et le *Toa Marama*, bien que gardant de la puissance, ne chevauche plus les grandes lames du Pacifique avec autant d'efficacité.

Aussitôt, Tama est là.

« Père, le vent et la mer se liguent contre nous ! Il faut réduire la toile et laisser aller les cordages ! Nous devons nous éloigner suffisamment du vent sinon le gréement va se fatiguer. Vois comme on a perdu de la vitesse ! Le navire peine !

– Mon fils, les dieux nous mettent à l'épreuve et nous devons garder le cap si nous voulons un jour découvrir ses formes, sa couleur et son parfum.

– Mais le risque est grand.

– Tama ! Ça suffit ! Tais-toi ! Nous conservons la route vers notre *fenua.* »

À bord, on s'active pour amarrer tout ce qui peut l'être. Maeva et Tina placent les animaux avec les enfants dans le *fare* central. Le bac à feu est recouvert de palmes séchées constamment humidifiées, assurées par de multiples cordages, pour éviter que les projections d'eau ne l'éteignent. À l'arrière, Mate'iri et Tuehe d'un côté et Te'ura et Tai de l'autre tentent de maîtriser les gouvernails de plus en plus durs. Tout ce qui a pu être transporté de l'avant à l'arrière l'a été. Tous les hommes du bord doublent rapidement les cordages et particulièrement ceux qui fixent les haubans sur les poutres transversales. Mata-Rau montre aux enfants comment écoper aussi vite que possible les fonds des carènes, perpétuellement inondés.

Alors que de fourbes rafales rugissent dans les hauteurs et que les lames submergent continuellement les étraves, Mata-Rau s'approche péniblement de Ta'aroa, hypnotisé par la démence qui monte des flots.

« Ô Ta'aroa, je t'en supplie ! Pour ton peuple, fais immédiatement modifier la route ! N'entends-tu pas les gémissements de ton navire ? »

La déesse de la lune intervient :

« Mata-Rau a raison ! Ta'aroa, que sera ton île si chère à ton cœur si nous nous perdons tous dans les abysses qui l'entourent ! Je t'en supplie », dit-elle en se mettant à ses pieds.

Mais Ta'aroa demeure impassible. Il n'accorde pas un regard à l'Ancien. Il ne pose même pas la main sur la tête de sa compagne.

Il reste silencieux. Détaché de la réalité. Son regard fixe au loin, vers l'avant, une monstrueuse barre sombre qui roule dans les cieux de gigantesques maelströms. Mata-Rau est effrayé, il secoue Ta'aroa.

« Ta'aroa, tu es fou ! Nous allons tous mourir ! »

Le navire est ballotté, malmené. Il devient impossible de dire où se trouve la frontière entre ciel et mer.

Tama accourt et crie pour se faire entendre :

« Père ! La pagaie gouvernail qui recevait le vent vient de céder ! Nous devons absolument réduire les voiles ! Père, tu m'entends ? »

Ta'aroa a cette réponse surprenante :

« Mais ne voyez-vous donc pas qu'elle est là ! Là ! Devant nous ! Regardez-la ! Nous avons tous besoin de retrouver notre vaisseau ! »

IwaKi s'est violemment relevée. Elle lui fait face et le saisit par les épaules. Elle le secoue de toutes ses forces en criant :

« Ta'aroa ! Tu deviens fou ! Fais descendre les voiles ! Je t'en supplie !

– IwaKi, c'est toi qui es devenue folle ! »

Mata-Rau, Tama et Ono qui les a rejoints ne comprennent plus ce qui se passe quand ils entendent la compagne de Ta'aroa crier :

« Ta'aroa, tu perds la tête ! Tu ne sais plus ce que tu fais ! Tu n'es plus Ta'aroa ! Tu es AngKor ! Tu es AngKor ! »

Il regarde enfin en direction de sa déesse, mais ses yeux sont perdus dans un au-delà qui n'appartient plus à *Polynesia*.

« IwaKi, tu es ma divine, mais pourquoi sommes-nous ici ? »

Tama est le premier à réagir. Il comprend que son père n'a plus sa tête. Il se tourne vers Faarii et Tuehe qui sont prostrés au pied des mâts, il hurle :

« Descendez les voiles ! Vite, les voiles sur le pont ! Coupez les cordes ! »

Faarii et Tuehe réagissent aussitôt et tranchent brutalement, avec des haches de pierre, les cordages qui tiennent les voiles. Il se passe alors un phénomène incroyable. Une vague immense se lève devant le navire et tous sont projetés en avant sur le pont comme si le grand vaisseau venait de monter sur un récif ! Dans un temps recomposé, Tama se rend compte que les *ti'i* ont disparu et qu'il ne reste plus que des carènes éventrées. Mata-Rau et Ono disparaissent dans les flots sous les yeux incrédules d'IwaKi. Les deux immenses mâts tombent en avant dans un désordre indescriptible. Des cris partout, du sang, des morts, et Tama qui gît maintenant sur le pont, évanoui aux pieds de son père. Ce dernier, halluciné, déclare :

« Je savais bien qu'elle était là ! IwaKi, où es-tu ? Réponds-moi ! Elle est là ! Regardez-la, elle nous appelle ! »

Mais IwaKi rêve qu'elle tombe au sein de sphères irréelles et, si sa conscience demeure, elle sait qu'elle vient de quitter une enveloppe provisoire. Cette dernière coule dans des profondeurs où la lumière n'a plus cours et, tel un coquillage vide, elle se pose dans des fonds étranges où la vie n'est plus.

« LE *TOA MARAMA* EST COMPLÈTEMENT DÉTRUIT.

– ILS ONT TOUS PÉRI ?

– TOUTES LES IV, OUI.

– DONC IWAKI ET ANGKOR SONT SAINS ET SAUFS ?

– *A PRIORI*, NOUS N'INTERVENONS PAS SUR *POLYNESIA*. MAIS NOUS AVONS EXCEPTIONNELLEMENT RÉCUPÉRÉ IWAKI. QUANT À ANGKOR, NOUS NE SAVONS PAS S'IL S'AGIT D'ANGKOR OU DE TA'AROA, SAUF QUE...

– JE SAIS CE QUE VOUS ALLEZ DIRE.

– OUI, IL FAUDRA ATTENDRE POUR SAVOIR.

– TOUTES LES DONNÉES QU'IL A RAPPORTÉES POUR CRÉER *POLYNESIA* N'ONT PAS PERMIS DE MODÉLISER AVEC UNE CERTITUDE ABSOLUE LE COMPORTEMENT DE TA'AROA. LA CONDUITE D'UNE MACHINE COMME LE *TOA MARAMA* SE RÉVÈLE D'UNE GRANDE COMPLEXITÉ, ET C'EST LA MÊME CHOSE POUR LA MODÉLISATION, ELLE NÉCESSITE UNE EXPÉRIENCE HORS DU COMMUN.

– PENSEZ-VOUS QUE LE PROJET *POLYNESIA* POURRAIT ÊTRE REMIS EN CAUSE ?

– CERTAINEMENT PAS ! D'AUTRES VOLONTAIRES SUIVRONT. CERTAINS SONT DÉJÀ OPÉRATIONNELS ET ONT PRIS LA SUITE SUR D'AUTRES GRANDES PIROGUES DOUBLES.

– IL Y A DONC TOUJOURS DES CANDIDATS AU PASSAGE ?

– ÉVIDEMMENT ET PLUS QUE JAMAIS ! LES DRAMES FONT PARTIE INTÉGRANTE DU PROJET. ILS FORGENT AUSSI *POLYNESIA* !

– VOUS CROYEZ DONC QU'ILS SONT NÉCESSAIRES ?

– ILS AFFIRMENT LA RÉALITÉ PROFONDE DE *POLYNESIA*. ILS LUI DONNENT DU CORPS. LE PROJET EST MAINTENANT TOTALEMENT ABOUTI. ET QUELLE IMAGE AVEZ-VOUS GARDÉE DE LA POLYNÉSIE ?

– MAIS CELLE DE LA NOUVELLE CYTHÈRE, BIEN SÛR ! AVEC DES PLAGES DE SABLE BLANC, DES LAGONS PARADISIAQUES ET UN PEUPLE BEAU, FIER ET ACCUEILLANT, DES FLEURS, DES CHANTS, ET L'AMOUR ÉVIDEMMENT !

– OUI, BIEN ENTENDU. SEULEMENT VOUS SAVEZ QUE SUR LEURS GRANDS VAISSEAUX ILS ONT AUSSI TERRIBLEMENT SOUFFERT ET QUE BON NOMBRE DE MALHEUREUX ONT PÉRI EN MER ! C'EST ÇA AUSSI L'ANCIENNE POLYNÉSIE. AVEZ-VOUS DÉJÀ IMAGINÉ LA DÉTRESSE DE CES NAVIGATEURS QUI, APRÈS DES JOURS ET DES JOURS DE MER, DÉRIVENT SANS VENT AU LARGE D'UNE ÎLE QUI SE DÉROBE À EUX PARCE QUE LES COURANTS SONT CONTRAIRES, QU'ILS SONT ÉPUISÉS ET QU'ILS NE PEUVENT PLUS PAGAYER POUR L'ATTEINDRE ? AVEZ-VOUS PENSÉ UN INSTANT À CES MISÉRABLES MARINS, ARRIVANT DEVANT UNE ÎLE QUI NE MONTRE PAS LA MOINDRE PASSE ? ILS SONT OBLIGÉS DE SE JETER À L'EAU. ILS SONT OBLIGÉS D'ABANDONNER LEUR NAVIRE, AVEC TOUS LEURS BIENS SI LONGTEMPS PRÉSERVÉS DES ÉLÉMENTS. ILS SONT OBLIGÉS DE TENTER DE FRANCHIR À LA NAGE DE TERRIBLES MONSTRES D'ÉCUME, ET QUAND ENFIN ILS ÉCHOUENT SUR UNE PLAGE VIERGE, TOUTES LES FEMMES SE SONT NOYÉES, ET ILS RESTENT SEULS SOUS UN SOLEIL ÉCRASANT AVEC LA CERTITUDE DE MOURIR SANS DESCENDANCE…

– MAIS LES FUTURS POLYNAUTES NE SONT-ILS PAS EFFRAYÉS DE PENSER QU'ILS POURRAIENT PÉRIR AINSI, LOIN DE LEUR VAISSEAU-LUMIÈRE, DANS DES CONDITIONS TELLEMENT ATROCES ?

– JUSTEMENT, CETTE ANGOISSE, CE RISQUE PERMANENT, C'EST ÇA AUSSI LA VIE POUR LES IH ! »

La grande pirogue

Ono et Tama sont penchés au-dessus de moi.

« Tumatarii, tu es surprenant, dit le fils de Ta'aroa. Tu étais là avec Ta'aroa, et puis, l'instant d'après, tu tombes brutalement comme une masse sur le pont. Tu semblais dormir. Nous t'avons transporté ici, à l'abri derrière le *fare* central. Et, au bout d'un certain temps, tu ouvres les yeux, comme si de rien n'était. Comment te sens-tu ? »

Orama me donne à boire et je me détends. Puis je réponds à Tama :

« Tout va bien. Je crois que je me suis endormi. Mais pourquoi le bateau vibre-t-il ainsi ? Il n'a pas son chant habituel…

– Tumatarii, tu nous as fait peur, dit Ono.

– Mon père a fait modifier la route pendant ton sommeil. Nous sommes plus près des vents dominants. Nous remontons un peu plus vers le nord, précise Tama, nous remontons vers Apato'erau.

– Où est ton père ? »

Tama en profite pour continuer son explication technique :

« Il est auprès de Faarii, ils se partagent la barre à l'abri du vent, pendant que Mate'iri s'occupe de celle qui reçoit le vent. La route est plus difficile à tenir, et le gréement fatigue.

– Mon Dieu, Alpha, je t'échappe encore… Je dois revenir…

– Que dis-tu aux dieux ? demande le fils de Ta'aroa.

– Rien… je faisais un rêve…

– Les rêves sont d'autres morceaux de notre vie », affirme Ono. Je le regarde en souriant tout en me disant qu'il ne sait pas à quel point il a raison. Je prends de plus en plus conscience de ce jeu pervers dans lequel le temps se plaît à me plonger. J'ai fait une courte réapparition vers Apataki, mais je suis resté bien plus longtemps endormi près de Tama et d'Ono. Je ne ressens pas la moindre fatigue et, me levant, les rassure :

« Tama, Ono, ne vous inquiétez pas, tout va bien. Je vais voir Ta'aroa. »

L'allure de la grande pirogue a changé. Le *Toa Marama* fait une route assez proche du vent. Il a pris un autre rythme. Il lutte pour le moment sans trop de difficulté contre une mer plutôt clémente. Si le vent et la mer devaient s'unir pour accroître leurs forces, la grande pirogue souffrirait de cette allure où les deux grandes voiles sont très plates.

Je trouve Ta'aroa de l'autre côté du *fare* central, en grande discussion avec Maeva. Il est question du feu qui faiblit et de la responsabilité de le maintenir en vie. Dans l'immense bac, une pauvre petite lumière a bien du mal à signaler sa présence dans l'éclat du jour. Maeva a failli laisser le feu s'éteindre. Mata-Rau est là. Il ne dit rien, mais son regard approuve les propos de Ta'aroa. Quand ce dernier m'aperçoit, il s'arrête de sermonner Maeva et vient vers moi en souriant.

« Tumatarii, comment fais-tu pour t'endormir comme ça au beau milieu du jour ?

– La fatigue, probablement, la fatigue, dis-je en ayant conscience de mentir.

– Pendant ton sommeil, j'ai bien observé l'Image et les porcelaines en mettant dans ma tête tout ce que nous avons noté. Que penses-tu de la route que nous faisons et de la manière avec laquelle *mahana* nous regarde ?

– Je ne sais pas. Peut-être faudra-t-il songer à virer de bord, pour remonter encore plus vers Apato'erau. Je pense que nous sommes encore trop vers Apato'a, mais j'attends de voir les *ta'urua*.

– Tumatarii… » Il me prend par le bras et m'entraîne à l'écart des autres.

« Oui ?

– Il y a si longtemps que la déesse de la lune n'est pas venue. M'a-t-elle définitivement oublié ?

– Je pense qu'elle reviendra. Peut-être quand nous serons proches de ton *fenua* ?

– J'ai très peur qu'elle ne m'abandonne. Déjà, la nuit dernière, la lune ne la portait pas sur le chemin de la nuit. Nulle mélodie cristalline n'a retenti comme d'ordinaire quand elle descend des cieux pour me retrouver entre les deux étraves. »

Je n'ose lui dire qu'avec la cadence que prend le *Toa Marama*, cet espace très exposé aux éléments va très vite devenir invivable. Quand le grand vaisseau gagne dans le vent en remontant avec puissance, l'étrave au vent plonge régulièrement dans l'écume et tire avec frénésie des flèches d'embruns sur la plateforme. Ce n'est plus le tranquille poste d'observation où l'on imagine que pourrait encore se tenir le Guerrier de la Lune en compagnie de sa déesse de la nuit. À tout moment, une lame perfide plus agressive et plus haute que les autres peut monter à l'assaut du bord et tout balayer sur son passage.

Ta'aroa est toujours à mon côté. Je sens bien cette complicité qui nous unit. Je le réconforte :

« Je t'assure que ta déesse reviendra. Elle sera là pour contempler avec toi les formes et les couleurs de ton *fenua*, quand enfin il sortira de *moana* devant les deux étraves du *Toa Marama.* »

Puis, tout à coup, je change de sujet.

« Ta'aroa. Je dois te dire une chose.

– Tu es un grand prêtre singulier, mais il y a chez toi une constante frappante, c'est ainsi.

– Laquelle ?

– Tu me surprends toujours, Tumatarii ! Je sais que je dois m'attendre à une nouvelle étrange, n'est-ce pas ?

– Étrange ? Pourquoi dis-tu cela ?

– Je ne sais pas, une impression.

– Ta'aroa, si un jour je m'endors définitivement, si un jour je ne me réveille plus… plus jamais… si je ne reviens plus sur le *Toa Marama*, sache que je garderai toujours en moi le souvenir de l'homme extraordinaire que tu es, le constructeur de pirogues, le grand guerrier du *Toa Marama.* La figure emblématique de ce pays dont je suis amoureux, le tien.

– Mais pourquoi parles-tu encore de ton pays comme si ce n'était pas le tien ?

– Ta'aroa, c'est le plus beau cadeau que tu pouvais me faire. »

Apataki

Il y a au plus profond de l'essence même de l'univers un principe entropique immuable, auquel nul système, mort ou vivant, minéral ou biologique, quasi stellaire ou galactique ne peut échapper. Dans des lieux où aucun vaisseau-lumière n'ira jamais se perdre, comme sur des flots éternellement labourés par d'intrépides étraves, un jour ou l'autre, l'énergie est dissipée. La forme qu'elle prend alors peut donner lieu à un meurtre que seule l'absence d'une quelconque réflexion justifie.

Par un mystère dont le dieu du hasard a le secret, ils ont dérivé vers les limites de l'atoll, s'approchant dangereusement de la barrière où des monstres liquides sont à l'affût. Quel esprit aura-t-il perçu dans cette agressive proximité la fin prochaine d'un mythe ? La fusion définitive du néant et de l'abject ?

On peut seulement espérer que le petit peuple, figé dans un espoir infini, ne peut prendre conscience du déroulement impitoyable d'un temps qui redémarre en accéléré et se moque des rêves. Ces rouleaux démesurés qui déferlent sur une barrière dont la beauté étonne, ceux-là mêmes qui se parent de reflets chatoyants, les aspirent inéluctablement en leur sein bouillonnant.

La petite pirogue monte un instant vers les cieux comme si l'un des monstres voulait soupeser son infime masse. Une lueur trompeuse envahit son proche univers, mais c'est une poigne d'écume qui se referme sur elle pour la broyer. Elle explose dans les rouleaux de la barrière, elle est brisée, laminée, disloquée. En une fraction de seconde, ses occupants sont déchiquetés et éparpillés dans une eau qui tente de cacher dans des couleurs sournoises de méprisables desseins. Mais qu'ont-ils fait, ces habitants du *Toa Marama Iti* pour mériter une telle destinée ? Pourquoi faut-il qu'ils périssent tous noyés et déstructurés ?

Rien. Elle et eux, petite pirogue et multiples figurines, ne sont plus rien, rien que des débris sans importance, dilués dans une onde qui ose se parer d'une innocente lumière.

Je me réveille brutalement. Alpha sursaute à côté de moi et s'exclame : « Tu m'as fait peur ! » Elle demande aussitôt : « C'est bien toi ?

– Je n'arrivais plus à revenir. »

Avec un sourire complice, elle déclare :

« Moi non plus. J'ai perdu la petite pirogue. Elle a disparu, elle n'est plus là. Je l'ai cherchée sans résultat. Je suis désolée.

– Peut-être fallait-il en arriver là. » Puis j'ajoute :

« Il faut absolument que je regarde le lagon, l'état de la mer !

– Repose-toi, nous avons tout notre temps, tu dois prendre des forces et il vaut mieux attendre que le coup de vent soit passé.

– Non, et puis je dois constater moi aussi que la pirogue n'est plus là, j'ai besoin de m'en assurer ! Il faut également que je sente la caresse du vent sur mon visage. Il faut que je voie clairement combien je suis de retour. C'est terrible, je n'arrivais plus à revenir.

– C'est bien toi, je suis sûre que c'est toi, tu ne peux jamais rester en place ! »

C'est une matinée assez claire et encore lumineuse. Cependant, ce n'est plus le grand beau temps calme. Un vent bien établi court depuis le sud sur quelques dizaines de kilomètres. Il lève un méchant clapot. Un semblant de houle océanique agite notre *Toa Marama.* Cette étendue habituellement émeraude est comme voilée, habillée d'un soupçon de gris. Elle reflète quelques nuages sombres qui caracolent dans les cieux. Cela arrive également à Apataki. Le lagon a perdu une partie de son image traditionnelle de paradis lisse et somptueux. Notre *Toa Marama* tire sur son mouillage et notre ancre a dû s'enfouir profondément dans le sable. Derrière nous, on aperçoit les masses sombres des premiers coraux. La plage est là, toujours désertique et coupée du reste du monde. Personne, pas de signe de vie, pas de bateau, rien qu'une solitude de bout du monde, avec nous deux, sans la petite pirogue, sans le petit peuple, seuls dans cette anse, au creux du *motu* de la pointe Teonemahina.

Je suis bien de retour à Apataki.

LIe siècle

Moins quatre minutes

« LeeR ! Arrête de tourner en rond comme ça !

– Papa arrive quand ?

– Bientôt, je suis comme toi. Moi aussi je suis très impatiente, tu sais, et ta sœur aussi, n'est-ce pas LunDy ?

– C'est vrai qu'il joue dans *Mission secrète* ?

– LeeR, je t'ai déjà expliqué que *Mission secrète* est une série de TV3D pour les enfants, et l'Acom qui joue dedans n'est pas ton père !

– Mais papa a découvert un vaisseau-lumière lui aussi !

– Oui, mais la découverte faite dans ton émission est une histoire, ce n'est pas vrai. LunDy, aide-moi, il me fatigue.

– LeeR, arrête un peu et reste assis. Papa va bientôt arriver. »

LunDy ajoute en s'adressant à sa mère :

« Je suis tellement heureuse de le retrouver ! »

Puis elle en revient à son frère :

« Tiens, LeeR, regarde la dame qui arrive là, c'est une personne très importante et elle ne joue pourtant pas dans *Mission secrète* !

– LunDy, tu ne vas pas t'y mettre, toi aussi », dit ValdiVia.

Moins trois minutes

Ils sont tous les trois à l'honneur. Près d'eux se tiennent VanadZo et LinZ. L'un fier de l'importance qu'il se donne, l'autre effacé et le regard lourd de regrets. La représentante de la Confédération galactique, très élégante dans une combinaison sombre portant les insignes galactiques bleu et or, fait son apparition à la tribune. Elle est suivie de KeeLung, le président du gouvernement du vaisseau des Nuages du Taureau, et des délégués d'une centaine de vaisseaux qui ont fait spécialement le voyage. Un groupe de journalistes un peu à l'écart agitent des dispositifs d'enregistrement multimédia à distance. ValdiVia prévient soudainement ses enfants :

« Soyez attentifs à ce que vous pourriez dire, nous sommes dans le champ d'enregistrement. »

Moins deux minutes

VanadZo se déplace légèrement pour saluer la représentante de la Confédération qui lui serre la main, puis qui fait un détour vers la femme et les enfants d'AngKor. Elle n'a pas oublié ValdiVia à qui elle accorde plus d'importance qu'à VanadZo.

Elle s'approche d'elle et déclare :

« Votre mari est un homme qui marquera notre histoire. La découverte d'un vaisseau-lumière est déjà un événement en soi, mais le projet *Polynesia* est une réussite si l'on en juge par l'extraordinaire engouement qu'il provoque au sein de la Confédération. Et, surtout, nous lui devons tous une stabilité politique retrouvée et la fin des conflits.

– Je vous remercie, madame la vice-présidente.

– Tu es LeeR, je suppose, et voici LunDy, n'est-ce pas ?

– Oui, madame », répondent-ils en chœur. Sur quoi elle ajoute :

« Votre père arrive ! »

Moins une minute

Tous ont maintenant les yeux fixés sur le compteur qui a été installé dans le hall du centre de communication du RHET au plus près des puits gravifiques, juste après les cellules de reconfiguration.

AngKor vient de passer. Il entre dans la cellule qui a été configurée pour lui. Il revêt aussitôt la magnifique combinaison qui a été préparée à son intention et place sur son poignet un BioCom de dernière génération qui prend immédiatement sa place et déclare :

« Quelle fierté d'être le BioCom du célèbre AngKor. Je suis à tes ordres. »

AngKor met la paume de l'une de ses mains sur la cloison et passe au travers.

L'hymne galactique retentit et ValdiVia entend très bien alors ce que dit LeeR :

« Mais, ce n'est pas mon père ! »

Apataki

Rien ne sera plus comme avant. Même si la nuit a été calme. Même si le soleil monte doucement derrière les palmes du *motu* Teonemahina. Même s'il est temps de relever le mouillage, si l'on veut profiter de l'étale de pleine mer pour prendre la passe Tehere permettant de sortir du lagon par le nord, rien ne sera plus comme avant. Même si, dans un virage impossible, un bel oiseau noir accompagne notre étrave, la réalité d'un jour ordinaire ne peut effacer les marques d'un temps fracturé. Rien ne sera plus comme avant. Je n'y peux rien, je la cherche encore désespérément. Mais nous ne dirons rien.

Il est dix heures quand, poussé par les alizés, le *Toa Marama* s'ébroue et s'élance grand largue, tout dessus, génois, trinquette et grand-voile, sur la longue houle du Pacifique. C'est un émerveillement, c'est aussi un déchirement.

Cap nord-ouest pour laisser l'atoll d'Arutua sur bâbord dans une douzaine de milles. Puis, route sur la passe Tiputa de Rangiroa dans soixante-quinze milles. Mais la navigation dans les Tuamotu impose de respecter les heures des marées et la puissance des courants dans les passes, alors quand arriverons-nous ? Rien de particulier pendant une dizaine d'heures. Rien qu'une navigation belle et sereine au cours de laquelle le *Toa Marama* s'exprime enfin en prenant sa revanche sur tous ces jours où il est resté figé dans l'attente.

Une route directe avec un vent favorable nous emporte trop tôt, en début de nuit, à l'entrée d'une passe dangereuse par les forts courants contraires qu'elle génère. En attendant le moment propice, nous nous lançons dans une course au large sous les *ta'urua*. Il faut avoir vécu au moins une fois dans sa vie le miracle d'une navigation à la voile sous les étoiles pour comprendre ce que signifie l'appel du large. Rien alors ne sera plus comme avant, et la terre, si désirée, aura toujours un parfum d'escale.

68

Réalités

ValdiVia a sursauté en voyant la silhouette d'AngKor. Il a terriblement changé. Ses cheveux sont anormalement longs, attachés en catogan, ce qui lui donne un air sauvage et arrogant. Sa démarche, elle aussi, est différente. Cependant, ValdiVia ne peut comprendre l'origine de cette modification. C'est une allure franche et déterminée, mais qui garde encore quelque chose de la perpétuelle oscillation d'un navire de haute mer. Quand il se rapproche, elle voit que ses traits se sont creusés, que son visage est brûlé par le soleil. Et enfin, lorsqu'elle rencontre son regard, même si elle imagine sans difficulté que c'est bien AngKor, elle discerne dans le feu qui couve dans ses prunelles la marque d'un caractère audacieux qui s'est considérablement accentué.

AngKor dit deux mots comme pour confirmer sa présence :

« C'est moi ! »

Et il serre dans ses bras ValdiVia, puis ses enfants, pendant que toute l'assistance applaudit. Quand le silence revient, la vice-présidente de la Confédération s'avance et le congratule :

« AngKor, nous savons maintenant que la Confédération a besoin de projets EVA du type *Polynesia*. Encore faut-il découvrir un vaisseau-lumière ! C'est vous qui aurez convaincu le gouvernement central de la faisabilité d'un projet d'EVA Création totale. »

À ces mots, VanadZo, un peu en arrière, a frémi. Des pensées de revanche s'agitent dans son esprit. Il accepte difficilement que ce soit AngKor qui reçoive les honneurs et pas lui. Mais il ne laisse rien paraître.

La vice-présidente de la Confédération reprend la parole :

« Vous venez de vivre des moments forts et difficiles.

– C'est exact. *Polynesia* est un monde à lui tout seul, où chaque jour apporte joies et peines. Conduire une machine comme le *Toa Marama* est un privilège. Son naufrage est un drame et la mort d'une femme, d'un homme, d'un enfant, toujours une tragédie.

– Même quand il s'agit d'iV ?

– Même quand il s'agit d'iV.

– Encore merci, AngKor, pour avoir donné une partie de votre existence afin qu'un projet de cette envergure émerge au sein d'un vaisseau-lumière. Et, surtout, merci pour votre action exceptionnelle qui a considérablement réduit le développement des conflits au sein de notre Confédération. »

Les applaudissements redoublent et LeeR tire la combinaison de sa sœur. Il lui chuchote :

« C'est vraiment notre père ? Il me fait peur.

– Mais oui, bien sûr, c'est notre père. Tu ne dois pas avoir peur, voyons ! Moi, je lui trouve une sacrée classe ! »

Les journalistes sont autorisés à approcher.

Les questions fusent :

« Où est IwaKi ?

– Pourquoi tous vos compagnons virtuels sont-ils morts ?

– Retournerez-vous sur *Polynesia* ? »

AngKor lève les bras et le silence se fait.

« IwaKi a été blessée. Elle est déjà revenue sur les Nuages du Taureau. Même si sa vie n'est pas en danger, elle doit rester isolée du monde pour un moment.

– Où est-elle ?

– Je ne peux pas vous le dire.

– Retournerez-vous sur *Polynesia* ?

– Je ne retournerai pas sur *Polynesia*, du moins dans l'immédiat.

– Pouvez-vous nous dire comment faisaient les anciens Polynésiens pour voyager sur de telles immensités d'eau avec ces vaisseaux rudimentaires ? »

À l'énoncé de cette question particulière, AngKor a étendu les bras une deuxième fois pour demander le silence. La manière dont il a regardé l'assemblée a produit l'effet souhaité. Un silence absolu règne et tous semblent subjugués par l'incroyable charisme qui émane de lui. Avec une profonde conviction qui marque les esprits, comme si d'un seul coup il les tenait tous dans le creux de sa main, il déclare :

« Voyez-vous, la question n'est pas de savoir comment ils faisaient. La vraie question est de savoir pourquoi nous sommes tellement étonnés qu'ils aient pu le faire. »

VanadZo, à ce moment-là, est pris d'une nausée. Il comprend, lui plus que tout autre, que l'homme qui vient de parler n'est plus tout à fait AngKor.

Au bout de quelques secondes, la vice-présidente, qui n'est pas dupe dans la mesure où elle a l'habitude de l'exercice du pouvoir, comprend qu'AngKor n'en restera pas à de simples idées. Se substituant aux journalistes, elle dit le plus naturellement du monde :

« Merci, AngKor. Merci à vous pour ces nouvelles fraîches de *Polynesia.* »

Ainsi, elle met elle-même, volontairement et un peu rapidement, un terme définitif à une manifestation dont elle pense, avec juste raison, qu'il est inutile de la laisser dériver vers des sphères où politique et prospective ne peuvent que s'affronter.

Vers Rangiroa

L'horizon se pare de mauves et de violets avant de lever un voile sur des orangés pâles. L'approche d'un atoll demeure étrange et irréelle. L'absence de toute île haute ne laisse en rien soupçonner la présence d'un lagon accueillant et rien non plus n'indique la taille de l'île morte, dont le dôme volcanique a fini par plonger sous la surface au cours des millénaires. Petit, ou gigantesque comme Rangiroa, un atoll, réduit à une simple couronne récifale, a le même aspect. Les abords des quelques passes praticables par des voiliers de haute mer ne se distinguent pas par leur originalité. Une chose est certaine, les entrées de ces goulets bordés de *motu* sans cesse bas sur l'eau et couverts de cocotiers ne s'aperçoivent qu'au dernier moment, quand la végétation daigne enfin se montrer entièrement derrière une houle toujours bien formée.

Voici Tiputa, la passe est de Rangiroa. C'est l'étale de pleine mer et les courants sont faibles. Le passage est ouvert.

Nous resterons une dizaine de jours à Rangiroa. Le temps de pénétrer encore une fois l'ambiance si spéciale des atolls et, il faut bien le dire, le temps de se rendre compte du besoin impératif de repartir vers une île plus affirmée, une île haute, une vraie, avec un lagon certes, mais avec des pics et des monts, des pentes et des échancrures, des baies et des vallées.

Même si nous n'avons rien oublié des mystères d'Apataki, pas une seconde nous ne les avons évoqués. Pourquoi Alpha ne me dit-elle rien de son rôle et de son jeu avec la petite pirogue ? Pourquoi cette question ne me tracasse-t-elle pas ? Parce que moi-même je ne peux pas lui révéler que le grand prêtre du *Toa Marama* a disparu ? Et me racontera-t-elle un jour quel lien étrange elle entretenait avec la Lune et avec sa déesse ?

Il y a aux frontières de la conscience une évaporation continuelle des expériences mentales, qui laisse penser que la plus haute manifestation de l'esprit n'est pas sans rapport avec l'évolution du temps. Parallèlement, elle ne peut se concevoir sans espace, car il faut bien qu'elle s'appuie sur une expérience passée et qui ne peut donc exister qu'en elle. Mais la même chose peut se concevoir avec le rêve. La conscience pourrait-elle se passer de l'espace en se développant uniquement dans les manifestations du sommeil paradoxal ? Une chose est certaine, elle ne peut se passer du temps. Peut-être même qu'elle se fortifie avec le temps, ou qu'elle s'adapte aux contraintes d'une réalité plate et lisse. Avec le temps, je me rends compte que Ta'aroa me manque. Aurait-il mis sa marque dans mon esprit ? Ai-je le droit de m'approprier une culture qui n'est pas mienne ? Mais qui était donc Ta'aroa et que devient-il, ainsi noyé dans les tourbillons incessants des chroniques de mes souvenirs recomposés ?

Dans les fondements de la culture des Polynésiens réside une tradition d'échange qui remonte à l'époque où ils voyageaient d'île en île dans de grandes pirogues. Si je me souviens de plus en plus confusément de ma participation futile à cette dynamique, en revanche, qu'est-ce qu'ils m'ont vraiment donné, eux, et qui restera profondément gravé au plus profond de mon être ? Le sentiment étrange de retrouver des lieux mythiques chargés d'un paradigme porté par une cristallisation du rêve, chargés d'une mémoire collective ouverte et conviviale, d'un parfum éternel où l'appel du large laisse la place à l'appel de l'île.

Aurait-elle oublié pourquoi nous étions venus à Apataki ? Alpha s'est-elle fondue comme une ombre dans cet atoll où une seule chose comptait, vivre en harmonie avec le lagon, l'océan et la plage ?

Le temps est une fiction, un concept abscons, une absurdité, il n'est rien. Seuls existent des systèmes en évolution. Entre atomes et galaxies, seule existe une manifestation holistique singulière : l'émergence de notre propre conscience, spécifique de l'évolution des systèmes complexes que nous sommes.

Imbriqué entre infiniment petit et infiniment grand, le temps joue les mirages et nous ferait croire à son existence. Le temps semble un tyran qui nous englobe inexorablement. On le subit toujours, soit dans son implacable progression, soit dans une exaspérante immobilité, parfois dans des repliements oniriques incongrus.

Le temps existait-il à Apataki ?

Le temps… Maintenant il nous trompe.

Insensiblement, avec une fourberie dont il a le secret, il disperse certains de nos souvenirs dans les méandres d'une mémoire ordinaire. De jour en jour, de nuit en nuit, notre croisière reprend son cours et les volutes brumeuses du rêve s'enroulent sur elles-mêmes dans un oubli que nous ne percevons même plus.

Alpha me pose une question dont je ne comprends pas le sens : « Quand nous étions dans le lagon d'Apataki, bien tranquilles dans le creux du *motu* Teonemahina, te souviens-tu d'avoir dormi plus que d'habitude ? »

Je la regarde longuement avant de répondre, tentant de retrouver dans mes souvenirs la trace obsédante d'un rêve qui se dilue.

« Que veux-tu dire ? Ce lieu totalement isolé du monde était propice au repos, et par là même aux chimères et à l'utopie. Nous avons rêvé.

– Justement, que reste-t-il de ce mirage ? Quelle conscience en as-tu gardée ? Quelle marque demeure dans ton esprit de ces jours de méditation ?

– Celle d'une harmonie, quelque chose comme ça… je ne sais plus. Pourquoi me poses-tu cette question ?

– Parce que je ne sais plus moi-même pourquoi la lumière de la lune me manque à ce point. Pourquoi la lune me manque-t-elle ? »

À la réflexion, la question d'Alpha me poursuit. Il me semble qu'elle a fait là allusion à autre chose de plus fondamental, mais que la réalité ne souhaite pas retrouver. Quelque chose de sacré ou de divin que mon esprit rationnel refuse de nommer, sauf peut-être par le biais du sommeil paradoxal, mais je ne me rappelle pas quoi. La conscience serait-elle comme le rêve, chargée de souvenirs qui finissent toujours par s'estomper ? Qui peut vraiment prétendre se remémorer ses rêves ?

Qu'avons-nous fait quand nous étions au nord d'Apataki ?

LIe siècle

« L'antenne dans deux minutes.

– AngKor, nous sommes bientôt en direct. Vous allez nous parler de votre expérience personnelle sur *Polynesia*. Vous vous sentez prêt ?

– Je suis prêt.

– Nous marcherons donc au bord de cette plage qui est une reconfiguration virtuelle assez réussie, je crois, et l'entretien donnera l'impression de se passer sur *Polynesia*. Voilà, nous sommes entrés dans la scène, c'est bon pour vous ?

– Pas de problème.

– Soyez peut-être plus loquace, sans trop développer les réponses à mes questions, donnez-leur un peu plus d'affectif, un peu plus de corps, OK ?

– Si vous voulez. Comptez sur moi.

– L'antenne dans une minute. »

ValdiVia et les enfants se sont placés autour du THM et attendent avec une impatience compréhensible la projection 3D qui va faire apparaître AngKor au centre de la pièce.

« Papa est encore plus célèbre que s'il jouait dans *Mission secrète* !

– LeeR, dit ValdiVia, tu ne devrais pas toujours tout ramener à cette émission, tu es grand maintenant ! »

ValdiVia et LunDy se regardent en souriant. Peu à peu une lumière bleu pâle se répand comme une eau qui monte autour du THM.

On ne comprend pas tout de suite que ce que l'on voit n'est rien d'autre qu'une immensité marine parcourue par d'infimes vibrations. Un zoom arrière donne du champ à la scène et l'on découvre deux tons de bleu…

« Moi, je sais ce que c'est…, dit fièrement LeeR.

– Tais-toi, lui intime ValdiVia.

– … c'est le Pacifique », murmure LeeR avec un air de conspirateur à l'adresse de sa sœur.

… deux tons de bleu, marine et turquoise, séparés par une fine frontière éclatante d'une blancheur mouvante. La vue bascule et le bord d'une plage de sable blanc apparaît. Deux personnes se tiennent debout. AngKor est là avec à son côté SlatiNa, la célèbre présentatrice de TV3D, spécialiste des interviews en direct de la chaîne.

« Bonsoir ! *Polynesia* dans le Rift de l'Aigle est un vaisseau-lumière unique. Il a été découvert par l'homme que toute la Galaxie connaît et qui est là, sur cette plage virtuelle, AngKor !

– Bonsoir.

– Bonsoir, AngKor. Avant de parler de votre expérience polynésienne, pouvez-vous nous rappeler comment vous avez découvert le vaisseau ?

– Le plus naturellement du monde, avec un peu de patience et sans doute beaucoup de chance !

– Vous n'avez pas utilisé de technique particulière ? Tout le monde peut en faire autant ?

– Oui et non. J'ai patiemment recherché les positions relatives de quelques milliers de vaisseaux-lumière, puis j'ai implanté sur mon iA un programme de recherche probabiliste adapté à la couverture galactique des vaisseaux par une stratégie réplicative.

– Tout cela est très technique. Est-ce que votre spécialité d'Acom vous a aidé dans cette recherche ?

– Oui, bien sûr ! Dans mon métier, on est amené à connaître certaines données, qui ne sont pas confidentielles, mais qui permettent de comprendre en partie comment les vaisseaux essaiment au sein des bras galactiques.

– Parce que l'essaimage n'est pas homogène ?

– C'est une question de spécialistes, voulez-vous vraiment que j'y réponde ?

– Parlez-nous plutôt de *Polynesia*. Pouvez-vous dire aux téléspectateurs ce qui change profondément sur *Polynesia* par rapport à un vaisseau classique ?

– Le vaisseau-lumière a toujours ses deux parties, le vaisseau-monde et le vaisseau-machine. C'est un vaisseau parfaitement identique à n'importe quel autre vaisseau. En revanche, le biotope du vaisseau-monde est totalement original. Jamais un vaisseau-monde de ce genre n'a été reconfiguré avec une telle réalité et surtout, ce qu'il faut bien comprendre, c'est qu'il n'y a aucune technologie implantée dans le vaisseau-monde, tous les systèmes sont concentrés dans le vaisseau-machine.

– Qu'est-ce que cela veut dire, en fait ?

– Cela veut dire que sur *Polynesia*, quand on sort des puits gravifiques du RHET, on se retrouve exactement comme sur l'ancienne Terre environ six mille ans en arrière, plongé dans une nature à la fois merveilleuse et agressive.

– Qu'est-ce qui est merveilleux sur *Polynesia* ?

– *Polynesia* n'est rien d'autre qu'un océan, parsemé de quelques îles. C'est tout. Le merveilleux provient d'abord de la remarquable pureté des paysages marins et du jeu de la lumière sur les flots. Le merveilleux provient aussi des habitants implantés et de leur extraordinaire communion avec une nature qu'ils déifient.

– Ils croient à l'existence d'un dieu ?

– Ils croient à la présence constante de multiples divinités qui vivent avec eux. Certains d'entre eux pensent qu'ils sont eux-mêmes divins, ou bien que leurs parents l'étaient.

– Vous avez qualifié ce monde d'agressif, pourquoi ?

– Tout simplement parce que les forces en présence ont des actions directes et aléatoires sur les individus.

– Que voulez-vous dire ?

– Un exemple : l'océan est reproduit à l'identique de ce qui existait sur la Terre. Le vent et la mer peuvent s'affronter dans une lutte que vous ne pouvez pas imaginer. Quand le pauvre pêcheur et sa famille se trouvent perdus sur une telle immensité marine, malmenés par des forces qui les dépassent, leurs vies mêmes sont en danger.

– Vous voulez dire qu'ils sont obligés de subir des changements climatiques qu'ils ne contrôlent pas ?

– Exactement.

– Et cela est vrai pour toute chose ?

– C'est tout à fait ça. La naissance d'un enfant est un bonheur, sauf que la mère peut en mourir. Une séance de pêche dans le lagon est un moment magique, mais la piqûre de certains animaux marins est mortelle.

– Ils ne peuvent pas se faire soigner en cas d'accident ?

– Il n'y a pas de technologies, mais ils disposent de quelques connaissances dans l'utilisation de plantes et d'autres produits naturels que nous avons oubliés. Cela reste évidemment très rudimentaire.

– Mais tout cela ne va-t-il pas faire fuir les polynautes souhaitant des sensations fortes, mais désireux de rester en vie ?

– Le fait est que, dans cette période où il nous faut bien contrôler l'immigration vers *Polynesia*, la demande ne baisse pas, tout au contraire, elle est en augmentation !

– Parlez-nous des pirogues.

– Ce sont des machines prodigieuses dont le maniement est beaucoup plus complexe que je ne l'imaginais.

– Vous faites allusion à l'incident qui a provoqué votre retour ?

– Oui. Je suis resté très marqué par cette aventure, si magnifique et si terrible à la fois. Vous n'imaginez pas combien ils me manquent.

– Voulez-vous dire… eux ?

– Oui, eux aussi, mais surtout spécialement l'un d'entre eux.

– Et comment s'appelait-il ?

– AngKor !

– C'est terrible ce que vous êtes en train d'avancer. Vous ne vous sentez plus le même ? Vous n'êtes plus AngKor ?

– Si, bien sûr…, mais je suis aussi un autre ! J'ai découvert quelque chose de formidable… »

À cet instant précis, AngKor ne regarde plus SlatiNa, il s'adresse à tous ceux qui en ce moment même visionnent l'émission *Réel3D* en direct de TV3D sur leur THM, et tous sans exception diront par la suite que de cet homme revenu de *Polynesia* émanaient une force et une persuasion hors du commun.

« … j'ai découvert quelque chose qui va changer notre façon d'être, quelque chose que nous avons oublié, mais qui heureusement est resté latent, enfoui au fond d'une mémoire collective endormie dans des limbes anciens et fondamentaux… »

« ON PEUT INTERROMPRE L'ÉMISSION QUI PASSE EN CE MOMENT SUR TV3D ?

– TECHNIQUEMENT OUI ! POLITIQUEMENT, C'EST IMPOSSIBLE. SI ON LE FAIT À CET INSTANT PRÉCIS, ON VA PROPAGER UN IMPACT MÉDIATIQUE CONSIDÉRABLE ET LE MODÈLE EST TROP CHAOTIQUE, ON NE PEUT PLUS RIEN FAIRE !

– LA VICE-PRÉSIDENTE AVAIT RAISON, IL N'EST PLUS CONTRÔLABLE. QUI A EU L'IDÉE DE LE LAISSER FAIRE, QUI ? C'EST UNE FOLIE DE LE LAISSER PARLER ! »

« …, une idée forte et spécifique, celle d'une présence, une force vitale qui nous montre la voie, une force spirituelle unique et universelle, et dites-vous, tous et toutes, jeunes ou vieux, que notre survie n'est pas dans la maîtrise des vaisseaux-lumière, mais dans le constat fondamental que, comme eux, nous devons conquérir. Conquérir l'univers, non pas à l'aide des hypertechnologies réplicatives uniquement, mais surtout par la force de notre esprit. Dites-vous bien cela, pensez-y jour et nuit, faut-il chercher à comprendre comment ils arrivaient à faire avancer des pirogues à voiles sur un océan primitif ou faut-il nous demander pourquoi nous nous posons vraiment cette question ? C'est ainsi. »

« ON POURRAIT COUPER ICI…

– MAIS NON, CELA ACCENTUERAIT LA FORCE INDÉNIABLE DE CE DISCOURS DÉLIRANT. ON NE PEUT QUE LE LAISSER FAIRE. »

SlatiNa a eu la présence d'esprit de ne pas relancer le débat qu'AngKor semble vouloir amorcer. De fait, l'interview prend fin sur les derniers mots d'AngKor, ou plus exactement sur une conclusion d'une banalité lapidaire apportée par SlatiNa :

« Encore merci, AngKor. »

ValdiVia reste hébétée, les yeux fixés sur le point virtuel où l'image de son mari vient de disparaître. LunDy se lève et pose une main qui se veut réconfortante sur l'épaule de sa mère. Quant à LeeR, il n'a pas vu qu'une larme coulait sur la joue de celle-ci et dit :

« Qu'est-ce qu'il parle bien, mon père ! »

« LinZ, je suis heureuse que tu sois venu me voir.

– IwaKi, tu sais combien tu comptes pour moi, si seulement…

– Non, LinZ, ne dis rien. »

IwaKi met un doigt sur les lèvres de LinZ. Ce dernier regrette que ce ne soit qu'un geste d'amitié.

« LinZ, cette expérience m'a éprouvée. Elle m'a enrichie, mais éprouvée, pas seulement dans mon corps, une jambe brisée ça se répare, mais l'esprit, ce n'est pas pareil. J'avais envisagé une reconfiguration mnémonique, et puis…

– Ce n'est pas sans danger…

– N'en dis pas plus, l'interrompt-elle en serrant le bras de son ami retrouvé. Voilà, j'ai bien réfléchi.

– À quoi as-tu réfléchi, que veux-tu dire ?

– LinZ, je vais repartir.

– Sur *Polynesia* ?

– Non, pas sur *Polynesia*.

– Ah !… »

LinZ a baissé la tête. Il a compris. Il reste immobile, et c'est avec un sanglot dans la voix qu'il demande :

« Alors… alors je vais te perdre définitivement ? »

Elle ne répond rien. Elle ferme les yeux. Elle reste ainsi un long moment.

Elle ne bouge plus.

LinZ est effondré.

Son regard se porte sur le petit meuble à côté du lit d'IwaKi où il voit deux capsules vides. À cet instant, toutes les alarmes de la chambre retentissent et deux Agents médecins iA arrivent aussitôt.

« Comment s'est-elle procuré ces molécules de déstructurant ? s'étonne l'un.

– Je ne sais pas », bredouille LinZ d'un air totalement absent.

Tous les trois, ils regardent IwaKi. Sa poitrine se soulève doucement. Ses longs cheveux noirs dessinent sur sa combinaison une suite d'arabesques étranges qui rappellent un autre monde.

Ce que déclare l'un des Agents médecins tombe comme une sentence sans appel :

« Elle a pris une dose mortelle. Son corps reste en vie, mais son esprit nous a définitivement quittés, elle ne reviendra plus. »

« AngKor, je t'aime, tu sais.

– Oui, je le sais, moi aussi je t'aime, ValdiVia.

– Tu es triste parce que IwaKi est morte ?

– Bien sûr, c'était une amie... On est triste quand on perd une amie. Surtout quand elle se donne la mort... On se sent coupable évidemment.

– Il y a toujours des suicides sur les vaisseaux-lumière. IwaKi était tellement attirée par le virtuel, tu n'es pas responsable de son côté déviant, de sa DPH, de ses obsessions.

– Oui... sans doute..., mais le rôle que l'on m'a fait jouer sur *Polynesia* l'a définitivement ancrée dans ses rêves. Elle est morte aussi par ma faute.

– Non, tu ne dois pas dire ça ! Pense à toutes ces morts qui ont été évitées, parce que, grâce à vous, une autre vision du monde se répand dans la Galaxie.

– Oui, une autre vision..., mais IwaKi...

– Il faut être bien malheureux pour en arriver là.

– Pas nécessairement.

– Que racontes-tu ?

– Que l'on n'est pas nécessairement malheureux de quitter ce monde.

– C'est effrayant ce que tu dis. Parfois je me demande si tu es toujours le même.

– Que veux-tu ! Je suis moi et je suis également un autre, avec toutes les données qui ont laissé des traces, avec la vie sur le *Toa*

Marama, avec Ta'aroa et IwaKi ! Comment veux-tu... Parfois, je me dis aussi qu'IwaKi n'est pas morte.

– Voyons ! Elle a pris une dose effroyable d'un déstructurant mnémonique, elle est morte, AngKor !

– Peut-être, mais je me demande...

– Quoi ? Que te demandes-tu ?

– Je me demande si la déesse de la lune n'est pas de retour.

– Ô AngKor, tes vieux démons ne te quitteront donc jamais ? »

69

Attracteur

Sur le *Toa Marama,* ils ont tous pris un rythme différent. Depuis des jours et des jours, le grand vaisseau navigue au plus près du vent qui balaye régulièrement le pont avec hargne. Il faut bien composer et admettre que, quoi que l'on fasse, il est toujours là, celui qui souffle dans les voiles. Certes, il est l'une des raisons d'être du *Toa Marama.* Mais, parfois, il finit par marteler les cœurs et vriller les esprits.

Les femmes ont soigneusement mis à l'abri ce qui pouvait l'être. Les enfants, résignés, se sont adaptés et jouent sur l'arrière. Pour tous, le repos est plus difficile. Manu, lui, voit un certain intérêt dans ce changement de route : la vitesse du navire est plus faible et, du coup, les lignes de pêche se remontent plus aisément.

« Mata-Rau, dit Ono, Ta'aroa nous demande de venir tous. Le conseil doit se réunir immédiatement. »

Ils sont tous comme d'habitude dans le *fare* de Ta'aroa : Mata-Rau, Ono et Tama, le sorcier et puis quelques autres aussi, Mata'iti et Faarii, ainsi que les représentantes des femmes, Maeva et Te'ura.

« Nous devons nous rendre à l'évidence, Tumatarii n'est plus. Et vous avez dû remarquer le signe des dieux. »

Ta'aroa s'est arrêté. Il les regarde un à un. Ils ne disent rien. Tous, cependant, lèvent les sourcils presque en même temps, et Ta'aroa reprend :

« Il nous a quittés. Il a montré à quel point il était capable de revenir de *moana.* Mais, cette fois, les dieux l'ont directement envoyé parmi les *ta'urua* et il est quelque part dans la poussière argentée du grand requin qui barre les cieux. »

Alors ils lèvent tous un regard interrogateur vers les phares qui les guident et aucun d'entre eux n'est étonné que Ta'aroa déclare :

« Voyez-vous, au-dessus des étraves du *Toa Marama*, ce petit groupe de *ta'urua* juste à côté de la grande festivité d'où vient le flux de la mer ? »

Ils regardent tous, ils savent ce qu'il va dire :

« Il y a une nouvelle petite étoile parmi les trois sœurs, c'est lui, il est déjà parmi les divins et comme à son habitude il nous montre la route. »

De nouveau, un silence pur et calme plane sur le fier vaisseau. Ta'aroa reprend :

« Il m'a dit qu'il partirait. Il est donc parti. »

Il attend encore quelques instants pour ajouter :

« Il m'a dit que jamais il ne nous oublierait. Il est là devant nous et notre *fenua* est juste en dessous. Je le sais. »

Quand Ta'aroa ponctue son discours de silences prolongés, c'est qu'il a une chose très importante à annoncer, et c'est ce qu'il fait :

« Maintenant, le *Toa Marama* a besoin d'un nouveau prêtre. »

Tous soulèvent encore les sourcils, mais cette fois la plupart hochent la tête pour approuver la remarque. Ta'aroa poursuit :

« J'ai décidé que Mata-Rau, qui est de la famille la plus ancienne, serait le nouveau prêtre. »

À ces mots, Mata-Rau, faisant comme s'il ne s'était attendu à rien, s'exclame :

« C'est un très grand privilège que tu m'accordes là, mais je ne suis pas digne d'une telle charge.

– La remarque de Mata-Rau est tout à son honneur. Qui s'oppose à ce qu'il soit notre prêtre ? »

Personne ne bouge ni ne dit mot.

« Mata-Rau, tu seras donc le grand prêtre du *Toa Marama*, et que tous les préparatifs de la cérémonie se fassent immédiatement. C'est ainsi. *Mai te reira iho ä.* »

La nuit tombe sur le navire qui poursuit une route difficile. Le vent souffle en rafales et les carènes chantent, sifflent et crachent. Le gréement frémit, mais les voiles bien tendues faseyent à peine. L'avant du grand vaisseau n'est pas vraiment accessible depuis qu'il s'est rapproché du lit du vent et qu'il laisse une mer agressive mais contenue monter régulièrement à l'assaut de la plateforme. Ta'aroa reste à proximité du pied de mât, prêt à s'accrocher aux cordages dans le cas où le fougueux *Toa Marama* viendrait à ruer dans les étoiles. Il reprend sans se lasser cette perpétuelle observation des cieux qui lui confirme bien que la route, maintenant modifiée, devrait les rapprocher de l'ultime objectif.

La nuit est là. Les yeux perdus dans un infiniment lointain, Ta'aroa sent son cœur vibrer d'impatience. Lui seul a perçu le déchirement dans l'espace, le rythme saccadé d'une mélodie cristalline qu'il n'a pas oubliée. Il n'ose l'espérer. Il n'ose bouger, de peur de briser le fragile sortilège. Il fixe un point, une nuée diffuse qui cache momentanément une pâle clarté lunaire. L'astre de la nuit tarde à dévoiler ses mystères. Mais l'un de ses rayons dévore le bord du nuage et un éclat d'argent frappe soudain le regard. Jusque-là, la route n'était qu'obscurité, maintenant un chemin de lumière coule sur les flots. Il perçoit une musique irréelle. Légère comme un oiseau, une main de femme se pose sur son épaule. Il ne se retourne pas. Il sent la douce chaleur d'un contact enfin retrouvé. Il dit simplement :

« Ma déesse de la lune, comme tu m'as manqué !

– Rassure-toi, je ne te quitterai plus. Plus jamais. Je serai toujours à ton côté, le jour et la nuit. Et maintenant, ton île, ma rivale, peut se montrer. Je saurai l'accueillir avec les honneurs qu'elle mérite.

– Je sais qu'elle est proche, je la sens, elle est là, devant nous, dessous les trois étoiles sœurs et la nouveau-née. Ton retour marque la fin de notre quête. »

LIe siècle

« Vois-tu, VanadZo, dit BodoG, rien n'est plus ingrat que l'action politique. Tu l'as aidé, tu lui a mis l'ensemble du projet entre les mains. Et que fait-il ? Il capte la majorité des audiences de TV3D et oublie jusqu'à ta présence. Il n'est même pas venu te voir ensuite. »

VanadZo reçoit BodoG et RostoV. Le premier est membre du conseil de la Confédération acquis à sa cause et le second est son conseiller personnel.

« Non, il n'est pas venu me voir, dit VanadZo. Mais ce qui est plus grave, c'est que ce n'est plus le même. Vous n'avez rien remarqué ?

– Que veux-tu dire ? demande RostoV.

– Mais enfin, c'est devenu un tribun ! affirme le leader des RAVA. Son éloquence est remarquable, il rappelle les plus grands hommes politiques de l'histoire. C'est une catastrophe. Moi, je travaille cette manière de parler et de convaincre les foules, lui, il l'a acquise spontanément je ne sais où.

– Rien n'est perdu, intervient RostoV, tu as pour toi un professionnalisme qu'il n'a pas, et il est trop impulsif. En politique, ce n'est pas bon. Et puis cette ascension ne peut durer, elle va retomber, c'est certain, il n'a pas d'équipe, rien autour de lui, aucun conseiller en communication, il est seul, pas toi !

– Merci, RostoV, de me rassurer, mais je suis quand même très inquiet.

– Pour le congrès ? demande BodoG.

– Oui, pour le congrès. Et c'est bien là le problème, ne nous trompons pas ! Il s'est inscrit au parti le plus légalement du monde et toutes les informations qui me reviennent montrent une prodigieuse progression de ses idées au sein des cellules RAVA. À ce rythme, si nous ne faisons pas quelque chose, il pourrait se présenter.

– C'est une blague ! s'exclame RostoV.

– Tu crois ça ! Mais ouvre les yeux ! Il n'y pense peut-être pas lui-même, mais d'autres probablement y pensent à sa place. Et vous savez pourquoi ?

– L'enlèvement d'IwaKi… quelle erreur ! reconnaît BodoG.

– Certains, même ici dans mon quartier général, ne me le pardonnent pas, continue VanadZo. Et en plus elle est morte. Elle s'est suicidée ! Elle vient d'acquérir une célébrité posthume ! Quelle idée, aussi, de volontairement déstructurer ses propres souvenirs ! Comment ai-je pu m'allier avec elle !

– Calme-toi ! dit RostoV.

– Tentons de définir une stratégie. Pour le moment rien n'indique qu'il pourrait faire campagne contre toi, au sein même des RAVA ?

– Non, rien, absolument rien. Qu'est-ce que tu en penses RostoV ? Tu n'es pas d'accord ? demande VanadZo.

– Mais vous savez que vous êtes bons, tous les deux ! » dit-il avec un sourire en coin.

VanadZo et BodoG le regardent sans comprendre, alors RostoV ajoute :

« Voici ce que nous allons faire... »

Vers Bora Bora

Deux cent soixante-dix milles, c'est ce que nous avons devant l'étrave du *Toa Marama.* Un jour et demi, au mieux, si nous pouvons faire une route directe sur la perle du Pacifique et si les alizés ne faiblissent pas. Seuls au bout du monde, sur notre vaisseau sous les étoiles, nous cherchons la Croix du Sud, trois belles étoiles plus une plus petite.

Sans m'en rendre compte, plongé dans la beauté de ce ciel, je me mets de nouveau à penser à ces guides qu'ont été et que sont toujours les étoiles. J'imagine ces navigateurs extraordinaires que furent les Polynésiens, leur épopée m'obsède. Parallèlement à l'émergence préoccidentale, sans doute trois millénaires avant notre ère, ils ont commencé à voguer vers l'est. Partis des côtes de l'Asie du Sud-Est, pourquoi ? Sur de simples embarcations, ils ont traversé les Philippines, sans espoir de retour.

Bien des siècles plus tard, dans une lente migration, ils sont arrivés dans ces poussières d'îles que sont les Fidji, les Tonga, les Samoa et bien d'autres. De siècle en siècle, ils ont affronté l'immense océan, ses mystères et ses fureurs. Deneb, Regulus, Procyon sont leur chemin de nuit vers l'est, et Sirius et toutes les *ta'urua* leurs phares. Ils les parent de pouvoirs divins, ce sont les multiples festivités : des premiers grands chefs, celles qui s'élèvent avec prières et cérémonies religieuses, des désirs réunis des parents, de l'ascension des oiseaux ou de la blanche hirondelle de mer du dieu Täne, de la confusion dans le ciel avec Havai'i juste derrière.

Avec tous ces phares, ils ont parcouru *moana* vers Te Hitia-o-te-Rä, le lever du soleil.

Des questions obsédantes naissent dans mon esprit.

Qui étaient-ils ? Le saurons-nous un jour ?

LIe siècle

« Mesdames, messieurs, comme vous le savez, cette assemblée extraordinaire du conseil de la Confédération l'est à plus d'un titre. Tout d'abord, il s'agit d'examiner le rapport prospectif concernant l'émergence d'un nouveau type de projet porté par les RAVA. Ensuite, je dois vous informer des conclusions d'un autre rapport de la plus haute confidentialité concernant les activités d'un Acom du nom d'AngKor, vivant sur le vaisseau des Nuages du Taureau et qui fait partie du groupe portant le projet appelé *Polynesia.*

– Monsieur le président, pourquoi avez-vous séparé les deux faits dont tous ici nous connaissons l'imbrication évidente ?

– Parce qu'il s'agit bien de deux aspects très différents qui ont conduit à la rédaction de deux rapports indépendants.

– Monsieur le vice-président chargé du plan de développement des vaisseaux, auriez-vous l'obligeance de nous faire un résumé du rapport sur la première expérience d'EVA Création totale ?

– Monsieur le président, mesdames, messieurs, le 25 mai 5025 très exactement, un Acom spécialiste d'archéocomputation du nom d'AngKor a été chargé de réaliser une étude archéocomputationnelle sur un peuple oublié de l'ancienne Terre. La raison pour laquelle cette recherche a porté sur un peuple connu pour avoir conquis le plus grand Océan de la Terre, l'océan dit "Pacifique", n'est pas élucidée. Les conclusions du rapport semblent montrer que les commanditaires ont cherché des scènes réelles à caractère onirique pour un usage personnel, liées à une ancienne technique de déplacement connue sous le nom de "navigation à la voile".

– Monsieur le vice-président, l'usage excessif de scènes virtuelles à caractère onirique n'est-il pas sanctionné par les textes de loi ?

– Certes, mais notez bien que j'ai dit "des scènes réelles", et non "virtuelles". Il est un fait que les scènes ont été officiellement authentifiées et que leur origine non virtuelle ne fait pas de doute pour les spécialistes. Elles ne tombent donc pas sous le coup de la loi.

– Monsieur le vice-président, voulez-vous continuer ?

– La découverte d'un vaisseau-lumière vierge dans le Rift de l'Aigle a mis la Confédération dans l'embarras. Le plan de développement automatique des vaisseaux ne prévoyait pas la mise en œuvre d'un projet EVA de cette envergure.

– Il ne fallait pas le faire !

– Nous y avons été obligés pour mettre un terme à l'affrontement entre les RAVA et les MOR, qui risquait à court terme de déstabiliser la Confédération.

– Mesdames, messieurs, je vous en prie, laissez le vice-président nous lire la conclusion du rapport. Monsieur le vice-président, poursuivez !

– Merci, monsieur le président. La conclusion du rapport est claire, elle comporte cinq points :

« 1) Les conditions d'émergence ont été jugées chaotiques et ont été provoquées par la découverte fortuite d'un vaisseau-lumière vierge. Ce fait est rare mais pas impossible, il est de nature incontrôlable.

« 2) La réalisation du vaisseau-monde a nécessité une prise de contrôle du vaisseau-machine et un travail coopératif entre les iA implantées sur le vaisseau, les porteurs du projet et les Agents contrôleurs fédéraux. Cette collaboration s'est avérée positive. Pour la première fois, des iV ont été créées et initialisées dans des conditions totalement sous contrôle et dans un milieu neuf.

« 3) L'immersion de personnes volontaires s'est déroulée suivant le plan de montée en puissance prévu, mais le comportement des polynautes, les "passeurs polynésiens", pose une question nouvelle. Statistiquement, la grande majorité des volontaires, bien qu'avertis des risques énormes qu'ils prennent dans ce monde primitif où ils peuvent décéder dans des conditions atroces, continuent de vouloir y être télétransportés. Le rapport précise que cette manière d'agir pourrait à la longue entraîner des mutations génétiques comportementales dont on ne sait pas mesurer l'impact au sein de la Confédération.

« 4) Le rapport recommande de ne pas exporter d'iV hors de *Polynesia*. Il insiste sur le danger qu'il y aurait à tenter de faire passer une iV par le RHET, car rien n'indique que la chose soit impossible. L'émergence d'iV dans les vaisseaux-lumière et leur propagation inévitable au sein de la Galaxie ne peuvent être envisagées sans une modélisation précise qui n'est pas étudiée actuellement faute d'un recul nécessaire.

« 5) Le rapport précise que la conclusion générale à laquelle il arrive est de nature anticonstitutionnelle, car elle imposerait une clause contraire à l'éthique galactique : un contrôle permanent et extrêmement strict du centre de communication du RHET de *Polynesia*. »

Ce dernier point soulève un tollé général.

« C'est inadmissible, la base même de notre civilisation repose sur l'utilisation libre et non contrôlée du RHET ! Article 10 de la Constitution ! s'écrie l'un des membres.

– Mesdames, messieurs, je vous en prie. Si cette assemblée est extraordinaire, c'est justement parce que nous avons besoin de l'avis du conseil sur des mesures à prendre tout à fait exceptionnelles. »

Silence.

« Oui ? Monsieur le représentant des centres de communication, vous avez la parole.

– On ne peut quand même pas déroger à la loi qui règle les passages entre plusieurs dizaines de milliers de vaisseaux pour des milliards d'individus, pour le passage de quelques centaines de personnes par mois vers *Polynesia*.

– Alors, que préconisez-vous ?

– Supprimons purement et simplement le vaisseau.

– Et comment croyez-vous que va réagir la population qui rêve de plus en plus, et maintenant de manière officielle, à partir d'images réelles, si nous revenons en arrière et supprimons *Polynesia* ? Le problème n'est pas seulement au niveau des polynautes, le problème est que toute la Galaxie rêve de *Polynesia* !

– Il faut contrôler le RHET.

– Mesdames, messieurs, le conseil galactique doit prendre une décision difficile. Je vais vous demander à tous de bien réfléchir. Si le vote est unanime pour contrôler le passage par le RHET sur *Polynesia*, alors nous le ferons. Mais nous le ferons tous ensemble, avec la responsabilité de tous. Sinon, je ne sais pas ce que nous pouvons faire.

– Monsieur le président, ne pourriez-vous pas, avant que nous votions, nous informer de la nature du second rapport ?

– Si vous voulez. Madame la vice-présidente chargée de la prospective galactique et des études politiques avancées, vous avez la parole.

– Mesdames, messieurs, je vais vous faire part d'une étude tout à fait spéciale de nature des plus confidentielles. Le centre d'études que je dirige a développé des modèles génériques qui permettent théoriquement de prévoir l'impact de certains comportements individuels très spécifiques sur l'avenir de la Confédération. Il est connu depuis mille ans environ que certains individus, dits "attracteurs", jouent un rôle déterminant et orientent sans le savoir, *a priori*, les grandes destinées de notre civilisation. Ces individus sont relativement rares, tout le problème est de les repérer afin, comme on dit, de les canaliser. Il ne s'agit pas d'éteindre leurs capacités exceptionnelles, mais de les encourager dans le sens où elles permettent aussi bien l'épanouissement de l'attracteur que celui de notre société. L'Agent communicateur connu sous le nom d'AngKor est un attracteur. »

Le président reprend la parole.

« Vous avez tous compris que, si cet Acom apparaît dans les deux problèmes que nous avons à traiter, il s'agit quand même de deux problèmes différents.

– En êtes-vous certain ? Les caractéristiques d'attracteur d'AngKor n'ont-elles pas émergé au sein même de *Polynesia* ? Ne prenons-nous pas un risque terrible en séparant ces problèmes qui me semblent tellement liés ?

– Madame la vice-présidente, vous avez de nouveau la parole.

– Les attracteurs le sont de naissance. C'est une mutation génétique connue, mais qui demeure curieusement incontrôlable. Elle n'a pu être acquise sur *Polynesia*. De plus, je voudrais dire que l'on connaît actuellement quelques attracteurs qui sont en ce moment même accompagnés. Tous sans exception occupent des postes clés aussi bien pour leur propre réussite que pour le bien de tous. Les deux problèmes sont donc bien de nature complètement différente. D'une part, le conseil doit décider ce que nous devons faire avec le RHET de *Polynesia*, d'autre part, il doit définir si nous "accompagnons" ou non AngKor.

– Dites-nous, madame la vice-présidente, pourquoi nous devons accompagner un attracteur comme AngKor.

– Parce qu'il développe d'extraordinaires capacités à occuper les plus hautes fonctions politiques.

– Comment en êtes-vous arrivée à cette conclusion ? »

La vice-présidente hésite. Elle les regarde tous, sachant que ce qu'elle va dire va provoquer un choc. Elle respire profondément, puis elle lâche d'une traite :

« Le modèle comportemental d'un attracteur comme AngKor prévoit qu'il va bientôt provoquer une modification irréversible de l'essaimage galactique. »

70
Contraste

Bora Bora

La vie n'est pas avare de paradoxes. Alors que nous quittons l'emprise des Tuamotu avec l'espoir de retrouver une île haute, la première vision que nous avons de sa présence est marquée par une absence ! Il faut avoir navigué dans les mers du Sud pour se rendre compte à quel point les étoiles de l'horizon ne sont pas oubliées dans la grande scène ouverte sur le cosmos, même quand le regard se perd la nuit vers la frontière incertaine du ciel et de la mer. Une étoile océanienne se lève souvent verticalement de l'horizon et, justement, c'est dans cette manifestation inhabituelle pour un Européen que le chemin d'étoiles prend toute sa signification. Quand on approche d'une île dont le sommet principal flirte allègrement avec les nuées, il arrive qu'il masque sans vergogne les astres naissant ou se couchant. C'est un tour de cette nature qu'Ote Manu, l'imposant piton basaltique de Bora Bora, nous joue en ce moment. Dans cette nuit sans lune et sans nuages, il masque ouvertement toute une partie du grand requin blanc et, par cette absence fictive, où sa silhouette obscure rappelle à s'y méprendre la consistance du ciel profond, il impose une présence qui porte la marque de sa puissance.

Un ciel sans lune et sans nuages est une bénédiction. Sous la douce lumière des étoiles, le *Toa Marama* glisse sans bruit sur une houle apaisée. Derrière nous, le levant active ses couleurs et prépare la venue du soleil. Le sommet mythique de « la perle du Pacifique » se révèle enfin dans des tons pastel où rose et orange dominent.

La vie n'est pas avare de paradoxes. L'océan, le large, amplifie des sentiments contradictoires. La sérénité d'un navire qui sent l'île à portée de voiles se mélange avec le souvenir de la détresse de ceux qui un jour sont passés ici même, en longeant sans espoir une côte qui se dérobe. C'est un rite. Tout marin se doit de verser son obole et d'avoir, même dans la beauté d'un jour naissant, une pensée pour ceux qui ont espéré en vain.

À la voile, nous longeons et contournons par le nord la barrière de corail de Bora Bora. La perle du Pacifique est là. Petit à petit, l'île se dessine et nous offre détails et couleurs. Quelques grands oiseaux planent au-dessus de notre étrave. Des fous au bec bleu clair. Quand ils plongent devant nous, je me demande parfois si l'un d'entre eux, imprudent dans sa voltige, ne va pas venir percuter nos voiles avec son bec agressif. Nous apercevons sur notre tribord avant la silhouette de Maupiti, dernière des îles Sous-le-Vent. Au-delà, bien plus loin, se trouvent les archipels des îles Cook, les Samoa et les Tonga. L'immensité du Pacifique Sud et ses milliers d'îles et d'archipels. Certains sont venus de là il y a si longtemps, et un jour, eux aussi, se sont trouvés face à la passe qui s'annonce. Ont-ils eu la chance de la découvrir ? Ont-ils pu la prendre sans difficulté ? Eux dont seules les voiles et les rames permettaient la découverte d'une île ô combien espérée…

Un matin chargé de soleil a toujours un air de fête. La lumière naissante du jour, inondant les sommets d'une île avant de se répandre dans son lagon, efface toutes les mélancolies océanes, tous les drames de la nuit, les grands comme les petits, et plus rien n'existe pour moi que le regard d'Alpha qui se lève sur l'unique passe Teavanui.

Quand, entre les rouleaux, juste après le *motu* Ahuna, l'extraordinaire étendue d'un des plus beaux lagons de la Polynésie s'offre à nous, elle me regarde et me dit simplement avec un sourire rayonnant :

« Est-ce vrai que nous vivons ici, dans ce pays de rêve ? J'avais oublié combien ce lagon pouvait être beau ! »

71

Pour les siècles à venir

« VanadZo ! VanadZo ! VanadZo ! VanadZo !… »

Des milliers de sympathisants scandent le nom du leader des RAVA. Un fond symphonique d'ultramusique et de lumières cohérentes annonce son arrivée. Il surgit alors de son puits gravifique, tel un dieu vivant. Il lève les bras vers le ciel, tourne sur lui-même, salue plusieurs fois la foule et déclare :

« Merci, merci à tous et à toutes pour votre soutien. J'avais dit que je profiterais du congrès pour vous présenter une nouvelle équipe et principalement un homme que vous connaissez déjà. Un homme qui sera mon second pour la campagne à venir ! Voici… AngKor ! »

Les lumières s'éteignent. De nouveau, une vague d'applaudissements retentit et AngKor apparaît dans un halo de lumière. Contrairement à VanadZo, il porte une combinaison sobre et aucune ultramusique ne l'accompagne. Il a gardé ses cheveux ramenés sur la nuque dans un catogan déjà à la mode au sein de la Galaxie.

RostoV et BodoG sont dans les coulisses. Ils se regardent en souriant.

« Tu vas voir, sans effets spéciaux, sans ultramusique, sans télépathprompteur, il est perdu », affirme RostoV.

AngKor reste parfaitement immobile, les applaudissements faiblissent. Il fait un pas en avant. L'aura lumineuse le suit. Il lève légèrement le bras droit et le silence s'établit immédiatement.

« C'est incroyable ! dit RostoV. Comment AngKor fait-il ça ?

– Tu es certain que le discours a été enregistré et qu'il ne fera que le mimer ? Tu en es certain ? demande BodoG.

– Évidemment ! De toute manière, je ne me souviens pas d'avoir vu même le président du conseil galactique en personne parler en direct pendant plusieurs minutes sans l'aide d'un système télépathe et en plus à plusieurs milliers de personnes. C'est impossible ! Ce n'est pas prévu. Cela ne se fait plus et, d'ailleurs, c'est impossible à faire, je te le répète ! Impossible ! Pas d'improvisation à ce niveau, surtout pas ! »

Mais, contre toute attente, AngKor semble vouloir réellement s'adresser directement au public sans aucune aide.

« AngKor ne peut pas faire ça ! » murmure RostoV qui tente de se persuader. VanadZo est un peu en retrait dans l'ombre d'AngKor. Décontenancé, il ouvre légèrement les bras l'air interrogateur, ce qui le rend ridicule.

Les propos d'AngKor ne cadrent pas avec le discours politique initialement prévu par la coordination du congrès. Il improvise. Un flottement très perceptible passe dans un public étonné par cette méthode. Mais très vite la foule s'adapte, captivée par cet orateur qui lui parle avec une facilité déconcertante.

« Il y a six mille ans, à bord de vaisseaux qui n'étaient que des bateaux à voiles, des hommes, des femmes et des enfants ont conquis le plus grand Océan de l'ancienne Terre. Ils avançaient sur l'eau par la seule puissance des vents. Sur *Polynesia*, j'étais l'un des leurs et je le suis en partie resté. »

À ce moment-là, VanadZo vient se placer à côté d'AngKor, comme s'il voulait intervenir. Tout le monde pense qu'il va prendre la parole. Mais, de nouveau, AngKor lève la main droite et le leader des RAVA perd tous ses moyens. Même silencieux, AngKor tient son public et VanadZo prend conscience de son incapacité à donner à cette foule ce qu'elle attend de lui. Après avoir hésité, il se retourne et disparaît dans les coulisses. AngKor reprend son discours comme si de rien n'était.

« Oui, je vous le dis ! La question n'est pas de savoir comment ils faisaient, mais pourquoi nous sommes tellement étonnés qu'ils aient pu le faire. »

Dans les coulisses, BodoG et RostoV se font sermonner par VanadZo. Le leader des RAVA n'admet pas de s'être ainsi ridiculisé. BodoG reconnaîtra plus tard qu'à cet instant il ne l'écoutait déjà plus, un grand tribun galactique était né et il n'avait plus d'oreilles que pour lui.

« ... Le Pacifique était le plus grand Océan de la Terre. Ils naviguaient sans espoir de retour. Ils l'ont tant désirée, tant aimée avant même de la voir ! Ils sont enfin arrivés sur la première-née. Cependant, ils ne renoncent pas ! Pourquoi leur trajet, précédemment toujours orienté vers l'est, éclate-t-il soudain en étoile pour former un triangle parfait ? Pourquoi vers le nord, en changeant d'hémisphère ? Les voilà à Hawaii pendant que leurs frères cinglent vers le sud-ouest et découvrent Te Ao-tea-roa, la longue terre blanche. D'autres insatiables dévoreurs d'océan se lancent toujours vers l'est, un peu au sud, vers un îlot perdu : Rapa Nui. Là, ils marquent l'île d'une culture nouvelle. D'énormes monolithes, d'énormes statues regardent les étoiles. Pendant des siècles, elles regarderont les étoiles. Se pourrait-il qu'elles attendent ? Qu'elles attendent aussi d'autres routes ? Oui, d'autres routes ! Elles imaginent que, dans bien des lunes et des lunes, les phares stellaires seront suivis par d'autres et encore d'autres navigateurs ! Elles les attendent, voilà pourquoi elles ont été patiemment érigées ! Elles les attendent ! Elles montrent à tous ces Terriens, nos ancêtres qui ne voulaient pas les voir, d'autres précieux chemins sous les étoiles ! Elles étaient bien là pour garder le souvenir de la route ! Et vous, qu'avez-vous fait de ce souvenir ? Qu'en avez-vous fait ?

« Des millénaires plus tard, la quête éternelle a recommencé. Cette fois, ce sont nos ancêtres directs. Ils sont partis sans espoir de retour comme leurs ancêtres polynésiens. Avec femmes et enfants. Avec comme seul bagage de pauvres objets dérisoires. Avec leurs souvenirs, un trésor, leur mémoire. Ils sont montés un jour à bord de ce qui deviendra leur univers. C'était il y a deux mille ans, les Huit Premiers vaisseaux-lumière étaient nés. Ces îlots, inexorablement, imperturbablement, ont ouvert la voie. La route stellaire vers leur destinée, vers la destinée de leurs enfants, de leurs petits-enfants, de leur descendance. Les huit vaisseaux, ces huit îlots, ont essaimé dans la Galaxie et, à partir d'eux, tous les autres vaisseaux-lumière ont été créés par les systèmes autoréplicateurs. C'est l'époque des Huit Premiers et le début de l'essaimage galactique. Mais un jour, tous ces humains, tous, ont oublié pourquoi ils étaient partis. Ils sont devenus autre chose que ce qu'ils étaient. Ne pouvaient-ils pas garder le souvenir de la mission ? De quoi s'agit-il ? Toute leur vie, et celle de leurs enfants, de leurs petits-enfants, et ainsi de suite, toute leur vie est marquée par l'oubli de ce but unique, simple et obsédant. La route. Il y a les étoiles. Mais ils n'y lisent plus pourquoi ils existent, ils n'ont plus conscience de la voie à suivre. Ces alignements une fois pour toutes définis, et qui pourtant de génération en génération, insensiblement, leur offrent des perspectives nouvelles, ils ne les voient plus. Les regardez-vous ? Les connaissez-vous ? C'est vrai, le paysage n'a plus le sens qu'il avait au départ.

« Il y avait donc, dans la nuit des temps, un paysage marin. Et puis, plus proche de nous, voici un paysage stellaire. Il est toujours là, tout autour de nous. Regardez-vous la splendeur des étoiles ? Qui parmi vous les regarde encore ? Qui ? Pourtant, elles sont continuellement avec nous. Certes, ce ne sont pas les cieux au-dessus de la mer. Certes, nous ne sommes pas dans une grande pirogue océanienne. Mais il s'agit bien d'un vaisseau ! De centaines et de milliers de vaisseaux ! Une flotte immense ! Certes, ils ne naviguent plus sur la houle, mais ils naviguent dans les étoiles. Vers les étoiles ! Ils naviguent vers leur rêve ! Ouvrez les yeux ! Redécouvrez ce pour quoi nos vaisseaux ont été pensés ! Redécouvrez vos rêves !

« Et un jour, vous devez le croire, vous, nous, nos descendants, ils chercheront à l'apercevoir, sur un fond de galaxie, leur pays rêvé, leur île. Un jour, ils sauront que l'instant est arrivé. L'instant du contact. L'instant de la rencontre. L'instant où, en orbite autour de cette terre nouvelle, ils enverront une sonde spatiale pour la reconnaître. Enfin, l'un d'entre eux montera à bord d'un vaisseau explorateur et il sera le premier à tester le “passage” vers cet autre monde. Le passage ! La passe... Et il reviendra en souriant. Ils chanteront, c'est sûr, ils seront émus, évidemment ! Mais peut-on le croire ? N'auraient-ils pas changé ? Ne seraient-ils pas autres ? Le doute vous mine, n'est-ce pas ?

« Pourvu qu'ils n'oublient pas l'objet de leur mission ! Eux, la tête dans les étoiles depuis si longtemps, n'ont-ils pas désappris pourquoi ils sont venus ? Se pourrait-il que cette nouvelle Terre, ils ne la voient pas ? Se pourrait-il qu'ils ne la regardent que de loin, sans comprendre, et même sans vouloir la voir ? Ou pire encore, en sachant très bien qui elle est, mais sans aucun désir d'elle ? Après une si longue absence, peut-on leur pardonner d'avoir oublié ? Pourraient-ils la rater ? Comme de pauvres navigateurs sans vent à la merci du courant dérivant, ils laissent le temps s'écouler sans espoir, et ils ne se désespèrent même pas de voir leur île se fondre à l'horizon de leur mémoire.

« Dans ces amas d'étoiles qui seront pour eux leurs archipels, dans les mondes de ces systèmes qui seront leurs îles, trouveront-ils enfin, comme leurs si lointains ancêtres d'une lointaine terre, d'un si lointain continent océanien, la Terre promise, leur pays, leur *fenua* ?

« Se pourrait-il que certains d'entre vous, en ce moment même, doutent qu'ils la trouvent ? Se pourrait-il aussi que vous ne saisissiez pas la nature exacte de leur extraordinaire vie future dans leur vaisseau-lumière ? Cependant, vous les imaginez bien les vies de ceux qui, dans le passé, et que vous connaissez maintenant, sont partis sur leur pirogue. Ils sont tous partis sous les étoiles ! Nos ancêtres polynésiens il y a si longtemps, et nous comme eux, comme eux... Nous sommes comme eux ! Eux, maintenant c'est-à-dire vous et vos descendants, ils sont toujours dans les étoiles. Vous les voyez eux, nos ancêtres polynésiens ? Et vous les voyez eux, nos descendants ? Et alors pensez à ces derniers, pensez aux enfants de nos enfants, oui, pensez bien à eux ! Vous frémissez et vous avez raison ! Les enfants de nos enfants pourraient ne pas réaliser leur rêve ! Quel échec !

« Car malheureusement, je vous le dis, dans une perpétuelle quête stellaire, nous n'avons découvert que le vide implacable de l'espace intersidéral et pas d'île, rien ! L'univers n'est fait que d'un vide immense. Et tous, ici, vous savez bien que nulle Terre, aucune planète semblable à cette mère de l'humanité, n'existe dans la Galaxie. Nous avons perdu tout espoir d'en découvrir une autre ! Pauvres que nous sommes !

« Partis il y a deux mille ans, de siècle en siècle, nous avons oublié le souvenir d'une autre épopée, d'une si ancienne odyssée sous les étoiles. Et voilà que pour nous il n'y a rien que des astres inhospitaliers dans un espace contrasté ne comportant que des terres froides et glacées ou des fournaises désertiques. Infini de solitude. Pauvres cailloux désolés, perdus dans un univers qui se révèle sans autre vie que la nôtre, et sans Terre promise ! Tous ces cailloux planétaires sont ou trop proches ou trop éloignés de leur soleil. Ou encore ils sont tous trop gros, ou trop denses, ou trop légers. Alors, plus rien n'existe que les vaisseaux-lumière où nous n'avons plus que nos yeux pour pleurer.

« Nous avons perdu l'espoir et le souvenir des dieux. Pourtant, la puissance n'est pas absente de nos projets. Nous avons tout ce qu'il faut avec les systèmes autoréplicateurs et nos iA, et nos iV, pour créer un monde nouveau, et c'est ainsi qu'est né *Polynesia* !

« Un autre monde ? Oui, nous savons le faire et nous l'avons fait ! Et maintenant il existe un autre monde où vivre est aussi mourir ! Mais ce projet n'est qu'une première étape. Une étape seulement. Une étape vers un chemin autrement plus ambitieux, ne le voyez-vous pas ?

« Près d'une étoile jeune, mais pas trop. À proximité de ce nouveau soleil qui ressemble tant à l'image de celui qui est resté gravé dans notre mémoire collective, nous chercherons... les enfants de nos enfants chercheront l'endroit idéal. Il existe. Il suffit de le rêver pour le trouver. Le rêver, vous comprenez ? Pas trop près ni trop loin de cette étoile, de cet autre soleil. Depuis que le temps de la route s'écoule, nous avons appris la patience. Maintenant, nous savons que notre vie n'a de sens que parce que les enfants de nos enfants la verront enfin, celle que vous désirez toujours sans la nommer, notre île. Notre cher pays, combien nous allons le rêver ! Oui, je vous le dis ! Nous allons le créer ! Ce ne sera pas un parc de loisirs, ou une place célèbre de l'ancienne Terre, ou encore un époustouflant musée virtuel. Ce ne sera pas un vaisseau-lumière comme *Polynesia*. Non ! Ce sera un projet fabuleux, grandiose, à la hauteur de nos rêves ! Ce sera l'aboutissement de notre quête dans les étoiles.

« Dans un système où seul le soleil sera accueillant, nous déciderons de terraformer un nouveau monde ! Oui, le TERRAFORMER ! Le créer de toutes pièces ! Pas un simple vaisseau, non ! Une nouvelle Terre, notre *fenua* ! Une belle étoile stable et pleine d'énergie pour des milliards d'années nous suffira ! Pendant des siècles, nous déplacerons de fabuleuses quantités de matériaux prélevés sur des astres morts et les réplicateurs, les iA et les iV seront nos aides. Avec nos vaisseaux, nous irons chercher à la frontière du système protoplanétaire suffisamment de comètes glacées pour former les océans. Petit à petit, notre île prendra forme et nous n'aurons plus pour le vaisseau *Polynesia* qu'une pensée émue ! Celle que l'on a pour une ébauche imparfaite, un passage obligé, celle qui aura été le déclencheur, celle qui aura montré la voie. Celle par qui tout arrivera ! Siècle après siècle, un astre puissant, une nouvelle planète faite pour nous et par nous, prendra forme et, un jour lointain, elle sera enfin là, sous les yeux de nos descendants, avec ses océans, ses archipels et ses îles. Oui, avec ses îles, ses passes et ses lagons ! Et nous naviguerons alors sur un océan à la hauteur de nos pirogues ! Notre *fenua* retrouvé, la Polynésie reconstruite, la Polynésie recréée !

« N'oubliez jamais. Ce n'est pas une fin. C'est une ère nouvelle qui commence ! Devant nous s'ouvre le fleuve du temps, devant nous s'ouvrent des flots d'espoir et d'imagination pour les siècles et les siècles à venir. Nous sommes comme eux, nos si lointains ancêtres polynésiens. Certes, ils ont déjà trouvé leur île, et nous, nous n'avons que nos vaisseaux, nos pirogues à nous, mais quelles pirogues ! L'espoir nous anime et je vous le dis, ce que nous allons faire, TERRAFORMER la Polynésie, les dieux eux-mêmes en seront étonnés.

« Car, en vérité, ils nous accompagnent. Ta'aroa veille sur nous et, de sa coquille, tous, ils renaîtront. Les *ta'urua* sont déjà là ! Regardez-les ! Elles nous montrent la route. Et quand le ciel de la terre sera de nouveau élevé, quand la mer épousera la lune, quand les cieux reprendront leur place dans nos rêves d'antan, quand la lumière surgira de l'horizon de nos cœurs, alors, avec le divin, toute la puissance du peuple *ma'ohi* renaîtra.

« Un jour tout sera accompli.
L'océan les portera.
Les *ta'urua* les guideront.
La passe sera révélée.
Leur île sera en attente d'eux.
Viendra l'instant où tout recommencera.
C'est ainsi. »

« E mahana e tupu te mau mea ato'a.
E tö te moana ia rätou.
E arata'i te mau ta'urua ia rätou.
E vähia te ava.
E fenua të tia'i mai ia rätou.
Tae atu i te tau e nä reira fa'ahou ai.
Mai te reira iho ä. »

72

Havai'i[1]

À bord d'une grande pirogue ou d'un fabuleux vaisseau, dans un passé oublié ou dans un futur éloigné, un peuple en devenir trouve dans les *ta'urua* le chemin de sa destinée.

À l'aube du dernier jour du dernier quartier, la déesse de la lune a mis sa main sur l'épaule de Ta'aroa avec tant d'amour qu'il a su que l'instant était arrivé. Il a senti sa présence bien avant de pouvoir, enfin, l'apercevoir.

Se découpant sur la lumière rose du matin, un bel oiseau noir à la queue échancrée qui ne fait que passer. Déterminés et rasant les flots dans une escadrille irréelle, cinq fous au bec bleu qui disparaissent derrière la crête d'une vague. Hésitante, une noix de coco à la dérive qui monte et qui descend sur une houle devenue familière. Une senteur qui passe mais qui ne trompe pas et qui ravive des souvenirs qu'il croyait à jamais oubliés, et ces couleurs pastel, ces nuages qui ne sont plus si distants et dont, toutes, elles se parent si souvent. Elle est donc là, à la fois si proche et encore si lointaine, et il imagine déjà ses formes, ses courbes et la douceur de ses rivages.

À l'avant du *Toa Marama*, entre les deux *ti'i* qui depuis des lunes et des lunes sont les maîtres du monde, entre les deux étraves élancées qui fendent les flots avec opiniâtreté, Ta'aroa, le chef incontesté de la grande pirogue, contemple cette frontière

1. Pour les anciens Polynésiens, l'île espérée où l'on arrive, mais aussi celle d'où l'on part. Ancien nom de l'île actuelle de Raiatea – appartenant à l'archipel des îles Sous-le-Vent – supposée être l'île d'arrivée des premiers Polynésiens.

où le ciel épouse la mer et où elle finira par se rendre. Pour l'heure, si elle est proche, elle se laisse encore désirer, elle se cache dans une timidité toute féminine, mais viendra l'instant tant attendu où elle s'abandonnera au regard amoureux de cet homme, laissera tomber ses nimbes vaporeux et renoncera à sa virginité.

À l'arrière de la grande pirogue double, Tama est entouré par quatre jeunes femmes. Elles s'agenouillent près de lui et portent leurs doigts jusqu'à un récipient, une demi-noix remplie d'une pâte blanche presque liquide. Puis, elles dessinent sur le corps tatoué du jeune homme des arabesques d'onguent dont seuls les anciens connaissent le sens. Depuis plusieurs jours, Tama se soumet à ce rituel quotidien, l'esprit concentré sur l'épreuve qui se prépare, apaisé par des chants dont les douces tonalités sont censées réduire son angoisse. Il est l'élu, celui sur qui repose maintenant l'avenir du peuple du *Toa Marama*. Il fait désormais partie de ceux qui ont la responsabilité de conduire la destinée de tous, les dieux.

La nuit montre à Ta'aroa des alignements stellaires. Il sait les retrouver au sein des nombreux coquillages et des merveilleuses porcelaines aux reflets orangés de l'Image Sacrée. Le but est proche maintenant. La lune avec laquelle le peuple *mä'ohi* partage tant de mystères lui a bien dit que l'instant était arrivé. Les jours qui viennent ne seront bientôt plus favorables, il faut se hâter. D'ailleurs, dans son changement de rythme et sa puissante respiration, la houle confirme sa présence : l'île est là, il la sent, il la désire, et la déesse de la lune, sa compagne, s'effacera un instant devant tant de splendeur.

Une journée, une nuit se sont écoulées et, insensiblement, elle ose enfin se montrer. La voici dans toute sa magnificence, celle qu'ils ont cherchée, voulue, rêvée, pendant tant de jours et de jours, sous un soleil impitoyable et des cieux qui n'existaient, avant qu'ils ne les découvrent, que dans le récit des anciens, par un océan jamais satisfait de sa fureur et des vents souvent contraires ou capricieux. La voici donc avec ses couleurs et ses sommets, ses pics et ses vallées, ses rondeurs et ses mamelons, et ils se prennent alors à espérer d'elle toutes les offrandes possibles.

Ta'aroa remercie les anciens et les dieux. Les bras levés vers les hauteurs divines, il implore l'esprit du grand Océan de ménager son fils dans l'épreuve qui l'attend :

« Ô Ruahatu, maître des profondeurs marines et des étendues de *moana*, celui par qui la mer monte et descend, celui qui donne aux pêcheurs le *mahimahi* et les thons qu'ils appellent de tous leurs vœux, montre-nous le passage qui permettra aux enfants des enfants de mes enfants d'avoir un *fenua* ! »

Elles sont toujours auprès de lui, elles connaissent toutes les courbes de son corps dont elles entretiennent la musculature avec ferveur. Maintenant qu'il est sur le dos, elles demeurent insensibles à sa virilité qui s'affiche avec toute l'impudeur de sa jeunesse. La réussite de sa mission est complètement dépendante de son énergie vitale et il sait bien qu'elles seront toutes à lui s'il trouve le passage.

Le passage ! Ils implorent les dieux qu'il existe ! Qu'il apparaisse enfin devant les deux étraves élancées, comme la promesse d'une vie nouvelle. Plus proche, l'horizon est maintenant recouvert d'une frange d'écume étincelante, qui se change bientôt en une chevelure sauvage et indomptée. Ils entendent distinctement le grondement du monstre d'écume. Pour l'apaiser, les femmes et les enfants jettent à la mer quelques pauvres offrandes, restes dérisoires d'une longue traversée. Mais le plus beau de leurs cadeaux n'est pas ces quelques fleurs séchées ou ces fruits précieusement conservés qui lentement s'éloignent dans le courant. C'est l'envolée superbe des chants des femmes, soutenue par la singulière présence des rythmes graves de leurs compagnons. Ono et Mata'iti sont prêts à mettre à l'eau la pirogue à balancier qu'ils avaient eu la sage précaution d'emporter, bien amarrée sur le pont, en prévision de ce moment. Tama se tient debout près de cette carène effilée, pendant que les anciens implorent les divins de protéger ce simple *va'a.* Ta'aroa enfin exhibe avec fierté le don des dieux et supplie encore les cieux de protéger son fils.

Ono s'est posté au sommet du *fare* avant. Jambes écartées, il brandit sa lance de guerre de la main gauche. De la droite, il porte son *pü* à ses lèvres. Du coquillage sacré s'élève une vibration sonore, une pulsation grave, une harmonie profonde qui s'envole dans les cieux et les marque d'une volonté inflexible.

Ainsi, les esprits sont-ils alertés d'une présence inhabituelle en ces lieux et les démons avertis de la puissance du peuple *mä'ohi*.

Soudain, la clameur qui monte du vaisseau couvre le fracassement de la houle sur le récif. Le dieu d'écume qui gronde et protège son île doute de son pouvoir. Il laisse alors complètement entrevoir ce pour quoi ils sont là : un passage vers cette île, une passe entre les rouleaux, un écrin de lagon turquoise, dernière étape vers l'espérance d'une terre qui pourrait être la leur.

Alors, Ta'aroa s'adresse à l'esprit divin, au chef suprême et incontesté des abysses et des profondeurs marines :

« Merci, ô Ruahatu, grand maître des rythmes de *moana*. Tire encore notre pirogue, tire-la sur la vague et je serai ton humble serviteur, tire-la sur la vague et je me rapprocherai des esprits de la Terre, tire-la encore sur la vague pour que mon peuple trouve la paix. Ô Ruahatu, tire le *Toa Marama* vers notre *fenua*. »

Les chants n'ont pas cessé et la précieuse pirogue de Tama est délicatement mise à l'eau. Mata-Rau, le grand prêtre du vaisseau, serre dans ses mains la pagaie sacrée qu'il offre solennellement au jeune guerrier.

Tama a pris place dans son *va'a*. Encouragé par ceux qui l'ont élu, il lui imprime une force que tous savent divine et qui ne les étonne pas. Tous le regardent, tous le soutiennent, tous souhaitent que les dieux le reconnaissent comme un des leurs, pendant qu'il s'éloigne, seul, vers le passage.

Dans la solitude qui est le lot des divins, Tama s'identifie à son *va'a*. Il est la pirogue. Il est l'élu, celui qui va tenter d'ouvrir la voie. Le passage est devant lui, la passe est là à portée de rame. Déjà, un fort courant s'oppose à sa progression. Il pense à la confiance que tous ont mise en lui. Il doit réussir. Il redouble son effort. Tout en avançant, il se prépare à graver dans sa mémoire les différences de couleurs de l'eau. Il espère des tonalités de bleu soutenues, il évite de trop penser au turquoise et au vert émeraude trahissant la présence de hauts-fonds et surtout de courants dangereux pour la grande pirogue. Il avance avec puissance et feint d'ignorer que de chaque côté l'océan se précipite du large vers le lagon, lève une vague gigantesque, explose dans un fracas d'écume blanche et prend enfin possession d'une eau calme, insouciante et féminine dans laquelle il se répand. Entre les rouleaux, l'évidence lui apparaît : la passe est praticable !

Elle est d'un bleu profond, surtout vers le couchant, et le courant, même s'il est loin d'être faible, le laisse sans trop de difficulté découvrir le calme d'un lagon étincelant. Un instant, il savoure sa victoire. Mais, pour ne pas déplaire aux esprits du lagon qui pourraient être dérangés par cette brutale intrusion, il vire aussitôt de bord pour retourner vers le large. Il manifeste ainsi la bonne volonté de son peuple de se montrer discret. Il fait une deuxième tentative mais évite de violer cet espace de vie, intermédiaire entre terre et océan, entre violence du récif barrière et douceur de l'île promise, et finit par revenir vers la grande pirogue de voyage qui l'attend au large.

Tous maintenant savent que Tama, comme son père Ta'aroa, fait partie des dieux. Lui seul pourra guider la grande pirogue vers la dernière étape : poser ses deux étraves sur le sable de l'île. Alors qu'il réintègre le bord, toutes les jeunes femmes dansent en son honneur. Les mouvements de leur corps sont autant d'invitations au bonheur. Accompagnant leur chant de gestes charmants des mains et des bras, elles miment l'épopée de Ta'aroa, le Porteur de l'Image Sacrée, et de son fils Tama, le Guide à la Pirogue Vaillante. Voici la découverte de l'île, l'espoir de la passe, son passage entre les rouleaux et le bon accueil des dieux leur accordant une terre qui deviendra leur *fenua*.

Avec de larges sourires non équivoques, les jeunes femmes qui ont pris soin de sa musculature lui offrent des couronnes de fleurs séchées. Les *to'ere* retentissent à l'approche du grand prêtre Mata-Rau. De ce dernier, il reçoit la rame cérémonielle et un *pü* qui affirmeront à jamais son statut divin. On l'accompagne vers l'arrière, là où un unique et gigantesque aviron de bois de fer sert de gouvernail pour l'approche finale, et Mata'iti qui le tenait s'efface devant lui. Le voilà maître de la conduite du navire, maître de la destinée de son peuple. Les deux voiles de pandanus tressé sont bien établies. Sans cesser de chanter, les hommes sortent des longues coques les rames qui, aussitôt plongées dans la houle, en accord parfait, donnent à la double pirogue une accélération soudaine.

Devant cet équipage, les dieux conciliants ouvrent les eaux de l'océan et, de deux mains qui jamais ne tremblent, Tama conduit la grande pirogue vers le passage que lui seul connaît. Ils n'ont pas cessé de chanter, elles n'ont pas cessé de danser.

Quand ils pénètrent enfin entre les monstres d'écume qui bientôt vont se refermer derrière eux, ils savent qu'ils sont arrivés.

Ta'aroa fait descendre les deux voiles de pandanus sur la plateforme entre les coques. L'immense pirogue double glisse avec aisance de toute la puissance rythmique d'une trentaine de rames. Ils ont déjà oublié la grande houle du large. Ils n'ont d'yeux que pour cette côte qui se rapproche, ses pics et ses collines, cette profusion de végétation. Ils espèrent des sources et des rivières, des fleurs et des fruits, mais ils n'osent trop y songer de peur que les dieux, irrités par leur impudence, n'en viennent, par un sortilège dont ils ont le secret, à leur révéler une réalité autrement moins attrayante.

Ils sont tous restés sur leur navire. Ils attendent encore. Immobilisé par un lourd grappin de bois et de pierres, le vaisseau fait face à la plage.

Leurs regards trop souvent perdus vers un éternel horizon marin se brouillent. Des larmes voilent un instant le rire de leurs yeux. La déesse de la lune tient dans ses bras le *Toa Marama Iti*. Pour remercier les cieux encore tout étonnés de leur présence, elle dépose avec mille précautions, sur l'onde vierge du lagon, la pirogue miniature, réplique exacte de la leur. À son bord, tout un petit peuple plein d'espoir. À la barre, une figurine qui, d'une main, porte à ses lèvres un minuscule coquillage en forme de conque et qui, de l'autre, maintient fermement la rame gouvernail du vaisseau en réduction. On devine sans peine que son regard pourrait être tenté de s'envoler bien au-delà du récif barrière. Lâché avec grâce par la divine compagne de Ta'aroa, le frêle esquif s'éloigne avec une lenteur infinie. Tous ont le cœur serré, et c'est avec soulagement qu'ils le voient se diriger vers la grève où il finit enfin par s'arrêter. Ta'aroa donne le signal.

Le grand prêtre est sur le pont. On a disposé devant lui un beau coquillage en forme de vasque qui, dans ses reflets nacrés, manifeste son origine marine. Maeva et Tepoe le remplissent avec de l'eau provenant des tubes de bambou. Tout naturellement, le silence se fait. Seul le grondement sourd et déjà lointain du récif barrière rappelle l'existence du grand Océan. Le grand prêtre Mata-Rau entame une mélopée lente et solennelle. Il parle de la tempête, de la montée des eaux et du pays blessé qu'ils ont choisi de quitter, des souffrances endurées, des privations en mer, de tous ceux qui sont morts, de l'éternelle quête sous le chemin d'étoiles, de l'Image Sacrée, de son mystère et de sa révélation, et de la volonté divine de Ta'aroa de les mener sur cette île. Il parle aussi du précédent grand prêtre disparu, Tumatarii, qui a marqué leur destinée de son empreinte. Il parle de leur espérance et de leur volonté de ne pas troubler le dessein des dieux. Inlassablement, comme en état d'hypnose, il remplit une demi-noix de coco avec l'eau de la vasque qu'il reverse aussitôt dans celle-ci. Orama se présente devant lui. Elle tient dans ses bras Moana, le plus jeune enfant mâle, né en mer il y a peu, fils de Manu, le plus grand des pêcheurs, et de Hina, fille de Ta'aroa. Orama s'agenouille et le prêtre fait couler avec douceur sur le tout petit visage le contenu de la coque.

Puis Tama, le front ceint d'une de ces couronnes végétales qu'ils avaient embarquées et dont le vert éclatant a tourné au brun, descend dans le lagon. Il a pied et demeure debout, en attente.

Le prêtre Mata-Rau met l'enfant dans les bras de Tama.

Tama s'avance vers le sable immaculé de la plage.

C'est tout un peuple qu'il porte comme le plus précieux des trésors.

Il est encore dans l'eau quand, délicatement et à genoux, il dépose sur une grève inviolée le petit de l'homme, nu comme au premier jour, leur premier jour.

Ua tu'u te tahu'a Mata-Rau i te tama i roto i tö na rima.

Ua ta'ahi atu o Tama i ni'a i te one mä o tahatai.

Te hö'é nüna'a tä'ato'a teie tä na e hi'i nei mai te tahi faufa'a 'erä 'ë te fa'ahiahia.

Tei roto noa o ia i te miti i vaiiho ai o ia i te tama i ni'a i te one ta'ahi-'ore-hia e te ta'ata, mä te rave mäite e te tüturi, aore 'ahu tö na mai te mahana o tö na fänaura'ahia mai, te mahana o tö rätou fänaura'ahia mai.

Remerciements

Je remercie très sincèrement mes collègues de l'université de la Polynésie française, spécialistes du Pacifique : linguistes, anthropologues, civilisationnistes – et plus particulièrement Bruno Saura – qui, par leurs avis et conseils, m'ont aidé à garantir l'authenticité des parties concernant les temps anciens. Merci également à mes deux traductrices des passages en *reo mä'ohi*.

Grand merci à Olivier et à Sophie Couturier. À lui pour avoir été le tout premier lecteur du manuscrit avec un enthousiasme qui m'a encouragé. À elle pour m'avoir un jour offert la reproduction d'une aquarelle de Paul Gauguin qui a été l'un des déclencheurs de ce roman. Merci encore à Sophie d'avoir par la suite développé conviction et énergie pour sa promotion.

Toute ma reconnaissance à Emmanuel Deschamps de Tahiti et Philippe Porée-Kurrer de Toronto au Canada pour le rôle qu'ils ont joué dans l'émergence de *Polynesia*.

Je n'oublie pas le « *Polynesia* fan club » de Tahiti et particulièrement Olivier Hamonic, Hélène Herrmann-Auclair et Dominique Morvan qui ont toujours cru en ce livre et m'ont soutenu de leur amitié.

Une mention toute spéciale pour Patrick Seurot de Tahiti, pour sa confiance en *Polynesia,* pour son aide sans faille et ses remarques aussi constantes que pertinentes. Merci également à Delphine, sa femme, pour sa participation, et merci à tous les deux pour leur rayonnante amitié.

Enfin, merci à Monique sans qui *Polynesia* n'existerait tout simplement pas... Monique, ma femme et le second du *Toa Marama*, avec laquelle je navigue depuis bien des années sous les étoiles du ciel profond comme sur les routes de la vie, qui a été la première à m'encourager et dont la foi en ce roman n'a jamais faibli, qui a toujours été présente pour canaliser le bouillonnement de la création et n'a jamais dit non à une énième relecture. Merci surtout à elle d'être entrée dans cette odyssée sous le nom d'Alpha.

Personnages des temps anciens

Hina : fille de Ta'aroa, sœur de Tama.
Hiro'a : barreur de la grande pirogue.
Horo'u : sorcier, homme des esprits et des démons.
Maeva : femme de Temana.
Manu : jeune pêcheur, amoureux de Hina.
Mata'iti : barreau de la grande pirogue.
Mata-Rau : sage parmi les sages, chef de la famille la plus ancienne de l'île.
Ono : jeune guerrier, ami de Tama.
Rimateata : cousine d'Ono.
Ruahatu : divinité des profondeurs de l'océan. Sorte de Neptune polynésien.
Ta'aroa : pêcheur et constructeur de pirogues (*tahu'a va'a*). Père de Tama, de Hina et d'autres enfants. Aussi appelé « Guerrier de la Lune », ou encore « Porteur de l'Image Sacrée ». Son épouse est Te Mata'ata. Ta'aroa est également le nom du dieu créateur de tous les dieux polynésiens.
Tama : fils de Ta'aroa, frère de Hina.
Teahoroa : père d'Ono.
Te'iri : jeune prêtre ambitieux.
Temana : frère aîné de Ta'aroa. Son épouse : Maeva. Ils ont plusieurs enfants, dont une fille : Te'ura.
Te Mata'ata : femme de Ta'aroa. Mère de Tama et de Hina.
Te'ura : une des filles de Temana et de Maeva.
Toa Marama : nom donné par les dieux à la grande pirogue double océanienne de Ta'aroa.
Tumatarii : grand prêtre.
Vaiana Nui : jeune fille aimée de Tama.

Personnages du LIe siècle

Alfred : iA de LeeR.

AnaTuya : agent double spécial. Nom d'emprunt : NaGua.

AngKor : habite les Nuages du Taureau. Acom. Spécialiste du transport des données par le RHET. Spécialiste d'archéocomputation et de la mémoire. Conjoint de ValdiVia.

AnZio : homme de main de VanadZo.

BodoG : membre du conseil de la Confédération, ami de VanadZo.

Charlotte : iA d'AngKor. Est à son entière disposition, secrétaire et conseillère.

DjidJa : agent spécial de la CEG.

EeKlo : habite les Nuages du Cygne. Est intéressé par les informations transportées par AngKor. Ami d'InuK et de TuliTa. Compagnon de NijLen.

ElGin : Acoor. Spécialiste des données entrant par le RHET sur les Nuages du Taureau. Chargé de l'authentification des données anciennes.

HarBin : ami d'AngKor sur les Nuages du Cygne. Spécialiste des HB du musée du Vaisseau. Chargé de la structuration des HB d'épistémologie.

InuK : habite les Nuages du Cygne. Est intéressé par les informations transportées par AngKor. Ami d'EeKlo et de NijLen. Compagnon de TuliTa.

IwaKi : étudiante et Acoor. Spécialiste des télétransportations et de la maintenance des systèmes d'information des systèmes centraux des vaisseaux. Souffre de DPH.

KeeLung : président du gouvernement des Nuages du Taureau.

KiTa : iA qui gère généralement la mission d'AngKor par le RHET à partir du central des Nuages du Taureau.

LeeR : fils d'AngKor et de ValdiVia. Ami de TabuK.

LinZ : ami d'IwaKi et amoureux d'elle. Toujours à la recherche de données à vendre pour en tirer bénéfice. Est à l'origine de la recherche archéocomputationnelle engagée par AngKor.

LunDy : fille d'AngKor et de ValdiVia.

NaGua : nom d'emprunt d'AnaTuya.

NijLen : habite les Nuages du Cygne. S'intéresse à AngKor. Amie d'InuK et de TuliTa. Compagne d'EeKlo.

NikKi : un des premiers humains à être passé sur l'EVA Création totale *Polynesia*, un des premiers « polynautes ».

PlovDiv : professeur, chercheur au LEAPT.

RostoV : conseiller de VanadZo.

SlatiNa : célèbre présentatrice de TV3D.

TabuK : ami de LeeR.

TuliTa : habite les Nuages du Cygne. Est intéressée par les informations transportées par AngKor. Amie d'EeKlo et de NijLen. Compagne d'InuK.

ValdiVia : conjointe d'AngKor. Apsy, Agent psychoécobiologiste. Mère de LeeR et de LunDy.

VanadZo : homme politique influent, leader des RAVA.

Lexique des temps anciens

La langue polynésienne est le *reo mä'ohi.* En *reo mä'ohi,* le « u » se prononce « ou », et le « e » se prononce « é ».

Fa'a-nui : constellation du Chariot.
Fare : maison traditionnelle polynésienne.
Fare pote'e : grand *fare* ouvert sur l'extérieur, lieu de réunion.
Fenua : le pays, la terre des ancêtres.
Havai'i : pour les anciens Polynésiens, l'île espérée où l'on arrive, mais aussi d'où l'on part. Ancien nom de l'île actuelle de Raiatea (l'île sacrée de la Polynésie) appartenant à l'archipel des îles Sous-le-Vent. Lieu d'arrivée supposé des premiers Polynésiens, mais aussi lieu de départ vers les îles des trois sommets du triangle polynésien : Hawaii, Nouvelle-Zélande (Te Ao-tea-roa) et île de Pâques (Rapa Nui).
Hoa : espace peu profond non navigable situé entre deux *motu* et par où l'océan pénètre le lagon.
Ia ora na : bonjour.
Iti : petit.
Mahana : soleil.
Mahimahi : dorade coryphène.
Mako : espèce de requin-thon.
Mana : avoir du *mana* : avoir une force spirituelle, du pouvoir, de la puissance.
Mä'ohi : autochtone de la Polynésie en général.
Mara'amu : vent venant du sud-est.
Marae : lieu de culte polynésien.
Marama : lumière de la lune.
Maramarama : la lumière.
Matau a Mau : constellation du Scorpion.
Maunu-ura : la planète Mars.

Moana : l'océan, le large.

More : sorte de pagne en fibres végétales porté autour des reins.

Motu : petit îlot de sable (prononcé *motou*) généralement situé à proximité de la barrière de corail dans le lagon d'une île. Image classique de la petite île des mers du Sud avec plage de sable blanc et cocotiers.

Paumotu : habitant de l'archipel des Tuamotu. Langue polynésienne parlée aux Tuamotu.

Pü : conque marine servant de trompe.

Reo mä'ohi : nom de la langue polynésienne.

Reva : ciel.

Rua : étoile guide en navigation.

Rua-o-mere : constellation du Capricorne.

Tahu'a : prêtre, créateur. *Va'a* : pirogue. *Tahu'a va'a* : constructeur de pirogue.

Täne : homme en général. L'un des principaux dieux polynésiens.

Tapa : étoffe fabriquée à partir de l'écorce interne de certaines plantes.

Taro : plante tropicale cultivée pour son tubercule alimentaire.

Ta'urua : étoiles en général, mais aussi tous les astres, planètes, étoiles filantes, etc. Parfois utilisé comme nom propre (Ta'urua) accompagné d'une périphrase personnalisant l'astre.

Ta'urua-nui : Vénus.

Te Apato'a : le sud.

Te Apato'erau : le nord.

Te Hitia-o-te-Rä : le lever du soleil, l'est.

Te To'o'a I To'erau : le nord-ouest.

Te To'a I Toa : le sud-ouest.

Te To'o'a-o-te-Rä : le coucher du soleil, l'ouest.

Tiare : fleur en général, mais aussi gardénia blanc, symbole de Tahiti, comportant six à huit pétales.

Ti'i : statue représentant une divinité. Se dit « *tiki* » aujourd'hui.

To'ere : tambours fendus en bois de différentes tailles. Instruments traditionnels polynésiens avec lesquels on produit une très grande variété de rythmes.

Tüpäpa'u : aux temps anciens, le corps desséché d'un mort. Parfois perçu comme un fantôme.

Uru : fruit de l'arbre à pain. L'un des éléments essentiels de l'alimentation en Polynésie jusqu'au milieu du XXe siècle.

Va'a : pirogue.

Varo : *squilla mantis*, crustacé pouvant atteindre 50 cm, ressemblant à une langoustine ou à une grande mante religieuse et vivant dans le sable des lagons.

Varua : esprit.

Lexique du LIe siècle

Acom : Agent communicateur. Spécialiste très entraîné capable de transporter dans sa mémoire, en passant par le RHET, d'immenses quantités d'informations sans les dégrader.

Acont : Agent contrôleur. Essentiellement des iA.

Acoor : Agent coordinateur chargé de la coordination des données circulant par le RHET.

Agouv : Agent gouvernemental au service du gouvernement du vaisseau.

Apsy : Agent psychologue. Par exemple psychoécobiologiste ou Agent bioéco. Adapte et prévoit les paramètres de l'atmosphère des vaisseaux-monde, enquête sur le terrain.

Archéocomputation : technique de recherche historique dans les HB des vaisseaux, à partir notamment de supports d'information très anciens, livres, photos 2D, etc.

Asi : Agent de la sécurité intérieure des vaisseaux, iA ou iH. Parfois armé de paralyseurs (non mortels) ou d'armes ioniques (mortelles).

BioCom : petit système hybride, biologique et numérique. Expert en communications hypermédias de toute sorte. S'enroule autour du poignet gauche des iH. Développe souvent avec ces derniers des rapports de type « petit animal de compagnie ».

CCG : Charte des Communications galactiques. Ensemble des règles de transport des données par le RHET.

CEG : Confédération de l'Expansion galactique. Fédération regroupant l'ensemble des gouvernements des vaisseaux-lumière.

Ceinture d'Orion : vaisseau cible n° 1 dans la mission d'AngKor.

Cellule : nom donné aux espaces de vie individuels des habitants des vaisseaux, pièces, bureaux, appartements individuels ou non, maisons, etc.

Centaure Croix : vaisseau cible n° 3 dans la mission d'AngKor. L'un des vaisseaux fils des Huit Premiers.

Central : se dit généralement du centre de communication RHET d'un vaisseau-monde.

Code de l'Expansion galactique : ensemble des règles concernant le transfert des données par le RHET.

DPH : Dépendance PsychoHistorique. Trouble obsessionnel compulsif lié à une attirance exagérée à consulter des données hypermédias, des reproductions virtuelles anciennes, généralement visionnées par THM.

Essaimage galactique : nom donné au phénomène de propagation des milliers de vaisseaux-lumière au sein de la Galaxie. Dit aussi *expansion galactique*.

Euphostar : type de boissons euphorisantes à la mode.

EVA : Espace de Vie Ancienne. Se dit en général des actions menées par les RAVA consistant à reconstituer musées virtuels, places de l'ancienne Terre, parcs de loisirs, planétariums virtuels, etc. Les vaisseaux rivalisent d'originalité avec leurs EVA, attractions recherchées par les touristes voyageant par le RHET.

EVA Création totale : Espace de Vie Ancienne utilisant la totalité d'un vaisseau-lumière.

F3 : match de foot en 3D et gravité zéro se tenant dans un cube virtuel de 200 m de côté. Le ballon est en titane. Les joueurs se déplacent à l'aide de propulseurs à gaz. Ils sont armés de faisceaux laser colorés avec lesquels ils poussent le ballon vers le but adverse.

Fermi : voir *paradoxe de Fermi* dans le lexique contemporain.

HB : HyperBases. Gigantesques bases de données informatiques conservant au sein des vaisseaux toute la mémoire de l'humanité, mais aussi toutes les données permettant la gestion des vaisseaux. Chaque HB est spécifique à un vaisseau.
Aucun iH ne peut concevoir la fantastique quantité de données qui a été accumulée au cours de l'essaimage galactique dans une seule HB.

Huit Premiers : premiers vaisseaux construits en orbite lunaire ayant initialisé les systèmes réplicateurs. Les huit premiers vaisseaux ont donné naissance à tous les autres. Période d'initialisation de l'essaimage galactique.

iA : intelligence artificielle. Nom féminin en général : une iA, mais peut être du genre masculin selon sa fonction : un contrôleur iA. Nom donné à des non-humains qui peuvent avoir une forme humaine ou n'être qu'un programme informatique. Simule complètement toutes sortes de comportements humains. Souvent spécialiste cependant d'un domaine particulier.

iH : intelligence humaine. Masculin en général pour un homme, féminin pour une femme. Nom donné aux humains par opposition aux iA.

Info : argent en général. Faire de l'info (un info), base monétaire en cours dans tous les vaisseaux. L'info est l'argent du LIe siècle. Les données transportées par les Acom ont toutes une valeur en info.

iV : intelligence virtuelle. Toujours féminin. Nom donné à des iA de forme humaine, parfaites répliques biologiques des iH. Les iV et les iH ne diffèrent que par leurs origines. Les iV sont, *a priori*, toujours programmées.

LEAPT : Laboratoire d'Étude des Anciennes Populations Terriennes de l'université des Nuages du Cygne.

L^e^ et LIe siècles : en chiffres romains, L = 50 ; LIe siècle = 51^e^ siècle.

Lumière cohérente : lumière fortement directionnelle et monochromatique émise par un laser. La lumière ordinaire est non cohérente.

Mag : transport rapide. Métro magnétique des vaisseaux-monde.

Mission secrète : célèbre émission de TV3D, destinée aux enfants. Ceux-ci participent à un immense jeu galactique au cours duquel ils gagnent des cadeaux diffusés dans les vaisseaux par transmetteur.

MOR : Mouvement pour l'Ordre Régulier. Mouvement politique opposé aux RAVA, ne souhaitant pas d'évolution rétrograde, de retours exagérés vers des modes de vie anciens, ni de changement des grands principes de base de l'essaimage galactique. Leur credo : stabilité de l'économie et des cultures des vaisseaux, essaimage des vaisseaux suivant les codes réplicateurs contrôlés par les iA. Certaines variantes des mouvements MOR n'hésitent pas à développer des actions violentes.

Nom donné aux membres de ce parti : les « MOR ».

Nébuleuse de Gum : vaisseau cible n° 4 dans la mission d'AngKor.

Nuages du Cygne : vaisseau cible n° 2 dans la mission d'AngKor.

Nuages du Taureau : le vaisseau d'AngKor.

PACQ : Principe Anthropique de Conscience Quantique régissant le RHET et selon lequel seule la matière consciente peut être télétransportée. Aucun organisme inférieur, aucun objet, ne peut passer par le RHET.

Pastille info : petite pastille que l'on place généralement dans l'oreille et qui diffuse des informations préenregistrées.

Place Saint-M : l'un des EVA les plus célèbres de la Galaxie. Copie conforme d'une très vieille place célèbre de la Terre avec ses attractions : cafés, bars, commerces, canaux, gondoles, etc.

ProxNemo : système détecteur de mensonge.

Quatre questions : objectif archéocomputationnel d'AngKor, chargé d'y répondre, et concernant les grandes pirogues doubles océaniennes.

1) Comment ces machines étaient-elles construites ?

2) Comment se déplaçaient-elles sur de si grandes étendues d'eau ?

3) Comment communiquait-on de l'une à l'autre ?

4) Quel était l'objectif de ces déplacements ?

RAVA : Retour Aux Valeurs Anciennes. Mouvement politique encourageant le retour aux anciennes traditions d'origine terrestre. Développe dans tous les vaisseaux des actions EVA.

Nom donné aux membres de ce parti : les « RAVA ».

Les RAVA sont généralement plus modérés que les MOR.

Réplicateur : se dit de systèmes capables de reproduire n'importe quel type d'objet (machine, système complexe, etc.) identiquement à lui-même. Les systèmes autoréplicateurs des vaisseaux peuvent reproduire des vaisseaux entiers dans leur intégralité fonctionnelle. L'autoréplication est le concept de base de l'essaimage galactique.

Repliement spatio-temporel : voir RHET. Allusion aux théories de grandes unifications, type supercordes ou super M, développées dans le cadre de certains modèles actuels (2010) proposant des représentations théoriques des structures fines de la matière.

RHET : Réseau Hyper Espace-Temps. Système de télétransportation instantanée des iH entre les vaisseaux-lumière, régi par le PACQ. Le passage se fait nu et en un temps nul, grâce aux repliements de l'espace-temps dans ses dimensions supérieures à quatre. Le RHET brise la notion de temps relatif propre à la théorie de la relativité d'Einstein et fait apparaître de nouveau la notion de temps absolu qui avait disparu au début du XXe siècle.

La télétransportation est instantanée, sans douleur, bon marché, accessible au plus grand nombre et ne provoque pas de fatigue, elle représente le mode de transport idéal.

Voyager par le RHET ne peut se faire qu'entre deux centres de communication disposant de systèmes émetteur et récepteur de télétransportation. Ces derniers exercent un contrôle des flux. La localisation des centres est totalement dépendante des réplications régulières des vaisseaux-lumière qui essaiment dans la Galaxie. Leur extension n'est pas aussi rapide qu'on pourrait le croire, étant donné qu'un vaisseau ne peut se répliquer que s'il trouve au sein de l'espace suffisamment de matière ou d'énergie. La réplication automatique n'est pas très bien contrôlée par la Confédération galactique. Dans certains cas, les systèmes réplicateurs peuvent produire une naissance sans aucune intervention ni décision humaine. C'est en général une prérogative iA.

Il y a de temps en temps des transports conventionnels subrelativistes intervaisseaux, permettant l'échange de marchandises à l'aide de cargos de l'espace, mais cela ne se fait que dans le cadre de projets à très long terme, généralement programmés sur quelques dizaines d'années ou plus, et entre des vaisseaux relativement proches les uns des autres. Ces transports, sauf cas tout à fait exceptionnel, ne concernent que de grands groupes industriels ou de grandes organisations de la Confédération galactique. Les cargos de l'espace sont totalement automatiques, contrôlés par des iA, sans aucune iH à bord.

Rift de l'Aigle : région galactique de la bulle locale (bulle locale : ensemble des étoiles contenues dans une sphère centrée sur la terre et d'environ 1 500 années-lumière de rayon).

S : la plus grande ville du vaisseau des Nuages du Cygne. 600 000 habitants.

Télétransportation : voir RHET. Au LIe siècle, transport instantané des humains entre les vaisseaux-lumière. D'après le terme « téléportation » utilisé par les scientifiques des XXe et XXIe siècles imaginant des modèles de transports instantanés d'objets à distance.

Terraformer : construire, modeler une nouvelle planète avec la Terre comme modèle. Dès le XXe siècle, on a imaginé reconfigurer Mars, dans un avenir très éloigné, pour en faire une nouvelle Terre avec atmosphère, continents et océans.

Teuira Henry : son livre *Tahiti aux temps anciens* (1951) fait référence. Il est parfois perçu comme enjolivé par l'imaginaire.

THM : Transmetteur HyperMédia. Système à projection 3D. Un THM crée dans l'espace, sans aucun écran, sous les yeux du spectateur, des images et des scènes virtuelles en trois dimensions et généralement en réduction.

Transmetteur : système de transmission interne aux vaisseaux, indépendant du RHET et permettant de transmettre instantanément n'importe quel objet.

TranspsychoX : produit euphorisant régulateur émotionnel à puissance variable suivant la valeur de X.

TV3D : principale chaîne de télévision 3D des vaisseaux. Diffuse des émissions comme *Réel3D* et *Mission secrète*.

Vaisseau-lumière : vaisseau intersidéral normalisé cylindrique et de grande taille (longueur : 500 km, diamètre : 150 km). Comporte deux parties, le vaisseau-machine et le vaisseau-monde, qui tournent lentement, en sens contraire, mais autour du même axe, pour créer une gravité identique à celle de l'ancienne Terre.

Vaisseau-machine : partie d'un vaisseau-lumière sous le contrôle des iA. Se compose des systèmes réplicateurs, des systèmes de gestion du vaisseau-monde, des réservoirs stockant l'énergie du vide quantique et des systèmes propulseurs photoniques. De loin, l'émission de lumière intense provoquée par les moteurs photoniques (émetteurs de lumière) donne à l'ensemble du vaisseau-lumière l'apparence d'une petite étoile. **Vaisseau-monde** : partie habitée d'un vaisseau-lumière. On y trouve des iH, des iA et des iV. Immense cylindre de 250 km x 150 km, dans lequel sont reconstitués non seulement l'ensemble d'un biotope et d'une atmosphère, mais aussi l'équivalent d'un petit pays de l'ancienne Terre, avec ses villes, sa campagne, ses moyens de communication, etc. Le paysage, contrairement à celui de l'ancienne Terre, a une courbure concave nettement prononcée.

Z : ville principale du vaisseau des Nuages du Taureau. 400 000 habitants.

Lexique contemporain

Abattre : sur un voilier, s'éloigner du lit du vent.

Apataki : atoll des Tuamotu de l'Ouest, situé par 15° 27' de latitude sud et 146° 19' de longitude ouest. Fait partie de la Polynésie française. De forme à peu près rectangulaire : 19 milles par 14 milles. Au sud, près de la passe Haniuru, un seul village, Niutahi, 400 habitants. La grande majorité du lagon n'est pas hydrographiée.

Choquer : relâcher, laisser filer un cordage.

Équipet : dans un bateau, petit espace de rangement, souvent ouvert.

Espar : longue pièce de bois, de métal ou de plastique du gréement d'un bateau (mât, bôme, tangon,...).

Faseyer : battre au vent, en parlant d'une voile que le vent ne gonfle pas correctement et qui s'agite.

Largue : allure d'un voilier naviguant au portant entre le vent de travers et le vent arrière. Grand largue, près du vent arrière.

Mouiller : mettre l'ancre à l'eau.

Paradoxe de Fermi : célèbre paradoxe énoncé par l'un des fondateurs de la physique moderne du XXe siècle, Enrico Fermi. Cet Italien s'interrogea, entre autres, sur l'existence de civilisations galactiques. Le paradoxe est : « S'il y a tant de mondes habités dans l'univers, alors où sont-ils donc ? »

Exemple d'une approche analytique du paradoxe de Fermi proposé par un chercheur du CNRS, Prantzos Nicolas :

I) Notre civilisation n'est pas la seule civilisation technologique dans la Galaxie ;

II) Notre civilisation est « moyenne » (typique) à tout point de vue ; en particulier, elle n'est pas la première à paraître dans la Galaxie, ni la plus avancée sur le plan technologique ni la seule à vouloir explorer le cosmos et communiquer avec d'autres civilisations ;

III) Les voyages intersidéraux ne sont pas trop difficiles pour des civilisations légèrement plus avancées que la nôtre ; certaines ont maîtrisé ce type de voyage et ont entrepris un programme de colonisation galactique, avec ou sans robots autoreproductibles (*) ;

IV) La colonisation galactique constitue une entreprise relativement rapide ; elle peut s'achever en moins d'un milliard d'années, ce qui ne représente qu'une faible fraction de l'âge de la Voie lactée (**).

Si les hypothèses I à IV sont valables, la conclusion « ils devraient être ici » s'impose clairement et le paradoxe de Fermi prend tout son sens. Les partisans de ETI (***) infirment l'une au moins des hypothèses III et IV ; certains vont même jusqu'à abandonner l'hypothèse II, afin de sauvegarder l'hypothèse de base I. Leurs opposants soutiennent, en revanche, que les hypothèses III et IV sont parfaitement plausibles et qu'il faudrait certainement rejeter l'hypothèse II ; les plus extrémistes rejettent même l'hypothèse I.

(*) Von Neumann, bien connu des informaticiens, a proposé en 1951 un modèle théorique de systèmes permettant la conquête automatique de l'univers. Ces machines, dites de Von Neumann, sont des robots capables de se reproduire automatiquement. Ils comportent un système « constructeur » et un système « programme » et se répliquent identiquement à eux-mêmes avec pour objectif de conquérir la Galaxie. Évidemment, il ne s'agit que d'un concept et nous ne savons pas encore construire de système autoreproductible, même si les progrès de l'informatique et de l'intelligence artificielle nous permettent de lever un voile sur ce que pourrait être dans le futur une telle réalisation. Néanmoins, Von Neumann n'était pas qu'un visionnaire. À la fin de la Seconde Guerre mondiale, il a défini l'architecture de base des ordinateurs, et toutes les machines informatiques actuelles ont hérité de ses travaux fondamentaux.

(**) La Voie lactée n'est pas exactement notre Galaxie. De la Terre, nous ne voyons qu'une partie de ses étoiles et tout le noyau central est masqué par de gigantesques nuages de gaz. Quand on est plongé au sein d'une grande forêt, même clairsemée, on ne peut dire qu'on la voit dans son ensemble parce que l'on aperçoit un horizon de troncs d'arbres. *A fortiori*, si un mur continu (notre Terre) masque l'horizon sur 180° !

Il est impossible de voir notre Galaxie dans son ensemble. La Voie lactée n'en est qu'une trace bien faible. Seuls des modèles mathématiques permettent de reconstruire l'image que l'on aurait de notre île univers aux bras spiralés. Et si nous étions capables d'en sortir et de la voir alors entièrement… nous pourrions admirer une image semblable à celle de notre belle voisine, la galaxie d'Andromède.

(***) ETI (Intelligence Extra-Terrestre, en anglais ETI, voir aussi SETI (*The Search for Extraterrestrial Intelligence*)). Programme de recherche de contacts extraterrestres, entrepris à partir des années soixante par des scientifiques de tous pays utilisant principalement des radiotélescopes. À ce jour, aucune réception radio confirmant l'hypothèse ETI n'a été détectée. Pour cette raison, même les partisans de cette approche doutent de la validité de certaines des hypothèses du paradoxe de Fermi !

Toa Marama : signifie « Guerrier de la Lune ». Symbolique de l'arche de Noé. Nom du voilier d'Alpha et de son compagnon, dériveur intégral en aluminium.

Toa Marama Iti : nom donné à la pirogue miniature d'Alpha à Apataki.

Von Neumann : fondateur, après la Seconde Guerre mondiale, des grands principes de l'architecture des ordinateurs. A imaginé des systèmes autoreproducteurs programmés, dits aussi « autoréplicateurs ».

Zoetropique : de « zoetrope », l'un des tout premiers systèmes mécaniques reproduisant le mouvement à partir d'un tambour tournant et d'images saccadées. L'un des ancêtres du cinématographe.

Table

1. La pêche au *varo* 11
2. Des siècles pour une machine 21
3. L'appel du large 27
4. Le trou de Ruahatu 32
5. Les Huit Premiers 44
6. Une fois par siècle... peut-être 49
7. La passe 60
8. Ont-ils vraiment existé ? 69
9. Qu'un vent favorable tire ma pirogue vers lui 79
10. Espérance 87
11. Contact avec les mantas 91
12. Ils naviguent dans les étoiles 93
13. Les *to'ere* 104
14. Quatre questions 111
15. Maître de l'univers 129
16. Exilé 134
17. Nostalgie 138
18. Sauvetage 148
19. Échange 156
20. Contrat 163
21. Souviens-toi de la lune 169
22. Le don des dieux 175
23. Je t'attendais 186
24. La vengeance de Ruahatu 194
25. De « vrais » livres 207
26. La petite pirogue 216
27. Promotion 231
28. Seul au monde 236
29. Le passage 240

30. Retour aux valeurs anciennes 243
31. Des signes 248
32. Le souvenir du *Toa Marama* 258
33. Réalité du rêve 263
34. Ils ne sont pas seuls 270
35. D'autres vaisseaux 280
36. L'Image Sacrée 291
37. Problème de données 295
38. Des bateaux, des voiles et une baleine 311
39. Le souvenir de la route 317
40. Première réponse 327
41. Espace de Vie Ancienne 344
42. Qui sait quoi ? 350
43. La pouponnière d'Orion 357
44. Le trésor de Charles V 363
45. Danger d'introspection 374
46. Modélisation erronée 385
47. D'un vaisseau à l'autre 398
48. Où sont-ils ? 409
49. Réflexions 425
50. Passé, présent, futur 438
51. Coordonnées 452
52. Manipulation 470
53. Doutes 482
54. Jeu d'échecs 492
55. Troubles 507
56. Négociations 522
57. *Polynesia* 537
58. Le retour 552
59. Le secret des carènes 569
60. Et le ciel monta de la mer 579
61. Aveux 593
62. Premiers polynautes 611
63. L'empreinte 617
64. Enfer et paradis 625
65. Le rêve s'éloigne 637
66. Trois porcelaines 645
67. Entropie 658
68. Réalités 673
69. Attracteur 686
70. Contraste 696

71. Pour les siècles à venir 698
72. Havai'i 706

Remerciements 713
Personnages des temps anciens 715
Personnages du LI*e siècle* 716
Lexique des temps anciens 718
Lexique du LI*e siècle* 720
Lexique contemporain 726

CET OUVRAGE
A ÉTÉ TRANSCODÉ PAR NORD COMPO
À VILLENEUVE-D'ASCQ

Achevé d'imprimer par SAGIM en mars 2010
sur rotative Variquik à Courtry (Seine et Marne)

Dépôt légal : avril 2010
N° d'impression : 11838

Imprimé en France

L'imprimerie Sagim est titulaire de la marque
Imprim'vert® depuis 2004